HEYNE
BÜCHER

Das Buch

David Costorphine, Juniorchef der traditionsreichen schottischen Malt-Whisky-Brennerei Glendurnich, ist glücklicher und stolzer Familienvater – bis der Krebstod seiner Frau Rachel ihn völlig aus der Bahn wirft. Verzweifelt zieht er sich sowohl aus dem Geschäfts-, als auch aus dem Privatleben zurück. Um die Firma am laufen zu halten, engagiert sein betagter Vater einen Manager aus London, der jedoch seine eigenen Pläne mit dem Unternehmen hat… Als David geschäftlich nach Amerika reist, entschließt er sich, den Abstand zur Heimat zu nutzen, um wieder zu sich selbst zu finden. Er steigt für eine Weile aus der Firma aus und nimmt eine Stelle als Gärtner in einem betuchten Haushalt an – unter Geheimhaltung seiner wahren Identität.

In der Anonymität kann David erstmals wieder frei atmen und freundet sich mit dem kleinen Benji an. Doch erst Benjis attraktive, einfühlsame Mutter vermag es, Davids Lebenswillen wiederzuerwecken, und jetzt ist er bereit, für sein Familienunternehmen zu kämpfen. Und zu seiner Überraschung merkt David, daß auch sein Herz erneut zu schlagen beginnt…

Der Autor

Robin Pilcher, Sohn der Bestsellerautorin Rosamunde Pilcher, arbeitete als Kameramann und in der PR-Branche, bevor er mit »Jenseits des Ozeans« seinen ersten Roman vorlegte. Bereits sein Erstlingswerk wurde in acht Sprachen übersetzt. Robin Pilcher lebt mit seiner Familie in Dundee, Schottland.

ROBIN PILCHER

JENSEITS DES OZEANS

Roman

Aus dem Englischen
von K. Schatzhauser

WILHELM HEYNE VERLAG
MÜNCHEN

HEYNE ALLGEMEINE REIHE
Band-Nr. 01/13196

Die Originalausgabe
AN OCEAN APART
erschien 1999 bei St. Martins Press, New York

Umwelthinweis:
Dieses Buch wurde auf
chlor- und säurefreiem Papier gedruckt.

Taschenbucherstausgabe 12/2000

Printed in Germany 2000
Umschlagillustration: Gary Blythe/Artist Partners
Umschlaggestaltung: Nele Schütz Design, München
Satz: Leingärtner, Nabburg
Druck und Bindung: Pressedruck, Augsburg

ISBN 3-453-17735-5

http://www.heyne.de

Für Kirsty, wen sonst?

KAPITEL 1

Jane Spiers fuhr mit äußerster Vorsicht durch den prasselnden Regen; dicht über das Lenkrad gebeugt, versuchte sie die verschwommenen Straßenränder vor sich auszumachen. Die Scheibenwischer des alten Subaru mühten sich mit den Wassermassen ab, die vom kalten, grauen Himmel herabstürzten, und das schwach keuchende Heißluftgebläse war im Kampf gegen den Beschlag, der die Scheiben undurchsichtig machte, hoffnungslos unterlegen. Schuld daran war Arthur, der, durch ein kräftiges Gitter vom Fahrgastraum getrennt, hinten im Wagen saß und nach seinem anstrengenden Umherstromern heftig hechelte. Jane kurbelte ihr Fenster ein wenig herunter, um zu sehen, ob die frische Luft die Scheiben freiblasen würde, schloß es aber gleich wieder, als sie spürte, wie die in den Wagen dringende Eiseskälte die Wärme verdrängte. Obwohl sie schon seit vierzig Jahren in Schottland lebte, konnte sie sich an keinen Mai erinnern, der so kalt und unangenehm gewesen wäre wie dieser.

Durch ein erst vor kurzem frisch gestrichenes doppelflügeliges Tor mit dem Schild PRIVATWEG bog sie von der Straße auf die asphaltierte Allee ein, die zu Inchelvie House führte. Die hohen Eichen zu beiden Seiten boten endlich ein wenig Schutz gegen die Elemente. Jetzt fiel den Scheibenwischern ihre Aufgabe leichter, und Jane schaltete einen Gang höher.

Nach einem knappen Kilometer weitete sich der Weg zu einer kiesbedeckten Auffahrt vor einem großen viktorianischen Herrenhaus. Jane nahm einen ihrer Handschuhe vom Beifahrersitz und wischte die Windschutzscheibe frei. Auf keinen Fall wollte sie auf den letzten Metern mit den Rädern auf den sauber gestutzten Rasen geraten oder gar einen der drei schwarzen Labradors überfahren, die Besuchern gewöhnlich von der Freitreppe entgegeneilten.

Diesmal zeigte sich das Empfangskomitee nicht, nur Arthur setzte sich auf, kaum daß sie den Wagen vor dem Haus zum Stehen gebracht hatte, drückte die Schnauze gegen das Hundegitter und jaulte mit hochgestellten Ohren. Im Rückspiegel erkannte sie den sehnsuchtsvollen Ausdruck in seinen Augen. Vermutlich freute er sich darauf, mit seinen drei schwarzen Freunden ausgelassen im Park herumzutollen.

»Sei ein braver Junge, Arthur, und bleib hier«, sagte sie, während sie sich ihre Kapuze über den Kopf zog. »Frauchen kommt bald wieder.«

Sie hielt die Tür des Wagens fest, damit der Wind sie nicht aus den altersschwachen Scharnieren riß, stieg aus und eilte raschen Schritts über den knirschenden nassen Kies auf die Treppe zu. Mit der Formlosigkeit eines Besuchers, der sich auskennt, öffnete sie einen der schweren eichenen Flügel der Haustür und trat in die Eingangshalle, die so hoch war wie das ganze Gebäude.

»Hallooo!« rief sie. »Ist jemand da?«

Niemand antwortete ihr. Sie zog die tropfende Regenjacke aus und hängte sie zu den schweren Tweedmänteln und dem Ölzeug auf den Garderobenständer, räumte sich dann auf einer alten Kirchenbank voller Angelutensilien, Hüte und Gartenwerkzeug ein wenig Platz frei, setzte sich und zog ihre triefnassen schweren Schuhe aus.

»Hallooo!« rief sie erneut. »Ist jemand da?« Sie sah sich um – niemand schien sie gehört zu haben. In der Mitte der Halle führte eine riesige Treppe nach oben, auf deren halber Höhe links und rechts ein Vorplatz mit Geländer abging. An eichengetäfelten dunklen Wänden hing zwischen zahlreichen Familienporträts eine unheimlich wirkende Sammlung von Schilden, Armbrüsten und zweihändigen Schwertern. Darüber bedeckten gut drei Dutzend ziemlich alte Hirschköpfe samt Geweih die Wand. Jane lächelte in sich hinein – sie war nicht sicher, welchen dieser drei Ausstattungsgegenstände sie für das abscheulichste hielt.

Sie stand auf und ging auf Socken durch die Eingangshalle. Als sie fast die Treppe erreicht hatte, hörte sie eine tiefe, ernsthaft klingende Männerstimme aus dem Salon. Niemand, den sie kannte, möglicherweise ein Anwalt oder Steuerberater, und sie fragte sich, ob sie unter Umständen ungelegen komme. Gerade, als sie verunsichert überlegte, ob sie noch einmal rufen oder unauffällig das Haus verlassen sollte, öffnete sich hinter der Treppe eine Tür, und eine kleine, grauhaarige Frau trat mit einem Tee-Tablett heraus, offenbar ohne die Besucherin zu bemerken.

»Hallo, Effie«, sagte Jane so verhalten wie möglich, um die Haushälterin nicht zu erschrecken. Trotzdem blieb Effie so ruckartig stehen, daß das Teegeschirr auf dem Tablett nach vorn rutschte.

»Ach, Mrs. Spiers, haben Sie mich erschreckt!« sagte sie und bemühte sich, das Gleichgewicht nicht zu verlieren. »Ich hab Sie gar nicht kommen hören.«

Jane ging um die Treppe herum. »Tut mir leid, Effie. Ich habe zweimal so laut gerufen, wie ich es für schicklich hielt.« Sie lächelte der alten Frau zu, die langsam ihre Fassung zurückgewann. »Ich dachte, die Hunde hätten mich eventuell gehört. Die lassen sich doch sonst keine Gelegenheit zum Bellen entgehen.« Mit einem Blick auf die Tür zum Salon fragte sie: »Komme ich etwa ungelegen? Lady Inchelvie hat offensichtlich Besuch.«

Ein wenig belustigt zuckte Effie die Schultern. »Ach nein, was Sie da hören, ist nur der Fernseher. Lady Inchelvie dreht ihn immer ziemlich laut. Wahrscheinlich haben die Hunde Sie deswegen nicht kommen hören.« Effie sprach immer so leise, als vertraue sie ihrem Gegenüber ein Geheimnis an, das sonst niemand erfahren durfte. »Da läuft gerade das Billardturnier, müssen Sie wissen, und das sieht sie sich nun mal am liebsten an.« Mit blitzenden Augen machte sie einen Schritt auf Jane zu, um auch noch den besten Teil ihrer Geschichte loszuwerden. »Vor allem, wenn unser schottischer Landsmann Stephen Hendry mit von der Partie ist. Ich glaube, er hat keinen glühenderen Anhänger als sie.«

Wieder verzog sich Effies Gesicht zu lautlosem Kichern, doch ihr Amüsement wich der Besorgnis, als sie sah, daß in der Wärme der Eingangshalle von Janes Tweedrock Dampf aufstieg.

»Großer Gott«, rief sie. »Sie sind ja durch und durch naß! Sie sind doch nicht etwa bei diesem Wetter mit Ihrem Hund durch die Heide gezogen?«

Fröstelnd rieb sich Jane die Unterarme, denn jetzt erst merkte sie, wie kalt ihr war. »Wenn ich bei solchem Wetter nicht rausginge, bekäme Arthur drei Viertel des Jahres keinen Auslauf.«

»Na, jedenfalls können Sie hier nicht so herumstehen. Sie holen sich ja sonst noch den Tod«, sagte Effie. »Setzen Sie sich doch drinnen ans Feuer. Inzwischen gehe ich und hole Ihnen noch eine Tasse. Weiß Lady Inchelvie, daß Sie kommen?«

»Nein. Ich wollte nur …« Jane bremste Effie, indem sie ihr eine Hand auf die Schulter legte. »Wissen Sie, eigentlich bin ich hier, weil mein Mann gesagt hat, ich soll mal auf einen Sprung vorbeischauen, um zu sehen, wie es so geht. Er ist absichtlich nicht selbst gekommen, denn Rachel … Ehm, sagen wir, er hatte den Eindruck, es wäre besser, wenn ich das mache und nicht er … als, nun ja, Hausarzt.«

»Sie brauchen nichts weiter zu sagen«, meinte Effie und lächelte ihr verständnisvoll zu. »Von mir erfährt Lady Inchelvie nicht, daß Sie da sind. Ich bring ihr den Tee, und Sie können schon mal in die Küche vorgehen. Da haben wir Gelegenheit, ein bißchen zu plauschen, bevor Sie zu ihr gehen. Ist Ihnen das recht?«

»Ja, sehr. Danke, Effie.«

Jane sah ihr nach, wie sie zum Salon trippelte, anklopfte und eintrat, dann ging sie selbst zu der Tür hinüber, aus der Effie gekommen war.

Die große Küche war rein zweckmäßig eingerichtet, ganz anders als Janes eigene Küche, die sie im Lauf der Jahre liebevoll zum Mittelpunkt des häuslichen Lebens umgestaltet hatte. Hier sah es noch ganz so aus wie in früheren Zeiten, als eine mit grünem Filz bespannte Tür den Dienstbotentrakt vom Herrenhaus getrennt hatte. Die Wände waren mit wischfester Farbe in blassen Gelbtönen gestrichen, und die Stühle um den riesigen Tisch aus rohem Fichtenholz in der Mitte, der mit seiner aseptischen Sauberkeit an einen Operationssaal aus der Zeit Königin Viktorias erinnerte, waren alles andere als bequem. Drei Neonröhren an der Decke beleuchteten die zahlreichen Töpfe und Tiegel, die an den Wänden hingen. Jane ging zu dem großen altmodischen cremefarbenen Herd am anderen Ende des Raumes und beugte sich über die blankgeputzte Platte, um sich ein wenig aufzuwärmen.

Hinter ihr öffnete sich die Tür, und Effie kam herein. »Da wären wir also«, sagte sie. »Jetzt wollen wir den Kessel aufsetzen, dann können wir uns in Ruhe bei 'ner Tasse Tee unterhalten.«

»Kann ich Ihnen bei irgendwas behilflich sein?«

»Nein, nein. Setzen Sie sich einfach an den Tisch. Wie geht es Doktor Spiers?«

»Zur Zeit kommt er keine Sekunde zur Ruhe«, antwortete Jane, nahm einen der Küchenstühle und setzte sich. »Bei diesem elenden Wetter schwirren die Grippeerreger nur so durch die Luft. Ungefähr die Hälfte der Kinder in der Grundschule von Dalnachoil ist krank, und was macht er? Statt den Eltern zu sagen, sie sollen mit ihnen in die Praxis kommen, zieht er fast den ganzen Tag im Dorf von einem Haus zum anderen.«

Effie bewegte sich wie im Schlaf in der ihr vertrauten Küche, nahm Tassen und Untertassen von der walisischen Anrichte aus Fichtenholz, die Milch aus dem Kühlschrank und stellte alles auf den Tisch. »Ja, es ist ein wahrer Glücksfall, einen Mann wie Doktor Spiers hier zu haben.« Sie nahm den dampfenden Kessel vom Feuer, goß den Tee auf und wandte sich dann Jane zu, wobei sie sich die Hände an der Schürze abwischte. »Ohne ihn hätten die Inchelvies im letzten halben Jahr bestimmt weder ein noch aus gewußt.« Effie sah tarurig aus, als sie das sagte.

»Wie stehen die Dinge denn *tatsächlich*?« fragte Jane.

Effie stellte die Teekanne auf den Tisch und setzte sich Jane gegenüber. »Ach, unterschiedlich: Es geht auf und ab.« Sie goß den Tee ein. »Vergangenen Monat hatte Lady Inchelvie alle Hände voll zu tun, um ihre drei Enkel für das Internat auszustatten. Dabei sind sie gar nicht gleich zu Schulanfang hingegangen, weil die Beerdigung ihrer Mutter ja erst ein paar Wochen her war. Außerdem kommt es mir so vor, als wäre sich Mr. David nicht ganz sicher gewesen, ob er sie überhaupt wieder dahin schicken oder sie lieber in die Dorfschule gehen lassen sollte. Vielleicht wären sie da ja besser aufgehoben und auf jeden Fall nicht so weit weg von zu Hause.« Seufzend neigte sie den Kopf. »Soweit ich weiß, wollten die Kinder selbst ins Internat, um mit ihren Freunden zusammenzusein.« Sie schwieg einen Augenblick. Es sah ganz so aus, als billige sie diesen Entschluß in keiner Weise. »Ich weiß nicht. Vielleicht ist es ja ein Trost für sie, wieder 'ne Art festen Tagesablauf zu haben.«

Jane nahm einen Schluck aus ihrer Tasse. »Vermutlich stimmt das, Effie. Eine andere Umgebung, die ihnen aber dennoch vertraut ist. Macht nicht Sophie demnächst ihren Schulabschluß?«

»Ja. Sie ist ein großartiges kleines Mädchen – so klein eigentlich auch nicht mehr, immerhin fast sechzehn –, und sie kann sich schon bestens um ihre eigenen Angelegenheiten kümmern. Sie kommt ganz nach ihrer Mutter.« Bei diesen Worten versagte Effie plötzlich die Stimme, und sie mußte kräftig schlucken, um Haltung zu bewahren. »Ach, Mrs. Spiers, es fällt richtig schwer, sich daran zu gewöhnen, daß Mrs. David nicht mehr bei uns ist.«

Jane beugte sich über den Tisch und tätschelte Effies Hand. »Kann ich mir denken. Mein Mann fragt sich übrigens, ob Krebs nicht unter Umständen Angehörige besser auf das Unausweichliche vorbereitet als beispielsweise ein Herzinfarkt oder ein Verkehrsunfall. Allerdings bin ich nicht seiner Meinung. Der Verlust ist immer entsetzlich, so oder so.«

Mit bebender Unterlippe sah Effie in ihren Schoß und spielte mit ihrer Schürze. Jane riskierte es, das Gespräch fortzuführen.

»Und was ist mit den beiden anderen Kindern?«

Effie holte tief Luft und schenkte nach, obwohl Janes Tasse noch drei Viertel voll war. Man konnte glauben, sie tue das lediglich, um sich zu beschäftigen. Dann nahm sie ein Taschentuch aus der Schürzentasche und wischte sich die Augen.

»Die scheinen besser zurechtzukommen als der Rest der Familie«, antwortete sie. Dabei lächelte sie tapfer, obwohl ihre Stimme ihr noch nicht wieder richtig gehorchte. »Schon beim Abendessen nach der Beerdigung hat Charlie Mr. Davids Bruder in den Ohren gelegen, daß er mit ihm rausgehen sollte, weil er auf dem Rasen einem Rugby-Ball nachrennen wollte. Und so wie's aussieht, kümmert sich Sophie rührend um das Nesthäkchen Harriet. Ich glaub ja nicht, daß die Kleine das alles schon verarbeitet hat. Ein wahrer Segen, daß alle drei auf derselben Schule sind.« Sie beugte sich zu Jane vor und sagte mit fürsorglichem Blick: »Bestimmt nimmt Sophie sie unter ihre Fittiche, da können Sie sicher sein.«

Jane nickte und lächelte dabei. »Jeder hat seine Rolle im Heilungsprozeß, Effie, nicht zuletzt Sie. Sie gehören ebenso zur Familie wie alle anderen, und ich weiß, wie schwer es allen ohne Sie gefallen wäre, mit der Sache fertig zu werden.«

Die alte Frau, die es nicht gewohnt war, so offen gelobt zu werden, errötete. Während sie Tassen und Untertassen beiseite räumte, sagte sie bescheiden: »Ach, jeder tut doch in einer solchen Situation, was er kann.« Dann klappte sie die Spülmaschine auf und räumte das Geschirr ein.

Jane trug das Milchkännchen zum Kühlschrank. Sie wollte Zeit gewinnen, bevor sie die nächste Frage stellte. »Und wie geht es David?«

Effie sah Jane an. Eine Weile sagte sie nichts. Sie schien verunsichert, während sie erkennbar konzentriert überlegte, was sie antworten sollte. Dann schüttelte sie den Kopf.

»Ich weiß es nicht, Mrs. Spiers. Er hat sich mustergültig um die Kinder gekümmert, wie immer, wenn sie zu Hause waren. Er ist mit ihnen angeln gegangen, hat mit ihnen Tennis gespielt und so weiter, aber ich hatte das Gefühl, als ob ihm was fehlt – jedenfalls ist es mir so vorgekommen –, als wäre das alles rein mechanisch und er mit seinen Gedanken ganz woanders.« Sie lächelte Jane zu, nahm einen Lappen aus dem Spülbecken und wischte damit abwesend über die Abtropffläche. Dann hielt sie inne und nickte bedächtig. »Das Lachen hat gefehlt, geht mir auf, wenn ich so darüber nachdenke.« Sie sah Jane wieder an. »Vielleicht fällt es ihm einfach schwer, an was anderes als an seine Frau zu denken. Sicher wissen Sie von Doktor Spiers, daß er Rachel seit Dezember ohne jede Hilfe ganz allein gepflegt hat.« Sie wandte sich ab und sah aus dem Fenster. Mit brüchiger Stimme fuhr sie fort: »Er war ihr richtig ergeben. Man könnte glauben, ein Teil von ihm wäre mit ihr gestorben.«

Jane ging um den Tisch herum und legte tröstend den Arm um Effies Schulter. »Ich weiß es zu würdigen, daß Sie darüber reden, denn bestimmt fällt Ihnen das sehr schwer.« Da sie das Gefühl hatte, dem schwermütigen Gespräch eine andere Wendung geben zu müssen, sagte sie mit einem Blick zur Uhr über dem Herd: »Was, schon halb vier? Ich hatte ja keine Ahnung, daß es so spät ist.«

Auch Effie sah auf die Uhr. »Ach je, Mrs. Spiers, was tu ich da? Ich sollte mich wirklich nicht so gehenlassen. Kommen Sie, ich bringe Sie zu Lady Inchelvie.«

»Lassen Sie nur«, sagte Jane. »Ich finde den Weg auch allein. Bestimmt haben Sie hier genug zu tun.«

»Nun, wenn Sie meinen. Ich muß noch die Kartoffeln für das Abendessen schälen. Weil Seine Lordschaft heute abend noch eine Versammlung im Dorf hat, wird früher gegessen als sonst.«

»Nur zu. Ich habe Sie schon lange genug von der Arbeit abgehalten.« An der Küchentür drehte sich Jane noch einmal um. »Lassen Sie sich auf keinen Fall unterkriegen, Effie. Sie sind wirklich die Stütze des Hauses. Bleiben Sie so munter und fröhlich, wie Sie immer waren.«

Als Jane die Tür zum Salon öffnete, warf sie die Lautstärke, mit der das Fernsehgerät lief, fast um. Die Kommentare des wie üblich eher leise sprechenden Billard-Berichterstatters hörten sich an, als kämen sie aus einem Megaphon. »... und wenn Hendry jetzt die rosa Kugel richtig trifft, wäre das sein dritter aufeinanderfolgender Spielgewinn.«

Den drei schwarzen Labradorhunden allerdings entging Janes Eintreten trotz der Lautstärke nicht. Sie hoben den Blick und bellten kurz. Als sie merkten, daß sie die Besucherin kannten, kamen sie, munter mit dem Schwanz wedelnd, von ihrem Platz am Kaminfeuer herbeigetrottet.

»Hallo, ihr drei«, sagte Jane und tätschelte ihnen den Kopf.

Im Ohrensessel vor dem Fernseher regte sich eine Gestalt. »Sind Sie das, Effie?«

Die temperamentvolle Begrüßung durch die Hunde hinderte Jane daran, sofort hinüberzugehen, und so rief sie laut: »Nein, Alicia, ich bin's, Jane.«

Alicia Inchelvie drehte den Kopf und beugte sich leicht vor, um über ihre Lesebrille hinwegzuspähen. »Jane! Wie schön! Was für eine angenehme Überraschung!«

Sie schaltete das Gerät mit der Fernbedienung aus und stand auf, nachdem sie ein großes Knäuel roter Wolle auf zwei riesige Stricknadeln gesteckt hatte. Zu den Hunden gewandt sagte sie: »Legt euch hin und laßt die arme Jane richtig reinkommen.«

Die hochgewachsene Alicia ging auf ihre Besucherin aufrecht, aber ein wenig schwerfällig zu – angesichts ihrer achtundsiebzig Jahre nicht weiter verwunderlich –, wobei die Brille, die ihr an einer Schnur um den Hals hing, von einer Seite zur anderen pendelte. Zu einem eleganten Tweedrock trug sie eine Kaschmir-Strickjacke, und ein Steckkamm hielt ihr weißes Haar am Hinterkopf zusammen. Jane hatte sie seit der Beerdigung vor fünf Wochen nicht gesehen, und obwohl Alicia für ihr Alter erstaunlich gut aussah, hatte diese schwere Zeit unübersehbar ihren Tribut gefordert. Im Unterschied zu vorher lag auf ihren Zügen jetzt der Ausdruck von Anspannung und völliger Erschöpfung. Vermutlich, weil Alicia sich bemühte, nach außen hin stark zu erscheinen und den Eindruck zu erwecken, als könne sie den übrigen Familienmitgliedern Halt und Stütze sein. Sie wollte sich auf gar keinen Fall anmerken lassen, wie nahe ihr der Verlust der Schwiegertochter ging.

Zwei der Hunde hatten ihrer Herrin aufs Wort gehorcht und waren an den Kamin zurückgekehrt. Der dritte, dessen schwarzes Fell schon anfing zu ergrauen und der wohl nicht mehr besonders gut hörte, sah weiterhin freundlich schwanzwedelnd mit seinen trüben Augen zu Jane empor und versperrte ihr den Weg. Alicias Stimme wurde laut.

»HORACE!« rief sie. »PLATZ!« Dabei fuchtelte sie in der Luft herum wie ein Verkehrspolizist auf einer Kreuzung und wies dabei mit der einen Hand auf den Hund und mit der anderen, in der sie nach wie vor das Strickzeug hielt, zum Kamin. Auch wenn er wohl nicht wußte, warum seine Herrin den bedrohlichen Gegenstand emporhob, war ihre Stimme anscheinend zu ihm durchgedrungen, denn gehorsam gesellte er sich nach einem Seitenblick auf sie zu seinen jüngeren Gefährten.

»Tut mir leid«, sagte Alicia. »Horace ist inzwischen fast vollständig taub, ganz wie ich. Er hört nur, wenn man ihn anschreit. Wie geht es Ihnen, meine Liebe?« Alicia küßte Jane auf beide Wangen. »Was für ein widerliches Wetter! Kommen Sie, und setzen Sie sich zu mir ans Feuer. Möchten Sie eine Tasse Tee? Ich habe meinen gerade getrunken, kann aber ohne weiteres Effie rufen –«

»Nein, danke«, unterbrach Jane sie. »Effie hat mir bereits in der Küche einen Tee gemacht.«

Überrascht sah Alicia sie an. »Wie lange sind Sie denn schon da? Ich habe Sie gar nicht hereinkommen hören.«

»Etwa eine dreiviertel Stunde. Ich hatte mit Effie etwas zu besprechen und hätte Sie außerdem auf keinen Fall bei der Billard-Übertragung stören wollen.« Sie lächelte ihr wissend zu.

»So, so. Hat Ihnen Effie also von meinem geheimen Laster erzählt?« fragte Alicia und nahm wieder in ihrem Sessel Platz. »Ich muß sagen, dieser Sport fesselt mich ungemein. Es ist einfach prächtig zu sehen, zu welch ausgezeichneten Leistungen so viele junge Schotten darin fähig sind! Man wird richtig patriotisch, obwohl es vermutlich auf eine vertändelte Jugend schließen läßt, wenn jemand gut Billard spielt.«

»Das denke ich auch«, sagte Jane. »Andererseits: Wer braucht ein Examen, wenn er sein Geld damit verdienen kann, daß er mit Kugeln in Löcher trifft!«

Beide brachen in Lachen aus, und jetzt spürte Jane, daß alles in Ordnung war. Ihre Befürchtungen, die widrigen Umstände ihres gegenwärtigen Lebens hätten Alicias Lebenswillen gebrochen, waren verflogen. Nach wie vor verstanden die beiden Frauen einander und konnten gemeinsam lachen.

Alicia setzte ihre Brille wieder auf, nahm das Wollknäuel von den Stricknadeln und begann weiterzustricken. Einen Augenblick lang herrschte Stille, als wäre sie mit ihren Gedanken woanders. Dann hob sie den Blick und lächelte zu Jane hinüber.

»Es tut gut, Sie zu sehen, meine Liebe. Sie haben mir richtig gefehlt. Wie Sie sich denken können, war mein Leben in jüngster Zeit ausgesprochen arm an besonders glücklichen Empfindungen.«

»Ja. Ich hätte schon früher kommen sollen, wollte mich aber nicht aufdrängen.« Jane sah Alicia zu, die konzentriert strickte. »Was wird das?«

»Ach, Sophie hat damit in den letzten Ferien angefangen. Norwegerpullover scheinen bei den Mädchen ihrer Schule gerade Mode zu sein – mit Ärmeln, die mindestens fünfzehn Zentimeter zu lang sind.« Sie sah Jane über die Brille hinweg an. »Vermutlich der Verwahrlosten-Look. Ich bin mit ihr nach Inverness gefahren, um zu sehen, ob wir da so einen Pullover auftreiben konnten. Da aber einer wie der andere dort aus scheußlichem Acryl war, haben wir schließlich ein Strickmuster und diese knallbunte Wolle gekauft.« Alicia hielt das formlose Kleidungsstück auf Armeslänge von sich und rümpfte dabei ein wenig die Nase, als könne sie sich nicht so recht vorstellen, wie das fertige Erzeugnis aussehen würde. »Wahrscheinlich würde das einem breitschultrigen Gorillamännchen besser stehen als Sophie.«

»Na«, sagte Jane, »falls sie den Pullover nicht mag, gibt es im Zoo von Edinburgh sicher einen dankbaren Abnehmer.«

»Das dürfen Sie jetzt aber nicht sagen, Jane«, gab Alicia zurück und tat so, als wäre sie gekränkt. »Wie wäre es mit: ›Dafür ist er doch viel zu ordentlich gestrickt‹?« Sie lachte, rollte dann unvermittelt das Strickzeug zusammen und warf es aufs Sofa. »Ich verstehe gar nicht, warum ich daran weiterarbeite, während Sie da sind. Erzählen Sie mir lieber, was in der Welt draußen vor sich geht«, sagte sie, stand auf und schob sich an den Hunden vorbei zum Kamin, um Holz nachzulegen. »Es kommt mir ganz so vor, als hätte ich schon lange mit keinem Menschen außerhalb dieses Hauses gesprochen.«

Es dauerte volle fünf Minuten, bis ihr Jane die wichtigsten Neuigkeiten aus der näheren Umgebung berichtet hatte: daß der unaufhörliche Regen zwischen Dalnachoil und Achnacudden ein Stück Straße weggerissen hatte und die örtliche Armee-Einheit der ohnehin schon überlasteten Straßenbaubehörde zu Hilfe gekommen war, um die Lücke mit einer Behelfsbrücke zu schließen; daß der Postbotin von Dalnachoil, Mrs. Mackenzie, auch infolge des schlechten Wetters, ihre Arthritis entsetzlich zu schaffen machte. Dabei seien ihre Knöchel

›buchstäblich so dick wie Luftballons angeschwollen, Mrs. Spiers, so daß ich nur in Pantoffeln hinter dem Schalter sitzen und meine Kunden bedienen kann‹; und daß sich sämtliche Dorfbewohner voll Mitgefühl nach der Familie in Inchelvie House erkundigt hatten. Schließlich erzählte sie Alicia noch, wie verheerend die Grippe in der Schule gewütet und daß es Roger für richtig gehalten hatte, bei allen Kindern Hausbesuche zu machen, weil er hoffte, auf diese Weise einer weiteren Ausbreitung der Krankheit einen Riegel vorschieben zu können, zu der es zweifellos gekommen wäre, wenn er die Kinder in seiner Praxis behandelt hätte.

Alicia machte ein besorgtes Gesicht. »Wissen Sie, meine Liebe, Ihr Mann arbeitet viel zuviel. Hätte er nicht schon im vorigen Jahr aufhören können? Vielleicht ist es ja dumm von mir, das zu sagen, denn schließlich hat er hauptsächlich weitergemacht, um Rachel zu behandeln – aber kann er nicht zumindest all die Hausbesuche den jüngeren Kollegen in seiner Gemeinschaftspraxis überlassen? Irgendwann müssen die doch sowieso ohne ihn zurechtkommen.«

Mit einem Seufzer lehnte sich Jane in ihrem Sessel zurück. »Als ob ich das nicht wüßte! Was glauben Sie, wie oft ich ihm das schon vorgeschlagen habe? Die Sache wird auch dadurch nicht einfacher, daß mich einer seiner Kollegen immer wieder fragt, ob ich Roger nicht mit sanfter Gewalt dazu bringen könnte, seinen Beruf an den Nagel zu hängen – ich bin da wirklich in einer Zwickmühle. Sie und ich sitzen zur Zeit im selben Boot, was? Beide haben wir einen Mann, der eigentlich längst hätte aufhören sollen, aber nach wie vor arbeitet.«

Alicia lächelte. »Das stimmt. Aber bei George sind die Umstände ziemlich außergewöhnlich.«

»Da haben Sie recht. Wie geht es ihm eigentlich?«

»Er ist völlig am Ende, wie wir alle. Allerdings habe ich den Verdacht, daß er insgeheim froh ist, wieder etwas tun zu dürfen. Trotzdem stelle ich es mir ziemlich hart vor, wenn jemand nach zehn Jahren im Ruhestand Knall auf Fall wieder tagtäglich Verantwortung übernehmen muß. Damit will ich nicht sagen, daß er schrecklich überlastet wäre. Der neue Geschäftsführer bei Glendurnich, Duncan Caple, macht seine Sache ausgezeichnet und leitet ganz nebenher Davids Marketingabteilung, aber George meint, daß er als Seniorchef, Hauptanteilseigner und *zugleich* Davids Vater nach Kräften mithelfen muß, zumal der Whiskymarkt gegenwärtig im Umbruch ist. Ich will nicht behaupten, daß ich viel davon verstehe, aber es sieht ganz so aus, als gäbe es täglich mehr Markteinführungen und offizielle Veranstaltungen, bei denen George die Firma nach außen hin vertreten muß.«

Alicia schwieg eine Weile, stützte einen Ellbogen auf die Sessellehne und legte den Kopf in die Hand.

»Aber was ihn wie mich *wirklich* Kraft gekostet hat, war, daß wir wieder in der hektischen Tretmühle mittraben mußten, die wir seit Jahren hinter uns hatten! Da hieß es nicht nur morgens früh aufstehen und die Kinder für die Schule fertigmachen – sie waren ja ständig im Haus, und so mußten wir auch dauernd für sie dasein. Großer Gott, kurz bevor die Schule wieder anfing, wollte Charlie, daß ich mit ihm raus auf den Rasen gehe und für ihn die Tontauben-Wurfmaschine bediene! Können Sie sich das vorstellen? Von technischen Dingen verstehe ich ja nun wirklich nichts. Kein Wunder, daß der Junge immer wieder geschimpft hat: ›Ach Oma, du bist zu gar nichts nütze!‹, weil ich eine Tontaube nach der anderen etwa in Höhe seiner Knie losgelassen habe!« Lachend beugte sich Alicia vor. »Wenn ich es recht überlege, ist heute so ungefähr das erste Mal seit einem Monat, daß ich es mir gemütlich gemacht und mir etwas Ruhe gegönnt habe.«

»Und ausgerechnet da muß ich hereinplatzen und Ihren Frieden stören«, sagte Jane. »Das tut mir leid.«

Alicia winkte beschwichtigend ab. »Ach was, meine Liebe. Ihr Besuch ist genau das, was mir der Arzt verordnen würde.« Mit fragendem Blick sah sie Jane an. »Oder etwa nicht?«

Jane war überrascht. »Das nenne ich Einfühlung.« Sie lächelte. »Aber Sie haben natürlich recht. Roger hat mich tatsächlich gebeten, mal nachzusehen, wie es Ihnen allen hier geht. Daher habe ich mich auch in aller Ruhe mit Effie unterhalten, für den Fall, daß der Zeitpunkt nicht günstig gewählt war.« Nach kurzem Schweigen fuhr sie fort: »Sie sagt, daß David nach wie vor andere Menschen meidet.«

»Ja, leider«, sagte Alicia leise. Einer der Hunde hatte den Platz am Kamin verlassen und lag jetzt zu ihren Füßen, den Kopf auf ihrem Schuh. Sie beugte sich vor und kraulte ihn. »Das Fürchterliche an dieser ganzen Geschichte ist, daß unsereins nicht nachvollziehen kann, was er durchmacht. Er hat seine Lebensgefährtin verloren. Es ist einfach ungerecht.« Mit einem Mal klang Alicias Stimme zornig und hilflos. »Die vielen älteren Leute in unserer Bekanntschaft, denen Mann oder Frau gestorben ist, mußten mehr oder weniger damit rechnen. Aber weder Sie noch ich wissen, wie das ist, weil es uns nicht getroffen hat.« Schweigend strich sie sich eine lose graue Strähne hinter das Ohr. Dabei sah sie abwesend an Jane vorbei. »Entschuldigen Sie, ich meine das nicht so, wie es klingt. Ich glaube, es ist überhaupt das erste Mal, daß ich es laut gesagt habe. Es ist nur so, daß ich mich … ja … richtig schuldig fühle.«

»Aber das ist doch nur allzu natürlich«, sagte Jane. Allem Anschein nach mündet der Schmerz, einen Menschen zu verlieren, der einem nahesteht, immer in Wut oder Schuldgefühle. Immerhin hat David mit seinen dreiundvierzig Jahren – so alt ist er doch? – das ungeheure Glück, noch beide Eltern zu haben, die ihm zur Seite stehen können. Das hat doch auch sein Gutes. Wie hätte er so viel Zeit darauf verwenden können, sich um Rachel zu kümmern, wenn nicht Sie und George ihm alles mögliche abgenommen hätten? Es ist großartig, wenn ein Mensch Freunde hat, aber Verwandte sind noch besser. Bestimmt ist er sich dessen auch bewußt.«

»Sicher, ich weiß, aber man fühlt sich so nutzlos. Wie sehr wünsche ich, daß es etwas gäbe, wie soll ich sagen, etwas, das ich *tun* kann, um ihm zu helfen. Wenn er doch wenigstens ab und zu darüber reden würde! Aber er scheint alles in sich hineinzufressen. Wenn ich mich richtig entsinne, hat er Rachels Namen seit der Beerdigung nicht in den Mund genommen. Nach außen hin ist es so, als hätte sie nie existiert, aber mir ist klar, daß der arme Junge entsetzlich aufgewühlt ist. Es ist schlimm, aber manchmal möchte ich ihn am liebsten bei den Schultern packen und richtig durchschütteln.« Alicia holte tief Luft. »Und ihn anschließend ganz fest in die Arme nehmen.«

In dem darauffolgenden Schweigen merkte Jane zum ersten Mal, wie Wind und Regen gegen die vier großen Doppelfenster des Salons peitschten. Sie betrachtete die dräuenden schwarzen Gewitterwolken und dachte bei sich, auf welch grausame Weise die Elemente die Tragödie noch hervorhoben, die über dieses Haus gekommen war. Ihr Instinkt riet ihr, dem Gespräch eine andere Wendung zu geben. Für den Augenblick war genug gesagt worden, und es würde weder Alicia noch sie selbst weiterbringen, wenn sie in der eingeschlagenen Richtung weitermachten. Kopfschüttelnd wandte sie sich vom Fenster ab.

»Sollte man ein solches Wetter im Mai für möglich halten?« Sie sah zur silbernen Stiluhr auf dem Kaminsims hinüber. »Erst Viertel nach fünf, und es ist schon fast vollständig dunkel.« Dann, überrascht: »Nein, schon Viertel nach fünf! Wo habe ich nur meine Gedanken?« Sie stemmte sich aus dem Sessel. »Der arme Arthur sitzt die ganze Zeit hinten in meinem Wagen, und ich habe ihm versprochen, daß ich nur ganz kurz weg sein würde. Wahrscheinlich hat er inzwischen das Hundegitter durchgebissen.«

Alicia erhob sich mit etwas Mühe. »Meine Liebe, Sie hätten ihn mit reinbringen sollen. Die Jungs hier hätten ihn gern in ihrer Mitte begrüßt.«

»Nein, nein, er hätte nur alles durcheinandergebracht. Er ist nicht so wohlerzogen wie Ihre drei. Außerdem sind wir heute nachmittag lange in der Heide herumgestromert, und er ist durch und durch naß.«

»Da hat er aber ein liebes Frauchen, das an einem solchen Tag mit ihm rausgeht. Ich muß zugeben, daß ich mich heute gedrückt habe. Ich habe den dreien einfach die Haustür aufgemacht und sie zehn Minuten lang draußen herumtoben lassen. Bei solchem Wetter setze ich keinen Fuß vor die Tür!«

Alicia trat an eins der Fenster und löste die Kordeln der deckenhohen Damastvorhänge. »Es besteht wohl auch keine Aussicht, daß es viel besser wird. Vielleicht sollte man das scheußliche Wetter einfach aussperren, was?« Mit diesen Worten zog sie die schweren Vorhänge vor.

Jane trat ans mittlere Fenster, um dort ebenfalls die Vorhänge zu schließen. Während sie die eine Kordel löste, spähte sie hinaus in die Abenddämmerung, die über dem Park des Herrenhauses hereinbrach. Selbst an diesem Tag wirkte er schön. Majestätisch schwang sich die weit ausgedehnte, von hohen Birken und Eichen umstandene Rasenfläche hinab zum schaumgekrönten dunklen Wasser des kleinen, fischreichen Sees. Staudenrabatten mit Azaleen und Rhododendren, die erste Blütenansätze zeigten, belebten das Bild. Tapfer reckten Narzissen, die wegen des späten Frühjahrs noch blühten, ihre gelben Köpfchen – kleine Farbflecken, die dem allumfassenden Grau des Spätnachmittags trotzten. Rechts von der Rasenfläche, wo zwischen sauber gestutzten Buchsbaumhecken zwei parallele Wege zu einem kleinen, von einer niedrigen Mauer umgebenen Gemüsegarten führten, fielen Jane deutliche Veränderungen an der Anlage ins Auge. Die dunkle, fruchtbare Erde war erst kürzlich umgegraben worden. Es sah ganz so aus, als sollten dort zwei neue Blumenbeete entstehen. Gerade wollte sie sich umdrehen und Alicia etwas darüber sagen, als eine Bewegung an einem der Beete ihre Aufmerksamkeit erregte. Sie rückte dichter an die Scheibe heran und schirmte die Augen mit den Händen vor dem Licht aus dem Wohnzimmer ab.

»Das sieht ja ganz so aus …« Jane spürte, wie Alicias Arm den ihren streifte, als sie neben sie trat. Auch sie spähte hinaus.

Alicia setzte Janes angefangenen Satz fort: »… als ob da draußen zwei Männer bei Wind und Wetter Löcher in den Garten graben und schrecklich naß dabei werden.«

»Was *treiben* die da nur?« Sie kniff die Augen zusammen, um im abnehmenden Licht des Tages mehr zu sehen.

Alicia lachte. »Erkennen Sie sie nicht? Das sind David und Jock – Sie wissen doch, Effies Mann. Sie pflanzen schon den ganzen Tag Rosen in dem neu angelegten Beet.«

Jane wandte sich um und sah Alicia ungläubig an. »Bei dem Mistwetter? Warum denn nur? Die können sich eine doppelseitige Lungenentzündung holen, wenn sie nicht aufpassen.«

»Es ist mir völlig unmöglich, sie daran zu hindern. Seit fünf Monaten arbeitet David draußen im Park, und es scheint das einzige zu sein, was ihm wirklich guttut.«

»Tatsächlich? Inwiefern?« fragte Jane und sah wieder zu den beiden Männern hinaus.

Alicia zog einen weiteren Vorhang zu. »Erinnern Sie sich noch, wie David im Dezember aufgehört hat, in der Firma zu arbeiten und mit Rachel und den Kindern nach der ersten Chemotherapie aus The Beeches hierher gezogen ist?«

»Natürlich«, sagte Jane und trat vom Fenster zurück, damit auch die restlichen Vorhänge geschlossen werden konnten.

»Damals war George der Ansicht, es wäre gut für David, etwas zu haben, was ihn auf andere Gedanken bringen konnte. Er hat ihn deshalb gefragt, ob er ihm nicht bei der Arbeit auf dem Besitz zur Hand gehen könnte.« Alicia stützte sich mit beiden Armen auf die Lehne eines der Sofas. »Aber schon bald hat David gemerkt, daß der Gutsverwalter blendend ohne ihn zurechtkommt. Als er eines Tages in dessen Büro bestimmte Papiere gesucht hat, sind ihm die alten Pläne in die Hände gefallen, auf denen man sehen kann, wie der Park von Inchelvie zu der Zeit ausgesehen hat, als das Haus gebaut wurde. Einige der ursprünglichen Blumenbeete sind, wie es aussieht, verschwunden. Vermutlich hat man im Ersten Weltkrieg an ihrer Stelle Rasen angesät, weil Arbeitskräfte knapp waren. Da hat sich David aus eigenem Antrieb entschlossen, dem Park sein früheres Aussehen wiederzugeben. Und von Stund an hat er buchstäblich jede freie Minute da draußen verbracht. Immer, wenn Rachel in Inverness behandelt wurde oder sich zum Schlafen hingelegt hatte, ist er rausgegangen, hat sich die alten Pläne vorgenommen und gegraben.« Alicia lachte und richtete sich wieder auf. »Irgendwann zwischendurch hat er Jock als Gehilfen angeheuert. Ich glaube nicht, daß der Gute in seinem ganzen Leben je so hart hat arbeiten müssen.«

Die beiden Frauen gingen ans dritte Fenster. Obwohl es draußen inzwischen fast finster war, sahen sie noch einmal hinaus. Die beiden Gestalten standen jetzt näher am Haus, und der schwache Lichtschein aus dem Fenster, an dem Jane und Alicia standen, fiel auf sie. Barhäuptig und mit regennassem Haar sprach David auf Jock ein, der gelbes Ölzeug und einen breitkrempigen Südwester trug und auf die kunststoffumhüllten Papiere sah, die David ihm zeigte.

Alicia und Jane traten vom Fenster zurück. Keinesfalls wollten sie, daß die beiden Männer sahen, daß sie sie beobachteten. Lächelnd wandte sich Alicia an Jane. »Die Wut, die der Park in den letzten fünf Monaten abgeleitet hat, muß unermeßlich sein.«

Sie zog am letzten Fenster die Vorhänge zu und schloß damit den Tag endgültig aus.

KAPITEL 2

George Inchelvie klappte den Ordner auf seinem Schreibtisch zu, setzte die Kappe auf seinen Füller und steckte ihn in die Innentasche seines Tweedjacketts.

Der Wind, der am Fenster des Büros rüttelte, und das Geräusch des gegen die Scheiben prasselnden Regens brachten ihn dazu, sich in seinem Schreibtischsessel umzudrehen und auf die Reihe der silbrig glänzenden Birken zu schauen, die unter dem Anprall des Windes die dünnen Äste schüttelten. Erst im Vorjahr hatte man die jungen Bäume als künftige Schattenspender auf dem neu angelegten Parkplatz der Destillerie gepflanzt.

Er sah auf seine Armbanduhr. Vier Uhr vorbei. Er drückte den Knopf der Gegensprechanlage, und sofort meldete sich die schottisch gefärbte Stimme seiner jungen Sekretärin.

»Euer Lordschaft wünschen?«

»Mhairi, ich gehe heute etwas früher. Ich muß am Abend noch zu einer Versammlung in Dalnachoil und möchte zu Hause sein, bevor das Wetter noch schlechter wird. Haben Sie noch irgendwelche Nachrichten für mich?«

»Sekunde bitte, ich sehe nach.« Er hörte das Rascheln von Papier. »Nein, hier ist nichts.«

»Schön. Ist die Bestätigung meiner Teilnahme am Kongreß des Verbandes der Whisky-Hersteller in Glasgow herausgegangen?«

»Ja, außerdem habe ich im Hotel Devonshire Place von Dienstag auf Donnerstag der kommenden Woche ein Zimmer für Sie gebucht.«

»Sehr gut. Veranlassen Sie bitte, daß man mir ein Doppelzimmer reserviert, für den Fall, daß mich Lady Inchelvie begleiten möchte.«

»In Ordnung, Euer Lordschaft.«

»Vielen Dank, Mhairi. Dann also bis morgen.«

»Gute Nacht, Euer Lordschaft. Und fahren Sie vorsichtig.«

»Bestimmt, Mhairi«, sagte er und lächelte über die mütterliche Sorge der jungen Frau. Er beendete das Gespräch durch einen erneuten Druck auf den Knopf und bückte sich, um seinen Stock aufzuheben, der neben dem Schreibtisch lag. Dann stand er auf und hielt einen Moment inne, bevor er den ersten Schritt tat, bei dem ein scharfer Schmerz in sein linkes Bein fahren würde. Normalerweise dachte er nicht besonders oft an seine Verwundung aus dem Zweiten Weltkrieg, bei der ihm die Kugel, die er in Holland abbekommen hatte, gewiß das Rückgrat zerschmettert hätte, wenn sie nur wenige Zentimeter weiter rechts eingedrungen wäre, doch es kam ihm so vor, als würden seine Schmerzen bei der unaufhörlichen Nässe und Kälte mit zunehmendem Alter immer schlimmer.

Er drehte sich auf dem Absatz herum, so daß er genau gegenüber dem Garderobenständer stand. Dann tat er einen Schritt nach vorn. Obwohl es ihm wie ein heißes Messer in die linke Seite fuhr, ging er weiter, denn er wußte aus Erfahrung, daß der Schmerz mit jedem Schritt abnahm. Als er den Garderobenständer erreicht hatte, zog er den alten Tweedmantel über, setzte den schon etwas mitgenommenen Homburg auf und öffnete die Tür seines Büros.

Langsamen Schritts ging er durch das Großraumbüro der Verkaufsabteilung der Firma Glendurnich Distilleries Ltd. der zweiflügeligen großen Glastür zu, die in den Empfangsbereich führte. Die neumodische Anlage des Verwaltungstrakts in der Firma sagte ihm nicht zu, aber er behielt seine Meinung für sich. Vermutlich würde man sie für rückwärtsgewandt und spießig halten, und wenn er zehnmal Seniorchef des Unternehmens war. Einst, als er noch allein die Geschicke des Unternehmens geleitet hatte, war im Gebäude seit den Tagen, da sein Ururgroßvater Alasdair Corstorphine dort 1852 die erste Flasche Glendurnich Malt Whisky erzeugt hatte, alles mehr oder weniger unverändert geblieben. Von diesem Labyrinth aus kleinen eichengetäfelten Kontoren und schmalen Gängen aus hatte ein unmittelbarer Zugang zur Brennerei bestanden, und so waren einander dort immer wieder Mitglieder der Firmenleitung, Sekretärinnen und Arbeiter aus der Brennerei über den Weg gelaufen. Lord Inchelvies Ansicht nach hatten diese Gegebenheiten, ob gewollt oder nicht, den Erfolg des Unternehmens begünstigt, aber der Zufall hatte ihn beschleunigt. Denn als der Sohn Königin Viktorias 1882 in einem der vielen Londoner Klubs, die er aufzusuchen pflegte, Glendurnich's Finest Malt gekostet und für sehr gut befunden hatte, stand schon bald in den Klatschspalten der großen Zeitungen, daß es für den Thronfolger »ab sofort einen lohnenden Anlaß gebe, regelmäßig seine Mutter auf Schloß Balmoral zu besuchen«. Nur eine Woche hatte es daraufhin gedauert, bis der Name Glendurnich in den Kreisen anspruchsvoller Käufer bekannt geworden war.

Schon Ende 1889 hatte das Unternehmen seine Jahresproduktion auf dreihunderttausend Liter verdoppelt und wurde im folgenden Jahr Hoflieferant für schottischen Whisky. Als der König im Jahr 1906 Alasdair Corstorphines Sohn Ralph, der gleichzeitig Unterhausabgeordneter und Firmenchef von Glendurnich war, wegen seiner Verdienste um Politik und Wirtschaft des Landes in den Adelsstand erhob, nannte sich dieser nach dem großen Herrenhaus, das er auf seinem im schottischen Heideland nahe Grantown-on-Spey gelegenen Gut hatte errichten lassen, Lord Inchelvie.

Nie vergaß die Familie Corstorphine, daß diese Auszeichnungen nicht einer Einzelleistung galten, sondern dem Unternehmen insgesamt, das sich eher auf das Fachwissen der Mitarbeiter in der Brennerei als auf den Status innerhalb der Firmenhierarchie gründete. Nie würde George Inchelvie vergessen, wie sich sein Vater, in einem der Gänge an einen Heizkörper gelehnt, von den beiden jungen Brüdern McLachlan, die als Brenner und Maischer tätig waren, Einzelheiten zur Whiskyherstellung erläutern ließ; vermutlich hatten die beiden gerade in die Kantine gewollt, während der Seniorchef der Firma auf dem Weg zu einer Sitzung war.

George Inchelvie war überzeugt, daß mit den verwinkelten Gängen und den gemütlichen kleinen Einzelkontoren auch die Geschichte des Unternehmens dahingegangen war. Bevor der Umbau in Auftrag gegeben wurde, hatte ihm sein Sohn David die Pläne des Londoner Architekten gezeigt. Dazu hatte dieser in einem Begleitschreiben erklärt, der Entwurf werde »... *eine Arbeitsumgebung schaffen, die im Einklang mit den Anforderungen der modernen Technik steht. Das integrierte Computersystem gestattet den Mitarbeitern, flexibel auf die Anforderungen zu reagieren, und stellt zugleich ein Informationsnetz zur Verfügung, das von Anfang bis Ende über die Einhaltung höchster Qualität wacht und Glendurnich für die Herausforderungen des nächsten Jahrtausends rüstet*«.

In George Inchelvies Augen war der Brief ebensolcher Mumpitz wie die Pläne, besonders, weil nicht vorgesehen war, daß Brennereiarbeiter Zutritt zum neuen Verwaltungstrakt hatten. Für sie war eine Kantine näher an der Produktionsstätte eingerichtet worden, um den Zeitverlust für den Weg dorthin möglichst gering zu halten.

Er schmunzelte in sich hinein. Möglicherweise war es den Arbeitern ganz recht, daß sie nicht mehr fürchten mußten, in der Pause dem Chef über den Weg zu laufen und die Hälfte ihrer freien Zeit im Gespräch mit ihm zu vergeuden. Nötig geworden war der Neubau, weil das beständige Wachstum der Firma Arbeitsplätze für rund zwei Dutzend Mitarbeiter geschaffen hatte. Zwar wirkte der Neubau auf George Inchelvie unpersönlich, doch mußte er einräumen, daß er den Eindruck von Offenheit, Frische und Leistungsfähigkeit vermittelte, ganz im Unterschied zu den alten Gängen und stickigen Kontoren.

Das aber hieß nicht, daß er ihm gefallen hätte. Bedächtigen Schritts wie immer ging er an den verschiedenen ›Arbeitsinseln‹ vorüber: Buchhaltung, Verkauf, Marketing. Vermutlich betrachteten die in dieser ultramodernen Umgebung der Firma Tätigen ihn als Überbleibsel aus einer fernen Epoche. Dennoch sahen junge Gesichter mit einem höflichen »Guten Tag, Lord Inchelvie« von ihren Schreibtischen auf oder wandten sich ihm von ihren Computerbildschirmen zu, während er langsam vorbeiging. Er erwiderte jeden Gruß mit einem Nicken und Lächeln und fügte den Vornamen hinzu, sofern er ihm einfiel.

Drei Viertel des Weges hatte er zurückgelegt, als ein junger Mann, der in unmittelbarer Nähe der Glastür zum Empfang saß, von seinem Schreibtisch aufsprang und sie ihm aufhielt. Mit freundlichem Lächeln wartete er dort volle fünfzehn Sekunden, bis George Inchelvie ihn schließlich erreichte. »Bitte, Euer Lordschaft«, sagte er.

»Herzlichen Dank, äh –« George Inchelvie sah ihn an. »Entschuldigung, ich weiß Ihren Namen nicht.«

»Archie McLachlan, Euer Lordschaft.«

Überrascht hob George Inchelvie die Brauen. »Sie werden doch nicht etwa mit den Brüdern McLachlan verwandt sein?«

»Doch. Gregor McLachlan war mein Großvater.«

»Wie sonderbar. Gerade, als ich aus meinem Büro kam, mußte ich an Ihren Großvater und Ihren Großonkel denken. Die beiden waren geradezu eine Legende im Hause.«

Die Augen des jungen Mannes blitzten vor Stolz. »So hat man mir das ebenfalls berichtet, Euer Lordschaft.«

»Jedenfalls ist es großartig, daß die Verbindung zur Familie nicht abgerissen ist.« George Inchelvie sah auf den Schreibtisch des jungen Mannes. »Sie arbeiten im Verkauf?«

»Zur Zeit. Die ersten neun Monate meines Ausbildungsjahres war ich in der Brennerei, und die restlichen drei Monate arbeite ich in der Verwaltung.«

»Sehr gut, Archie.« George Inchelvie hielt dem jungen Mann die Hand hin. »Wir wollen dafür sorgen, daß hier mehr als die Tradition nur einer Familie weiterlebt, was?«

Archie schüttelte die Hand des alten Mannes, als bekräftige er damit einen Pakt. »Das fände ich schön, Euer Lordschaft.«

Lächelnd zwinkerte George Inchelvie dem jungen Mann zu und trat in den Empfangsbereich hinaus. Diesen Teil des Gebäudes hatte der Architekt nicht angetastet. Vier uralte braune Ledersofas standen dicht vor den getäfelten Wänden, an denen alte Sepiafotos zeigten, wie die Destillerie um die Jahrhundertwende ausgesehen hatte. Eine kunstvoll verzierte alte Standuhr tickte gemächlich zwischen zwei Mahagonivitrinen mit Flaschen voller Spezialabfüllungen des Hauses Glendurnich zu besonderen Anlässen, unter ihnen die Victory Malts zur Feier des Kriegsendes von 1918 und 1945 sowie die Abfüllung zur Königskrönung von 1903. Daneben sah man Fotos: ein Besuch des Königs, eine Präsentation anläßlich eines Golf-

Turniers. Eine rassige Rennjacht von beachtlicher Größe, die sich hart am Wind so auf die Seite legte, als wäre die Schwerkraft aufgehoben, trug auf ihrem geblähten Spinnaker das Firmenlogo von Glendurnich. Links und rechts dieser Ausstellungsstücke prangten zwei von der Feldhockey-Mannschaft der Firma gewonnene große Silberpokale.

Wichtiger aber und vermutlich weit wertvoller als all das war die Herrin über diesen Bereich, die resolute Empfangssekretärin Margaret. Sie war die treibende Kraft gewesen, die dafür gesorgt hatte, daß der Empfang unverändert geblieben war. Solange diese eindrucksvolle Dame dort wachte, die mit jedem sprach, als wäre er stocktaub, brauchte niemand im Hause Glendurnich um die Sicherheit zu fürchten.

Vierzig Jahre zuvor hatte sie mit ein wenig Nachhilfe durch ihren Vater, der Brennmeister war, ihre erste Anstellung im Schreibsaal bekommen. Seit man ihr fünf Jahre später den Empfang und die Telefonzentrale anvertraut hatte, hielt sie dort hof, und nichts entging ihr. Ein einziges Mal hatte bei einer Direktoriumssitzung ihre Versetzung in den Ruhestand zur Debatte gestanden, doch waren die Herren so schnell wie bei keiner anderen Frage in der Geschichte des Unternehmens zur Tagesordnung übergegangen. Seither wurde allgemein die Auffassung vertreten, es müsse Unglück für Glendurnich bedeuten, wenn Margaret je ginge, ähnlich, wie man es von den Raben sagt, die den Londoner Tower umkreisen.

Als George Inchelvie durch die Glastür kam, hob sie den Blick. »Machen Sie Feierabend?«

»Ja, Margaret. Ich habe heute abend eine Versammlung in Dalnachoil, und weil das Wetter so schlecht ist, halte ich es für besser, ein bißchen früher zu gehen.«

Sie erhob sich zu voller Größe und trat hinter ihren Stuhl, um etwas vom Boden aufzuheben, wobei einen Augenblick lang ihr in einem Rock mit Karomuster steckendes gewaltiges Hinterteil alles war, was man von ihr sehen konnte. »Gleich ist es soweit«, hörte George Inchelvie ihre Stimme.

Dann tauchte sie, leicht keuchend von der Anstrengung, hinter der Empfangstheke auf, einen beigefarbenen Regenmantel auf dem Arm und einen bunten Golfschirm in der Hand. »Ich begleite Sie rasch zu Ihrem Wagen, sonst werden Sie noch klatschnaß.«

»Das ist sehr freundlich von Ihnen, Margaret, aber durchaus unnötig –« Es gelang George Inchelvie nicht, seinen Satz zu vollenden, denn sogleich dröhnte sie: »Kein Wort weiter, Euer Lordschaft. Ich werfe mir nur rasch den Mantel über, dann werden wir miteinander den Elementen trotzen. Einverstanden?«

Sie legte den Schirm auf die Theke und machte sich daran, ihren Regenmantel anzuziehen. »Wie geht es eigentlich Mr. David?« fragte sie mit fast normaler Lautstärke.

»Danke, recht gut. Er hat noch dies und jenes zu erledigen, fängt aber bestimmt bald wieder zu arbeiten an.«

»Das hoffe ich, Euer Lordschaft, denn uns allen hier fehlt er.« Sie knöpfte den Mantel zu und schlang den Gürtel um ihre massige Taille. »Es würde mich freuen, wenn Sie ihm sagen könnten, daß ich nach ihm gefragt habe.«

»Das tue ich selbstverständlich. Vielen Dank.«

Sie hatten beinahe die Drehtür erreicht, als Margarets Telefon klingelte. Sie eilte zurück, nahm ab und brüllte in den Hörer: »Hier Empfang … ja, hallo, Mr. Caple … nein, Lord Inchelvie ist noch da, will aber gerade gehen. Er muß heute abend zu einer Versammlung … gewiß, ich frage ihn … gewiß, Mr. Caple.« Sie legte den Hörer hin und wandte sich an George Inchelvie. »Mr. Caple wäre Ihnen dankbar, wenn Sie einige Augenblicke Zeit für ihn hätten. Er sagt, er kommt gleich.«

George Inchelvie lächelte. »So geht es, wenn man versucht, sich vorzeitig davonzustehlen. Es kommt immer heraus. Jedenfalls vielen Dank, Margaret. Ich denke, Sie ziehen am besten Ihren Mantel wieder aus. Ich weiß, wie lang Mr. Caples ›Augenblicke‹ sind.«

Während Margaret wieder hinter die Empfangstheke zurückging, öffnete sich die Glastür zum Verkaufsbereich, und Duncan Caple kam heraus. Man hätte diesen hochgewachsenen, breitschultrigen Mann von Ende Dreißig eher für einen Buchhalter als für einen Geschäftsmann mit Weitblick und unternehmerischem Wagemut gehalten. Genau diesen Eigenschaften aber verdankte er seinen Ruf und den Umstand, daß ihn David ein Jahr zuvor von einem Sherryhersteller im südspanischen Jerez abgeworben hatte, damit er bei Glendurnich als Geschäftsführer eintreten konnte. Doch obwohl George Inchelvie von den beruflichen Fähigkeiten des Mannes überzeugt war, fehlten ihm in seinen Augen Persönlichkeit und gesellschaftlicher Schliff.

»George, alter Junge, wie nett von Ihnen, daß Sie warten«, sagte Duncan Caple. George Inchelvie warf ihm einen verärgerten Blick zu, denn diese Art formloser Anrede verstimmte ihn ebenso wie Caples Angewohnheit, herablassend und betont langsam mit ihm zu reden, als leide er an einem frühen Stadium der Alzheimerschen Krankheit.

Caple streckte ihm die Hand entgegen, was George Inchelvie für völlig überflüssig hielt, waren sie einander doch an jenem Tag bereits dreimal begegnet. Dennoch nahm er die Hand und drückte sie so kräftig, wie er konnte, um ihm zu zeigen, daß sein verwirrtes Gehirn nach wie vor imstande war, Befehle an seine Armmuskeln zu senden.

»Ich möchte mich nicht zu lange aufhalten, Duncan. Ich habe heute abend noch eine Versammlung.«

Aus reiner Bosheit beschloß George Inchelvie, von Anfang an seine höhere Position ins Spiel zu bringen. Er ging zu dem hohen, reichverzierten Sessel am Kopfende des großen Konferenztisches im Besprechungsraum, hängte seinen Stock an dessen Rückenlehne und ließ sich vorsichtig zwischen den lederbezogenen Armlehnen nieder, wobei er die zerknitterten Schöße seines Mantels hochschlug.

»Nehmen Sie Platz, Duncan«, sagte er und wies auf den Sessel neben sich.

Caple ließ sich tief in den Sitz sinken, streckte die Beine von sich, schlug sie übereinander und verschränkte lächelnd die Hände hinter dem Kopf. Mit seiner betonten Formlosigkeit gab er zu verstehen, was er von diesem Versuch hielt, die Form zu wahren.

»Wie geht es David?« fragte er übergangslos.

George Inchelvie sah ihn aufmerksam an und überlegte, ob der Mann mit der Frage Hintergedanken verband oder aufrichtig Anteil nahm.

Er antwortete gedehnt: »Recht gut. Natürlich hat er zu Hause noch viel zu erledigen, Sie wissen schon, Rachels Nachlaß und so weiter, aber er kommt allmählich voran.«

Caple blies die Backen auf. »Gut... gut«, sagte er und nickte bedächtig. »Das höre ich gern.«

Plötzlich richtete er sich auf, zog seinen Sessel an den Tisch heran und stützte das Kinn auf die Hände. »Hören Sie, George. Wir haben ein Problem, und ich weiß nicht, wie wir das lösen können... jedenfalls so, wie die Dinge gegenwärtig liegen.«

Caples unerwartete Offenheit verblüffte George Inchelvie einen Augenblick. »Falls ich helfen kann...«

»Ich denke schon, George.« Caple hob den Blick. »Meiner Überzeugung nach sollten wir in den Vereinigten Staaten einen anderen Vertriebspartner beauftragen.«

George Inchelvie rutschte auf seinem Sessel hin und her und sah den Jüngeren aufmerksam an. »Was? Sie wollen der Firma Lacey den Vertrag kündigen? Und warum? Sie vertritt uns seit fünfzig Jahren. Immerhin ist Jim Lacey ein guter Freund.«

Caple hob die Hände, als wolle er damit dem Redefluß Einhalt gebieten. »Schon, George, aber es ist nun mal so, daß die Firma im letzten Jahr immer weiter hinter die projektierten Absatzzahlen für Glendurnich zurückgefallen ist. Der Marktbericht von Morgan-Graz von voriger Woche zeigt umißverständlich, daß eine unmittelbare Beziehung zwischen unserem Verlust an Anteilen auf dem amerikanischen Markt und dem Erfolg von Glenlivet und Glenfiddich dort besteht. Das dürfen wir einfach nicht hinnehmen, und wir können es uns auch nicht leisten.«

Nachdenklich schwieg George Inchelvie, rieb sich die faltige Wange und sah zum anderen Ende des Tisches hin. »Für eine solche Entscheidung müßte eine Direktoriumssitzung einberufen werden. Die können Sie nicht im Alleingang fällen.«

»Das ist mir klar, George. Am besten findet diese Sitzung gleich übermorgen statt. Wir müssen auf jeden Fall unverzüglich etwas unternehmen, daher möchte ich, daß bis Ende dieses Monats ein neuer Vertriebspartner eingesetzt wird.«

»Mein Gott, das ist ja schon übernächste Woche!«

»Sicher, aber die Sache duldet keinen Aufschub, und ... na ja ... das war auch der Grund, warum ich mich nach David erkundigt habe.«

»Was wollen Sie damit sagen?« fragte George Inchelvie.

»Nun« – erneut lehnte sich Caple in seinem Sessel zurück – »ich möchte, daß er so bald wie möglich wieder seine Arbeit in der Firma aufnimmt.«

»Das kommt überhaupt nicht in Frage«, stieß George Inchelvie leidenschaftlich hervor. »Er hat zur Zeit mehr als genug anderes zu tun, und ich denke, daß wir die Sache ohne weiteres allein regeln können. Außerdem haben Sie selbst gesagt, daß er zu Hause bleiben kann, so lange es erforderlich ist.«

Caple nickte. »Gewiß. Aber das war, bevor diese Sache ans Licht gekommen ist. Das können wir *keinesfalls* allein regeln. Ich habe ab Mitte nächster Woche in London und auf dem Kontinent zu tun, und Sie fahren zum Kongreß der Whisky-Hersteller in Glasgow.« Er schwieg und strich sich mit beiden Händen das Haar aus der Stirn. »Immerhin ist David nach wie vor Leiter des Marketings. Ich fürchte, es ist *seine* Aufgabe, den neuen Vertriebspartner auszuwählen und einzusetzen.«

George Inchelvie legte den Ellbogen auf die Armlehne seines Stuhls, schloß die Augen und rieb sich mit kleinen, kreisförmigen Bewegungen der Finger die Stirn. Plötzlich lagen in ihm der Beschützerinstinkt des Vaters und die Sorge um das Wohlergehen der Firma miteinander im Widerstreit. Vor seinem inneren Auge sah er seinen Sohn. Er, noch vor einem Jahr ein lebensfroher, dynamischer junger Mann, vor dem ein glückliches Leben lag, brachte inzwischen jede Stunde des Tages damit zu, wie besessen im Park von Inchelvie zu graben, um zu verhindern, daß die Gedanken an seine verstorbene Frau die Oberhand in ihm gewannen. Es sah nicht so aus, als beabsichtige er, damit aufzuhören.

Caple, der ihn aufmerksam beobachtete, merkte, wie ihm die Farbe aus dem Gesicht wich. Gerade wollte er etwas sagen, als George Inchelvie langsam zu sprechen begann: »Es ist mein Ernst. Ich glaube nicht, daß David eine solche Aufgabe jetzt schon übernehmen kann.«

Caple dachte kurz nach. »Gerade wollte ich sagen, daß eine Luftveränderung für ihn im Augenblick genau das Richtige wäre. Ich kann Ihnen versichern, daß die Sache nicht allzu anstrengend wird. Alles, was er zu tun hat, ist … nun, er muß einfach vor Ort sein.«

Seufzend nahm George Inchelvie zur Kenntnis, daß der schreckliche Mensch dies eine Mal tatsächlich Mitgefühl zu haben schien. »Ich weiß«, sagte er, und seine Stimme klang alt und dünn, »und ich bin Ihnen dankbar für Ihr Verständnis. Aber es geht nicht nur darum, daß er aus Schottland fort müßte, um auf andere Gedanken zu kommen. Ich bin ziemlich sicher, daß er gerade jetzt in der Nähe seiner Kinder sein möchte.«

Das Lächeln wich aus Caples Gesicht. Einen Weile sah er George Inchelvie an, dann stand er auf und ging unruhig im Raum auf und ab.

»Das verstehe ich ja, aber Sie müssen die Sache auch von meinem Standpunkt aus betrachten. Man hat mich vor einem Jahr hierher geholt, damit ich die Expansion der Firma vorantreibe. Bisher ist mir das gelungen, doch ohne Ihre rückhaltlose Unterstützung kann ich diese Aufgabe nicht weiter durchführen. In dieser Situation brauche ich dringend jemanden, der für das Marketing verantwortlich ist. Ich kann nicht zulassen, daß wir auf unserem wichtigsten Auslandsmarkt weitere Marktanteile einbüßen.« Er drehte sich um und sah George Inchelvie an. »Die Firma braucht einen Leiter für das Marketing, und zwar so bald wie möglich. Es tut mir leid, das sagen zu müssen, George, aber wenn David nicht imstande ist, seine Aufgabe wahrzunehmen, muß ich mir überlegen, wen ich an seine Stelle setze.« Caple hatte das andere Ende des Tisches erreicht. Wieder wandte er sich um und sah George Inchelvie ins Gesicht, bevor er fortfuhr: »Ich fürchte, ich werde bei der nächsten Sitzung die Vertreter der Firmenspitze bitten müssen, dieser Frage ohne Ansehen der Person ihre ganze Aufmerksamkeit zu widmen.«

Dann sah er auf seine Uhr. »Ich hoffe, ich habe Sie nicht zu lange aufgehalten. Schaffen Sie es noch rechtzeitig zu Ihrer Versammlung?«

George Inchelvie nickte langsam und hob bestätigend die Hand.

»Nun, dann gute Nacht, und fahren Sie vorsichtig. Bei diesem Dauerregen sind die Straßen nicht ganz ungefährlich.«

Er wandte sich zur Tür und verließ den Raum. Einige Sekunden blieb George Inchelvie noch sitzen, dann stand er auf und ging zum Telefon, das auf einem Tischchen an der Seitenwand stand. Er nahm den Hörer ab und wählte.

»Hallo, Hamish? ... Ja, ich bin's, George Inchelvie... Ich fürchte, ich kann heute abend doch nicht an der Versammlung teilnehmen... Nein, tut mir leid, aber es ist mir etwas dazwischengekommen. Können Sie mich bei den Anwesenden entschuldigen? Vielen Dank, Hamish. Sonst ist alles in Ordnung? ... Gut... Beste Grüße an Christine... Auf Wiedersehen.«

KAPITEL 3

Jock lehnte den Spaten gegen seinen Oberschenkel und blies sich im vergeblichen Versuch, seine erstarrten Finger ein wenig aufzuwärmen, in die Hände. Mit der einsetzenden Abenddämmerung schien der Regen immer stärker zu werden, und der heftige Aufprall der Tropfen auf seinem Südwester und das Pfeifen des eiskalten Windes übertönte das Geräusch, mit dem Davids Spaten neben ihm in den Boden fuhr. Jock zuckte zusammen, als er den Spaten wieder zur Hand nahm. Die Nässe machte seiner arthritischen Schulter zu schaffen. Er sah zu David hinüber, der wie immer ohne Pause weitergrub und nicht zu merken schien, was um ihn herum vorging.

»Mr. David.«

Der Angesprochene richtete sich auf und stieß seinen Spaten in die Erde.

»Mr. David, es wird allmählich dunkel.«

Mit spöttischem Lachen quittierte David Jocks mißmutig vorgebrachte diplomatische Untertreibung. Ihm war durchaus klar, daß er damit sagen wollte, wie verrückt sie beide waren, im strömenden Regen im Park zu graben, während es so schnell dunkel wurde, daß sie kaum noch sahen, was sie taten.

Aber so war Jock nun einmal. Solange ihn David kannte, und das dürfte, überlegte er, der größte Teil seines Lebens sein, hatte er stets mit Worten gegeizt. Jock ging seiner Arbeit im Park mit so finster-feierlicher Miene nach, als wäre die ganze Welt schuld an seiner Unfähigkeit, sich auszudrücken. Doch unter seiner rauhen Schale schlug ein gütiges Herz, und Jock selbst hatte sich David für die Aufgabe angeboten, die Blumenbeete wieder in alter Schönheit erstrahlen zu lassen. Seine Bereitschaft, ihm dabei zur Hand zu gehen, hatte er mit der knappen Äußerung zu verstehen gegeben: »Ich faß am besten mit an. Sie scheinen nicht so recht zu wissen, wie man mit 'nem Spaten umgeht, was?«

Seither arbeiteten sie ununterbrochen gemeinsam an diesem Projekt. Jeden Morgen begrüßte ihn Jock mit einem Nicken und einem Laut aus seinem Mund, der so kurz und unverständlich war wie ein Fragezeichen. Die beiden bildeten ein vollkommenes Zwiegespann. Keiner wollte über sich selbst oder seine Gedanken sprechen; das Graben und Harken der neuen Beete, das Pflanzen der Rosen, das Bewußtsein, daß ihr Vorhaben Gestalt annahm, war ihnen Verständigung genug.

David sah zum schwärzer werdenden Himmel empor. »Ja, Jock. Wahrscheinlich haben Sie recht. Tut mir leid, Sie so lange hier draußen festgehalten zu haben. Ich hatte gehofft, daß wir das Beet heute fertig bekommen.« Er zog den Spaten aus dem Boden, trat aus dem Beet aufs Gras und warf einen prüfenden Blick auf ihr Tagewerk. »Kommen Sie, wir machen Feierabend. Den Rest erledigen wir morgen.«

»Immer vorausgesetzt, der Herr läßt uns den morgigen Tag erleben«, sagte Jock brummig. »Geben Sie mir Ihren Spaten, Mr. David, ich bring das Werkzeug in den Schuppen.«

David übergab dem Alten seinen Spaten und sah ihm nach. Jocks Ölzeug quietschte, wenn er ging. Aus den Tiefen einer Innentasche seines Jacketts holte David die erdverschmierte Kunststoffhülle mit dem Plan der Parkanlage. Während er langsam auf das Haus zuging, betrachtete er die Zeichnungen, blieb dann stehen, drehte sich um und warf einen Blick auf die neuen Beete. Sie waren nahezu fertig. Nur noch das letzte Stück um die geflammte Stechpalme herum mußte umgegraben werden, dann war alles im Park von Inchelvie wie einst.

Aber eigentlich wollte er gar nicht fertig werden, denn damit würde die Verbindung zwischen Gegenwart und Vergangenheit abreißen, die er mit dieser Arbeit aufrechterhalten wollte, die Verbindung zwischen diesem Augenblick, in dem er dastand, während ihm der Regen über das Gesicht lief, und Rachel.

Mit seinen erdverkrusteten Händen wischte er sich nicht nur die Regentropfen, sondern auch die Tränen ab, die ihm unwillkürlich in die Augen gestiegen waren. »Mist!«

Er schlug sich mit beiden Händen kräftig ins Gesicht, um einen klaren Kopf zu bekommen, dann setzte er sich in Bewegung und überquerte im Laufschritt den Rasen. Als er die Schmalseite des Hauses erreichte, wollte er sein Tempo beschleunigen, doch die schwere Wachsjacke und seine lose sitzenden Gummistiefel behinderten ihn.

Er öffnete das kleine schmiedeeiserne Tor, das zur kiesbestreuten Auffahrt vor dem Herrenhaus führte. Als er es zuwarf, hörte er, daß der Riegel nicht einschnappte und es hinter ihm wieder aufging. Er blieb stehen und stemmte die Hände in die Hüften. Während er tief Luft holte, hörte er über dem Geräusch des Windes ein Auto auf der Zufahrt. Er spähte hinüber, um zu sehen, ob er es erkennen konnte, doch sah er durch die Bäume lediglich den schwachen rötlichen Schimmer von Rückleuchten, der sich bald in der Dunkelheit verlor.

Er achtete darauf, daß das Tor fest geschlossen war, überquerte dann die Auffahrt und lief die Freitreppe hinauf, wobei er immer zwei Stufen auf einmal nahm. Gerade als er die Haustür aufriß, ging seine Mutter durch die Halle zum Salon. »David!« rief sie aus. »Wie hast du mich erschreckt!«

»Tut mir leid«, sagte er mit einem Lächeln und hob entschuldigend die Hand. Er öffnete den Reißverschluß seiner Jacke, warf sie auf die Kirchenbank und trat sich anschließend die Stiefel von den Füßen.

»Geht es voran, mein Junge?« fragte Alicia und kam zu ihm herüber.

»Wie meinst du das?« fragte er beinahe trotzig, während er sich, auf einem Fuß balancierend, eine Socke hochzog.

»Na ja, kommst du mit der Arbeit im Park voran?«

»Ach so. Ganz gut. Das Beet wird morgen fertig.«

»Das ist ja wunderbar, vor allem, wenn ich bedenke, daß du bei diesem entsetzlichen Wetter arbeitest. Du und Jock müßt ja bis auf die Haut naß sein. Ist er nach Hause gegangen?«

»Ja, vor etwa zehn Minuten.«

»Gut, denn vor ungefähr einer halben Stunde ist Effie gegangen, um sein Abendessen vorzubereiten. Wir wollten eigentlich auch früh essen, aber dein Vater hat gerade angerufen und gesagt, daß er aus irgendeinem Grund nicht zu der Versammlung geht. Paßt dir halb acht, mein Junge?«

»In Ordnung.« David stellte seine Stiefel nebeneinander und beförderte sie mit einem Fußtritt unter die Bank. Alicia schob die nasse Jacke beiseite, setzte sich zu ihrem Sohn und versuchte ihm in die Augen zu sehen. Er schaute sie kurz an und lächelte ein wenig, dann wandte er sich ab und ging zur Treppe. Alicia sah ihm nach, erhob sich langsam mit einem tiefen Seufzer und folgte ihm durch die Halle.

»Ich hab vorhin ein Auto wegfahren sehen«, sagte David, ohne sich umzudrehen.

Überrascht von dieser sich plötzlich ergebenden seltenen Gelegenheit, mit ihrem Sohn ins Gespräch zu kommen, blieb Alicia stehen. »Das war Jane Spiers«, sagte sie in munterem Ton, wobei sie selbst merkte, wie aufgesetzt es klang. Mit einem Räuspern überspielte sie den Übereifer, mit dem sie diese unverhoffte Gelegenheit genutzt hatte, und fuhr mit beherrschterer Stimme fort: »Sie ist auf eine Tasse Tee vorbeigekommen. Ich hatte mich gerade von ihr verabschiedet, als du hereinkamst. Sie wollte einfach mal sehen, wie es bei uns aussieht, sozusagen.«

David blickte seine Mutter aus dem Augenwinkel an. Mit geneigtem Kopf lächelte sie ihm zu.

»Nett von ihr.« Er ließ eine Pause eintreten. »Nun, ich geh dann mal, ehm –«, er wies nach oben, »rauf und nehm ein Bad.«

Alicia nickte. »Tu das, mein Junge. Dein Vater und ich erwarten dich gegen Viertel nach sieben im Eßzimmer.«

Während er langsam die Treppe hinaufging, lehnte sich Alicia mit verschränkten Armen an die Wandtäfelung und sah ihm nach. Sie hörte, wie sich die Tür zu seinem Zimmer öffnete und zufiel. Sie schloß eine Weile die Augen, schüttelte den Kopf und murmelte vor sich hin: »Ach, David.« Dann kehrte sie in den Salon zurück.

David drehte die riesigen viktorianischen Hähne zu, aus denen das Wasser torfbraun in die Wanne strömte. Es kam aus einem Tank, den eine Quelle hoch im Heideland oberhalb von Inchelvie House speiste. Er ließ den Morgenrock zu Boden fallen und setzte einen Fuß in die Wanne, während er zugleich seine Armbanduhr abnahm und sie auf den Stuhl neben sich legte. Dabei fiel ihm auf, daß das Uhrglas von Kondenswasser beschlagen war. Drei Minuten vor sechs – gleich würde es Nachrichten geben.

Er stieg noch einmal aus der Wanne, ging durch das dampferfüllte Badezimmer zum Spiegelschrank über dem Waschbecken und nahm ein kleines Transistorradio aus dem obersten Fach. Als er die Tür wieder schloß, erkannte er den verschwommenen Umriß seines Gesichts im Spiegel. Er stand da und sah sich an, ein Gesicht ohne besondere Merkmale, auf dem keinerlei Gefühlsregung zu erkennen war, weder gute noch schlechte Laune, weder Glück noch Trauer, weder Charme noch Häßlichkeit. Der Anblick tröstete ihn, ohne daß er so recht gewußt hätte, warum.

Er stellte das Radio auf den Beckenrand und wischte langsam den Spiegel frei. Jetzt sah er das Gesicht, das er kannte. Die Schlammspuren, die seine Finger hinterlassen hatten, als er sich im Park mit der Hand über das Gesicht gefahren war, verstärkten die Hagerkeit seiner Züge noch. Ein Jahr ist es erst her, dachte er, daß auf diesem dreiundvierzig Jahre alten Gesicht noch die Gedanken und Sorgen eines Fünfundzwanzigjährigen zu sehen waren – jetzt aber schien es doppelt so alt zu sein.

Er riß die Schranktür auf, um der Selbstbespiegelung ein Ende zu bereiten, und hielt sie im letzten Augenblick fest, bevor sie gegen die Wand des Badezimmers schlagen konnte. »Verdammt noch mal«, sagte er laut. »Willst du wohl aufhören, dauernd an dich zu denken!«

Er schaltete das Radio ein. Während er den Sender einstellte, entrangen sich dem Lautsprecher die unterschiedlichsten Töne, als wehre sich das Gerät gegen die rauhe Behandlung. Irgendwo auf halbem Wege hörte er die ersten Takte eines Liedes. Er drehte den Knopf zurück. Da war es, dann kam eine Ansage: »… schön, daß Sie uns heute abend zuhören. Am Mikrophon ist Danny McKay vom Sender Moray Firth Radio. Eine Zeitreise mit einem herrlichen Stück von Smokey Robinson und den Miracles – ›Die Spuren meiner Tränen‹ …«

Er hielt das Radio in seinen Händen, während das Lied erklang. »Es heißt, daß ich der Mittelpunkt jeder Gesellschaft bin, weil ich einen oder zwei Witze erzähle.« Er trug das Radio, als wäre es ein kleiner, verletzter Vogel und als fürchte er, daß er mit einem Mal aufhören könnte zu atmen, wenn er ihn nicht mit der nötigen Behutsamkeit behandelte. »*So take a good look at my face, can't you see the smile, it's out of place.*« Er legte das Radio vorsichtig neben die Uhr auf den Stuhl, stieg in die Wanne, glitt langsam ins Wasser, genoß dessen Berührung und ließ zu, daß ihn die Erinnerungen durchströmten.

KAPITEL 4

Schon früh hatte die ungewohnte Hitze, die in jenem Jahr seit Anfang Mai in Oxford herrschte, einen Strom von Touristen angelockt, und auf den Straßen herrschte bereits das bunte Treiben der Studenten. Am schlimmsten waren die Wochenenden. An jenem Samstag wälzte sich derartig viel Verkehr durch die Stadt, daß sich die Autos bis zur Polizeiwache in St. Aldate's stauten. David, der mit seinem alten Triumph Vitesse im Stau steckte, verfluchte sich leise, daß er in der glühenden Hitze festsaß. Obwohl es bis zum »The King's Arms« an der Holywell Street, wo er sich verabredet hatte, ein gutes Stück war, hätte er den Weg von den Tennisplätzen des Christchurch College dorthin zu Fuß längst bewältigt.

Ungeduldig trommelte er auf das Lenkrad und reckte den Kopf aus dem Fenster seines Sportwagens, um zu sehen, ob es vorn weiterging. Dann blickte er auf die Uhr und die Kühleranzeige in dem Armaturenbrett aus Walnußholz. Zehn vor eins, schon fünf Minuten über die Zeit. Zu allem Überfluß kräuselten sich über dem Kühler kleine Dampfwölkchen. Zum Henker, er hätte *unbedingt* zu Fuß gehen sollen!

Er beugte sich zum Handschuhfach hinüber, nahm eine Handvoll Kassetten heraus und ging sie durch. Achtlos warf er auf den Beifahrersitz, was er nicht haben wollte. Dann kam mit einem Mal etwas Bewegung in die Schlange. Ohne das Lenkrad anzufassen, ließ er die Kupplung kommen, entschied sich für die Kassette mit den *Motown Greatest Hits* und schob sie in den Schlitz seines neuen Philips-Kassettengeräts. Er hatte es noch nicht lange, es war das hochwillkommene Geschenk seiner Eltern zum einundzwanzigsten Geburtstag gewesen.

Als das zweite Stück zu Ende ging, stellte David den Wagen zwischen zwei Reihen Fahrrädern zwanzig Meter von »The

King's Arms« ab. Er sprang hinaus, schloß ab und eilte den Gehweg entlang zum Lokal. Obwohl er mit beiden Händen gegen die Türflügel drückte, gelang es ihm lediglich, sie zu einem Viertel zu öffnen, so machtvoll drängte die Masse der Körper im Inneren dagegen. Er zwängte sich durch den Spalt in das heiße, raucherfüllte Lokal und arbeitete sich mühselig durch die dichte Menge der Trinkenden vor. Von Zeit zu Zeit reckte er sich zu seiner vollen Länge von einsachtundachtzig empor, um zu sehen, ob er seine Bekannten erspähen konnte. Über dem allgemeinen Lärm ertönte ein »He, David, hier!«

Er sah sich um und erkannte Toby, der auf einem Stuhl oder einer Bank stand und mit einem Bierdeckel winkte. Seine untersetzte Gestalt zeichnete sich vor den Sonnenstrahlen ab, die durch das Fenster hereinfielen und in denen Staubkörnchen tanzten. Schließlich gelang es David, bis zu dem dichtbesetzten Tisch vorzudringen, an dem seine Mitstudenten in leuchtendweißem Cricketdress saßen.

»Hier, ich hab dir schon mal ein Bier besorgt«, sagte Toby und wies auf ein Halbliterglas auf dem Tisch. »Rück mal 'n Stück, Henry – auf der Bank ist noch Platz für einen!«

Während sich David in die schmale Lücke quetschte, die Henry frei gemacht hatte, blickte auf der Bank gegenüber eine brünette junge Frau kurz von ihrem Buch auf und strich sich das Haar aus dem Gesicht. Als sie einen Schluck aus ihrem Glas nahm, erwiderte sie flüchtig Davids Blick. Einen Sekundenbruchteil lang blitzte ein bezauberndes Lächeln in ihren braunen Augen auf, dann stellte sie das Glas wieder auf den Tisch und widmete sich erneut ihrem Buch, wobei ihr die Haare wieder ins Gesicht fielen.

Ohne seine Unterhaltung mit Henry zu unterbrechen, hatte Toby aus dem Augenwinkel alles mitbekommen und ließ kurz den Blick zwischen ihr und David wandern. Er beugte sich über den Tisch vor: »Hör mal, alter Freund, falls ich deine Aufmerksamkeit mal beanspruchen dürfte, würde ich dich gern Jane vorstellen.« Er wandte sich an die Blondine zu seiner Linken, die ihm ein aufgesetztes Lächeln schenkte. David nickte ihr freundlich zu. Sicher wieder ein Ergebnis von Tobys Eroberungszügen unter den Erstsemestern, dachte er.

»Jane«, fuhr Toby fort. »Ich habe die Ehre, dich mit David Corstorphine bekannt zu machen – hoppla, Verzeihung, mit dem EHRENWERTEN David Corstorphine, Leutnantsanwärter, beeile ich mich hinzuzufügen, im Schottischen Leibregiment der Königin und Erbe einer der wenigen in Privathand befindlichen Destillerien von Malt Whisky in ganz Schottland. Auf jeden Fall also jemand, den zu einem Besäufnis einzuladen sich lohnt …«

»Mach mal halblang, Toby«, warf David ein, von der unverbesserlichen Art seines Freundes peinlich berührt. »Das reicht.«

»Laß mich doch – schließlich bau ich dich hier auf.« Jane gab ein piepsendes Kichern von sich, was Toby wohl als Bestärkung auffaßte, seinen Monolog fortzusetzen und Davids Vorzüge an den Fingern herzuzählen. »Mitglied der Tennismannschaft der Universität Oxford, erstklassiger Lead-Gitarrist der weithin bekannten Gruppe der Universität The Tenement Blok, und Eigentümer der fabelhaftesten Auto-Stereoanlage in ganz Oxford.« Er sah zu David hinüber. »Das wär's. Mehr habe ich nicht zu sagen. War doch nicht so schlimm, oder?«

David bedachte ihn mit einem schiefen Lächeln und nahm einen Schluck aus seinem Glas, wobei sich erneut sein Blick mit dem der Brünetten kreuzte, die wieder kurz von ihrem Buch aufgesehen hatte. Sie hob die Brauen und schüttelte kaum merklich den Kopf, bevor sie den Blick wieder senkte.

»Und wer hat beim Tennis gewonnen?« fragte Toby.

»Wir – aber knapp«, gab David zur Antwort. »Deswegen bin ich ja so spät dran. Der letzte Satz hat sich gezogen, bis bei 13:11 Schluß war. Wann fängt euer Cricket an?«

»Um zwei.« Toby sog den Atem ein und trommelte mit den Händen auf die Knie. »Ich bin entsetzlich nervös. Irgend jemand hat in seiner unendlichen Weisheit beschlossen, daß ich als erster schlagen soll.«

»Na, klasse!« sagte David und rieb sich schadenfroh die Hände. »Das laß ich mir nicht entgehen!« Er stand auf. »Vorwärts, du solltest besser noch einen zur Brust nehmen! Das macht dir Mut. Was willst du?«

»Wenn du meinst. Aber nur, wenn es schnell geht. Ein halbes Flowers.« Er reckte die Arme über den Kopf und legte dann betont nachlässig Jane einen Arm um die Schulter. »Bei der Gelegenheit kannst du Jane auch gleich ein kleines Pils mitbringen.«

David nahm das Geld aus der Gesäßtasche seiner Tennisshorts und machte sich auf den Weg zur Bar, während Toby mit seinen plumpen Bemühungen um die Blondine weitermachte. Nach ein paar Schritten blieb David stehen, drehte sich um und sah über den Tisch zu der Brünetten hinüber. »Darf ich dir auch was mitbringen?«

Sie las weiter und schien ihn über dem allgemeinen Lärm nicht gehört zu haben. Er beugte sich zu ihr vor. »Möchtest du vielleicht auch noch was trinken?«

Sie sah auf und fuhr überrascht zurück, als sie merkte, daß David vor ihr stand. »Was? Ach so! Das wäre sehr nett.« Sie nahm ihr Glas, leerte es und gab es ihm. »Bitte Orangensaft! Vielen Dank!«

Wieder blitzten ihre Augen auf und kehrten sogleich wieder zu ihrer Lektüre zurück.

Er mußte zweimal gehen, bis alles auf dem Tisch stand. Schließlich stellte er das Glas Orangensaft vor die Brünette, und als er sich setzte, lächelte sie ihm dankend zu. Toby, der im selben Augenblick zu ihm hersah, wurde Zeuge des stummen Dialogs. Er ergriff sein Bierglas, leerte es mit einem Zug und sprang auf. »So! Der Zeitpunkt der Abrechnung ist nahe!« Theatralisch legte er sich die Hände aufs Herz und sah auf Jane hinab. »Doch nach gewonnener Schlacht werde ich zurückkehren, um meinen Preis einzufordern!« Er bückte sich und drückte dem kichernden Mädchen einen langen und schmatzenden Kuß auf die Wange. Dann wandte er sich mit einem verschlagenen Lächeln an David. »Und deiner Freundin geb ich am besten auch gleich einen!«

Bevor David ein Wort herausbrachte, hatte Toby der Brünetten die Hand auf den Kopf gelegt und sich darüber gebeugt. Es war wohl seine Absicht gewesen, ihr ein Küßchen auf die Stirn zu drücken, doch hatte sie unter der unerwarteten und unerbetenen Berührung den Kopf gehoben, um zu sehen, was da vor sich ging. Gerade, als sie den Mund aufmachte, um sich zu wehren, landete Tobys Kuß auf ihrem offenen Mund.

Sie reagierte prompt. Das Buch flog in hohem Bogen durch die Luft, wo David es gerade noch mit einer Hand auffangen konnte. Um sich schlagend und tretend, versuchte sie sich Toby zu entwinden, wobei der Tisch einen so kräftigen Stoß abbekam, daß er sich hob um gleich wieder mit lautem Krachen auf allen vier Beinen zu landen. Gläser fielen um, rollten über den Tisch und ergossen ihren Inhalt über jeden, der in der Nähe saß. Alle kreischten und sprangen auf, so gut das in der Enge möglich war, oder versuchten, dem Strom der Flüssigkeit dadurch auszuweichen, daß sie entweder die Beine unter dem Tisch spreizten oder die Knie soweit wie möglich an sich heranzogen.

Das Mädchen stand auf und gab Toby eine so gewaltige Ohrfeige, daß er zurückprallte und sich vor Schreck in eine Bierpfütze setzte.

»Himmel!« stieß er hervor und hielt die Hände zum Schutz vor einem weiteren Angriff vor sich. »Das wollte ich doch gar nicht.«

Sie sah ihn mit zusammengekniffenen Augen wütend an. »Was *zum Teufel* soll das! Was fällt dir ein?«

Sie wandte sich zum Gehen, überlegte es sich dann aber anders und trat ihm mit aller Kraft unter dem Tisch gegen das Schienbein, bevor sie zur Tür marschierte. Dabei wich die dichtgedrängte, schweigende Menge so bereitwillig vor ihr auseinander wie einst das Rote Meer vor dem Zug der Kinder Israels.

Als die Tür laut ins Schloß gefallen war, erhob sich hier und da Gelächter, bis schließlich die ganze Kneipe lachte, mit Ausnahme der Runde an Davids Tisch. Mit versteinertem Gesicht saß Toby da, während ihm seine Gefährten, die sich vergeblich bemühten, ihre durchnäßten Kleidungsstücke trocken zu wischen, mißbilligende Blicke zuwarfen.

»Tut mir wirklich schrecklich leid«, sagte er entschuldigend. »Mann, David, deine Freundin ist ja ganz schön launisch?«

David, der nach wie vor ihr Buch in der Hand hatte, schüttelte ungeduldig den Kopf. »Sie ist nicht *meine Freundin*, du dämlicher Sack! Ich hab sie noch nie im Leben gesehen!«

»Na hör mal! Du hast ihr doch was zu trinken spendiert.«

»Ja und? Das gibt dir doch kein Recht, das arme Mädchen zu belästigen.«

»Wollte ich doch gar nicht! Es war ein Irrtum!« sagte er kläglich und rieb sich Wange und Bein. »Großer Gott, alles tut mir weh.«

David stand von der Bank auf. »Geschieht dir recht, du blöder Hammel.« Er holte tief Luft. »Ich hab hier noch ihr Buch. Ich werde mal versuchen, ob ich sie einholen kann. Und mich für dein … bescheuertes Verhalten entschuldigen.« Als er sich zur Tür durcharbeitete, rief ihm Toby enttäuscht nach: »Heißt das, du kommst nicht zum Spiel, um zu sehen, wie ich schlage?«

David blieb stehen, sah sich um und schüttelte den Kopf. »Ich versuch's, aber meiner Ansicht nach ist das jetzt wichtiger. Findest du nicht auch?«

Er schob sich durch die Tür nach draußen, blieb kurz auf dem Gehweg stehen und blinzelte, bis sich seine Augen an das grelle Sonnenlicht gewöhnt hatten. Von dem Mädchen fehlte jede Spur. Er machte zehn Schritte nach links und sah, daß sie die Broad Street entlang eilte, wobei sie immer wieder Passanten ausweichen mußte. Im Laufschritt folgte er ihr, das Buch in der Rechten. Von Zeit zu Zeit sprang er ein wenig hoch, um sich zu vergewissern, daß ihr braunes Haar im Gewirr der Hüte und Sonnenbrillen noch nicht verschwunden war. Als es ihm zu mühselig wurde, sich den Weg durch die Menge zu bahnen, rannte er auf der Fahrbahn weiter.

Er holte sie am Eingang des Balliol College ein, verlangsamte den Schritt und ging, kräftig ausschreitend, neben ihr her. »Der Vorfall tut mir wirklich leid.«

Sie sah ihn aus den Augenwinkeln an, blickte dann wortlos geradeaus und ging ohne innezuhalten weiter.

»Ich wollte mich nur entschuldigen …«

Sie blieb stehen und sah David an. »Hör mal! Wir sollten das einfach auf sich beruhen lassen, ja?«

Er hob beschwichtigend die Hände, das Buch nach wie vor in der Rechten. Sie setzte ihren Weg fort, aber jetzt, wie vorher David, auf der Fahrbahn. Resigniert sah er ihr nach. Mit großen

Schritten ihrer langen Beine, die in ausgewaschenen Levi's steckten, entfernte sie sich. Erst als ihr reizvolles Hinterteil um eine Ecke in die Cornmarket-Straße verschwand, kam er auf einen Schlag wieder zu sich.

»Mist! Das Buch!« Er rannte los, zwischen den Autos hindurch, auf kürzestem Wege dorthin, wo er sie aus den Augen verloren hatte. Als er um die Ecke bog, sah er sie, wie sie nach wie vor neben dem Randstein auf der Fahrbahn ging. Schließlich holte er sie wieder ein.

»Hier, ich hab doch noch dein Buch«, sagte er brummig und hielt es ihr hin.

Sie blieb stehen. Mit einem Lächeln versuchte er ihr klarzumachen, daß er ihr freundlich und keineswegs feindlich gesonnen war. »Du hast es im Lokal vergessen«, sagte er ruhig.

Sie griff danach und wollte schon wieder gehen, wurde dann wütend. »Wenn es was gibt, was ich nicht *ausstehen* kann, ist das Biergeschmack. Den über den Mund eines anderen mitzukriegen ist noch ekelhafter, als wenn man das Zeug selber trinkt!«

Einen Augenblick sah David sie ungläubig an, dann überkam ihn ein unbezwinglicher Drang zu lachen. Er steckte die Hände in die Taschen und sah auf seine Füße, damit sie es nicht merkte. Als er dann doch den Blick hob, lag auf seinen Zügen noch der leichte Anflug eines Lächelns.

»Ist ja schön, daß wenigstens *du* das komisch findest«, sagte sie scharf und machte auf dem Absatz kehrt.

David stellte sich ihr in den Weg. »Nur eine Minute bitte ... ehm ...« Er sah sich um und überlegte verzweifelt, was er als nächstes tun konnte. Sie standen in unmittelbarer Nähe einer Wein- und Spirituosenhandlung. »Warte doch bitte nur *eine* Minute.«

Er stürmte in den Laden und sah sich ängstlich nach ihr um, für den Fall, daß sie sich wieder davonmachen wollte. Bereits eine halbe Minute später kehrte er mit einer kleinen Flasche Veuve Clicquot zurück und stieß einen Seufzer der Erleichterung aus, als er sah, daß sie noch da war.

»Hier«, sagte er und hielt ihr den Champagner hin. »Ein kleines Friedensangebot, um zu zeigen, daß mir leid tut, was da passiert ist. Es war unverzeihlich, und ich hoffe … ich hoffe, daß es dir hilft, über den Biergeschmack wegzukommen!«

Während sie so dastanden und von den sich vorüberschiebenden Menschenmassen herumgestoßen wurden, sah David sie aufmerksam an. Sie biß sich auf die Unterlippe, und sein Herz wurde schwer, als sie sich halb von ihm abwandte. Erst dachte er, diese letzte Gelegenheit zur Wiedergutmachung sei vertan, doch als sie ihn wieder ansah, lag in ihren Augen das gleiche bezaubernde Lächeln wie zuvor in der Kneipe. Plötzlich brach sie in Lachen aus und schob mit einem Blick auf die Flasche ihre Hände in die Gesäßtaschen ihrer Jeans.

»Na, das dürfte das kostspieligste Mundwasser sein, das ich je hatte!« Eine Weile schwieg sie, dann fuhr sie sich mit den Fingern durch das Haar und holte tief Luft. »Was da eben passiert ist, ist ganz und gar kein Grund, das da zu kaufen.« Wieder schwieg sie und verzog das Gesicht. Etwas schien ihr peinlich zu sein. »Vermutlich war ich ein bißchen zu unbeherrscht. Du mußt dich jedenfalls nicht dafür entschuldigen.«

David lächelte sie an. »Na ja, irgendeiner muß es aber machen.« Er hielt ihr die Flasche hin. »Schön, wenn nicht als Entschuldigung, dann vielleicht zum – Kennenlernen.«

Nach kurzem Zögern nahm sie die Flasche und hielt sie zusammen mit dem Buch im Arm. »In dem Fall herzlichen Dank. Das ist mehr als großzügig.« Sie streckte ihm ihre Rechte entgegen. »Und was das Kennenlernen angeht, ich heiße Rachel Devereux.«

David nahm ihre Hand. »Hallo, Rachel«, sagte er, zutiefst erleichtert, daß die Sache ein gutes Ende zu nehmen schien. »Sehr angenehm. Ich heiße David Corstor –«

»Weiß ich alles schon«, fiel sie ihm ins Wort und grinste. »Mitglied der Tennismannschaft der Universität Oxford, von Adel, Leutnant im Heer, was war es noch? Ach ja, Rockstar …«

David spürte, wie er errötete. »Ach so, Tobys schreckliche Vorstellung!« Er sah sie an und lächelte. »Es dürfte wohl besser sein, wenn wir beide das kleine Zwischenspiel vergessen, oder?«

Rachel nickte. »Vermutlich.«

»Schön! Und wohin willst du jetzt?«

»Dahin zurück, woher wir gekommen sind.« Sie sah auf ihre Armbanduhr. »Um zwei Uhr trifft sich meine Tutorengruppe bei den Naturwissenschaftlern, aber das schaff ich wohl nicht mehr.«

»Ich muß auch in die Richtung. Komm mit, mein Wagen steht vor der Kneipe. Selbst bei diesem entsetzlichen Verkehr sind wir wahrscheinlich mit dem Auto schneller als zu Fuß.« Nachdem sie ein Stück gegangen waren, sah er besorgt zu ihr hinüber. »Vielleicht sollte ich das nicht sagen, aber eigentlich müßte ich heute nachmittag Toby beim Cricket zusehen.«

Rachel warf ihm einen Seitenblick zu. Auf ihrem Gesicht lag ein klägliches Lächeln. »Da hast du recht. Darüber sollten wir besser nicht reden.«

Mit raschem Schritt gingen sie durch die Cornmarket Street und bogen in die Broad Street ein. Die Menschenmenge drängte sie bisweilen auseinander, schob sie dann wieder aufeinander zu. »Wie schaffst du das überhaupt, gleichzeitig hier in Oxford und beim Militär zu sein?«

»Na ja, eigentlich bin ich noch nicht richtig beim Militär. Es ist zwar so, wie Toby gesagt hat. Aber die korrekte Bezeichnung ist Leutnantsanwärter. Ich hab mich nach der Schule zum Militär gemeldet, die zahlen mein Studium, und wenn mit meinem Examen alles klargeht, geh ich ein halbes Jahr lang auf die Offiziersakademie nach Sandhurst. Anschließend muß ich noch fünf Jahre zur Truppe.«

»Aha. Und wann *machst* du Examen?«

»Ach, daran mag ich gar nicht denken.« Er sah sie an und tat so, als kaute er verlegen an den Nägeln. »Nächsten Monat.«

»Genau wie ich!«

»Nicht zu fassen! In welchem College bist du?«

»Hertford. Was ist nicht zu fassen?«

»Na ja ... weil ... ich hatte gerade überlegt, daß ich dich schon vorher hätte kennenlernen können. Immerhin ist Oxford nicht *so* groß.«

Sie lächelte, sagte aber erst wieder etwas, als sie in die Holywell Street eingebogen waren, wo sein Auto stand. Er nahm die Schlüssel aus der Tasche, und Rachel trat auf die Straße neben die Beifahrertür.

»Ich hab dich tatsächlich schon mal gesehen«, sagte sie und sah ihn über das Dach hinweg an.

»Tatsächlich? Wo?« fragte David verwirrt.

»Keine Ahnung. Irgendwo.«

»Und wieso habe ich dich nicht gesehen?«

Sie zuckte mit den Schultern. »Weiß ich doch nicht. Vielleicht hast du einfach in die falsche Richtung geguckt.«

In der Äußerung schwangen verführerische Andeutungen mit, die ihm unwillkürlich einen Schauer über den Rücken jagten. Als er Rachel in die Augen sah, fand er sich darin bestätigt.

»Offensichtlich«, sagte er leise zu sich selbst. Er stieg ins Auto ein und öffnete, nachdem er den Stapel Kassetten ins Handschuhfach zurückbefördert hatte, die Beifahrertür. Rachel warf ihr Buch auf den Rücksitz, und stellte die Flasche Champagner zwischen ihre Füße.

»Also zu den Naturwissenschaftlern?«

Sie überlegte kurz. »Ach, ich glaube nicht, daß sich das noch lohnt. Es hat bestimmt schon angefangen.« Sie sah zu ihm hinüber. »Und überhaupt! Ich hab wochenlang nur über den Büchern gesessen. Vielleicht sollte ich mich mal ein bißchen entspannen – zum Beispiel bei einem Cricketspiel.«

David fragte erstaunt: »Bist du sicher?«

»Warum nicht? Solange mir nicht wieder dein Freund Toby zu nahe kommt!«

David stieß ein kurzes Lachen aus, legte den Gang ein, wendete auf der Kreuzung Broad und Holywell Street und fuhr über die Parks Road zum Sportgelände der Universität.

Auf fünf Cricketplätzen wurde gespielt, stellte er fest, während er so unauffällig wie möglich das Gelände umrundete und Ausschau hielt, ob er jemanden sah, den er kannte. Nach längerem Suchen entdeckte er Toby, der am Werferende auf der Linie stand, eine Hand auf den Schläger und die andere in die Hüfte gestützt, ein Bild der Selbstsicherheit.

»Da ist er ja«, sagte er und zeigte auf Toby. »Wir stellen den Wagen hier neben die Sichtblende und hoffen, daß uns keiner verjagt.«

»Wozu ist die Sichtblende?« fragte Rachel mit einem Blick auf die große weiße Bretterwand neben ihnen.

»Die steht in einer Linie mit dem Werfer und dem Schläger, damit der den Ball sehen kann, der auf ihn zugeflogen kommt.« Mit einem Blick auf die Anzeigetafel sagte er: »Großer Gott, was für ein Glückspilz! Nur noch drei Läufe bis zum halben Hundert! Kein Wunder, daß er so großspurig dasteht.«

Rachel seufzte. »Wenn er noch drei Läufe bis zum halben Hundert hat, was auch immer das ist, warum steht er dann herum und tut nichts?«

»Er steht dem Werfer nicht gegenüber.«

»Ich habe das blöde Spiel nie verstanden. Wer drin ist, ist draußen, und wer draußen ist, ist wieder drin.«

Sie nahm die Flasche vom Boden und wickelte die Stanniolumhüllung des Korkens ab. Dann kurbelte sie das Fenster herunter, löste den Draht und ließ den Korken in Richtung Sichtblende knallen. Rasch setzte sie die Flasche an die Lippen, um den ersten schäumenden Mundvoll aufzufangen, dann gab sie sie an David weiter.

»Aus«, sagte er, nahm einen Schluck und wies auf das Spielfeld.

»Was, schon?«

»Nein, nicht das Spiel. ›Aus‹ bedeutet, daß jetzt jemand von diesem Ende hier werfen muß. Damit ist Toby wieder mit Schlagen an der Reihe.«

Rachel schüttelte den Kopf. »Was für ein idiotisches Spiel.« Sie griff nach der Flasche und nahm einen weiteren Schluck.

David sah zu, wie der neue Werfer auf sie zukam, sich in der vorgeschriebenen Entfernung vom Dreistab umdrehte und mit voller Geschwindigkeit auf die Linie zurannte. Der erste Ball kam mit tückischem Drall. Zwar versuchte Toby das mit einem entsprechenden Schlag zu kontern, doch verfehlte er ihn fast um einen halben Meter. Er richtete sich wieder auf und ging zum Dreistab, wobei er ein paarmal den Schläger auf den Boden stieß, als hätte dieser die Schuld daran, daß er den Ball nicht annähernd getroffen hatte. Er kehrte zu seiner Linie zurück, führte, in den Knien federnd, probehalber den gleichen Schlag noch einmal aus und machte sich für den nächsten Ball bereit.

»Bah, ich bin Champagner nicht gewöhnt!« sagte Rachel, lehnte sich im Sitz zurück und drehte den Kopf hin und her. »Ich glaube, ich kriege einen Schwips.« Nach einer Weile beugte sie sich vor und deutete auf das Kassettengerät. »Und das ist also die berühmte Stereoanlage, von der Toby gesprochen hat?«

David nickte. »Ja.«

»Können wir etwas Musik machen?«

»Warum nicht – solange wir sie leise spielen.« Er drehte den Einschaltknopf und schob die Kassette wieder ein. Während die letzten Töne von Martha Reeves und den Vandellas verhallten, sah David zu, wie Toby einen Ball traf, was seiner Seite zwei Läufe einbrachte.

»Vorwärts, noch einen von deinen Glückstreffern«, murmelte er leise. »Dann hast du deine fünfzig.«

Als Rachel den nächsten Schluck Champagner nahm, erfüllte gedämpftes Gitarrenvorspiel das Innere des Wagens. Sie richtete sich auf und wartete angespannt auf den nächsten Takt. Das Instrument gab die Melodie an die Singstimme weiter.

»Mein Gott! *Tatsächlich*! Das ist ja Smokey Robinson mit den Miracles!« Sie griff zum Lautstärkeregler und drehte voll auf. »Ach, David, das ist das schönste und sinnlichste Lied, das je geschrieben worden ist!«

Ohrenbetäubend dröhnte die Musik in der Enge des Wagens. Sofort griff David nach dem Knopf, um sie leiser zu drehen, denn ihm war klar, daß sie die Spieler störte.

»Ich glaube, das ist ein bißchen zu lau-«

»Laß es bitte!« sagte Rachel und faßte nach seiner Hand, um ihn zurückzuhalten. »Ach, *David*, es ist so unsagbar schön!« Sie stieg aus und ließ die Wagentür weit offen.

»Was *tust* du da?« fragte er und lachte.

Aber Rachel gab ihm keine Antwort. Nachdem sie noch einen Schluck genommen hatte, schleuderte sie sich die Schuhe von den Füßen und begann auf dem Gras zu tanzen, wobei sie sich langsam, aber stetig auf die Sichtblende zubewegte. Einen

Augenblick lang sah David ihr zu, dann wieder Toby, den die schnellen Würfe offensichtlich nervös machten. Plötzlich erfaßte er, was als nächstes geschehen würde.

»Mist, verdammter!« rief er laut. Er riß seine Tür auf und sprang aus dem Wagen. »Rachel, du kannst unmöglich –«

Er brachte den Satz nicht zu Ende. Das Cricketspiel verblaßte vor dem Bild, das sich ihm bot. Verblüfft sah er, wie sich Rachel mit fließenden Bewegungen immer mehr der Sichtblende näherte, ihr Körper eins mit der Sinnlichkeit der Musik. Die Mischung aus Liedtext, Klängen, Rachels Schönheit und ihren Bewegungen fesselte ihn. Sie drehte sich zu ihm um, die Flasche wie ein Mikrophon vor sich haltend und sang den Text in seine Richtung mit: »*So take a good look at my face, can't you see the smile, it's out of place*«, wandte sich dann wieder von ihm ab und geriet mit sanft schwingenden Hüften und in vollkommenem Einklang mit der Musik immer weiter in die Gefahrenzone.

Ein Schrei vom Spielfeld riß David aus seiner Versunkenheit. Er merkte, daß alle zu ihm und Rachel herüberstarrten. Toby, der an seiner Linie stand, winkte ungestüm und rief ihm etwas zu.

»Was?« rief David.

»Ich-hab-gesagt-hol-die-von-der-verdammten-Sichtblende-weg«, rief Toby, so laut er konnte. »Die-bringt-nur-Unruhe-ins-Spiel!«

»Da hast du wirklich mal recht«, sagte David zu sich selbst und hob mit entschuldigender Geste die Hand. Er lief zu Rachel hinüber, die jetzt unmittelbar vor der riesigen Holztafel tanzte.

»Du solltest wohl besser hier verschwinden«, sagte er. »Du stehst direkt hinter dem Arm des Werfers.«

»Ach, Unsinn, das sind mehrere Kilometer«, antwortete sie und tanzte weiter. Ihre Stimme klang ein wenig undeutlich, was wohl am Champagner lag.

David strich sich das Haar zurück und kratzte sich im Nacken. »Hör mal, ich glaube nicht, daß wir uns bei Toby damit besonders beliebt machen.«

Ohne etwas zu sagen, lächelte sie ihn boshaft an.

»Kommst du freiwillig mit, oder muß ich dich wegtragen?«

»Nur zu.«

David schüttelte den Kopf. »So ein Mist«, murmelte er, während er auf sie zuging. Eine Hand in ihrem Rücken, die andere unter ihren Knien, hob er sie auf, und während er, so rasch er konnte, Richtung Auto marschierte, umschlang sie mit beiden Armen seinen Hals.

Auf Toby wirkte sich die Szene ziemlich drastisch aus. Das Tempo des neuen Werfers hatte ihm bereits genug zu schaffen gemacht, und die Ablenkung durch die plötzliche laute Musik und das Herumgetanze eines Mädchens vor der Sichtblende hatten ein Übriges getan. Als er die Hand hob, um dem Werfer zu bedeuten, daß er noch nicht bereit sei, erkannte er Davids Auto und begriff, daß es die Studentin sein mußte, die ihm seine Faxen in der Gaststätte so schmerzhaft vergolten hatte. Ein schlechtes Vorzeichen. Während David sie forttrug, stellte er sich wieder in Bereitschaft, doch als der Schiedsrichter den Arm zum Zeichen senkte, daß der Werfer anlaufen könne, war Tobys Konzentration dahin, und sein Blick schweifte zu David hinüber, der das Mädchen zum Auto trug. Ohne daß er den Ball hätte kommen sehen, hörte er den Schlag, mit dem dieser das mittlere Holz seines Dreistabs aus dem Boden riß, so daß das Querholz in hohem Bogen über den Kopf des Torhüters flog. Die gegnerischen Spieler brachen in Jubel aus und liefen zum Werfer hinüber, dem sie, ihn beglückwünschend, auf den Rücken klopften.

Kaum hatte David den Wagen erreicht, stellte er Rachel auf die Füße und schaltete die Stereoanlage aus. Als er wieder aus dem Inneren auftauchte, hatte sie den Blick auf das Spielfeld gerichtet.

»Toby geht. Heißt das jetzt, daß er draußen oder drin ist?«

David sah zur Anzeigetafel hinüber, auf der die Zahl 49 gerade an die letzte Stelle gerückt wurde, dann zu Toby, der niedergeschlagen zum Klubhaus trottete, wobei er immer wieder den Schläger auf den Boden rammte. Aufmerksam sah David Rachel an, die sich auf die Lippe biß und offenbar peinlich berührt war.

»Oh, oh, bin ich etwa daran schuld?« fragte sie leise.

Er lachte. »Darüber würde ich mir keine grauen Haare wachsen lassen. Immerhin hat er es ja wahrhaftig verdient, findest du nicht?« An den Stufen des Klubhauses drehte sich Toby um und sah in ihre Richtung. David beeilte sich, den Schlag seines Wagens zu öffnen. »Trotzdem empfiehlt es sich vermutlich, so schnell wie möglich von hier zu verschwinden.«

Doch statt einzusteigen, angelte sich Rachel ihr Buch vom Rücksitz. Als sie sich wieder aufrichtete, stand David unmittelbar vor ihr. »Ich glaube, ich gehe zu Fuß weiter«, sagte sie.

»Das brauchst du aber nicht.«

»Weiß ich, aber ich muß wieder einen klaren Kopf bekommen. Der Champagner hat mich so träge gemacht, daß ich jeden Augenblick einschlafen könnte.«

»Dann schlaf doch.«

»Das geht nicht. Ich muß an diesem Wochenende eine Menge arbeiten und habe wegen der heutigen ... na ja ... Umstände noch nicht mal damit angefangen.« Sie drückte das Buch mit beiden Armen an sich und sah zu Boden. »Aber es war sehr schön, dich kennenzulernen – und vielen Dank für den Champagner. Der war himmlisch.«

Sie stellte sich auf die Zehenspitzen und küßte ihn flüchtig auf die Wange. Dann drehte sie sich um und ging.

»Könnten wir nicht mal zusammen irgendwo was trinken?« rief er ihr nach.

Sie wandte sich um und lächelte.

»Ich glaube nicht.«

»Warum nicht?«

»Weil es nur noch einen Monat bis zu meiner Prüfung ist. Da möchte ich mich nicht ablenken lassen.«

»Ich würde dich nicht ablenken.«

»Ich glaube schon.«

»Nun ... ehm ... und danach?« fragte David, im Bemühen, wenigstens irgendeine Zusage zu bekommen. Dann fiel ihm etwas ein. »Ich weiß was. Das Christchurch College veranstaltet dieses Jahr einen Ball zum Trimesterende. Würdest du da mit mir hingehen?«

»Wann ist der?«

»Am dreiundzwanzigsten Juni.«

Nach kurzem Nachdenken nickte Rachel bedächtig. »Einverstanden. Aber nur unter einer Bedingung.«

»Und die wäre?«

»Du mußt im Schottenrock kommen.«

»Geht in Ordnung, aber bei uns heißt das Kilt.«

Sacht schwang ihr Körper wie im Rhythmus einer Musik. »UND du mußt dein Auto und Smokey Robinson mitbringen.«

»Das sind aber zwei Bedingungen.«

Rachel lächelte. »Du kannst es dir überlegen,«

»Na schön, ich bin einverstanden.«

KAPITEL

5

Effie trippelte durch die Eingangshalle zum Salon, klopfte leise an und steckte den Kopf hinein. Das einzige, was sie hörte, war das Knistern des Feuers im Kamin und das zufriedene Schnarchen eines der Hunde. Lord und Lady Inchelvie saßen einander gegenüber. Sein Whiskyglas stand ziemlich gefährlich auf einer der eingedrückten Armlehnen seines Ohrensessels mit dem abgewetzten Bezug neben ihm – offenbar war er eingeschlafen. Alicia klapperte eifrig mit ihren Stricknadeln und sah bei abgedrehtem Ton fern.

»Entschuldigung, Mylady«, sagte Effie, wobei sie fast flüsterte.

Alicia sah über den Rand ihrer Brille zu dem weißhaarigen Kopf hinüber, der durch die Tür lugte. »Ja, Effie?«

»Das Abendessen ist fertig.«

Alicia legte das Strickzeug neben sich und stand auf. »Danke, Effie. Wir warten noch auf David. Ich habe schon vor einer Viertelstunde nach ihm gerufen, aber er scheint mich nicht gehört zu haben. Am besten gehe ich einmal nach oben und sehe nach dem Rechten.«

»Bemühen Sie sich nicht«, sagte Effie. »Ich wollte sowieso gerade hinaufgehen, um die Betten aufzuschlagen. Da kann ich auch gleich mal an seine Tür klopfen.« Mit einem Lächeln nickte sie in die Richtung von George Inchelvie. »Dann haben Sie Zeit, Seine Lordschaft aufzuwecken.«

»Ach ja, würden Sie das tun, Effie? Das wäre wirklich sehr nett.« Alicia sah ihren Mann an. »Der Arme hatte in der Firma einen ziemlich anstrengenden Tag.«

»Aber es ist doch alles in Ordnung, Mylady?« fragte Effie zögernd.

»Selbstverständlich. Warum fragen Sie?«

»Weil Seine Lordschaft heute abend nicht zur Versammlung geht. Da wollte ich mich nur erkundigen, ob es ihm gutgeht.«

»Kein Grund zur Sorge, Effie. Es ist nur eine wichtige Frage aufgetaucht, die er mit David beim Abendessen besprechen muß.«

»Da bin ich aber froh.« Sie lächelte flüchtig zu Lord Inchelvie hinüber und hob dann einen Zeigefinger, als wolle sie sich ermahnen, daß sie etwas zu tun hatte. »Jetzt geh ich schnell rauf und seh nach Mr. David.«

Sie schloß die Tür. Eine Hand auf das Geländer und die andere zur Unterstützung auf das linke Knie gelegt, machte sie sich auf den Weg nach oben, wobei sie leise vor sich hin summte. Während sie auf dem Treppenabsatz verschnaufte, fielen ihr an einem der großen dunklen Porträts über ihr Spinnweben auf, und sie nahm sich vor, sie bei nächster Gelegenheit zu beseitigen.

Im Badezimmer war es dunkel, und die Tür stand weit offen. Die feuchte Luft, die dem Raum entströmte, roch nach Seife und Rasierwasser. Effie zögerte und überlegte, ob es vielleicht zu früh wäre, bei David anzuklopfen. Gerade, als sie die Faust hob, öffnete sich die Tür, und David, der von Effies Gegenwart nichts ahnte, trat heraus. Beide erschraken.

»Oh, Entschuldigung, ich wollte Sie nicht stören, Mr. David«, sagte sie ein bißchen außer Atem. »Aber Ihre Eltern sind schon ins Eßzimmer gegangen und wüßten gern, ob Sie eventuell etwas brauchen.«

David, der zu einer frischen Jeans ein offenes Hemd und Hausschuhe trug, lächelte freundlich. »Tut mir leid, Effie. Ich bin in der Wanne eingenickt. Ich gehe sofort nach unten.«

»Dann ist es ja gut.« Sie stand unbehaglich da, die Hände vor der Schürze gefaltet. »Ich schlag dann mal die Betten auf.«

David schloß die Tür hinter sich, aber auf dem Vorplatz blieb er stehen und sah zur anderen Seite hinüber, wo Effie gerade ins Schlafzimmer seiner Eltern gehen wollte.

»Ich fürchte, ich habe Jock heute unter ziemlich üblen Bedingungen arbeiten lassen. Das ist ihm hoffentlich nicht schlecht bekommen?«

Effie drehte sich zu ihm um. Der Ausdruck der Überraschung darüber, daß sich David um ihren Mann Sorgen machte, wich alsbald einem Lächeln. »Ihm geht es gut, Mr. David. Er stöhnt gern ein bißchen, wenn er im Regen draußen arbeiten muß, aber das tut er auch, wenn die Sonne scheint. Er hat es noch nie so richtig zu würdigen gewußt, wenn gutes Wetter ist.« Sie stieß einen liebevollen Seufzer aus. »Davon abgesehen, wäre es sehr schwer, ihn daran zu hindern, in den Garten zu gehen, ganz gleich, wie das Wetter ist.«

Statt einer Antwort nickte David, lächelte und eilte geräuschvoll die Treppe hinab. Als er ins Eßzimmer kam, hoben seine Eltern, die bereits am oberen Ende des langen, polierten Tisches Platz genommen hatten, den Kopf.

»Tut mir leid«, sagte er und begrüßte seinen Vater. »Ich bin in der Wanne eingeschlafen.«

»Das überrascht mich nicht«, sagte Alicia, die aufstand und zur Anrichte ging, wo sie einen Teller mit köstlich duftendem Eintopf füllte. »Du mußt von der Arbeit und dem scheußlichen Wetter da draußen vollständig erschöpft sein.«

Sein Vater legte das Besteck auf den Tellerrand, lehnte sich auf seinem Stuhl zurück und wies, während er weiterkaute, auf das andere Ende der Anrichte. »Ich hab die Whiskykaraffe von nebenan mitgebracht, mein Junge. Gieß dir selbst was ein.«

»Danke, das tu ich gern.«

David bediente sich und fügte die gleiche Menge Wasser hinzu. Seine Mutter wartete, bis er sich hingesetzt hatte, und stellte dann den dampfenden Teller vor ihn hin. »Damit müßtest du wieder zu Kräften kommen.«

»Danke«, sagte David leise, und entfaltete seine Serviette.

Alicia kehrte an ihren Platz zurück und aß weiter. Während der letzten Monate hatte sie die gemeinsamen Mahlzeiten gefürchtet, denn Abend für Abend hatte Davids schwermütige und schweigsame Anwesenheit die Stimmung bei Tisch beherrscht. Früher war das Abendessen die Mahlzeit des Tages gewesen, die sie und ihr Mann am meisten genossen hatten. Sie konnten ruhig beieinandersitzen und sich, ohne daß jemand sie unterbrach, gegenseitig berichten, was der Tag gebracht hatte, und außerdem gemeinsam überlegen, was an den folgenden Tagen zu tun war. Auch jetzt gab es, wenn überhaupt, hauptsächlich Gespräche zwischen ihrem Mann und ihr, doch bestanden diese zwangsläufig in einem bloßen Austausch von Wörtern, die so unbedeutend und hohl klangen wie das muntere Geplauder auf einer Sprachkurskassette. Da beiden die Situation bewußt war, zogen sie diesen läppischen Sätzen ein unbehagliches Schweigen vor, mit dem Ergebnis, daß sie zu dritt dasaßen, als befolgten sie irgendein klösterliches Schweigegelübde. In dieser Stille wirkte es besonders aufreizend, daß die hohe Decke des Raumes das Klappern des Bestecks auf dem Porzellan noch verstärkte.

Heute abend aber würde es anders sein. Im Salon hatte ihr George von seinem Gespräch mit Duncan Caple berichtet, und ihr war klar, daß irgendwann im Verlauf der Mahlzeit die Frage zur Sprache kommen mußte, was im Hinblick auf den amerikanischen Markt geschehen sollte. Daher erschauerte sie unwillkürlich ein wenig, als sie sah, daß George sein Whiskyglas abstellte und sich an David wandte.

»Wie kommst du mit der Arbeit draußen voran?«

Diese urplötzlich an ihn gerichteten Worte überraschten David. Er wischte sich den Mund ab und nahm einen Schluck aus seinem Glas. »Es wird allmählich«, sagte er mit einer Stimme, die mangels Übung krächzte. Er räusperte sich. »Ich denke, nächste Woche um diese Zeit sind wir mit allem fertig.«

»Also ich finde, daß es wirklich gut aussieht. Ihr habt gute Arbeit geleistet. Ich hätte nie gedacht, daß wir es noch einmal erleben würden, den Park in seinem früheren Glanz zu sehen.«

Wieder aßen alle drei weiter, ohne einander anzusehen. Nach einer Weile legte David Messer und Gabel beiseite und sagte zu seinem Vater. »Ich denke, ich widme mich mal dem Stück Land unten am See, auf dem so recht nichts wächst. Vielleicht läßt sich da was machen.«

George Inchelvie hörte auf zu kauen und sah seine Frau an, die gerade die Gabel zum Munde führte. Besorgt wanderte ihr Blick zwischen dem Gatten und dem Sohn hin und her. David, dem das nicht entgangen war, fragte: »Stimmt was nicht?«

Mit einem tiefen Seufzer lehnte sich sein Vater zurück, legte die Ellbogen auf die geschnitzten Armlehnen seines Stuhls und faltete die Hände im Schoß. Seine Stirn war stärker in Falten gelegt als sonst, und während er den Blick auf seine Hände gerichtet hielt, bildete die lose Haut seines massigen Halses Falten, so daß es aussah wie ein Wasserfall aus Doppelkinnen. Er schnippte die Daumennägel gegeneinander.

»Mit einem Wort, mein Junge, ja.«

David sah besorgt drein. »Und was?«

George Inchelvie blickte wieder seine Frau an, die ihm kaum wahrnehmbar zunickte. »Nun«, sagte er bedächtig im Versuch, seine Worte sorgfältig abzuwägen. »Wir haben eine kleine Schwierigkeit in der Marketingabteilung.«

Schweigend sah David von einem zum anderen. »Die müßte Duncan aber doch lösen können, oder? Schließlich haben wir ihn dafür eingestellt.«

»Das ist nicht so einfach«, fuhr sein Vater fort. »Duncan kann nur ein gewisses Quantum an Arbeit erledigen, und er hat gegenwärtig nicht soviel Unterstützung, wie nötig wäre.« Er kam zu dem Schluß, daß es wohl besser wäre, die Katze ganz aus dem Sack zu lassen. »Mir ist klar, David, daß es dir im Augenblick nicht leichtfällt, viel an die Arbeit in der Firma zu denken.« Er schwieg eine Weile. »Aber wir haben nun einmal dieses Problem, und ich glaube nicht, daß wir imstande sind, es ... nun ja ... ohne deine Mitwirkung zu lösen.« Als David seufzte, begann sich George mit beiden Händen im Nacken zu kratzen. »Duncan hat mir heute mitgeteilt, daß unser Absatz in den Vereinigten Staaten stark zurückgegangen ist und ziemlich unumwunden darauf bestanden, daß schon bald eine außerordentliche Direktoriumssitzung einberufen werden soll, damit wir drüben so schnell wie möglich einen neuen Vertriebspartner ernennen können.«

George sah zu seiner Frau hinüber, die ihm aufmunternd zulächelte.

»Nächste Woche muß ich zum Kongreß des Verbandes der Whisky-Hersteller nach Glasgow, und Duncan hat zur selben Zeit auf dem Kontinent zu tun. Deshalb müssen wir« – dabei begann er an seinem Ohrläppchen zu zupfen – »überlegen, wer nach Amerika fliegen kann.« Rasch hob er sein Whiskyglas und nahm einen Schluck, damit er einen Grund hatte zu schweigen, während David das Gesagte verdaute.

Dieser lehnte sich in seinem Stuhl zurück und verschränkte die Arme. »Womit beschäftigt sich Robert McLeod zur Zeit?« fragte er leise.

Sein Vater stieß ein kurzes Lachen aus. »Niemand kennt Robert besser als du. Er ist zwar Finanzdirektor, hat aber das Land kaum je verlassen – und dann gleich Amerika! Er würde in Alabama oder sonstwo landen, und wir müßten einen Suchtrupp nach ihm ausschicken!« Er lächelte, wurde aber gleich wieder ernst, als er merkte, daß David auf seinen munteren Spott nicht einging. »Auf jeden Fall ist weder Robert noch eines der anderen Mitglieder der Geschäftsleitung geeignet genug, eine solche Aufgabe zu übernehmen.«

David schloß die Augen und nickte bedächtig. »Der langen Rede kurzer Sinn ist also vermutlich – Duncan möchte, daß ich fliege.«

Alicia, die schweigend zugehört hatte, während ihr Mann die Sache erklärte, mischte sich ein. »Mein Junge, wir verstehen deine Situation ganz und gar. Das letzte, was wir wollen, ist, daß du eine solche Reise unternimmst, schon gar nicht, wo wir doch wissen, daß dir nicht danach zumute ist. Aber du mußt dich auch in die schwierige Lage deines Vaters versetzen.«

David rieb sich die Stirn. »Nicht nur ist mir nicht besonders danach zumute, ich will auch gerade jetzt nicht so weit von den Kindern fort sein.«

Nach kurzem Schweigen legte George Inchelvie seinem Sohn eine Hand auf den Arm. »Das begreife ich, David. Genau auf diesen Punkt habe ich Duncan auch hingewiesen. Er hat aber gesagt, daß er das Ganze ziemlich schmerzlos gestalten will. Du brauchst lediglich für ein paar Tage rüberzufliegen, um die Leute in der neuen Vertriebsfirma in ihre Aufgabe einzuführen, und könntest schon sehr bald wieder zurück sein.« Erneut sah er mit der stummen Bitte um Unterstützung zu seiner Frau hinüber, dann fuhr er mit ruhiger und fester Stimme fort: »Außerdem finden deine Mutter und ich, daß es für dich ganz heilsam wäre, eine Weile von hier wegzukommen. Mir ist klar, daß du das unter Umständen nicht für richtig hältst, aber ich denke, es würde dir guttun, wenn du dich erst einmal dazu durchgerungen hast.«

David warf seine Serviette auf den Tisch, schob den Stuhl zurück und stand auf. »Na schön, ich denk darüber nach.«

Aber bevor er gehen konnte, bat ihn Alicia: »Setz dich doch bitte noch einen Augenblick hin.« Sie sammelte ihre Gedanken, während er ihrer Aufforderung folgte. »Dein Vater und ich geben uns die größte Mühe, dir zu helfen, so gut wir können ... Das ist sehr schwierig, denn wir wissen, wie sehr sich alles in dir anstaut. Tag für Tag sehen wir mit an, wie du dich immer mehr verschließt und ... die Belastung wird uns alten Leuten manchmal ein bißchen zuviel.« Sie sah zu ihrem Mann hinüber, der schweigend und mit grauem Gesicht dasaß. Vermutlich fürchtete er, Davids spinnwebdünner Geduldsfaden würde bald reißen. »Sieh mal, das Leben geht weiter – nicht nur unseres, sondern auch deins – und, das ist das wichtigste, das der Kinder. Wir müssen versuchen, wieder zu einer Art Normalität zurückzukehren, und jeder hier im Hause gibt sich, trotz allem, was die jüngste Vergangenheit gebracht hat, die größte Mühe, das zu erreichen.« Sie hielt inne und räusperte sich, da die Rührung sie überkam. »Ich will von dir nichts Unmögliches verlangen, aber du mußt uns ein wenig entgegenkommen – und wieder reden, denn ich glaube nicht, daß dein Vater und ich sonst der Situation noch lange gewachsen sind.«

David sah die Trauer, die auf dem Gesicht seiner Mutter lag. Sein Vater hüstelte, um seine Rührung zu überspielen, holte ein Taschentuch heraus und schneuzte sich lautstark. Irgendwo in dem Durcheinander in seinem Gehirn weckte der Anblick der so offenbaren Verzweiflung seiner Eltern in David ein Gefühl, das bisher betäubt gewesen war. Er kaute eine Weile auf der Unterlippe, bis er endlich anfing. »Achtzehn Jahre lang ... habe ich ...«, er hielt inne, es kostete ihn sichtlich Mühe, weiterzusprechen, wie jemand, der einen Schlaganfall erlitten hat und wieder lernen muß zu sprechen, »mein Leben ... mit Rachel geteilt.«

Sein Blick schweifte in die Ferne, und er bekam daher nicht mit, wie seine Mutter unter dem Tisch nach der Hand ihres Mannes griff. Er sprach weiter, seine Worte kamen stoßweise. »Wir … waren … eins. Wir haben dasselbe erlebt … über dieselben Dinge gelacht … unsere Gedanken waren eins … wir *waren* eins … und …« Er schwieg und holte tief Luft. »… jetzt, wo sie nicht mehr ist … fühle ich mich verloren … und leer … Ich bin innerlich ganz hohl. Es fällt mir schwer, Dankbarkeit zu zeigen, weil … ich die Fähigkeit, auch nur die geringste Freundlichkeit zu bemerken … verloren zu haben scheine.« Er wischte sich die Augen mit dem Handrücken. »In meinem Leben … herrscht … eine entsetzliche Leere … meine Empfindungen … mein Selbstvertrauen – alles ist dahin.« Er sah kurz auf seine Eltern. »Aber selbst, wenn ich nichts fühlen kann, so *weiß* ich doch … wie großartig ihr beide im letzten halben Jahr wart … und ich *weiß* auch, daß ich euch nicht gezeigt habe, wie sehr ich zu würdigen weiß … was ihr für mich getan habt … Ihr dürft es mir glauben … ich rechne es euch hoch an.«

»Mein Junge, du brauchst doch nicht –«, begann seine Mutter.

»Laß mich bitte ausreden«, fiel ihr David ins Wort. Er stand auf, steckte die Hände in die Taschen und sammelte sich, bevor er zögernd fortfuhr: »Ich vermute, ich habe die ganze Welt ausgesperrt … weil meine eigene Welt nicht mehr dazu paßt. Den größten Teil der Zeit lebe ich vor mich hin, als wäre nichts passiert, was mein Leben verändert hat … dann aber erwischt mich plötzlich die Wirklichkeit eiskalt.« Seine Stimme wurde lauter, während er die Worte förmlich ausspie. »Gerade jetzt, wo ich glaube, schön, du dämlicher Kerl, jetzt kannst du dich der Sache stellen« – er machte eine Pause und setzte sich wieder, bevor er fast unhörbar fortfuhr – »dreht sich der Absperrhahn wieder zu.«

Seine Mutter sah ihn voll Zärtlichkeit an. »Mein Junge, ich weiß, daß es wie ein Klischee klingt, aber ich bin überzeugt, daß die Natur das so eingerichtet hat. Es ist vermutlich so, wie wenn man einen Arm oder ein Bein verliert. Am Anfang spürt man nichts, aber schließlich holt einen die Wirklichkeit und der Schmerz ein. Auch dich wird er einholen, David, und du wirst dich ihm stellen können ... du schaffst es bestimmt und fängst ein neues Leben an ... Da bin ich mir ganz *sicher.*«

Sie und George sahen zu, wie ihr Sohn aufstand und ans andere Ende des Eßzimmers ging. Dort wandte er sich wieder seinen Eltern zu. »Wahrscheinlich habt ihr recht. Vielleicht sollte ich wirklich fortgehen, denn ich möchte eigentlich nicht hier sein, wenn mir all das richtig zu Bewußtsein kommt.« Mit einem Finger fuhr er das Muster auf einem der schweren Damastvorhänge nach. »Denn ganz gleich, wie große Mühe ich mir gebe, ich kann hier ... buchstäblich ... keinen Schritt tun ... ohne an Rachel zu denken. Alles und jeder hier ... erinnert mich an sie ... und das will ich nicht ... deshalb fühle ich mich ja so ... bedrückt, niedergeschlagen und verbittert ... sogar den Menschen gegenüber ... die mir am nächsten stehen ... wie ihr beiden ... und Effie ... und, großer Gott, manchmal sogar gegenüber Jock!« Er stieß ein hohles Lachen aus und steckte die Hände wieder in die Taschen. »Wißt ihr, ich hatte wirklich geglaubt, daß mir die Sache leichterfallen würde, wenn ich nicht in The Beeches lebte. Aber es hat nichts genützt, aus dem eigenen Haus auszuziehen – Rachel ist überall.«

Er ging auf seine Eltern zu. Sein beruhigendes Lächeln wirkte gezwungen, und er atmetet schwer. »Eine ziemlich verfahrene Sache, was? Beinahe hoffnungslos!«

George Inchelvie griff über den Tisch nach Davids leerem Whiskyglas, stand langsam auf und ging zur Anrichte. »Ich glaube, wir könnten beide noch einen Schluck vertragen, was meinst du, mein Junge?« fragte er mit betont munterer Stimme. Er goß beide Gläser ordentlich voll und fügte einen Schuß Wasser hinzu. »Ein Gutes hat die Sache – davon haben wir reichlich!«

David sah ihn an und nahm lächelnd das Glas an, während sich sein Vater schwer auf den Stuhl fallen ließ. »David«, sagte er zögernd, »was diese Reise angeht, gibt es für dich bestimmt keinen günstigen Zeitpunkt, aber ich fürchte, du mußt sie wirklich unternehmen. Wenn du das über dich brächtest, wäre es sicher gut, morgen mit mir in die Firma zu fahren, damit wir die Sache kurz mit Duncan besprechen können. Sobald er dir das Nötige mitgeteilt hat, kannst du zurückfahren. Ich finde schon jemanden, der mich wieder nach Hause bringt.« Um der Situation das Bedrückende zu nehmen, fügte er im Plauderton hinzu: »Ich habe gerade deiner Mutter gesagt, daß ich heute in der Firma einem sehr netten jungen Mann begegnet bin, der Archie McLachlan heißt. Wie der Zufall es will, ist er ein Enkel von Gregor McLachlan.«

David nickte und lächelte dabei. »Ja, Archie kenne ich. Ich hab ihn selbst eingestellt, kurz bevor ich gegangen bin.«

»Er scheint mir sehr motiviert zu sein, und bestimmt macht es ihm nichts aus, mich nach Hause zu fahren. Du darfst sicher sein, David, daß deine Mutter und ich dir in deiner Abwesenheit abnehmen werden, was wir können – seien es die Kinder oder was auch sonst immer nötig ist. Du wirst nicht lange fort sein, und wenn du wiederkommst, sehen wir weiter. Falls du dann glaubst, daß du noch etwas Zeit brauchst, kannst du dich selbstverständlich mit dem Stück Land unten am See beschäftigen. Was hältst du davon?«

David antwortete nicht sofort, sondern beugte sich vor und nahm das Whiskyglas vom Tisch. »Ganz gleich, was sich Duncan vorstellt, ich möchte nicht abreisen, ohne die Kinder vorher gesehen zu haben.«

»Natürlich nicht, das kann ich sehr gut verstehen.«

David nickte gedankenverloren. »Schön.« Er hob den Eltern das Glas entgegen. »Wenn es euch recht ist, nehme ich das mit nach oben.« Er machte sich auf den Weg, drehte sich dann aber zu seiner Mutter um, als falle ihm noch etwas ein. Er legte ihr den Arm um die Schulter und küßte sie auf beide Wangen. »Gute Nacht.«

»Gute Nacht, gute Nacht, mein Junge«, sagten Vater und Mutter, und blieben eine Weile schweigend sitzen, den Blick auf die Tür gerichtet, durch die er verschwunden war. Sie hingen ihren Gedanken nach.

»Gut gemacht, altes Mädchen«, sagte George leise und lächelte seiner Frau zu. »Immerhin hast du erreicht, daß er wieder mit uns redet.«

Statt einer Antwort spielte sie mit einem unbenutzten Löffel auf dem Tisch und sagte dann: »Es steht auf der Kippe, Geordie. Es ist völlig offen, wie es mit ihm weitergeht.«

Er beugte sich zu ihr und drückte ihr die Hand. »Das ist mir klar, und ich kann ihm nachfühlen, was er sagt. Ich weiß, wie es ist, wenn man nichts mehr empfindet. So war es bei mir im Krieg, wenn man mitansehen mußte, wie Kameraden im Kampf fielen und man nichts anderes tun konnte, als weiterzumachen.« Er nahm erneut einen Schluck. »Ich hatte das ganz vergessen, bis er davon angefangen hat.«

»Aber es wird doch hoffentlich alles wieder gut mit ihm?«

»Bestimmt« – er nickte bedächtig –, »aber ich fürchte, die eigentliche Erschütterung steht ihm noch bevor.«

»Du hast ihm nicht alles gesagt, nicht wahr?« fragte ihn Alicia.

»Was? Das mit Duncans Ultimatum?« Er schüttelte den Kopf. »Nein, das hätte ich nicht übers Herz gebracht. Am besten lassen wir erst einmal alles, wie es ist, und warten, wie sich die Dinge entwickeln.« Mühevoll erhob er sich, nahm den Stock, trat zu seiner Frau und legte ihr die Hand auf die Schulter. »Komm, altes Mädchen, ich glaube, uns hat das auch ganz schön mitgenommen. Wir sollten uns ebenfalls schlafen legen.«

Alicia stand auf und hängte sich bei ihm ein. Gemeinsam gingen sie zur Tür, und als er sie öffnete, drückte sie den Klingelknopf, um Effie Bescheid zu geben, daß sie im Eßzimmer abräumen konnte.

KAPITEL 6

Eine Weile blieb David reglos mit geschlossenen Augen in seinem Zimmer stehen und wartete darauf, daß ihn die beruhigende Stille umhüllte und den Aufruhr in seinem Inneren stillte. Er stellte das Whiskyglas auf die Kommode, ging zum Bett hinüber und setzte sich. Die Ellbogen auf die Knie gestützt, rieb er sich mit beiden Händen das Gesicht.

»Verdammt noch mal«, sagte er leise.

Er legte sich auf den Rücken und sah zur Decke. Wüßte er doch einen einfachen Ausweg, der Bitte seines Vaters nicht nachkommen zu müssen! Aber es gab keinen. Zu vieles war beim Abendessen gesagt worden, zu vieles war zu bedenken. Er schwang die Beine über die Bettkante und setzte sich wieder. Seine Eltern hatten recht. Er mußte unbedingt anfangen, seinem Leben eine Richtung zu geben, und obwohl ihn die Aussicht mit Schrecken erfüllte, nach Amerika fliegen und mit Menschen verhandeln zu müssen, denen er nie zuvor begegnet war, begriff er, daß ihm keine Wahl blieb. Es war für ihn unausweichlich, aus der Zurückgezogenheit und dem Schutz von Inchelvie hinauszutreten. Die Notwendigkeit, Beziehungen zu anderen Menschen aufzunehmen, würde sich letztlich als heilsam erweisen.

Trotzdem ängstigte ihn diese Vorstellung. Er stand auf, ging zur Kommode und nahm einen Schluck aus seinem Glas. Sein Vater hatte den Whisky sehr reichlich und das Wasser sehr knapp bemessen, und so mußte er unwillkürlich husten. Gerade wollte er sich wieder aufs Bett setzen, als sein Blick auf ein gerahmtes Foto fiel, das hinten auf der Kommode stand. Er nahm es in die Hand. Er hatte das Bild selbst vor etwa zwei Jahren aufgenommen – Sophie, Charlie und Harriet in einem Boot auf dem See am Ende des Parks von Inchelvie, sanfter Abendschimmer lag über der spiegelglatten Wasserfläche und hob das strahlende Lächeln auf den Gesichtern der Kinder hervor. Sophie legte sich schwer in die Riemen, das fröhliche Gesicht zum Himmel gerichtet, während sie sich nach Kräften bemühte, das Boot zu bewegen. Harriet saß im Heck und sah mit offenem Mund ins Wasser, überzeugt, daß sie mit Hilfe des Bambusstabs, von dem ein Bindfaden herabhing, bald einen Fisch aus dem Wasser ziehen würde. Unterdessen balancierte Charlie auf der Sitzbank mit ausgebreiteten Armen gefährlich auf einem Bein. Er tat so, als wäre er ein Flugzeug, das eine Kurve fliegt, während er sich zugleich bemühte, möglichst nicht ins Wasser zu fallen.

David lächelte vor sich hin, zog die oberste Schublade auf, nahm ein Paar Socken heraus und wischte damit über das staubige Glas, bevor er das Bild sorgfältig wieder an seinen Platz stellte. Er trat einen Schritt zurück und sah es eine Weile an. Dann fiel sein Blick auf ein Foto, das in der Schublade lag. Nach kurzem Zögern holte er es heraus und nahm es mit zum Bett, ohne es anzusehen. Er ließ sich auf das Federbett mit dem verschossenen Bezug fallen und starrte die Decke an. Das Foto lag mit der Bildseite nach unten auf seiner Brust. Nachdem er eine Weile seinen Gedanken nachgehangen hatte, sah er es an.

Die Farben waren ziemlich verblaßt, weil es lange im Sonnenlicht gestanden hatte. Es war ein Hochzeitsfoto von ihm und Rachel, auf dem sie von einer ganzen Schar munterer kleiner Jungen und Mädchen umgeben waren, die auf dem Weg aus der Kirche Blumen gestreut hatten. Links neben David beugte sich sein Trauzeuge Toby vor, der mit seinem schwarzen Cutaway inmitten der vielen Kilts ein wenig fehl am Platz wirkte, und sah vergnügt zu Rachel hinüber. Ursprünglich hatte der pedantische Hochzeitsfotograf diese Aufnahme nicht in die engere Wahl gezogen, weil sie, wie er erklärte, »nicht den hohen Maßstäben entspricht, die ich an Personenaufnahmen stelle«. David aber hatte das Negativ gerettet und heimlich beiseite geschafft. Es war die einzige Aufnahme seiner Hochzeit, die ihm wirklich gefiel, denn auf ihr sah Rachel fröhlich lachend in die Kamera, während er selbst Toby mit strengem Blick tadelnd ansah. Sie hatte gerade insgeheim die

Schnalle von Davids *sporran* gelöst, der Felltasche, die ein Schotte umgeschnallt über dem Kilt trägt. Man sah die Tasche nicht, denn das Kameraobjektiv hatte sie, während sie zu Boden fiel, lediglich als verwischten Streifen festgehalten.

David ließ das Bild auf seine Brust sinken. Er schloß die Augen und war mit einem Mal von der Wärme lächelnder Sehnsucht eingehüllt. Jetzt erinnerte er sich, warum er damals die Aufnahme ausgewählt hatte: weil sich für ihn darin alle Facetten von Rachels Wesen spiegelten – geradeheraus, lustig und unsagbar schön. Er merkte, wie er anfing zu lächeln, er legte die Arme über das Bild und drückte es an sich. Nach und nach rückte der Schmerz aus dem Mittelpunkt seines Seins.

»Erzähl mir doch noch mal, warum Frank mit Spitznamen Ran-Ran hieß.«

»Was?«

»Frankie Ran-Ran. Du weißt schon – dein Freund in Oxford. Warum hieß der so?«

»Großer Gott, wie kommst du jetzt darauf?«

»Ich denke gern an solche Sachen. Es sind lauter kostbare Erinnerungen.«

David sah seine Frau an, die auf der Bank neben ihm saß, und zupfte ihr behutsam die Decke zurecht. Sie waren zwar im relativ warmen alten Gartenhaus, aber schließlich wußte er, daß sie eigentlich nicht hätte aufstehen dürfen – jedenfalls nicht, wenn es so entsetzlich kalt war.

»Das ist Wahnsinn. Du müßtest im Bett liegen.«

»Hör doch auf, mich zu bemuttern. Mir geht es gut. Ich hab dich vorhin durch das Fenster bei der Arbeit gesehen und wollte bei dir sein.«

Ergeben die Achseln zuckend, holte David einen alten Paraffinofen, der in der Ecke stand, und schüttelte ihn, um zu sehen, ob noch Brennstoff darin war. »Das müßte genügen«, meinte er, nahm den Aufsatz ab und suchte in seinen Hosentaschen nach Streichhölzern. Er entzündete den Docht und sah zu, wie sich das gelbe Flämmchen um ihn herumarbeitete, und regulierte die Flamme, bis sie blau durch das kleine Sichtfenster schimmerte. Bald erfüllte ein angenehmer, betäubender Geruch das Gartenhaus.

Während sich David wieder setzte, kamen Rachels Hände unter der Decke hervor, und sie zog sich die Wollmütze fester über die Ohren. »Nun?«

Er sah sie einen Augenblick fragend an. Dann fiel ihm wieder ein, was sie gesagt hatte. »Ach so, Frankie Ran-Ran.« Er legte den Arm um ihre Schultern und zog sie sacht an sich, ihrer inzwischen fortwährenden Schmerzen nur allzu bewußt. »Ehrlich gesagt war das ein bißchen niederträchtig von mir. Er hat eines Abends ein Mädchen mitgebracht, und weil die im Bett eher ein bißchen laut war, konnten wir alle hören, wie sie in einem vermutlich entscheidenden Augenblick schrie: ›Ran! Frankie, ran!‹ Jedenfalls hab ich ihn am nächsten Morgen damit aufgezogen und ihn eher nebenbei Frankie Ran-Ran genannt. Das hat ihn so umgehauen, daß er den ganzen Mund voll Frühstücksflocken mehr oder weniger über den ganzen Tisch verstreut hat. Der Name ist dann einfach an ihm hängengeblieben; übrigens war er später selber mächtig stolz darauf!«

Rachel grinste. »Mir hat die Geschichte schon immer sehr gut gefallen.«

»Du kennst sie schon von früher, oder?«

»Ja, aber ich hör sie immer wieder gern!« Unbeholfen bewegte sie sich auf der Bank und stieß einen tiefen Seufzer aus. »All das scheint so lange her zu sein.«

»Einundzwanzig Jahre, um genau zu sein.«

»Ich weiß. Ich werde es nie vergessen.«

Eine Weile saßen sie schweigend beieinander und sahen auf den teilweise zugefrorenen See hinaus, in dessen eiskaltem Wasser sich die milchigen Strahlen der schwachen Februarsonne brachen. So still war es, daß man über dem Zischen des Ofens von den unteren Hängen der schneebedeckten Berge herüber den unverwechselbaren eindringlichen Ruf eines einzelnen Moorhuhns hören konnte. Er klang wie panisches Gelächter. Rachel zog die Decke enger um sich, denn sie fror trotz der nach Kiefernnadeln duftenden Wärme im Inneren des Gartenhauses.

»Weißt du noch, wie warm es an dem Morgen nach dem Ball in Oxford war?«

»Der ganze Sommer war heiß.«

»Stimmt. Wir waren mit offenem Verdeck unterwegs – und haben versucht, beim Herzog von Marlborough im Palast von Blenheim zu frühstücken.«

David lachte. »Na ja, so ungefähr. Es war ein ziemlich halbherziger Versuch. Ich glaube, er wäre keinesfalls begeistert gewesen, wenn wir ihn um fünf Uhr morgens geweckt hätten.«

»Wohl kaum. Aber wenn wir ihm begegnet *wären*, hätten wir auch nie die abgemähte Wiese bei Woodstock entdeckt, was?« Sie kuschelte sich an ihn, um etwas von seiner Wärme abzubekommen. »Ich kann mich noch lebhaft an den Geruch des Heus erinnern – und an die Stille. Es war ganz wie jetzt. Dann ist der Fuchs gleich neben dem Auto aufgetaucht und hat uns einfach angesehen.« Sie seufzte, während sie erneut ein Schauer überlief. »Mein Gott, es war ein zauberhafter Morgen.«

David drückte ihr einen leichten Kuß auf die Wollmütze. »Ja, aber da war noch was anderes, nicht wahr?«

Rachel sah ihn an. »Meinst du Smokey Robinson?«

»Ja.«

Mit fröhlichem Lächeln nickte sie. »Kannst du dich erinnern, wie oft du das Lied für mich aufgenommen hast?«

»So aus dem hohlen Bauch nicht.«

»Zwanzig Mal. Zehn auf jeder Kassettenseite. Wir haben sie an dem Morgen bestimmt dreimal durchlaufen lassen und dazu getanzt – du im Kilt und ich im Ballkleid.«

Sie schluckte schwer, und David spürte, wie sich ihr Körper unter der Anstrengung spannte.

»Und immer noch hat Smokey gesungen.« Sie stieß ein kurzes Lachen aus. »Weißt du, das war das einzige Jahr meines Lebens, in dem ich Tagebuch geführt habe, und die einzige Eintragung in der Woche hieß: ›Und immer noch hat Smokey gesungen‹. Ich hab es in großen schwarzen Buchstaben schräg über die Seite geschrieben. Mehr als dieser eine Satz war nicht nötig; da war alles drin.«

David spürte ihr Zittern. »Komm, ich glaube, es ist Zeit, ins Haus zu gehen.« Sanft legte er die Arme um sie, um ihr beim Aufstehen zu helfen.

Sie schob seine Hände fort. »Nein, noch nicht.« Sie schüttelte den Kopf. »Ich finde es so wunderbar, wieder draußen zu sein. Es ist – einfach herrlich.«

Resigniert hob David die Hände, setzte sich wieder und zog Rachel erneut eng an sich. In jenem Augenblick hörten die beiden ein neues Geräusch, ein kaum wahrnehmbares Antupfen an die Fensterscheibe. Die Wärme des Ofens hatte einen Schmetterling aufgeweckt, der in irgendeiner staubigen Ritze des Gartenhauses überwinterte und jetzt vergeblich versuchte, ins Freie zu gelangen. Rachel beugte sich vor, streckte die Hand aus und schloß sanft die Finger um das Tier. Eine Weile hörte David das leise Schwirren der Flügel in ihrer Hand, dann verstummte es. Vermutlich ruhte der Schmetterling zufrieden in der Dunkelheit seiner Zuflucht.

»Armes Tierchen«, sagte sie und betrachtete durch ihre Finger das matte Orange und Braun seiner Flügel. »Seine Aussichten stehen nicht gut, was? Entweder bleibt er hier drin und verhungert, oder wir lassen ihn raus, und er erfriert.«

David zog ihre Hand zu sich und sah sich den kleinen Gefangenen an. »Ja, seine Aussichten stehen ziemlich schlecht.«

Rachel stand auf, ging mühselig zur Tür und öffnete sie. Als sie langsam ihre Hand öffnete, schien der Schmetterling zu zögern. Sie hob ihn an den Mund und hauchte ihn vorsichtig an, als wolle sie ihm Mut machen. Nach einer Weile flog er davon, hinaus in die kalte Luft. Sie schloß die Tür und sah ihm nach, bis er verschwunden war.

»Zumindest wird er die Welt riechen und schmecken«, sagte sie fast unhörbar. »Auch wenn es nur für kurze Zeit ist.« Sie drehte sich um und ging schleppenden Schritts zurück zur Bank. »Besser, als für den Rest seiner Tage hier eingesperrt zu sein.«

David blickte starr vor sich hin. Er wollte ihr nicht in die Augen sehen, denn er verstand das Gleichnis nur allzu gut, und ihn ängstigte der Gedanke, der dahinterstand. Er spürte ihre Hand auf seinem Knie.

»Wir reden nicht darüber, nicht wahr?«

»Worüber?« fragte er. Es klang nicht sehr überzeugend.

»Du weißt schon, Liebster – das Unausweichliche.«

Er holte Luft und sagte zögernd: »Liebling, wir wollen doch nicht ...«

Rachel sah ihn an. »Doch, David, wir wollen. Ich werde wieder gesund. Ich sage dir das, damit du es Sophie, Charlie und Harriet sagen kannst – daß ich wieder gesund werde und ich mit euch allen zusammensein kann, wo immer ihr seid.« Sie hob die Hand und liebkoste seine Wange. »Weißt du, du warst unbedingt der bestaussehende Junge in Oxford.« Sie stieß ein leichtes Lachen aus. »Ich konnte nie wirklich glauben, daß du außerdem ein so liebevoller Mensch bist – und daß ausgerechnet ich dich abbekommen würde.«

David drückte sein Gesicht gegen ihre Strickmütze und wischte sich auf diese Weise unauffällig die Tränen aus den Augen.

»Ich würde wirklich gern wieder einmal nach Oxford fahren, Liebling.«

Er räusperte sich, bevor er fragte: »Wirklich?«

»Ja. Sehr bald. Sehr, sehr bald.« Sie rückte von ihm ab. »Aber jetzt ist mir entsetzlich kalt. Laß uns wieder ins Haus gehen.«

David, der keiner weiteren Aufforderung bedurfte, sprang auf, stellte den Ofen ab, half Rachel beim Aufstehen und legte ihr einen stützenden Arm um die Taille. Während sie dicht aneinandergedrängt über den bereiften Rasen zum Haus gingen, stieß er mit dem Bein an einen harten Gegenstand in ihrer Manteltasche, so daß sie vor Schmerz zusammenzuckte. Er blieb stehen.

»Hast du große Schmerzen?«

Sie lächelte tapfer. »Ach, es geht schon.«

»Was hast du da drin?« fragte er und tastete nach ihrer Manteltasche.

Rachel holte einen Walkman hervor. »Meine Musik.«

»Was ist es?«

Sie blieb stehen. »Hör's dir an.« Sie schob ihm einen der Stöpsel ins Ohr, stellte sich dicht neben ihn, steckte sich den anderen ins Ohr und drückte auf den Knopf. »Das Band.«

Das Lied setzte sogleich ein. Er erkannte den Text. »So take a good look at my face, can't you see the smile, it's out of place.«

Er sah sie mit einem Lächeln an und schüttelte ungläubig den Kopf. »Du hast die Aufnahmen immer noch?«

»Selbstverständlich. Alle zwanzig.«

Er legte ihr den Arm um die Schulter, und während sie über den Rasen um das Haus herumgingen und die Treppe zur Eingangstür emporstiegen, sang Smokey.

Doch nach Oxford kamen sie nie.

Klappernd fiel das gerahmte Foto zu Boden. David fuhr kerzengerade aus seinem tiefen Schlaf hoch, schwang die Füße über die Bettkante und bückte sich, um es aufzuheben. Er sah nach: Das Glas war heil geblieben. Er legte das Bild auf das Bett neben sich und beugte sich vor, stützte die Ellbogen auf die Knie und rieb sich mit den Fingerknöcheln die Augen. Dann sah er auf die Uhr. Es war zwanzig nach zwei – mitten in der Nacht.

Er nahm das Bild wieder und betrachtete es lange.

Nie hatte sich etwas geändert – vom Tag ihres Kennenlernens über den Tag ihrer Heirat bis zum Tag, als Rachel starb. Voll Lachen und Liebe hatten sie gelebt und Leben gezeugt, und ihre Kinder hatten mit ihnen gelacht und geliebt. Er war sie gewesen, und sie er. Das wahre Band zwischen ihnen hatte nicht die prunkvolle Hochzeit geknüpft, es war schon drei Jahre früher auf der großen abgemähten Wiese in Oxfordshire unter dem sengenden blauen Himmel geschlungen worden. Die einzigen Zeugen dabei waren die Vögel gewesen, der Fuchs, der Triumph Vitesse – und Smokey Robinson mit den Miracles.

Er stand auf und stellte das Bild wieder vorsichtig auf die Kommode neben das der Kinder. Dann zog er das Hemd aus, löste den Gürtel, schleuderte sich die Hose von den Füßen und fiel ins Bett, um tiefer zu schlafen als jemals seit der Nacht, in der Rachel gestorben war.

KAPITEL 7

Am nächsten Morgen wurde David früh wach. Er spürte eine sonderbare Unruhe in der Magengrube. Diese Empfindung, die sich deutlich von dem kalten Bewußtsein der Einsamkeit unterschied, das sich gewöhnlich wie Blei auf sein Herz legte, machte ihm angst. Er stand rasch auf, als könne er so das unwillkommene Gefühl abschütteln, und ging ins Badezimmer. Er drehte die Dusche auf, stellte sich darunter, bevor das Wasser warm wurde, und ließ sich den aufmunternden kalten Strahl über Gesicht und Nacken rieseln.

Dennoch verließ ihn das Gefühl von Enge nicht. Heute würde er nicht mit Jock im Park arbeiten. Heute mußte er unausweichlich in ein Leben zurückkehren, auf das er weder körperlich noch seelisch vorbereitet war – das war ihm nur allzu klar.

Er bückte sich, um das Stück Seife aufzuheben, das wild über dem Abfluß der Duschwanne tanzte, und machte sich daran, sich von Kopf bis Fuß kräftig abzuschrubben, als wolle er damit seine Feigheit vertreiben und den Schwung heraufbeschwören, von dem er wußte, daß er tief in seinem Inneren verborgen war. Er ging noch einmal das Gespräch vom Vorabend durch, und ihm fiel auf, daß er dabei zum ersten Mal die Besorgnis und Verletzlichkeit seiner Eltern verstanden hatte – Empfindungen, die unmittelbar unter ihrer nach außen zur Schau getragenen Kraft und Tapferkeit lagen.

Er stellte die Dusche ab und stieg aus der Kabine. Zwar war ihm jetzt kalt, doch dafür war sein Kopf frei. Ruhelos rasierte er sich und ging zurück in sein Zimmer. Gewohnheitsmäßig zog er sich die Arbeitshose an, hielt aber inne, als er sie mechanisch zuzuknöpfen begann,

»Paß doch gefälligst auf, was du tust!« Er riß sich die Hose förmlich vom Leib und schleuderte sie auf den Stuhl, holte dann seinen dunkelblauen Anzug aus dem Kleiderschrank und legte ihn aufs Bett. Er sah ihn befremdet an.

Irgendwie hatte er es nicht fertiggebracht, bei der Beerdigung den Kilt zu tragen, denn das hätte eine zu deutliche Beziehung zu Rachel hergestellt. Ohne sich das näher erklären zu können, hatte er den Wunsch gehabt, sich an jenem Tag so weit wie möglich von ihr zu entfernen, wohl weil er hoffte, diesen Abschied dann leichter bewältigen zu können. Also hatte er damals den dunklen Anzug angezogen – und seitdem nicht mehr. Verwirrt schüttelte er den Kopf. Der Drang, ihn nicht zu tragen, war so übermächtig wie der, sich seiner neuen Aufgabe zu entledigen. Er nahm den Anzug und warf ihn zu der alten Hose auf den Stuhl. Die vollkommenen Bügelfalten bildeten einen krassen Gegensatz zur Schlichtheit der erdverkrusteten Arbeitshose.

»Großer Gott, ich bin noch nicht soweit«, sagte er leise zu sich selbst.

Er ging zum Kleiderschrank und nahm eine leichte braune Hose und einen marineblauen doppelreihigen Blazer heraus: ein Kompromiß zwischen seinen Gefühlen und dem, was von ihm erwartet wurde. Dazu entschied er sich für ein offenes blaues Hemd, einen Kaschmirpullover mit V-Ausschnitt und bequeme dunkelbraune Schuhe. Dann holte er tief Luft, riß die Zimmertür auf und ging hinunter.

Vater und Sohn verließen das Haus um halb neun. David fuhr, George Inchelvie saß im Tweedmantel zusammengesunken neben ihm. Zwar war der Audi Avant Davids Firmenwagen, doch hatte ihn sein Vater in den letzten Monaten benutzt. David, der seither nur mit dem Gartentraktor und gelegentlich dem kleinen Renault seiner Mutter gefahren war, ließ beim Anfahren die Räder auf dem Kies durchdrehen – er war nicht mehr an den starken Motor gewöhnt.

Sein Vater sah zu ihm hinüber. »Wie fühlst du dich heute?«

Er nickte knapp. »Gut.«

Sein Vater klopfte ihm kräftig aufs Knie, so, als wollte er ihn beruhigen. »Du wirst sehen, mein Junge, es wird alles bestens klappen. Mach dir keine Sorgen.« Dann schaltete er das Radio ein, wie er es sich auf dem morgendlichen Weg zur Arbeit angewöhnt hatte. Außerdem nahm er an, es würde David guttun, unterwegs Unterhaltung zu haben und nicht mit ihm reden zu müssen. Als lautstark die Nachrichtensendung Guten Morgen, Schottland angekündigt wurde, drehte er den Ton leiser und hörte sich auf einem anderen Sender in aller Ruhe ein Interview mit dem Trainer der Glasgow Rangers an.

Gerade als David aus der Zufahrt auf die Landstraße nach Dalnachoil einbog, rissen die Wolken zum ersten Mal seit ungefähr einem Monat auf, und ein Stückchen blaßblauer Himmel wurde sichtbar. Sogar einige Sonnenstrahlen huschten über die Windschutzscheibe. Bis sie die Hauptstraße erreicht hatten, waren die blauen Flecken am Himmel größer geworden, die Sonne, die hin und wieder durch die Wolken brach, übergoß die Häuser des Dorfes mit ihrem Licht und warf rasch dahinziehende Schattenmuster auf die Hänge der umliegenden Hügel. Auf der Fahrt durch das Dorf mußte Lord Inchelvie immer wieder Bekannten auf dem Gehweg zuwinken, und David sah im Rückspiegel die Blicke von Menschen, die dem Wagen fragend nachschauten. Immerhin hatten die Dorfbewohner ihn und seinen Vater eine ganze Weile nicht gemeinsam im Auto gesehen.

Als der Ort hinter ihnen lag, merkte David, daß sich eine unerwartete Erregung seiner bemächtigte, die durch die Stumpfheit seines Bewußtseins drang. Fast war es, als gelinge es ihm endlich, aus seiner engen Welt der Trauer auszubrechen. In letzter Zeit war er nie weiter als bis ins Dorf gekommen, und das auch nur, wenn es unvermeidbar war. Jeden dieser Besuche hatte er so kurz wie möglich gehalten, aus Sorge, in verständnisvolle und tröstende Unterhaltungen verwickelt zu werden. Doch jetzt fühlte er sich fast wohl, während er auf der vertrauten Straße südwärts durch das Tal fuhr. Zu beiden Seiten erstreckten sich sonnenbeschienene Felder bis zum Braun des Heidelandes, das sich über die Hänge ergoß. Er empfand das erste Mal seit langem wieder tiefe Zuneigung zu dem alten Mann, der mit geschlossenen Augen neben ihm saß, die Hand hinter dem Ohr, um mitzubekommen, was im Radio gesagt wurde. David drehte das Radio ein wenig lauter, und sein Vater sah ihn lächelnd an.

»Danke – so ist es besser«, sagte er. »Ich hab mein verdammtes Hörgerät vergessen.«

Unten im Tal bog David nach Aberlour ab und trat so fest aufs Gas, daß ihn die Beschleunigung in den Sitz preßte. Die schmale Straße folgte dem Fluß Spey, durch dessen Bett sich nach den reichlichen Regenfällen des Frühjahrs braune Wassermassen wälzten. David fuhr schnell, aber konzentriert. Von Zeit zu Zeit mußte er bremsen. Einmal kam ihm ein schon ziemlich alter Massey-Ferguson-Schlepper entgegen, aus dessen kaputtem Auspuff schwarzer Rauch quoll. Ein großer runder Heuballen, der wild auf der vorderen Ladegabel tanzte, nahm dem Fahrer die Sicht. Als nächstes lagen zwei Schafe mit schwarzen Gesichtern mitten auf der Fahrbahn und genossen die Wärme des Asphalts. Mit hocherhobenen Köpfen empörten sie sich wie zwei blasierte alte Damen über diese Ruhestörung. Dann wieder hatte jemand seinen offensichtlich nagelneuen Geländewagen an einer unübersichtlichen Stelle abgestellt. Der leere Angelrutenhalter auf dem Dach ließ vermuten, daß der Fahrer versuchte, an einer seichten Stelle des Flusses Lachse zu fangen.

Drei Kilometer vor Aberlour überquerten sie eine hohe Eisenträgerbrücke. Gleich dahinter ging es an dem großen braunen Schild, auf dem in goldenen Lettern der Name GLENDURNICH DISTILLERIES LTD prangte, nach links. Früher einmal hatte sich die Straße in Haarnadelkurven bis zum Fluß hinab geschlängelt, war aber inzwischen begradigt worden, um die Zufahrt für die schweren Dreiachser zu erleichtern, die tonnenweise Malz von den Mälzereien aus Inverness brachten und Fässer mit gelagertem Whisky zur Abfüllerei in der Nähe von Glasgow mitnahmen. Jetzt machte die Straße eine einzige große Kurve, die so angelegt war, daß die Brennerei nach wie vor hinter den dichtgepflanzten Kiefern verborgen blieb. Als einziges lugten über den Wipfeln die Spitzen der beiden Pagodendächer über den alten Darren hervor – das unverkennbare Merkmal aller schottischen Malt-Whisky-Destillerien.

Das sechs Hektar große Betriebsgelände lag über dem Fluß auf einer Art Felsplateau, um das sich eine geteerte Straße zog.

Sie wurde von einer großen Fläche frisch gemähten Graslandes sowie von Rasen und gepflegten bunten Blumenbeeten gesäumt. Von dort, wo die dunkelbraunen Metalldächer der vier modernen Faßlager aufragten, führte die Straße weiter zu einer kleinen Anhöhe. Hier kam David am steinernen Brennhaus und dem Maischehaus vorbei, die noch aus den Anfangsjahren stammten und an deren unregelmäßigen kleinen Fenstern die weißgestrichenen Rahmen leuchteten. Hinter den Malzsilos stand das neue Bürogebäude.

Er fuhr auf den Parkplatz, stellte den Wagen nahe dem Haupteingang ab und stieg aus. Beim Anblick des Bürogebäudes empfand er unwillkürlich eine Art knabenhafter Nervosität. Er schüttelte den Kopf über sich selbst und ging zur anderen Seite des Wagens, wo sein Vater bereits mühsam versuchte auszusteigen. Er half dem alten Mann, sich aufzurichten.

George sah David an. »Bist du bereit?«

David lächelte und nickte.

»Schön. Also hinein.«

Margaret hob den Kopf, als sich die Drehtür bewegte. Als sie David hinter seinem Vater hereinkommen sah, huschte ein Lächeln über ihr Gesicht. »Na, so eine Überraschung aber auch«, sagte sie und stemmte sich aus dem Stuhl. »Sie hier, Mr. David!«

Sie eilte ihnen entgegen und ergriff Davids Hand, bevor er Gelegenheit hatte, sie ihr zu reichen. »Ist das eine Freude, Sie zu sehen!« Sie musterte ihn von oben bis unten, ohne seine Hand loszulassen. »Sie kommen mir ein wenig schmal vor«, sagte sie, »aber es steht Ihnen gut. Sie sehen so gut aus wie eh und je!« Dabei stieß sie ein gellendes Lachen aus, das man zweifellos im ganzen Gebäude hören konnte.

»Danke für den netten Empfang, Margaret«, sagte George Inchelvie. »Aber David ist heute nur kurz im Hause.«

»Gewiß, gewiß«, sagte Margaret leise. Vermutlich war ihr Überschwang ihr nun ein wenig peinlich. »Ich verstehe. Aber trotzdem ist es eine wahre Freude, Sie so wohlauf zu sehen, Mr. David.«

David nickte ihr freundlich zu. »Danke, Margaret.«

»Hat Mr. Caple gesagt, um wieviel Uhr die Besprechung stattfinden soll?« fragte George.

»Ja.« Sie eilte an ihren Arbeitsplatz, wo sie ihre Brille aufsetzte und ein Blatt Papier zur Hand nahm. »Hier steht, um zehn im Besprechungsraum.«

»Vielen Dank, Margaret. Lassen Sie ihn bitte wissen, daß wir kommen werden.« Er nahm David beim Arm und sah zur Standuhr hinüber.

»Es ist jetzt zwanzig nach neun. Ich schlage vor, du verschwindest für eine Weile, bevor dich jemand dazu verdonnert, etwas zu tun. Sieh dich etwas im Betrieb um. Wir treffen uns dann um zehn.«

David lächelte. »Gute Idee.«

George Inchelvie klopfte seinem Sohn väterlich auf die Schulter und sah ihm nach, als dieser durch die Drehtür hinauseilte, fast als könne er nicht schnell genug aus dem Gebäude verschwinden.

Als George Inchelvie sein Büro betrat, war er einigermaßen erstaunt, dort Robert McLeod vorzufinden, der, die Arme hinter dem Rücken verschränkt, aus dem Fenster sah. Als er hörte, daß jemand kam, fuhr er herum.

»Ah, George«, sagte er mit gepreßter Stimme. »Hoffentlich stört es Sie nicht, daß ich hier auf Sie warte. Mhairi hat mir gesagt, daß Sie in der nächsten halben Stunde keinen Termin haben, und ich muß Sie dringend sprechen.«

George Inchelvie ging zum Garderobenständer hinüber. »Von mir aus, Robert«, sagte er und zog den Mantel aus, »aber lassen Sie mich erst einmal verschnaufen. Ich bin ja noch gar nicht richtig angekommen.«

Während er den Mantel aufhängte, beobachtete er seinen elegant gekleideten, kleingewachsenen Finanzdirektor aus dem Augenwinkel. Insgeheim mußte er über Davids verzweifelten Vorschlag vom Vorabend schmunzeln, ihn in den Vereinigten Staaten nach dem Rechten sehen zu lassen. Er ging zu seinem Schreibtisch und ließ sich dort in den Sessel sinken.

»Waren Sie schon mal in Amerika, Robert?« fragte er und legte den Spazierstock neben sich auf den Boden.

»Nein, eigentlich nicht.«

»Dachte ich mir.« Befriedigt lächelnd zog George Inchelvie die oberste Schublade auf, holte einen Schreibblock heraus und nahm den Füllhalter aus der Innentasche seines Jacketts. Inzwischen hatte sich Robert einen Stuhl geholt und sich ihm gegenüber gesetzt.

»Allerdings wären meine Frau und ich mit unseren beiden Mädchen beinahe ins Disneyland gefahren«, sagte er. »Ich glaube, da waren die so um die vierzehn und fünfzehn.« Nachdenklich sah er über George Inchelvies Kopf hinweg und fuhr sich mit dem Zeigefinger kurz über seinen sauber gestutzten Schnurrbart. »Das dürfte rund zehn Jahre her sein. Ich habe die Reise damals abgesagt, weil der Dollarkurs von einem Tag auf den anderen ausgesprochen ungünstig wurde.« Er tauchte aus seinen Erinnerungen auf und sah George Inchelvie wieder an. »Ohnehin verbringen wir unsere Ferien am liebsten in Südwestengland. Dort gibt es so viele erstklassige Golfplätze.«

»Das glaube ich gern«, sagte George Inchelvie mit einem Blick auf den Pedanten mit der Buchhalterseele, der nichts dabei fand, sich und seiner Familie eine einmalige Urlaubsreise zu versagen, weil er für seine kostbaren Pfunde ein paar mickrige Cents weniger als sonst bekommen hätte.

Andererseits mußte man zugeben, daß Robert ein ausgezeichneter Finanzdirektor war. Seit er vor zwanzig Jahren aus einer kleinen Steuerberaterfirma in Edinburgh zu Glendurnich gekommen war, hatte er die Finanzangelegenheiten des Unternehmens tadellos und umsichtig erledigt. Da konnte man darüber hinwegsehen, daß er es mit der Pünktlichkeit und der Arbeitszeit übergenau nahm: Er kam weder zu früh noch zu spät, und stets war er der erste, der Punkt halb sechs das Büro verließ, von wo er – zumindest im Sommer – auf kürzestem Weg zum Golfplatz fuhr.

Seit geraumer Zeit allerdings hatte George Inchelvie den Verdacht, daß Roberts Anteilnahme an den Firmenangelegenheiten erlahmt war. Er vermutete, Duncan Caple habe ihn mit seinem eigenen beträchtlichen Fachwissen auf dem Gebiet der Finanzwirtschaft verärgert. Trotzdem machte er sich eine Notiz, daß er nach der Sitzung Robert fragen wollte, was dieser von Caples Besorgnis im Zusammenhang mit den Absatzzahlen des Unternehmens in den Vereinigten Staaten hielt.

»Worum geht es, Robert?« fragte er und begann nebenbei die Post durchzusehen, wobei seine besondere Aufmerksamkeit den von Mhairi gekennzeichneten Briefen galt.

Robert McLeod lehnte sich zurück und hüstelte. »Nun ja, George, ich halte den Augenblick für gekommen, mich aus dem Arbeitsleben zurückzuziehen.«

»Was sagen Sie da?« Verwundert sah George Inchelvie auf. »Warum denn?«

Robert schlug die Beine übereinander und fegte einige Staubkörnchen von seinem Hosenbein. »Ich finde«, begann er bedächtig, »daß ich für die Aufgabe allmählich ein wenig zu alt werde. Mir ist bewußt, daß ich deutlich älter bin als der Durchschnitt der Führungskräfte im Unternehmen, und außerdem geht die Entwicklung in der Whiskybranche für meinen Geschmack zu sehr in Richtung Verdrängungswettbewerb.«

George Inchelvie sah ihn nach wie vor an und wartete, daß er fortfuhr. »Noch etwas?«

»Ehrlich gesagt, ja.« Er zögerte, aber nur kurz. »Man hat mir die Stelle eines Klubsekretärs im Golfklub von Drumshield angetragen, und eine so günstige Gelegenheit möchte ich mir nicht gern entgehen lassen.«

George Inchelvie drehte sich mit seinem Sessel zum Fenster und sah hinaus.

Eine Weile schwieg er. Schließlich fragte er mit schwacher Stimme: »Und wann wollen Sie uns verlassen?«

»Kommenden Monat«, gab Robert munter zurück, erleichtert, daß er sich weder Vorhaltungen noch Hinweise auf Auswirkungen auf das Unternehmen hatte anhören müssen. »Bis dahin müßte ich den Abschluß für das vorige Geschäftsjahr fertigbekommen. Dann kann mein Nachfolger gänzlich unbefangen einen Neubeginn machen und braucht sich nicht mit meinen Eigenheiten zu belasten.«

George Inchelvie schloß die Augen und schüttelte nahezu unmerklich den Kopf. Allmählich begann Zorn in ihm aufzusteigen. Vielen Dank, Robert, dachte er, genau das hat mir noch gefehlt! Nicht nur sitzt mir Duncan wegen der Zukunft der Firma im Nacken, ich muß mich auch um David kümmern, weil der zur Zeit nicht in der Lage ist, seine eigenen Angelegenheiten zu ordnen. Ganz zu schweigen von der Sache in Amerika, und jetzt kommst du noch in mein Büro und sagst mir, daß wir uns nach einem neuen Finanzdirektor umsehen müssen. Du glaubst also, daß es für dich an der Zeit ist, dich zur Ruhe zu setzen, ja? Meinen Glückwunsch. Ich hatte mich eigentlich schon vor zehn Jahren aus der Firma zurückgezogen, muß aber jetzt die Schwierigkeiten von euch allen hier lösen.

Robert sah ihn aufmerksam an, als er sich wieder zu ihm umdrehte. Ihm fiel auf, daß die übliche gesunde Gesichtsfarbe aus George Inchelvies Zügen gewichen war und er entsetzlich alt aussah. Besorgt wollte er gerade fragen, ob sich der Seniorchef wohl fühle, als der entschlossen auf die Sessellehnen schlug.

»Na, dann wollen wir uns mal nach einem Ersatz für Sie umsehen, Robert«, sagte er. »Leicht wird das nicht, das ist Ihnen wohl klar.«

»Das höre ich natürlich gern, George«, sagte Robert. »Aber ich kann mir nicht vorstellen, daß es da besondere Schwierigkeiten geben wird. Wie ich Duncan kenne, hat er bereits ein Auge auf den Finanzdirektor der Mälzerei in Elgin geworfen.«

»So, hat er das?« stieß George Inchelvie hervor. »Und seit wann kennt er Ihre Absichten?«

»Ich habe sie ihm vorige Woche eröffnet«, sagte Robert betont sanftmütig. Offensichtlich überraschte ihn George Inchelvies Heftigkeit. »Er bedauert meinen Entschluß, billigt aber meine Entscheidung, weil er sie von meinem Standpunkt aus für richtig hält.«

George Inchelvie dachte nach. Er kaute auf seiner Unterlippe. »Wie sehen seine formalen Befugnisse aus?« fragte er unvermittelt.

»Worauf wollen Sie hinaus, George?«

Inchelvie sah seinen Finanzdirektor finster an. »Darf Duncan ohne vorherige Rücksprache mit dem Direktorium nach eigenem Gutdünken Führungskräfte einstellen und entlassen?«

Robert nickte langsam. »Ja, ich glaube, das war eine der Bedingungen, die er bei seinem Eintritt in die Firma gestellt hat.«

George Inchelvie begann sich die Stirn zu reiben. Mit einem Mal ging ihm auf, daß Caple nicht nur die Möglichkeit hatte, als Finanzdirektor einzustellen, wen er wollte, sondern daß sich seine Befugnisse im Extremfall auch auf die Zukunft seines Sohnes in der Geschäftsleitung auswirken konnten.

»Großer Gott, warum zum Teufel haben wir dem zugestimmt?«

»Ich glaube«, antwortete Robert verschüchtert, »daß wir alle Duncan unbedingt als Geschäftsführer haben wollten.«

George Inchelvie lehnte sich wieder zurück. »Wird schon stimmen.« Er schwieg eine Weile und sah wieder aus dem Fenster. »Er hat Sie aber doch nicht … ehm, Duncan hat Sie doch nicht etwa aufgefordert zu gehen, oder?«

Robert schüttelte nachdrücklich den Kopf. »Um Himmels willen, nein! Nichts in der Art. Die Sache geht wirklich von mir aus. Ich glaube, das brächte nicht einmal Duncan fertig!«

George Inchelvie lächelte. »Da bin ich mir nicht so sicher. Tut mir leid, daß ich Sie das fragen mußte, aber ich wollte nur feststellen, ob hinter meinem Rücken ein zweifelhaftes Spiel getrieben wird.«

Robert erhob sich. Er machte sich das Zurückstecken des Seniorchefs zunutze, um das Gespräch zu beenden. »Keineswegs, George. Duncan ist gelegentlich ein wenig egozentrisch, aber er ist ein guter Geschäftsmann, und angesichts der Zahlen für das vorige Geschäftsjahr würde ich sagen, daß er das Unternehmen voranbringt.«

George Inchelvie nickte. »Sicher, Robert … und vielen Dank. Ich weiß Ihre Meinung zu schätzen.«

»Ich bin damit, wie immer, gern zu Diensten. Wenn Sie mich jetzt entschuldigen wollen – ich muß mich weiter mit dem Jahresabschluß beschäftigen.« Er lächelte nervös. »Jetzt kommt es doch sozusagen auf jeden Tag an.«

»Natürlich. Und vielen Dank, Robert, für alles, was Sie im Lauf der Jahre für Glendurnich getan haben. Sie waren wirklich eine Stütze des Unternehmens.«

Mit einem flüchtigen Lächeln ging Robert hinaus. Eine Weile starrte George Inchelvie ausdruckslos auf die geschlossene Tür, dann drückte er den Knopf der Gegensprechanlage.

Kurz darauf klopfte es leise an die Tür. Ohne auf ein »Herein« zu warten, kam seine Sekretärin Mhairi mit Stenoblock und Bleistift ins Zimmer. George Inchelvie lächelte der jungen Frau zu.

»So, Mhairi, bitte bestätigen Sie im Devonshire Place Hotel das Zimmer von Dienstag auf Mittwoch für Lady Inchelvie und mich.«

Mhairi begann zu schreiben. »Ich vermute, daß Lady Inchelvie nicht am Kongreß teilnimmt?«

Er schüttelte den Kopf. »Nein. Sie nutzt lediglich die Gelegenheit mitzufahren, um unsere Enkel in ihrer Schule in Perth zu besuchen.«

»Geht in Ordnung«, sagte Mhairi. »Ist das alles, Euer Lordschaft?«

»Noch nicht ganz. Könnten Sie bitte bei British Airways anrufen und für Dienstag morgen einen Flug von Glasgow nach New York buchen? Hin und zurück.«

»Kommenden Dienstag, Euer Lordschaft?«

»Ja.« Er schwieg eine Weile. »Das Datum für den Rückflug lassen Sie bitte offen.«

Sie wartete, den Stift über dem Block schwebend. Als er nichts weiter sagte, fragte sie: »Und auf welchen Namen?«

»Ach so, Verzeihung. Für Mr. David.«

Mhairi nickte und notierte die Anweisung.

»Das ist alles, Mhairi. Ich wäre Ihnen dankbar, wenn Sie das alles rasch erledigen würden.«

»Gewiß, Euer Lordschaft.« Als sie gegangen war, nahm George Inchelvie seinen Füller, drehte ihn um und stieß dessen Ende immer wieder auf den Schreibtisch, jedesmal mit größerem Nachdruck. Schließlich schraubte er die Kappe ab und strich durch, was er Robert hatte fragen wollen, schleuderte dann den Füllhalter auf den Tisch und lehnte sich mit erschöpftem Gesichtsausdruck in seinen Sessel zurück.

»Ich hoffe nur, daß du nichts Böses im Schilde führst, Duncan, mein Junge«, murmelte er vor sich hin.

Als David die Tür zur Brennerei aufstieß, war er sogleich von Wärme und dem zu Kopf steigenden Whiskygeruch eingehüllt. Über ein paar ausgetretene Steinstufen ging es hinüber zum stählernen Gitterboden, der sich viereinhalb Meter oberhalb der Brennblasen über die ganze Länge des Gebäudes hinzog. Ein Zischen wie von einem riesigen Dampfkochtopf übertönte seine Schritte, als er an den geschwungenen Schwanenhälsen der auf Hochglanz polierten kupfernen Brennblasen vorbeilief. Über eine eiserne Treppe kam er auf eine schmale Arbeitsbühne. Auf halbem Weg blieb er vor einer erst kürzlich in leuchtendem Grün gestrichenen Tür stehen, auf der in weißer Schablonenschrift KANTINE stand. Nach kurzem Zögern ging er hinein.

In der neuen hellen und luftigen Arbeiterkantine hing durchdringender Zigarettenrauch. Weil die frühere Kantine dem Umbau hatte weichen müssen, war ein ehemaliger Malzspeicher im Obergeschoß, der ursprünglich nur durch ein Dachfenster Tageslicht bekommen hatte, für diesen Zweck umgebaut worden. An einer Seitenwand des Gebäudes hatte man dazu die Sack-Ladeluke durch ein Fenster ersetzt, das die volle Breite und Höhe der Wand einnahm, so daß David bis auf den Fluß hinabsehen konnte. Auf der anderen Seite stand ein moderner Tresen, auf dem unausgepackt eine nagelneue Kaffeemaschine stand. Die Arbeiter brachten sich lieber heißen gesüßten Tee in Thermosflaschen von zu Hause mit. Außer einem Edelstahlspülbecken gab es noch einen Kühlschrank und einen Mikrowellenherd. Man hätte das Ganze für eine kleine, gut eingerichtete Küche halten können, hätten nicht die Männer in unverständlichem, aber unübersehbarem Protest gegen ihre Vertreibung aus der alten Kantine beschlossen, die Möbel von dort mitzubringen. So kam es, daß in der Mitte des Raumes ein buntes Sammelsurium altersschwacher Stühle um einen langen Holztisch stand, dessen Platte Ringe von Tassen und dunkelbraune Brandmale von ungezählten Zigaretten zierten. Dahinter hing der einzige Wandschmuck – ein großer Kalender, auf dem es noch März war, mit einer gutgebauten jungen Blondine darauf, die so tat, als löse sie splitterfasernackt die Radmuttern an einem Lastwagen.

Am Tisch saßen drei Männer in T-Shirts und Latzhosen, tranken dampfenden Tee aus großen Bechern und lasen Boulevardzeitungen, die sie vor sich ausgebreitet hatten. Als sie David erkannten, erhoben sie sich langsam und murmelten etwas zu seiner Begrüßung, wobei sie einander peinlich berührt ansahen und gleich anschließend auf die Uhr über dem Spülbecken blickten.

»Bleiben Sie doch sitzen!« sagte David, dem ihre Reaktion auf sein Eintreten unangenehm war »Wie geht's, Dougie?«

Der ›Dougie‹ genannte Douglas Masson zog einen vollen Aschenbecher zu sich heran, drückte die Kippe einer selbstgedrehten Zigarette aus und ging zu David hin, wobei er sich die Hände am Gesäß seiner Latzhose abwischte. Er war ebenso breit wie hoch, ein zäher Bursche von Anfang Fünfzig, der sich seinen Haarkranz stoppelkurz hatte schneiden lassen, wohl damit der Kontrast zu seinem polierten Schädel nicht allzu stark war. Fünfundzwanzig Jahre lang war er Soldat gewesen, zuerst bei der Marine und später, gleichsam als Krönung seiner untadeligen Laufbahn, Feldwebel im Schottischen Leibregiment der Königin, und zwar im selben Zug, in dem David als junger unerfahrener Leutnantsanwärter Dienst getan hatte. David hatte den hoch geachteten altgedienten Unteroffizier schätzen gelernt und gern Rat von ihm angenommen. Als schließlich beide gleichzeitig den Dienst quittierten, hatte er sich von Dougies Anfrage sonderbar geehrt gefühlt, ob er wohl bei seinem Vater ein gutes Wort für ihn einlegen könne, um ihm eine Anstellung bei Glendurnich zu verschaffen, angesichts der notorisch hohen Arbeitslosigkeit in Schottland ein durchaus verständliches Ansinnen. Schon nach einem Monat wurde er als Gehilfe des Brennmeisters eingestellt, und wenn sich zwischen ihnen seither auch keine enge Freundschaft entwickelt hatte, so begegneten sie einander doch mit gegenseitiger Achtung und konnten jederzeit offen miteinander reden.

Dougie umschloß Davids Hand wie ein Schraubstock. »Schön, Sie wieder hier zu sehen, Mr. David«, sagte er mit einer Stimme, die schroff klang und so tief war wie eine Kiesgrube. »Geht es Ihnen gut?«

»Ich glaube schon.«

»Das freut mich.« Dougie kratzte sich verlegen seinen tätowierten Unterarm. »Die Jungs – nun, es hat uns allen sehr leid getan, das mit Ihrer Frau zu hören. Das ist wirklich sehr schlimm, Sir.«

David sah zu Boden, wobei er mit dem Fuß einen Zigarettenstummel unter den Tisch schob. »Ja, das ist es.«

Dougie sah erst David an, dann seine Kollegen, die unterdessen wieder Zeitung lasen. Er trat dicht an ihn heran und zwinkerte ihm verschwörerisch zu. »Ich muß wieder an die Arbeit, Sir.«

David verstand den Wink und folgte ihm hinaus, nicht ohne sich zuvor mit einem Nicken von den beiden anderen Arbeitern zu verabschieden. Sie hoben kurz den Blick und erwiderten den Gruß, bevor sie sich wieder in ihre Lektüre vertieften.

»Und wie steht's mit Ihnen?« fragte David, während er konzentriert in den Brennraum hinabsah.

»Ach, nicht schlecht. Könnte schlimmer sein. Wir hatten ziemlichen Ärger mit der Nummer drei da drüben.« Er wies auf eine der Brennblasen, vor der ein Schweißgerät und Werkzeug standen. »Wir haben die Sache gerade erst in den Griff gekriegt. Deswegen machen wir auch jetzt erst unsere Teepause.«

»Was war denn los?«

»Na ja, gestern nachmittag hatten wir ein Leck in der Dampfleitung.« Er lachte leise in sich hinein. »Nur gut, daß Jimmy so 'ne große Nase hat. Er hat es auf dem Weg zum Kühler am Kondensat gerochen. Jedenfalls mußten wir die Brennblase über Nacht entleeren, um an das Dampfventil ranzukommen, und haben erst vor etwa einer Stunde die undichte Stelle zuschweißen können. Heute nachmittag müßten wir soweit sein, daß wir die Brennblase wieder füllen können.«

»Aha. Prima.«

Dougie lächelte gutmütig. Ihm war klar, daß der Juniorchef nicht besonders viel von technischen Störungen in der Brennerei verstand. Doch als er merkte, daß Davids Augen leer vor sich hinstarrten, verschwand das Lächeln auf seinem Gesicht, und er schüttelte besorgt den Kopf.

»Ach, Mr. David, Sie sind zur Zeit ein bißchen abgelenkt, nicht wahr?«

David sah ihn an und nickte. »Das kann man wohl sagen.« Er stieß einen langen, schweren Seufzer aus, drehte sich um und lehnte sich an das Geländer.

»Womit haben Sie sich seitdem denn die ganze Zeit beschäftigt?« fragte Dougie teilnahmsvoll.

»Meistens mit Gartenarbeit.«

Dougie rieb sich die Wange, so daß man das Kratzen hörte. »Ja, irgendwas muß der Mensch haben, was ihn auf andere Gedanken bringt. – Und wieso kommen Sie ausgerechnet heute in den Betrieb?«

David nahm einen Besen, der an der Wand lehnte, und setzte den Fuß so schwer auf das Unterteil, daß es die Borsten flach auf den Boden drückte. »Ich muß geschäftlich nach New York – und – Sie können sich denken, das es das letzte ist, was ich machen möchte.«

Dougie sah trübselig auf seine Schuhe. »Das kann ich gut verstehen.« Er seufzte und zupfte an einer Schwiele an seinem Finger herum. »Werden Sie Leutnant Eggar besuchen?«

David ließ den Besenstiel los und sah Dougie fragend an. »Was wollen Sie damit sagen?«

»War Leutnant Eggar nicht mit Ihnen befreundet?«

»Natürlich. Aber wie kommen Sie darauf, daß ich ihn besuchen könnte?«

»Na, er wohnt doch in New York – oder jedenfalls da in der Nähe. Ich hab in den letzten Regimentsmitteilungen was über ihn gelesen. Augenblick, ich hol sie mal, ich hab sie in meinem Spind.« Dougie kehrte in die Kantine zurück und tauchte bald darauf mit einem Exemplar des Mitteilungsblattes wieder auf. »Das ist gestern mit der Post gekommen. Ich hab es mir am Abend gleich eingesteckt, weil ich es mir in der Pause ansehen wollte.« Er beleckte seinen Daumen und blätterte ungeschickt die bunten Blätter durch. »Wo zum Teufel – ach ja, da ist es schon!«

Er klappte das Heft auf der vorletzten Seite auf, kniff es in der Mitte zusammen und gab es David. Ein kleiner Absatz am Ende der Seite unter der Überschrift »Am Rande« lautete:

Richard Eggar (Leutnant im SLK 1973-1976) hat kürzlich ein Treffen der Mitglieder des Schottischen Leibregiments der Königin organisiert, die wie er in den Vereinigten Staaten Wurzeln geschlagen haben. Er ist inzwischen Vizepräsident der Dammell's Bank in New York und zeigte sich hochzufrieden, daß vierzehn Teilnehmer angereist waren, drei davon eigens von der amerikanischen Westküste. Leutnant Eggar, der mit seiner Gattin auf Long Island lebt, erklärte, er freue sich über den Besuch eines jeden Angehörigen des SLK, der nach New York kommt. Zu erreichen ist er unter der Telefonnummer 001 516 357 4298.

David fragte Dougie mit gerunzelter Stirn. »Dürfte ich mir das kurz ausleihen?«

»Kein Problem. Geben Sie es mir irgendwann zurück.«

»Sie bekommen es gleich in der Mittagspause wieder«, sagte David, stellte den Besen wieder an die Wand und rollte das Mitteilungsblatt zusammen. »Ich will mir nur die Telefonnummer notieren.« Er sah auf die Uhr. »Oh, fünf vor zehn. Ich muß gehen, ich habe in fünf Minuten eine Besprechung.«

Während sie miteinander über die Arbeitsbühne gingen, wandte sich Dougie mit freundlichem Lächeln an David. »Jedenfalls würde es mich freuen, wenn ich Sie ein bißchen aufgemuntert hätte.«

»Das haben Sie wirklich. Tut mir leid, wenn ich zur Zeit ein wenig abwesend bin.«

Dougie gab ihm einen kräftigen Schlag auf den Rücken. »Machen Sie sich darüber keine Sorgen. Ich glaube, wir kennen uns gut genug. Achten Sie einfach auf sich, und machen Sie nichts, was ich nicht auch machen würde.«

David stieß ein kurzes Lachen aus. »Da bleibt mir ja ziemlich viel Spielraum.« Er machte sich an den Abstieg und hob das Mitteilungsblatt hoch. »Ich sorge dafür, daß Sie das zurückbekommen.«

»Auf jeden Fall bin ich immer hier in der Nähe.«

Die Standuhr am Empfang hatte gerade zehn geschlagen, als David eilends das Gebäude betrat und dem Besprechungsraum zustrebte. Margaret, die mit lauter Stimme telefonierte, schwang mit dräuender Miene auf ihrem Stuhl herum, doch bei Davids Anblick legte sich ein wohlgefälliges Lächeln auf ihre kräftig geschminkten Lippen, und sie winkte ihm freundlich zu, ohne ihr Gespräch zu unterbrechen.

Sein Vater war noch allein. Er saß in seinem Sessel am Kopfende des Konferenztisches und beugte sich über eine randvolle Tasse Kaffee, um vorsichtig den ersten Schluck zu schlürfen. Als David eintrat, hob er den Blick.

»Ich wüßte gern, wie zum Teufel sie das schafft!« sagte er verdrießlich.

David lachte. »Wer ist sie, und was tut sie Schlimmes?« Er setzte sich in den Sessel neben seinem Vater und warf Dougies Exemplar der Regimentsmitteilungen auf den Tisch.

»Margaret! Ich bitte sie um eine Tasse Kaffee, sie kommt wie ein geölter Blitz, stellt sie vor mich hin, ohne einen Tropfen zu verschütten, und nun sieh dir das an!«

Er zeigte auf die dampfende Tasse. »Das verdammte Ding ist so voll, daß man es nicht anrühren kann!«

Er zog ein großes Taschentuch aus der Brusttasche und wischte sich den Mund ab. »Warst du drüben in der Brennerei?«

»Ja, und ich hab mit Dougie Masson gesprochen.«

»Ach ja. Den habe ich schon eine ganze Weile nicht gesehen. Wie geht es ihm?«

»Gut, wie es aussieht«, sagte David und nahm die Zeitung vom Tisch. »Er hat mir diesen Artikel über einen Regimentskameraden gezeigt.« Er blätterte, bis er ihn gefunden hatte. »Er arbeitet offensichtlich in New York und lebt irgendwo auf Long Island.« Er schob seinem Vater den Artikel hin. »Eigentlich könnte ich ihn anrufen und fragen, ob er mich für ein paar Nächte bei sich unterbringen kann. Das ist angenehmer, als sich allein in einem Hotel zu langweilen.«

Mit zusammengezogenen Brauen nahm sein Vater die dünne Broschüre zur Hand, weniger weil ihn die Notiz interessiert hätte, sondern weil er sich freute, daß sein Sohn das Beste aus der Reise nach New York machen wollte. Er warf einen flüchtigen Blick darauf und legte sie dann wieder zurück. »Gute Idee. Ruf ihn an, sobald wir hier fertig sind …«

Mitten in seinem Satz ging die Tür auf, und Duncan Caple schob sich mit einem Arm voller Unterlagen rückwärts herein, weil er sich offenbar noch mit jemandem unterhielt.

»In Ordnung. Sagen Sie ihm, ich rufe ihn in ungefähr einer halben Stunde zurück.« Er drehte sich um und stieß die Tür mit dem Absatz zu. »Tut mir leid, daß ich mich ein wenig verspätet habe. Ich bin aufgehalten worden.« Er ließ die Unterlagen lautstark auf den Konferenztisch fallen und setzte sich David gegenüber. »Ist es Ihnen recht, wenn wir versuchen, die Besprechung möglichst kurz zu halten? Ich erwarte jeden Augenblick ein ziemlich wichtiges Gespräch aus Japan.« Er sah David an. »Entschuldigen Sie, David, wie geht es Ihnen?« fragte er in etwas herablassendem Ton. »Tut mir leid, daß ich Sie mit dieser Reise belasten muß, aber es gab wirklich keine andere Möglichkeit. Außerdem tut Ihnen ein Tapetenwechsel sicher gut, wie ich schon zu Ihrem Vater gesagt habe.«

Aus Ärger über die Rücksichtslosigkeit von Caples letzter Bemerkung begann George Inchelvies Mundwinkel zu zucken. Mit kaltem Blick musterte er den jungen Geschäftsführer.

»Ich denke, daß wir die Sache so schnell wie möglich hinter uns bringen sollten, Duncan. David muß sich zu Hause noch um einiges kümmern.«

Die Zurechtweisung schien Caple nicht zu beeindrucken. Er wandte sich an David. »Was? Sie wollen gleich wieder zurück? Ich dachte, Sie könnten mich ein wenig entlasten und ein paar Anrufe erledigen, wenn Sie schon einmal in der Firma –«

»Kommt nicht in Frage, Duncan«, fuhr ihm George Inchelvie in die Parade. »David muß anschließend sofort nach Hause.«

Caple schwieg einen Augenblick. Allmählich hatte er es satt, neben seiner eigenen Arbeit auch die Davids zu erledigen, und ebenso hatte er die Art satt, wie sich ihm der Seniorchef jedesmal dann entgegenstellte, wenn er etwas für die Firma zu erreichen versuchte. Er schüttelte mit dem Ausdruck aufsässiger Resignation den Kopf.

»Wenn Sie das so beschlossen haben, sollten wir besser gleich anfangen.«

Er klappte einen der Ordner auf.

»Ich will mich nicht lange mit Einzelheiten aufhalten, David. Bestimmt hat Ihnen Ihr Vater schon erklärt, warum ich in den Vereinigten Staaten einen neuen Vertriebspartner für nötig halte. Es genügt also wohl zu sagen, daß wir unseren Marktanteil dort unbedingt steigern, zumindest aber halten müssen. Genau das aber hat die Firma Lacey einfach nicht zuwege gebracht. Ich konnte inzwischen das Unternehmensprofil von vier verschiedenen Firmen beschaffen, die als Ersatz in Frage kommen. Eine davon möchte ich am Dienstag vormittag dem Direktorium vorstellen.«

George Inchelvie beugte sich vor. »Da werde ich nicht hier sein, Duncan, sondern in Glasgow, beim Kongreß der Whiskyhersteller.«

Der Geschäftsführer lehnte sich zurück und machte eine abwehrende Geste.

»Wie wir gestern schon besprochen haben, ist es wirklich nur eine Formsache, George. Es muß einfach sein.« Er wandte sich an David. »Ich habe also für Sie am Mittwoch vormittag nächster Woche um zehn Uhr einen Termin beim Leiter unserer neuen amerikanischen Vertriebsorganisation vereinbart.«

David reagierte nicht darauf, sondern saß nur in sich gekehrt da. Er starrte wie gebannt auf seine Handfläche und fuhr langsam mit dem Daumen darauf hin und her. Offenbar war die Begeisterung über den Regimentskameraden in Amerika nur ein Strohfeuer gewesen.

Das war Caple zuviel. Komm schon, Mann, dachte er, du trauerst vielleicht um deine Frau, aber das heißt noch lange nicht, daß du dich so offenkundig desinteressiert an allem zeigen mußt, was in der Welt passiert.

»Entschuldigung, David«, sagte er scharf. »Möglicherweise ist Ihnen das nicht klar, aber was ich sage, ist ziemlich wichtig.«

David fuhr hoch und sah ihn an. In seinem Blick loderte plötzlich Zorn. George Inchelvie merkte das sofort und beschwichtigte.

»Wir wollen doch die Dinge ruhig angehen. Duncan, Sie haben die Unterlagen mit allen Angaben hier. Geben Sie sie David einfach. Mehr braucht er eigentlich nicht.«

Caple stieß einen resignierten Seufzer aus. »Na schön.« Er reichte David den Ordner. »Die Firma heißt Deakin Distribution. Sie ist zwar ziemlich neu auf dem Markt, hat aber in den vergangenen zwei Jahren mit glänzendem Erfolg den Verkauf einiger englischer Ginmarken angekurbelt. Die Leute sitzen in der Madison Avenue; ich weiß nicht genau, wo, aber die Adresse ist dabei.« Er schob mit Nachdruck seinen Sessel zurück und erhob sich. »Sonst gibt es nichts weiter zu sagen.« Er wandte sich an George Inchelvie. »Was ist mit den Flügen?«

»Um die kümmert sich Mhairi bereits.«

»Gut.« Er nahm die übrigen Unterlagen vom Tisch und machte sich auf den Weg zur Tür. Hinter David blieb er stehen. »Ach ja, eins noch. Ursprünglich war ich der Meinung, es könnte nicht schaden, wenn Sie auch die Firma Lacey aufsuchten, damit wir uns von ihnen in Freundschaft trennen. Wenn ich es recht bedenke, ist es wohl besser, Sie lassen es. Ich erledige das von hier aus schriftlich.«

Er legte David die Hand auf die Schulter, zog sie aber sofort wieder zurück, als er spürte, daß dieser bei der Berührung zusammenzuckte. Einige Sekunden lang schwebte seine Hand unentschlossen in der Luft, dann machte er mit kurzem Nicken zu George Inchelvie auf dem Absatz kehrt und ging.

Ein bedrückendes Schweigen lag in der Luft, bis George Inchelvie schließlich seinen Sessel zurückschob, seinen Stock aufhob und sich hochzustemmen versuchte. »Er ist sicher ein guter Geschäftsmann, aber weiß Gott, er kann mitunter ein ausgesprochen widerliches Ekel sein.«

David half seinem Vater beim Aufstehen. »Herrgott, es hätte nicht viel gefehlt, und ich hätte ihm eine gelangt.«

George Inchelvie lachte leise vor sich hin. »Ja, das habe ich gemerkt. Hör mal, mein Junge, ich hab für Dienstag morgen einen Flug ab Glasgow gebucht und Mhairi gesagt, daß sie den Rückflug offen lassen soll. Ich finde nämlich, es könnte dir vielleicht guttun, eine Weile dort zu bleiben. Um ein bißchen herumzureisen oder dergleichen. Ich überlasse das natürlich ganz und gar dir.«

David schüttelte den Kopf. »Ich werde gleich zurückkommen, denn ich glaube nicht, daß mir der Sinn danach steht. Bestimmt wollen die Kinder mich sehen – und außerdem muß ich mich mit dem Gedanken vertraut machen, daß ich bald wieder meine Arbeit hier aufnehmen muß. Du kannst ja nicht ewig für mich einspringen.« Er lächelte seinem Vater zu. »Es wird allerhöchste Zeit, daß du deinen Ruhestand wieder genießen kannst.«

»Ach, mach dir um mich keine Sorgen! Mir geht es blendend! Ehrlich gesagt, macht mir die Sache ziemlichen Spaß!«

David lachte. »Ja, das sehe ich.« Nach einer Weile fuhr er fort: »Es ist wirklich sehr freundlich von dir, das vorzuschlagen – und unter Umständen würde ich sogar gern eine Weile dableiben, aber auf jeden Fall muß ich vorher mit den Kindern reden. Am Samstag fahre ich hin, denn ich muß ihnen auf jeden Fall erklären, was los ist.«

»Mach das.« George Inchelvie griff zum Telefon. »Bevor du gehst, möchte ich noch sicherstellen, daß mich heute nachmittag jemand nach Hause bringt.« Er wählte eine Nummer und wartete kurz. »Margaret, würden Sie mir freundlicherweise den jungen Archie McLachlan in den Besprechungsraum schicken? Nein, zur Zeit ist er in der Verkaufsabteilung … ja, genau der … danke, Margaret.«

Er legte auf und sah David an. »Ich würde mir über Duncan nicht zu sehr den Kopf zerbrechen. Er hat es mal wieder übertrieben, weil er nicht anders kann. Tu du, was du für richtig hältst, und nimm dir Zeit dafür. Ich kümmere mich darum, daß du von der Firma jede Unterstützung bekommst, die du brauchst, ohne daß du mit ihm in Verbindung treten mußt. Einverstanden?«

David nickte. »Ja, das dürfte unter den Umständen das beste sein.«

Es klopfte leise an die Tür.

»Kommen Sie rein, Archie.«

Langsam öffnete der junge McLachlan die Tür und steckte unsicher den Kopf herein. »Sie wollten mich sprechen, Euer Lordschaft.«

»Ja, Archie. Kommen Sie. Sie kennen doch Mr. David, nicht wahr?«

Archie schüttelte David die Hand. »Guten Tag, Sir, schön, Sie wiederzusehen.«

»Archie«, fuhr George Inchelvie fort, »Mr. David fährt jetzt gleich nach Inchelvie zurück, so daß ich keinen Wagen zur Verfügung habe. Wäre es sehr viel verlangt, wenn ich Sie bitte, mich heute nach Feierabend nach Hause zu fahren?«

»Aber ganz im Gegenteil, Euer Lordschaft«, sagte Archie, und seiner Stimme war anzuhören, daß er sich über den wichtigen Auftrag freute. »Ich habe allerdings nur einen alten Ford Fiesta.«

George Inchelvie lachte laut auf. »Mir ist egal, was für ein Auto es ist, solange es vier Räder hat und fährt.«

Der junge Mann war erleichtert. »In dem Fall fahre ich Euer Lordschaft mit Vergnügen. Sagen Sie mir bitte einfach, wann Sie fahren wollen, und ich bringe den Wagen vor den Haupteingang.«

»Und außerdem habe ich da noch einen anderen Auftrag für Sie, Archie. Mr. David fliegt nächsten Dienstag nach Amerika, um eine neue Vertriebsfirma für den dortigen Markt in ihre Aufgabe einzuweisen. Ich selbst werde Dienstag und Mittwoch in Glasgow sein, und Mr. Caple hat am Dienstag in London und ab Mittwoch oder Donnerstag auf dem Kontinent zu tun.«

»Jawohl, Euer Lordschaft«, sagte Archie, der sich ganz auf die Worte des Seniorchefs konzentrierte.

»Ich möchte, daß Sie während Mr. Davids Abwesenheit die Verbindung mit ihm aufrechterhalten. Wenn er einen Wunsch hat, erledigen Sie das persönlich. Sie brauchen dazu sonst niemanden in der Firma um Erlaubnis zu bitten. Ist das klar?«

»Ja, Euer Lordschaft.«

»Gut. Und sehen Sie jeden Morgen bei Margaret nach, ob ein Fax von Mr. David eingegangen ist. Ich werde ihr sagen, daß solche Faxe ausschließlich für Sie bestimmt sind. Alles unterliegt strengster Vertraulichkeit. Verstanden?«

»Selbstverständlich, Euer Lordschaft«, sagte er.

»Sehr schön. Das war's. Ich sage Margaret, daß sie Ihnen Bescheid geben soll, wenn ich heimfahren möchte.«

Archie nickte, lächelte David kurz zu und ging.

David sah seinen Vater an. »Das klang geradeso, als wenn ›M‹ James Bond Aufträge erteilt. Was geht hier eigentlich vor?«

George Inchelvie machte ein finsteres Gesicht. »Ich weiß es selbst nicht recht, aber ich werde einfach den Verdacht nicht los, als wäre in unserer Firma nicht alles so, wie es nach außen hin den Anschein hat. Irgendwie geht hier nicht alles mit rechten Dingen zu.« Er schüttelte den Kopf und lächelte. »Vielleicht ist es ja das Alter, und ich bilde mir alles nur ein – ich weiß nicht.« Er sah auf die Uhr. »Du solltest jetzt fahren. Dann bleibt dir genug Zeit, heute nachmittag mit Jock im Park weiterzumachen.«

David schüttelte den Kopf und blätterte die Unterlagen durch, die ihm Caple gegeben hatte. »Nein, ich glaube, es ist besser, ich lese mir das in aller Ruhe durch. Irgendwann muß ich mich ja doch mit der Materie vertraut machen.«

»Ja, das wird wohl nötig sein«, sagte George Inchelvie und legte seinem Sohn die Hand auf die Schulter.

KAPITEL 8

Als David auf das Gelände von Inchelvie einbog, sah er Jock, der mit dem Rasentraktor die grasbewachsenen Ränder der Zufahrt mähte, wobei er um die Bäume herum mit besonderer Vorsicht zu Werke ging. Mit einem Mal beneidete er den Alten um dessen zwar harte, aber anspruchslose und einfache Arbeit. Am liebsten hätte er angehalten und ihn aufgefordert, mit ihm gleich wieder am Blumenbeet weiterzumachen. Doch beherrschte er sich und grüßte lediglich, als er vorüberfuhr. *Nein,* dachte er, *irgendwann mußt du anfangen.*

Er stellte den Wagen vor dem Haus ab, eilte die Stufen hinauf und durch die Eingangshalle zum Salon. Dort setzte er sich an den Schreibtisch seines Vaters, nahm die Unterlagen aus seinem Aktenkoffer und fand auf der ersten Seite den gelben Notizzettel, auf dem er Richard Eggars Telefonnummer vermerkt hatte. Er sah auf die Uhr. Es war halb eins, also halb acht in New York, früher Morgen. Vielleicht konnte er Richard erreichen, bevor er zur Arbeit aufbrach.

Er nahm den Hörer ab und wählte. Auf Pfeif- und Knistergeräusche in der Leitung folgte nach wenigen Sekunden das einzelne lange Klingelzeichen der amerikanischen Telefongesellschaften. Dreimal, bis jemand abnahm.

»Hal-lo?«

Es war eine Männerstimme, mit der irgend etwas nicht in Ordnung zu sein schien, denn die beiden Silben stiegen vom Baß zum Falsett. Der Mann am Apparat war entweder stark erkältet oder gerade erst aufgewacht.

»Hallo, spreche ich mit Richard?« Während David das sagte, hörte er Husten und Räuspern.

»Ja, am Apparat.« Der britische Tonfall war kaum hörbar amerikanisch eingefärbt.

»Richard, hier ist David Corstorphine. Ich war im Schottischen Leibregiment der Köni… –«

»David!« Die noch ein wenig verschlafen klingende Stimme hob sich. »Sofort!« David hörte verschiedene Geräusche am anderen Ende der Leitung. »Der Teufel soll mich holen, David Corstorphine! Von wo rufst du an?«

»Von zu Hause.«

»Aus Schottland? Sollte man das für möglich halten? David! Woher zum Teufel hast du meine Nummer?«

»Aus den neuesten Regimentsmitteilungen. Da stand was von irgendeinem Treffen, das du veranstaltet hast.«

»Ach das.« David vernahm ein unterdrücktes Gähnen am anderen Ende der Leitung.

»Tut mir leid, Richard. Ich hab dich wohl aus dem Bett geholt.«

»Nein, eigentlich nicht… doch. Aber das ist schon in Ordnung. Ich müßte längst auf sein und hab nur meiner Faulheit nachgegeben. Wir waren gestern in Montauk und sind erst um drei Uhr nachts zurückgekommen. Aber wovon rede ich? Das ist verrückt. Da ruft mich doch tatsächlich morgens um halb acht ein Mann an, den ich Jahre nicht gesehen habe. Kannst du einen Moment warten, David? Ich leg dich auf das schnurlose Telefon, dann kann ich mich hier frei bewegen.«

Die Leitung war eine Weile tot, und David saß da und wickelte sich die Telefonschnur um den Finger.

»Hallo, bist du noch da?« ertönte Richards Stimme, vom Rauschen der Verbindung untermalt.

»Ja.«

»Ich bin jetzt in der Küche. Augenblick, ich setz nur schnell Wasser auf. Ich brauch unbedingt 'ne Tasse Kaffee.« Das Rauschen schwoll an, während Richard werkelte. »So, fertig. Wie geht's dir denn so, David? Wirklich schön, von dir zu hören. Warum rufst du an?«

»Nun, ich hatte mir überlegt, ob –«

»Warte, erst das Wichtigste. Sag, wie geht es der wunderbaren Rachel?«

David spürte, wie sein Mund trocken wurde. Er versuchte zu sprechen, brachte aber kein Wort heraus. Aus irgendeinem

Grund war er nicht im entferntesten auf die Frage vorbereitet gewesen. Er hatte Richard lediglich fragen wollen, ob er auf seine Gastfreundschaft zählen dürfe.

»Hallo, David, bist du noch da?«

»Ehm ... ja, Entschuldigung, Richard, Entschuldigung ... ja, ich bin noch da. Kannst du einen Augenblick dranbleiben?«

Ohne auf eine Antwort zu warten, legte er die Hand auf die Sprechmuschel und saß mit geschlossenen Augen da, gequält konzentriert. Das durfte nicht wahr sein! Er hatte vollständig vergessen, daß Richard Rachel gekannt hatte. Eigentlich war das aber klar, denn sie hatten ein Jahr vor Ende seiner Dienstzeit geheiratet. Jetzt, wo er darüber nachdachte, fiel ihm ein, daß Richard ja mit ihnen in diesem verrückten Skiurlaub in Verbiers gewesen war. Er konnte ohne weiteres auflegen und später noch einmal anrufen. Aber was würde das nützen?

»Hallo, Richard. Tut mir leid. Jemand ... ehm ... jemand ist gerade reingekommen.«

»Schon in Ordnung. Wie geht es ihr also?«

»Rachel ...«, David räusperte sich, »ist vor einem Monat gestorben, Richard.«

Eine Weile waren nur die Geräusche in der Leitung zu hören, dann fiel eine Tasse klirrend zu Boden. Als Richard wieder sprach, klang seine Stimme fern und schwach.

»Verdammt, David, verdammt ... was ... ich meine, wie ist das passiert?«

»Krebs.«

»Großer Gott ... tut mir schrecklich leid. Hat sie ... ich meine ... wann war das?«

»Man hat die Krankheit erst im Oktober diagnostiziert, und im Dezember ist sie ...«

»Großer Gott ... wie schrecklich! Die arme Rachel!«

»Ja.«

»Und wie geht es dir, mein Freund.«

»Nicht ... gerade glänzend.«

»Herrgott ... ich weiß nicht, was ich sagen soll ... Ich meine, wie kommst du ... zurecht?«

»Nicht ... besonders gut. Zur Zeit wohne ich bei meinen Eltern.«

»Verständlich ... und was ist mit den Kindern? Ihr habt doch Kinder?«

»Ja. Drei. Sie sind erst kürzlich in ihr Internat zurückgekehrt.«

»Gott im Himmel, wie mir das leid tut, David, für euch alle. Ich meine ... verdammt! Ich bin sehr froh, daß du mich angerufen hast, um mir das zu sagen.«

David atmete tief ein und räusperte sich erneut. Ihm war klar, daß ihm Richard damit eine Möglichkeit eröffnet hatte, auf den eigentlichen Zweck seines Anrufs zu sprechen zu kommen. »Weißt du, Richard, eigentlich war das nicht der Grund meines Anrufs. Ich habe nämlich geschäftlich ein paar Tage in New York zu tun, und da habe ich gedacht, ob –«

Richard unterbrach ihn. »Ganz ausgezeichnet! Willst du hier wohnen?«

»Wenn euch das nichts ausmacht?«

»Natürlich nicht. Allerdings fährt Angie für ein paar Wochen nach Boston, um ihre Eltern zu besuchen, aber das ist kein Problem. Wir müssen nur für uns selber sorgen. Wann kommst du?«

»Nächste Woche Dienstag. Ich kann dir die Flugnummer noch nicht sagen, aber auf jeden Fall nehme ich die Maschine, die morgens von Glasgow abfliegt und mittags gegen halb eins am Kennedy-Flughafen ankommt, wenn ich mich richtig erinnere.«

»Und wie sehen deine Pläne danach aus? Hast du Termine?«

»Nein, erst am Mittwoch um zehn.«

»Schön, und wo?«

»Irgendwo an der Madison Avenue.«

»Gut. Warte, ich hol nur rasch meinen Terminkalender aus dem Wohnzimmer.« David hörte, wie Richard durch die Wohnung ging, dann raschelte Papier, und er meldete sich wieder. »Weißt du was, ich schlag dir Folgendes vor: Ich hab ein laufendes Konto bei der Autovermietung Star Limos hier in Leesport. Die sollen dich am Flughafen abholen. Vom Kennedy-Flughafen ist es nur eine gute Stunde bis zu uns, und du hast dann den ganzen Dienstag nachmittag und die Nacht, um dich auszuruhen. Am Mittwoch morgen fährst du mit mir in die

Stadt. Mein Büro ist auch an der Madison Avenue, und höchstwahrscheinlich sitzt die Firma, zu der du mußt, nur drei oder vier Blocks weiter.«

»Bist du sicher? Ich möchte dir nicht zur Last –«

»Ach was. Red keinen Unsinn! Ich arbeite zur Zeit nach dem Sommerplan. Das heißt, gewöhnlich bin ich von Freitag bis einschließlich Montag auf Long Island und den Rest der Woche in Manhattan. Aber solange du da bist, fahr ich einfach jeden Abend nach Hause. Ist überhaupt kein Problem! Ich hab sowieso eine ganze Menge Papierkram zu erledigen, und meine Leute können mir notfalls Sachen per E-Mail schicken.«

»Das wäre wirklich großartig, Richard. Ich kann dir gar nicht sagen, wie erleichtert ich bin. Jetzt fällt mir die ganze Reise schon viel leichter.«

»Es ist mir ein Vergnügen. Ich seh dich dann am Dienstag, einverstanden? Und David … also wirklich, das mit Rachel tut mir sehr, sehr leid.«

»Glaub ich dir. Es ist nun mal so.«

»Ich kann mir gut denken, daß es dir ganz schön an die Nieren gegangen ist. Falls du mit mir darüber reden möchtest, wenn du hier bist, ich kann zuhören. Fürs erste jedenfalls sind wir uns einig. Guten Flug, mein Junge, und bis dann.«

David legte auf und rieb sich die Hände an den Hosenbeinen, damit sie aufhörten zu zittern. Es hatte ihn doch sehr mitgenommen, über Rachel sprechen zu müssen. Er atmete tief durch, nahm die Papiere vom Tisch, ließ sie aber gleich wieder fallen, ohne einen Blick darauf geworfen zu haben.

»Der Teufel soll den Kram holen!« Er ging nach oben, um sich für die Gartenarbeit umzuziehen.

KAPITEL 9

»Und das nennt sich Sommerhalbjahr!« sagte Sophie, zog den Blazer ihrer Schuluniform enger um sich und schob die Hände unter die Achselhöhlen. »Im Sommerhalbjahr hat es warm zu sein!«

Der hohle Klang eines Cricketballs wehte mit der kalten Brise vom Spielfeld herüber, und leiser Beifall kam von den wenigen Zuschauern, die tapfer ausgeharrt hatten. Die Jungen, die als Fänger auf dem Platz standen, zogen sich die Pulloverärmel über die Hände und hüpften auf der Stelle, um warm zu werden.

»Ist es zu Hause auch so?«

David zupfte, auf einen Ellbogen gestützt, ein paar Gänseblümchen aus, die am Spielfeldrand wuchsen. »Ehrlich gesagt war es da noch schlimmer. Vorigen Donnerstag ist die Sonne zum ersten Mal durchgekommen – aber richtig gewärmt hat sie nicht.«

»Es wäre toll, wenn es 'nen Schalter gäb, mit dem man den Sommer einfach anknipsen könnte«, sagte Harriet, die auf der Hüfte des Vaters ritt und dabei vor und zurückschwang. »Dann würde es von einem Augenblick auf den anderen Sommer.«

»Aua, Harry, nicht! Das tut ganz schön weh!«

Die Kleine kicherte, hielt kurz inne, sah den Vater mit munterer Boshaftigkeit an und begann wieder ruckartig zu schaukeln. Offensichtlich wollte sie seine Belastbarkeit auf die Probe stellen.

»Na warte, kleiner Teufel!« rief er und stieß sie ins Gras. »Jetzt ist Krieg!« Er kitzelte sie so fest, daß sie in kreischendes Gelächter ausbrach.

»Hör auf, Papa!« flüsterte Sophie verlegen. »Mr. Hunter sieht zu uns her!«

David setzte sich auf, schnitt als Antwort auf Sophies Vorwurf eine Grimasse und fuhr fort, seine jüngere Tochter dadurch in Schach zu halten, daß er immer wieder mit der freien Hand nach ihr stieß, wenn sie ihm zu nahe kam.

»Wir müssen uns doch wohl nicht das ganze Spiel ansehen, oder?« fragte Sophie und zog die Knie ans Kinn.

»Wahrscheinlich nicht.« Er sah auf die Anzeigetafel. »Das ist jetzt sowieso der letzte Schläger für ihre Mannschaft, das heißt, bald kommen alle vom Platz. Ich finde, wir sollten einfach weiter zuschauen für den Fall, daß Charlie doch mit Werfen an die Reihe kommt.«

Sophie seufzte. »Cricket ist dermaßen langweilig.«

Sie richtete ihren aschblonden Pferdeschwanz, während David sie unauffällig ansah. Die Lachfältchen in der olivfarbenen Haut um Mund und Augen waren gegenwärtig der einzige Hinweis darauf, daß die Maske der Schroffheit, die sie seit dem Tod ihrer Mutter trug, um ihre Gefühle nicht zeigen zu müssen, ihrem Wesen fremd war. So, als meine sie, man könne ihr ein Lächeln oder Lachen als Verstoß gegen die Trauer um ihre Mutter auslegen. Über ihrer Oberlippe hatte sie zwei kleine Pickel. Früher hätte sie sich darüber aufgeregt, als hätte sie die Pocken, jetzt aber blieben sie gänzlich unbeachtet. Es kam David so vor, als betrachte er ein unverständliches abstraktes Gemälde – Züge von Traurigkeit, Sehnsucht und beharrlicher Tapferkeit waren auf einem Untergrund aus knospender Schönheit miteinander vermischt.

»Genau das hat eure Mutter immer gesagt«, sagte David schließlich. »Sie konnte mit dem Spiel auch überhaupt nichts anfangen.«

Als David Rachel erwähnte, setzte sich Harriet auf und lehnte sich an ihren Vater.

»Und was für Sportarten hat sie gemocht?«

David dachte eine Weile nach. »Nun, ihr wißt ja, daß sie gern Tennis gespielt hat – und außerdem war sie eine ziemlich gute Anglerin. Was noch?«

»Ich weiß!« rief Harriet, sprang über seine Beine und ließ sich zwischen ihn und ihre Schwester plumpsen. »Sie hat gern gekocht!«

Sophie sog mißbilligend die Luft ein. »Das ist keine Sportart, Harriet!«

»Könnte es aber doch sein, Papa?« Sie sah David fragend an und drückte ihren schwarzen Lockenkopf mit bittendem Blick an seinen Arm.

»Nun, vermutlich könnte man gegen die Uhr Spiegeleier braten.«

Sophie zischte empört. »Das sagst du ja nur der Kleinen zuliebe.«

Harriet trat ihrer Schwester ans Bein. »Sag nicht Kleine zu mir, Sophie!«

»Ruhe, ihr beiden«, sagte David und packte Harriets Fuß, als sie gerade noch mal zutreten wollte.

Sophie stützte eine Wange auf ihr Knie und grinste ihre Schwester an. »Kleine«, piepste sie.

»Schluß damit, Sophie! Laß deine große jüngere Schwester zufrieden.« Bei einem Blick zum Spielfeld hinüber sah David erleichtert, daß Charlie endlich zu werfen begann. »Kommt mit, Charlie ist dran! Wir wollen ihm zusehen.«

Charlie lief so schnell auf den Dreistab zu, wie seine dürren Beine ihn trugen, und schleuderte den Ball unnötig kompliziert auf den Schlagmann. Er wurde mit einem kräftigen Schlag abgewehrt, und während der junge Fänger dem Ball hinterherlief, sah ihm Charlie enttäuscht nach. Harriet begann kräftig zu klatschen. Aber David faßte nach ihren Händen, bevor Charlie ihren unangebrachten Beifall hören konnte.

Sie fragte: »War das nicht gut?«

»Nein, eigentlich nicht.«

Sophie seufzte. »Wenn er weiter so wirft, sind wir noch den ganzen Tag hier.«

Charlies nächster Ball kam genau wie der erste, nur hatte diesmal der Schlagmann, durch das Schneckentempo von Charlies Anlauf in falscher Sicherheit gewiegt, erneut zu einem mächtigen Schlag ausgeholt – und nicht getroffen. Der Torwächter fing den Ball mit seinen riesigen Handschuhen auf, schlug das Querholz herunter, und sogleich ertönte ein einstimmiges: »Aus, Aus«. Der Schläger mußte das Spielfeld verlassen, und die Fänger versammelten sich begeistert um Charlie und den Torwächter.

»Gott sei Dank«, sagte Sophie und erhob sich mühselig. »Jetzt können wir rübergehen.«

»Augenblick noch!« sagte David und lachte. Er stand auf und klopfte sich das feuchte Gras vom Hosenboden. »Wir wollen auf Charlie warten. Da ist er schon.«

Er kam auf sie zugerannt, hatte den Pullover über die Schulter geworfen, und das Hemd flatterte ihm lose über der Hose. Ein zufriedenes Grinsen lag auf seinem sommersprossigen Gesicht, und er blies die lange Strähne kastanienfarbenen Haares beiseite, die ihm ins Gesicht gefallen war.

»Hast du das gesehen, Papa?« fragte er aufgeregt.

»Klar doch.«

»Nicht schlecht für einen zweiten Ball.«

David fuhr ihm durch die Haare. »War wirklich gut!«

»Können wir jetzt reingehen?« fragte Sophie, die auf der Stelle hüpfte.

Charlie achtete nicht auf sie. »Papa, ich bin erst als zehnter wieder dran mit Schlagen, und vorher gibt es noch Tee. Deshalb hat Mr. Hunter gesagt, wir könnten ein bißchen weggehen.«

»Wohin möchtest du?«

»Zu McDonald's in Perth! Bitte, Papa! Ich sterbe vor Hunger.«

Harriet begrüßte den Vorschlag sofort mit großem Hallo.

»Bist du damit einverstanden, Sophie?« fragte David.

Sie zuckte gleichgültig die Achseln. »Mir egal, solange wir irgendwo hingehen, wo es warm ist.«

Eine Viertelstunde später standen sie nach einer flotten Fahrt auf der Umgehungsstraße von Perth auf dem Parkplatz von McDonald's, und der verlockende Geruch warmen Essens erfüllte das Innere des Wagens.

»Bist du sicher, daß du sonst nichts willst?« fragte David Sophie, die neben ihm saß und in der kleinsten Tüte mit Pommes frites herumstocherte, die es gab.

Sophie schüttelte den Kopf. »Nein, ich hab keinen großen Hunger.«

»Papa!« rief Charlie vom Rücksitz, wo er seinen Milkshake schlürfte. »Harriet hat gerade ein Stück Gurke fallen lassen.«

»Die mag ich nicht«, gab Harriet zur Antwort.

»Deswegen mußt du sie aber nicht gleich –«

»Schon gut!« David ging dazwischen. »Es ist nicht so tragisch.« Er angelte sich das Gurkenstück und warf es aus dem Wagen. Die Kinder kauten schweigend. Und David holte tief Luft.

»Hört mal ... ehm, ich hab euch was zu sagen. Ich muß nächste Woche geschäftlich nach Amerika.«

Sophie sah ihn an und verharrte mit einem Kartoffelstäbchen in der Hand. »Wie lange?«

»Wohl nur ein paar Tage. Es ist noch nicht ganz sicher, wie lange es dauert.«

Charlie steckte den Kopf zwischen den Lehnen der Vordersitze durch und leckte sich Ketchup von den Fingern. »Heißt das, du kommst am nächsten Wochenende nicht?«

»Ich weiß es noch nicht, Charlie. Wie schon gesagt, es kommt darauf an.«

Der Junge war enttäuscht. »Aber wir spielen doch am Samstag gegen Clevely Hall.«

»Ich weiß. Aber falls ich nicht da bin, kommt bestimmt Oma, um dir zuzuschauen.«

»Oma versteht nichts von Cricket«, klagte Charlie. »Die redet nur dauernd mit den Leuten und sieht nicht zu.«

»Hör schon auf zu jammern, Charlie«, sagte Sophie barsch. »Es ist wirklich nett von Oma, überhaupt zu kommen. Außerdem ist Papa ja wahrscheinlich am Wochenende wieder da.« Unsicher sah sie ihren Vater an. »Stimmt doch?«

David lächelte ihr beruhigend zu. »Es kommt wirklich darauf an, aber ich tu bestimmt, was ich kann.« Er nahm ein sehr knuspriges Kartoffelstäbchen aus Sophies Tüte, und während er es zerkaute, daß es krachte, sah er im Rückspiegel Charlies und Harriets enttäuschte Gesichter.

»Hört mal«, sagte er nach einer Pause. »Ich weiß, daß wir früher schon über all das gesprochen haben, aber jetzt, wo ihr schon seit einer Weile wieder in der Schule seid, wüßte ich gern, ob ihr nicht lieber zu Hause sein würdet. Womöglich habt ihr es euch ja anders überlegt. Ich habe heute morgen mit Mr. Hunter gesprochen, und er hat gesagt, er hätte Verständnis, wenn ihr zurück nach Dalnachoil wolltet.«

Sophie schüttelte schon den Kopf, bevor er den letzten Satz beendet hatte. »Nein, das fände ich überhaupt nicht gut.«

»Darf ich fragen, warum?«

Sie seufzte. »Weil wir darüber gesprochen haben, Papa, nicht nur mit dir, sondern auch wir drei. Wir sind uns einig, daß wir bei unseren Freunden bleiben wollen, und seit wir wieder hier sind, waren Mr. und Mrs. Hunter ausgesprochen freundlich zu uns. Wir gehen jeden Abend zu ihnen, und wir reden.«

»In Dalnachoil spielen sie weder Cricket noch Rugby«, gab Charlie zu bedenken.

»Uns geht es hier gut, Papa«, fuhr Sophie fort. »Außer ...«

»Außer was?«

»Außer, du möchtest, daß wir nach Hause kommen.«

David strich ihr das glatte Haar zurück. »Nein, ich will, was ihr wollt. Es ist nur so, na ja, ich dachte, es wäre vernünftig, euch noch mal zu fragen.«

»Ich will nach Hause.« Die Stimme klang so fern und zart, daß sich alle nach Harriet umdrehten. Sie saß da, kaute zufrieden auf ihrem Hamburger herum und sah einem plärrenden Kind zu, das gerade einen Becher Schokoladen-Milkshake auf dem Parkplatz ausgegossen hatte. Als Harriet merkte, daß alle sie anstarrten, grinste sie und biß noch einmal kräftig in ihren Hamburger. »Aber nicht jetzt – in den Ferien.«

Alle atmeten erleichtert auf und lachten. David wollte schon losfahren, als er Sophies Hand leicht auf seinem Arm spürte.

»Papa?« Sie sah ernst aus. »Geht es dir denn gut?«

David lächelte und nickte bedächtig. »Ja, ich glaube schon.«

»Schön.« Sie lehnte sich auf dem Beifahrersitz zurück. »Dann geht es uns ja allen gut.«

David sah seine Kinder eins nach dem anderen an. »Ja, so ist es doch, oder?« Er ließ den Motor an. »So, und jetzt ab in die Schule, damit unser Meisterschläger seinen großen Auftritt nicht verpaßt.«

KAPITEL 10

Obwohl sie am Dienstag morgen bereits um sechs Uhr von Inchelvie aufgebrochen waren, dauerte die Fahrt zum Flughafen von Glasgow wegen der unzähligen Baustellen zwischen Perth und Stirling eine volle Stunde länger als geplant. Daher blieb David, als er vor dem Flughafengebäude anhielt, nur noch Zeit für einen flüchtigen Abschied von den Eltern, bevor er in aller Eile sein Gepäck aus dem Kofferraum nahm und sich zum Abfertigungsschalter aufmachte. Die stark geschminkte Angestellte ließ ihn nach einem Blick auf sein Ticket mit kaum verhohlener Schadenfreude wissen, daß der Abflug in einer Stunde erfolge und sie ausschließlich verspätet eintreffende Fluggäste der Business Class noch an Bord lasse. Insgeheim fluchte David darüber, daß er den letzten freien Platz bekommen hatte, der zufällig in der Economy Class lag. So mußte er allen Charme und seine ganze Überredungskunst aufbieten, um die Frau doch noch umzustimmen.

»Flugsteig zwei, Sir«, sagte sie ohne den leisesten Anflug eines Lächelns, als sie ihm das Ticket zurückgab, »und so rasch wie möglich. Alle Passagiere sind schon an Bord.«

Er setzte ihrem Pokerface ein freundliches Lächeln entgegen, eilte durch die Paßkontrolle und die vierhundert Meter bis zu seinem Flugsteig und hastete schließlich ins Flugzeug. Dort stand er sogleich im Mittelpunkt der Aufmerksamkeit: der Mann, der es gewagt hatte, zu spät zu kommen. Jeder der Sitze war besetzt, und alle Augen waren auf ihn gerichtet, als er auf der Suche nach seinem Platz zwischen den Reihen schlechtgelaunter Passagiere hindurchging.

Auf seiner Bordkarte stand die Nummer 21F, doch in der Reihe 21 schienen bereits alle Plätze vergeben zu sein. Eine junge Frau in einem grell leuchtenden Trainingsanzug aus lila

Nylon saß am Gang und hatte die pummelige Faust eines Säuglings in der Hand, der den mittleren Sitz einnahm, während ein zappeliger Fünfjähriger in einem Trikot von Celtic Glasgow und dazu passender langer Nylonhose auf dem Fensterplatz munter auf und ab sprang und mit dem älteren Paar hinter ihm ›Kuckuck-wo-bin-ich‹ spielte. David tastete in seiner Brusttasche nach der Bordkarte und fand sie gerade, als eine Stewardeß auf ihn zukam.

»Haben Sie Ihren Sitz noch nicht gefunden, Sir?«

»Nein.« Er gab ihr den Abschnitt, den sie prüfte. Dann wandte sie sich an die Frau.

»Wie viele Sitze haben Sie gebucht, Madam?«

»Zwei«, gab die Frau in breitem Glasgow-Tonfall zurück. »Die Kleine sollte eigentlich auf meinem Schoß sitzen, aber ich hatte gehofft, daß der andere Platz frei bleibt.«

Die Stewardeß erklärte ihr lächelnd: »Bedaure. Der Platz ist für diesen Herrn reserviert.«

David rechnete damit, daß die Frau über diese in letzter Minute auftretende Erschwernis nicht gerade begeistert sein würde, doch sie lächelte ihn unbeschwert an. »Na, hätte ja sein können.« Sie löste ihren Sicherheitsgurt, hob ihr Töchterchen hoch und setzte sich auf den mittleren Sitz. »So, Tracy, meine Süße, du kommst jetzt auf Mamis Schoß, und du, Darren, setz dich hin und hör auf, die Leute zu nerven.«

David bedankte sich mit einem Lächeln, ließ sich auf seinem Sitz nieder, lehnte sich zurück und seufzte erleichtert.

Viel zu knapp war das gewesen, und das galt auch für die letzten zwölf Stunden. Er hatte in den letzten zwei Tagen versucht, mit Jock im Park von Inchelvie fertig zu werden, sich kaum um die bevorstehende Reise gekümmert und alle Vorbereitungen sowie das Packen auf Montag abend verschoben. Am Nachmittag war er mit einem Strauß Narzissen, den er im Park gepflückt hatte, auf den kleinen Friedhof von Dalnachoil gegangen, um die Blumen auf Rachels Grab zu legen. Stundenlang hatte er dort gesessen und sich leise mit ihr unterhalten. Erst als die Sonne schließlich hinter den Hügeln verschwunden war, hatte er sich losreißen können.

Mit laut aufheulenden Triebwerken rollte die Maschine auf die Startbahn. David beugte sich vor, um an seinen Nachbarn vorbei hinauszusehen, bis die Maschine schon hoch über dem Clyde war und durch die niedrig hängende Wolkendecke stieß. Erst als er nichts mehr sehen konnte, merkte er, daß ihn seine Reisegefährten unsicher musterten. Während er ihnen zulächelte, merkte er, daß er die Hand des kleinen Mädchens fest in der seinen hielt. »Oh, Entschuldigung!« sagte er, ließ sofort los und sah die Mutter der Kleinen an. »Ich glaube, das ist bei mir ein ganz natürlicher Reflex. Ich fasse beim Start immer nach der Hand eines meiner Kinder.«

Die Frau lächelte wieder. »Wie viele haben Sie denn?« fragte sie.

»Drei.«

»Großer Gott, ich hab mit den beiden hier alle Hände voll zu tun. Sie müssen ja richtig scharf darauf sein, sich was aufzuhalsen.« Sie stieß ein kehliges Lachen aus, das sich in einem Hustenanfall auflöste. David fragte sich, wie sie angesichts der quälenden Verlockung einer Stange zollfreier Zigaretten, die aus einem Korb zu ihren Füßen lugte, den langen Nichtraucherflug überstehen wollte.

»Mama fliegt mit uns ins Disneyland«, sagte Darren, allerdings nicht besonders begeistert.

»Tatsächlich?« gab David zurück. »Da hast du aber Glück, mein Junge.«

»Magst du die Mickymaus?«

»Ja, die finde ich toll! Ist sie deine Lieblingsfigur?«

»Nein, ich finde sie saublöd.«

»Darren!« mahnte ihn seine Mutter, auf deren teigige Züge ein Ausdruck von Verlegenheit und Entsetzen trat. »Sei nicht so frech zu dem Herrn.«

»Bin ich gar nicht, Mama. Du findest sie doch auch saublöd.«

»Darren, SCHLUSS jetzt!«

David betrachtete das glückliche Trio mit gefrorenem Lächeln und öffnete seinen Aktenkoffer, um sich den Angelegenheiten seiner Firma zuzuwenden.

»Mama«, meldete sich Darren erneut. »Ich muß auf den Lokus.«

Seine Mutter flüsterte ihm zornig zu: »Wie oft muß ich dir das noch sagen? Man sagt nicht Lokus, sondern Toilette.«

»Aber Mama, du sagst doch selber –«

»Darren!«

Sie öffnete ihren Gurt und stand auf, ohne darauf zu achten, daß das Zeichen »Sitzgurte schließen« noch nicht erloschen war. Eine junge Stewardeß kam durch den Gang herbei. »Ich bedaure, aber Sie müssen sitzen bleiben, bis der Kapitän das Zeichen ausgeschaltet hat«, sagte sie und wies auf die Anzeige über dem Sitz.

»Mein Junge muß dringend mal. Kann ich nicht mit ihm gehen?«

Die Frau, die nicht wußte, was sie tun sollte, sah durch den Gang hilfesuchend zur Chefstewardeß, die sich im kleinen Kabuff am hinteren Ende der Maschine befand. Sie machten einander Handzeichen, dann wandte sich die Stewardeß erneut an die Frau.

»In Ordnung. Ich begleite Sie und den Jungen, aber meine Kollegin hält es für ratsam, die Kleine nicht mitzunehmen.«

Nervös und besorgt sah die Frau ihren Säugling an, der auf ihrer Hüfte saß. »Aber ich kann sie doch nicht allein hierlassen. Könnten Sie in dem Fall mit Darren hingehen?«

Es sah ganz so aus, als sei das die Lösung. Doch als die Stewardeß Darren die Hand hinhielt, verschränkte er entschlossen die Arme hinter dem Rücken und begann laut zu jammern: »Ich will mit dir gehen, Mama!«

»Bitte, Darren«, bat ihn seine Mutter verzweifelt. »Geh mit der netten Dame.«

David fragte sich, wie diese Szene wohl ausgehen würde. Er wollte nicht unbedingt in die Sache mit hineingezogen werden, doch war ihm klar, daß Darren schon bald das Flugzeug überschwemmen würde, wenn nicht rasch etwas Entscheidendes geschah.

»Verzeihung«, sagte er. »Wenn es Ihnen recht ist, kann ich die Kleine gern nehmen, bis Sie zurück sind.«

Die Mutter lächelte ihm zu. »Vielen Dank, aber ich möchte keine Umstände machen.«

»Es macht mir wirklich nichts aus. Wie gesagt, ich hab selbst drei und kenne mich daher aus.«

»Macht es Ihnen wirklich nichts aus? Sie ist nämlich ziemlich erkältet.«

»Ach was, keine Sorge.« Er schob seine Papiere in das Netz vor ihm und streckte die Hände aus, um seine Schutzbefohlene entgegenzunehmen.

Die Frau gab ihm den Säugling. »Du bleibst jetzt bei dem netten Onkel, Tracy. Vielen Dank, Sie sind wirklich sehr freundlich. Ich bin gleich wieder da.«

Die Gruppe machte sich zur Bordtoilette auf, und Tracy, die auf Davids Knie saß, sah ihn erstaunt aus großen braunen Augen an. Sie waren so rund wie der Schnuller in ihrem Mund, der zum Glück jeden Ausbruch von Mißmut verhinderte. David lächelte das schniefende kleine Mädchen beruhigend an. Dann fiel ihm ein, daß es für sie vielleicht besser wäre, nicht so nachdrücklich daran erinnert zu werden, daß man sie einem völlig Fremden anvertraut hatte. Er drehte sie also so herum, daß ihr Hinterkopf an seiner Brust lag. Er sah auf Tracy hinab und fand sie wirklich hübsch, ganz anders als ihre robust-gewöhnliche Mutter. Ihre winzigen Füßchen steckten in billigen weißen Gummistiefelchen, und den Spitzenrand ihrer weißen Söckchen durchzogen gelbe Bänder, die genau zur Farbe ihres kurzen Acryl-Kleidchens paßten. Ein weißes Haarband hielt ihr dünnes Haar zusammen, so daß es wie ein kleiner Springbrunnen fiel. Als David seine Unterlagen aus dem Netz vor sich holen wollte, stieg ihm berauschend süßer, warmer Säuglingsduft in die Nase, eine Mischung, deren Bestandteile er mit Ausnahme einer großzügigen Dosis von Johnson's Babypuder nicht hätte beschreiben können. Diesen Duft kannte er von früher genau, und er fand ihn so herrlich, daß er eine Zeitlang geglaubt hatte, er werde nie ohne ein kleines Kind im Haus leben können.

Er ließ die Papiere, wo sie waren, und zog Tracy sanft an sich. Die Berührung ihres kleinen Körpers wirkte beruhigend auf ihn und blies die Spinnweben von längst vergessenen Erinnerungen an seine eigenen Kinder fort.

Es war wirklich erstaunlich, daß man ihn nicht während der ersten drei Monate bei Glendurnich wegen Schlafens am Arbeitsplatz gekündigt hatte. Die Tagesstunden waren für ihn schließlich die einzige Gelegenheit, sich die dringend benötigte Erholung zu gönnen. Der Grund dafür war ein kleines, verletzliches Wesen namens Sophie Rosemary Alicia Corstorphine. Während sie tagsüber ein Engel war, verwandelte sie sich in den frühen Morgenstunden in ein kreischendes Bündel untröstlichen Elends. Auch wenn die zahlreichen durchwachten Nachtstunden ihn wie Rachel ziemlich häufig an den Rand ihrer Kräfte brachte, war sie der Kleinen gegenüber stets die Geduld und Nachsicht in Person. Sie holte die Kleine mitten in der Nacht zu sich ins Bett, stopfte sich alle Kissen in den Rücken und wiegte das Kind, bis dessen lautes Schluchzen in schmatzende Zufriedenheit überging, während sie an der Mutterbrust sog. David hatte sich unterdessen mit einer kaum zwei Handbreit großen Fläche ohne Kissen begnügen müssen, so daß er aufpassen mußte, nicht aus dem Bett zu fallen.

»Versuchen Sie, ihr etwas vorzusingen«, hatte Doktor Spiers vorgeschlagen. »Oder fahren Sie sie ein bißchen im Kinderwagen spazieren, das wird sie beruhigen.« Offensichtlich war ihm nicht klar, daß Sophies Anfälle meist um zwei Uhr nachts kamen.

Sie probierten erst das eine und dann das andere, bis sie merkten, daß Sophie ausschließlich auf beides gleichzeitig reagierte. So sah man häufig nachts Licht in The Beeches brennen, während David unrasiert und übermüdet wie ein um Almosen bettelnder Straßensänger in der Diele auf und ab lief und seiner Erstgeborenen besänftigende Wiegenlieder vorsang.

Vier Jahre später, als Sophie zu einem stets zufriedenen, liebenswerten Kind herangewachsen war und damit ihren schmachvollen Lebensanfang mehr als gesühnt hatte, kam Charlie zur Welt, ein munteres Kerlchen mit allen Attributen eines zukünftigen Fußballstars. Sie machten sich auf das Schlimmste gefaßt, stellten den Kinderwagen in die Diele und legten die Gitarre bereit, aber es sah ganz so aus, als seien bei ihm völlig andere Gene am Werk gewesen (oder eher noch, als hätten Rachel und David all ihre Unerfahrenheit an Sophie ausgetobt), denn der Kleine schlief nachts und lächelte tagsüber. Als Harriet zur Welt kam, verstanden alle im Haus so viel von der Kinderpflege, daß Rachel sich fast vollständig heraushalten und die Dinge ihrer Ältesten überlassen konnte. Obwohl sie erst sieben war, nahm Sophie die Dinge mit einer Fertigkeit und Hingabe in die Hand, die weit über die Bemühungen der verdrießlichen und uninteressierten Au-pair-Mädchen hinausgingen, die sich um Sophie und Charlie gekümmert hatten.

Als die Kinder größer wurden, entstand unter ihnen ein Zusammenhalt und eine gewisse Unabhängigkeit. Bei ihren Spielen waren sie nicht auf andere angewiesen; sie waren sich selbst genug. Während Sophie organisierte, war Charlie für die Abteilung waghalsige Aktionen und Harriet für das Kochen und den Abwasch zuständig. Zugleich war sie die Außerirdische, die Fremde von einem anderen Stern, letzten Endes aber immer ›die Kleine‹. Doch war die Beziehung zwischen ihnen nicht ungetrübt, denn da alle über eine ausgeprägte Persönlichkeit verfügten, kam es recht oft zu leidenschaftlichen Meinungsverschiedenheiten, so daß aus dem Spiel gelegentlich eine ordentliche Prügelei zwischen den beiden Älteren wurde. Wenn sie dann zur Mutter liefen, um – möglichst jeder als erster – in den Genuß ihres Trostes oder ihrer Vermittlungsbemühungen zu kommen, sah ihnen Harriet kurz verständnislos nach und wandte sich dann wieder selig dem von den beiden anderen aufgegebenen Spiel zu, wusch ihre Teetassen ab oder schickte ihr Raumschiff in eine Zeitverwerfung.

»Tut mir leid, daß es so lange gedauert hat.«

Überrascht löste David den Blick von den vorüberziehenden Wolkenformationen. Dabei schloß sich seine Hand unwillkürlich fester um Tracy, weil er befürchtete, die Kleine, ohne es zu merken, nicht richtig festgehalten zu haben. Die Frau schob den ausgesprochen erleichtert dreinblickenden Darren vor sich her und setzte sich wieder.

»Der Junge mußte nicht nur klein. Ach, sehen Sie sich das an! Sie ist fest eingeschlafen.«

David sah auf Tracy hinab. Ihr Gesicht war zur Seite gewandt, und sie hatte eine gerötete Wange fest gegen sein Hemd gedrückt. Ihre Augenlider zuckten sacht, der Schnuller hing ihr lose im Mund.

»Die sieht aus, als ob sie Fieber hätte. Ich hoffe nur, daß es keine richtige Grippe oder so was ist. Auf jeden Fall erst mal vielen Dank für Ihre Hilfe.« Kaum hatte sie David das Kind abgenommen, traf die kühle klimatisierte Luft die kleine warme Stelle, an der Tracy geruht hatte.

»Es war mir wirklich ein Vergnügen«, sagte er und lächelte der Frau zu. Dann knöpfte er seinen Blazer zu, nahm erneut die Unterlagen von Glendurnich aus dem Netz und machte sich endlich daran, sie gründlich zu lesen.

Alicia setzte ihre Brille auf und sah sich die neueste Aufnahme des Schulfotografen an, die vor dem Büro des Schulleiters hing, um unter den rund zweihundert Gesichtern die ihrer drei Enkel ausfindig zu machen. Die nervöse kleine Schulsekretärin klopfte zum zweiten Mal an die Tür des Direktors, vergeblich, wie es schien.

Dann aber ertönte ein gedämpftes »Herein!«

Die Sekretärin warf Alicia ein tapferes Lächeln zu, bevor sie langsam die Tür öffnete und den Kopf hineinsteckte. »Mr. Hunter, Lady Inchelvie wünscht Sie zu sprechen.«

Ein hochgewachsener, dürrer jüngerer Mann mit wirrem, buschigem Haar und einer kleinen Brille tauchte vor Alicia auf. Unmöglich hätte sie sein Alter schätzen können, doch da sie ihn im vergangenen halben Jahr zum Glück recht gut kennengelernt hatte, wußte sie, daß er Mitte Dreißig war.

»Lady Inchelvie«, sagte er und streckte ihr zur Begrüßung seine lange und knochige Hand entgegen. »Ich bitte sehr um Entschuldigung, ich wußte nicht, daß Sie da sind. Ich mußte gerade ein Cricketspiel der Jungen auf einen anderen Platz verlegen, weil die Mädchen die Aschenbahn brauchen.« Er deutete zum Vordergebäude hinüber. »Da dürfte es besser sein, dafür zu sorgen, daß sie nicht einer der großen Schlagmänner unserer Mannschaft mit Bällen bombardiert.« Er lächelte. »Entschuldigen Sie daher bitte, daß ich nicht gleich zu Ihnen herausgeeilt bin.«

»Keine Ursache, Mr. Hunter.« Alicia bedachte den zerzausten jungen Mann ihrerseits mit einem Lächeln. »Entschuldigen müßte eigentlich ich mich, weil ich Sie bei Ihrer Arbeit störe, wenn ich die Kinder unter der Woche besuche. Es ist nur so, daß mein Mann geschäftlich in Glasgow zu tun hat, und da wollte ich mir die günstige Mitfahrgelegenheit nicht entgehen lassen.«

Der Schulleiter hob abwehrend die Hand. »Selbstverständlich können Sie die Kinder jederzeit besuchen. Glauben Sie keinesfalls, Sie seien nicht willkommen. Sie fallen uns wirklich überhaupt nicht zur Last.« Sein schwarzer Talar bauschte sich, als er sich umdrehte. »Wir können es uns ohne weiteres in meinem Arbeitszimmer gemütlich machen. Hätten Sie gern eine Tasse Tee oder Kaffee?«

»Nein, vielen Dank«, sagte Alicia und ging an ihm vorüber ins Zimmer. »Ich habe im Zug von Glasgow hierher eine Tasse Tee getrunken, die äußerst interessant nach einer Mischung aus Kaffee, Tee und Kakao schmeckte, und so habe ich eigentlich von allem gehabt.«

Mr. Hunter stieß ein kurzes Lachen aus und nahm in einem bequemen Sessel Platz. Sie hatte sich auf dem Besuchersofa niedergelassen. Alicia unterdrückte ein Lächeln, als sie ihn fast ganz im Sessel verschwinden sah. Offenbar war er ein Sitzzwerg, der fast ausschließlich aus Beinen bestand und einen winzigen Oberkörper hatte. Seine Ellbogen lagen ungefähr in Höhe seines Kinns auf der Sessellehne.

»Ich habe gehört, daß Mr. Corstorphine heute in die Vereinigten Staaten fliegt.«

»Aha, Sie sind offensichtlich bestens informiert.«

Mr. Hunter lächelte. »Ja, Sophie hat es uns Samstag abend eröffnet. Ganz aufgeregt hat sie mir erklärt, er sei nicht sicher, ob er bis zum nächsten Wochenende zurück sein würde, auf jeden Fall aber bis zum Beginn der Ferien.«

Alicia schwieg eine Weile. Sie sah besorgt aus. »Mr. Hunter, wie geht es den Kindern Ihrer Einschätzung nach? Haben Sie den Eindruck, daß sie der Situation gewachsen sind?«

Der Schulleiter streckte seinen langen Arm aus und berührte Alicia leicht am Ellbogen.

»Vorab möchte ich Ihnen sagen, Lady Inchelvie, daß sie keine Minute lang allein sind. Irgendeiner meiner Mitarbeiter hat immer ein Auge auf sie, und alle sind streng angewiesen, mit ihnen sofort zu mir oder meiner Frau zu kommen, sofern es Schwierigkeiten geben sollte. Hinzu kommt, daß sich alle drei glänzend halten. Natürlich handhabt jeder die Sache auf seine eigene Weise. Charlie dürfte die Ereignisse wohl einfach ausgeblendet haben, was unter Umständen dazu führen könnte, daß sie ihn später einmal einholen. Darum kümmern wir uns, wenn es soweit ist. Er ist so lebhaft wie eh und je und eine große Stütze unserer Cricketmannschaft. Was die Mädchen betrifft, muß ich sagen, daß ich die Art, wie Sophie mit Harriet umgeht, ausgesprochen bewundere. Ihr Verhalten und ihre Haltung sind für ein so junges Mädchen geradezu vorbildlich, und sie gehört zu den verantwortungsbewußtesten, einfallsreichsten und zweifellos tapfersten Mädchen, die ich je kennengelernt habe… Andererseits…«, fuhr er bedächtig fort, wobei er seine Worte sorgfältig wählte, »ist mir bewußt, daß die emotionale Belastung für sie ungeheuer sein muß. Nicht nur wegen des Todes ihrer Mutter, sondern auch, weil sie sich in einer äußerst schwierigen Entwicklungsphase befindet. Meine Erfahrung als Leiter einer gemischten Schule hat mich gelehrt, daß die jungen Leute in dieser Phase äußerst verletzlich sind.« Als er merkte, daß Alicias Unterlippe trotz aller Mühe, sich nichts anmerken zu lassen, anfing zu beben, verstummte er und gab dem Gespräch eine andere Wendung. »Auch Harriet geht es gut. Das weiß ich, weil sie sich ganz und gar auf ihre Schwester verläßt, die für sie die Rolle der Mutter spielt. Auch wenn Sophie sie natürlich nie ersetzen kann, hat Harriets Leben auf diese Weise eine Ordnung und einen Sinn. Ich fürchte allerdings, daß sich Sophie darüber im klaren ist, was die auf ihren Schultern ruhende Last noch verstärkt. Ich will Sie damit keineswegs beunruhigen, sondern Ihnen lediglich erklären, daß ich verstehe, was vorgeht, und die Dinge in der Hand habe. Dessen dürfen Sie gewiß sein.«

Alicia lächelte ihm zu. Am liebsten wäre sie aufgestanden und hätte ihn wegen seiner Güte und des einfühlsamen Verständnisses für die Situation wie auch ihren Empfindungen gegenüber umarmt. Er erhob sich, wobei er seine Beine wie zwei elastische Zauberstäbe entwirrte.

»Ich gehe rasch zu den Klassenzimmern hinunter. Mal sehen, ob ich die drei auftreiben kann. Warten Sie bitte inzwischen hier. Wollen Sie mit ihnen irgendwo Mittag essen gehen?«

»Ich fürchte, sie werden von mir erwarten, daß ich ihnen irgend etwas Besonderes biete.«

»Tun Sie einfach, wonach Ihnen der Sinn steht.« Er ging zur Tür, blieb dann unvermittelt stehen und schlug sich mit der Hand vor die Stirn. »Ach, fast hätte ich es vergessen. Charlie muß auf jeden Fall heute nachmittag um halb drei wieder hier sein. Wir haben ein Cricketturnier der verschiedenen Gruppen, und ich nehme an, daß seine Mannschaft ziemlich auf ihn angewiesen ist. Ginge das?«

»Selbstverständlich. Klingt viel interessanter als das Mittagessen mit der langweiligen alten Großmutter.«

Der Schulleiter zog die Augenbrauen hoch. »Wie die Jungs sagen würden, Lady Inchelvie, das glaubst du ja selber nicht!« Er verließ mit langen Schritten den Raum.

Einen Augenblick saß Alicia da und spielte mit einem Knopf ihrer Strickjacke, dann stand sie auf und trat ans Fenster, um hinauszusehen. Gewiß, Mr. Hunter war gütig, verständnisvoll und auf die denkbar liebenswürdigste Weise überzeugend, doch machte sie sich trotz allem Sorgen – um die Kinder, um David und immer mehr um ihren Mann. Er arbeitete zuviel, mutete sich zuviel zu, doch ihr war klar, daß er gegenwärtig keine andere Möglichkeit sah. Wenn sie ihm gesagt hätte, er solle nicht mehr jeden Tag ins Büro fahren oder die zusätzlichen geschäftlichen Besprechungen aufgeben, würde er schlicht und einfach erklären, es gehe ihm gut dabei. Aber sie hatte im Lauf der Wochen gemerkt, daß er immer blasser und müder wurde, und das machte ihr mehr Sorgen als alles andere. Sie schüttelte den Kopf und sah auf das Cricketfeld hinab, das sich über die riesige Rasenfläche vor dem Haus erstreckte. Fast genau in der Mitte standen zwei Jungen etwa zwanzig Schritt voneinander entfernt und bemühten sich unter Aufbietung aller Kräfte ihrer dünnen Arme, einen Cricketball weiter zu werfen als der jeweils andere. Unter dem Fenster mahnte eine Männerstimme: »Los, Leute, ab in den Unterricht.«

»Entschuldigung, Sir«, sagten sie wie aus einem Mund und liefen lachend und laut rufend ins Haus.

Die Tür hinter Lady Inchelvie öffnete sich, und bevor sie sich umdrehen konnte, rief eine Mädchenstimme: »Oma!«

Sophie rannte auf sie zu und schlang ihre Arme um Alicias Hals. Sie drückte die Großmutter so fest an sich, daß diese fast das Gleichgewicht verloren hätte.

»Hallo, Liebes, wie geht's dir?«

»Gut«, sagte Sophie mit einer Stimme, die von Lady Inchelvies Kleidern gedämpft wurde. Sie löste die Umarmung und betrachtete ihre Großmutter. »Ich wußte gar nicht, daß du heute kommen würdest! Papa hat nur gesagt, du würdest uns vielleicht am Wochenende besuchen! Wie bist du hergekommen?«

Alicia sah, daß Sophies Lächeln den Ausdruck der Trauer und Erschöpfung in ihren Augen kaum verdeckte.

»Ich bin gerade mit dem Zug aus Glasgow angekommen, wo Opa heute und morgen geschäftlich zu tun hat. Er und ich haben deinen Vater ziemlich früh zum Flughafen gebracht, und Opa hat mich dann am Bahnhof abgesetzt. Eigentlich wollte ich bis morgen in Glasgow bleiben, aber wo ich jetzt buchstäblich schon auf dem Heimweg bin, denke ich, daß ich ebensogut heute abend den Zug von Perth nach Carrbridge nehmen kann.« Sie schwieg. »Jetzt erzähle mir aber, wie es hier steht.«

Sophie schwang sich auf Mr. Hunters Schreibtisch und ließ ihre bloßen Beine über den Rand baumeln. »Ach, eigentlich nicht schlecht. Harry scheint es auch gutzugehen. Ich bin so oft wie möglich mit ihr zusammen. Charlie geht uns meistens auf den Geist. Ab und zu treffe ich ihn mittags, und dann wird er vor seinen Freunden immer ganz verlegen und albert rum.« Sie seufzte und sah aus dem Fenster. »Oma, meinst du, daß es Papa gutgeht?«

Alicia nahm ihre Hand. »Ich glaube schon, Liebes. Ist es dir am Samstag nicht so vorgekommen?«

»Doch, jedenfalls mehr oder weniger. Er wirkt nur so … anders – irgendwie weit weg. Eigentlich verständlich. Mama fehlt ihm bestimmt ganz schrecklich.«

Alicia legte ihrer Enkelin die Hände auf die Schultern. »Ja, so wie dir und uns allen. Trauern ist für jeden das Schlimmste und Schmerzlichste, und man kann sich wohl nicht wirklich vorstellen, wie das ist, wenn zwei Menschen einander so nahe waren wie deine Eltern. Aber auf keinen Fall darfst du anfangen, dich mit seinem Kummer zu belasten. Du mußt an dich denken, mein Kind. Du mußt dein eigenes Leben leben, hast schon sehr bald Prüfungen und was weiß ich noch alles. Mach dir also bitte keine zusätzlichen Sorgen. Dein Vater wird darüber hinwegkommen, da bin ich ganz sicher – vielleicht dauert es eine Weile, aber er schafft es bestimmt.« Sie nahm Sophies Gesicht in die Hände. »Mr. Hunter hat mir gesagt, wie großartig du dich um Harriet kümmerst. Laß uns eine Abmachung treffen: Das tust du weiterhin, und ich sorge dafür, daß mit deinem Vater alles gut wird. Einverstanden?«

Alicia hielt ihr die Hand hin. Sophie schlug mit einem Lächeln ein.

Im selben Augenblick, als sie »Einverstanden« sagte, flog die Tür auf, und Harriet stürmte zusammen mit Charlie herein. Alicia hatte gerade noch Zeit, sich umzudrehen und ihre Arme zu öffnen, bevor die Kleine an ihr emporsprang und Arme und Beine um sie schlang.

»Denk an Omas Rücken, Harry!« mahnte Sophie.

»Das ist schon in Ordnung«, sagte Alicia und gab ihrer jüngsten Enkelin einen Kuß. Sie sah zu Charlie hinüber, der auf Mr. Hunters Schreibtisch ein Spielzeugauto hin und her schob, während er zugleich heimlich versuchte, einen der vielen Briefe zu lesen, die darauf verstreut lagen.

»Charlie? Wie geht es dir, mein Liebling?«

»Gut«, antwortete er, ohne den Blick von den Briefen zu lösen. Dann wandte er sich seiner Großmutter zu. »Oma?« Er sah so ernst drein, daß Alicia glaubte, er werde sie jetzt nach ihren Vorstellungen zum Sinn des Lebens fragen.

»Ja?«

»Hast du was zum Naschen mitgebracht?«

»Du bist wirklich unmöglich, Charlie!« rief Sophie, vom unverhohlenen Materialismus ihres Bruders entsetzt.

Sein Gesicht verzog sich zu einem breiten Grinsen, und alle brachen in Gelächter aus. Alicia stellte Harriet auf den Boden und ging zum Sofa. Harriet und Charlie folgten ihr auf dem Fuß. Dort lag ihre Handtasche, aus deren Tiefen sie drei Tafeln Cadbury-Schokolade herausholte. Kaum hatte sie sie den beiden gegeben, als sie begannen, das Silberpapier abzureißen. Alicia hielt Sophie die dritte Tafel hin. »Liebes, möchtest du auch eine?«

»Nein danke, Oma. Mir ist nicht danach.«

Alicia ging zu ihr und schob ihr die Schokolade in die Kleidertasche. »Heb sie dir für später auf, oder teil sie mit deinen Freundinnen. So«, sagte sie zu allen dreien gewandt und sah auf ihre Uhr. »Mr. Hunter sagt, ich kann euch zum Mittagessen ausführen.«

Charlies Augen weiteten sich vor Freude. »Können wir zu McDonald's gehen, Oma? Da waren wir am Sonntag mit Papa. Es ist wirklich toll.«

»Ja!« unterstützte Harriet den Vorschlag. »Bitte bitte, Oma.«

»Tja, ich glaube nicht, daß das geht. Erstens habe ich kein Auto hier, und zweitens, Charlie, hat mich Mr. Hunter ausdrücklich gebeten, dafür zu sorgen, daß du vor halb drei wieder zum Cricket da bist.«

Die beiden jüngeren Geschwister jammerten.

»Wir könnten in die Dorfgaststätte gehen«, schlug Sophie vor. »Ich war da mal mit einer Freundin und ihren Eltern. Sie liegt gleich in der Nähe und hat ziemlich gute Pommes frites.«

Alicia lächelte Sophie zu und bildete stumm mit den Lippen das Wort »Danke«. Dann sagte sie: »Also, auf!«

Charlie warf die Faust in die Luft. »Jawoll!« schrie er und rannte zur Tür. »Los, mir nach!«

»Augenblick noch«, rief ihm Alicia nach und nahm ihre Handtasche vom Sofa. »Wir wollen alle miteinander ordentlich hinausgehen, damit wir den Unterricht nicht stören.« Sie nahm Harriets Hand, und Charlie öffnete die Tür.

»Oma?« sagte Harriet leise.

»Ja, mein Schatz?«

»Ich glaube, Papa ist so weggegangen wie Mama.«

Der kleine Trupp kam augenblicklich zum Stehen. Alicias Züge erstarrten förmlich. Sie legte Harriet den Arm um die Schulter. »Nein, mein Schatz. Er ist nur für kurze Zeit nach Amerika geflogen, um dort etwas zu erledigen. Er kommt bald zurück. Hat er nicht gesagt, daß er rechtzeitig wieder dasein will, um euch für die Ferien nach Hause zu holen?«

»Das meine ich nicht, Oma«, fuhr Harriet mit sachlicher Stimme fort. »Papa scheint nicht mehr in seinem Körper zu sein. Er ist irgendwo anders.«

Alicia sah zu den beiden anderen hin. Sophie biß sich fest auf die Lippe, während Charlie seufzend die Tür schloß. Er betrachtete die Klinke, die offenbar etwas lose war, und zog und schob sie hin und her.

»Wollen wir uns einen Augenblick setzen?« fragte Alicia und führte Harriet zum Sofa. Sophie setzte sich auf die Lehne, während Charlie weiter unüberhörbar mit der Türklinke spielte.

»So«, sagte Alicia langsam, während sie sich neben ihre Enkelin setzte. »Sag mir doch jetzt noch mal genau, was du meinst.«

»Es ist irgendwie das Gegenteil von Mama.«

»Wie meinst du das, mein Schatz?«

»Mamas Seele ist immer in unserer Nähe, aber sie selber nicht. Das sagt Sophie. Papa ist in unserer Nähe, aber seine Seele nicht. Es ist also das Gegenteil.«

Eine Weile saß Alicia schweigend da und strich Harriet über den Kopf, während sie überlegte, wie sie die Kleine trösten konnte. »Hör mal, mein Schatz«, sagte sie schließlich. »Ich weiß, daß euer Papa in den letzten Monaten innerlich unruhig war, und es fällt euch wahrscheinlich schwer zu verstehen, warum er so ist. Aber er ist trotzdem bei euch. Ich weiß genau, daß er viel an euch denkt und euch alle sehr lieb hat. Ich bin ziemlich sicher, daß ihm sein Flug nach Amerika wirklich guttun wird, und wenn er wiederkommt, ist er bestimmt so, wie wir ihn schon immer kennen.« Sie sah Harriet an. »In Ordnung?«

Harriet nickte, offensichtlich war sie mit der Erklärung zufrieden.

»Können wir jetzt gehen?« fragte Charlie und öffnete die Tür.

»Ja, gehen wir!« sagte Alicia so munter sie konnte. »Also zum Dorfgasthof!« Sie drückte Harriet ein letztes Mal und stand auf. »Ich habe heute nicht einmal gefrühstückt, da kommt mir ein großer Teller Pommes frites gerade recht!«

Harriet lief zur Tür und hinter Charlie her. Sophie legte der Großmutter die Hand auf den Arm. »Oma?«

Alicia wandte sich ihr zu. »Ich hab das Gefühl, als ob er nicht wiederkommt.«

»Natürlich kommt er wieder. Er wird schon sehr bald so sein wie früher.«

»Nein, ich glaube, du hast recht, daß er unbedingt woanders sein muß und Zeit braucht, um darüber wegzukommen. Ich fände es ganz in Ordnung, wenn er eine Weile nicht wiederkäme.«

Alicia tätschelte Sophies schmale Hand. »Wir werden sehen, Liebes. Aber erinnere dich an unsere Abmachung. Du kümmerst dich um Harriet, und ich sorge dafür, daß euer Papa als der Mann zurückkommt, den wir alle kennen. In Ordnung?«

Sophie nickte und zwang sich zu einem Lächeln. Alicia nahm Sophies Hand und küßte sie auf die Wange.

»Ich will dir ein Geheimnis anvertrauen, Sophie. Mr. Hunter hat gesagt, daß du eins der bemerkenswertesten Mädchen bist, die er je erlebt hat. Natürlich hätte ich das auch ohne ihn gewußt, aber es ist gut für dich und für mich zu wissen, daß du hier einen wirklichen Verbündeten hast. Und ich sage dir noch etwas, nämlich, daß du meiner Überzeugung nach dabei bist, eine sehr anziehende junge Dame zu werden. Ich bin sehr stolz auf dich.« Sie zog Sophie an sich und umarmte sie noch einmal, bevor sie sich zum Gehen wandte. »So, und jetzt wollen wir zusehen, daß wir die beiden einholen, bevor sie hier den ganzen Betrieb durcheinanderbringen.«

KAPITEL 11

Als die Maschine auf das Empfangsgebäude des John-F.-Kennedy-Flughafens zurollte, sah David interessiert zu, wie seine Nachbarin aufsprang, obwohl die Anzeige »Fasten seatbelts« noch nicht erloschen war. Eifrig holte sie Pullover und Gepäckstücke aus dem Fach über den Sitzen und zog ihre Kinder an, um das Flugzeug möglichst bald verlassen und den Urlaub beginnen zu können. Andere folgten ihrem Beispiel, doch setzten sich die meisten nach etwa zehn Minuten wieder hin, in denen sie gemurrt hatten, daß man die Türen nicht öffnete, und die Köpfe zur Business Class gereckt hatten, um zu sehen, warum die dort sitzenden Fluggäste keinerlei Anstalten trafen, sich zu erheben. So saßen sie kopfschüttelnd da, das Handgepäck auf den Knien und beäugten vorwurfsvoll diejenigen, die ähnlich ungeduldig gewesen waren.

Zwei Minuten später regte es sich weiter vorn im Gang, und die kleine Familie aus Glasgow schob sich dem Ausgang entgegen, Darren an der Spitze. Ihm folgte seine Mutter, die das Baby auf dem Arm hielt und die Taschen schleppte.

Erst als es in der Schlange im Gang einigermaßen zügig vorwärtsging, nahm David seinen Aktenkoffer und stand auf. Auf dem Weg zum Ausgang streckte er sich, denn er war ganz steif vom langem Sitzen auf so kleinem Raum. Als er die Maschine verließ, genoß er einen flüchtigen Augenblick lang die Wärme, die aus dem Spalt zwischen Rumpf und Fluggastbrücke stieg, doch gleich traf ihn der kalte Strom der klimatisierten Luft aus dem Gang, der ins Abfertigungsgebäude führte.

Auf dem Weg zur Paßkontrolle stieß er auf zahllose weitere Passagiere aus anderen Maschinen. In den langen gläsernen Gängen überkam ihn ein beruhigendes Gefühl der Erleichterung, war er doch inmitten all dieser Menschen nur einer von vielen, namenlos und ohne jede Geschichte. Niemand musterte ihn neugierig, jeder war in seine eigenen Gedanken und Sorgen eingesponnen. Diese Empfindung unterschied sich deutlich von der erstickenden Wolke der Trauer, die auf Inchelvie in letzter Zeit über allem und jedem gehangen hatte.

Am Laufband angekommen, zog er es vor, zu Fuß nebenher zu gehen, wo kaum Menschen waren. Auf halbem Weg blitzte die grüne Vereinsfarbe von Celtic Glasgow auf – Darren kam über das Laufband auf ihn zugerannt. Mit wohligem Grinsen genoß er sein neuentdecktes Vergnügen, in der falschen Richtung zu laufen und den Menschenstrom durcheinanderzubringen. Plötzlich übertönte der Name des Jungen den allgemeinen Lärm aus Schritten und Gesprächen, dann sah David Darrens Mutter am anderen Ende des Laufbandes, Tracy auf der Hüfte und das Gepäck zu ihren Füßen.

An der Paßkontrolle reihte sich David in die durch Absperrseile geordnete Schlange ein. Nervös kramten die Menschen Pässe und Einreisevisa heraus, wobei sie einander aufgeregt ansahen, als werde man sie im nächsten Augenblick einem gründlichen Verhör unterziehen, bevor sie ins Land durften. Langsam schob sich die Schlange vorwärts. Als David schließlich an der Reihe war, gab er dem jungen Paßbeamten seine Papiere.

»Reisen Sie geschäftlich oder privat, Sir?«

»Geschäftlich«, antwortete David.

»Und wie lange werden Sie sich voraussichtlich in den Vereinigen Staaten aufhalten?«

»Ich bin noch nicht sicher. Wahrscheinlich höchstens eine Woche.«

Der junge Mann nickte bedächtig. »Und darf ich fragen, in welcher Branche Sie tätig sind?«

»In der Whiskyherstellung.«

Der Beamte zog interessiert die Augenbrauen hoch, dann stempelte er einen Abschnitt des Einreisevisums und gab ihm seinen Paß zurück. »Na, dann sehen Sie mal zu, daß das Geschäft hier drüben nicht ins Stocken gerät!« sagte er und lachte.

»Wird gemacht.« David lächelte und wandte sich zum Gehen, als der junge Beamte fragte: »Hätten Sie einen Augenblick Zeit, mir etwas zu erklären?«

Einige Sekunden überlegte David angestrengt, worum es sich handeln konnte. »Gewiß«, sagte er schließlich. »Sofern ich dazu imstande bin.«

Der junge Mann, dem seine Besorgnis nicht entgangen war, lächelte ihm beruhigend zu. »Es ist alles in Ordnung. Ich wüßte nur gern, was die Abkürzung ›The Hon.‹ vor Ihrem Namen bedeutet. Ich hab sie zwar schon mal gesehen, weiß aber nicht, was es heißt. Ich mach diese Arbeit noch nicht lange.«

»Ehrlich gesagt ist es nichts Besonderes. Es steht für ›The Honourable‹ und ist ein bloßer Höflichkeitstitel.«

»Und wie sind Sie daran gekommen?«

»Na ja«, sagte er verlegen und senkte seine Stimme, weil er nicht wollte, daß andere mithören konnten. »Das liegt daran, daß mein Vater ein Lord ist.«

Der Beamte staunte. »Wirklich? Heißt das, daß Sie mit dem Königshaus verwandt sind?«

»Nicht die Spur!« lachte David. »Wie gesagt, es ist einfach ein Höflichkeitstitel.«

»Da sieht man's mal wieder, man lernt nicht aus. Danke für die Erklärung, Mr. Corstorphine.« Er wandte sich ab und rief den nächsten.

David nahm seinen Koffer vom Förderband und ging durch die Zollabfertigung. In der Ankunftshalle warteten viele Menschen, die Freunde, Verwandte oder auch Unbekannte abholen wollten. Manche wirkten enttäuscht, wenn nicht der Erwartete zur Tür heraustrat, dem andere, die Namensschilder hochhielten, hoffnungsvoll zulächelten. Schon bald sah David seinen Fahrer, einen etwas einfältig dreinblickenden Mann mit kurzärmeligem weißem Hemd, schwarzer Krawatte und einer Ray-Ban-Sonnenbrille. Er hielt ein Schild mit dem Aufdruck »Star Limos«, unter dem Davids Name gnadenlos falsch geschrieben stand.

Er trat auf den Mann zu. »Hallo.«

»Sind Sie Mr. Costawfin?« fragte der Fahrer, wobei er in aller Seelenruhe weiter auf seinem Kaugummi kaute.

»Ja.«

»Schön, ich bin Dan.« Mit einer raschen Bewegung schüttelte er David kräftig die Hand und griff nach dem Koffer. »Der

Wagen steht gleich vor der Tür. Wenn's Ihnen recht ist, beeilen wir uns, bevor man ihn abschleppt.«

Sie traten hinaus in den grellen Sonnenschein, Dan zielte mit seiner Fernbedienung auf ein schwarzes Lincoln Town Car, warf das Gepäck in den Kofferraum, sprang, nachdem er David die hintere Tür aufgehalten hatte, in den Fahrersitz und fuhr so flott an, daß die Reifen auf dem heißen Asphalt quietschten.

Eine Viertelstunde später ging es über den Southern State Parkway ostwärts. Mit jedem Kilometer, den sie sich von New York entfernten, änderte sich die Landschaft. Um die Schnellstraße herum lag nicht das endlose Gewirr von Vorstadthäusern, das David erwartet hatte, sondern ganz im Gegenteil ein dichter Wall hoher Laubbäume. Später folgten große Flächen von Fichtenwald, der sich zu beiden Seiten der Straße bis weit in die Ferne erstreckte: das Ödland von Long Island, wie ihm Dan erklärte, ein Paradies für Stechmücken und »so knochentrocken, daß höchste Brandgefahr besteht«.

Genau fünfzig Minuten nach der Abfahrt vom Flughafen verließ Dan die Schnellstraße. Ein riesiges, sich drehendes Reklameschild kündigte den Fabrikverkauf »LEESPORT OUTLET CENTER« an. Oben an der Rampe wandte er sich nach rechts, wo er südwärts einem langen, geraden Stück Straße folgte, dann überquerte er ratternd einen Bahnübergang und fuhr an einem Schild vorbei, das Besucher in Leesport willkommen hieß. David betrachtete die Häuser mit ihren weißen Holzzäunen, hinter denen Vorgärten mit gepflegten Blumenbeeten lagen und Sprinkleranlagen sattgrüne frisch gemähte Rasenflächen besprengten. Häuser standen im Schatten des dichten Blätterdaches hoch aufragender Buchen und Kiefern, die die Grenze zum Nachbarn markierten. Von diesen Holzhäusern glich keines dem anderen: Manche waren in leuchtendem Weiß gestrichen, die Fassade anderer war mit braunen Zedernholzschindeln verkleidet, wieder andere waren eine Mischung aus beiden Stilen. Bei den einen hingen breite Dächer wie finstere Augenbrauen über mit hölzernen Läden versehenen Fenstern, während andere von makelloser Zurückhaltung waren wie züchtig verschleierte Nonnen. Alle hundert Meter standen grellgelbe Hydranten wie Schildwachen auf dem kurzgeschorenen, satten Grasstreifen zwischen dem schwarzen Asphalt des Gehwegs und der Straße. Sie schienen die Häuser zu bewachen, die trocken wie Zunder waren.

Am Ende der Straße überquerte Dan die Kreuzung, kurz bevor die Ampel auf Rot sprang, und bog nach links ein. Er wandte sich zu David um. »So, das ist jetzt die Ortsmitte von Leesport, Sir.«

Links und rechts der makellos sauberen Hauptstraße lagen durch weiße Linien gekennzeichnete Parkstreifen mit reichlich Platz, dahinter in weißgestrichenen Holzhäusern kleine Läden, vor deren Schaufenstern Blumenschalen von Stiefmütterchen, Ringelblumen und Petunien überquollen. Auf dem Gehweg sah man ältere Paare, die Arm in Arm einen Spaziergang unternahmen, junge Mütter mit Säuglingen; alle waren sommerlich gekleidet und gingen ohne Eile. Im Vorbeifahren erhaschte David einige der Namen auf den kleinen bunten Schildern über den Läden: einen Imbiß namens The Leesport Delicatessen, Danby-Immobilien, eine Stellenvermittlung mit dem Namen ›Helfende Hände‹, Leesport Spirituosen, Jo-Ann's Fitneß-Studio und am Ende der Straße das Sportgeschäft Lar Sport.

Zweihundert Meter weiter bog Dan nach links in eine schmale, baumbestandene Straße ein, fuhr an einem grünweißen Straßenschild mit der Aufschrift NORTH HARLENS vorüber und blieb neben einem Briefkasten stehen, der in schwarzen Lettern die Zahl 52 trug. Das einstöckige Gebäude stand ein Stück von der Straße entfernt am Ende einer kurzen betonierten Auffahrt, zu deren Seiten sich Rasenflächen erstreckten. Eine hohe hölzerne Veranda mit Tisch und Stühlen beherrschte die Vorderfront des Hauses, an die zwei verblaßte Bootsruder wie gekreuzte Schwerter genagelt waren. Zur Linken konnte David durch eine Hecke das schimmernde Blau eines Schwimmbeckens ausmachen. Dieses Haus unterschied sich von den anderen, die er bisher in Leesport gesehen hatte, einzig durch ein Gerüst und eine leicht im Wind flatternde Plane, die ein Drittel des Daches bedeckte.

Dan stellte den Motor ab. »Das ist das Haus der Eggars.«

Beide stiegen aus, und als Dan den Koffer herausnahm, dröhnte vom Haus her eine Stimme: »David, du alter Halunke!«

Mit großen Schritten kam ihm ein hochgewachsener, schlanker blonder Mann entgegen. Mit ausgebreiteten Armen und fast ohne seine Geschwindigkeit zu vermindern, prallte er auf David, umarmte ihn kräftig und hieb ihm auf die Schulter. »Schön, dich zu sehen, alter Freund!«

»Ganz meinerseits, Richard.«

Richard trat einen Schritt zurück und begutachtete ihn von Kopf bis Fuß. »Na ja, du hast dich nicht groß verändert. Nur ein paar graue Haare schleichen sich da ein!«

Dann nahm er dem Fahrer den Koffer ab. »Sie haben es also geschafft, den verrückten Schotten aufzuspüren, Dan?«

»Klar, kein Problem, Mr. Eggar.« Dan wandte sich an David. »Ich wünsch Ihnen 'nen schönen Aufenthalt, Sir, und wenn Sie irgendwann zurück zum Flughafen wollen, sagen Sie einfach Mr. Eggar, daß er bei uns anrufen soll.«

Mit einem Lächeln drückte ihm David einen Zwanzig-Dollar-Schein in die Hand. »Wird gemacht. Danke, Dan.«

Nachdem die beiden Männer schweigend dem davonfahrenden Wagen nachgesehen hatten, seufzte David erleichtert und sah sich um. »Du hast dir ja einen hübschen Ort zum Leben ausgesucht. Hier ist alles so ...«, er suchte nach einem passenden Wort für das, was er bisher von Leesport gesehen hatte, »... unberührt!«

»Geradezu jungfräulich, mein Junge«, erwiderte Richard mit nachgemachtem Londoner Cockney-Akzent, während er mit Davids Koffer die Auffahrt entlang ging. »So nenne ich es – pulsierend und jungfräulich! Und jetzt brechen wir ein paar Flaschen Bier den Hals!«

Er ging die Stufen zur hölzernen Veranda hinauf und stieß mit der Schulter eine Tür mit einem Fliegengitter auf. David folgte ihm in eine große, luftige Küche, die ein in der Mitte stehender Tisch mit einer Platte aus blankgescheuertem Fichtenholz beherrschte. Auf ihr lagen Papiere verstreut, an denen Richard wohl gerade arbeitete. Der ganze Raum war von tanzenden Lichtreflexen der im Luftzug hin und her schwingenden Flügel der Glastür erfüllt.

»Hör mal, ich hoffe, es stört dich nicht, daß du ein bißchen auf die üblichen Annehmlichkeiten verzichten mußt, alter Junge«, sagte Richard, während er in die Diele weiterging. »Du kommst in einem etwas ungünstigen Augenblick – wir bauen nämlich das Haus an der Giebelseite um, und deswegen ist das Dach über den beiden Gästezimmern abgedeckt.« Er öffnete die Tür, und David folgte ihm in die Diele, wo sie in der dicken Schicht Baustaub, die den Boden bedeckte, ihre Spuren hinterließen. Richard ging die Treppe hinauf. »Typisch Angie. Erst leiert sie so was an, und dann setzt sie sich ab!« Er ging den schmalen Gang entlang und stieß mit dem Koffer eine Tür auf. »Ich hoffe, es macht dir nichts aus, da drin zu schlafen. Es ist mein Arbeitszimmer. Nicht unbedingt das luxuriöseste.«

Ein tiefes Wandregal voller Akten und Bücher an zwei Wänden verkleinerte den lediglich an die sechs Quadratmeter messenden Raum noch beträchtlich. Inmitten eines Kabelsalats standen Richards Laptop samt Laserdrucker sowie ein Faxgerät und das Telefon. Hinter der Tür war ein schmales Bett aufgeschlagen worden, dessen Fußende unter dem Wandregal verschwand. Einen Kleiderschrank gab es nicht, doch an der Tür hingen mehrere Draht-Kleiderbügel. Dunkle Schnapprollos sorgten dafür, daß kein Tageslicht durch die beiden kleinen Fenster hereindrang, und so machte der Raum noch mehr den Eindruck einer Zelle. Alles war mit hellbraunem Staub bedeckt.

Richard stellte den Koffer ab und sah sich um. »Ich hoffe, daß es dir genügt.«

»Ja, prima«, sagte David betont munter, trotz der Aussicht, in einer Art besserem Besenschrank schlafen zu müssen. »Wirklich einwandfrei. Ich brauche nur was, wohin ich mein müdes Haupt betten kann.«

»Gut. Das Badezimmer ist gleich nebenan.« Richard wandte sich zum Gehen. »Ich muß noch verschiedene Leute anrufen, du kannst dich also in aller Ruhe einrichten und dann runterkommen, damit wir einen Schluck trinken können.«

Er ging hinaus, und David betrachtete eine Weile nachdenklich seine verstaubte Unterkunft. Vielleicht hätte er sich doch ein Hotel suchen sollen; möglicherweise war es kein besonders guter Einfall gewesen, sich bei Richard einzuquartieren. Unwillkürlich lief ihm ein leichter Schauder über den Rücken. Er stellte seinen Aktenkoffer auf das Wandregal und massierte sich kräftig die Oberschenkel, um die Schmerzen zu vertreiben, die er dort plötzlich verspürte. Dann wischte er sich eine Schweißperle von der Stirn. Großer Gott, hoffentlich hatte er sich bei der Kleinen im Flugzeug nicht angesteckt! Das fehlte gerade noch! Er ließ sich auf das durchgelegene Bett fallen und sah an die Decke. Mit einem Mal überwältigten ihn Niedergeschlagenheit und Unbehagen, und zum ersten Mal, seit er Schottland verlassen hatte, spürte er, wie der vertraute dumpfe Schmerz der Einsamkeit zurückkehrte.

Doch diesmal war es schlimmer als je, und seine Lage wurde seinem fiebrigen und verworrenen Geist bewußt: durch einen Ozean von den Kindern und von Rachel getrennt, war er jetzt in dieser unvertrauten und nichtssagenden Umgebung völlig allein.

KAPITEL 12

Beim Abendessen zweifelte David kaum noch daran, daß er sich bei der Kleinen im Flugzeug angesteckt hatte. Seine Glieder schmerzten, und in seinem Kopf hämmerte es, während er mit Richard in der Küche saß und zu kurz gekochte gummiartige Spaghetti aß und zuviel Wein trank. Hoffentlich konnte er sich möglichst bald entschuldigen und schlafen gehen. Doch Richard kramte, fast ohne Luft zu holen, endlose Geschichten und Anekdoten aus ihrer gemeinsamen Zeit beim Militär hervor, und David, der sich verpflichtet fühlte, die Rolle des höflichen Gastes zu spielen, hörte mit einem starren Lächeln auf dem schweißbedeckten Gesicht zu.

Schließlich räumte Richard das Geschirr in die Spülmaschine, öffnete den Küchenschrank und nahm eine Flasche Whisky und zwei Gläser heraus. Nachdem er beide ordentlich gefüllt hatte, setzte er sich wieder und kam nach kurzem Zögern auf Rachel zu sprechen. Obwohl David nicht in der Stimmung war, blieb ihm keine Wahl. Während er ihm das, was passiert war, in groben Umrissen schilderte, merkte er, daß Richards Interesse an dem Thema rasch abnahm, und sich das Gespräch Angie zuwandte. David fand sich bald in der Rolle des teilnahmsvollen Zuhörers wieder, vor dem Richard, der sich inzwischen ein weiteres Glas Whisky eingegossen hatte, in einem endlosen Monolog die Schwierigkeiten in seiner siebenjährigen Ehe ausbreitete: Angie könne keine Kinder bekommen und halte sich dafür schadlos, indem sie mit Geld um sich werfe, als wachse es auf Bäumen. Ihr neuestes Vorhaben, nämlich der Umbau, den sie begonnen habe, ohne vorher mit ihm zu sprechen, sei der Tropfen gewesen, der das Faß zum Überlaufen gebracht habe.

Fast bis Mitternacht saß David da und hörte zu. Sein Gesicht glühte vom Fieber, seine Lider waren bleiern vom Schlafmangel und den Auswirkungen der Zeitverschiebung. Als er einfach nicht mehr länger zuhören konnte, gähnte er ausgiebig und stand auf. Das beendete schlagartig Richards Redestrom, und er entschuldigte sich beschämt, daß er David mit seinen Sorgen behelligt und am Schlafengehen gehindert habe. Dann erhob er sich schwankend, und gemeinsam gingen sie nach oben.

Erleichtert schloß David die Tür seines Zimmers hinter sich, ließ sich auf das schmale Bett sinken und rieb sich die schmerzenden Augen. Er sah auf seine Armbanduhr. Halb zwölf. Er war also schon fast seit vierundzwanzig Stunden auf den Beinen. Mit einem Seufzer der Erleichterung stand er auf und ging ins Badezimmer.

Nachdem er sich die Zähne geputzt hatte, klatschte er sich kaltes Wasser ins Gesicht, in der Hoffnung, das Brennen in seinen Augen und seine Benommenheit zu lindern, die teils auf die Erkältung und teils auf den zu reichlichen Genuß von Wein und Whisky zurückging. Dann kehrte er in sein Zimmer zurück, sprang ins Bett und zog sich die Decke bis ans Kinn, um so des Zitterns Herr zu werden. Als er die Augen schloß, drehte sich nach Richards endlosem Gerede und dem im Übermaß getrunkenen Alkohol alles in seinem Kopf. Er brauchte etwas, um sich abzulenken, und wäre es auch nur für kurze Zeit. Er legte sich auf die Seite und suchte den kleinen Raum nach einer Zeitschrift oder einem Buch ab, sah aber lediglich ein Regal voller Ordner mit Unternehmensprojekten, die ein dickleibiges juristisches Nachschlagewerk am Umfallen hinderte. Vielleicht hatte er noch eine Zeitung aus dem Flugzeug. Er stand auf und ließ die Schlösser seines Aktenkoffers aufschnappen. Nichts. Nur der Marktbericht der Destillerie Glendurnich. Besser als nichts, überlegte er, nahm ihn heraus und legte sich wieder hin.

Am nächsten Morgen weckte ihn unsanft das Klirren der Kleiderbügel, als die Tür kräftig gegen sein Bett stieß. Über sich sah er Richards Gesicht, verschlafen und bleich.

»Wasnlos?« fragte David verwirrt.

Richard fuhr sich mit der Hand durch die Haare. »Tut mir leid, David, aber wir haben verschlafen. Wir müssen uns verdammt beeilen. Ich ruf gleich bei Star Limos an, damit die 'nen Wagen schicken, denn ich glaube nicht, daß ich heute fahren kann.«

Er stürmte hinaus. David, der liegengeblieben war, spürte allmählich das Hämmern im Kopf und den Schmerz in den Gliedern. Er sah auf seine Uhr. Es war halb neun vorbei.

»So ein Mist!«

Er warf die Decke zurück und sprang aus dem Bett. Die plötzliche Bewegung verstärkte die in ihm aufsteigende Übelkeit noch. Während er eine Weile stehenblieb und sich bemühte, das Gefühl zu unterdrücken, bekam er eine Gänsehaut.

»Das ist doch zum laut Scheiße-Schreien! Warum gerade jetzt?« Er nahm das Waschzeug und ging ins Badezimmer. Da die Zeit für eine Dusche zu knapp war, mußte er sich mit einer Katzenwäsche begnügen. In aller Eile rasierte er sich und stürmte dann in sein Zimmer, um saubere Unterwäsche aus dem Koffer zu holen.

»Dan ist in drei Minuten hier«, rief Richard von unten.

Mit einem Mal kribbelte es äußerst unbehaglich in Davids Magen, und seine Finger zitterten, während er sich die Krawatte zu binden versuchte. Großer Gott, dachte er, das hat mir gerade noch gefehlt. Nicht nur viel zu spät für die Sitzung, sondern auch noch eine Erkältung.

Er zog die Hose an, sprang in die Schuhe, schnappte sich Jackett und Aktenkoffer und lief nach unten.

Richard machte sich in der Küche zu schaffen, rannte hierhin und dorthin, um verschiedene Papiere einzusammeln und in seinen Aktenkoffer zu stopfen. »Tut mir wirklich leid, David. Kaffee ist in der Kaffeemaschine. Leider nur von gestern abend, aber zumindest ist er stark.« Draußen ertönte eine Autohupe. »Gott im Himmel, keine Zeit! Das ist bestimmt Dan. Los!«

Er schob David auf die Veranda, schloß die Tür ab und hetzte dann, gefolgt von seinem Gast, die Stufen hinunter. Dan hielt die hintere Tür des Lincoln auf. Beide sprangen hinein, und während der Wagen davonschoß, lehnte Richard den Kopf an die Kopfstütze. »Meine Herren, ich fühl mich verheerend! Wie geht es dir?«

»Nicht besonders. Ich glaube, ich hab nicht nur 'nen Kater, sondern obendrein auch noch 'ne Erkältung.«

»Ach, du armer Kerl! Hättest du doch was gesagt!« Er schwieg. »Hör mal, ich fahr heute abend zwar nach Hause, aber du bist wahrscheinlich lange vor mir fertig. Da könntest du doch einfach vom Bahnhof Penn Station einen Zug nach Patchogue und von da ein Taxi nehmen.« Er suchte in den Taschen seines Jacketts und öffnete dann seinen Aktenkoffer, aus dem er ein Mobiltelefon holte. »Vielleicht solltest du gleich mal bei den Leuten anrufen und ihnen sagen, daß du etwa eine halbe Stunde später kommst. Hier ist übrigens der Haustürschlüssel.« Er schüttelte den Kopf und sah David kläglich an. »Tut mir wirklich leid.«

Der Rest der Fahrt verlief wortlos. Richard, dem der gewaltige Kater im grünlich angelaufenen Gesicht geschrieben stand, schnarchte laut mit offenem Mund und geschlossenen Augen, während David das Jackett enger um sich zog, in der Hoffnung, das beständige Zittern werde aufhören. Dan fuhr so schnell, wie Verkehr und Geschwindigkeitsbegrenzung es zuließen, doch waren aus der von Richard vorausgesehenen halbstündigen Verspätung bereits fünfunddreißig Minuten geworden, als sie sich in die Schlange vor dem Midtown Tunnel einreihten.

Dan drehte sich um. »Wissen Sie, wohin Sie an der Madison Avenue müssen, Mr. Costawfin?«

»Ja, irgendwo im Ostteil zwischen der Fünfundvierzigsten und Sechsundvierzigsten Straße.«

Dan nickte. »Kein Problem. Einfach die Zweiundvierzigste lang und in die Madison. Wenn es Ihnen recht ist, Mr. Eggar, setzen wir Mr. Costawfin als ersten ab.«

»Natürlich, Dan«, stimmte Richard zu. »Keine Frage.«

Der Verkehr in Manhattan war weit dichter, als Dan vorausgesehen hatte, und so dauerte es weitere zehn Minuten, bis sie die Ecke Fünfundvierzigste und Madison erreichten. David winkte Richard zum Abschied flüchtig zu und kletterte aus dem Wagen. Es kostete ihn noch mal zehn Minuten, bis er das Gebäude gefunden hatte, in dem Deakin Distribution residierte. Als er endlich im vierzehnten Stock aus dem knarrenden Aufzug stieg, zeigte die Uhr an der Wand gegenüber kurz nach elf. An dem einen Ende des Korridors erspähte er neben einer doppelflügligen großen Glastür ein poliertes Messingschild mit dem Namen des Unternehmens. Er eilte so ungestüm in den Empfangsbereich, daß die junge blonde Empfangsdame mit vor Schreck aufgerissenem Mund ihren Stuhl vom Tisch zurückstieß. Es sah aus, als fürchte sie, ihr Büro werde von einer Anti-Terror-Einheit gestürmt.

David griff nach der Pendeltür, die durch seinen Elan noch wild hin und her schwang. »Tut mir leid«, sagte er kaum hörbar, im Versuch, die Situation zu entschärfen, indem er leise sprach.

Ohne den Blick von ihm zu wenden, zog sich die junge Frau mit ihrem Stuhl vorsichtig wieder an den Tisch heran. »Was kann ich für Sie tun, Sir?« fragte sie mit unverkennbarem Ärger in der Stimme.

»Ich vertrete die Firma Glendurnich Distilleries Limited und hatte eine Verabredung für zehn Uhr«, sagte David, bemüht, nach dem Gerenne der letzten Viertelstunde zu Atem zu kommen. »Bedauerlicherweise bin ich aufgehalten worden.«

»Und Sie sind...« Sie fuhr mit dem Finger über den Terminkalender, der vor ihr lag, und sah ihn plötzlich freundlich an »... Mr. Corstorphine?«

»Ganz recht.«

»Folgen Sie mir bitte, Sir, das Direktorium erwartet Sie im Konferenzraum.«

David ging hinter ihr her durch den schmalen Gang, dessen Läufer offensichtlich neu war. Da sie hochhackige Schuhe trug, schwang ihr in einen knapp sitzenden Rock eingezwängtes Hinterteil entnervend vor ihm hin und her. Sie blieb vor einer der Türen stehen, klopfte an, öffnete, ohne eine Antwort abzuwarten, und ließ David eintreten.

Fünf oder sechs Männer saßen nachlässig um einen langen Konferenztisch. Einige von ihnen hatten die Hände hinter dem Kopf verschränkt. Als David hereinkam, standen sie alle gleichzeitig auf. Ein weißhaariger Mann, der am Kopfende des Tisches gesessen hatte, kam mit ausgestreckter Hand und strahlendem Lächeln auf ihn zu, um ihn zu begrüßen.

»Ich bin Charles Deakin, Geschäftsführer von Deakin Distribution.«

David nahm Deakins Hand, die dieser so kräftig schüttelte, als wolle er ihm den Arm ausreißen. Dann klatschte Deakin in die Hände; offenbar wollte er unverzüglich zur Sache kommen.

»Sie haben uns also endlich gefunden«, sagte er, rückte David einen Sessel zurecht und kehrte zu seinem Platz zurück. Jovial lachend sagte er: »Ich muß um Entschuldigung bitten, daß ich Ihnen keine genauen Angaben geschickt habe. Ich hatte angenommen, daß Sie bereits früher in New York waren und daher unseren morgendlichen Verkehr kennen.« Die andern stimmten in sein Lachen ein. David lächelte matt. Mit Ausnahme des Geschäftsführers schienen alle um den Tisch Versammelten mindestens zehn Jahre jünger zu sein als er. Man hätte glauben können, es gebe eine Kleiderordnung in der Firma: Einer wie der andere trug gestärkte und perfekt gebügelte Hemden, dezente Seidenkrawatten und schreiend bunte Hosenträger mit goldfarbenen Clips. Ihm war klar, daß in dieser Umgebung sein dunkelgrauer Anzug unelegant und langweilig wirkte, nicht nur, weil er so deutlich von der modischen Art der anderen abstach, sondern überdies auch genau widerspiegelte, wie er sich fühlte.

Nachdem Deakin Platz genommen hatte, folgten alle anderen seinem Beispiel. Auch David ging rasch zu seinem Sessel, um nicht ganz und gar in die Außenseiterrolle gedrängt zu werden. Großer Gott, dachte er, was tue ich hier? Ich müßte im Bett liegen. Hierherzukommen war von A bis Z ein Fehler. Ich hätte dem nie zustimmen dürfen. In seinem Kopf hämmerte es erbarmungslos, der Rücken seines Hemdes war schweißnaß, und er merkte, daß seine Wangen unbeherrschbar bebten. Er beugte sich vor, weil er annahm, man erwarte von ihm eine Erklärung für seine Verspätung, doch kaum hatte er den Mund aufgemacht, sagte Deakin: »Wir müssen uns leider beeilen, David, denn um zwölf haben einige der Anwesenden bereits eine weitere Sitzung. Alex hier« – er wies auf einen jungen Mann neben sich – »übernimmt die Präsentation und wird Sie mit jedem meiner Kollegen bekannt machen, während er deren jeweiligen Anteil an der Marketing- und Vertriebsstrategie erläutert, die wir für Glendurnich erarbeitet haben.« Während er die vor ihm liegende Mappe aufschlug, sprang der junge Mann auf und stellte sich neben das Flip-Chart in der Ecke. »Meine Herren, wir beginnen auf Seite eins. Ich übergebe an Alex.«

Deakin wandte sich Alex zu, und man hörte Kunststoffolie auf Papier schaben, als alle ihre Mappen aufschlugen. Rasch nahm David seinen Aktenkoffer und öffnete ihn. Die Mappe lag nicht obenauf. Vermutlich war sie unter dem Schreibblock oder den losen Papieren. Doch auch dort fand er sie nicht. Er fuhr mit der Hand bis ganz unter den Papierstapel – nichts. Er öffnete die Deckelfächer, auch sie waren leer. Kalt überlief es ihn, als sich aus seinen undeutlichen Erinnerungen an den Vorabend allmählich das Bild herausschälte, wie er die Mappe herausgenommen hatte, um im Bett darin zu lesen. Er hatte sie nicht an Ort und Stelle zurückgelegt! Wahrscheinlich lag sie noch auf seinem Bett.

Alex hielt inne, als er bemerkte, daß David noch immer in seinem Aktenkoffer wühlte. Er sah ihn an, drehte den schwarzen Filzstift in den Fingern und klopfte damit ungeduldig auf seine Handfläche. Charles Deakin, der den Blick seines jungen Mitarbeiters bemerkte, wandte sich in seinem Sessel um und sah zu David hinüber. Es herrschte Schweigen. David spürte, wie ihn alle ansahen.

»Ist etwas nicht in Ordnung, David?« fragte Deakin.

David fuhr sich mit den Fingern durchs Haar und kratzte sich am Hinterkopf. »Ehm, ich bitte um Entschuldigung – es sieht so aus, als hätte ich die Papiere nicht dabei. Ich glaube, ich habe sie liegenlassen.«

»Hoffentlich nicht in Schottland!« sagte Deakin mit leisem Lachen, in das die anderen wieder pflichtschuldigst einstimmten.

»Nein!« sagte David ein wenig zu laut, weil er meinte, das Wenige an Ansehen verteidigen zu müssen, das er bei den Anwesenden noch besaß. »Ich meine, nein, ich habe sie wohl in dem Zimmer vergessen, in dem ich heute übernachtet habe.«

Deakin nickte und lächelte ihm zu. »Kein Problem«, sagte er gedehnt, als erkläre er einer Klasse von Grundschülern etwas.

»Sie können gern Jacks Exemplar nehmen, und Sie, Jack, sehen bei Curtis mit rein.«

Der Angesprochene schob die Mappe über den Tisch, und David lächelte ihm verlegen dankend zu. Deakin drehte sich wieder Richtung Alex. »Also, fangen wir an.«

Alles Folgende nahm David nur noch verschwommen wahr. Alles, was Alex sagte, hörte David so, als spielte man ein Tonband zu langsam ab. Alex stellte jeden der Männer einzeln vor, die einer nach dem anderen aufstanden, munter in Davids Richtung lächelten und sich wieder setzten. Ihre Bewegungen kamen ihm so langsam und schwebend vor wie die schwereloser Astronauten. Weder bekam David ihre Namen mit, noch welche Rolle sie künftig bei der Vermarktung von Glendurnich in Amerika spielen würden. Seine Gedanken trieben in einem sonderbar zusammenhanglosen Strom dahin. Es begann mit seinem Vater und damit, wie schmählich er ihn mit seinem unprofessionellen Verhalten bei dieser Sitzung enttäuscht hatte. Dann erinnerte er sich, wie er mit dem Vater am Konferenztisch bei Glendurnich gesessen hatte und wie begeistert er gewesen war, bei seinem Regimentskameraden Richard wohnen zu können, der in einem sich immer rascher drehenden Wirbel von Unzufriedenheit mit seiner Frau Angie gefangen war. Dann wandten sich seine Gedanken Rachel zu, und mit einem Mal glättete sich der Aufruhr, der in seinem Inneren tobte. Er sah sie vor sich, wie sie an den langen Sommerabenden, die sie unten am See verbracht hatten, mit ausgebreiteten Armen am Ufer auf dem Rücken lag, während er, die Hose bis zu den Knien aufgerollt, ins Wasser watete, um die Kinder im Boot zu photographieren, ihre verrückten und nicht ganz ungefährlichen Spiele.

Der letzte am Tisch hatte wieder Platz genommen. Dieser plötzliche Wechsel im Ablauf der Ereignisse drang zu David durch, und er hörte, wie Charles Deakin ihn ansprach. Er versuchte, sich zu konzentrieren.

»Wie bitte?«

Deakin wiederholte die Frage. »Sind Sie verheiratet, David?«

»Ja.«

»Sehr schön«, fuhr der Geschäftsführer fort. »Wir sind nämlich der Ansicht, daß es günstig wäre, wenn Ihre Gattin Sie auf den Werbereisen begleiten könnte. Die Amerikaner legen großen Wert auf den Zusammenhalt der Fami-«

»NEIN!« stieß David hervor.

Alle fuhren zurück, verblüfft von seinem plötzlichen Ausbruch. David fuhr sich nervös mit der Hand über den Mund.

»Was haben Sie gesagt?« fragte Deakin.

»Ich habe nein gesagt«, antwortete David mit erstickter Stimme. Niemand hatte dieses Ansinnen zuvor an ihn gestellt. Jeder wußte Bescheid. »Es tut mir leid, aber ich wollte sagen, nein – ich bin nicht verheiratet.«

Die Anwesenden rutschten etwas unruhig in ihren Sesseln hin und her, während sie verständnislose Blicke tauschten.

»Sie – sind – nicht – verheiratet«, sagte Deakin betont.

David sah ihn über den Tisch hinweg an und spürte, wie ihm plötzlich eine Träne von der Wange auf die Hand tropfte. Er bedachte alle Anwesenden mit einem Kopfschütteln, sprang auf, warf seinen Aktenkoffer zu und eilte zur Tür.

»Sie müssen mich entschuldigen. Ich bedaure, aber Sie müssen mich entschuldigen.«

Er riß die Tür auf und hastete mit raschen Schritten zum Empfang. Die junge Frau lächelte, als er näher kam, doch als sie den Ausdruck auf seinen Zügen sah, erstarb ihr Lächeln. Wortlos ging er an ihr vorüber, stieß die Glastür auf und verließ das Büro von Deakin Distribution.

Das Schweigen, das noch geraume Zeit nach Davids Abgang im Konferenzraum herrschte, wurde erst gebrochen, als sich Deakin langsam erhob. Er räusperte sich. »Nun, meine Herren, ich weiß nicht, was das zu bedeuten hat.« Während er sich umwandte und ans Fenster trat, folgten ihm die Blicke seiner jungen Mitarbeiter. Er steckte seine Hände hinten in den Hosenbund und sah auf die Silhouette Manhattans. Nach einer Minute kehrte er an seinen Platz zurück, nahm seine Papiere und klopfte den Stapel auf der Tischplatte glatt.

»Es dürfte wohl das beste sein, wenn ich sofort mit Duncan Caple telefoniere. Anschließend bekommt jeder von Ihnen eine Aktennotiz, in der Sie auch das Ergebnis dieser Besprechung finden werden.« An der Tür drehte er sich noch einmal um. »Ich danke Ihnen allen für Ihr Kommen.« Nachdem er gegangen war, begannen die Herren erregt miteinander zu reden.

Mit Tränen in den Augen drückte David den Aufzugknopf. Der Leuchtanzeige nach befand sich einer im dritten und einer im zweiundzwanzigsten Stockwerk, aber keiner von beiden schien sich zu rühren. Mit gesenktem Kopf stand David dicht an der Aufzugtür und hoffte inständig, einer von beiden möge kommen, bevor ihm jemand von Deakin Distribution hinterherlief, um ihn nach den Gründen für sein Verhalten zu fragen. Eine Glocke ertönte, und eine der Türen öffnete sich. Er warf einen Blick in den Aufzug – er war leer, Gott sei Dank. Erleichtert betrat er diesen Zufluchtsort, drückte den Knopf für das Erdgeschoß und lehnte sich gegen die metallene Wandverkleidung. Als sich die Türen schlossen und er sicher sein durfte, allein zu sein, ließ er den Aktenkoffer zu Boden fallen, legte die Hände vors Gesicht und brach in Schluchzen aus. Dabei rutschte er an der Wandverkleidung hinunter, bis er auf dem Boden hockte.

Nie zuvor hatte ihn Rachels Verlust so entsetzlich getroffen. Nie zuvor war er so unfähig gewesen, seine Gefühle zu beherrschen. Es sah ganz so aus, als hätte das Schicksal in den letzten vierundzwanzig Stunden eine Möglichkeit entdeckt, seine Abwehr zielstrebig zu überwinden, sein Durchhaltevermögen und sein Selbstvertrauen zu brechen, um ihm schließlich dort im Konferenzraum den letzten und entscheidenden Stoß zu versetzen. Mit Erfolg. Er empfand nicht mehr die Spur von Selbstachtung, fühlte sich bar jeder Fähigkeit und hatte nicht die geringste Neigung, das einzige zu unterdrücken, was ihm Tag und Nacht nicht aus dem Kopf ging – Rachel. Er zog die Knie ans Kinn und starrte ausdruckslos vor sich hin. Immer wieder hörte er ihren Namen, wie wenn die Nadel auf einer verkratzten Schallplatte ein ums andere Mal in dieselbe Rille springt.

Im zweiten Stock öffneten sich die Türen mit dumpfem Hall. Eine junge Schwarze mit einem vollbeladenen Aktenwagen hielt sie mit einer Hand auf, während sie den Wagen mit der anderen hineinmanövrierte. Sie sah zu David hinunter, drückte den Knopf für das Erdgeschoß und stellte sich hinter dem Wagen an die Wand, als sich die Türen schlossen und der Fahrstuhl wieder anruckte. Sie nahm ein Päckchen Kaugummi aus der Tasche, holte mit den Zähnen einen Streifen heraus, packte ihn aus und schob ihn sich in den Mund. Dann sah sie wieder zu David hinunter: »Ist wohl 'n schlimmer Tag, was?«

Er stierte weiterhin unverwandt mit leerem Blick und ganz in seine Gedanken versunken vor sich hin. Die junge Frau zuckte die Achseln. »Nur Mut, mein Freund«, sagte sie und hob in dem Moment, als sie das Erdgeschoß erreichten, den Blick zur Stockwerksanzeige. »Wie Sie aussehen, kann ich mir nicht vorstellen, daß es noch viel schlimmer kommen kann.«

Die Türen öffneten sich, und mit kräftigem Ruck schob sie den Wagen hinaus. David blieb, wo er war, ohne sich zu regen. Es war ihm gleich, was mit ihm geschah, und er hatte nicht das Bedürfnis, irgendwo anders hinzugehen. Er sah zu, wie sich die Türen wieder um ihn und seine Einsamkeit schlossen, doch im letzten Augenblick schob sich eine Hand dazwischen und drückte sie beiseite. Mit ausgestreckter Hand beugte sich die junge Frau zu ihm hinunter. »Kommen Sie, es hat keinen Sinn, den ganzen Tag hier auf und ab zu fahren. Davon wird Ihnen nur schlecht. Vielleicht muß ich ja auch meinen Wagen noch mal hier reinschieben und fühl mich dann womöglich genauso elend wie Sie.«

David sah in ihr strahlendes Gesicht, richtete sich langsam auf und nahm ihre Hand. Mühelos zog sie ihn auf die Füße. »So, mein Freund«, sagte sie und führte ihn aus dem Fahrstuhl. »An der frischen Luft geht es Ihnen bestimmt gleich besser.«

Sie führte ihn zum Ausgang und brachte ihn bis zum Gehweg. »In Ordnung so?« fragte sie mit besorgtem Blick.

David sah sie an und nickte, wobei er sich zu einem Lächeln zwang. Er hob dankend die Hand und machte sich daran, die Madison Avenue in Richtung Süden hinunterzulaufen. Die junge Frau sah ihm kurz nach und kehrte dann kopfschüttelnd in das Gebäude zurück.

Er ging langsam, konzentrierte sich darauf, einen Fuß vor den anderen zu setzen. Seine Beine fühlten sich an, als wären sie mit einem Gemisch aus Zement und Gelee gefüllt, und er schwankte wie ein Betrunkener von einer Seite zur anderen. Als er die Fünfundvierzigste Straße überquerte, ohne darauf zu achten, daß die Fußgängerampel Rot zeigte, kam nur wenige Zentimeter vor ihm ein Taxi mit quietschenden Bremsen zum Stehen. Der Fahrer hupte wild und schrie ihm aus dem Fenster etwas zu. Er lief das letzte Stück zum gegenüberliegenden Gehweg. Von dieser geringen Anstrengung erschöpft, lehnte er sich an den spindeldürren Stamm eines Baums, dessen dünne Zweige in der kräftigen Brise, die durch die Straßenschlucht fuhr, hin und her schwankten. Da es ihn trotz der Wärme fror, zog er mit einer Hand das Jackett enger um sich und schloß die Knöpfe. Er hob den Kopf, immer weiter, um zu sehen, wo die Schatten der Wolkenkratzer aufhörten, bis er das tiefe, klare Blau des Himmels sah. Wie doch unbedeutende Dinge unbedeutende Geister zu erfreuen vermögen, dachte er.

Dann folgte er ziellos weiter der Madison Avenue. Sicher wäre er mit so manchem aus dem unaufhörlichen Strom der Fußgänger zusammengestoßen, wären sie ihm nicht im letzten Augenblick ausgewichen. Eine Viertelstunde später befand er sich zwischen der einunddreißigsten und der zweiunddreißigsten Straße und blieb vor der Tür eines Lokals stehen, auf dessen Fenster die Buchstaben FLANAGAN'S einen goldenen Halbkreis bildeten. Er warf einen Blick ins Innere und sah an der langen Theke ein Gedränge von Menschen, denen in der Mittagspause der Sinn nach Alkohol stand. Nach kurzem Zögern trat er ein und schob sich durch die Menge nach hinten. Ein junger Kellner mit weißem Hemd und grüner Fliege kam auf ihn zu, wobei er mit einem Tuch über den Tresen wischte. »Sie wünschen?« fragte er mit ausgeprägtem irischem Zungenschlag.

David versuchte festzustellen, was die anderen tranken. Der junge Mann im Anzug neben ihm hatte ein Glas Budweiser Bier in der Hand. »Budweiser.«

»Flaschenbier oder vom Faß?«

»Vom Faß – und einen Schluck schottischen Malt Whisky.«

Der Kellner hielt das Bierglas unter den gurgelnden Zapfhahn. »Irgendeine bestimmte Sorte?«

»Glendurnich haben Sie wohl nicht?« fragte er fast sarkastisch.

Der Kellner sah über die Schulter zu den Flaschen, die aufgereiht vor einem Spiegel paradierten, und ging, während das Bier weiterlief, nachsehen, was es gab. Er kam – gekonnt ist gekonnt – gerade in dem Augenblick zurück, als das Glas überzulaufen begann. »Tut mir leid. Nur Glenlivet und Glenmorangie.«

Sich selbst verspottend knurrte David vor sich hin. Dumme Frage. Da hatte er den klaren Beweis. Genau deshalb war er ja hergekommen – er hatte dafür sorgen sollen, daß Glendurnich seinen Platz neben den Konkurrenzmarken einnahm.

»Möchten Sie dennoch einen?«

David stieß einen langen Seufzer aus. »Ein Glas von beiden.«

Während sich der Kellner daran machte, den Auftrag auszuführen, gab der junge Mann neben David seinen Barhocker frei. David nahm einen großen Schluck Bier und zog zugleich mit einem Fuß den Hocker zu sich heran. Dann setzte er sich, bereit, sein Leid in Alkohol zu ertränken.

Zwei Stunden später schwankte er hinaus und trat auf unsicheren Beinen mitten auf den Gehweg. Benommen, wie er war, versuchte er der Wegbeschreibung des Kellners zur Penn Station zu folgen. Zwar war er, wie der Zufall wollte, lediglich drei Nebenstraßen von seinem Ziel entfernt, dennoch torkelte er eine volle halbe Stunde herum, bis er den Bahnhof schließlich gefunden hatte.

Obwohl es erst Viertel nach drei war, wimmelte es in der Penn Station von Menschen, und David, der sich dicht an der Wand hielt, um mit niemandem zusammenzustoßen und so vollständig das Gleichgewicht zu verlieren, umrundete die ganze Halle, bis er die Fahrkartenschalter entdeckte. Er trat an einen, der frei war, ließ sich vornübersinken und sagte, nur wenige Zentimeter von der Scheibe entfernt: »Einfach nach Patchogue.«

Der Mann hinter dem Schalter drückte auf einen Knopf, und aus dem Drucker schoß eine Fahrkarte in die stählerne Schale vor David. »Acht fünfzig.«

David stützte sich am Fenster ab, zog das Portemonnaie heraus, entnahm ihm einen Zehn-Dollar-Schein und schob ihn durch den Schlitz. »Können Sie mir sagen, wann der nächste Zug fährt?« erkundigte er sich und bemühte sich, deutlich zu sprechen.

Der Mann sah auf seinen Fahrplan. »Zwei Uhr siebenundzwanzig nach Babylon, Gleis siebzehn. Umsteigen in Jamaica.«

»Danke«, sagte David. Er hörte selbst, daß seine Stimme klang, als wäre er schwer sprachbehindert.

Auf Gleis siebzehn wartete der Zug bereits. Er stieg in den ersten Wagen und setzte sich gegenüber einem winzigen, verschrumpelten Albino, der eine blaugetönte Brille trug und dessen weißes Haar zwischen den Kunststoffmaschen seiner rotblauen Baseball-Mütze herausstand. Er schien zwei Kreuzworträtsel gleichzeitig zu lösen, die er offensichtlich aus Zeitungen auf ein Blatt kopiert hatte. Bei dieser nahezu surrealistischen Begegnung überlegte David, daß das Trinken seine Wahrnehmung verzerrt haben könnte. Doch unübersehbar saß das Männchen da, sah abwechselnd auf die Kreuzworträtsel und schrieb die Lösungen hin, ohne auch nur eine Sekunde lang nachzudenken.

Mit einem Ruck fuhr der Zug an. Der Bahnsteig blieb hinter ihnen zurück. Als der Zug in einen pechschwarzen Tunnel fuhr, schloß David die Augen und bemühte sich, das natürliche Schwanken seines Körpers mit dem Gerüttel des Zuges in Einklang zu bringen. Doch da ihm davon nur übel wurde, lehnte er den Kopf an und betrachtete ein Plakat mit einer Telefonnummer der Aids-Hilfe, das an einem der Gangfenster hing. Als der Zug aus dem Tunnel kam und in Richtung Queens weiterfuhr, drang die Sonne so grell und unvermittelt zum Abteilfenster herein, daß David schützend die Hand vor die Augen legen mußte. Er versuchte erneut, die Augen zu schließen, doch wieder wurde ihm übel. So stützte er die Ellbogen auf die Knie und legte sich die Hände vors Gesicht. Dadurch vermied er das grelle Sonnenlicht und konnte das Gleichgewicht halten, indem er durch seine Finger auf das kalkweiße Gesicht des Zwerges ihm gegenüber sah. So blieb er sitzen, bis die Stimme des Zugbegleiters durch den Lautsprecher ertönte:« »Jamaica. Umsteigen nach Patchogue.«

Bei der Einfahrt in den Bahnhof stand etwa die Hälfte der Fahrgäste auf. David nahm seinen Aktenkoffer und folgte ihnen. Draußen merkte er, daß er nicht wußte, welche Richtung er einschlagen mußte, und schloß sich einer größeren Gruppe an, die eine Brücke zum anderen Bahnsteig überquerte.

Es war die richtige Entscheidung. Der Zug nach Patchogue fuhr gerade ein, als er drüben auf den Bahnsteig trat. Türen öffneten sich, Leute stiegen aus, dann begannen sich die aus New York gekommenen Fahrgäste in den Zug zu drängen. David fand einen Eckplatz, wo er allein war, und einen Augenblick lang fragte er sich, warum sich die anderen so weit von ihm entfernt zusammendrängten. Die Antwort darauf bekam er, als der Zug aus dem Bahnhof rollte. Zuerst ertönte das Geräusch einer Toilettenspülung hinter der Tür ihm gegenüber, dann stieg ihm stechender Uringeruch in die Nase. Um den Würgereiz zu unterdrücken, hielt er sich die Hand vor Mund und Nase. Er merkte, daß die ganze Wand der Toilette in ihrer lockeren Halterung zitterte, während jemand im Inneren die Tür zu öffnen versuchte. Schließlich flog sie auf, und ein hagerer Mann mittleren Alters kam heraus. Er trug eine Latzhose, hielt in der einen Hand eine Plastiktüte und in der anderen eine Dose Bier. Er setzte sich David gegenüber.

»Das verdammte Schloß ist kaputt«, sagte er und deutete zur Toilette hinüber. Dann nahm er geziert einen Schluck aus der Dose.

Wortlos nickend sah sich David um und hoffte, sein Reisegefährte werde ihm weitere Enthüllungen über seinen Aufenthalt in der Toilette ersparen, wenn er seinem Blick auswich.

Als David die beiden Züge miteinander verglich, merkte er, daß er die Sauberkeit des vorigen nicht hinreichend gewürdigt hatte. Früher waren die mit Lederimitat bezogenen Sitze einmal zweifarbig gewesen, jetzt aber voller Fettflecken und so verschossen, daß sich die Farben nach Jahren des Gebrauchs nicht mehr unterscheiden ließen. Auf den Fensterscheiben saß der festgewachsene Schmutz so dick, daß sich draußen nur mit Mühe etwas erkennen ließ. Als er den Blick senkte, sah er auf dem Fußboden ein verdächtiges Rinnsal, das aus der Toilette kam und sich in Schlangenlinien, die vom beständigen Schaukeln des Zuges herrührten, den ganzen Gang zwischen den Sitzreihen entlangwand.

Sein Reisegefährte legte den Kopf weit in den Nacken, um den letzten Tropfen Bier aus seiner Dose aufzufangen, danach stellte er sie ordentlich vor seine Füße auf den Boden. Dann fischte er die nächste aus seiner Plastiktüte. David überlegte, ob er sich woanders hinsetzen sollte, schloß dann aber einfach die Augen und lehnte den Kopf gegen die harte Kante des Aluminium-Fensterrahmens. Er merkte, wie ihn erneut die Übelkeit übermannte. Der Geruch, der von der Toilette kam, verstärkte sie noch. Warum zum Teufel sollte er sich einen anderen Platz suchen? Offenbar wollte das Schicksal, daß er genau hier sitzen blieb, in der Ecke des schäbigen, schmuddeligen Zugabteils mit seinem unablässig trinkenden Reisegefährten, einem Verlierer wie er selbst. Es war die vollkommene Bühne für seine eigene vollständige Selbsterniedrigung.

Er biß die Zähne zusammen, um zu verhindern, wieder in den Abgrund seiner Gefühle zu stürzen. Diesmal aber hielt ihn nichts, die Ereignisse des Tages hatten jeden rettenden Halt mit sich gerissen. Weder Stolz noch Selbstachtung, an die er sich früher so häufig gehalten hatte, standen ihm noch zu Gebote. Er spürte, wie sich die ersten Tränen ihren Weg durch seine fest geschlossenen Lider bahnten und ihm die Wangen hinabliefen, bis sie auf dem Revers seines Jacketts landeten.

Es dauerte eine Weile, bis er merkte, daß sich der Biertrinker unauffällig entfernt und am entgegengesetzten Ende des Wagens Platz genommen hatte.

KAPITEL 13

Nachdem Richard wegen seines unvermindert anhaltenden Katers den ganzen Vormittag lediglich pro forma gearbeitet hatte, kam er zu dem Ergebnis, daß er für Dammell's Bank an jenem Tag nicht weiter von Nutzen sein würde, und verließ das Büro unauffällig um halb drei. Ihm war klar, daß es ihn die letzte Kraft kosten würde, die öde Bahnfahrt zurück nach Long Island zu ertragen. Zwei Stunden später stieß er die Küchentür auf, schleuderte den Aktenkoffer auf den Tisch und machte sich daran, den Wasserkessel zu füllen. Als er den Strom einschaltete, fuhr er herum, denn auf dem Sofa in der Ecke nahm er eine leichte Bewegung wahr.

»Bist du das, David? Verdammt, hast du mich erschreckt!« Er ging zum Sofa hinüber. »Was zum Teufel ...«

Sofort sah er, daß etwas nicht stimmte. David lag mit dem Rücken zu ihm, hatte die Knie angezogen und rührte sich nicht. Als sich Richard über ihn beugte und sein aschfahles Gesicht sah, fiel ihm auf, daß er mit beiden Armen ein Kissen an sich drückte. Ausdruckslos starrten seine verweinten Augen die Sofalehne an.

»David«, sagte Richard leise. »Was hast du nur, alter Junge? Du siehst ja übel mitgenommen aus.«

David streckte die Beine aus, setzte sich auf und rieb sich kräftig die Augen. »Es tut mir leid, Richard. Ganz ehrlich.«

»Was?«

David schüttelte den Kopf. »Ich weiß nicht. Einfach, daß ich da bin. Ich hätte nicht kommen sollen.«

Richard setzte sich neben ihn. »Was für ein Unsinn. Was willst du damit sagen, du hättest nicht kommen sollen?« Er verstand nicht, was da vor sich ging, und biß sich verlegen auf die Lippe. »Was ist los, David? Hat es mit ... Rachel zu tun?«

David sah wie versteinert aus dem Fenster und nickte langsam.

Richard legte ihm seine Hand auf die Schulter. »Großer Gott, David, es tut mir wirklich sehr leid.« Er sah sich im Zimmer um, als versuche er, dort die Lösung für Davids Schwierigkeiten zu finden. »Möchtest du 'nen Schluck Whisky oder sonst was?«

David schüttelte den Kopf. »Nein, ich hatte schon mehr als genug.« Er erhob sich mühsam. »Wenn es dir nichts ausmacht, verzieh ich mich einfach und leg mich ins Bett. Mir geht es nicht besonders.«

Richard sprang auf. »Ja, klar. Soll ich 'nen Arzt rufen?«

»Nein, ich brauch nur Schlaf.« David ging zur Tür und drehte sich um. »Entschuldige, Richard.«

»Du brauchst dich wirklich nicht zu entschuldigen, mein Junge. Leg dich einfach hin und schlaf, so lange du willst. Ich muß morgen ziemlich früh gehen, aber ... ehm ... da fällt mir was ein. Angies Schwester Carrie wohnt hier in Leesport. Sie kommt immer mal wieder vorbei. Ich bitte sie einfach, daß sie dir was zu essen macht. Was hältst du davon?«

»Du brauchst dir wirklich keine Umstände zu machen.«

»Das ist überhaupt keine Frage. Carrie macht das bestimmt nichts aus. Leg dich einfach hin und schlaf.« Er schwieg einen Moment. »Hör mal, Angie hat ein fast tödliches Schlafmittel. Möchtest du was davon?«

»Nein, das geht schon so.«

»Wie du willst.« Richard ging zu ihm und klopfte ihm auf die Schulter. »Sieh zu, daß du wieder einen klaren Gedanken fassen kannst, David.«

David lächelte und seufzte. »Ich zweifle, ob ich dazu je wieder in der Lage sein werde, Richard.«

»Ja«, sagte Richard. »Ich verstehe.« Er wartete, bis er hörte, wie sich Davids Zimmertür schloß, dann schnaubte er erleichtert. Er machte sich eine Tasse Kaffee und überlegte, was er tun sollte.

Carrie. Sie mußte er zuerst anrufen. Nein, vielleicht lieber nicht. Er holte sein Adreßbüchlein, schlug es auf, wählte eine Nummer und kratzte sich an der Wange, während er darauf wartete, daß sich jemand meldete.

Gerade, als Effie mit einer Wärmflasche unter dem Arm die Treppe hinaufstieg, hörte sie ein Auto auf dem Kies vor dem Haus. Sie blieb stehen, wunderte sich ein wenig, ging dann wieder hinunter, klopfte an die Tür zum Salon und trat ein. Alicia Inchelvie hob den Blick von dem Buch, in dem sie las.

»Effie? Sind Sie noch nicht nach Hause gegangen? Es ist schon nach halb neun!«

»Ich wollte Ihnen noch schnell eine Wärmflasche ins Bett legen, bevor ich gehe – aber – nun, ich wüßte gern, ob Sie noch jemanden erwarten. Ich bin nämlich sicher, daß ich vor der Tür ein Auto habe anhalten hören.«

»Nein, ich erwarte niemanden«, erwiderte Alicia, legte das Buch auf ein Tischchen neben sich und stand auf, »und ich wüßte auch nicht, wer um diese Zeit kommen sollte. Wir wollen mal nachsehen.«

Währenddessen waren die drei Hunde von ihrem Platz vor dem Kamin aufgesprungen, weil sie gehört hatten, wie sich die Haustür öffnete. Mit wildem Bellen stoben sie an Alicia vorbei in die Eingangshalle, wo sie in ihrem Eifer auf dem polierten Holzboden immer wieder ausglitten. Alicia sah Effie an, zuckte die Achseln, dann folgten sie den Hunden.

Von den japsend an ihm hochspringenden Hunden umgeben, nahm Lord Inchelvie in Ruhe seinen Schal ab und hängte ihn an einen der Garderobenhaken.

»Brav, Jungs. Das genügt jetzt.« Er hob den Blick, als Alicia und Effie aus dem Salon kamen.

»George!« rief Alicia besorgt. »Wieso bist du schon zurück? Ich dachte, du bleibst noch eine Nacht in Glasgow!«

Er zog den Mantel aus und legte ihn auf die Kirchenbank. »Das war auch so vorgesehen. Aber Duncan Caple hat mich gegen halb sechs im Hotel angerufen und gesagt, gerade als er zu seiner Geschäftsreise auf den Kontinent aufbrechen wollte, habe er einen Anruf von unserer neuen Vertriebsfirma aus New York bekommen. Nachdem ich mich etwa eine halbe Stunde lang mit ihm unterhalten hatte, war mir nicht mehr danach zumute, noch eine Nacht wegzubleiben, und bin daher einfach nach Hause gefahren.«

Alicia beobachtete ihn aufmerksam, während er sprach. Seine undeutliche Aussprache und sein blasses Gesicht, dessen scharfe Linien von der spärlichen Beleuchtung der Eingangshalle hervorgehoben wurden, genügten ihr, um zu sehen, daß ihr Mann alle Kraftreserven aufgezehrt hatte.

»Was ist passiert, George?«

Er zögerte mit der Antwort, und als Effie merkte, daß ihre Gegenwart nicht mehr nötig war, sagte sie: »Ich geh dann mal und leg Ihnen die Wärmflasche ins Bett, Mylady.« Nach ein paar Schritten blieb sie stehen. »Möchten Sie vielleicht eine Kleinigkeit essen, Euer Lordschaft? Es ist noch etwas Eintopf im Kühlschrank, den ich aufwärmen könnte, oder vielleicht ein Käsebrot?«

Lord Inchelvie schüttelte den Kopf. »Das ist sehr freundlich, Effie, aber nein, danke. Ich brauche nichts.« Der Anflug eines Lächelns legte sich auf seine ermatteten Züge. »Ich glaube, ich begnüge mich mit einem Glas Whisky.«

Alicia nahm seinen Arm. »Komm, wir wollen uns ein wenig setzen.« Schweigend gingen sie in den Salon. Während sich Lord Inchelvie dort schwer in einen Sessel sinken ließ, verzog er das Gesicht vor Schmerzen. »Der verdammte Rücken tut mir scheußlich weh«, sagte er mit krächzender Stimme. »Ich bin zuviel Auto gefahren.«

»Du hast überhaupt zuviel gemacht, Geordie«, sagte Alicia und schüttelte den Kopf. »Jetzt kriegst du von mir ein Glas Whisky, und du erzählst mir, was passiert ist.«

Sie nahm ein Glas und eine halbvolle Flasche Glendurnich aus dem Barschrank in der Ecke.

»Hat David angerufen?« fragte er.

»Nein«, antwortete sie und goß ihm einen Doppelten ein. »Hattest du mit seinem Anruf gerechnet?«

Einen Augenblick lang sah er seine Frau an, während er seine Gedanken sammelte. »Ich fürchte, seine Sitzung in New York ist nicht besonders gut verlaufen.«

Alicia gab ihm das Glas und setzte sich dann auf die vordere Kante ihres Sessels. »Was ist geschehen?«

»Genaues weiß ich nicht. Es heißt, David wäre zur Überraschung aller mitten in der Sitzung aus dem Raum gestürmt. So jedenfalls hat mir Duncan das berichtet.« Er nahm einen Schluck. »Doch das ist nur die Hälfte des Problems.«

Schweigend wartete Alicia, daß ihr Mann fortfuhr. Nachdenklich sagte er schließlich: »Duncan meint, Davids sonderbares Verhalten bei der Sitzung weise deutlich darauf hin, daß er sich besser eine Weile vollständig aus dem Geschäft zurückziehen sollte, und da er die Firma nicht ohne Leiter der Marketingabteilung führen kann, will er so bald wie möglich einen Ersatzmann einstellen.«

Alicia lehnte sich in ihrem Sessel zurück und schloß die Augen. Jetzt war das Schlimmste eingetreten. Sie hätte nie gedacht, daß es soweit kommen würde. »Und was hat du gesagt?«

»Was hätte ich sagen können?« gab er fast trotzig zurück. »Zwar ist die Firma im Besitz der Familie, aber ich kann nicht gut in Vetternwirtschaft machen, wenn David seinen Verpflichtungen nicht nachkommt. Ich weiß, daß es nicht seine Schuld ist, aber ich muß auch Duncans Situation verstehen.«

Er leerte sein Glas in einem Zug und atmete tief durch, um sich zu sammeln. »Jedenfalls haben wir am Telefon darüber geredet und uns darauf geeinigt, daß er einen neuen Leiter der Marketingabteilung einstellt, allerdings unter der Bedingung, daß das erst einmal für ein Jahr geschieht. Ich hoffe, daß David bis dahin wieder ganz der Alte ist. Sollte sich die Situation danach nicht geändert haben, kann Duncan den Vertrag mit dem neuen Mann nach Belieben verlängern.«

Nur das Ticken der Uhr auf dem Kaminsims und das rhythmische Geräusch, mit dem sich einer der Hunde im Nacken kratzte, war zu hören.

»Was geschieht nur mit uns, Geordie?« fragte Alicia schließlich leise. »Alles scheint aus den Fugen zu geraten. Wir hatten noch nie so viele Sorgen wie jetzt, und du mußt schwerer arbeiten als je zuvor.« Sie schwieg, lehnte sich zurück und strich sich eine Haarsträhne hinter das Ohr. »Ich hatte gehofft, daß diese Reise für David die Wende bringen würde. Ich könnte es wirklich nicht ertragen, wenn mit ihm jetzt alles wieder von vorn anfinge, denn ich wüßte nicht, wie du und ich damit fertig werden sollten.«

Er nickte bedächtig. »Ich weiß. Es ist wirklich nicht gut, und ich frage mich, wo er sich wohl gerade aufhä-«

In dem Augenblick schrillte das Telefon auf dem Schreibtisch. Alicia stand auf und ging hinüber, um abzunehmen.

»Hallo, Inchelvie … ja … ja, natürlich, Richard, wie geht es Ihnen? … Was ist passiert? … Nein … so was hatte ich schon immer befürchtet … und noch erkältet! Mein Gott! … Ach, Richard, es tut mir so leid … Ja … Ja … Aber kommen Sie mit all dem zurecht? … Ich verstehe. Hat Carrie denn Zeit dafür? Ja … doch, das ist wirklich sehr freundlich, Richard. Sie haben sicher recht. Je früher er hierher zurückkehrt, desto besser. Mit der Maschine am Montag abend? … Ja, das ginge. Ich sorge dafür, daß ihn jemand am Dienstag morgen in Glasgow abholt … Natürlich, und vielen Dank, daß Sie uns Bescheid gegeben haben, Richard … Auf Wiedersehen.«

Sie legte auf und verharrte eine Weile vor dem Telefon, bevor sie ihrem Mann die Frage beantwortete, die er nicht zu Ende hatte aussprechen können.

Duncan Caple wußte, daß die Verbindung für sein Autotelefon auf der A9 besser sein würde, und so wartete er, bis er südlich von Edinburgh war, bevor er eine der drei gespeicherten Nummern für John Davenport, den Vorstandsvorsitzenden bei der Kirkpatrick Holdings Plc., eingab. Im Lautsprecher der Freisprechanlage hörte man es dreimal klingeln, dann nahm jemand ab.

»Hallo?« meldete sich eine Frauenstimme.

»Könnte ich bitte mit John sprechen?«

»Ja, einen Augenblick bitte.«

Caple hörte, wie der Hörer auf einen Tisch gelegt wurde, woraufhin die Frauenstimme John rief. Schritte ertönten, der Hörer wurde wieder aufgenommen, und eine Männerstimme sagte: »Hallo?«

»John, ich bin's, Duncan.«

»Wo bist du?«

»Im Auto. Tut mir leid, daß ich dich zu Hause anrufe, John, aber es erschien mir besser, daß keiner von uns beiden bei diesem Gespräch in seinem Büro ist.«

»Du hast recht. Wie kommst du voran? Hast du die bewußte Information bekommen?«

»Ja, und es ist genauso, wie du angenommen hast. Glendurnich hat tatsächlich bereits vor etwa fünfundzwanzig Jahren angefangen, eine Art Belegschaftsaktien auszugeben. Ich glaube, die Idee stammte sogar vom alten Inchelvie persönlich. Ziemlich fortschrittlich, das muß ihm der Neid lassen, aber er hat ja schon immer auf die Bindung der Arbeitskräfte an den Betrieb gesetzt. Jedenfalls sieht die Sache folgendermaßen aus: Mitarbeiter brauchten für ihre Anteile lediglich die Hälfte des Marktwertes aufzubringen, die andere Hälfte hat die Firma beigesteuert. Um zu verhindern, daß Unternehmensanteile abwanderten, gab es eine Klausel, daß jeder, der aus der Firma ausschied und verkaufen wollte, verpflichtet war, ihr seinen Anteil zurückzuverkaufen, die ihn dann anderen Belegschaftsangehörigen anbieten konnte. Sofern sich kein Käufer fand, würde die Familie die entsprechenden Anteile übernehmen. Außerdem habe ich aber noch etwas Interessantes festgestellt. Die Zahl der Mitarbeiter von Glendurnich hat im Verlauf der letzten fünfundzwanzig Jahre um dreißig zugenommen, vorwiegend in der Verwaltung, während überraschenderweise insgesamt nur acht gegangen sind.«

»Und das bedeutet?«

»Das bedeutet, daß die Familie zur Zeit prozentual keinen so großen Anteil am Unternehmen besitzt wie früher.«

»Wie sehen die Zahlen aus, Duncan?«

»Es war sehr schwer, Genaues zu erfahren, ohne Verdacht zu erregen. Aus irgendwelchen Gründen hat der Finanzdirektor, Robert McLeod, diese Zahlen in den Jahresberichten nie genannt, doch dürften sich, soweit ich feststellen konnte, gegenwärtig mit ziemlicher Sicherheit einunddreißig Prozent der Glendurnich-Anteile in den Händen der Belegschaft befinden.«

»Ausgezeichnet! Auch wenn das keine Mehrheitsbeteiligung ist, gibt uns das doch einen ziemlich kräftigen Hebel, den wir ansetzen können. Und du meinst, daß der Familie das nicht klar ist?«

»Möglicherweise schon, aber ich glaube nicht, daß sie wissen, was das gegebenenfalls für sie bedeuten könnte. Ohnehin scheinen sie im Augenblick nicht zu wissen, wo ihnen der Kopf steht. Es sieht ganz so aus, als hätte ich mit meinem Plan, den jungen Corstorphine nach Amerika zu schicken, zwei Fliegen mit einer Klappe geschlagen. Ich habe heute nachmittag mit Charles Deakin in New York gesprochen, und dabei hat sich herausgestellt, daß künftig nicht nur sein Unternehmen den Vertrieb in den Vereinigten Staaten übernimmt, sondern daß David während der Besprechung eine Art Zusammenbruch hatte und einfach davongerannt ist.«

»Das ist nicht unbedingt ein Verhalten, das man vom Leiter der Marketingabteilung eines Malt-Whisky-Herstellers der Spitzenklasse erwarten würde.«

»Genau. Also habe ich den alten Inchelvie in Glasgow angerufen, um ihm die Neuigkeiten mitzuteilen und gesagt, daß wir umgehend einen neuen Mann für das Marketing brauchen. Ehrlich gesagt hat mir der alte Trottel ziemlich leid getan.«

»Und?«

»Er hat sich mit einem Einjahresvertrag einverstanden erklärt. Giles Barker hat eine neue Stelle – du kannst ihn unverzüglich in Marsch setzen.«

»Gut gemacht, Duncan. Wir haben also erstens Deakin in den Staaten und zweitens Giles im Vertrieb bei Glendurnich. Und was ist mit dem Finanzdirektor, diesem Robert Soundso?«

»McLeod. Die Sache ist auch in die Wege geleitet. Wenn er die Firma Ende des Monats verläßt, um Sekretär in irgendeinem Golfklub zu werden, ersetze ich ihn durch Keith Archibald von Northern Maltsters.«

»Glänzend. Wir können also bald losschlagen. Was glaubst du, wann du anfangen kannst, den Angestellten den Mund wäßrig zu machen?«

»Noch nicht, John. Ich denke, ich muß zuerst mal den Alten ziemlich kräftig bearbeiten, der große Stücke auf seinen Sohn hält. Nach dem, was der sich Charles Deakin zufolge bei der Sitzung in New York geleistet hat, wird sich der Vater wohl recht bald mit dem Gedanken anfreunden müssen, daß keiner von beiden imstande ist, Glendurnich zu leiten. Wenn ich den Alten soweit habe, daß er das einsieht, wird er bestimmt ohne großes Theater mit uns verhandeln, vor allem, wenn wir die Belegschaft auf unserer Seite haben. So stellt sich mir die Situation im Augenblick dar.«

»Und wie willst du im einzelnen vorgehen?«

»Ich lasse mit Unterstützung von Giles und Keith hier und Charles Deakin drüben in den Staaten ein Verkaufsangebot ausarbeiten. Sobald ich den Eindruck habe, daß die Zeit reif ist, Inchelvie reinen Wein einzuschenken, werde ich ihm und zugleich allen Anteilseignern in der Belegschaft dieses Angebot unterbreiten. Ich muß da an zwei Fronten kämpfen, aber es ist unerläßlich, daß Inchelvie und die Belegschaft gleichzeitig dieselbe Entscheidung treffen. So sieht's im Moment aus. Entscheidend ist der richtige Zeitpunkt.«

»Wenn du das sagst. Aber zögere es nicht zu lange hinaus. Du weißt, wie wichtig es für Kirkpatrick ist, Glendurnich so bald wie möglich zu bekommen. Der Laden ist das fehlende Glied in seiner Kette.«

»Ich weiß.«

»Also gut. Übrigens, ich habe mit den Leuten von Kirkpatrick gesprochen. Sie sind mit deinem Honorar von einer halben Million Pfund einverstanden, aber selbstverständlich nur, wenn der Abschluß glatt über die Bühne geht. Auf jeden Fall solltest du mich gelegentlich wissen lassen, ob du den vollen Betrag bar ausgezahlt oder einen Teil davon in Glendurnich-Anteilen haben willst.«

»Wird gemacht.«

»In Ordnung – und vergiß nicht, bleib am Ball, so gut du kannst. Ich melde mich in einer Woche wieder, um zu sehen, wie die Dinge stehen.«

»Besser nicht. Warte, bis ich dich anrufe. Der alte Drachen in der Telefonzentrale von Glendurnich ist der Familie Inchelvie treu ergeben, und ich mag die Hand nicht dafür ins Feuer legen, daß sie die Telefongespräche, die sie durchstellt, vertraulich behandelt.«

»Heißt das, daß wir für die ebenfalls Ersatz schaffen müssen, Duncan?«

»Möglich. Alles zu seiner Zeit. Verlaß dich auf mich, ich mach das schon. Hier steht unheimlich viel auf dem Spiel.«

Caple beendete das Gespräch und lehnte sich mit einem befriedigten Lächeln im Ledersitz seines BMW zurück. Dann stieß er einen lauten Jubelschrei aus, legte beide Hände ans Lenkrad und trat das Gaspedal bis zum Anschlag durch, so daß der Wagen auf der leeren Straße nur so dahinschoß. Erst als er annähernd doppelt so schnell fuhr wie die zulässigen hundert Kilometer pro Stunde, nahm er das Gas ein wenig zurück.

KAPITEL 14

Obwohl Davids Erkältung bereits nach einem Tag allmählich abklang, empfand er während der nächsten Tage nicht das Bedürfnis, die Zuflucht seines Zimmers zu verlassen. Zeit wurde in seinem Leben zu einem unbedeutenden Faktor, und daß sie verging, merkte er lediglich an den Geräuschen, die Carrie machte, wenn sie ihm eine Tasse Tee oder das Tablett mit etwas zu essen vor die Zimmertür stellte, denn er wollte mit niemandem sprechen müssen. Er nahm zwar den regelmäßigen Wechsel von Hell und Dunkel wahr, konnte aber nichts mehr damit verbinden. Er bemühte sich, soviel wie möglich zu schlafen, im verzweifelten Wunsch, auf diese Weise von den immer wiederkehrenden Gedanken loszukommen, die beständig an ihm fraßen. Meist aber lag er wach auf dem Bett oder lief in den frühen Morgenstunden in dem kleinen Zimmer unruhig auf und ab.

Seit Mittwoch hatte er es nur verlassen, um die Toilette aufzusuchen, und war jedesmal sofort zurückgekehrt, um keinesfalls Carrie oder Richard zu begegnen. Da er wenig Wert auf sein Äußeres legte, juckten ihn inzwischen seine Bartstoppeln ganz gehörig. Es verschaffte ihm eine dumpfe Befriedigung, verstärkte sein Gefühl der Selbstbestrafung und paßte glänzend zu seinem vollständigen Verlust von Selbstachtung, daß er sich volle zwei Tage nicht rasiert hatte. Alles drehte sich jetzt um sein Ich: Es fehlte ihm an Selbstachtung, ihn ekelte vor ihm selbst. Früher hatte er es richtig gefunden, ständig an Rachel zu denken, aber inzwischen war alles irgendwie verzerrt, und er dachte nur noch an sich – nein, wahrscheinlich dachte er *über* sich nach. Unablässig kreisten seine Gedanken um einen Wirrwarr von Begriffen, die aller Welt beweisen sollten, was für ein elender und hoffnungsloser Mensch er jetzt war.

An jenem Abend erhob er sich langsam von seinem ungemachten Bett, wie schon unzählige Male zuvor, und legte die Hände auf eines der rauhen Regalbretter. Bleischwer sank ihm der Kopf auf die Brust.

Was zum Teufel war mit ihm geschehen? Ihm war es doch bei seiner Ankunft hier in Amerika gutgegangen – und von einem Augenblick auf den anderen war alles in Scherben gegangen. Warum nur? Er mußte versuchen, die Gründe dafür zu finden. Er begann wieder unruhig auf und ab zu laufen. Dann blieb er unvermittelt am Fenster stehen und sah hinaus in die hereinbrechende Dunkelheit. Ganz allmählich zeichnete sich in der Benommenheit seines Gehirns die Spur eines klaren Gedankens ab.

Das ist es. Dir ist es tatsächlich gutgegangen, als du aus Schottland hergekommen bist. Du hattest dich in der Menge am Flughafen wohl gefühlt, weil niemand dich kannte, niemand sich um dich kümmerte, niemand etwas von deiner Vergangenheit, Gegenwart oder Zukunft ahnte. Du warst ein sorgenfreier Niemand. Das aber hat sich in dem Augenblick geändert, in dem du dieses Haus betreten hast, weil Richard Bescheid wußte. Es hat nicht nur damit zu tun, daß du hier alles verpfuscht hast. Du hast Angst, nicht wahr? Angst vor dem eigenen Leben, Angst, nach Schottland zurückzukehren, Angst, wieder in den eng begrenzten Kreis einzutauchen, in dem dich jeder kennt, sich Sorgen um dich macht, dich mit betrübten Augen ansieht und nur leise mit dir spricht.

Er ließ sich aufs Bett fallen und starrte an die Decke. Weiterdenken – das ist es – weiterdenken. Was in aller Welt willst du, David?

»Ich will – allein sein!« sagte er laut, »und – unbekannt! Ich lege keinen Wert darauf, der verdammte-David-Corstorphine-zu-sein!«

Er drehte sich auf die Seite und zog die Knie heran. Keine Verantwortung, keine Vergangenheit. Es klang wie der Sprechchor bei einem Protestmarsch. Er brach in schwaches Gelächter aus und schüttelte den Kopf. Seine Bartstoppeln kratzten auf dem Kissen. Es war alles unmöglich, das war ihm klar, aber zumindest konnte er sich auf etwas konzentrieren, etwas, womit sich seine Gedanken lieber beschäftigten. Er schloß die Augen, und zum ersten Mal seit zwei Tagen ließ die Spannung in seinem Kopf ein wenig nach.

Am nächsten Morgen weckten ihn Sonnenstrahlen, die durch das Fenster auf sein Gesicht fielen. Er blinzelte und drehte den Kopf zur Tür, um der Helligkeit zu entgehen. Trotz seiner Benommenheit nahm er plötzlich einen durchdringenden Geruch an sich wahr.

»Himmelherrgottsakrament!«

Da er ein wenig zu schnell vom Bett aufstand, schwankte er einen Moment, bis sich das Schwindelgefühl in seinem Kopf legte. Er zog sein Pyjamaoberteil aus und schleuderte es mit Nachdruck auf das Regal. Dabei riß er einen kleinen Spiegel zu Boden. Er erschrak und fragte sich, ob er sich damit zu weiteren sieben Jahren Unglück verurteilt hatte. Langsam bückte er sich und hob ihn auf. Er war heil. David seufzte erleichtert, stellte ihn behutsam wieder an seinen Platz und warf dabei einen Blick auf sein neues Ich. Sein Haar stand ihm zu Berge wie bei einem Punk, sein Gesicht war unrasiert, bleich und abgespannt, und die dunklen Ringe unter den Augen lagen gefährlich tief. Eine abstoßende Erscheinung.

Ein Phlegmatiker.

Genau das war er. So phlegmatisch wie eine Nacktschnecke, die sich unter ihrem verdammten Stein verkriecht.

Tiefe Wut überkam ihn. Schluß damit – so geht es nicht weiter. Er sah auf die Uhr. Halb acht. So, du Idiot, höchste Zeit, daß was passiert!

Er nahm Handtuch und Waschzeug und machte sich auf in Richtung Bad. Die Tür zu Richards Zimmer war geschlossen, und er konnte ihn leise schnarchen hören. Er kratzte sich am Kopf. Großer Gott, welcher Tag es wohl war? Entweder arbeitete Richard zu Hause, oder es war Samstag. Wie auch immer, er wollte auf keinen Fall, daß ihn jemand in seinem gegenwärtigen Zustand sah. Er schlich sich auf Zehenspitzen ins Bad und stellte sich unter die Dusche.

Das Wasser war kalt, aber das war ihm gerade recht, denn es bestärkte ihn in seiner Entschlossenheit, während er seinen Körper mit wohlriechender Seife bearbeitete. Als das Wasser allmählich wärmer wurde, verrieb er eine ordentliche Portion Shampoo auf seinen Haaren. Sauber und als neuer Mensch, jedenfalls körperlich, wenn schon nicht seelisch, stieg er aus der Duschkabine.

Nach weiteren fünf Minuten hatte er sich unter Verbrauch von eineinhalb Wegwerfrasierern seiner Bartstoppeln entledigt und besprengte sein ungewohnt glattes Gesicht mit großen Mengen von Rasierwasser, das ihm auf der Haut brannte. Dann nahm er sein Waschzeug und kehrte in sein Zimmer zurück.

Dort war die Luft so feucht und miefig, daß er sofort das Fenster aufriß. Er spürte die Wärme der frühmorgendlichen Sonne auf der nackten Brust. Er nahm frische Unterwäsche, ein Hemd und Jeans aus dem Koffer und zog sich an. Danach setzte er sich wieder aufs Bett und sah sich um. In diesem Zimmer wollte er nicht länger bleiben, zu bedrückend war die Atmosphäre, erinnerte ihn zu sehr an seine Depression. Er wollte fort – von dem Haus, von da, wo man ihn kannte.

Dieser Gedanke trieb ihn an. Er nahm sein Portemonnaie vom Regal, zog ein Paar Segeltuchschuhe an und ging leise nach unten. In der Küche schob er den Riegel der Glastür zurück, trat auf die Veranda hinaus und zog die Tür sorgfältig wieder hinter sich zu.

Einen Augenblick stand er da und atmete in tiefen, belebenden Zügen die frische Luft ein, bevor er die hölzernen Stufen – immer zwei auf einmal – hinablief und die Auffahrt entlangging. An der Straße sah er nach links und nach rechts und wandte sich dann mit entschlossenem Nicken der Hauptstraße zu.

Die Nacktschnecke hatte es geschafft.

So früh am Tag war noch keiner der Läden geöffnet, und so schlenderte er den Gehweg entlang und betrachtete die Auslagen in den Schaufenstern. Einige Leute führten ihre Hunde spazieren oder trugen Zeitungen unter dem Arm, und viele der Vorüberkommenden lächelten ihm zu und wünschten ihm einen guten Morgen. Bei jedem Gruß, den er erwiderte, besserte sich seine Laune.

Als er die Hauptstraße von Leesport ein gutes Stück entlanggegangen war, stieß er vor einer Imbißstube auf eine größere Ansammlung von Menschen. An einen am Straßenrand geparkter Kleinlaster gelehnt, unterhielten sich Männer in kurzen Hosen und T-Shirts über die Arbeit des beginnenden Tages, während sie belegte Brötchen verzehrten und dampfenden Kaffee aus riesigen Styropor-Bechern tranken. Beim Geruch des Kaffees und dem Anblick der Essenden merkte David, welch riesigen Hunger er hatte, und so stellte er sich hinten in der Schlange an. Zwischen den Wartenden und den drei jungen Männern in weißen Schürzen hinter der Theke flogen muntere Scherze hin und her. Während David wartete, daß er an die Reihe kam, studierte er, was auf einer langen Tafel über der Theke angeboten wurde.

»Der nächste?« sagte einer der jungen Männer und wischte sich die Hände an der Schürze ab. Die Kunden, die bereits ihre Bestellung aufgegeben hatten, traten beiseite. »Was kann ich für Sie tun?« fragte der junge Mann David mit einem Lächeln.

David hob den Blick zu der Tafel. »Ich hätte gern ein Brötchen mit Ei und Schinken.«

»Kommt gleich.«

Der Verkäufer drehte sich um und stieß mit einem seiner Kollegen zusammen. »Du solltest auch mal abnehmen, Joe!« sagte er vergnügt lachend und duckte sich, während Joe so tat, als versetze er ihm einen Fausthieb. Dann wandte er sich wieder an David. »Wie möchten Sie Ihr Ei?«

»Ehm, gebraten«, sagte David.

Um ihn herum erhob sich Gelächter. Der junge Mann grinste.

»Gebraten werden sie alle, Sir. Darauf sind wir spezialisiert. Wollen Sie den Dotter weich, also oben, oder mitgebraten, also unten?«

Verlegen lächelte David. »Ehm – bitte oben.«

Pfeifend verschwand der junge Mann und klapperte hinter der Kühltheke mit Pfannen, dann kam er zurück. »Sonst noch etwas?«

»Ja, einen großen schwarzen Kaffee.«

Wie ein gelernter Barkeeper nahm der junge Mann einen Styroporbecher vom Stapel und ließ ihn einmal durch die Luft wirbeln, bevor er aus einer großen Glaskanne Kaffee hineingoß. Er verschloß ihn mit einem Deckel, öffnete eine Papiertüte und stellte den Becher gerade in dem Augenblick vorsichtig hinein, in dem ein pickliger junger Mann hinter der Kühltheke auftauchte und ein in Butterbrotpapier eingewickeltes Brötchen brachte.

»Brötchen mit Ei und Schinken?«

»Krieg ich.« Der Mann, der David bediente, entriß es dem Gehilfen und legte es gleichfalls in die Tüte.

»Macht drei achtzig.«

David reichte ihm einen Fünf-Dollar-Schein. Der junge Mann tippte den Betrag in die Kasse ein und gab ihm sein Wechselgeld. »Eins zwanzig zurück. Guten Appetit, und einen schönen Tag.«

»Danke«, sagte David. Er mußte lächeln, als er die in ganz Amerika verbreitete Redensart hörte. »Den werde ich mir wohl machen.«

»Der nächste«, rief der junge Mann.

David ließ den nächsten Kunden an die Theke, wandte sich aber nochmals an den jungen Mann. »Ach ja, könnten Sie mir vielleicht sagen, wie ich von hier zum Hafen komme?«

»Meinen Sie den Bootshafen?«

»Ja.«

»Hier gleich rechts, dann die erste Straße rechts – das ist die Pearl Street. Die gehen sie immer geradeaus. Nach gut dreihundert Metern kriegen Sie nasse Füße – bleiben Sie also vorher stehen.«

»Danke«, sagte David und bedachte den jungen Spaßvogel mit einem Lächeln.

»Nichts zu danken«, sagte dieser und wandte sich einem alten Mann zu. »Na, Opa, was soll es heute sein?«

Mit einem Lächeln auf den Lippen trat David in den Sonnenschein hinaus, von den Worten, die er mit dem jungen Mann gewechselt hatte, wie beflügelt. Er beschloß, sein Frühstück am Bootshafen zu essen, und so folgte er mit raschen Schritten dem Weg, den ihm der junge Mann beschrieben hatte.

Die Pearl Street unterschied sich in nichts von den anderen Straßen, die er bisher in Leesport gesehen hatte. Sie war breit, und die Häuser, deren Vorgärten durch Zäune vom Gehweg getrennt waren, standen weit weg von der Straße. Links und rechts gingen kleinere Sträßchen ab, zu deren beiden Seiten ähnliche Häuser standen. Schon bald merkte David, daß der Ort alles andere als dicht bebaut war, denn immer wieder kam er an eine grasbewachsene Fläche, auf der mindestens drei weitere Häuser Platz gehabt hätten. Alles machte einen angenehmen, sauberen und einladenden Eindruck.

Dann endete die Straße und öffnete sich zu einer breiten Asphaltfläche, die ans Wasser führte. Als sich David dem kleinen Wächterhäuschen an der Zufahrt zum Bootshafen näherte, warf der alte Mann darin einen flüchtigen Blick in seine Richtung und sah dann wieder fort. Da sonst niemand in der Nähe war, beschloß David, von der Herzlichkeit ermutigt, mit der man ihm in der Imbißstube begegnet war, den alten Mann in ein Gespräch zu verwickeln.

»Guten Morgen.« Er stellte sich, die Tüte in der einen Hand und mit der anderen die Augen vor der grellen Sonne abschirmend, neben das Fenster des Häuschens und spähte aufs Wasser hinaus. »Herrlicher Tag.«

Der Mann neigte den Kopf. »Ja.« Dann drehte er den Fernseher lauter, der hinter der Fensterbank stand.

David hatte das Gefühl, es sei ihm anzusehen, wie unangenehm ihm diese Zurückweisung war, doch sogleich meldete sich der teuflische Drang, weiterzumachen. Das überraschte ihn und war dem alten Mann vermutlich ausgesprochen lästig.

»Ist das da hinten der Atlantik?« fragte er mit munterer Unschuld in der Stimme, den Blick über den Bootshafen gerichtet. »Wirkt sehr ruhig.«

Der Alte erhob sich brummig von seinem Stuhl, weil er wohl begriffen hatte, daß er etwas antworten müsse, wenn er seine Ruhe haben wollte. Er beugte sich aus dem Fensterchen, zeigte aufs Wasser und erklärte: »Das ist nicht der Atlantik, sondern die Great South Bay. Der Atlantik ist noch weiter draußen, hinter Fire Island.«

David sah zu dem langen Sandstreifen hinüber, der etwa sechs Kilometer entfernt auf der anderen Seite der Bucht lag. »Kann man da rüber?«

»Alle halbe Stunde mit der Fähre.«

Der Alte, der fand, genug gesagt zu haben, setzte sich wieder vor seinen Fernseher. Das Gespräch war für ihn offensichtlich beendet. David schnitt ihm hinterrücks eine Grimasse und ging vom Wächterhäuschen aus am Ufer entlang. Er kam an einem kleinen Park vorüber, den eine wuchernde Wildrosenhecke, die über einen schlichten ländlichen Holzzaun hing, von der Straße trennte. Etwa zwanzig Meter weiter bildete sie einen Bogen über einem eisernen Gittertor, an dem auf einer kleinen Messingtafel zu lesen war: THE LEESPORT RESIDENTS' MEMORIAL GARDEN. Er ging durch das Tor.

Der Rasen und die Blumenbeete um die große Betonplatte mit einer alten grauen Schiffshaubitze, deren Mündung auf die Bucht wies, waren erstklassig gepflegt. David ging um das Geschütz herum, neben dem hoch oben an einem weißen Fahnenmast die amerikanische Flagge wehte, ans andere Ende des Parks. Dort blieb er einen Augenblick stehen und sah in das Brackwasser der Bucht, das träge gegen die in den Boden gerammten Holzpfähle schwappte. Er sah sich nach einer Sitzgelegenheit um und entdeckte eine alte Holzbank unter dem Geschützrohr. Er holte den Kaffee und das Brötchen aus der Tüte und setzte sich, um während des Frühstücks den Blick über den Bootshafen zu genießen. Mit Ausnahme der klagenden Schreie der Möwen über ihm und dem hellen Geräusch, mit dem die Drahtseile gegen die Metallmasten der dicht an dicht an den hölzernen Stegen vertäuten Jachten schlugen, war alles still.

Ein Bild vollkommener Ruhe, mußte er denken, wirklich vollkommener Ruhe.

Zwar wäre er am liebsten noch geblieben, doch zeigte ihm ein Blick auf die Uhr zu seiner Überraschung, daß er schon länger als eineinhalb Stunden dort gesessen hatte. Er mußte zurück. Also sprang er auf, warf die Verpackung seines Frühstücks in den Abfallbehälter neben der Bank und verließ den Park. Auf dem Rückweg zur Straße winkte er seinem mürrischen Freund im Wächterhaus freundlich zu, dann lief er über die Pearl Street zurück.

Auf der Hauptstraße von Leesport herrschte inzwischen ein reges Treiben von Autos und Radfahrern, und auf den Gehwegen wimmelte es von Leuten, die einkaufen gingen. Während er sich den Weg durch die Menge bahnte, fiel ihm ein, daß er eigentlich Carrie eine Kleinigkeit mitbringen könnte, zum Dank dafür, daß sie in den letzten Tagen den »unsichtbaren Mann« versorgt hatte. Als er auf der anderen Straßenseite ein Blumengeschäft entdeckte, ging er rasch hinüber und trat ein.

Kurz darauf kam er mit einem riesigen Nelkenstrauß im Arm wieder heraus und bemühte sich, mit der freien Hand das Wechselgeld in sein Portemonnaie zu stecken. Kaum hatte er einige Schritte getan, als ihm ein halbes Dutzend Münzen aus der Hand fiel und klirrend in verschiedene Richtungen davonrollte. Leise fluchend bückte er sich, um sie einzusammeln.

Als letzte fand er eine Vierteldollarmünze, die unter einem Blumenkasten an der Mauer des nächsten Ladens lag. Er hob sie auf, und als er sich aufrichtete, stand er vor einem Schaufenster, in dem auf einer großen Tafel lauter weiße Kärtchen steckten. Er sah sich das Ladenschild an. Es war die kleine Stellenvermittlung HELFENDE HÄNDE, die er bei der Einfahrt nach Leesport gesehen hatte.

Er ließ den Blick müßig über die Stellenangebote gleiten. Dann stutzte er und bückte sich, um die Karte in der linken unteren Ecke genauer zu lesen.

GESUCHT
Aushilfe für Gartenarbeit
Erfahrung erwünscht, aber nicht Bedingung
Einzelheiten auf Anfrage

Er richtete sich langsam auf, in seinem Kopf wirbelten die Gedanken wild durcheinander. Sofort meldete sich die Vernunft, und er schüttelte spöttisch den Kopf über seine lächerlichen Vorstellungen. Er ging weiter, blieb aber fast im selben Augenblick wieder stehen, so daß ihm eine junge Frau mit einem Kinderwagen kräftig an die Wade fuhr.

»Verzeihung«, sagte sie und hob entschuldigend die Hand.

David machte den Weg frei. »Nein, es war meine Schuld«, sagte er und lächelte ihr zu. »Ich konnte mich einen Augenblick lang nicht entscheiden.«

Die junge Mutter lachte. »Ja, so ist es mir vorhin im Supermarkt auch gegangen, aber ich dachte, das läge am postnatalen Syndrom.«

David zog die Augenbrauen hoch. »Tja, ich kann mich damit wohl nicht herausreden.«

Die junge Frau sah ihn belustigt an. »Nein – vielleicht nicht. Ich dachte jedenfalls vorhin, es ist ein herrlicher Tag, gönn es dir! Vielleicht sollten Sie es auch so machen!«

Mit fröhlichem Lächeln setzte sie ihren Weg fort. David sah ihr einen Augenblick lang nach. Sie hat recht, fand er. Schaden konnte es ja nicht. Er machte auf dem Absatz kehrt, ging zu dem Laden zurück und öffnete die Tür.

Obwohl der Raum lediglich ein Sofa und einen Couchtisch, zwei Schreibtische und einen Aktenschrank enthielt, fiel David auf, wie geschmackvoll er eingerichtet war. Das sanfte Rosé der Wände fand sich im Muster der losen Sofabezüge und zum Teil auch im Zickzackmuster des Teppichbodens wieder. An einem der Schreibtische saß eine junge Frau, auf deren Stupsnase eine riesige Brille mit runden Gläsern gefährlich balancierte, und deren Finger in Windeseile über die Tastatur ihres Computers huschten. Ihr gegenüber saß ein glattrasierter untersetzter Mann von etwa sechzig Jahren in einem bunten Hemd, dessen Kragen hochgeklappt war, damit die beiden schweren goldenen Gliederketten, an denen ein Stift und eine Hornbrille hingen, nicht an seinem Hals scheuerten. Sein dichtes graues Haar, das von Pomade glänzte, hatte er zurückgekämmt. Als David eintrat, sahen ihn beide an, der Mann sprang leichtfüßig auf und kam um seinen Schreibtisch herum, um ihn zu begrüßen.

»Hallo, ich heiße Clive Hanley«, sagte er und hielt ihm die Hand hin. »Kann ich etwas für Sie tun?«

David schüttelte ihm die Hand. »Eigentlich wollte ich mich nur genauer nach einer der Karten in Ihrem Schaufenster erkundigen.«

Clive lächelte ihn an. »Selbstverständlich. Was würde Sie denn interessieren?«

»Die Aushilfe.«

»Aha – soso – Sie wollen also eine Aushilfe?«

»Nein – ich hatte mich eigentlich mehr für die Arbeit interessiert.«

Clive schwieg, runzelte die Stirn und betrachtete David von Kopf bis Fuß. »Ach so ...«

»Vielleicht müßte ich das ein bißchen erklären«, sagte David, dem klar war, daß der Mann nicht so recht wußte, was er von der Sache halten sollte. »Ich bin vor kurzem aus Schottland hergekommen und wohne –«

»Aus Schottland!« unterbrach ihn Clive mit einer schwungvollen Handbewegung. »Ich liebe Schottland! Es ist ein so ... karges Land.«

David gab ihm Gelegenheit, mit seinem Lobgesang fortzufahren, doch schien das alles zu sein, was er zum Thema Schottland beizutragen hatte.

»Nun ja«, sagte David. »Wie gesagt, ich wohne hier bei Freunden und – ich sitze zur Zeit da einfach herum und bin jedem im Weg. Also hab ich heute einen Spaziergang gemacht und zufällig die Annonce in Ihrem Schaufenster gesehen. Erfahrung habe ich durchaus, und eine Aushilfe ist ja wohl nur für eine beschränkte Zeit.«

»Schon«, sagte Clive langsam und nickte. »Lassen Sie mich einen Augenblick überlegen. Wie lange wollen Sie im Land bleiben? Der Betreffende müßte sich nämlich mindestens für einen Monat verpflichten, bevor ich ihn in meine Kartei aufnehmen kann. Weniger darf ich meinen Kunden nicht zumuten.«

David biß sich auf die Lippe und sagte dann kurz entschlossen: »Ja, das dürfte in Ordnung gehen.«

Clive klatschte in die Hände. »Dann sollten wir uns gleich mit den Einzelheiten beschäftigen. Nehmen Sie doch hier auf dem Sofa Platz, während ich das Formular hole. Möchten Sie eine Tasse Kaffee?«

»Nein, vielen Dank«, sagte David. »Ich habe gerade erst welchen getrunken.«

Während Clive in den Schubladen seines Schreibtischs nach dem Formular suchte, setzte sich David auf das Sofa und sah sich nochmals in aller Ruhe um. Clive merkte das, als er fündig geworden war und sich neben David gesetzt hatte: »So stellt man sich eine Stellenvermittlung wohl nicht vor, was? Ich meine, ich war durchaus zufrieden mit den gelben Wänden und dem grünen Linoleum hier drin, aber mein Freund wollte das Ganze unbedingt renovieren. Er hat den Standpunkt vertreten, ich könnte unmöglich in einem Ambiente arbeiten, das mich nicht inspiriert. Natürlich finde ich, daß er es ausgezeichnet hingekriegt hat, aber manchmal frage ich mich dann doch, ob es nicht ein bißchen zu sehr in Richtung Schönheitssalon geht.«

Mit einem Lachen schob er sich auf die Vorderkante des Sofas und legte das Blatt auf den Couchtisch vor sich. Dann setzte er die Brille auf die Nase.

»Schön, fangen wir an. Sie heißen?«

»David Corstorphine. C-o-r-s-t-o-r-p-h-i-n-e.«

»Und Ihre Anschrift ist?«

David überlegte einen Augenblick. »Im Augenblick wohne ich North Harlens 52 – denke aber, daß ich mir etwas suchen werde.«

Einen Augenblick lang ließ Clive den Stift über dem Papier schweben, während er darüber nachdachte. »Kein Problem.« Er schrieb weiter. »Wie wäre es, wenn wir das als Ihre Kontaktadresse verwenden, und falls Sie tatsächlich umziehen, geben Sie mir einfach Bescheid.«

»In Ordnung, danke.«

»Schön – was ist also die nächste Frage? Ja – sind Sie verheiratet?«

David holte tief Luft. »Nein – nein. Ich bin nicht verheiratet.« Er seufzte erleichtert, der Augenblick war vorübergegangen.

»Was noch?« fuhr Clive fort. »Ach ja – Freizeitbeschäftigungen.«

»Wie bitte?«

»Hobbies. Haben Sie irgendwelche Hobbies?«

Da Clive sah, daß die Frage David ein wenig verwunderte, lehnte er sich auf dem Sofa zurück.

»Ich weiß, daß es ein bißchen sonderbar wirkt, eine solche Frage zu stellen, aber es gehört zu meinen exzentrischen Eigenheiten, daß ich soviel wie möglich über einen künftigen Mitarbeiter herausbekommen möchte. Ich denke, man erfährt eine ganze Menge über das Wesen eines Menschen, wenn man weiß, womit er seine Freizeit verbringt.« Er verzog das Gesicht und legte sich beide Hände theatralisch auf die Brust. »Sie können sich doch sicher vorstellen, wie gräßlich es wäre, wenn ich einen Massenmörder beschäftigte.«

David grinste Clive an; mit dessen skurriler Art konnte er sich gut anfreunden. »Schön, also Hobbies. Nun – ich spiele Tennis, ein bißchen Golf – und ich bin ein recht guter Schütze.«

Clive, der wieder am Schreiben war, sah entsetzt auf.

»Oh, Entschuldigung«, sagte David und schüttelte den Kopf. Clive fürchtete offenbar, der entsetzlichste seiner Alpträume sei Wirklichkeit geworden. »Lassen Sie es gut sein. Es sollte ein Witz sein. Was tue ich noch? – Na ja, ich spiele ziemlich schlecht Gitarre.«

»Klassische Musik, Folk oder Pop?«

»Was?«

»Entschuldigung, jetzt habe ich wohl versucht, witzig zu sein.« Clive stieß ein kurzes Lachen aus und knetete verlegen die Hände zwischen den zusammengepreßten Knien. »Ich spiele zufällig selbst ein bißchen, bin aber längst nicht mehr auf dem laufenden. Am besten gefallen mir Peter, Paul and Mary, weil die so einfache Griffwechsel haben.«

Er schwieg eine Weile; offensichtlich wartete er darauf, daß David etwas dazu sagte – eine Hoffnung, die sich nicht erfüllte.

»Also weiter«, fuhr er munter fort und beugte sich wieder über den Fragebogen. »Das Wichtigste haben wir wohl.« Er ging die Angaben ein letztes Mal durch und stand auf.

»Damit wären die Formalitäten erledigt. Jetzt wollen wir mal sehen, was Dotti auf ihren klugen Bildschirm zaubern kann.«

David folgte Clive hinüber zu der jungen Frau am Computer.

»Schön, Dotti«, sagte Clive und sah ihr über die Schulter. »Wie Sie zweifellos mitbekommen haben, ist das David.«

Die junge Frau sah zu ihm auf und schob sich dabei mit dem Zeigefinger die Brille so weit hoch, wie sie konnte. Sie lächelte ihm schüchtern zu und sah dann wieder auf den Bildschirm. Clive legte den ausgefüllten Fragebogen vor sie hin.

»Das sind seine Angaben, die können Sie später eingeben. Jetzt wollen wir sehen, daß wir für ihn eine Arbeit als Aushilfe finden. Sehen wir uns doch mal die Datei an.«

Als Dotti die Liste auf den Bildschirm geholt hatte, überflog Clive sie, während Dotti den Text langsam weiterlaufen ließ.

»Wir müssen in dieser abgelegenen Gegend etwas finden ... schön ... Da, Dotti! Das ist es! Newman.« Er wandte sich an David. »Ein neuer Auftraggeber, David. Sie wären der erste, den ich da hinschicke. Wo wohnen die, Dotti?«

»Barker Lane«, antwortete sie.

»Na wunderbar. Der Adresse nach müßte das Haus irgendwo am Wasser stehen, gleich am Bootshafen. Wollen Sie es machen?«

»Selbstverständlich!« sagte David.

»Okay, Dotti, dann drucken Sie mal die Adresse.«

Clive nahm das ausgedruckte Blatt und gab es David. »Da. Ich rufe Mrs. Newman an und sage ihr, daß Sie gleich Montag morgen da aufkreuzen. Einverstanden?«

David nickte.

»Jetzt erkläre ich Ihnen noch schnell, wo die Straße ist«, sagte Clive und ging an seinen Schreibtisch. »Irgendwo habe ich einen Plan von Leesport ...«

»Nicht nötig«, sagte David. »Ich habe in den nächsten Tagen nicht viel zu tun, da kann ich einfach hingehen und mir das selbst ansehen.«

»Wie Sie wollen.« Clive nahm David am Arm und führte ihn zur Tür. Als sie am Sofa vorüberkamen, bückte sich David, um seinen Blumenstrauß aufzuheben.

»Clive?« ertönte Dottis zuckersüße Stimme.

»Was gibt's, Dotti?«

»Sie haben noch nicht über den Lohn gesprochen«, sagte sie ruhig.

Entsetzt legte Clive beide Hände an die Wangen. »Großer Gott, was müssen Sie von mir denken, David? Ich mag es mir gar nicht vorstellen!« Er wollte zu seinem Schreibtisch, doch David hielt ihn zurück.

»Hören Sie ... ehm ... das mag jetzt sonderbar klingen ... aber ich bin froh, wenn ich die Arbeit machen kann ... auch ohne Bezahlung ...«

Clive verstand offensichtlich nicht so ganz, was David damit sagen wollte.

»Sehen Sie«, erklärte David weiter. »Ich bin mit einem Besuchervisum im Land und habe keine Arbeitserlaubnis. Aber ich möchte diese Arbeit unbedingt machen, auch wenn mich niemand dafür bezahlt. Ich möchte Sie schließlich nicht in Schwierigkeiten bringen.«

Clive fuhr sich mit einer Hand über die Wange und nickte bedächtig. »Dann würde ich bezahlt, und Sie nicht. Das scheint mir nicht in Ordnung zu sein.« Er wandte sich an Dotti. »Was meinen Sie, Dotti? Irgendeinen klugen Einfall?«

Mit nachdenklich gerunzelter Stirn drehte sich Dotti auf ihrem Bürostuhl herum. »Nun«, sagte sie gedehnt, »wir könnten für das aufkommen, was er an Lebensmitteln und an Miete braucht, wenn er eine eigene Wohnung hat. Auf diese Weise würde er lediglich Kost und Logis verdienen.«

Clive sah David erleichtert an. »Wie gefällt Ihnen das?«

»Einverstanden. Ich brauche wirklich nicht viel«, antwortete David und war froh, daß sein Plan nicht noch im letzten Augenblick gescheitert war.

Dotti strahlte vor Freude, weil ihr Vorschlag angenommen worden war. »Sie verblüffen mich immer wieder, Dotti«, sagte Clive stolz zu ihr. »Ihnen fallen doch immer glänzende Lösungen ein!« Er begleitete David zur Tür. »Und rufen Sie mich Montag abend an, um mir zu sagen, wie es gelaufen ist. Falls Sie bis dahin eine neue Anschrift haben, können Sie mir die gleich mitteilen.«

David nickte und schüttelte ihm die Hand. »Mach ich – und noch einmal vielen Dank.«

Während er davonging, sah ihm Clive vom Fenster aus nach.

»Ein netter Mann«, sagte Dotti, und man hörte ihrer Stimme an, daß sie lächelte.

»Das stimmt«, sagte Clive langsam, »aber auch geheimnisvoll, würde ich sagen.«

Dotti stand auf und stellte sich neben ihn. Gemeinsam sahen sie David nach, bis er verschwunden war. »Was wollen Sie damit sagen?«

»Ich weiß nicht so recht.« Er ging wieder an seinen Schreibtisch. »Man könnte ihn ohne weiteres für einen Banker oder Firmenboß halten, aber ich weiß nicht, ob Sie seine Hände gesehen haben, Dotti. Sie sind voller Schwielen und hart wie Leder. Der Mann hat tatsächlich mit seinen Händen gearbeitet.« Er ließ sich schwer in seinen Schreibtischsessel fallen und stieß einen langen Seufzer aus. »Ich hoffe nur, daß wir uns richtig entschieden haben. Glauben Sie, daß der Mann in Ordnung ist?«

»Bestimmt«, sagte sie und kehrte an ihren Schreibtisch zurück. »Aber daß er Schotte ist, glaube ich nicht. Finden Sie, daß er wie ein Schotte spricht?«

KAPITEL 15

David ließ sich auf dem Rückweg zu Richards Haus Zeit und überlegte, ob das, was er da tat, eine schicksalhafte Eingebung war oder einfach eine unverantwortliche Dummheit. Ab und zu blieb er stehen und erwog, umzukehren und die Vereinbarung rückgängig zu machen – immerhin hatte er seinen Kindern und Eltern gegenüber Pflichten und trug Verantwortung in der Firma. Außerdem würde er, sofern er die Arbeit annahm, recht bald Richard in seine Pläne einweihen müssen. Da er durch sein Verhalten in den letzten Tagen nicht unbedingt Anwärter auf den Orden ›für den vollkommenen Gast‹ war, dürfte das nicht unbedingt leicht sein. Er kam schließlich zu dem Ergebnis, daß es erst einmal am besten sein würde, niemandem davon zu erzählen. Er würde am Montag die Stelle antreten und, falls sich herausstellte, daß es nicht das richtige war, einfach seine Sachen packen und Mitte der Woche nach Schottland zurückkehren, ohne daß irgend jemand etwas von der Sache erfuhr.

Aber eigentlich wollte er nicht zurück. Nein. So stimmte das auch wieder nicht. Natürlich wollte er zurück – mehr als nach allem anderen sehnte er sich danach, seine Kinder wiederzusehen. Außerdem konnte er nicht erwarten, daß sein Vater für alle Zeiten in der Firma für ihn einsprang. Doch trotz allem wäre im Augenblick eine Rückkehr nach Inchelvie und allem, was ihn mit Rachel verband, kein Schritt vorwärts, sondern zurück. Schon auf dem Weg zu Richards Haus spürte er, wie sich beim bloßen Gedanken daran sein Magen schmerzlich verkrampfte. Er war einfach noch nicht soweit. Im tiefsten Inneren wußte er, daß er dort in Leesport mit der stillen, sonnigen Umgebung, dem sanften Frieden und den freundlichen Menschen, die ihn nahmen, wie er war, ohne daß er irgendwelche Zugeständnisse machen mußte, über die Sache hinwegkommen würde.

Mit Richard allerdings war es etwas anderes. Zwar hätte er nicht gütiger und verständnisvoller sein können, doch wußte er zuviel über ihn und erinnerte ihn allein schon deshalb dauernd an seine Vergangenheit und bedrohte seine Anonymität in der Zukunft. Wenn David bleiben wollte, mußte er sich vollständig unabhängig von ihm machen, mußte eine Wohnung oder zumindest ein Zimmer mieten, wo er wieder zu sich selbst finden konnte.

Nach mehreren überflüssigen Umwegen sah er ein altes orangefarbenes Käfer-Cabrio vor Richards Haus geparkt. Das ausgeblichene Verdeck war zurückgeklappt, soweit das verrostete Gestänge das zuließ. Das Innere das Fahrzeugs war mit Farbtuben und Pinseln, Reklamezetteln, Schokolade-Einwickelpapier und leeren Cola-Dosen übersät; Lenkrad und Schaltknüppel waren von winzigen unregelmäßigen doppelreihigen Riefen übersät, die tief in den Kunststoff gefräst zu sein schienen. Es sah so aus, als wäre eine betrunkene Klapperschlange am Werk gewesen.

Während sich David an dem Wagen vorbeischlängelte, der mitten im Weg stand, konnte er die zahlreichen Beulen und Kratzer in der Karosserie aus der Nähe begutachten. Dann hörte er aus Richards Schwimmbecken ein lautes Platschen, worauf das wilde Bellen eines kleinen Hundes folgte. Er stieg auf die Veranda und sah in den Garten. Eine junge Frau in einem neongelben Badeanzug mit langen, glatten blonden Haaren kraulte mit kräftigen Zügen im Schwimmbecken hin und her und bespritzte dabei den aprikotfarbenen Zwergpudel, der unaufhörlich bellend neben dem Becken herrannte.

Als sie aufs neue wendete, schien der Hund das Vergebliche seines Tuns einzusehen und setzte sich keuchend hin, ohne aber seine Herrin aus den Augen zu lassen. Als David sich anschickte, ins Haus zu gehen, mußte der Hund auf ihn aufmerksam geworden sein, denn er kam um das Schwimmbecken herumgeflitzt, verharrte unten an den Stufen und kläffte wütend. Die junge Frau, die inzwischen das flache Ende erreicht hatte, stellte sich hin und wischte sich das Wasser aus den Augen.

»Dodie! Hör doch um Gottes willen auf!«

Sie blinzelte einige Male, weil ihr wohl das Chlor in den Augen brannte, schirmte sie gegen die Sonne ab und sah zu David hinüber. »Hallo! Sie sind vermutlich David. Endlich lernen wir uns kennen! Ich bin Carrie.«

»Ach, hallo!« antwortete David und winkte, was der Hund prompt als Drohgebärde aufzufassen schien, jedenfalls fing er gleich wieder zu kläffen an.

»DODIE!«

Der Hund wandte sich ab, sprang auf eine der Sonnenliegen, kratzte sich und gähnte laut.

»Tut mir leid«, sagte Carrie, die sich zurück ins Wasser gleiten ließ. »Sie meint, sie muß mich beschützen. Dabei könnte sie das gar nicht, denn sie hat nur zwei Zähne!« Sie sah ihn wieder an. »Und wie geht es Ihnen inzwischen?«

»Besser, danke.« Er hielt den Blumenstrauß hoch. »Die hab ich für Sie gekauft, um mich dafür zu bedanken, daß Sie mich in den letzten Tagen so gut versorgt haben – und um mich dafür zu entschuldigen, daß ich so ungesellig war.«

Carrie winkte zu ihm herüber. »Das ist wirklich lieb von Ihnen! War doch gar nicht der Rede wert! Es tut mir sehr leid – Sie wissen schon – die Sache mit Ihrer Frau. Das muß entsetzlich gewesen sein.«

David nickte und senkte den Blick, dann sagte er: »Ich geh rein und stell die Blumen ins Wasser. Ist Richard da?«

»Keine Ahnung, aber vermutlich ja. Ich war noch gar nicht im Haus. Ich bin kurz vor Ihnen gekommen und gleich ins Wasser gehüpft. Nur noch ein paar Bahnen, dann komm ich auch.«

»Meinetwegen brauchen Sie sich nicht zu beeilen.«

»In Ordnung.« Dodie, die sich nach ihrer kurzen Verschnaufpause auf der Sonnenliege erholt zu haben schien, kläffte wieder und bezog Posten neben dem Schwimmbecken.

Kaum hatte David die Blumen in eine Vase gestellt, als er Richards Schritte oben auf der Treppe hörte.

»David?« rief er, während er herunterkam.

»Ja?«

Er kam in die Küche. »Wo zum Teufel hast du gesteckt? Ich wollte schon einen Suchtrupp ausschicken.«

»Tut mir leid, ich hätte dir einen Zettel hinlegen sollen. Ich habe mich spontan entschlossen, ein bißchen spazierenzugehen und mir Leesport anzusehen.«

Richard lächelte. »Gut. Und wie fühlst du dich heute?«

David nickte. »Vielen Dank, besser. Auf jeden Fall bin ich die Erkältung los.«

»Und, ehm, wie geht es dir sonst?«

»Ich glaube, ganz gut.«

»Prima.« Sie standen in unbehaglichem Schweigen da und wußten nicht recht, wie sie sich verhalten sollten. Carrie, die durch die Glastür hereinkam und sich mit einem großen blauen Badelaken die Haare trockenrieb, rettete die Situation.

»He, Richard!« sagte sie. »Was für einen netten Freund du hast! Sieh nur, was er mir mitgebracht hat!« Sie trat zu dem Strauß und sog tief den Duft der Nelken ein, bevor sie sich zu David umdrehte. »Das war wirklich ganz reizend von Ihnen.«

Weil ihr Badeanzug noch naß war, klebte ihr luftiges rosa Leinenkleid, das sie darübergeworfen hatte, an ihrem leicht übergewichtigen Körper. Nicht unbedingt eine klassische Schönheit, dachte David. Aber obwohl ihre Nase zu spitz war und ihre Schneidezähne ein wenig vorstanden, wirkte sie in unerklärlicher Weise anziehend. Ihre glatte, makellose Haut täuschte über ihr Alter hinweg; soweit David wußte, war sie kaum jünger als er. Ihr Mund schien beständig zu lächeln, und ihre Augen blitzten lebhaft.

Doch die Erscheinung ihrer ständigen Begleiterin Dodie stand zu all dieser Schönheit vollkommen im Kontrast. Aus der Nähe betrachtet sah sie aus, als hätte sich jemand unter dem Einfluß halluzinogener Drogen mit einer Brennschere über ihr Fell hergemacht, so daß sie eher einer alten Puderquaste ähnelte – allerdings nicht, was den Geruch betraf. Das Tier war auf das Sofa gesprungen, wo es hechelnd saß und unverwandt auf seine Herrin blickte. Ein deutlich wahrnehmbarer strenger Geruch nach Hund erfüllte den ganzen Raum, den Carrie freilich nicht zur Kenntnis zu nehmen schien.

»Großer Gott«, sagte Richard und rümpfte angewidert die Nase. »Muß der Hund mit ins Haus? Kannst du ihn nicht im Wagen lassen?«

»Auf keinen Fall«, gab Carrie zurück und beugte sich über den Pudel. »Kann ich das, Dodie-Wodie? Als ich das letzte Mal so böse zu meinem kleinen Liebling war, hat sie mein Lenkrad angefressen.«

Als Antwort leckte ihr der Hund über das Gesicht.

»Großer Gott, Carrie, das ist ja widerlich! Sie stinkt aus dem Maul!«

»Ach, daran gewöhnt man sich!« sagte Carrie munter und richtete sich auf. »Hör mal, Schwimmen macht Durst. Hast du zufällig Bier im Haus?«

Richard sah zur Wanduhr. »Ist das dein Ernst? Es ist erst zehn.«

»Aber Samstag, da hab ich nichts zu tun. Außerdem ist es ein schöner Tag, und ich möchte deinen Freund kennenlernen.«

Richard überlegte einen Augenblick, bevor er achselzuckend nachgab. »Sie hat natürlich recht, wie immer.« Dann ging er an den Kühlschrank. »Drei Bier, wie gewünscht!«

Den Rest des Tages verbrachten sie gemeinsam am Pool, redeten nur, wenn ihnen danach war, und gingen ab und an ins Haus, um sich etwas zu essen oder Nachschub an Bier zu holen. Im Verlauf ihres Gesprächs erfuhr David, daß Carrie Malerin war, deren vagabundierender Lebensstil nach ihrem eigenen Bekunden dazu geführt hatte, daß sie »mehr Erfolg damit hatte, Szenen auf einem Stück Leinwand als Männer für die Ehe einzufangen«. Das sagte sie ohne den geringsten Anflug von Bitterkeit oder Selbstmitleid und erklärte, sie und Dodie seien frei und ungebunden und lebten in ihrem Häuschen am Bootshafen in einer eigenen Welt.

Das Essen, das Carrie an jenem Abend zubereitete, war das genaue Gegenteil von dem, was David am ersten Abend in Richards Haus hatte herunterwürgen müssen. Sie aßen auf der Veranda im warmen rötlichen Schimmer der untergehenden Sonne – es war genau das Richtige. Als Carrie dann von ihrer Hippie-Zeit in San Francisco und ihrem kurzen Flirt mit Hare

Krischna erzählte, liefen den beiden Männern die Lachtränen über das Gesicht.

»Man hat mich rausgeschmissen! Dabei hatte ich gedacht, ich wäre so schrecklich cool! Eines Tages stand ich dann auf der Straße und niemand, buchstäblich niemand interessierte sich für das, was ich über das Erreichen der höheren Bewußtseinsstufen zu sagen hatte. Mit den gewaltigen Doc-Martens-Schuhen, die ich anhatte, hab ich dann nach einem von den Kerlen getreten, die vorbeikamen, einfach so – und ihn, tja, genau zwischen den Beinen erwischt. Ganz aus Versehen und ohne jede Absicht, Ehrenwort!«

Als es dunkel wurde, lehnte sich David zurück und ließ sich von der entspannten Atmosphäre einlullen, während Carrie weiterhin den Hauptteil der Unterhaltung bestritt. Inzwischen handelten ihre wenig zusammenhängenden Monologe von ihren Malreisen ins Ausland und der »wahren Erfüllung«, die ihr jede davon bedeutet hatte.

»Wo wir gerade davon reden«, sagte sie plötzlich beklommen und mit einem Blick auf Richard, »hast du eine Ahnung, wann Angie wiederkommt?«

»Als ich gestern abend mit ihr gesprochen habe, hat sie gesagt, am Mittwoch. Ich hoffe nur, daß das stimmt, denn ich möchte, daß der verdammte Umbau endlich fertig wird.« Er seufzte. »In ihrer unendlichen Weisheit hat sie beschlossen, alle Arbeiten bis nach ihrer Rückkehr aufzuschieben.«

»Gut«, sagte Carrie abwesend.

»Warum willst du das wissen?«

»Na ja, ich wollte für ein paar Monate nach Florenz zum Malen, und sie hat gesagt, es würde ihr nichts ausmachen, sich um Dodie zu kümmern.«

Richard stöhnte. »Ja, tatsächlich? Es wäre ja auch zu schön, wenn nicht dauernd was dazwischenkäme. Ab wann bist du weg?«

»Morgen abend.«

»Um Gottes willen! Und was soll mit dem Hund zwischen morgen und Mittwoch passieren?«

Carrie biß sich auf die Lippe, um ein Lachen zu unterdrücken. »Na, ich hatte gedacht, sie könnte hier …«

»Doch nicht hier im Haus, Carrie!«

»Warum nicht?«

»Weil sie alles verstinken würde! Außerdem muß ich den ganzen Tag arbeiten. Wer soll dann mit ihr rausgehen. Bestimmt pinkelt und kackt sie alles voll.«

»Unsinn! Ich hab sie schon ganze Tage im Haus gelassen. Sie schläft dann einfach. Ehrlich, Richard, sie ist in der Beziehung wie ein Kamel – oder waren das Hühner? Bitte, Richard, du brauchst ihr nur morgens und abends, wenn du wiederkommst, die Tür aufzumachen.« Sie sah ihn flehend an. »Es sind doch nur zweieinhalb Tage.«

Mit einem langen, gequälten Blick auf David nahm Richard einen großen Schluck aus seinem Weinglas. »Ach, was soll's! Von mir aus – ich gebe mich geschlagen, aber unter einer Bedingung.«

»Und die wäre?«

»Daß ich deine Erlaubnis hab, mich ab und zu mit Zahnpasta und Shampoo auf sie zu stürzen!«

»Pst!« Carrie hob den Zeigefinger an die Lippen und warf einen Blick durch das Fliegengitter auf Dodie, die in der Küche auf dem Sofa lag. »Sag das nicht so laut, sonst hört sie dich noch.« Sie wandte sich wieder an Richard. »Du kannst es gern probieren, aber es wird nichts helfen.«

»Auf jeden Fall versuche ich es. WAS, DODIE?«

Der Pudel hob den Kopf, spitzte die Ohren, bellte einmal und legte sich wieder aufs Sofa.

»Richard«, stieß Carrie entsetzt hervor. »Das ist ja seelische Grausamkeit! Versprich mir, daß du in meiner Abwesenheit kein Nervenbündel aus ihr machst.«

»Was ist sie denn jetzt?« fragte Richard und lachte. Als er merkte, daß seine Schwägerin das nicht mehr komisch fand, tätschelte er ihr ihre Hand und tat so, als ob er sie beruhigen müsse. »Mach dir keine Sorgen, ich kümmere mich um sie, als ob sie mir gehörte.«

»Das kann ich mir denken!« Carrie warf ihm einen mißtrauischen, im nächsten Augenblick aber einen verführerischen Blick zu. »Könntest du auch nach meinem Haus sehen? Natürlich nur, wenn du gerade in der Nähe bist.«

»In Ordnung«, antwortete Richard ergeben und füllte die Weingläser erneut.

»Danke … und, Richard?«

Mit einem breiten Grinsen für ihre Beharrlichkeit fragte Richard: »Ja, Carrie?«

»Könntest du bei Star Limos anrufen, damit die mich zum Flughafen bringen?« sagte sie ganz langsam, als rechne sie fest damit, daß er ihren Wunsch abschlagen würde.

»Vermutlich auf meine Rechnung!« Er lachte. »Um wieviel Uhr?«

»Gegen Viertel nach vier?«

»Okay, ich kümmere mich darum«, sagte er und lehnte sich in seinem Stuhl zurück. »Nur schade, daß es nicht Montag ist. Dann hättest du dir den Wagen mit David teilen können.«

»Ach, fliegen Sie am Montag nach Schottland zurück, David?« fragte Carrie. Laut und deutlich hallte ihre Stimme durch den Abend, während sich tiefes Schweigen über den Tisch legte. Die beiden Männer sahen einander an, das Lächeln auf ihren Gesichtern war verschwunden.

Schließlich räusperte sich Richard und rieb sich nervös das Kinn. »Ich hoffe, daß das in Ordnung geht, David. Ich habe, ehm, am Mittwoch mit deiner Mutter telefoniert und ihr gesagt, daß es dir nicht besonders gut ginge und daß ich annehmen würde, du würdest so bald wie möglich nach Schottland zurückwollen. Daher hatte ich vermutet, daß die Maschine am Montag abend die beste für dich wäre. Deine Mutter hat gesagt, am Dienstag würde dich jemand in Glas-«

Er verstummte, als er merkte, daß David ihm nicht zuhörte.

»Es wäre mir äußerst unangenehm«, fuhr Richard leise fort, »wenn du jetzt den Eindruck hättest, ich hätte hinter deinem Rücken gehandelt. Ich hab mir einfach Sorgen um dich gemacht und wußte nicht, was ich tun sollte.«

David schüttelte den Kopf und lächelte. »Nein, ich müßte mich entschuldigen, nicht du. Ihr beide habt euch in den letzten Tagen einfach großartig verhalten, und mir ist klar, daß ich euch noch gar nicht wirklich gezeigt habe, wie sehr ich das zu würdigen weiß.« Er rutschte auf dem Stuhl herum und schob die Hände unter die Oberschenkel. »Es ist nur so …«, er kratzte sich am Hinterkopf, »... ich muß dir was sagen, was dich wahrscheinlich überraschen wird. Ich war heute morgen in der kleinen Stellenvermittlung in Leesport und hab mich da als Gärtner verdingt. Am Montag fange ich, ehm, mit der Arbeit an.«

Jetzt herrschte völliges Schweigen, und Richard und Carrie starrten David ungläubig an.

»Aber was ist mit deinem Rückflug?« fragte Richard schließlich. »Du willst doch sicher wieder nach Schottland?«

David stieß die Luft aus. »Ganz offen gestanden, Richard, ich ... glaube nicht ... daß ich es ertragen könnte, jetzt in Schottland zu sein. Ich bin heute durch Leesport gezogen. Ich weiß nicht genau, was da passiert ist, wahrscheinlich lag es einfach an der Atmosphäre des Ortes. Jedenfalls habe ich zum ersten Mal seit Rachels Tod die Dinge in einem neuen Licht gesehen, und mir ist dabei klargeworden, daß alles von vorn anfangen würde, wenn ich jetzt heimkehrte. Ich weiß, daß ich dort Verpflichtungen habe, aber ich habe, na ja, den Eindruck, daß ich in den letzten Tagen ganz unten angekommen war, und bin ziemlich sicher, daß es jetzt wieder aufwärtsgeht. Diese Chance will ich unbedingt nutzen – nicht nur in meinem Interesse, sondern auch in dem meiner Kinder und meiner Eltern.«

Wieder holte er tief Luft, bevor er fortfuhr: »Vermutlich wißt ihr nicht, daß ich nicht gearbeitet habe, seit die Krankheit bei Rachel ausgebrochen ist. Ich habe mir frei genommen, um sie zu pflegen und dann, wahrscheinlich als eine Art Flucht, angefangen, einen Teil des Parks um das Haus meiner Eltern wieder so zu gestalten, wie er früher mal war. Seither habe ich nichts anderes getan ... und die Arbeit hat mir große Freude gemacht. Ich bin geschäftlich nach New York gekommen, weil sonst niemand in der Firma konnte, und ... den Rest der Geschichte kennt ihr. Es war einfach ein glücklicher Zufall, daß ich heute den Aushang gesehen habe, und Montag fange ich, wie gesagt, an.«

Richard und Carrie musterten ihn immer noch schweigend und bedrückt. Um die trübselige Atmosphäre, an der er schuld war, zu durchbrechen, lachte er leise.

»Natürlich glaube ich nicht, daß ich diese Sache hier sehr lange machen werde«, sagte er leichthin, »aber es gibt mir

Zeit, meine Angelegenheiten zu ordnen. Ich verspreche dir, Richard, ich werde weder dich noch Angie mit meiner Gegenwart belasten. Ich such mir sobald wie möglich eine Bleibe.«

»He!« rief Carrie so plötzlich, daß Richard und David überrascht hochfuhren.

»He! He! He!«, sagte sie und fuchtelte mit den Händen herum. Es sah aus, als wolle sie etwas sagen, wisse aber nicht genau, wie.

»Was ist los, Carrie?« fragte Richard und warf ihr einen finsteren Blick zu, weil ihm ihre überschäumend-fröhliche Reaktion im Augenblick völlig unangebracht schien.

»Es liegt doch auf der Hand!« sagte sie, sprang auf und tanzte vor Freude auf der Veranda herum. »David kann in meinem Häuschen wohnen! Das ist die Lösung! Er kann da wohnen und sich gleichzeitig drum kümmern. Er kann mein Auto benutzen und …« Sie hielt inne und strahlte die beiden Männer an. »… Ist das nicht ein glänzender Einfall?«

Richard zog die Augenbrauen hoch und neigte den Kopf zur Seite. »Es würde sich lohnen, darüber nachzudenken. Was meinst du, David?«

»Ist das Ihr Ernst, Carrie?«

»Aber ja!« sagte sie und tanzte weiter auf der Veranda. »Ist das nicht die Lösung? Wenn Sie sich um das Haus kümmern könnten, würden Sie uns allen einen Gefallen tun, denn dann muß Richard nicht ständig hin und nachsehen, und sogar die Autobatterie würde geladen bleiben. Es ist einfach fabelhaft. Ich bin richtig stolz auf mich!«

Sie mußten über Carries Selbstbeweihräucherung lachen, Richard griff nach der Flasche und begann, die Gläser aufs neue zu füllen.

»Wirklich eine blendende Idee, Carrie!« sagte er und nahm sein Glas. »Ich finde, wir sollten auf den neuesten Bewohner von Leesport anstoßen.«

Carrie setzte sich wieder, und alle drei stießen miteinander an. Dann lehnten sie sich zurück, und man spürte förmlich die allgemeine Erleichterung. Es war, als wäre eine große schwarze Wolke über ihnen zerstoben.

»Du hast es gut, David«, sagte Richard. »Was dich betrifft, ist jetzt alles in Ordnung, während Angie und ich uns immer noch um Dodie das Monster kümmern müssen!«

»Richard!« rief Carrie und schlug ihm leicht auf den Arm. »Du hast versprochen, nicht gemein zu ihr zu sein. Sie ist nicht Dodie das Monster, sondern die brave Dodie!«

»Na schön, also die brave Dodie«, stöhnte Richard. »Aber ich bin immer noch der Ansicht, daß wir dabei ziemlich schlecht wegkommen!«

»Hör mal«, sagte David mit grüblerischer Miene. »Wenn du willst, kann ich mich ohne weiteres auch um den Hund kümmern. Je mehr ich darüber nachdenke, desto vernünftiger scheint mir das. Wahrscheinlich fühlt sie sich in ihrer gewohnten Umgebung ohnehin viel wohler, und ich kann sie bestimmt zur Gartenarbeit mitnehmen. Das wäre überhaupt kein Problem, und ich mag Hunde. Bei uns zu Hause hat es immer welche gegeben.«

Er sah die beiden an, fest überzeugt, daß sie sein Angebot freudig annehmen würden. Da er aber in zwei äußerst überraschte Gesichter blickte, dachte er einen Moment, mit seinem Vorschlag einen Fehler gemacht zu haben.

»Das ist doch nicht Ihr Ernst, David?« fragte Carrie ruhig.

»Natürlich ist es das. Ich würde mich wirklich gern um sie kümmern – jedenfalls, solange ich hier bin. Genaugenommen würde sie mir damit einen Gefallen tun, daß sie mir Gesellschaft leistet.«

Carrie stieß einen Juchzer aus, der Dodies Gejaule nicht unähnlich war, sprang auf und umarmte David.

»Sie sind einfach unübertrefflich!« sagte sie und küßte ihn ein paarmal auf die Stirn. »Ich preise den Tag, an dem Sie in unser Leben getreten sind.«

So groß war die Unruhe, daß Dodie davon aufwachte. Mit durchdringendem Gekläffe sprang sie vom Sofa, schob sich durch die Tür mit dem Fliegengitter und grub ihre beiden Zähne in Davids Hosenbein. Unter wütendem Knurren schüttelte sie den Kopf von einer Seite zur anderen, als sei sie fest entschlossen, seiner Jeans ein Ende zu bereiten.

»Hör mal, Carrie«, sagte Richard lachend, der sich irgendwie ausgeschlossen fühlte, »laß den armen Jungen zufrieden!

Er hat doch nur gesagt, daß er sich um Dodie kümmern will!« Er sah mit einem Blick, in dem wenig Zuneigung lag, dem kleinen Hund zu, der seine Beute nicht loslassen wollte. Dann erhob auch er sich zögernd. »Bei Licht betrachtet hast du aber recht. Er ist ein wahrhaft edler Ritter!«

Dann stimmte er in Carries Lobgesänge auf den ›Helden des Tages‹ ein und schloß sie beide in die Arme, als wolle er in einem Rugby-Spiel zwei Gegner zu Boden werfen. Dabei gab Davids Stuhl ein lautes Knacken von sich und spreizte langsam die Beine. Mit wildem Kreischen fiel die ganze Gesellschaft hintüber auf die Veranda, was Dodie Gelegenheit gab, die Gesichter ihrer unbeherrscht lachenden Opfer abzulecken, denen keine andere Gegenwehr blieb, als lauthals dagegen zu protestieren.

KAPITEL 16

Da sich die Feier der drei bis weit in die frühen Morgenstunden ausgedehnt hatte, gab es im Hause Eggar am folgenden Tag reichlich Kopfschmerzen, und so beschloß man, den Transport Davids mitsamt seiner Habe zu Carries Haus auf den Sonntag nachmittag zu verschieben. Vorher hätte sich Richard der grellen Sonne unter keinen Umständen auszusetzen vermocht.

David hingegen verschaffte sich im Lauf des Vormittags durch einen Spaziergang einen klaren Kopf, denn zumindest wollte er wissen, wo er am nächsten Morgen seine Arbeit anzutreten hatte. Er ging in den Ort, besorgte sich im Imbiß einen dringend nötigen starken Kaffee und machte sich dann zur Barker Lane auf, nachdem er den Weg dorthin erfragt hatte. Sie lag entgegen der Richtung, die er am Vortag eingeschlagen hatte.

Es war die letzte Nebenstraße, die vor der Gemeindegrenze nach links abging, danach kam bereits der Country Club von Leesport. Schließlich fand er das Haus seines künftigen Arbeitgebers. Es lag da, wo die Straße nach links abknickte, um dann am Wasser entlang zu verlaufen. Von dort bis zum Bootshafen war es ein knapper Kilometer. Das Grundstück war von der Straße aus nicht einzusehen, denn die von hohen Birken auf der einen und einer dichten Lorbeerhecke auf der anderen Seite gesäumte Zufahrt schwang sich in einer Kurve vor das Haus. Einen Augenblick blieb David am Eingang stehen und drehte seinen leeren Styroporbecher in den Fingern. Gerade als er beschlossen hatte, sich die Sache näher anzusehen, kam ein Auto vom Bootshafen herüber, und da er nicht den Eindruck erwecken wollte, dort herumzulungern, ging er auf dem Weg, den er gekommen war, nach North Harlens zurück. Bestimmt konnte er sich das Haus auch noch am nächsten Tag in aller Ruhe ansehen.

Gegen vier Uhr nachmittags kam Richard endlich in die Gänge. Nachdem Davids bescheidene Habe in Richards Auto verstaut war, fuhren sie die knapp vierhundert Meter zu Carries Haus. Es war nicht weit von der Stelle entfernt, wo er am Vortag im Leesport Memorial Garden gefrühstückt hatte. Carrie und Dodie begrüßten sie am Gartentor; Carrie, die gerade ihre Pflanzen vor der Abreise noch einmal gegossen hatte, legte den Gartenschlauch hin, öffnete das Tor und eilte dann zum Haus zurück, um das Wasser abzustellen. David nahm Koffer und Aktenkoffer aus dem Wagen und folgte Richard durch das Tor in der mannshohen, sauber gestutzten Eibenhecke in den Garten.

Wer von außen einen ungehinderten Blick auf das Grundstück werfen wollte, mußte das von einem Boot in der Great South Bay aus tun. Im Osten erhob sich ein mit hohem, in der lauen Luft des Nachmittags raschelndem Pampasgras bewachsener Erdwall. Die Wildrosenhecke, die um den Memorial Garden herumlief, bildete den Abschluß des Grundstücks im Westen und erdrückte mit ihrem Gewicht fast den Holzzaun darunter. In Blüte stehende Rhododendren und Azaleen, die nach dem Gießen besonders kräftig dufteten, umgaben den weichen Rasen, der sich bis zu den am Rand der Bucht eingeschlagenen kräftigen Pfählen erstreckte. David ging hinüber zu der Stelle, wo sich das Gelände steil zum Wasser hin senkte. Über tief in den Sand eingebettete rohe Holzstufen kam man zu einem kleinen Anlegesteg, an dem ein altes dunkelblaues Ruderboot vertäut war, dessen Lack vom Bug abblätterte. Sacht stießen die Wellen es gegen den alten Autoreifen, der als Fender diente.

Richard und Carrie waren inzwischen Haus verschwunden, und David machte sich auf, sie zu suchen. Auch wenn das Häuschen letztlich nichts anderes war als ein winziger dunkelbrauner Holzschuppen in der hintersten Ecke des Gartens, nahe der Wildrosenhecke, war es alles andere als schäbig. Fenster und Fensterläden, Regenrohre und Dachrinnen waren in leuchtendem Weiß frisch gestrichen, und den Schindeln entströmte der strenge Geruch einer kürzlich aufgetragenen Schicht Holzschutzmittel. Der Haupteingang lag an der Seite, und über die Längsfront erstreckte sich eine windgeschützte Veranda, deren einzige Möblierung zwei ausgeblichene Liegestühle waren, die so standen, daß man auf die Great South Bay hinausblicken konnte.

Plötzlich hörte er einen Schrei im Haus, und Carrie tauchte mit einem riesigen Koffer und einer zusammengeklappten Staffelei in der Tür auf. Ihr dicht auf den Fersen folgte Richard, der nach wie vor unter den Folgen seiner Ausschweifungen vom Vorabend litt und einen halbherzigen Versuch unternahm, seiner Schwägerin einen Teil ihrer Last zu entreißen.

»Himmel!« sagte Carrie, als sie David sah, und ließ den Koffer, den Richard ihr gerade abnehmen wollte, schwer auf dessen Fuß fallen. »Mir ist gerade aufgegangen, wie spät es schon ist. Sicher steht der Wagen von Star Limos schon in North Harlens. Ich fürchte, ich muß es Ihnen selbst überlassen, sich zurechtzufinden.« Sie holte einen Schlüsselbund aus der Tasche ihrer Latzhose. »Da ist alles dran, was Sie für den Salzspeicher und das Auto brauchen. Der kleine Schlüssel ist für den Außenbordmotor zu meinem Boot. Er steht auf der Sonnenterrasse. Fax und Telefon können Sie natürlich ebenfalls jederzeit benutzen.«

David nahm den Schlüsselbund und sah Carrie fragend an. »In Ordnung – nur, wo ist der Salzspeicher, und was zum Teufel soll ich damit?«

Carrie grinste, während sie auf das Haus deutete. »Sie wohnen darin, David! Mein Haus heißt schon immer Salzspeicher, so klein wie es ist. Fragen Sie mich bloß nicht, wieso – ich habe keine Ahnung.« Sie zuckte die Achseln. »Ich bin nie auf die Idee gekommen, danach zu fragen.« Sie ging zum Tor, an dem Richard lehnte und sich den schmerzenden Fuß rieb.

»Großer Gott«, sagte sie und kam noch einmal zurück. »Ich habe mich ja gar nicht von Ihnen verabschiedet.« Sie umarmte David und küßte ihn auf beide Wangen. »Achten Sie auf sich, David, und … machen Sie … einen neuen Anfang – sehen Sie zu, daß Sie hier ein neues Leben beginnen.«

Er drückte sie fest an sich. »Danke, Carrie, ich glaube, das werd ich tun.«

Sie machte sich von ihm frei und lächelte ihn mit leicht geröteten Wangen an. »Mann! Drücken Sie mich nur so weiter, dann überleg ich mir sogar, ob ich hierbleibe«, sagte sie und ahmte dabei die Stimme von Mae West nach.

»Mach schon, Carrie«, mahnte Richard.

»Ich komme!«

Sie drehte sich um und spazierte durch das Tor hinaus. Vorsichtig versuchte Richard aufzutreten und sagte zu David: »Hör mal, du rufst aber doch deine Mutter an? Ich hab ein schlechtes Gewissen, daß ich mich in deine Angelegenheiten gemischt habe.«

»Hast du überhaupt nicht – und ich verspreche dir, daß ich sie anrufe und alles erkläre.«

Richard lächelte ihm zu. »Alles in Ordnung, alter Knabe?«

»Könnte nicht besser sein.«

»Wenn du was brauchst oder schwimmen möchtest, ruf an oder komm einfach vorbei.«

»Wird gemacht – und, Richard, noch mal danke für alles.«

Richard machte eine abwehrende Geste und brummte: »Dazu sind Freunde schließlich da!«

Wieder ertönte ein Schrei, diesmal außerhalb des Gartens, und Carrie kam zurückgestürzt.

»Was zum Teufel ist denn jetzt schon wieder?« fragte Richard aufgebracht.

»Ich habe mich nicht von Dodie verabschiedet!« jammerte Carrie. »Bestimmt hast du sie im Haus eingesperrt.«

Richard seufzte ungeduldig. »Mach schon, Carrie! Dan wartet bestimmt schon ewig.«

Carrie machte die Haustür auf, Dodie schoß heraus und sprang aufgeregt herum. Carrie nahm den Hund in den Arm und drückte ihm einen Kuß auf den Kopf. »Tschüs, meine Gute. Sei brav und kümmere dich um David.«

Sie drückte ihm Dodie in die Hand und eilte zum Wagen. David winkte ihnen nach, als sie mit quietschenden Reifen die Straße entlang rasten. Kaum waren sie außer Sichtweite, als Dodie einen Klagelaut ausstieß und David zu entkommen versuchte, um ihrer Herrin nachzurennen.

»Komm, Hund«, sagte er und nahm das ihm anvertraute Tier fester in den Arm. »Du kannst mich in eurem Haus herumführen.«

Verwundert sah ihn Dodie an und begann heftig zu keuchen, woraufhin David schleunigst das Gartentor zumachte und sie im Garten laufenließ.

Auch wenn Carrie ihr Auto wie eine Mülltonne behandelte, ließ das keinerlei Rückschlüsse darauf zu, wie sie mit ihrem Haus umging. David stand im Eingang und sah sich in der liebevoll eingerichteten, sonnendurchfluteten kleinen Behausung um. Vor den Fenstern hingen rote Gingan-Vorhänge, die von farblich darauf abgestimmten Bändern gehalten wurden. In der Mitte des Raumes stand zwischen zwei Lehnsesseln mit bunten Bezügen ein runder, polierter Mahagonitisch voller Zeitschriften vor einem Kamin.

Zur Linken erstreckte sich neben einer Glastür ein hohes, aus Brettern und Ziegelsteinen konstruiertes Bücherregal bis zur Decke. Die Bretter bogen sich förmlich unter der Last von Kunstbänden, Taschenbüchern, einer alten Stereoanlage und Carries beachtlicher Schallplattensammlung. Auf der anderen Seite der Tür stand ein geöffneter Zylinderschreibtisch, die Fächer voller Papiere gestopft. Fax und Telefon beanspruchten fast die gesamte Fläche der ledernen Schreibunterlage.

Zu seiner Rechten lag im hinteren Teil des Hauses die Küche. Viel Bewegungsspielraum bot sie nicht, enthielt aber alles, was man brauchte: Herd, Kühlschrank und Spülbecken. Darüber waren an in die Wand geschlagenen gut zwanzig Zentimeter langen Zimmermannsnägeln vier Bretter angebracht. Was darauf stand, war hinter Vorhängen verborgen.

David ging zu dem schweren Damastvorhang am anderen Ende des Raumes hinüber. Dahinter stand ein schmales Doppelbett, das Carrie frisch bezogen hatte. Eine Ecke des Leintuchs war als kleine Willkommensgeste über die Patchworkdecke zurückgeschlagen. Sonst gab es nur noch eine Kiefernholzkommode, einen Nachttisch mit einer Lampe und eine große hölzerne Versandkiste, die als Kleiderschrank diente. Am Fußende des Bettes führte eine Tür in ein winziges Badezimmer, in das man eine Dusche, ein Waschbecken und eine Toilette gezwängt hatte. Der Abstand zwischen beiden letzteren war so gering, daß sich David fragte, ob ein Schlangenmensch den Plan dafür entworfen hatte.

Er zog den Vorhang zurück, hängte die schwere Sisalkordel ein und setzte sich dann auf die Bettkante. Von dort aus betrachtete er den ganzen Raum. Erst jetzt fiel ihm auf, daß jeder freie Quadratzentimeter an den Wänden von Ölgemälden bedeckt war: Strandszenen, Gesichter, Ganzkörperporträts, Straßen, Schlösser in fernen Ländern – alles im gleichen charakteristischen Stil gemalt. Das Bild über dem Kopfende seines Bettes war mit CL signiert. Offenbar stammten all diese Bilder von Carrie.

David lächelte, ließ sich auf das Bett fallen, sah an die Decke und nickte zufrieden. Besser könnte es nicht sein, dachte er, wirklich nicht. Er lachte leise. Nur schade, daß es so stank. Das Lächeln verschwand von seinem Gesicht. Verdammt, der Hund! Wo zum Kuckuck mochte er sein? Er sprang auf und rannte zur Tür, wobei er fast über seinen Koffer gestolpert wäre. Er riß die Tür auf und wollte gerade laut pfeifen, als Dodie zwischen seinen Beinen hindurch ins Haus rannte, auf einen der Sessel sprang und ihn von dort aus treuherzig ansah.

»Braver Hund«, sagte er erleichtert. Er schloß die Tür und nahm seinen Koffer. »Komm mit. Wir wollen auspacken.«

Als die Sonne ihre letzten Strahlen ausgesandt hatte, hatte er Ordnung geschaffen. Seine gesamte Habe war eingeräumt, und die leeren Gepäckstücke waren unter dem Bett verstaut. Da er nicht wußte, ob Dodie schon ihr Fressen bekommen hatte, holte er eine halbvolle Dose Hundefutter aus dem Kühlschrank und für sich gleich zwei Eier. Mit einem Löffel füllte er den Napf, den er unter einem der Sessel entdeckt hatte, und stellte ihn Dodie hin. Nach der Geschwindigkeit zu urteilen, mit der sie die Brocken verschlang, schienen die fehlenden Zähne sie nicht sonderlich zu beeinträchtigen. Während das Wasser mit den Eiern auf dem Gasherd brodelte, nahm er einen Stapel von Carries Platten aus dem Regal und ging die Titel durch.

Es waren erstklassige Platten, eine wie die andere: Jefferson Airplane, The Beatles, Bob Dylan, Joni Mitchell, The Velvet Underground, The Rolling Stones. Er entschied sich für Dylans Nashville Skyline, legte sie auf und trug die anderen zurück zum Regal. Als er sie wieder an Ort und Stelle bringen wollte, entglitt ihm die unterste Platte und fiel mit einem Unglück verheißenden Geräusch zu Boden. Fluchend verzog er das Gesicht. Er hob sie auf und zog sie aus der Hülle. Sie war heil. Erleichtert stieß er die Luft aus und wollte die Platte schon auf den Stapel zurücklegen, als ihm der Titel plötzlich ins Auge fiel. Motown Greatest Hits. Eine Weile hielt er sie in der Hand, dann drehte er sie langsam um, als fordere er damit das Schicksal heraus. Da war es: Smokey Robinson und die Miracles. Er schob sie rasch und entschlossen so weit unten in den Stapel, wie es ging. »Machen Sie einen neuen Anfang«, hatte Carrie gesagt, »sehen Sie zu, daß Sie hier ein neues Leben beginnen.«

Zu den Klängen von Bob Dylan aß er auf einem der durchhängenden Liegestühle auf der Veranda die gekochten Eier, während ihn Dodie, die den anderen Liegestuhl mit Beschlag belegt hatte, mit flehenden Blicken aufforderte, seine Mahlzeit mit ihr zu teilen. Er warf ihr ein Stück Ei hin. Anschließend wusch er das Geschirr ab und stellte es zum Trocknen auf das Abtropfbrett, wischte sich die Hände an seiner Jeans ab und ging zum Schreibtisch. Er schob das Faxgerät so weit wie möglich beiseite, nahm ein Blatt Papier und einen Stift aus seinem Aktenkoffer und setzte sich hin, um ein langes Fax an seine Eltern zu verfassen.

KAPITEL
17

»Sucht euch doch mal eine andere Stelle zum Ausruhen!« entfuhr es Alicia, als sie auf dem Weg zum Frühstückstisch fast über die Hunde gestolpert wäre. Die beiden randvollen Kaffeetassen, die sie trug, tanzten auf den Untertassen. Ihr war klar, daß sie an diesem Morgen nicht in bester Laune war, und allein das genügte schon, ihre Stimmung noch zu verschlechtern. Das Klingeln des Telefons mitten in der Nacht hatte die Sache nicht besser gemacht, und obwohl es gleich wieder aufgehört hatte, bevor sie hatte abnehmen können, war auch ihr Mann davon wach geworden. Den Rest der Nacht hatte sie kaum schlafen können, da er sich unruhig im Bett gewälzt hatte, um eine Stellung zu finden, in der seine peinigenden Rückenschmerzen ein wenig nachließen. Offensichtlich litt er mehr als früher, denn er begann jetzt auch über Schmerzen zu klagen – nein, das war das falsche Wort, von *anderen* Schmerzen zu sprechen –, die offenbar nicht mit seiner Kriegsverletzung zusammenhingen. Sie machte sich Sorgen darüber, aber auch über seine zunehmende Belastung durch die Veränderungen in der Firma. Das ganze Wochenende war er mit Duncan Caple im Büro gewesen und hatte jetzt, am Montag morgen, nicht einmal genug Zeit, zum Frühstück zu kommen.

Sie stellte die Tassen auf den Tisch und rief mit lauter Stimme seinen Namen durch die Eingangshalle.

»Ja!« kam kaum hörbar seine Antwort aus dem Salon.

»Was treibst du? Dein Kaffee wird kalt.«

»Ich komme schon.«

Alicia kehrte ins Eßzimmer zurück und setzte sich. Sie nahm ein Stück harten Toast aus dem Ständer, das ihr prompt auf dem Teller in Stücke brach, als sie es mit Butter zu bestreichen begann. Sie setzte die Brille auf, nahm die Zeitung, schüttelte sie ärgerlich und überflog gerade die Schlagzeilen, als ihr Mann hereinkam.

»Wo bleibst du so lange?« fragte sie und sah ihn über ihre Brille hinweg an. Dann faltete sie die Zeitung zusammen und ging zur Anrichte. »Deine Würstchen sind inzwischen verkohlt.«

»Tut mir leid«, sagte er und trat neben sie. Sie gab ihm den Teller, und er reichte ihr ein langes handschriftliches Fax. »Das ist von David. Es ist heute nacht gekommen. Als das Telefon sofort wieder zu klingeln aufhörte, hab ich mir gleich gedacht, daß es ein Fax war.«

»Wie schön!« sagte Alicia mit deutlich munterer Stimme. Sie kehrte zum Tisch zurück und setzte sich. »Wahrscheinlich schreibt er, wann er in Glasgow ankommt.«

»Ehm, nein«, sagte er. »Lies nur.«

Er setzte sich neben seine Frau. Um sie nicht ansehen zu müssen, während sie las, nahm er die Zeitung und tat, als lese er darin. Nebenbei säbelte er an seinen verbrannten Würstchen herum. Alicia sah mißtrauisch zu ihm hinüber und deutete sein Verhalten durchaus richtig: Vermutlich würde ihr nicht gefallen, was in dem Fax stand. Sie begann zu lesen.

Er hatte Messer und Gabel bereits beiseite gelegt, als sie das Fax auf den Tisch legte. Sie nahm die Brille ab und lehnte sich wortlos in ihrem Stuhl zurück. Er sah sie an.

»Nun?« fragte er.

»Na ja«, antwortete Alicia und schüttelte den Kopf. »Ich weiß nicht recht, was ich sagen soll. Einerseits kann ich verstehen, daß er Abstand gewinnen will, und falls er damit wieder zu sich selbst findet, ist das auch in Ordnung. Aber er will einen ganzen Monat wegbleiben, mindestens! Damit ist er erstens nicht zurück, wenn die Kinder Ferien haben – das hatte er ihnen aber versprochen –, und zweitens kommt es gerade jetzt zu all diesen durchgreifenden Veränderungen in der Firma.« Sie schwieg. »Natürlich freue ich mich, daß es ihm offensichtlich bessergeht, aber – nun ja – ich finde, wenn das so ist, könnte er doch auch nach Hause kommen und anfangen, dich ein bißchen zu entlasten.« Sie nahm das Fax wieder auf und las etwas nach. »Es sieht doch wirklich so aus, als ob es ihm besserginge, meinst du nicht auch?«

Er bestrich eine Scheibe Toast, wobei ihm ein Stück zu Boden fiel. Schwerfällig bückte er sich, um es aufzuheben.

»Ich finde nicht, daß er sofort zurückkommen sollte«, sagte er. Seiner Stimme war die Anstrengung des Bückens anzuhören.

»Was willst du damit sagen?« fragte Alicia. »Laß doch den Toast. Effie saugt hier nachher sowieso.«

»Der Hund hat ihn schon«, sagte er und richtete sich wieder auf.

»Hör mal, Geordie, ich bin anderer Meinung als du, denn ich kann einfach nicht zulassen, daß du weiter so schuftest wie bisher. Anfangs, als du lediglich für David eingesprungen bist, war das gut und schön, aber jetzt passiert so viel in der Firma, und ich finde ganz und gar nicht, daß dir das guttut. Er muß zurückkommen und dich entlasten.«

Er nahm einen Schluck Kaffee und sah seine Frau an.

»Nein, Alicia, ich möchte, daß er dort bleibt. Eigentlich hatte ich ihm damals vorschlagen wollen, eine Weile bei den Richardsons in Massachusetts oder den Pennworths in Virginia zu bleiben. Das war der Grund, warum ich bei seinem Ticket den Rückflug offen gelassen habe. Ehrlich gesagt bin ich ganz froh, daß er diese Arbeit gefunden hat.« Er schwieg eine Weile. »Ich glaube, wenn er jetzt nach Hause käme, wäre seine Erholung möglicherweise nur von kurzer Dauer. Natürlich macht er den Eindruck, als ob es ihm besserginge, aber vergiß nicht, meine Liebe, erst vor drei Tagen hat es ganz nach dem Gegenteil ausgesehen. Meiner Einschätzung nach hat der Heilungsprozeß bei ihm gerade erst eingesetzt, und ich möchte ganz sicher sein, daß er bei seiner Rückkehr so wie früher ist, damit er seine Position als Leiter der Marketingabteilung auch wirklich wieder ausfüllen kann. Es hängt von ihm ab, wie die Beziehung zwischen unserer Familie und der Firma Glendurnich in Zukunft aussieht.«

Als er den besorgten Ausdruck auf Alicias Gesicht sah, legte er beruhigend seine Hand auf ihre. »Mach dir keine Sorgen um mich. Mir geht es gut. Bestimmt. Ohnehin tritt heute der neue

Leiter der Marketingabteilung aus London seine Stellung an, und auch wenn diese Situation alles andere als ideal ist, wird er Duncan und mir zumindest ein wenig Arbeit abnehmen können. Ich habe ein ziemlich schlechtes Gewissen, weil ich in letzter Zeit nur harte Worte für Duncan übrig hatte. Er war am Wochenende ziemlich besorgt über meinen Gesundheitszustand und hat ganz wie du darauf gedrungen, daß ich kürzer trete und nicht mehr so oft ins Büro gehe, sobald sich der neue Mann ein bißchen eingearbeitet hat. Was die Kinder angeht, müssen *wir* uns in den Ferien einfach um sie kümmern. Es ist ja nur vorübergehend, meine Liebe.« Er leerte seine Kaffeetasse, stand auf und legte Alicia die Hand auf die Schulter. »Wir haben doch Davids Faxnummer. Ich finde, wir sollten ihm schreiben, daß wir ganz und gar hinter ihm stehen und er, was uns betrifft, seine Pläne getrost verwirklichen kann. Was hältst du davon?«

Alicia legte ihre Hand auf seine, lächelte ihm tapfer zu und nickte. »Von mir aus, einverstanden. Aber nur, wenn du wirklich etwas kürzer trittst, Geordie. Ich möchte nicht, daß dir was passiert.«

Er küßte sie auf das Haar. »Mir passiert schon nichts.« Lachend er ging zur Tür. »Noch bin ich nicht soweit, daß ich den Löffel abgebe!«

Er zwinkerte ihr zu und warf, schwer auf seinen Stock gestützt, munter eine Ferse in die Luft.

KAPITEL
18

Am nächsten Morgen wurde David viel zu früh von Dodie geweckt, die wohl irgendwann im Laufe der Nacht auf das Bett geklettert war und vermutlich sechs Uhr für genau den richtigen Zeitpunkt hielt, sein Gesicht in unvorhergesehener und auch unwillkommener Weise zu waschen. Mit einem Ruck stieß er sie vom Bett. Er blieb eine Weile benommen liegen, während er den Vögeln draußen im Garten lauschte und erst einmal überlegen mußte, wo er sich befand.

Der Hund stieß einen Klagelaut aus, und als David den Kopf zur Seite drehte, sah er das Tier erwartungsvoll an der Tür stehen. Er stand auf, um ihr zu öffnen. Zweimal kurz aufbellend schlüpfte sie durch den schmalen Spalt in den Garten.

Nachdem er sich eine Tasse Pulverkaffee gemacht hatte, wollte er gerade ins Bad gehen, als er auf die Uhr sah. Er rechnete nach, wie spät es wohl in Schottland sein mochte. Genau fünf Minuten nach elf am Vormittag. Er setzte sich an den Schreibtisch, nahm den Hörer ab und wählte.

Gerade als er an seinem Kaffee nippte, meldete sich eine Frauenstimme. »Hatching's School, guten Morgen.«

»Hallo.« Er stellte die Tasse auf den Fußboden. »Könnte ich wohl mit Sophie Corstorphine sprechen?«

»Wer ist bitte am Apparat?«

»Ihr Vater – aus Amerika.«

»Ah, ja, Mr. Corstorphine. Wenn ich mich beeile, erwische ich sie vielleicht noch gerade am Ende der großen Pause. Könnten Sie dranbleiben?«

»Selbstverständlich.«

Ein leises Kratzen an der Haustür verkündete Dodies Rückkehr. Er stellte die Mithöranlage ein, um sie hereinzulassen.

Gerade in dem Augenblick meldete sich Sophie. »Hallo, Papa? Hallo, hallo?«

David eilte zum Telefon und schaltete wieder um. »Hallo, mein Kind.«

»Guten Tag, Papa.«

»Das ging ja flott! Ich hatte gar nicht damit gerechnet, daß man dich so schnell findet.«

»Ich war gerade auf dem Weg zum Klassenzimmer. Miss Jenkins sagt, daß du noch in Amerika bist.«

»Ja, so ist es.«

»Wie spät ist es denn da?«

»Ehm –«, er sah auf seine Uhr, »genau sieben Minuten nach sechs.«

Sophie lachte. »Ist das nicht lustig! Wir hatten schon Französisch, Biologie und Mathe, und du bist gerade erst aufgestanden.«

»Ja, kommt einem ein bißchen ungerecht vor, was? Augenblick mal.«

Er schleuderte ein Kissen nach dem Hund, der sich das Bett als Ort für sein morgendliches Reinigungsritual ausgesucht hatte. »Und wie steht's bei euch? Ist Oma am Samstag zu euch rausgekommen?«

»Ja, ist sie, *und* sie hat mir beim Tennis zugesehen. Charlies Cricketspiel ist nämlich ausgefallen, weil in Clevely Hall alle die Windpocken haben.«

»Aha. Und, hast du gewonnen?«

»Nein. Mr. Hunter meint, das liegt daran, daß Rosie Braithwaite und ich auf dem Tennisplatz zuviel miteinander reden.«

»Und tut ihr das?«

»Schwer zu sagen. Wenn uns plötzlich was Wichtiges einfällt, müssen wir das gleich loswerden, sonst vergessen wir es ja!«

»Und was gab es am Samstag so Wichtiges loszuwerden?«

»Ach«, kicherte Sophie, »wir haben eigentlich nur überlegt, welches Shampoo wir einer unserer Gegnerinnen empfehlen sollten, weil die so schrecklich fettiges Haar hatte.«

David lachte. »Das klingt ja wirklich *wichtig*, Sophie. Dafür lohnt es sich doch glatt, das Spiel sausenzulassen.«

»Wir *haben* es nicht sausenlassen! Wir haben uns fast gekugelt vor Lachen, so daß wir keinen Ball mehr getroffen haben! Ich muß jetzt aber wieder in den Unterricht, Papa.«

»Noch einen Augenblick. Ich, ehm, möchte dich was fragen.«

»Was?«

»Es ist so… Also, was würdest du dazu sagen, aber bitte ganz ehrlich, wenn ich noch eine Weile hierbliebe?«

»Was? In Amerika?«

»Ja.«

»Warum?«

»Na ja, sagen wir, für einen kurzen Urlaub.«

Sophie schwieg eine Weile. »Was verstehst du unter einem kurzen Urlaub?«

»Weiß nicht. Einen Monat ungefähr.«

Er hörte, wie sie mißbilligend schnaubte. »Das ist aber kein *kurzer* Urlaub, Papa.«

»Ich weiß. Es ist nur so, daß ich eine Art Aushilfstätigkeit gefunden habe, und kürzer als einen Monat würden die mich nicht beschäftigen. Ich muß das aber nicht unbedingt machen, Sophie, wenn ihr unbedingt wollt, daß ich nach Hause komme.«

Sophie stieß einen langen Seufzer aus.

»Nein, ich glaube, das ist ein guter Einfall, Papa. Ich hab schon vorige Woche zu Oma gesagt, daß es besser für dich wäre, wenn du eine Weile da drüben bleibst. Außerdem muß ich sowieso in den ganzen Ferien für meine Prüfung lernen.«

»Hast du das tatsächlich zu ihr gesagt?«

»Ja! Ich finde, daß du mal 'ne Zeitlang was anderes sehen solltest.«

Die kluge und verständnisvolle Äußerung seiner Tochter trieb David mit einem Mal einen Kloß in den Hals.

Sophie fuhr fort: »Aber du schreibst doch, oder?«

»*Natürlich.*«

»Und kommst vor den Sommerferien zurück?«

»Ganz bestimmt.«

»Dann hab ich nichts dagegen. Soll ich es den beiden anderen sagen?«

»Ich weiß nicht. Vielleicht ist es besser, wenn ich selbst mit ihnen spreche.«

»Ach was, schreib ihnen einfach einen Brief, und ich sag es ihnen. Bei Charlie geht es wahrscheinlich zum einen Ohr rein und zum anderen raus, und Harry scheint sich im Augenblick ganz wohl zu fühlen, da ist es besser, wenn ich nicht zuviel darüber rede. Hör mal, Papa, ich muß jetzt aber wirklich gehen. Schreib *bald*, ja, und vergiß auf keinen Fall meinen sechzehnten Geburtstag, falls du bis dahin nicht zurück bist. Tschüs. Ich hab dich sehr lieb!«

David legte auf und starrte die Wand an, hin und her gerissen zwischen Erleichterung über das Verständnis seiner Ältesten und einem schlechten Gewissen, weil er mit seiner Entscheidung, in Leesport zu bleiben, einem nicht zu erklärenden Impuls gefolgt war. Nach einer Weile stand er langsam auf. Immerhin war es möglich, daß sich sein Vorhaben als Reinfall erwies. In dem Fall würde er nach Hause zurückkehren, das hatte er sich von Anfang an vorgenommen. Er holte sich ein Handtuch und ging ins Bad. Am besten dürfte es sein, wenn er alles in Ruhe an sich herankommen ließ.

Eigentlich hätte er nicht zur Arbeit fahren müssen, denn das Haus der Newmans ließ sich zu Fuß gut erreichen, und dank Dodie hatte er noch reichlich Zeit. Dennoch entschloß er sich, den Wagen zu nehmen, denn er wollte nicht nur einen Umweg über die Imbißstube machen, um zu frühstücken und etwas zum Mittagessen zu kaufen, sondern nach Feierabend im Supermarkt Einkäufe erledigen und anschließend bei Clive vorbeifahren.

Als er um zwanzig nach acht das Haus verließ, sah es ganz so aus, als werde der Tag ebenso klar und warm wie der vorige. Der Himmel glänzte blau, die Morgensonne leuchtete wie eine brennende Kugel über dem Hang mit seinen dichten, hohen Gräsern, durch die sanft der Wind strich. David überlegte, ob er das Verdeck zurückklappen sollte, doch da er nicht wußte, wie sich Dodie im Wagen benahm, ließ er es fürs erste. Er öffnete die Autotür, der Hund sprang hinein und schob sich, vor Aufregung hechelnd, zwischen den Sitzen nach hinten durch und hockte sich auf die Rückbank. Als David einstieg und starten wollte, zeigte sich, daß Carries Nachlässigkeit, was Autos anging, allumfassend war. Erst nach zahlreichen fruchtlosen Anlaßversuchen sprang der Motor an.

Um Viertel vor neun parkte er auf der Straße vor der Auffahrt der Newmans. Während er wie gewohnt Kaffee aus dem Styroporbecher trank und sein fast schon traditionelles Spiegelei-Brot aß, lächelte er vor sich hin. Was wohl die Arbeiter vor der Imbißstube beim Anblick seiner Hippie-Kutsche und des darin herumhüpfenden Pudels gedacht haben mochten? Nachdem er den Abfall in die braune Tragetüte gestopft hatte, ließ er den Motor erneut an und fuhr langsam und so unauffällig wie möglich über die knapp hundert Meter lange kiesbestreute Auffahrt hinter das Haus.

Es war das bei weitem größte und ansehnlichste Anwesen, das er in Leesport bisher gesehen hatte. Dichtbelaubte Eichen und Birken säumten im Wechsel die großen gepflegten Rasenflächen zu beiden Seiten der Auffahrt. Das langgestreckte Haus war im Kolonialstil errichtet. Die Fassade aus Zedernholzschindeln war im Erdgeschoß und im ersten Stock in unterschiedlichen Farbtönen gestrichen. Auf der Westseite des Hauses war ein großer Wintergarten angebaut worden, um das Licht der Abendsonne einzufangen. Das Dach des Wintergartens bildete eine von einem Geländer umgebene weiße Veranda. Am östlichen Ende verband ein geschickt eingefügter überdachter Gang ein Gebäude, das allem Anschein nach früher ein Stall gewesen war, mit dem Haupthaus. Eine rosafarbene blühende Clematis rankte vor der Veranda bis zu einem der Mansardenfenster empor, und Beete mit blühenden Azaleen und Zwergrhododendren zogen sich an der ganzen Länge des Hauses entlang.

David hielt neben einem metallic-blauen BMW, der vor dem Eingang stand. Doch dann kam ihm der Gedanke, man könne das als unpassend für einen Aushilfsgärtner empfinden, und so setzte er ein Stück zurück und stellte den Käfer neben einem langen Holzschuppen unter den Bäumen ab, dessen Wände und Dach ein Rankengewirr bedeckte. Kaum hatte er den Motor abgestellt, als Dodie, die es nicht erwarten konnte, nach vorn auf den Beifahrersitz sprang und ihn freudig ansah.

»Du mußt erst mal hierbleiben, Dodie«, sagte er und kurbelte das Fenster soweit hoch, daß es eine Handbreit offenstand. »Ich komm dann und hol dich ab.«

Er sah sich das Haus an und überlegte, wo der Eingang sein mochte. Neben der Treppe, die von der Stalltür herabführte, standen zwei Mülleimer. In der Annahme, daß sich dort die Küche befand, ging er hin und klopfte an die Tür. Während er wartete, hörte er ein unterdrücktes Winseln. Er wandte sich um und sah Dodie, die ihn sehnsüchtig durch das Seitenfenster des Autos anstarrte.

»Pst! Schluß!« sagte er, so leise es angesichts der Entfernung möglich war.

Damit aber schien er den Hund nur zu bestärken, denn jetzt folgte auf die stumme Ouvertüre die Hauptvorstellung: Den Kopf in den Nacken gelegt, fing Dodie an, lang und kläglich zu jaulen. David warf einen raschen Blick auf die Tür, und da offenbar niemand sein Klopfen gehört hatte, lief er zum Wagen zurück, wobei er den Hund zu beschwichtigen versuchte.

»Setz dich und sei still!« herrschte er das Tier an, als es ihm zu dumm wurde.

Dodie sah ihn überrascht an, als sei sie so schroffe Töne nicht gewohnt. Ihre Pfoten glitten an der Scheibe herunter, und langsam verschwand sie aus seinem Blickfeld. David merkte in dem Moment, daß die Szene beobachtet worden war. Eine füllige Schwarze stand, übers ganze Gesicht grinsend, in der Küchentür.

»Entschuldigung«, sagte er und eilte zurück.

»Haben Sie Ärger?« fragte sie lachend.

»Gewissermaßen. Ich habe eine Hündin im Wagen, die glaubt, daß sie mich herumkommandieren kann.«

»Ah«, sagte die Frau und nickte bedächtig. »Wie schön, daß es eine Sie ist. Sie scheint genau zu wissen, wer das Sagen hat!«

Zu einer leuchtend bunten Baumwollhose trug sie ein weites T-Shirt und blaue Turnschuhe. Anfangs hielt David sie wegen des Anflugs von Grau in ihren festen schwarzen Locken für Anfang Fünfzig, doch als er sie aus der Nähe sah, wurde ihm klar, daß es fast unmöglich war, ihr Alter zu schätzen, denn ihr Gesicht war so glatt und faltenfrei wie ein polierter dunkelbrauner Edelstein.

»Ich heiße David Corstorphine und –«

»Ach, natürlich«, unterbrach ihn die Frau, die seinen Namen offenbar kannte. »Die Helfenden Hände haben Sie zur Gartenarbeit geschickt.«

»Ja, stimmt. Sind Sie, ehm, Mrs. Newman?«

Sie lachte herzhaft. »Um Gottes willen, nein«, sagte sie und streckte ihm die Hand hin. »Ich bin Jasmine, die Haushälterin.«

David schüttelte ihre Hand. »Nett, Sie kennenzulernen, Jasmine.«

»Nett, Sie kennenzulernen, David. Kommen Sie rein.«

Als er eintrat, sah er, daß er mit seiner Vermutung recht gehabt hatte – es war die Küche. Den langgestreckten, luftigen Raum mit schwarzweiß gefliestem Fußboden erhellten unter den freiliegenden Deckenbalken angebrachte Halogenstrahler. Sie befanden sich im Arbeitsbereich mit offenbar nach Maß angefertigten Küchenschränken aus Kiefernholz und einem ultramodernen Herd. Auch Gefriertruhe, Kühlschrank und ein auf Augenhöhe angebrachter Backofen fehlten nicht. Den Raum beherrschte ein in der Mitte stehender langer Refektoriumstisch, um den Bugholzstühle standen. In der Mitte des Tisches fiel David inmitten eines Stillebens aus aufgeschlagenen Zeitungen, Tellern und Packungen mit Frühstücksflocken ein Blumentopf mit einem blühenden Kaktus auf, neben dem jemand ein Fahrradpedal in die Erde gesteckt hatte, was dem Ganzen einen surrealistischen Anstrich gab.

An einer Wand standen zwei Sofas vor einem Fernseher, daneben zwei gewaltige Sitzsäcke. Glastüren nahmen die gesamte Breite der Giebelseite ein. Sie standen offen, und so strömte die Wärme aus dem Garten ins Haus.

»Mir gefällt die Art, wie Sie sprechen«, sagte Jasmine, während sie den Wasserkessel aufsetzte. »Woher kommen Sie?«

»Aus Schottland.«

»Tatsächlich?« sagte sie, verschränkte die Arme und lehnte sich an die Arbeitsfläche. »So wie Sie hat aber keiner von den Schotten gesprochen, die ich je habe reden hören. Stimmt da was nicht?«

David lächelte. »Es kommt darauf an, woher man ist.«

»Scheint so.« Sie nahm zwei große Henkelbecher aus einem der Hängeschränke. »Möchten Sie eine Tasse Kaffee?«

»Gern«, antwortete David und steckte die Hände in die Taschen. »Ich möchte Sie aber nicht aufhalten.«

»Tun Sie nicht«, sagte sie und nahm den Kessel vom Herd. »Wie trinken Sie ihn?«

»Bitte schwarz.«

Während Jasmine den Kaffee aufgoß, näherte sich aus dem Haupthaus das eilige Klick-Klack hochhackiger Schuhe auf dem Steinboden und wurde immer lauter.

»Jasmine!«

»Ich bin hier!« rief sie und ging durch die Tür der Stimme entgegen.

David nahm seinen Becher, schlürfte vorsichtig ein wenig von dem brühendheißen Kaffee und trat an die Glastür, um in den Garten hinauszusehen.

»Hören Sie, da draußen steht ein altes Auto mit einem Hund darin, der verrückt spielt. Wissen Sie, wem das gehört?«

David fluchte leise.

»Das ist schon in Ordnung. Der Wagen gehört dem neuen Gärtner, den die Helfenden Hände geschickt haben. Er heißt David.«

Er lief zur Hintertür hinüber und reckte den Kopf, um zu sehen, ob er durch das Fenster einen Blick auf den Wagen erhaschen konnte.

»Großer Gott, ich habe ganz vergessen, daß er heute anfangen soll. Ich bin schon spät dran und muß unbedingt Benji zur Schule bringen. Vielleicht können Sie ihm sagen, was er tun soll.«

»Er ist hier in der Küche.«

Man hörte erneut das Klick-Klack der Absätze. David trat rasch vom Fenster fort und erwartete, die Hände in die Gesäßtaschen gesteckt, mit sonderbarer Unruhe seine neue Arbeitgeberin. Jasmine kam zurück, gefolgt von einer hochgewachsenen, ausgesprochen gutaussehenden Frau Mitte Dreißig, die einen Aktenkoffer trug. Von der Schulter hing ihr eine Kroko-Handtasche. Zu einem rehbraunen Leinenkostüm trug sie eine cremefarbene Seidenbluse, deren Kragen weit offenstand und ihren schlanken Hals betonte. Eine große goldene Spange hielt das zurückgekämmte rötlichblonde Haar am Hinterkopf zusammen. Ein blasser Lippenstift war das einzige Make-up in ihrem sommersprossigen Gesicht, und als Schmuck trug sie lediglich zwei winzige diamantbesetzte Ohrringe.

»Das ist David«, sagte Jasmine und lächelte ihm fröhlich zu. »Er ist aus Schottland.«

»So so, aus Schottland?« sagte die Frau, ohne näherzutreten. »Und verstehen Schotten mehr von Gartenarbeit als Australier?«

»Wie bitte?«

»Unser letzter Gärtner war Australier. Eigentlich war er kein Gärtner, sondern Metzger. Er konnte zwar den Rasen mähen, die Pflanzen in den Blumenbeeten aber hat er behandelt, als wären sie Unkraut. Kennen Sie den Unterschied?«

»Ich glaube schon. Das heißt, ja, ich kenne ihn.« Am liebsten hätte er sich wegen seiner unsicheren Antwort selbst in den Hintern getreten.

»Gut«, sagte sie und warf einen kurzen Blick auf Jasmine, als solle ihr diese bestätigen, daß sie mit dem neuen Gärtner genug gesprochen hatte. Dann sah sie ihn wieder an. »Jasmine kann Ihnen zeigen, wo Sie alles finden, und dann fangen Sie, nun ja, einfach mit der Arbeit an.« Ihr Blick fiel auf die Wanduhr. »Großer Gott, Jasmine, schauen Sie nur, wie spät es ist! Wo zum Teufel steckt der Junge denn bloß? Können Sie ihn holen und ihm sagen, daß ich zum Wagen komme?«

»In Ordnung.« Jasmine verschwand im Haus.

»Ach, und noch etwas, Jasmine!« rief sie ihr nach.

»Ja!«

»Sehen Sie zu, daß Germaine ihn heute pünktlich abholt. Er hat gesagt, daß er vorigen Mittwoch mindestens eine halbe Stunde vor der Schule warten mußte.«

»Wird gemacht.«

Die Frau des Hauses drehte sich um und ging zur Hintertür. David, der gleich danebenstand, öffnete ihr. Sie lächelte ihm im Vorübergehen flüchtig zu und eilte hinaus. David sah ihr nach. Als sie schon fast beim Auto war, begann sie eindringlich auf einen Jungen einzureden, der aus der Haustür gekommen war und jetzt in aller Seelenruhe zum Wagen schlenderte. Er öffnete die Beifahrertür, warf seinen Schulranzen in hohem Bogen auf den Rücksitz und stieg ein. Die Frau ließ den Motor aufjaulen, setzte in engem Bogen zurück und raste davon, daß der Kies aufspritzte.

David drehte sich um, als Jasmine durch die andere Tür hereinkam.

»Was für ein Gehetze.« Sie nahm ihren Becher von der Arbeitsfläche und trank einen Schluck daraus. »Am Montagmorgen ist das hier immer das gleiche.« Sie verzog angesichts des lauwarmen Kaffees das Gesicht, goß den Rest ins Spülbecken und ging zum Tisch. »Geben Sie mir ein bißchen Zeit, um hier aufzuräumen, dann zeige ich Ihnen, wo alles ist.«

»Ich vermute, das war Mrs. Newman«, sagte David.

Jasmine machte ein entsetztes Gesicht. »Ach, um Gottes willen, ich habe ganz vergessen, Sie vorzustellen!« Sie nahm einen Stapel Teller und trug ihn zur Geschirrspülmaschine. »Ja, das war Mrs. Newman. Jennifer. Sie hat es nicht gern, wenn man sie Mrs. Newman nennt. Jennifer ist immer wie ein Wirbelwind, und dabei fliegen manchmal auch Formalitäten einfach zum Fenster hinaus.«

»Sieht so aus, als ob sie einen Beruf hätte.«

»Und was für einen! Sie hat einen guten Job in einer Werbeagentur in Manhattan und ist deshalb den größten Teil der Woche unterwegs, meistens von Montag bis Mittwoch oder Donnerstag. Sie und ihr Mann haben eine Wohnung im West Village.«

»Aha.«

Eine Weile sagte er nichts weiter und überlegte, ob es besser wäre, den Mund zu halten oder weiter Fragen zu stellen, die man für neugierig halten könnte. Zurückhaltung schien ihm der falsche Weg. »Und was macht Mr. Newman?«

»Der ist irgendein hohes Tier in einer Computerfirma. Er war am Wochenende hier, ist aber heute morgen schon früh verschwunden. Er ist selten zu Hause.« Sie räumte die Frühstücksflocken in einen der Schränke und stieß, auf den Schrank gestützt, einen besorgten Seufzer aus. »Das ist sicher für beide nicht ganz einfach. Viel sehen sie nicht voneinander, nur am Wochenende, und manchmal nicht mal das.« Sie füllte Pulver in die Geschirrspülmaschine und schaltete sie ein. »Aber am schlimmsten ist es für den Jungen.«

»Wer kümmert sich um ihn?«

»Ich.« Sie nahm ein Tuch, spülte es rasch unter dem Hahn durch und machte sich daran, den Tisch zu wischen. »Im Augenblick bin ich nur drei oder vier Nächte die Woche im Haus, je nachdem, ob Jennifer am Mittwoch abend oder am Donnerstag aus New York zurückkommt, aber im Winter bin ich die ganze Woche hier.«

»Aha.«

Sie wischte den Tisch schwungvoll zu Ende und hängte das Tuch an einen Haken neben dem Herd. »So, das wäre erledigt. Kommen Sie, ich zeige Ihnen den Garten.«

Sie ging auf die Glastüren zu.

»Ehm, Jasmine, könnten wir wohl die Hintertür nehmen? Ich möchte schnell den Hund aus dem Wagen holen.«

Sie sah ihn mißtrauisch an. »Das ist hoffentlich kein Wachhund oder dergleichen? Mit Hunden komme ich nämlich normalerweise nicht so gut klar.«

David lachte. »Nein, ein Pudel.«

»Ein Pudel?« Sie zog überrascht die Augenbrauen hoch. »Was um Gottes willen tun Sie mit einem Pudel?«

»Er gehört mir nicht. Ich kümmere mich nur für jemanden um ihn.«

Achselzuckend ging Jasmine zur Hintertür. »Na, ich glaube, mit einem Pudel komme ich zurecht.«

Beim Anblick der beiden sprang Dodie voller Freude auf den Beifahrersitz und kratzte an der Scheibe. David ließ sie heraus und verzieh ihr, daß sie wieder einmal ordentlich am Lenkrad genagt hatte. Sie begrüßte umgehend Jasmine voll Begeisterung. Anschließend versuchte sie ihre Beliebtheit noch dadurch zu steigern, daß sie ein Stück Holz aufhob, das doppelt so schwer war wie sie, und damit ihn und Jasmine umkreiste.

Jasmine schloß den Schuppen auf, neben dem der Wagen stand, und zeigte David, wo das Gartenwerkzeug war. Anschließend gingen sie um das Haus herum zum Vordereingang. Der Garten war viel größer, als David vermutet hatte, und die Bäume zu beiden Seiten des Rasens erstreckten sich bis ans Ufer der Bucht. Zur Rechten lag ein Schwimmbecken, ringsum durch eine hohe immergrüne Hecke vor dem Wind geschützt. Durch das weiße Holztürchen konnte man die blitzende blaue Wasseroberfläche sehen, und dahinter ragte der hohe Maschendrahtzaun eines Tennisplatzes auf. Die Einförmigkeit der Anlage wurde raffiniert von farbenfrohen Staudenrabatten aufgelockert, die wie zufällig wirkten. Der spärliche Bewuchs einiger von ihnen zeigte allerdings, wie schrecklich ihnen der vorige Gärtner zugesetzt haben mußte.

»Ziemlich gut, was?« sagte Jasmine, die alles mit ihm begutachtete.

»Wunderschön. Die Anlage wirkt so friedlich.«

»Ja«, sagte Jasmine und nickte. »Für meinen Geschmack manchmal zu friedlich.« Sie holte tief Luft. »Na schön, ich überlaß Sie jetzt Ihrer Arbeit. Wenn Sie was brauchen, ich bin im Haus.«

Mit einem Lächeln wandte sie sich ab, um in die Küche zu eilen, dann hielt sie inne und drehte sich nochmals zu David um. »Haben Sie was zum Mittagessen mit?«

»Ja, ich hab mir auf dem Weg hierher in der Imbißstube was geholt.«

»Schön, aber kommen Sie rein, dann können wir zusammen essen, und in Zukunft brauchen Sie nicht mehr dahin zu fahren. *Ich* sorge dafür, daß Sie mittags etwas zu essen bekommen.«

»Das ist sehr freundlich von Ihnen. Macht es Ihnen auch wirklich nichts aus?«

Lachend schüttelte Jasmine den Kopf. »Natürlich nicht.«

Sie ging, und David sah ihr nach, wie sie durch eine der Glastüren verschwand. Dodie saß mit zur Seite geneigtem

Kopf zu seinen Füßen und sah ihn erwartungsvoll an. Aus ihrer Schnauze stand ein Stück Holz hervor wie eine krumme Zigarre.

»Schön, Dodie, dann wollen wir uns mal an die Arbeit machen.«

Er fuhr den Rasentraktor aus dem Schuppen und begann mit dem Rasen am Rand der Auffahrt. Kaum hatte er das Mähwerk eingeschaltet, überkam ihn ein überwältigendes Gefühl der Erleichterung. Es war wie eine Heimkehr, es schien ihm, als komme er aus der Wildnis zurück, und die Verbindung zu Rachel, die er im Park von Inchelvie jedesmal gespürt hatte, glaubte er von einem Augenblick auf den nächsten wiederhergestellt zu haben. Genau das hatte er gebraucht und im Grund seit seinem Abflug aus Schottland auch darauf gewartet. Lächelnd genoß er den süßen Duft des frisch gemähten Grases und fühlte sich durch die Wärme der Sonne auf seinem Körper noch mehr beflügelt und gekräftigt.

Den Rasen zu mähen dauerte den ganzen Vormittag und den halben Nachmittag. In der ersten halben Stunde rannte Dodie neben ihm her, zog sich dann aber unter eine der blauen Markisen vor der Küche zurück und sah ihm aus dem Schatten zu. Um ein Uhr gesellte sich David zu ihr und Jasmine. Zu dritt aßen sie auf der gepflasterten Terrasse vor der Küche zu Mittag. Anfangs unterhielt sich David mit Jasmine über Dodie und erzählte ihr, daß der Auftrag, sich um sie zu kümmern, mit der Überlassung von Haus und Auto zusammenhing. Er berichtete lediglich von Carrie, ohne Richard oder Angie auch nur mit einer Silbe zu erwähnen. Obwohl seine Geschichte, die viele Fragen offen ließ, Jasmine nicht besonders überzeugte, drang sie nicht weiter in ihn. Er gefiel ihr, nicht nur wegen seiner höflichen und zurückhaltenden Art, sondern auch wegen seiner natürlichen Gabe, sich ernsthaft für das zu interessieren, was sie zu sagen hatte. Sie sprach über ihre Arbeit bei den Newmans, darüber, wie sie vor sieben Jahren als Hausgehilfin angefangen hatte und dann, als sich Jennifer entschlossen hatte, ihrem Beruf wieder mehr Zeit zu widmen, zur Haushälterin aufgerückt war. Das Mittagessen zog sich weit mehr als vorgesehen in die

Länge, und um halb drei sprangen beide auf, entsetzt darüber, wie spät es schon war. David machte sich daran, den Rasen weiter zu mähen, während Jasmine ins Haus ging, um die oberen Räume herzurichten.

Als sie zwei Stunden später, nachdem sie Benjis Zimmer gründlich geputzt und aufgeräumt hatte, was auch dringend nötig war, den Staubsauger nach unten trug, hörte sie ein Auto davonfahren und die Hintertür ins Schloß fallen. Sie verstaute den Staubsauger im Wandschrank unter der Treppe und ging in die Küche. Dort stieß sie auf Benji, der sich einen Kakao aus dem Kühlschrank geholt hatte.

»Hallo, mein Schätzchen, wie war's heute in der Schule?«

»Scheußlich«, antwortete Benji.

»War Germaine pünktlich?«

»Fünf Minuten zu spät.« Benji goß den Kakao mit soviel Schwung in das Glas, daß er überschwappte. Jasmine nahm einen Lappen zur Hand, doch Benji hob das Glas auf und wischte das Verschüttete mit der freien Hand weg, so daß alles auf dem Fußboden landete.

»Benji!« rief Jasmine aus. »Warum tust du das?« Sie bückte sich, um die Sache in Ordnung zu bringen.

»Warum tust du das?« äffte Benji sie nach. Er ging mit dem Glas in die Fernsehecke, stellte es auf den Boden, ließ sich in einen der Sitzsäcke fallen und schaltete den Fernseher ein.

Jasmine wischte alles auf, wusch den Lappen unter dem Wasserhahn aus, lehnte sich dann mit verschränkten Armen gegen das Spülbecken und sah ihn schweigend an. Er hatte sich im Lauf des letzten Jahres erschreckend verändert. Zwar war er schon immer voll verrückter Einfälle und Streiche gewesen, aber seit er zur Mittelschule ging, war er launisch und wortkarg. Bei einem Fünfzehnjährigen hätte sie das nicht weiter verwundert, aber bei einem elfjährigen Kind konnte sie es nicht verstehen.

Natürlich hatte es ihm nicht gutgetan, ein ganzes Jahr länger als üblich die Grundschule zu besuchen, denn jetzt waren all seine Freunde eine Klasse über ihm. Er hatte ihr anvertraut, daß sich deshalb keiner von ihnen mit ihm zeigen wollte. Hinzu kam, daß er im letzten halben Jahr stark zugenommen hatte, was die Sache auch nicht einfacher machte. Zwar war er nicht übermäßig dick, zumal er für sein Alter ziemlich groß war, so daß er nicht pummelig aussah, aber sportlich war er auch nicht gerade. Deswegen ließ man ihn in keiner Schulmannschaft mitspielen. Sie wußte nicht recht, wovon er so zugenommen hatte, denn er aß zu Hause nicht besonders viel. Jasmine konnte es sich nur so erklären, daß er sich in der Mittagspause gegen den ausdrücklichen Wunsch seiner Mutter im Ort Süßigkeiten kaufte, doch mochte sie ihn nicht danach fragen. Jetzt ging sie zu ihm und tätschelte ihm die Schulter. »Möchtest du schwimmen?«

Ohne den Blick vom Fernseher zu nehmen, knurrte er: »Laß mich.«

»Wie du willst«, sagte sie und zuckte ergeben die Achseln. Sie wollte gerade gehen, als sie über dem Lärm des Fernsehers Dodie im Garten bellen hörte. Benji hörte es auch, denn er sah durch die Glastüren hinaus und reckte den Hals, um zu erkennen, woher das Geräusch kam. »Was war das?«

»Das ist Dodie, ein Pudel. Er gehört David, dem neuen Gärtner. Er stammt aus Schottland.«

Benji stand auf und schlurfte zu den Glastüren hinüber. Jasmine folgte ihm. Beide sahen zu, wie Dodie mit einem alten Tennisball auf dem Rasen herumtollte und verzweifelt versuchte, David, der an einem Blumenbeet nahe dem Schwimmbecken arbeitete, dazu zu bringen, ihn irgendwohin zu werfen, damit sie ihn apportieren konnte. Als David den Ball quer über den Rasen kickte, setzte ihm Dodie nach, so rasch sie ihre Beine trugen, um ihn gleich wieder zurückzubringen. Aber das war nicht so einfach, denn er fiel ihr immer wieder aus der Schnauze. Sie ließ ihn David vor die Füße fallen, stieß einen Klagelaut aus, und er setzte das Spiel wieder und wieder in Gang.

Benji lehnte sich an den Türpfosten, die Hände in den Taschen seiner ausgebeulten Hose, und schaukelte hin und her. »Der hat ja gar keinen Rock an«, sagte er verdrossen.

»Warum sollte er?« fragte Jasmine verblüfft.

»*Alle* Schotten haben einen Rock an, Jasmine«, antwortete Benji, ungeduldig seufzend, weil sie so unwissend war.

»Dieses eine Mal hast du unrecht, Benji, denn ich weiß zufällig, daß man Kilt dazu sagt.«

»Rock, Kilt, was spielt das für 'ne Rolle? Jedenfalls ist es Weiberkram. Einen Weiberhund hat er auch.«

Mit nachsichtigem Lächeln und Kopfschütteln nahm Jasmine seine schlechte Laune zur Kenntnis. Sie wandte sich vom Fenster ab. »Was möchtest du zu Abend essen?«

»Ist mir egal.«

»Gut, dann gibt es gebratene Fliegen auf Toast.«

»Jasmine?«

»Ja?«

»Meinst du, der Typ da versteht was von Fahrrädern?«

Sie sah ihn an. Er stand nach wie vor an den Türpfosten gelehnt und starrte in den Garten hinaus. »David? Keine Ahnung, Benji. Warum?«

»Vielleicht könnte er ja das Pedal wieder an mein Rad machen.«

Jasmine lächelte vor sich hin. »Sicher. Jedenfalls, wenn du ihn höflich fragst und dir seinen Namen merkst.«

Benji rührte sich nicht von der Stelle, und so brachte ihm Jasmine das Pedal aus dem Blumentopf, da sie annahm, er brauche ein wenig Ermutigung.

»Was hältst du davon: Du ziehst dir die Badehose an, holst dein Fahrrad und fragst ihn, ob er dir das Pedal wieder anbringen kann. Während er es repariert, kannst du schwimmen. Aber du solltest dich besser beeilen, denn ich vermute, daß er bald Feierabend macht.«

»Okay!« Plötzlich ganz lebhaft, entriß ihr der Junge das Pedal und rannte durch die Küche ins Haus. Jasmine sah ihm nach, überrascht von diesem unerwarteten Einvernehmen und begann, sein Abendessen vorzubereiten.

Mit lautem Kläffen kündigte Dodie den Jungen an. David richtete sich auf, weil er wissen wollte, was der Grund für die Aufregung war, und erkannte den Jungen, den er am Vormittag in den BMW hatte einsteigen sehen. Er trug eine Badehose und schob ein Fahrrad über den Rasen auf ihn zu. Als Dodie auf Benji zugelaufen kam und zur Begrüßung an ihm hochsprang, versuchte er krampfhaft, seine nackten Beine vor ihren Krallen zu schützen.

»Dodie!« rief David scharf. »Komm her!«

Dies eine Mal gehorchte sie und rannte zurück, um ihren Tennisball zu bewachen, während der Junge, ohne sie aus den Augen zu lassen, vorsichtig seinen Weg zu David fortsetzte. Der legte die Hacke weg, kam aus dem Blumenbeet und wischte sich die Hände an seinen Jeans ab. Der Junge blieb vor ihm stehen.

»Hallo, ich bin David.« Er streckte dem Jungen die Hand hin, der sich bemühte, seine eigene freizubekommen, indem er das Pedal in die linke Hand nahm, wobei ihm das Rad entglitt. David packte den Lenker, bevor das Rad zu Boden fiel, und legte es vorsichtig hin. Der Junge sah ihn an und lächelte.

»Und mit wem habe ich das Vergnügen?«

»Ich heiße Benji.«

»Hallo, Benji.« Wieder hielt David ihm die Hand hin, und Benji schüttelte sie. »Was ist mit deinem Fahrrad?«

»Das Pedal ist abgegangen.«

»Aha – und jetzt bringst du es in Ordnung?«

Benji sah ihn an und kratzte sich verlegen an der Stirn. »Tja, ich dachte – also Jasmine und ich dachten, ob Sie sich das vielleicht ansehen könnten, denn ich hab es schon probiert, aber es geht immer wieder ab.« Er hockte sich neben das Rad und unternahm einen halbherzigen Versuch, das Pedal anzuschrauben.

»Nun, wenn du *und* Jasmine das wünschen, mach ich das wohl besser. Dafür muß ich aber erst einen Schraubenschlüssel aus dem Schuppen holen.«

Benji sah ihn an und mußte wegen der Sonne blinzeln.

David nahm Benji das Pedal aus der Hand. »Ich bin gleich wieder da«, sagte er und ging zum Schuppen. »Vielleicht könntest du den Ball ein Stück weit werfen, damit Dodie was zu tun hat.«

Als David den Schuppen am Vormittag zum ersten Mal betreten hatte, war ihm gleich aufgefallen, daß sein Vorgänger die Werkstatt einwandfrei in Schuß gehalten hatte, wenn ihm auch gärtnerische Fähigkeiten möglicherweise abgegangen waren. Alles war an seinem Platz, die Gartengeräte hingen ordentlich an hölzernen Aufhängevorrichtungen an der Seitenwand, während die kleineren Werkzeuge an Metallhaken über der Werkbank aufgereiht waren. Der Umriß eines jeden war auf dem Wandbrett angezeichnet, damit man gleich wußte, wohin es gehörte, und sah, wenn etwas fehlte. Er warf das Pedal auf die Werkbank und griff nach einem Dreizehnerschlüssel, der eher zufällig paßte. Mit Pedal und Schlüssel ging er wieder hinaus. Als er die Tür verriegelte, hörte er vom Schwimmbecken herüber ein Platschen. Er lachte vor sich hin. Typisch kleiner Junge. Vermutlich war es ihm zu langweilig geworden, mit Dodie zu spielen.

Das Fahrrad lag immer noch da, wo er es hingelegt hatte. Von Dodie war nichts zu sehen. Er bückte sich, um das Pedal anzuschrauben, als er hörte, wie sie neben dem Schwimmbecken ein langgezogenes Jaulen ausstieß. Er ging zum Holztürchen, um zu sehen, warum der Hund bellte. Irgend etwas stimmte nicht. Die Wasseroberfläche war völlig glatt, dabei war er sicher, daß er gehört hatte, wie jemand hineingesprungen war. Dodie jaulte wieder und sah verwirrt ins Wasser. Benji war nirgends zu sehen. Schon wandte sich David zum Gehen, als er zufällig Dodies Blickrichtung folgte. Am tiefen Ende lag auf dem Grund des Beckens eine dunkle Gestalt, deren Konturen von der Brechung des Wassers verzerrt wurden.

»NEIN!« schrie er und lief wie außer sich um das Becken herum. Dabei riß er sich seine Segeltuchschuhe herunter. »GROSSER GOTT, BITTE NEIN! *JASMINE*!«

Er sprang ins Wasser, tauchte bis auf den Grund und wollte den reglosen Jungen unter den Achseln packen, um ihn mit aller Kraft nach oben zu ziehen. Der aber schien plötzlich wieder ins Leben zurückgekehrt zu sein, denn er stieß sich kräftig mit den Füßen ab, so daß beide im selben Augenblick die Wasseroberfläche erreichten. Benji wischte sich die Haare aus den Augen, spuckte Wasser, sah David an und fragte unschuldig: »Ist was?«

David schwamm an den Beckenrand und hielt sich dort fest, während er Atem schöpfte. Dann wandte er sich dem Jungen zu, der inzwischen seelenruhig hin und her schwamm.

»Was zum Teufel soll der Quatsch?« schrie er ihn an.

Benji stieg aus dem Pool, von Dodie überschwenglich begrüßt. Verwirrt sah er David an. »Was meinen Sie damit?«

David zog sich aus dem Wasser, setzte sich auf den Beckenrand und sah Benji mit ungläubigem Kopfschütteln an. »Was *sollte* das, Benji? Verdammt, ich dachte, du wärest ertrunken! Ich bin im Leben noch keinem Menschen begegnet, der so was Unvernünftiges und Dämliches getan hat.«

»Ich hab die Luft angehalten«, sagte Benji. Seine Unterlippe begann zu zittern. »Das halte ich eineinhalb Minuten lang aus.«

»Ich halte das für eine ausgemachte Dummheit. Mir ist egal, was du tust, wenn andere in der Nähe sind, aber ich sag dir ein für alle Mal – mit mir nicht! Verstanden?«

Jasmine kam herbeigerannt. »Was ist denn hier los?« fragte sie außer Atem.

Benji rannte wütend und zugleich verlegen an ihr vorbei. »Er ist blöd. Er ist nur ein –«, er drehte sich zu David um, während ihm Tränen der Wut in die Augen stiegen. »EIN BLÖDER GÄRTNER.«

Laut schluchzend lief er zum Haus. Jasmine reckte die Arme zum Himmel. »Können Sie mir *bitte* sagen, was es hier gegeben hat?«

David schüttelte den Kopf und schlenkerte die Füße im Wasser. »Ich hatte gerade Werkzeug für sein Fahrrad aus dem Schuppen geholt, und da sah ich, wie er im Becken auf dem Boden lag. Ich war überzeugt, daß er ertrunken war.«

Jasmine schlug sich an die Stirn. »Oh, David«, sagte sie leise. »Das tut mir so leid! Das sind Benjis kindische Späße. Er darf das natürlich nicht. Seine Mutter und ich haben es ihm immer wieder gepredigt. Gott im Himmel, wie ist mir das unangenehm.«

David schüttelte den Kopf und wehrte ab. »Nein, es ist sicher meine Schuld. Ich habe zu heftig reagiert. Es ist nur so …, ich hatte einfach Angst um ihn.«

Jasmine hockte sich neben ihn und legte ihm die Hand auf die Schulter. »Das ist auch kein Wunder.«

Schweigend blieben sie eine ganze Weile so sitzen, dann stand David auf. »Tut mir leid, Jasmine. Ich wollte ihn nicht so anbrüllen.«

»Das braucht Ihnen nicht leid zu tun. Ich finde es ausgezeichnet, daß Sie so reagiert haben. Immerhin hätte Ihre Vermutung ja auch stimmen können, und dann hätten Sie ihm unter Umständen das Leben gerettet.«

David sah sie an. »Ob ich mich bei ihm entschuldige?«

»Nein«, sagte Jasmine und schüttelte langsam den Kopf. »Ich werde mit ihm reden. Auf jeden Fall ist es wohl besser, wenn er in Ruhe über die Sache nachdenkt. Das wird ihm bestimmt eine Lehre sein.« Sie hielt ihn am Arm. »Kommen Sie, ich geb Ihnen was Trockenes zum Anziehen, und dann sollten Sie sich auch allmählich auf den Weg machen.« Sie lächelte und zwinkerte ihm zu. »Ich finde, für einen Tag haben Sie genug getan.«

Clive und Dotti sahen ihn ungläubig an, als er im Büro der Helfenden Hände auftauchte, und fingen dann an zu lachen. David verdrehte die Augen, da er nicht unbedingt mit einstimmen wollte. Dennoch war ihm klar, daß er mit seinem Hündchen an der Leine, dem schrillen kurzärmeligen Hawaiihemd und der hellen Baumwollhose, deren Beine eine knappe Handbreit über seinen Knöcheln endeten, vermutlich ein merkwürdiges Bild abgab.

»Ja, auch im Supermarkt haben sie mich schon ziemlich sonderbar angesehen.«

Clive wischte sich theatralisch nicht vorhandene Lachtränen aus den Augen und musterte David von Kopf bis Fuß. »Einfach grandios! Offenbar besteht Mrs. Newman darauf, daß Sie eine Livree tragen.« Erneut brach er in hemmungsloses Lachen aus, während David grinsend den Kopf schüttelte.

»Oh, nein, Schluß!« fuhr Clive fort. »Ich kann nicht mehr. Ist das komisch!« Er klopfte sich auf die Brust, um sich zur Ordnung zu rufen, beugte sich vor und sah zu Dodie runter. »Und wer ist das, wenn ich fragen darf?«

»Ehm, sie heißt Dodie«, antwortete David zurückhaltend, darauf gefaßt, daß Clive wieder eine seiner witzigen Bemerkungen machte. »Ich mußte sie leider mitbringen, weil sie sonst das Innere des Autos auffressen würde.«

»Ist sie nicht süß?« sagte Clive mit schmalziger Stimme, als Dodie auf ihn zusprang und ihm die Hände leckte. Als er ihren strengen Atem roch, richtete er sich schleunigst auf. »Meine Herren! Ist das ein Pesthauch!«

»Das ist noch freundlich formuliert.« David zog Dodie an der Leine zu sich, während Clive ihm ins Ohr flüsterte: »Knoblauchpillen.«

»Was?«

»Knoblauchpillen. Gegen schlechten Hundeatem gibt es nichts Besseres.«

»Aha! Vielen Dank für den Hinweis. Ich besorg ihr welche.«

»Und wie war's heute? Wem gehören eigentlich die Sachen, die Sie da anhaben?«

David berichtete von seinen Erlebnissen. Als er schließlich erzählte, wie er an die sonderbaren Kleidungsstücke gekommen war, reagierte Clive ausgesprochen entsetzt.

»Jasmine hat mir zwar gesagt, daß Mr. Newman ein bißchen kleiner ist als ich, aber mir blieb keine Wahl, sonst hätte ich gar nichts anzuziehen gehabt. Da fällt mir übrigens was ein.« Er steckte die Hand in die Tasche und holte den durchnäßten Briefbogen heraus, den er am Vormittag von Carries Schreibtisch genommen hatte. Er entfaltete ihn vorsichtig und gab ihn Clive. »Das konnte ich aus meiner Hose retten. Meine neue Anschrift – deswegen bin ich überhaupt vorbeigekommen.«

»Prima, Sie haben also etwas gefunden?«

»Ja, und der Hund und das Auto hingen mit dran.«

»Shore Road«, sagte Clive mit einem Blick auf den Briefkopf. »Stinkfeine Adresse, was?«

»Eigentlich nicht. Ich wohne in einem von den kleinen Holzhäuschen. Die Besitzerin sagt Salzspeicher dazu.«

»Ist doch genau das richtige für Sie! Ach ja –«, er beklopfte seine Taschen, »was hab ich denn nur mit dem Umschlag gemacht?«

»Er ist hier, Clive«, sagte Dotti und hielt den Umschlag in der Hand. »Sie haben gesagt, ich soll ihn aufheben.«

Clive schnaubte mißbilligend zum Zeichen, daß er mit sich unzufrieden war. »Als nächstes vergeß ich noch meinen eigenen Kopf.« Er nahm den Umschlag und gab Dotti das Blatt mit Davids Adresse. »Seien Sie ein Schatz, Dotti, und tippen Sie das noch ein.«

Er gab David den Umschlag. »Bestimmt brauchen Sie etwas Geld für Ihre Ausgaben, und deshalb habe ich Ihr Gehalt für die erste Woche im voraus bereitgelegt.«

David schüttelte den Kopf und wollte den Umschlag zurückgeben. »Nein, Sie sollen nicht –«

Clive hob abwehrend die Hände. »Nein, ich bestehe darauf. Wirklich.« Er lachte. »Falls es Ihnen leichterfällt, das anzunehmen, sage ich Ihnen, daß ich das bei jedem tue, der für mich arbeitet – ein kleiner Kniff, mit dem ich mir die Treue meiner Leute erkaufe! In Zukunft brauchen Sie nur immer am Ende der Woche vorbeizukommen, und wir rechnen ab. Ist Ihnen das recht?«

David steckte den Umschlag in die Gesäßtasche. »Einwandfrei – und noch mal vielen Dank.«

»Nichts zu danken«, gab Clive zurück, legte ihm den Arm um die Schulter und begleitete ihn zur Tür. »Gehen Sie aber um Gottes willen nicht her und retten jeden Tag kleine Jungs aus Schwimmbecken. Ich habe keine Lust, Ihnen auch noch eine Gefahrenzulage zahlen zu müssen!«

Schwer beladen mit zwei Tüten voller Einkäufe öffnete David die Tür des Häuschens und pfiff nach Dodie. Dann stellte er die Tüten auf den Tisch und stöberte so lange in einer herum, bis er eine Dose Bier gefunden hatte. Während er damit zur Veranda ging, nahm er einen kräftigen Schluck. Gerade hatte er die Verandatür zurückgeschoben, als er sah, daß ein Fax gekommen war. Er ging zum Schreibtisch und erkannte die Handschrift seiner Mutter. Er nahm das Blatt, ging auf die Veranda und setzte sich in einen der Liegestühle.

Mein lieber Junge,
Wir haben Dein Fax bekommen und freuen uns, daß es Dir so viel besser geht. Ich war schon immer überzeugt, daß Du unbedingt eine Zeitlang ganz von Inchelvie fortgehen solltest. Dein Vater und ich haben heute morgen beim Frühstück über Dein Vorhaben gesprochen und sind der Ansicht, daß es gewiß das beste für Dich ist. Ich bin sicher, daß Du danach mit frischen Kräften wirst heimkehren können.

Vermutlich wird es Dich hart treffen, daß Duncan Caple es für nötig gehalten hat, an Deiner Stelle einstweilen einen anderen als Leiter der Marketingabteilung einzusetzen. Für uns hier ist das eine zweischneidige Angelegenheit, denn wenn es auch keine ideale Lösung ist, so verschafft es Dir doch ein bißchen Spielraum für das, was Du vorhast, und zugleich bedeutet es eine gewisse Entlastung für Deinen Vater. Der Neue fängt heute an. Caple besteht darauf, daß Papa es ab sofort deutlich ruhiger angehen läßt, es sieht also nicht so schrecklich schlecht aus!

Bestimmt hast du bereits mit Sophie oder sogar mit allen dreien über Deinen Entschluß gesprochen, und selbstverständlich können sie die nächsten Ferien hier bei uns verbringen. Als ich die Kinder am Tag Deines Abflugs besucht habe, hat mir Sophie übrigens gesagt, sie wisse, *daß Du nicht sofort zurückkommen würdest. Das junge Fräulein scheint ausgesprochen einfühlsam zu sein und kennt ihren Vater besser als seine eigene Mutter!*

Halt uns weiter auf dem laufenden. Faxe sind wirklich eine wunderbare Sache – jedenfalls, solange Menschen, die auf der anderen Seite der Erdkugel leben, sie schicken, wenn es hier *Tag ist! (Ein kleiner Hinweis!)*

Alles Liebe
Mama

David faltete das Blatt und legte es neben sich auf den Boden. Er lehnte sich im Liegestuhl zurück und schloß die Augen. Sofort kamen die Gewissensbisse und Selbstvorwürfe wieder, weil er die Arbeit übernommen hatte. Den Luxus dieser Augenblicksentscheidung hätte er sich nie und nimmer leisten können, wenn nicht seine Eltern für ihn in die Bresche gesprungen wären.

War es vielleicht doch besser, wenn er seine Habe packte und zurückflog? Doch welchen Sinn hätte das? Gerade jetzt war ein neuer Leiter der Marketingabteilung eingesetzt worden – das hieß, sein Arbeitsplatz war zumindest einstweilen besetzt. Immerhin brauchte sein Vater nicht mehr ständig in den Betrieb und konnte seinen Ruhestand wieder genießen. Und was würde *er* tun, wenn er daheim wäre? Im Park wollte er auf keinen Fall wieder arbeiten. Nicht nur war er darüber hinaus, es wäre auch ein Schritt zurück. Er hätte nichts, um sich abzulenken, und damit bestand die Gefahr, daß er wieder in die Lage geriet, aus der er sich gerade erst befreit hatte.

Was aber war mit den Kindern? Gewiß fehlte ihnen jetzt nicht nur die Mutter, sondern auch der Vater. Doch stimmte das nur zum Teil, denn auch wenn sich vermutlich ihre Entscheidung nicht auf vernünftige Überlegungen gründete, waren sie instinktiv von Inchelvie in die gänzlich andere Umgebung der Internatsschule zurückgekehrt, wo es ihnen besser ging.

Er stand auf, ging in den Garten hinaus und ließ den Blick über die Bucht schweifen. Nein, sie *alle* hatten die richtige Entscheidung getroffen. Sicherlich würden die Veränderungen von jedem einzelnen von ihnen den langen Prozeß in Gang setzen, der ihnen helfen würde, über die Situation hinwegzukommen. Am Ende des Schuljahres würden dann alle gemeinsam mit neuem Schwung in ihr gewohntes Umfeld zurückkehren.

Entschlossen ging er wieder ins Haus. In seinem Kopf entstand ein Plan. Er würde Ende Juni nach Schottland zurückfliegen, eine Woche, bevor die Sommerferien der Kinder begannen, und dann mit ihnen irgendwo hinfahren, wo es schön war, wo sie Neues erleben und als Familie einen vollständig neuen Anfang machen konnten.

Er ging ins Wohnzimmer, setzte sich an Carries Schreibtisch und schrieb ein paar Zeilen an seine Mutter. Er legte das Blatt auf das Faxgerät, um es am nächsten Morgen zu senden. Dann nahm er aus einem der Fächer einen Briefbogen und fing an, einen langen Brief an seine geliebte, einfühlsame Sophie zu schreiben.

KAPITEL
19

Benji saß auf der Bank vor dem Schulgebäude und hörte die Stimmen seiner Mitschüler leiser werden, als sie Richtung Hauptstraße liefen. Er stand auf, versetzte seinem Schulranzen, der auf dem Gehweg lag, einen kräftigen Tritt und sah auf die Uhr. Mach schon, Germaine, es ist zwanzig nach vier. Er war *schon wieder* der letzte.

Er hörte, wie die Schultür hinter ihm zufiel, und drehte sich um. Zwei Jungen kamen die Treppe herunter. Da einer von ihnen Sean Dalaglio war, früher in der Grundschule sein bester Freund, ging er ihnen entgegen.

»Hallo, Sean! Wie geht's?«

Ohne ihn anzusehen, ging Sean vorüber und erwiderte Benjis Gruß lediglich mit einem übellaunigen Knurren. Es ärgerte Benji, daß die beiden miteinander kicherten, bevor ihnen etwas Neues einfiel, und sie unter lautem Lachen versuchten, einander vom Gehweg zu schubsen.

Niedergeschlagen ging er zur Bank zurück. Tränen schossen ihm in die Augen, ohne daß er etwas dagegen tun konnte. Er haßte die Schule. Er haßte jeden in der Schule, weil er wußte, daß auch sie ihn haßten. Er ließ sich auf die Bank plumpsen, öffnete eine Seitentasche seines Schulranzens und kramte einen Schokoriegel heraus. Warum nur wollte seine Mutter, daß ihn die blöde Germaine jeden Tag mit dem Auto abholte? Die anderen gingen zu Fuß zur Schule und nach Hause, und sie hatten recht. Das tat seine Mutter doch nur, weil *sie* es für gefährlich hielt. Er mußte sogar einen der anderen Jungen dafür bezahlen, daß er mittags für ihn Süßigkeiten kaufen ging. Auf diese Weise kostete ihn ein Schokoriegel das Doppelte, und weil sein Taschengeld dafür nicht reichte, mußte er sich ins Zimmer seiner Eltern schleichen, wenn Jasmine unten zu tun hatte, um den Schreibtisch seines Vaters nach Kleingeld zu durchwühlen. Dabei hatte er jedesmal ein schlechtes Gewissen, aber daran waren sie *selber* schuld. Wenn sie ihm ein bißchen mehr Freiheit gönnen würden, brauchte er nicht zu klauen.

Er sah wieder auf die Uhr. Halb fünf. Mach schon, Germaine, wo *bleibst* du nur?

Erwachsene waren so ... selbstsüchtig. Immer taten sie, was *sie* wollten, was *ihnen* am besten in den Kram paßte. Warum mußten seine Eltern beide arbeiten? Er wußte, daß sein Vater ziemlich reich war, denn er hatte große Autos und meist auch jemanden, der sie für ihn fuhr, und ihr Haus war eines der größten in ganz Leesport. Da sie es schon immer gehabt hatten, jedenfalls solange *er* auf der Welt war, mußten sie es zu einer Zeit gekauft haben, als seine Mutter nicht arbeitete und sich zu Hause um ihn kümmerte. Das Ganze war so bescheuert. Wenn sie zu Hause wäre, würde sie vielleicht selbst sehen, daß es überhaupt nicht gefährlich war, zu Fuß zur Schule zu gehen.

Germaine! Wo *bleibst* du?

Bei Licht betrachtet hatte er nur einen wirklichen Freund, und zwar Jasmine. Zwar kommandierte sie ihn manchmal ziemlich herum, war aber immer bereit, mit ihm zu spielen, wenn er wollte. Doch mit ihr war es auch nicht mehr wie früher, als Sean noch zu ihm gekommen war. Außerdem hatte sie sich inzwischen wahrscheinlich auf die Seite von diesem dämlichen schottischen Gärtner geschlagen. Mein Gott, mußte der ein Idiot sein, wenn er geglaubt hatte, daß er ertrunken wäre, und dann hatte er ihn noch angebrüllt. Wieso glaubte er damit durchzukommen? Er hatte doch gerade erst angefangen, für seine Eltern zu arbeiten! Da war er wohl nicht nur ein Idiot, sondern auch ungehobelt – vermutlich hatte er es deswegen nur bis zum Gärtner gebracht. Er war kein kluger Kopf wie Benjis Vater, der ein riesiges Computer-Unternehmen leiten konnte. Jasmine hatte keinen Freund. Wenn nun die beiden anfingen, miteinander zu gehen! Schrecklich!

Wieder sah er auf die Uhr, und wieder trat er seinen Schulranzen. Er stand auf und ging auf dem Gehweg auf und ab.

Wäre er doch nur imstande, in der Schule etwas zu tun, das allen zeigte, was für ein toller Kerl er war. Könnte er sich doch nur in irgendeiner Weise hervortun! Aber wie nur? Er hatte sich beim Football die größte Mühe gegeben, war aber viel langsamer als die anderen Jungen in der Mannschaft und konnte unmöglich mit ihnen mithalten. Beim Baseball schlug er die Bälle immer ins Aus oder ließ sie fallen. Er hatte schon überlegt, bei einem Talentwettbewerb für Liedtexte und Musik mitzumachen, den die Lehrer veranstalteten, aber die Beiträge wurden allmorgendlich über die Lautsprecheranlage der Schule verbreitet, und ihm war klar, daß die anderen nur lachen würden, wenn etwas von ihm wäre. Es war alles ... aussichtslos.

Inzwischen war es zehn vor fünf. Er ging zur Bank zurück und nahm seinen Ranzen. Auf keinen Fall würde er noch länger auf die blöde Germaine warten. Wenn er zu Fuß nach Hause ging, mußte sie ihn suchen, und das geschah ihr ganz recht. Hoffentlich würde ihr Jasmine dann ordentlich die Meinung sagen. Er warf sich den Ranzen über die Schulter, sah noch mal nach, ob Germaines Auto nicht doch kam, und machte sich auf den Weg.

Er genoß jede Minute seiner unerlaubten Freiheit, nahm sich Zeit, auf der Hauptstraße die Schaufenster zu betrachten, an denen er vorüberkam, und kaufte schließlich sogar in der Imbißstube einen Kakao und ein Stück Blaubeerkuchen, den er gleich aufaß. Als er die Barker Lane erreichte, erwog er, zum Country Club zu gehen und den Leuten dort beim Tennisspielen zuzusehen, überlegte es sich dann aber anders. Nicht nur wartete Jasmine auf ihn, dort würden sich höchstwahrscheinlich auch ein paar Mitschüler herumtreiben, die Tennisstunden bekamen, und *denen* wollte er auf keinen Fall begegnen. Also bog er in die Barker Lane ein und schlenderte gemächlich heimwärts.

Er war schon so weit auf der Auffahrt des Hauses, um zu sehen, daß der Wagen des Gärtners noch neben dem Schuppen stand, als er hinter sich den Kies knirschen hörte: Ein Fahrzeug bog in die Einfahrt ein. Er drehte sich um und sah Germaines grünen Jeep, der herangeschossen kam und ruckartig neben ihm stehenblieb. Ohne den Motor abzustellen, sprang Germaine heraus. Auf ihrem Gesicht, das dem eines Wiesels ähnelte, stand die blanke Wut.

»Wo in Gottes Namen hast du dich *rumgetrieben*? Ich hab eine geschlagene Viertelstunde vor der Schule auf dich gewartet, und ich kann dir sagen, mein Junge, daß ich wirklich Besseres zu tun habe, als auf *dich* zu warten!«

»Aber Sie hatten sich sehr verspätet«, sagte Benji gelassen.

»Das kann dir egal sein. Deine Mutter bezahlt mich dafür, daß ich dich jeden Tag abhole, und dann wartest du, bis ich komme. Ist das klar?«

»In Ordnung«, sagte Benji, den Blick auf seine Schuhe gerichtet. Er hörte, daß die Hintertür zur Küche geöffnet wurde. Er sah auf und erkannte Jasmine, die den Weg entlang auf sie zugelaufen kam.

»Geh also *nie* wieder ohne mich da weg. Hast du verstanden?«

»Was soll die Aufregung?« fragte Jasmine, als sie bei ihnen angekommen war.

»Der ungezogene Bengel ist einfach zu Fuß nach Hause gegangen«, sagte Germaine wütend. »Ich hab *mindestens* 'ne Viertelstunde vor der verdammten Schule gewartet, bis ich gemerkt hab, daß er schon weg war, und das gegen den *ausdrücklichen* Wunsch seiner Mutter. Sie müßten ihm das mal ordentlich einbleuen.«

»Ach ja?« sagte Jasmine, verschränkte die Arme und nickte langsam. »Und um wieviel Uhr waren Sie an der Schule, um ihn abzuholen?«

Germaine biß sich auf die Lippe. »*Das* tut nichts zur Sache. Er hat da zu warten, bis ich den Zeitpunkt für gekommen halte, ihn abzuholen.«

»Und welcher Zeitpunkt war das heute?« fragte Jasmine wieder ganz ruhig.

Die Falten in Germaines Stirn vertieften sich um so mehr, je wütender sie wurde. »Auf jeden Fall rechtzeitig –«

»Schön, wenn ich von Ihnen keine vernünftige Antwort bekommen kann«, unterbrach Jasmine sie, »frage ich Benji.« Sie legte ihm eine Hand auf die Schulter. »Benji?«

»Ich bin um zehn vor fünf gegangen, weil ich nicht mehr damit gerechnet hab, daß –«

»Zehn vor fünf!« Jasmine funkelte Germaine gefährlich an. »Zehn vor fünf! Das sind ganze fünfunddreißig Minuten zu spät! Wo *zum Teufel* haben Sie so lange gesteckt? Sie wissen, daß die Schule um Viertel nach vier aus ist.«

»Wie können Sie es *wagen*, so mit mir zu reden? Was glauben Sie eigentlich, wer Sie sind, Sie schwarze –«

»Ich glaube, das genügt!« ertönte eine Stimme hinter ihnen. Alle drei drehten sich um und sahen, wie David, einen Rechen in der Hand, gefolgt von Dodie, über den Rasen kam. Germaine sah die beiden und fragte ihn mit spöttischer Miene: »Und wer zum Teufel sind Sie?«

»Das ist nebensächlich«, sagte er leise und beherrscht. »Ich finde, Sie haben genug gesagt. Es dürfte das beste sein, wenn Sie jetzt in Ihr Auto steigen und verschwinden. Haben Sie verstanden?«

Germaine sah David an und dann Jasmine, drehte sich wutentbrannt auf dem Absatz um, sprang in den Jeep und schlug krachend die Tür hinter sich zu. Dann kurbelte sie das Fenster herunter und erklärte: »Auf jeden Fall werde ich dafür sorgen, daß Jennifer das erfährt. Ich ruf sie im Büro an.«

»Nur zu«, sagte Jasmine gelassen.

Einen Wutschrei ausstoßend, wendete Germaine mit aufheulendem Motor, reckte zum Abschied den linken Mittelfinger aus dem Wagenfenster und verschwand mit röhrendem Auspuff über die Auffahrt, daß der Kies bis auf den Rasen spritzte.

Jasmine, die schweigend zugesehen hatte, wie der Jeep um die Biegung der Auffahrt verschwand, wandte sich an Benji und legte ihm eine Hand auf die Schulter. »Ist mit dir alles in Ordnung?«

»Ja.«

»Du hast wie ein richtiger Erwachsener gehandelt, mein Junge, und ich bin stolz auf dich. Du hast nichts falsch gemacht, klar?«

Benji sah zu ihr auf und lächelte.

»Nimm dir ruhig 'nen Schluck Kakao aus dem Kühlschrank. Ich komm gleich nach, ich muß nur noch rasch was mit David besprechen.«

Benji zog ein langes Gesicht, warf einen finsteren Blick zu David hinüber und ging Richtung Küche davon. Schweigend sahen ihm die beiden nach, bis er im Haus verschwunden war.

»*Gottverdammt noch mal*!« rief Jasmine und schlug sich kräftig auf den Oberschenkel. »Das ist ja wohl der Gipfel!«

David schüttelte den Kopf. »Wer war das denn überhaupt?«

»Germaine, ein richtiges Rabenaas. Sie bringt Benji jeden Tag zur Schule und holt ihn wieder ab – oder besser gesagt – das *hat* sie bisher getan. Sie kommt grundsätzlich zu spät, und heute war es *so* schlimm, daß Benji zu Fuß nach Haus gelaufen ist. Darum ging es bei dem ganzen Gebrüll. Was machen wir jetzt?«

»Wenn Sie wollen, können Sie meinen Wagen nehmen und ihn selbst hinbringen«, schlug David vor.

Jasmine zog die Augenbrauen hoch. »Das ist sehr freundlich von Ihnen und wäre einfach phantastisch, wenn ich nur fahren könnte!«

»Ach so«, sagte David und nickte verständnisvoll. »In dem Fall gäbe es die Möglichkeit, daß ich ihn hinbringe und abhole – immer vorausgesetzt, Sie sind damit einverstanden. Schließlich bin ich sowieso da, da ist es doch eigentlich eine sinnvolle Lösung – oder nicht?«

Den Blick auf die Auffahrt gerichtet, dachte Jasmine über den Vorschlag nach. Dann fragte sie David lächelnd: »Und es würde Ihnen nichts ausmachen?«

»Nicht die Spur. Es wäre mir ein Vergnügen.«

»Wir müßten mit Jennifer darüber reden.«

»Selbstverständlich.« Er schwieg eine Weile. »Aber ich frage mich, Jasmine, ob wir nicht zuerst mit Benji darüber reden müßten? Schließlich bin ich im Augenblick nicht gerade erstklassig bei ihm angeschrieben.«

»Gute Idee.« Sie lächelte fröhlich. »Wär ich doch nur selbst darauf gekommen. Kommen Sie, wir gehen rein und fragen ihn.«

David blieb stehen. »Jasmine?«

»Ja?«

»Ehrlich gesagt wäre es mir recht, wenn Sie mich das machen ließen. Ich möchte wirklich gern unser Mißverständnis von gestern aufklären.«

Jasmine nickte. »In Ordnung. Kommen Sie.«

Sie gingen zum Haus hinüber. Am Fuß der zur Küchentür führenden Treppe blieb sie einen Augenblick stehen und sah David an. »Vielen Dank übrigens dafür, daß Sie mir vorhin zu Hilfe gekommen sind.«

Dieser machte eine wegwerfende Handbewegung. »Och, nicht der Rede wert. Sie hat sich einfach unmöglich aufgeführt.«

»Doch, mir hat das viel bedeutet, und vermutlich Benji auch. Also, danke in seinem und meinem Namen.«

Sie wollte schon in die Küche gehen, dann aber drehte sich noch mal zu ihm um. »Och!«

David sah sie an. »Was ist?«

»Sie haben ›och‹ gesagt! Ich weiß, daß *das* schottisch ist!« Lachend betraten sie die Küche, und David schloß die Tür hinter ihnen.

An der geöffneten Kakaotüte auf dem Tisch und der sonstigen Unordnung erkannte man, daß Benji dagewesen war, doch war ihm offensichtlich unterdessen etwas Besseres eingefallen als fernzusehen. Jasmine ging zu den Glastüren und ließ den Blick durch den Garten schweifen. Da sie keine Spur von ihm ausmachen konnte, bedeutete sie David, ihr in den Wohntrakt zu folgen. In der Diele rief Jasmine nach Benji. Seine gedämpfte Antwort kam irgendwo aus dem Obergeschoß.

»Er ist in seinem Zimmer«, sagte sie leise. »Das letzte Zimmer auf der rechten Seite. Sagen Sie mir hinterher, wie es gelaufen ist, damit ich Jennifer anrufen kann. Viel Glück.«

Zuversichtlich hob David den Daumen, ging die Treppe hinauf und den Gang entlang. Einen Augenblick zögerte er, um zu überlegen, wie er Benji am besten zeigen konnte, daß er klein beigab. Schließlich klopfte er an die Tür.

»Ja?« kam Benjis Stimme.

»Benji, ich bin es, ehm, David. Dürfte ich wohl einen Augenblick reinkommen?«

Schweigen antwortete ihm.

»Benji?«

»Wenn Sie müssen.«

Bei dieser nicht besonders aufmunternden Antwort verzog David das Gesicht und trat ein. Der Junge lag bäuchlings auf dem Bett und ließ sich keine Sekunde von seinem Gameboy ablenken, mit dem er hingebungsvoll spielte.

David stand in der Mitte des Zimmers und sah sich um, die Hände in den Taschen seiner Jeans. Wenn ihm doch nur etwas einfiele, womit er das Eis brechen konnte! Die Wände waren mit Postern tapeziert, auf denen Superman im Lycra-Anzug mit schönen Frauen im Arm der Schwerkraft trotzte. David trat an das große, helle Mansardenfenster, von wo man einen ungehinderten Blick auf die Great South Bay bis hin zu Fire Island hatte. Neben dem Fenster stand ein hohes Regal voll mit mechanischem Spielzeug und Kunststoffiguren grotesker Comic-Helden. Der Computer, der den ganzen Platz auf Benjis Schreibtisch einnahm, sah so mächtig aus, als könne man mit seiner Hilfe eine Rakete in den Weltraum schießen. Die vom Bildschirmschoner erzeugten bunten Bilder erkundeten die tiefsten Tiefen, bevor sie verschwanden.

»Ziemlich eindrucksvoll«, sagte David und nickte anerkennend zu dem Computer hin. Er drehte sich zu Benji um. Doch statt in irgendeiner Weise darauf zu reagieren, beschäftigte sich der Junge nach wie vor mit seinem Gameboy. Kleine Melodien ertönten, die anzeigten, ob er gewonnen oder verloren hatte. David versuchte es weiter.

»Ich bin erstaunt, daß du immer noch mit einem Gameboy spielst. Du hast doch hier ganz tolle Spiele auf CD-ROM.«

Er ging zum Schreibtisch und nahm einige der CDs zur Hand, die neben dem Computer lagen. Ein tiefer Seufzer Benjis zeigte, was er von Davids Gegenwart hielt.

Da David merkte, daß er auf diesem Wege nicht weiterkam, beschloß er, den Stier bei den Hörnern zu packen. Gerade wollte er Benji ansprechen, als ihm auf dem obersten Regalbrett eine Ukulele mit der Aufschrift »Gruß aus Hawaii!« ins Auge fiel. Er nahm sie herunter und zupfte ein wenig an den Saiten. Sie war völlig verstimmt. Er begann, an den hölzernen Wirbeln zu drehen, und zupfte erneut, bis das Instrument einigermaßen gestimmt war. Nach einigen Akkorden legte er es wieder zurück.

»Wie haben Sie das gemacht?«

Er drehte sich um und sah, daß ihn Benji mit offenem Mund anstaunte. Der Gameboy hing ihm zwischen den Fingern und gab keinen Laut mehr von sich.

»Was?«

»Ich dachte, das wäre nur ein Spielzeug. Sie haben eine Melodie darauf gespielt.«

David sah die Ukulele an. »Na ja, ich glaube nicht, daß die unbedingt zum Spielen gedacht ist.« Er nahm sie wieder herunter. »Wahrscheinlich ist es nur ein Reiseandenken, aber sie hat alle Saiten und scheint auch sonst ganz in Ordnung zu sein.«

Er spielte rasch einige Akkorde und beendete dann seine Vorstellung mit elegantem Schwung, beide Hände seitwärts von sich haltend, als warte er auf Applaus, und verbeugte sich vor Benji.

»Wo haben Sie *das* gelernt?« fragte Benji mit weit aufgerissenen Augen. Er glitt vom Bett herunter und warf den Gameboy auf den Nachttisch.

»Ich hatte einen ziemlich verschrobenen Onkel, der uns ab und zu besucht hat, als ich noch ein Junge war. Dabei hat er immer seine Ukulele mitgebracht und sich für mich komische Lieder ausgedacht. Er hat mir gezeigt, wie man das Instrument stimmt.«

David zupfte an einer Saite nach der anderen und sang zum jeweiligen Ton: »Mein-Hund-hat-Flöh'«.

Lachend entriß ihm Benji die Ukulele, zupfte unbeholfen an den Saiten und sang dabei den Stimmvers vor sich hin.

»Genau so«, sagte David. »Das war deine erste Unterrichtsstunde.«

Benjis Augen leuchteten vor Begeisterung.

»Und wenn du das richtig gelernt hast, kannst du anfangen, Gitarre zu spielen.«

Benjis Augen wurden immer größer. »Was, tatsächlich? Können *Sie* etwa Gitarre spielen?«

»Tja, es ist zwar ziemlich lange her, daß ich zum letzten Mal gespielt hab, aber es müßte gehen. Das ist ungefähr wie mit dem Radfahren – man verlernt es nicht.« David schwieg eine Weile. Damit hatte er ja wohl eine erstklassige Überleitung zu seiner Entschuldigung. »Wo wir gerade beim Radfahren sind, Benji, ehm, der Vorfall gestern, als ich dein Fahrrad repariert habe… nun, es tut mir leid, daß ich dich wegen der Sache mit dem Schwimmbecken angebrüllt habe. Ich hatte nicht gewußt, daß du die Luft so lange anhalten kannst.«

Benji zuckte die Achseln und lächelte. »Ach, ist nicht der Rede wert. Haben Sie schon mal in 'ner Band oder so gespielt?«

David lachte und schüttelte den Kopf über die Launenhaftigkeit des Jungen. »Eigentlich ja – auf der Universität.«

»Mann! Und haben Sie auch Lieder und so geschrieben?«

»Klar. Nicht besonders gute, aber wenn wir laut genug spielten, klangen sie gar nicht mal schlecht.«

»Ist ja unglaublich! Und ich dachte, Sie wären bloß ein Gärtner.«

David lachte in sich hinein. »Ein paar verborgene Talente habe ich schon.«

Benji deutete auf die Ukulele. »Und wie alt waren Sie, als Sie damit angefangen haben?«

»Acht etwa.«

»Acht! Und ich bin elf!« sagte er ganz aufgeregt.

»Dann wird es ja Zeit, daß du lernst, sie zu spielen, was?«

»Heißt das, Sie wollen es mir *beibringen*?«

»Wenn du möchtest.«

»Klar! Und könnten Sie mir auch beibringen, wie man Lieder und so schreibt? Texte dafür schreiben kann ich schon. Hilft das?«

»In dem Fall ist es ganz einfach. Wer das kann, kann auch Lieder schreiben.«

Diesmal vergaß Benji, »Mann!« zu sagen, und stöhnte statt dessen höchst zufrieden auf. Er sah David bittend an. »Könnten Sie vielleicht schon jetzt anfangen, mir das beizubringen?«

David schüttelte den Kopf und sah zum Fenster hinaus. »Nein. Ich finde, der Abend ist zu schön, als daß wir im Haus sitzen und ich dir beibringen sollte, auf der Ukulele zu spielen.«

Benji zog ein langes Gesicht.

»Meinst du nicht, daß wir lieber rausgehen und Tennis spielen sollten?«

»Was?«

»Ich möchte gern Tennis spielen. Ist daran was auszusetzen?«

»Tennis können Sie *auch* spielen?«

»Klar, warum nicht?«

»*Prima*!« Benji hielt einen Augenblick inne. Mit einem Mal verschwand seine Aufregung, und er begann, an den Wirbeln der Ukulele herumzuspielen.

»Was ist?« fragte David. »Möchtest du nicht Tennis spielen?«

»Doch!« antwortete Benji. »Nur ...«

»Nur was?«

»Ich kann nicht besonders schnell laufen, weil ich ziemlich ... na ja ... ziemlich dick bin.« Er drehte die Wirbel der Ukulele immer weiter.

David tat so, als mustere er Benji gründlich. »Ich finde dich nicht dick. Ich würde eher sagen, du bist kräftig gebaut.«

Benji sah ihn hoffnungsvoll an. »Ist das Ihr Ernst?«

»Natürlich. Weißt du, ich glaube, in vier Jahren würde ich dir nicht gern im Dunkeln begegnen.«

»Wieso?«

»Na ja, dann würdest du mich wahrscheinlich windelweich prügeln.«

Benji grinste. »Ach was! Einen Feind ja, aber doch keinen Freund!« Vorsichtig legte er die Ukulele auf sein Bett, sprang dann auf und rannte zur Tür. »Los, wir wollen Tennis spielen.«

»Benji«, sagte David, der stehengeblieben war und die Ukulele betrachtete. Benji drehte sich um und sah, daß ihn David mit dem Finger zurückwinkte.

»Ja?« sagte er leise mit einem Blick auf das Instrument. Er überlegte, was er falsch gemacht haben könnte.

»Ich habe gesehen, daß du die Ukulele verstimmt hast.«

»Entschuldigung«, sagte der Junge bedrückt, ging zum Bett und nahm das Instrument.

»Das ist nicht weiter schlimm. Aber ich möchte, daß du sie bis morgen wieder gestimmt hast. In Ordnung?«

Wieder fing Benji an zu grinsen. »In Ordnung!!!« Er legte das Instrument hin und war schon auf dem Weg zur Tür. »Können wir jetzt Tennis spielen?«

»Noch eins.«

Wieder drehte sich Benji zu ihm um, diesmal mit einem lauten, ungeduldigen Seufzer. David lächelte.

»Sicher hast du gehört, daß dich Germaine nicht mehr in die Schule bringen wird? Nun fragen Jasmine und ich uns, ob es dir etwas ausmachen würde, wenn ich dich hinbringe.«

»Was? In dem Käfer?« stieß Benji hervor.

»Nur falls es dir recht ist.«

»Stark! Ist ja toll! Können wir das Verdeck zurückklappen?«

»Klar. Wieso?«

»Weil es so cool aussieht und ...«

»Was?«

»Wie ich gestern mit Dodie gespielt hab, wollte ich ihr den Ball geben. Dabei mußte ich mich bücken, und sie hat mein Gesicht abgeleckt. Sie stinkt fürchterlich aus dem Maul. Deswegen hab ich auch aufgehört, mit ihr zu spielen.«

David lachte. »Einverstanden.« Er ging zu Benji, hielt die Hand hoch, und sie schlugen zum Zeichen des Einverständnisses die Handflächen gegeneinander. »So, und *jetzt* wollen wir Tennis spielen gehen.«

Benji riß die Tür auf und rannte zur Treppe. Als David sie erreichte, konnte er gerade noch sehen, wie der Junge mit vier Sätzen in die Diele hinabhechtete, wo er nach Jasmine schrie, die eilends aus der Küche kam.

»Jasmine! David bringt mir Tennis bei, und dann zeigt er mir, wie man die Uke – Uke –« Er sah zu David empor.

»Die Ukulele.«

»Ja, genau. Er bringt mir bei, wie man die ... *Ukuelelele* spielt. Wie man sie stimmt, hat er mir schon gezeigt!«

Während er in die Küche rannte, ging David die Treppe hinab und sah, daß ihn Jasmine ungläubig anstarrte. »Was um Himmels willen haben Sie *getan*?«

»Nichts weiter. Einfach ein Gespräch unter Männern. Ich vermute, daß er nichts dagegen hat, von mir zur Schule gebracht zu werden, Sie können also seine Mutter ohne Bedenken anrufen.«

Er blies sich auf die Fingernägel und wedelte dann mit der Hand, um zu unterstreichen, wie glänzend er das hinbekommen hatte. Dann zwinkerte er ihr zu und folgte Benji.

KAPITEL 20

Sam Culpepper schleuderte die Besprechungsunterlagen auf den Konferenztisch und richtete sich in seinem Ledersessel auf. Er sah in die nachdenklichen Gesichter seiner beiden für Kundenetats zuständigen Mitarbeiter, die ihn ihrerseits schweigend ansahen.

»Schön, der Auftrag ist nicht besonders lukrativ, ich möchte aber trotzdem, daß wir ihn bekommen.« Er beugte sich vor, nahm die Zigarre auf, die im Aschenbecher vor sich hin glomm, und sog den Rauch ein. »Es gibt nämlich Gerüchte, daß sowohl Bates als auch Young & Rubicam das hier in die Finger bekommen haben.« Er schlug mit der Hand auf die Unterlagen. »... Und es wäre einfach die Krönung für uns, wenn wir den Etat an Land ziehen könnten. Auf jeden Fall würde ich dafür sorgen, daß Media Week das erfährt!« Er stieß ein lautes Lachen aus, dem sogleich ein krächzendes Husten folgte.

Russ Hogan äußerte sich als erster. »Ehrlich gesagt, Sam, glaube ich nicht, daß wir den Etat kriegen können. Wir hatten bisher noch nie einen Kunden aus der Alkoholbranche, ganz zu schweigen von einem aus Großbritannien. Wenn ich mir überlege, welch enormen Aufwand es bedeutet, bis wir uns da kundig gemacht haben, frage ich mich ganz ernsthaft, ob sich die Sache lohnt.«

Sam nickte bedächtig. Er hätte hundert Dollar darauf gewettet, daß sich Russ so äußern würde. Er war ein guter Betreuer von Kundenetats und verstand es glänzend, sich bei den Kunden einzuschmeicheln, gefährdete aber in den meisten Fällen alles Erreichte dadurch, daß er sich zu einem Thema äußerte, ohne groß zu überlegen, was er sagte. Das hier war wieder ein erstklassiges Beispiel dafür.

Sam stemmte sich aus seinem Sessel und trat ans Fenster. An seiner Zigarre saugend sah er auf den dahinschleichenden Verkehr weit unten in der Fifth Avenue hinab. Dann drehte er sich um und sah Russ an.

»Ich denke, daß Sie unrecht haben, Russ. Meiner Ansicht nach lohnt es sich *doch.*« Er schnippte Asche in den Aschenbecher und drehte seinen Sessel von einer Seite zur anderen. »Wir haben über zwanzig Jahre gebraucht, um die Agentur Culpepper Rowan zu dem zu machen, was sie ist, aber ich denke, daß wir uns momentan an einem Wendepunkt befinden. Zum ersten Mal mache ich mir Sorgen um die Substanz des Unternehmens – oder sollte ich besser sagen, darüber, daß es zuwenig Substanz haben könnte. Ich kann mich natürlich irren, aber ich habe den Eindruck, daß wir in letzter Zeit vielleicht eine Spur zu selbstgefällig geworden sind. Zwar haben wir viele Werbeetats, aber die meisten sind recht klein. Bislang haben wir keinen einzigen großen Fisch an Land gezogen.«

»Wollen Sie uns etwa weismachen, daß Tarvey's Gin ein großer Etat ist?« meldete sich Russ zu Wort, den Sams indirekte Kritik ärgerte und der nicht feinfühlig genug war zu erkennen, daß es diplomatischer wäre, den Leiter der Agentur ausreden zu lassen. »Sie haben doch vorhin die Verkaufsziffern in Großbritannien vorgelesen – die scheinen mir nicht besonders beeindruckend zu sein. Schön, wahrscheinlich hängt das damit zusammen, daß es sich da drüben um ein ziemlich neues Produkt handelt, aber auf dem hiesigen Markt wäre es sogar *völlig* neu, und wir haben es mit Konkurrenten wie Gordon's und Beefeater zu tun.«

Verärgert fragte Sam: »Wissen Sie auch noch, was ich *außerdem* vorgelesen habe, Russ?«

Der stützte sich auf die Armlehne seines Sessels und kaute auf einem Fingernagel herum, unsicher, worauf sein Chef hinauswollte. Sam sah seine beiden Mitarbeiter an. »Kann wirklich keiner von Ihnen verstehen, worauf es mir hier ankommt?«

Das darauffolgende Schweigen wurde schließlich dadurch unterbrochen, daß Jennifer Newmans Bleistift auf den Notizblock flog, der auf dem Tisch lag.

»Vermutlich wollen Sie sagen: Hier geht es nicht einfach um Tarvey's Gin, sondern mehr noch darum, daß es sich um die neue Marke der Firma Gladwin Vintners handelt, denen außerdem Glentochry Blend Whisky und Walischka Wodka gehören. Sie hatten gesagt, daß die beiden in Großbritannien einen beachtlichen Marktanteil haben, auch wenn es sich nicht um Erzeugnisse aus dem Prestigesegment handelt. Da dieser Gin ziemlich neu ist, haben wir die Möglichkeit, ihn mit vergleichsweise geringem Aufwand in den hiesigen Markt zu drücken. Sofern wir damit Erfolg haben, könnten die Leute erwägen, hier auch ihren Whisky und Wodka zu vertreiben und sich dabei hoffentlich derselben Werbeagentur bedienen. Wer den Auftrag für Tarvey's Gin holt, kann sich also auch Hoffnungen auf die vollständige Produktpalette von Gladwin Vintners machen.«

Mit einem Fingerschnalzen wies Sam auf Jennifer. »So ist es. Ich würde wetten, daß unsere Konkurrenten das genauso sehen, und deshalb werden alle führenden Agenturen in Manhattan garantiert versuchen, sich den Etat unter den Nagel zu reißen.« Sam lächelte seiner Mitarbeiterin zu. »Danke, Jennifer.«

Russ kaute lautstark seinen Kaugummi und bedachte seine Kollegin, die ihn ausgestochen hatte, mit einem herablassenden Blick. Dann wandte er sich erneut an Sam.

»Aber es gibt nichts, was diese Theorie stützt. Das ist reine Spekulation.«

»Sicher. Aber ich finde, es wird Zeit, daß wir das eine oder andere Risiko eingehen und etwas mehr Zeit und Geld für Forschung und Entwicklung aufwenden, sonst könnte unsere Selbstgefälligkeit uns leicht zum Stolperstein werden. Wir brauchen was, das uns Feuer unterm Hintern macht, und diese Ausschreibung eignet sich meiner Auffassung nach dafür ebenso gut wie jede andere. Außerdem wäre der Aufmerksamkeitswert in der Öffentlichkeit, wie schon gesagt, enorm!«

Resigniert zuckte Russ die Schultern. »Schön, also gehen wir an die Sache ran. Und wer macht das?«

Sam wies mit dem Finger über den Tisch. »Ich möchte, daß Sie das übernehmen, Jennifer.«

Sie zog die Augenbrauen hoch. »Warum nicht? Wie sieht der Zeitrahmen aus?«

»Sie haben genau einen Monat.« Er achtete genau auf ihre Reaktion und merkte, daß sich ihre Augen weiteten, als ihr die Tragweite des Gesagten aufging.

»Soll das heißen, die Sache muß in *einem* Monat stehen, Sam?«

»Leider. Die Ausschreibung hier ist bereits seit drei Wochen im Umlauf, und ich habe sie erst jetzt bekommen.« Er schlug die Mappe auf der ersten Seite auf und begann zu lesen: »Vorschläge müssen bis spätestens Samstag, 4. Juli, vorgelegt werden. Dann gibt die Firma Gladwin am 7. bekannt, welche Agentur den Auftrag bekommt. Bedauerlicherweise ist also in diesem Jahr der Unabhängigkeitstag für keinen von uns ein Feiertag – gestrichen.«

Jennifer pfiff durch die Zähne, während Sam den Blick von den Unterlagen hob und Russ ansah.

»Natürlich kann das ohne weiteres auch danebengehen, aber jeder von uns sollte alles daran setzen, den verdammten Etat zu kriegen!«

Eine halbe Stunde später verließ Jennifer den Sitzungsraum, die Dokumente und ihren Notizblock voller Anmerkungen zu ihrer geplanten Strategie unterm Arm. Grade wollte sie ihr Büro betreten, als ihre Sekretärin auftauchte. »Jennifer, ein Gespräch für Sie auf Leitung zwei. Es ist Jasmine.«

»Ja, danke. Ach, Mandy«, sagte Jennifer und gab ihr den Notizblock. »Könnten Sie das so schnell wie möglich ins reine tippen?«

»Wird gemacht.«

»Danke.«

Sie ging in ihr Büro, warf die Unterlagen auf den Schreibtisch, nahm den Hörer ab und drückte den aufblinkenden Knopf am Telefon. »Jasmine?«

»Hallo, Jennifer.«

»Es ist doch hoffentlich nichts passiert?«

»Nein, eigentlich nicht.«

»Was heißt ›eigentlich nicht‹?« Sie warf die Telefonschnur über ihre Schreibtischlampe, ging um den Tisch herum und setzte sich. »Ist nun was passiert, oder nicht?«

»Nun, Benji geht es gut, falls Sie das meinen. Aber Germaine war heute wieder viel zu spät an der Schule, um ihn abzuholen – immerhin über eine halbe Stunde –, und da ist Benji zu Fuß nach Hause gegangen.«

»Um Gottes willen, Jasmine!«

»Regen Sie sich nicht auf, Jennifer! Er hat es genau richtig gemacht. Hätte er etwa noch länger warten sollen? Er konnte doch nicht wissen, ob sie überhaupt kommen würde.«

»Na schön, und was weiter?«

»Germaine ist im selben Augenblick hier angekommen wie Benji und hat den armen Jungen ziemlich runtergeputzt. Ich bin dann, ehm, auf sie losgegangen, und sie hat gesagt, sie würde Sie anrufen. Das scheint sie aber noch nicht getan zu haben.«

Jennifer suchte auf ihrem Schreibtisch nach einer Telefonnotiz. »Nein, ich glaube nicht. Ich war bis eben in einer längeren Sitzung und weiß daher von nichts. Wahrscheinlich hat sie aber sowieso nicht angerufen, weil ihr klar ist, daß sie unrecht hat.«

»Das kann man laut sagen. Der Haken ist, daß sie den Jungen nicht mehr fahren will.«

»Nein«, seufzte Jennifer. »Was um Himmels willen sollen wir dann tun? Ich lasse auf *keinen* Fall, ich wiederhole, auf *keinen* Fall zu, daß er zu Fuß geht, Jasmine.«

»Das hatte ich mir schon gedacht. Ich glaube aber, daß ich eine andere Möglichkeit gefunden habe.«

»Und wie sieht die aus?«

»David könnte ihn hinbringen.«

»David? Wer ist David?«

»Der neue Gärtner, Jennifer.«

»Jasmine!« Jennifer stützte sich mit Nachdruck auf den Schreibtisch. »Das kann unmöglich Ihr Ernst sein! Wir haben doch nicht die geringste Ahnung, wer er ist! Er könnte doch ein – ein Kinderschänder oder was weiß ich sein! Immerhin –«

»Das ist er *nicht*, Jennifer. Offen gestanden glaube ich nicht, daß ich je einen Menschen kennengelernt habe, auf den diese Beschreibung weniger zutrifft als auf ihn. Er ist sehr anständig.«

»Ach ja? Und woher wollen Sie das wissen, nachdem er erst den zweiten Tag bei uns arbeitet?«

Jasmine schwieg am anderen Ende der Leitung.

»Nun«, sagte sie schließlich, »Germaine hat Benji als blöd beschimpft und kam mir dann mit rassistischen Sprüchen. Da ist David über den Rasen gekommen und hat gesagt, sie soll verschwinden!«

»Aha. Ich verstehe.« Leise verwünschte sich Jennifer wegen ihrer vorgefaßten Meinung. »Das tut mir wirklich leid, Jasmine. Das wußte ich nicht. Was für ein Miststück! Wie konnte sie es *wagen*?«

»Das ist erledigt. Jedenfalls kann ich für David die Hand ins Feuer legen. Er ist übrigens gerade mit Benji auf dem Platz und bringt ihm Tennisspielen bei.«

»Sie machen Witze!«

»Absolut nicht! *Und* er will ihm zeigen, wie man Gitarre spielt.«

»Wir haben doch gar keine Gitarre, Jasmine.«

»Na ja, das andere Ding da in Benjis Zimmer. Die Uke … was weiß ich.«

»Die Ukulele.«

»Genau, die.«

Jennifer ließ sich in ihren Sessel zurücksinken. »Das ist ja unglaublich! Und Benji ist mit all dem einverstanden?«

»Ich hab den Jungen schon ewig nicht mehr so glücklich gesehen.«

Die Tür ging auf, und Sam und Russ kamen herein. »Augenblick, bleiben Sie dran.« Sie legte ihre Hand über die Sprechmuschel, aber Sam bedeutete ihr mit einer Handbewegung, daß sie sich nicht stören lassen solle. Lächelnd nahm Jennifer die Hand vom Hörer. »Jasmine? Gut, wenn Sie glauben, daß es in Ordnung ist. Ich muß sagen, es *klingt* so, als ob es in Ordnung wäre. Von mir aus soll er also den Jungen in die Schule bringen.«

»Wunderbar! Ich sag's Ihnen ehrlich, Jennifer, ich glaube, daß David das Beste ist, was Benji passieren konnte.«

»Wir wollen nicht gleich übertreiben.«

Jasmine lachte. »Von mir aus – warten wir es ab. Ich sag den beiden jetzt auf jeden Fall Bescheid.«

»Gut, und geben Sie Benji einen dicken Kuß von mir.« Sie legte auf und sah zu Sam und Russ hinüber, die sich inzwischen zwei Stühle herangezogen hatten.

»Ist zu Hause alles in Ordnung?« fragte Sam mit besorgter Miene.

»Ich denke schon«, sagte Jennifer. »Wir haben einen neuen Gärtner, und der scheint so eine Art Superman zu sein. Im Augenblick bringt er Benji das Tennisspielen bei.«

»Was Sie nicht sagen! Da fällt mir gerade ein, wir müssen auch mal gegeneinander antreten. Ich hab die Saison noch nicht gespielt.«

»Kommen Sie doch einfach mal zu uns raus«, sagte Jennifer und schlug ihren Terminkalender auf. »Vielleicht nicht gerade dieses Wochenende, weil ich mich an den Entwurf machen möchte.« Sie wies auf die Unterlagen. »Aber wie wäre das Wochenende danach?«

Sam holte seinen Kalender aus seinem Jackett und begann ihn durchzublättern. »Da hab ich nichts. Das würde Molly und mir sehr gefallen.«

»In Ordnung, dann ist das abgemacht.«

»Wird Alex auch dasein?« fragte Russ und zückte seinerseits seinen Kalender.

Jennifer lächelte. »Ich könnte versuchen, ihn anzurufen und ihn zu fragen. Wollen Sie ihm seine alljährliche Niederlage zufügen?«

»Na ja, er ist ungefähr der einzige, der mir ein anständiges Match liefern kann.«

Jennifer und Sam sahen einander vielsagend an. Russ, der das merkte, sagte unschuldig. »Das stimmt, ganz ehrlich!«

»Na schön, ich ruf ihn an.« Jennifer notierte den Termin in ihrem Kalender. »Und welchem Umstand verdanke ich die Ehre des Besuches der beiden verehrten Herren?«

Sam stand auf. »Eigentlich gibt es keinen besonderen Grund. Wir wollten nur schnell einen zur Brust nehmen und wollten Sie einladen, mitzukommen. Wahrscheinlich ist es für eine ganze Weile die letzte Gelegenheit.«

Jennifer schüttelte den Kopf. »Das ist wirklich sehr nett, aber ich sollte mir das wohl besser verkneifen.« Sie nahm die Unterlagen vom Tisch und begann sie durchzublättern. »Ich möchte wirklich gleich damit anfangen.«

Ein zufriedenes Lächeln breitete sich auf Sams Zügen aus. »Na bitte! Das höre ich gern!« Er ging zu Russ, der schmollend dasaß, und streckte ihm die Hand hin. »Das nennt man Arbeitseifer, was?«

Russ sah Sam an und zog mit theatralischer Geste einen Zehn-Dollar-Schein aus seiner Brusttasche, den er ihm in die hingehaltene Hand legte. Jennifer warf die Unterlagen auf ihren Schreibtisch und schüttelte ungläubig den Kopf. »Unerhört! Sie haben wohl miteinander gewettet, daß ich mitkomme, was?«

»Nicht ganz!« sagte Sam und zwinkerte ihr zu. »Das war *Russ*. Ich hatte wie immer volles Vertrauen in Sie und habe daher die Wette gewonnen!« Bei diesen Worten faltete er den Geldschein ordentlich zusammen, schob ihn in die Brusttasche und klopfte zärtlich darauf.

»Ihr Männer seid ja solche *Kindsköpfe*!« Jennifer sprang auf und tat so, als wollte sie ihren Stift nach ihnen werfen.

»He, he!« rief Russ, bückte sich und folgte schleunigst Sam, der bereits unter lautem Gelächter den Rückzug angetreten hatte. Die beiden drängten und stießen einander in den Gang hinaus. Dann steckte Russ noch einmal den Kopf zur Tür herein. »Vergessen Sie nicht, Alex anzurufen.«

Der Stift traf die Tür zwei Handbreit neben seiner Nase. Überrascht sah er die Aufschlagstelle an, streckte die Zunge heraus und schloß rasch die Tür, bevor Jennifer weitere Vergeltungsmaßnahmen ergreifen konnte.

»Die reinsten Schuljungen!« sagte sie und grinste. Sie ging zur Tür, um ihren Stift zu holen, dann kehrte sie zu ihrem Schreibtisch zurück und ließ sich in den Sessel fallen. Sie nahm den Hörer und drückte einen der Knöpfe mit den gespeicherten Nummern. Gerade, als sie die bewußte Akte aufschlug, kam die Verbindung zustande, und so klappte sie sie gleich wieder zu.

»Hallo!«

»Hallo, Schatz, ich bin's.«

»Ach, hallo, Jennifer! Augenblick. Hier ist es fürchterlich laut, aber rede einfach weiter.«

»Wo bist du?«

»Am Flughafen von San Francisco. Ich bin auf dem Weg nach Houston. Verstehst du mich jetzt besser?«

»Viel besser.«

»Und wie sieht's bei dir aus?«

»Blendend! Sam hat mir gerade die Unterlagen für eine Ausschreibung gegeben. Es könnte für uns der ganz große Knüller werden.«

»Das hör ich gern. Entschuldige, kannst du es kurz machen, ich muß nämlich zu meiner Maschine.«

»Natürlich. Könntest du schnell mal in deinem Kalender nachsehen, ob du am übernächsten Wochenende zu Hause bist? Ich habe Sam und Molly zum Tennis eingeladen, und Russ würde auch gern kommen, um gegen dich anzutreten.«

»Ach je, muß das sein? Für ihn ist das doch nichts anderes als eine grandiose Selbstbestätigung. Er schlägt mich jedesmal durch Sonn' und Mond.«

»Das weiß ich, Schatz. Aber könntest du es einrichten – mir zuliebe?«

»Ich hab meinen Kalender nicht hier, aber ich tu mein Bestes, um das Wochenende freizuhalten. In Ordnung?«

»Ja. Sehr schön.«

»Gut. Jetzt muß ich aber wirklich los.«

»In Ordnung. Guten Flug.«

»Danke. Bis bald.«

»Ja. Bis bald.«

Jennifer legte auf und starrte den Apparat an. Mit einem Mal fühlte sie sich bedrückt, weil das Gespräch so unpersönlich gewesen war. »Ich liebe dich«, flüsterte sie.

Es klopfte, Mandy kam herein und trat an ihren Schreibtisch. »Hier sind Ihre Notizen.«

»Wunderbar, Mandy. Machen Sie jetzt Feierabend?«

»Ja, wenn Sie mich nicht mehr brauchen?«

Jennifer lächelte sie an. »Gehen Sie nur. Bis morgen dann.«

Als sich die Tür schloß, sah Jennifer wieder das Telefon an und überlegte, ob sie versuchen sollte, Alex noch einmal anzurufen. Nein, er hatte gesagt, daß er es eilig hatte – wahrscheinlich wäre ihm das nur lästig. Sie schüttelte den Kopf, um sich in ihrer Entscheidung zu bestärken, zog dann die Mappe heran und schlug sie auf.

KAPITEL 21

Bis zum Tag der Tenniseinladung hatte sich im Hause Newman so manches zum Besseren gewendet. Erstens spielte Benji inzwischen so gut Tennis, daß er eine ganze Weile mit David mithalten konnte, vorausgesetzt, dieser achtete darauf, ihm den Ball auf die Vorhand zu schlagen, damit er nicht im Schwimmbecken landete, und zweitens hatte auch Benjis Ukulele-Spiel große Fortschritte gemacht. Ohne das Instrument sah man ihn eigentlich nur, wenn er Tennis spielte oder wenn er in der Schule war. Er fühlte sich noch nicht so sicher, seinen Mitschülern die neu entdeckte Fertigkeit vorzuführen,

Dennoch hatte er beschlossen, für den Talentwettbewerb der Schule ein eigenes kleines Lied einzureichen. Das ging in erster Linie darauf zurück, daß David einige Verse über Dodie geschrieben hatte, zu denen Benji die drei Akkorde spielen konnte, die er gelernt hatte. Allerdings hatte Benji das Lied, als David es zum ersten Mal vortrug, immer wieder wegen mangelnder Genauigkeit und schlechter Reime kritisiert.

»Die Akkorde sind also einfach G, C und D7 – so. Okay?«

»Klar. Darf ich mal?«

»Warte – du weißt ja noch gar nicht, wie's geht!«

»Na schön. Aber beim nächsten Mal bin ich dran.«

»Von mir aus. Hörst du zu?«

»Ja.«

»Wie schön, daß es Bier
gibt und auch Strudel –«

»Was ist Strudel?«

»Eine süße Mehlspeise.«

»Ißt man das zum Bier?«

»Glaub ich nicht.«

»Und warum dann Bier und Strudel?«
»Weil es sich reimt, Benji.«
»Worauf?«
»Nun warte doch! Soweit sind wir noch nicht.«

»Noch schöner aber, daß man
Mit Dodie, dem lustigen Pudel –«

»Das ist ja doof. Fällt dir nichts anderes ein, was sich auf Pudel reimt?«
»Nun laß mir doch mal ein bißchen Zeit! Ich arbeite doch erst seit einer Stunde daran!«
»Eine Stunde! Das sind doch bloß fünf Zeilen!«
»Nicht so hastig mit den jungen Pferden. Ich bin noch nicht fertig.«
»Was sollen denn jetzt auf einmal die Pferde?«
»Hör mal, soll ich weitermachen oder nicht?«
»Ja.«

»Im offenen Auto fahren kann
Durch die Stadt und den Wald.
Und in Leesport ist's kalt –«

»Ist es nicht.«
»Was ist was nicht?«
»In Leesport ist es nie kalt. Jedenfalls nicht im Sommer. Im Winter friert es manchmal –«
»Benji!«
»Ist ja schon gut. Wahrscheinlich nimmst du das Wort nur, weil es sich reimen soll –«
»Also, soll ich jetzt weitermachen oder nicht?«
»Entschuldigung.«

»Doch halt, was für ein Duft?
Ist das der Auspuff?
Aber nein, nur Dodies stinkiger Atem.«

»Ja! Das gefällt mir!«
»Gott sei Dank! Endlich hab ich dich beeindruckt.«
»Aber *Luft* reimt sich nicht auf *Auspuff*.«
»Na, dann lassen wir es eben sein.«

»Nein, bitte, David, noch mal.«

»Ach was. Ist nicht der Mühe wert. Ich bin sowieso noch nicht fertig.«

»*Bitte*, David, sing es am Stück! Ich versprech dir, daß ich dich nicht wieder unterbreche.«

»Ehrenwort?«

»Ehrenwort. Wie fängt es an?«

»Wie schön, daß es Bier
gibt und Strudel.
Noch schöner aber, daß man
Mit Dodie, dem lustigen Pudel,
Im offenen Auto fahren kann,
Durch die Stadt und den Wald.
Und in Leesport ist's kalt –«

»Stimmt doch gar nicht!«

»Du hast gesagt, daß du mich nicht –«

»Entschuldigung!«

»Doch halt, was für ein Duft?
Ist das der Auspuff?
Aber nein, nur Dodies stinkiger Atem.«

»So, und jetzt alles am Stück!«

»Wie schön, daß es Bier
gibt und Strudel.
Noch schöner aber, daß man hier
Mit Dodie, dem lustigen Pudel,
Im offenen Auto fahren kann.
Vorn sitzen Junge und Mann,
Und hinten der Hund, der stinkt aus dem Mund.

»Bin ich der Junge?«

»Klar.«

»Toll! Ehm, David?«

»Ja?«

»Darf ich dich noch was fragen?«

»Was?«

»Sagst du auch ›Mund‹ nur, damit es sich reimt?«

»Ja, es ist nicht so einfach, Reime zu finden.«
»Ach ja, hmm.«
»Kann ich jetzt weitermachen?«
»Von mir aus.«

Dann macht er ›wuff‹
Herrchen gibt ihm 'nen Puff,
Und den Rest, den woll'n wir uns sparen.

»Einen Puff?«
»Einen Stoß. Er stupst ihn an.«
»Ich dachte, das ist ein *schlimmes* Wort!«
»Na ja, hier nicht.«
»Ich finde den Text toll! Bestimmt kann ich das genauso gut!«
»Dann mal los!«
»Sicher. Aber darf ich jetzt erst mal das singen?«

Bald wurde das Lied zu ihrem ständigen Begleiter. Beide sangen es aus vollem Hals, wenn sie auf dem Schulweg durch Leesport fuhren. Es sah ganz so aus, als genieße Dodie, die immer auf dem Rücksitz saß, jeden dieser wunderbaren Augenblicke.

Der Juni hatte im Garten eine Fülle neuer Farben hervorgebracht, die die Schönheit der bereits vollkommenen Umgebung des Hauses noch mehr unterstrichen. Rosen aller Schattierungen blühten in voller Pracht, während Phlox und japanische Iris, von der Wärme beflügelt, ihre dünnen Stengel über die Hortensien und würzig riechenden Geranien erhoben. Ihre Blüten bildeten vor dem blauen Hintergrund der Bucht bunte Farbkleckse. Die Blüten des Trompetenstrauchs, der an der Fassade des Hauses bis auf die Veranda über dem Wintergarten emporkletterte, öffneten sich so weit, daß sie wie winzige glühende Flämmchen über dem weißen hölzernen Geländer und auf den Schindeln lagen, die die Fenster im Obergeschoß umgaben.

All das steigerte Davids Lust an der Gartenarbeit noch. Er hatte mehrere Kilometer von Leesport entfernt an der Straße nach Montauk ein kleines Gartencenter entdeckt, wo er eine ansehnliche Zahl Stauden und Setzlinge gekauft hatte, um die

Lücken zu füllen, die sein Vorgänger hinterlassen hatte. Offenbar war er dem jungen Besitzer-Ehepaar des Gartencenters aufgefallen, wie er seinen Einkaufswagen durch die Gänge schob, und so machten sie sich bei seinem dritten Einkauf mit ihm bekannt und baten ihn zu Kaffee und Gebäck in ihr Büro. Danach dehnten sich seine Besuche dort immer mehr aus, weil sie sich richtig miteinander anfreundeten. Doch er mußte schließlich seine Einkäufe so planen, daß er mit weniger Fahrten auskam, einmal, um den Garten nicht allzu lange allein zu lassen, aber auch, um seinen Koffeinkonsum ein wenig einzuschränken.

Mit Hilfe dieser guten Freunde erkannte er, daß seine seelischen Wunden dabei waren zu heilen. Er hatte nicht mehr wie früher den Wunsch, sich jeden Abend so rasch wie möglich in sein Häuschen zurückzuziehen und allein dort zu sitzen. Er suchte Gesellschaft, und wenn er nicht mit Jasmine und Benji zu Abend aß, ging er entweder auf ein Bier in die Kneipe, wo er sich mit den Stammgästen unterhielt, oder er wurde von Leuten zum Abendessen eingeladen, mit denen er Bekanntschaft geschlossen hatte. Bei einer Einladung zu Clive und dessen Freund Peter mußte er sich an den Küchentisch setzen, während die beiden die Zubereitung der Mahlzeit mit einer gut einstudierten komischen Zwei-Mann-Nummer begleiteten, bei der sie, Kochtopf und Rührschüssel in der Hand, zu den Klängen einer alten Aufnahme von *My Fair Lady* sangen und tanzten.

Doch die engste Beziehung gründete sich auf sein tägliches Zusammensein mit Jasmine und Benji. Das von ihm geknüpfte Band zu dem Jungen erinnerte ihn immer wieder an seine eigenen Kinder. Jeden zweiten Abend setzte er sich hin, um jedem von ihnen einen Brief zu schreiben. Dabei zählte er immer als erstes die Tage, die bis zum Schuljahresende verblieben, und schrieb dahinter: »Und dann sind große Ferien!!« Die Kinder fehlten ihm wirklich, und obwohl er nicht so recht wußte, wie es ihm gehen würde, wenn er schließlich nach Schottland zurückkehrte, erfüllte ihn doch die Vorstellung, wieder mit ihnen zusammenzusein, mit großer Vorfreude.

Einstweilen aber lieferte ihm die Umgebung im Haus Newman die deutlichsten Hinweise darauf, daß er zur Normalität zurückkehrte. Das einfache Leben, das er dort führte, trug wie die unkomplizierte Beziehung zu seinen beiden Freunden entscheidend dazu bei, daß an die Stelle des Stacheldrahtverhaus in seinem Kopf wieder ein klares, geordnetes Denken trat.

Sein Leben drehte sich um seine Arbeit im Garten und das Tennisspielen mit Benji. Dabei mußte Jasmine auf Benjis Betreiben auf einer Trittleiter neben dem Netz sitzen und den Spielstand ansagen. Auch wenn sie eine Fehlentscheidung nach der anderen fällte, verlieh ihre Anwesenheit dem Spiel doch den Anstrich von Echtheit und Bedeutung. Von Zeit zu Zeit fuhren er und Benji mit der Fähre nach Fire Island, wobei der Junge meist seine Fähigkeiten als Seemann beweisen und das Steuer übernehmen durfte. Wenn David mit Jasmine abends in der Küche oder auf der Terrasse Wein trank, unterbrach Benji sie immer wieder, um das Dodie-Lied oder eine Strophe seiner Lieblingsschallplatte zu singen. Die Fahrstunden, die David Jasmine auf der Auffahrt gab, endeten schon beim zweiten Anlauf, denn Jasmine stürmte auf Nimmerwiedersehen davon, während sich ihre Fahrgäste über ihre völlige Unfähigkeit, die Kupplung kommen zu lassen, vor unbeherrschbarem Lachen die Bäuche hielten.

Ungeachtet seiner immer tieferen Freundschaft zu den beiden sprach David nie über seine Vergangenheit, war nicht bereit, etwas von dem preiszugeben, was ihn im Innersten bewegte. Der Grund dafür war eher Verunsicherung als Mangel an Gelegenheit oder fehlendes Vertrauen zu Jasmine. Er wußte nicht, wie er selbst bei solchen Enthüllungen reagieren würde. Immerhin konnte er damit leicht Wunden aufreißen, die sich noch nicht ganz geschlossen hatten, und dann würde vielleicht wieder die Trauer über ihn hereinbrechen.

Es war ein herrlicher Freitag. Vom Meer her wehte eine kräftige Brise und vertrieb die schwüle Luft, die allen seit dem vorigen Wochenende zu schaffen gemacht hatte. David hatte Benji von der Schule abgeholt und war mit ihm – nicht ohne

Jasmines Einverständnis – gleich zum Bootshafen und von dort mit der Fähre nach Fire Island gefahren. Dort hatten sie den späten Nachmittag und frühen Abend verbracht, am Strand Fußball gespielt und im Meer gebadet. Mit Mühe und Not erwischten sie die letzte Fähre zurück. Da es inzwischen zu dunkel war, um die Arbeit im Garten zu beenden, die er sich vorgenommen hatte, beschloß David, das tags darauf zu tun.

Als er am Samstag wie gewohnt um Viertel nach acht am Haus ankam, rannte ihm Benji noch im Schlafanzug aus der Küche entgegen und erklärte ihm in ziemlich unverständlichen Worten, daß er erst später für gemeinsame Unternehmungen Zeit haben werde, denn sein Vater sei zu Hause und er wolle ihm sein neues Lied vorspielen. David ließ ihn ziehen und war insgeheim erleichtert, den Rasen zu Ende mähen zu können, ohne dabei unterbrochen zu werden.

Um die Mittagszeit stand der Rasentraktor wieder im Schuppen. David hatte sich das Beet hinter dem Tennisplatz vorgenommen, um die letzten der Sträucher einzupflanzen, die er zwei Tage zuvor gekauft hatte. Er war gerade dabei, einen neuen Zwergrhododendron einzusetzen, als er Stimmen hörte. Er sah fünf Gestalten im Tennisdress, die sich miteinander unterhielten und langsam auf das Gartenhäuschen beim Tennisplatz zuliefen. Dodie stieß ein kurzes Bellen aus, um ihn auf die Fremden in ihrem Garten aufmerksam zu machen.

»Still, Dodie!« sagte er leise und sah eine Weile zu den Leuten hinüber. Gerade, als er sich wieder an seine Arbeit machen wollte, schoß Benji auf seinem Fahrrad um die Ecke.

»Benji! Paß auf! Fast hättest du Sam überfahren!«

»Tut mir leid, Sam, tut mir leid, Papa! HALLO, DAVID!«

David sah auf, winkte ihm kurz zu und arbeitete weiter.

»Wer ist das, Jennifer?« hörte David eine Frauenstimme.

»Unser neuer Gärtner. Ich glaube, ich sollte einmal hinübergehen und mit ihm reden. Ich habe noch kaum ein Wort mit ihm gewechselt, seit er bei uns angefangen hat. Alex, spiel du doch bitte mit Molly – nein, das ist nicht fair – Russ, Sie können mit Molly spielen, und Alex, dein Partner ist Sam.«

»Himmel, Jennifer, ich finde es nach wie vor zum Spielen zu heiß. Immerhin ist Mittag.«

»Komm schon und jammere nicht. Es tut dir bestimmt gut. Schließlich hast du die ganze Woche im Flugzeug gesessen, da kann es dir nicht schaden, ein paar von den Pfunden runterzuschwitzen, die sich bei dir so angesammelt haben – du bewegst dich doch so gut wie nie!«

Man hörte Gelächter. »Vielen Dank für den freundlichen Hinweis!«

»Darf ich David Papa vorstellen, Mama?« fragte Benji.

»Klar, warum soll ich nicht Superman kennenlernen?«

»Pst, Alex! Red doch nicht so. Er könnte dich hören. Geh einfach Tennisspielen.«

David hörte ein allgemeines Murmeln, das Ratschen der Reißverschlüsse an den Schlägerhüllen und das Quietschen des Riegels am Tor zum Tennisplatz. Dann sagte jemand neben ihm: »Hallo.«

Er blickte von seiner Arbeit auf und sah ein Paar lange gebräunte Beine und den Saum eines kurzen Tennisröckchens. Als er sich rasch aufrichtete, um nicht den Eindruck eines Lüstlings zu erwecken, stand da Jennifer. Seit ihrer ersten Begegnung hatte er sie nur flüchtig gesehen, und zwar eine Woche zuvor, als er eigens am Samstag gekommen war, um Benji Tennisunterricht zu geben. Sie war auf die Veranda herausgekommen, um ihnen fünf Minuten beim Spielen zuzusehen, dann war sie wieder ins Haus gegangen. Benji hatte gesagt, sie sei stark eingespannt, weil sie an einem neuen Auftrag arbeite.

»Guten Tag. Ich hoffe, es macht Ihnen nichts aus, daß ich heute gekommen bin. Es ist so –«

»Überhaupt nicht!« fiel sie ihm ins Wort. Sie sah sich den Rhododendron an, den er gerade gesetzt hatte. »Es sieht ganz so aus, als ob Sie hier verschiedenes neu anpflanzen.«

David folgte ihrem Blick. »Ja. Mein Vorgänger scheint wirklich ein paar Lücken hinterlassen zu haben, und die möchte ich wieder füllen.«

Er sah sie an. »Ich hoffe, daß Ihnen das recht ist.«

»Selbstverständlich. Wo haben Sie die gekauft?«

»In einem kleinen Gartencenter an der Straße nach Montauk. Die haben da wirklich gute Sachen.«

»Und wie viele haben Sie gekauft?«

»Hält sich durchaus im Rahmen«, sagte er, weil er annahm, sie könne befürchten, daß eine große Rechnung auf sie zukam. »Ich dachte nur, daß sich ein oder zwei hier und da recht gut machen würden.«

»Aber wovon bezahlen Sie die?«

»Ach, das geht schon in Ordnung. Ich finde einfach, daß es so besser aussieht.«

»Aber Sie müssen mir die Rechnung geben. Ich kann schließlich nicht erwarten, daß Sie dafür aufkommen.«

»Nun, ich –«

Ein Ball, der hoch über die Umzäunung flog und einige Meter vor David auf dem Rasen landete, unterbrach das Gespräch. Er ging hin, hob ihn auf und warf ihn zurück auf den Platz.

»Sie müssen mir sagen, wieviel ich Ihnen schulde, David.«

Verlegen lächelnd rieb er sich die lose Erde von den Händen. Es war das erste Mal, daß sie ihn beim Namen genannt hatte.

»Gut.«

»Und wenn Sie wieder hinfahren, lassen Sie dort ein Konto auf meinen Namen einrichten, okay?«

»Wird gemacht.«

Sie ließ den Blick über den Garten schweifen. »Es sieht hinreißend aus.«

»Na ja, allmählich wird es.«

»Nein, nein. Ich finde, es sieht jetzt schon großartig aus. Es ist mein Ernst. Man sieht, daß Sie wirklich etwas von der Gartenarbeit verstehen.«

David kratzte sich am Hinterkopf. »Na ja, ein bißchen Erfahrung hab ich schon.«

Sie sahen einander eine Weile an, dann nahm David, den das nervös machte, seinen Spaten und begann wieder zu graben.

»David?«

Er richtete sich wieder auf.

»Ich, ehm … nun ja, ich möchte Ihnen sagen, wie sehr ich zu schätzen weiß, was Sie für Benji tun. Er genießt es, daß Sie Tennis mit ihm spielen, und das mit seiner Ukulele … ehm, ich bin durchaus bereit zu zahlen, was Sie für ihn tun, vor allem, daß Sie ihn zur Schule fahren.«

»Um Himmels willen, nein!« sagte David beinahe eine Spur zu schroff. Er lächelte, um diesen Eindruck abzuschwächen. »Nein, ich möchte wirklich nicht dafür bezahlt werden. Es macht mir große Freude, glauben Sie mir. Er ist ein prächtiger Junge.«

Das hatte auf Jennifer eine verblüffende Wirkung. Mit einem Mal entfaltete sich ihre ganze natürliche Schönheit. Sie strahlte über das ganze Gesicht, wobei liebenswerte Fältchen auf ihre Wangen traten, und ihre Lippen enthüllten ihre vollkommenen weißen Zähne. So berührt war David von diesem Anblick, daß er rasch zu Boden sah und unruhig gegen das Blatt seines Spatens trat.

»Ich danke Ihnen«, gab sie sich seufzend geschlagen. »Aber Sie müssen mir versprechen, daß Sie im Gartencenter ein Konto einrichten lassen.«

Er lächelte. »Okay, mach ich.«

»Jennifer!« ertönte Alex' Stimme vom Tennisplatz her.

»Was?«

»Ist alles in Ordnung?«

»Ja.«

»Was treibst du denn? Gerry ist gekommen. Komm und begrüße ihn.«

Jennifer und David sahen zum Tennisplatz hinüber, wo ein hochgewachsener, schmaler junger Mann mit Pferdeschwanz auf der Bank vor dem Gartenhaus saß. Auch er war im Tennisdress.

»Ich komme schon!« Sie lächelte David zu. »Bis dann.«

»Ja.«

Er sah ihr einen Augenblick nach, während sie davonging, dann machte er sich wieder an seine Arbeit.

Gerade, als der zweite Satz begonnen hatte, kam Jasmine aus dem Haus und rief Alex ans Telefon. David sah aus dem Augenwinkel, daß er sofort den Platz verließ und den jungen

Mann mit dem Pferdeschwanz bat, für ihn weiterzuspielen. Jennifer, die mit Benji auf dem Rasen Ball gespielt hatte, sah leicht irritiert zu ihrem Mann hinüber, als er zum Haus eilte. Nachdem sich die Spieler kurz über den Spielstand verständigt hatten, setzten sie die Partie fort. Sam spielte jetzt mit dem jungen Mann gegen den athletischen und offensichtlich ehrgeizigen Russ, dessen Partnerin Sams rundliche kleine Frau Molly war.

Kaum war der erste Ball über das Netz geflogen, als Russ Molly schon taktische Ratschläge zuflüsterte. Das blieb nicht ohne Auswirkungen auf ihr Spiel: Von den nächsten beiden Bällen, die auf sie gespielt wurden, traf sie einen gar nicht, während der andere harmlos ins Netz ging. Russ drehte sich zu ihr um und sah sie an, eine Hand in die Hüfte gestützt und den Schläger über die Schulter gelegt.

»Hören Sie, Molly, was ist denn auf einmal in Sie gefahren? Vorhin haben Sie aber besser gespielt.«

»Tut mir leid«, sagte sie kleinlaut, kehrte an ihren Platz zurück und versuchte ihrem Partner den Eindruck zu vermitteln, daß sie sich wirklich Mühe gab, indem sie in die Knie ging und konzentriert auf den nächsten Ball wartete. Sam legte alle Kraft in seinen Aufschlag, Molly retournierte mit einer so gewaltigen Rückhand, daß der Ball weit über die Umzäunung flog und zu Benjis Füßen auf dem Rasen landete.

»Oh!« sagte sie mit leicht zitternder Stimme. »Tut mir wirklich leid, Russ.«

»Spiel!« rief Sam von der anderen Seite und schlug die Bälle zu Molly hinüber, die einer wie der andere an den Zaun in Davids Nähe rollten.

»So, Molly, Sie haben Aufschlag«, sagte Russ. Seiner Stimme war anzuhören, wie schlecht seine Laune angesichts der unausweichlichen Niederlage war. »Versuchen Sie, ihn reinzubringen.«

Molly ging an die Umzäunung und hob zwei Bälle auf, wobei sie leise vor sich hin murmelte: »Oh, oh, oh! Was mach ich nur falsch?«

David drehte den Kopf leicht in ihre Richtung, ohne seine Arbeit zu unterbrechen.

»Nichts«, sagte er leise.

Molly, die gerade einen Ball aufhob, sah zu ihm hin. »Wie bitte?«

»Sie machen nichts falsch. Spielen Sie einfach auf die Rückhand Ihres Mannes. Das ist seine schwache Stelle.«

»Aber ich krieg den Ball ja nicht mal über das Netz.«

»Das liegt daran, daß sie auf Ihre Rückhand spielen. Umlaufen Sie den Ball einfach und spielen Sie Vorhand. *Die* ist bei Ihnen ziemlich gut.«

Russ, der am Netz stand, drehte sich um und rief: »Molly! Worauf warten Sie?«

»Ich komme schon.« Sie lächelte David an.

David sah nicht hin, hörte aber einen längeren Ballwechsel. Am Schluß ertönte ein enttäuschter Ausruf Sams und ein Jubelschrei von Russ.

»Na bitte, Molly! Das ist ja schon viel besser!«

Befriedigt lächelte David, während er mit den Fingern im Boden die Wurzeln eines besonders hartnäckigen Unkrauts zu lockern versuchte. Er hörte, wie sich Schritte näherten, dann bückte sich Molly, um einen weiteren Ball aufzuheben.

»Ganz herzlichen Dank«, flüsterte sie. Er drehte sich um und erwiderte ihr Lächeln mit einem Augenzwinkern. Endlich löste sich das widerspenstige Unkraut.

Jasmine wartete an der Tür zur Diele auf Alex und sah, wie er mit federnden Schritten die Terrassenstufen hinaufgeeilt kam.

»Das Gespräch liegt auf dem Apparat im Arbeitszimmer«, sagte sie.

»In Ordnung, danke.«

Er ging durch die Diele ins Wohnzimmer und schloß die Tür sorgsam hinter sich, während Jasmine in die Küche zurückkehrte und Bier und Eistee in eine Kühlbox stellte. Gerade stieß sie mit ihrem Hinterteil die Kühlschranktür zu, eine Schüssel mit gemischtem Salat in der einen Hand und einen Teller, auf dem sich Thunfischsandwiches türmten, in der anderen, als Benji hereingerannt kam.

»Hast du Papa gesehen?«

»Er ist im Arbeitszimmer, Schatz.«

»Prima! Er soll rauskommen, damit ich ihm David vorstellen kann«, sagte er und war schon wieder verschwunden.

Jasmine rief ihm nach. »Laß ihn in Ruhe, Benji. Er telefoniert gera-«

»Papa, komm mit zu David!« schallte Benjis Stimme durchs ganze Haus. Er war offenbar auf dem Weg zum Arbeitszimmer.

Lächelnd schüttelte sie den Kopf, stellte den Teller auf die Schüssel, damit sie beides in einer Hand tragen konnte, nahm mit der anderen die Kühlbox und ging durch die Diele.

Die Tür zum Arbeitszimmer stand einen Spalt weit offen. Vermutlich hatte Benji sie nicht richtig geschlossen, bevor er wieder in den Garten hinausgelaufen war. Mit einem mißbilligenden Murren stellte Jasmine die Kühlbox ab und trat zur Tür. Gerade als sie sie zumachen wollte, hörte sie Alex leise lachen.

»Das ist aber wirklich unkeusch!« sagte er mit gedämpfter Stimme. »So was solltest du am Telefon nicht sagen! Bist du sicher, daß dich niemand hören kann?«

Jasmine zog die Hand zurück, unsicher, ob sie die Tür schließen oder offen lassen sollte.

»Hör mal, ich weiß wirklich nicht, ob ich das schaffe. Ich hab Jennifer versprechen müssen, das Wochenende zu Hause zu bleiben.« Er lachte wieder. »Das weiß ich doch. Ich bin genauso scharf. Aber wir müssen einfach bis nächste Woche warten.«

Jasmine schlug sich die Hand vor den Mund. Flammende Röte stieg ihr in die Wangen. Sie wußte nicht, was sie tun sollte.

»Wann hast du frei ... *Montag*? ... Großer Gott, du hast mir ja gar nicht gesagt, daß du weg mußt ... ja, und ich will dich auch sehen ... verdammt noch mal! ... Na schön, hör zu. Ich seil mich hier einfach ab ... nein, nein, ich sag einfach, daß ich geschäftlich weg muß ... überlaß das nur mir. Ich möchte dich unbedingt sehen, bevor du wegfährst ... schön, also dann in ein paar Stunden bei dir ...«

Jasmine hatte genug gehört. Auf Zehenspitzen ging sie zu ihrer Kühlbox, nahm sie und eilte in den Garten hinaus.

Alex legte auf, blieb eine Weile sitzen und trommelte mit den Fingern auf die Tischplatte. Als er sich umdrehte, sah er durch das Fenster Jennifer und Benji, die auf dem Rasen einen Tennisball hin- und herspielten. Er stand auf und ging ans Fenster, von wo aus er zusah, wie sie ihre Punkte zählten. Schließlich schlug Jennifer einen Ball hoch über Benjis Kopf. Dieser schleuderte seinen Schläger in die Luft, im verzweifelten Versuch, den Ball zu erwischen, und rannte dann hin, um Ball und Schläger aufzuheben. Dabei stieß er einen gellenden Schrei in die Richtung aus, wo der neue Gärtner arbeitete. Als sich Jennifer lachend umdrehte, richtete sich der Mann aus seiner gebückten Haltung auf, lächelte den beiden zu und winkte. Bei diesem Anblick überkam Alex unerwartet Eifersucht; die Empfindung durchlief seinen Körper ebenso plötzlich und machtvoll wie ein Stromstoß. Kopfschüttelnd ging er vom Fenster weg zur Tür, wobei er dem Schreibtischstuhl einen wütenden Tritt versetzte. »*Scheiße*! Du hast die Sache ja *gründlich* versiebt!« sagte er und schlug die Tür hinter sich zu.

Jasmine war auf dem Weg zurück ins Haus, als Alex auf der Terrasse an ihr vorüberkam. Er lächelte ihr zu, sie aber eilte mit gesenktem Blick an ihm vorbei. Er sah ihr nach, wie sie hineinging, und verzog dann über ihr ungewohnt unfreundliches Verhalten das Gesicht. Er traf gerade in dem Augenblick am Gartenhaus ein, als die Tennisspieler den Platz verließen. Auch Jennifer und Benji hatten ihr Spiel beendet und kamen über den Rasen.

»Hallo, Alex«, rief Russ im Näherkommen. »Das war sehenswert! Molly hat wie eine Besessene gespielt und das Spiel im Alleingang gewonnen!« Er drehte sich zu seiner errötenden Partnerin um und küßte sie auf die Wange.

Lächelnd steckte Alex die Hände in die Taschen seiner Shorts. »Das hätte ich tatsächlich gern gesehen«, sagte er ausdruckslos.

Jennifer sah ihn besorgt an. »Fehlt dir was, Schatz?«

»Nein.« Er hielt den Blick auf die Füße gesenkt und rieb die Spitzen seiner Tennisschuhe gegeneinander. »Hör mal, Jennifer, es tut mir leid, aber ich habe schlechte Nachrichten. Ich muß noch mal weg.«

Jennifer ließ ihren Tennisschläger kraftlos sinken, und Benji lief zu seinem Vater hinüber und faßte ihn an der Hand. »Das geht nicht, Papa. Du hast David doch noch nicht kennengelernt, und ich möchte dir zeigen, wie gut ich schon Tennis spielen kann! Bitte, Papa!«

»Ich weiß, Benji. Es ist wirklich schlimm. Ich würde dir auch gern zusehen und David kennenlernen, aber das ist ein dringender Notfall.«

»Wie dringend?« fragte Jennifer.

»Ich weiß nicht recht. Harry war am Apparat. Irgendwas mit dem Abschluß in Dallas stimmt nicht. Ich soll ihn in zwei Stunden im Büro treffen. Er sagt, wir können es uns nicht leisten, bis Montag damit zu warten.«

Wütend warf Jennifer den Schläger zu Boden. »In drei Teufels Namen! Können die dieses eine Mal nicht ohne dich auskommen?«

»Sieht nicht so aus. Vielleicht muß ich sogar selber hinfliegen. Das wird sich zeigen.«

Resigniert wandte sich Jennifer an die übrigen. »Tut mir schrecklich leid, Leute.«

Alex nickte. »Ja, mir natürlich auch. So ist das nun mal bei meinem Beruf!« Er nahm seine Frau am Arm und führte sie Richtung Terrasse. »Es tut mir *wirklich* leid.«

Jennifer lächelte und zuckte die Achseln. »Du kannst ja nichts dafür. Natürlich fände ich es manchmal schön, wenn wir ein Wochenende wie eine ganz normale Familien hätten – wenn schon nicht um unseretwillen, dann Benjis wegen.«

»Das ist mir klar.« Er schwieg eine Weile. »Hör mal, ich weiß nicht, ob ich nach Dallas muß, aber bestimmt fliege ich Mittwoch abend wieder nach San Francisco. Könnten wir da nicht ziemlich früh am Abend gemeinsam essen?«

Angesichts der vielen Arbeit, die sie noch in das Angebot für Tarvey investieren mußte, zögerte Jennifer einen Augenblick mit der Antwort. Dann nickte sie. »Einverstanden. Wo?«

»Wir könnten das neue Fischrestaurant an der Achtundvierzigsten Straße zwischen Lexington und Park Avenue probieren. Ich glaube, es heißt Ocean Floor. Soll ganz gut sein.«

»Um wieviel Uhr?«

»Es muß leider ziemlich früh sein. Schaffst du's bis sieben?«

»Ja, das krieg ich hin.«

»Gut. So, jetzt muß ich aber aufbrechen. Entschuldige mich bei Russ, weil ich jetzt nicht mehr gegen ihn spielen kann.«

»Ach, das wird er überleben«, seufzte Jennifer. »Wie wir alle.«

Alex lächelte, ohne sie anzusehen. »Dann also bis Mittwoch.« Er drehte sich um und eilte die Stufen zur Terrasse hinauf.

»Alex?«

Er blieb stehen und sah sich um. »Ja?«

»Gibst du mir einen Kuß?«

Er kam zurück und küßte sie flüchtig auf die Wange. »Bis Mittwoch.«

Immer zwei Stufen auf einmal nehmend eilte er über die Terrasse ins Haus. Mit verschränkten Armen stand Jennifer da und sah ihm nach. Dann wandte sie sich kopfschüttelnd ab und ging langsam zurück zu den anderen.

»So ein Mist«, sagte Russ und nahm einen Schluck Bier aus der Flasche. »Jetzt muß ich auf mein Spiel verzichten.«

»Ich jedenfalls trete mit Sicherheit nicht gegen Sie an«, sagte Sam und lachte. Er saß in seinem Liegestuhl und zog an einer Zigarre. »Ich denke nicht daran, mir einen angenehmen Nachmittag durch Herzversagen zu verderben.«

»Dafür brauchst du nicht Tennis zu spielen, Sammy«, sagte Molly im Ton einer Oberschwester. »Die vielen Zigarren, die du rauchst, tun dir auf keinen Fall gut.«

»Jetzt fang nicht damit an, Molly! He, Gerry«, fragte er den jungen Mann mit dem Pferdeschwanz, »warum spielen Sie nicht gegen Russ?«

Der Angesprochene schüttelte den Kopf. »Ich betreibe Tennis nicht als Wettkampfsport«, sagte er mit dem Anflug eines irischen Akzents, »sondern eigentlich nur, um ein bißchen ins Schwitzen zu kommen.«

»Mama?« Benji hatte im Schneidersitz auf dem Boden gehockt und Grasbüschel ausgerissen.

»Ja, Schatz?«

»Darf ich dir mal was ins Ohr flüstern?«

Alle sahen mit fragend hochgezogenen Augenbrauen Jennifer an.

»Von mir aus.«

Benji sprang auf, ging zum Stuhl seiner Mutter, legte ihr die Arme um den Hals und flüsterte ihr etwas zu.

»Glaube ich nicht, Benji.«

»Warum nicht? Ich find das 'nen prima Einfall.«

»Sicher, Schatz. Aber er hat jetzt zu tun.«

»Können wir ihn nicht einfach fragen? Oder zumindest Russ?«

»Ach, betrifft mich das?« sagte Russ, trat auf Benji zu und tat, als wolle er ihn erwürgen.

Aufkreischend suchte Benji Zuflucht hinter dem Rücken seiner Mutter. »Schnell, Mama! Frag ihn, bevor er mich kriegt.«

Jennifer lachte. »In Ordnung, Russ. Benji hat vorgeschlagen, daß Sie gegen David spielen.«

Russ blieb stehen. »David? Wer ist das? Ich hab den Namen vorhin schon mal gehört.«

Jennifer beugte sich in ihrem Stuhl zur Seite, um an Russ vorbeizusehen, und wies dorthin, wo David arbeitete.

»Unser Gärtner.« Sie sah, wie er den Boden um einen frisch gepflanzten Strauch festdrückte. »Sieh mal, Benji, ich glaube nicht, daß er gestört werden möchte. Er hat schrecklich viel zu tun.«

Russ sah zum Tennisplatz hinüber. »Kann er denn überhaupt spielen?«

»Und ob!« sagte Benji. »Er ist klasse. Er bringt es mir bei, und er kann den Ball unheimlich hart schlagen.«

»Ich finde den Einfall gut«, sagte Molly ruhig, und alle sahen sie überrascht an.

»Und wieso?« wollte Sam wissen.

Sie lächelte. »Sagen wir mal so: Er war nicht unbeteiligt daran, daß ich im vorigen Spiel das Steuer herumreißen konnte.«

Russ sah zu Jennifer. »Nun?«

Sie schüttelte den Kopf. »Na schön, Benji, du sollst deinen Willen haben! Geh hin und frag ihn.«

Mit einem Freudenschrei rannte Benji los, um David zu holen.

Als Dodie Benji kommen sah, stieß sie ein kurzes Bellen aus, trabte vom Uferstreifen her, wo sie in den Kiefern herumgeschnüffelt hatte, und stürmte an David vorbei, um Benji zu begrüßen. David sah von seiner Arbeit auf. »Hallo, wie läuft's?«

»Super! – David?«

»Wo ist dein Vater? Ich dachte, du wolltest ihn mir vorstellen.«

»Ja, ich weiß«, sagte Benji betrübt. »Er mußte weg, arbeiten.«

»Oh, tut mir leid. Vielleicht lerne ich ihn ja beim nächsten Mal kennen.«

»Ja – aber David?«

»Was?«

»Normalerweise spielt Russ gegen Papa Tennis – Papa ist aber jetzt weg.«

»Das ist schade.«

»Ja – aber Russ ... na ja ... David, würdest du gegen Russ spielen?«

David sah zum anderen Ende des Tennisplatzes hinüber, von wo aus alle zu ihnen hersahen. Dann sagte er zu Benji: »Nein, ich glaube nicht.«

»Warum nicht?«

»Nun – erstens hab ich nicht die passende Kleidung an.«

»Du kannst doch spielen, wie du bist, oder?«

»Ja, aber ich habe auch keine Schuhe.«

»Du hast doch Schuhe an.«

»Schon – aber, ehm, ich meine, daß es besser wäre, wenn ich es nicht täte, Benji. Ich muß arbeiten.«

»Mama hat gesagt, es wäre in Ordnung. Bitte, David, ich glaube, sie möchte, daß du spielst, sonst muß sie sich den ganzen Nachmittag das Gemaule von Russ anhören.«

David grinste und nickte nach kurzem Überlegen bedächtig. »Warum nicht?«

Benjis Gesicht strahlte. »Heißt das, du spielst?«

»Ja, wenn es deiner Mutter nichts ausmacht.«

Benji stieß erneut einen Jubelschrei aus. »Er spielt gegen dich, Russ! Er sagt, er spielt gegen dich!« Er griff nach Davids Hand und zog ihn, so rasch er konnte, zu den anderen.

Jennifer stand auf und kam den beiden ein paar Schritte entgegen.

»Tut mir leid, David. Ich hoffe, es macht Ihnen nichts aus. Das war Benjis Einfall.«

»Das habe ich mir schon gedacht. Allerdings habe ich nicht die richtigen Schuhe an.«

»Ich hab ihm gesagt, daß er mit denen spielen kann, die er anhat«, mischte sich Benji ein, der Davids Hand nicht losgelassen hatte. »Die von Papa wären ihm zu klein.«

»Das fürchte ich auch.« Sie sah auf Davids abgetragene Segeltuchschuhe hinab. »Die sind in Ordnung, David. Kommen Sie, ich stelle Sie Ihrem Gegner vor.«

Jennifer machte David mit Russ und den übrigen Gästen bekannt. Als er Molly die Hand schüttelte, lächelte sie ihm freundlich zu. Gerry sprang auf und vollführte mit seinem Schläger einige Kunststückchen, bis er ihn, Griff voraus, David hinhielt. »Sie brauchen eine Waffe.«

David nahm ihn mit einem Lächeln. »Danke.« Russ übte auf dem Platz bereits die ersten Aufschläge, so daß es laut hallte. »Na dann, auf in den Kampf.«

Die beiden schlugen einige Bälle, wobei Russ seinen Gegenspieler von einer Ecke zur anderen hetzte, um festzustellen, wo dessen Schwächen lagen. Danach fühlte er sich seiner Sache so sicher, daß er ihm anbot: »Wir brauchen nicht groß um den Aufschlag zu losen. Fangen Sie einfach an.« Er ging an der Grundlinie in Stellung und blinzelte Jennifer zu, bevor er sich auf den ersten Ball konzentrierte.

Er bekam ihn nicht, jedenfalls nicht auf den Schläger. Wie ein Geschoß kam er über das Netz geflogen, genau auf seinen Körper, und zwar so tückisch angeschnitten, daß Russ den Kopf beiseite reißen mußte, um ihn nicht ins Auge zu bekommen, als er absprang. So traf ihn der Ball lediglich mit einem dumpfen Aufprall über dem linken Wangenknochen. Die Zuschauer stöhnten unwillkürlich auf, Sam gab ein unterdrücktes, befriedigtes Grunzen und Benji einen unverhüllten Jubelruf von sich.

»Verdammter Mist!« rief Russ aus und sah stocksauer zu David hin.

Dieser hob mit entschuldigender Geste die Hand. »Tut mir leid.«

Russ rieb sich die schmerzende Wange. Er ging langsam auf die linke Seite und machte sich, den Griff zwei-, dreimal in der Hand drehend, für den nächsten Aufschlag bereit.

Diesmal prallte der nicht im geringsten angeschnittene Ball genau im Rückhandbereich auf. Da Russ damit gerechnet hatte, er werde wieder direkt auf ihn zukommen, mußte er einen Riesensatz zur Seite machen, um ihn zu erreichen. Das tat er mit solchem Schwung, daß er fast in der Umzäunung landete. Er ließ den Schläger fallen und fing sich mit beiden Händen ab, um sich nicht das Gesicht am Drahtgeflecht zu zerschrammen.

Unter den Zuschauern herrschte völliges Schweigen, als er den Schläger wieder aufhob. Nur hier und da räusperte sich jemand. Er begab sich wieder auf die Vorhandseite und warf dabei Jennifer einen Blick zu.

»Woher zum Teufel stammt der Kerl?« flüsterte er ihr aus dem Mundwinkel zu.

»Aus Schottland«, sagte Jennifer ruhig.

»He! Ich hatte keine Ahnung, daß die da überhaupt wissen, was Tennis ist.«

Er hieb mit dem Schläger nach seiner Schuhsohle, vermutlich, um seinem Zorn ein Ventil zu verschaffen, und stellte sich erneut Davids machtvollem Aufschlag. Auf keinen Fall wollte er wieder so schmachvoll ausgespielt werden wie bisher.

Nach vier Spielen hatte Russ begriffen, daß er seinem Gegner nicht gewachsen war. Kein einziges Mal hatte er vorauszusehen vermocht, was David tun würde. Wenn Russ wuchtig aufschlug, entschärfte David den Ball und schickte ihn in einem solchen Winkel über das Netz, daß Russ jedesmal irgendwo hilflos auf dem Platz stand. Sobald er weniger nachdrücklich aufschlug und dafür den Ball stark anschnitt, fing ihn David so früh ab, daß er gegen die Umzäunung flog, bevor sich Russ überhaupt von der Grundlinie wegbewegt hatte. Verstört fluchte er vor sich hin, weil er vier Spiele im Rückstand war. Er mied die Blicke der schweigenden Zuschauer, während er die Bälle mit aller Kraft in Davids Hälfte schlug und auf den Gnadenstoß wartete.

Dann aber kam es zu einer sonderbaren Veränderung in Davids Spiel. Seine Aufschläge verfehlten das Feld um wenige Zentimeter oder blieben an der Netzkante hängen, und bei seinen Returns schlug er entweder daneben, oder er traf den Ball mit dem Rahmen und er ging ins Aus. Von diesem plötzlichen Umschwung ermutigt, begann Russ wieder für die Zuschauer zu spielen, zwinkerte ihnen zu, wenn es ihm gelang, einen Punkt zu machen, oder stieß ein lautes »Ja!« aus, wenn David einen Doppelfehler machte. Binnen zwanzig Minuten stand Russ vor dem Matchball, den Sieg und die Tilgung seiner Schmach in Reichweite. Er schlug auf die Rückhand auf, und David, den er auf dem falschen Fuß erwischte, erreichte den Ball nicht. Triumphierend warf Russ seinen Schläger in die Luft und rannte ans Netz, überglücklich, das Spiel gewonnen zu haben. David schüttelte ihm die Hand. »Gut gespielt, Russ, das hat Spaß gemacht.«

»Ja, war ein gutes Spiel. Nur ein Glück, daß es mir noch rechtzeitig gelungen ist, Sie in den Griff zu kriegen. Einen Augenblick hatte ich schon Sorge, Sie würden mich packen.«

Beide verließen den Platz unter Beifall und viel Lob für Niveau und Spannung der Partie. Benji allerdings kam tief enttäuscht zu David getrottet.

»Wir hatten gedacht, daß du ihn schlägst, David, aber dann hast du auf einmal gespielt wie ich.«

David lachte. »So ist das beim Tennis, Benji. Eine Weile geht es gut, und mit einem Mal, *husch*!, geht alles schief.«

Russ warf den Schläger hin, ging an die Kühlbox und holte ein Bier heraus. »Sie auch eins, David?«

»Sehr freundlich, aber lieber nicht. Wenn es Ihnen recht ist, möchte ich erst meine Arbeit fertigmachen.«

»Sie werden sich doch jetzt nicht über die Niederlage ärgern?« fragte Russ, während er den Kronkorken beiseite schleuderte und einen kräftigen Schluck nahm. »Insgesamt war es doch eine ziemlich ausgeglichene Partie.«

»Nein, keine Sorge.«

Jennifer sah von ihrem Liegestuhl aus zu ihm hoch. »Von mir aus müssen Sie nicht weiterarbeiten, David.«

»Doch, es ist eigentlich schon nötig. Wenn ich die restlichen Pflanzen nicht bis heute abend gesetzt habe, kommen die bestimmt nicht durch.«

»Na schön – aber noch mal vielen Dank, daß Sie mitgespielt haben.«

David nickte und ging dann wieder an die Arbeit.

Um fünf Uhr war er fertig. Ein letztes Mal goß er alle neu eingesetzten Pflanzen, sammelte dann das Werkzeug ein, ging zum Schuppen und pfiff Dodie herbei. Am Gartenhaus war niemand mehr, die Tennisgesellschaft hatte sich schon vor einer Stunde aufgelöst.

Auf dem Rasen sah er Jennifer in Begleitung Gerrys. Sie blieben stehen, als er auf sie zuging. »Alles fertig?« fragte sie.

»Ja, alle Pflanzen sind drin.«

Sie lächelte. »David, ich glaube, man hat Sie diesem verrückten Iren, Gerry Reilly, noch nicht richtig vorgestellt.«

David nahm sein Werkzeug in die andere Hand und streckte ihm die Rechte hin. »Hallo, Gerry, nett, Sie kennenzulernen.«

»David«, fuhr Jennifer fort, »Gerry hat hier in Leesport ein Aufnahmestudio und gerade ein … was war das noch, was du bekommen hast?«

»Ein neues Mischpult.«

»Ah ja – man hat ihm also ein neues Mischpult geliefert, und er kann es nicht allein ins Studio schaffen. Er würde sich freuen, wenn Sie ihm dabei helfen könnten, immer vorausgesetzt, daß Sie heute abend nichts anderes vorhaben.«

»Geht in Ordnung, das mache ich mit Vergnügen.«

»Das wäre mir eine große Hilfe«, sagte Gerry. »Ich muß die Anlage nämlich morgen einsatzbereit haben, weil da eine Gruppe kommt, und allein würde ich mich ziemlich schwertun. Ich hol nur schnell meine Sachen aus dem Haus, und wir treffen uns dann gleich da hinten. Sind Sie mit dem Wagen hier?«

»Ja.«

»Dann können Sie ja einfach hinter mir herfahren. Ist das für Sie auch ganz bestimmt keine Zumutung?«

»Nicht im geringsten. Wie schon gesagt, ich hab nichts vor.«

»Wunderbar – also dann bis gleich bei den Autos!« Er drehte sich um, rannte die Stufen zur Terrasse hinauf und verschwand im Haus.

Jennifer wollte ihm schon folgen, blieb dann aber stehen und fragte David: »Sie hätten doch bestimmt gewinnen können, oder?«

»Wie bitte?«

»Kommen Sie, Sie verstehen mich schon. Sie hätten Russ schlagen können, nicht wahr?«

David lächelte und wiegte dabei den Kopf. »Na ja ... schon möglich.«

»Und warum haben Sie es nicht getan?«

»Ich dachte, es wäre vielleicht, ehm ...«

»Undiplomatisch?«

»Ja, so was in der Art.«

Jennifer stieß mit der Spitze ihres Tennisschuhs in den Rasen. »Das ist zwar völlig unamerikanisch, aber auf jeden Fall sehr entgegenkommend von Ihnen. Wenn Russ verloren hätte, würde er mir am Montag morgen das Leben zur Hölle machen.«

David nickte. »Ja, ich hatte schon vermutet, daß er so etwas nicht besonders zu schätzen weiß.«

Jennifer lachte leise. »Das haben Sie völlig richtig vermutet.« Sie verschränkte die Arme und sagte, den Blick zu Boden gerichtet, während sie mit dem Fuß den Rasen an der Stelle festtrat, die sie zuvor mißhandelt hatte: »Dann werde ich Sie ja wohl ... wahrscheinlich ... nächste Woche wiedersehen?«

»Ja.«

Sie drehte sich um und ging zur Treppe. David sah ihr nach, wie sie mühelos immer zwei Stufen auf einmal nahm. Dann pfiff er Dodie und machte sich auf den Weg zum Schuppen.

KAPITEL 22

Sehr bald wurde klar, daß Jennifers auf Gerry Reilly gemünzte Bezeichnung »verrückter Ire« nicht treffender hätte sein können. Als David dessen altem Maserati durch die Barker Lane folgte, scherte Gerry mit einem Mal aus, um eine nicht existierende Lücke im Verkehrsstrom auszunutzen, womit er den Fahrer eines Chevrolet-Kleinlasters zu einem gefährlichen Ausweichmanöver zwang, was dieser mit wütendem Hupen quittierte. Dann gab Gerry so kräftig Gas, daß die Reifen seines Wagens aufkreischten und qualmend schwarze Striche auf den Asphalt zeichneten. Als es David endlich gelungen war, seinerseits aus der Schlange auszubrechen, war der Maserati nur noch ein winziger roter Fleck am anderen Ende der Hauptstraße. So sah sich David genötigt, den Käfer, im vergeblichen Bemühen, Gerry einzuholen, schärfer herzunehmen, als er vermutlich je zuvor gefahren worden war.

Drei Kilometer östlich von Leesport hatte er alle Hoffnung aufgegeben, Gerry oder den Maserati je wiederzusehen, doch als er eine enge Rechtskurve nahm, sah er ihn am Straßenrand stehen. Vermutlich war es reiner Zufall gewesen, daß Gerry einen Blick in den Rückspiegel geworfen und dabei gemerkt hatte, daß von einem VW-Käfer weit und breit nichts zu sehen war. Während David vom Gas ging, fuhr Gerry wieder an, diesmal etwas zivilisierter, blinkte dann nach hundert Metern rechts und bog ab. David folgte ihm über einen zugewachsenen und von tiefen Wagenspuren durchzogenen Feldweg, bis sie schließlich vor einem großen verwitterten Schuppen anhielten. Gerry stieg aus und kam zu Davids Wagen.

»Das ist wirklich sehr nett von Ihnen. Ich hab gestern abend versucht, das verdammte Ding selbst reinzuschleppen. Dabei hab ich mir nicht nur fast 'nen Bruch gehoben, ich hätte das Mischpult beinah auch noch ruiniert!«

David stieg aus, schloß das Verdeck – er wollte verhindern, daß Dodie hinaussprang – und folgte Gerry zum doppelflügeligen Tor des Schuppens.

»Zu zweit müßten wir es ohne weiteres schaffen. Es geht nur darum, das neue Mischpult an die Stelle des alten zu tragen und anzuschließen.«

Er schloß eine kleine Tür in einem der Torflügel auf und führte David ins Innere.

Die vordere Hälfte des Schuppens bildete einen riesigen Raum, in dessen Mitte alte Sofas und Sessel um einen großen Tisch aus rohen Eichenbrettern standen.

Eine lange Frühstückstheke trennte die Küche vom Wohnzimmer. Der Eßbereich befand sich weiter hinten unter einer Art Empore, auf der David das Kopfende eines riesigen Doppelbetts erkennen konnte. Das Ganze roch deutlich nach kaltem Zigarettenrauch und schalem Bier, als wäre dort am Abend zuvor wild gefeiert worden.

Gerry ging zum Kühlschrank, nahm zwei Flaschen Bier heraus, hebelte die Kronkorken mit einem Löffelstiel herunter und hielt David eine hin.

»Wozu sich umsonst abquälen und schwitzen, was?«

Er nahm einen Schluck aus seiner Flasche und prostete David zu. Dann ging er zu einer Tür hinter dem Eßtisch, öffnete sie. Nachdem er mehrere Schalter betätigt hatte, lag das Aufnahmestudio in hellem Licht da. Es war nur halb so hoch und drei Viertel so breit wie der Wohnbereich. Eine schalldichte Wand mit einem großen Schallschutzfenster in der Mitte trennte den Raum in zwei verschieden große Teile. Der größere Raum, in dem sie standen, war voller Musikinstrumente: Man sah zwei Keyboards, ein Schlagzeug und verschiedene Gitarren auf Metallständern. Ein Kabel lief zu einem großen Schaltkasten unterhalb des Fensters.

Jenseits des Fensters warfen zwei große Leuchten gedämpftes Licht auf ein gähnendes Loch in der dahinter befindlichen Tischplatte.

»Entschuldigen Sie die Unordnung«, sagte Gerry und bahnte sich einen Weg durch die Instrumente. »Die Jungs haben gestern hier geprobt und sind erst gegen drei Uhr morgens gegangen. Man kann nicht unbedingt behaupten, daß an denen penible Hausmänner verlorengegangen wären.«

David folgte ihm. »Was für Aufnahmen machen Sie?«

Gerry lachte. »Alles, womit man ein bißchen Kohle machen kann. Meistens Gruppen, aber auch Werbe-Jingles für Rundfunksender und so was, einfach um unnötigen Leerlauf zu vermeiden.« Er hielt die beiden Türen auf, die in den hinteren Raum führten. »Bei so einem Auftrag hab ich übrigens Jennifer kennengelernt. Ich hab für ihre Firma im letzten Jahr ein paar Werbesendungen gemacht.«

Er nahm sorgfältig ein Tuch von dem neuen Mischpult, das in der Ecke stand. »Da ist es in seiner ganzen Schönheit. Ist es nicht herrlich?«

David nickte, obwohl er nicht im entferntesten ahnte, wonach das beurteilt wurde. Sofern es allerdings auf die Zahl der LCD-Bildschirme, Schieberegler und Drehknöpfe ankam, konnte man getrost ein- oder zweimal anerkennend pfeifen.

»So«, sagte Gerry, schob sich hinter das Mischpult und rückte es ein Stück von der Wand ab. »Wenn Sie vielleicht einfach unten anpacken, dann tragen wir es hinüber.«

David stellte seine Bierflasche beiseite, bückte sich, wuchtete das Mischpult hoch, und nach einigem Hin und Her hatten sie es in der richtigen Stellung und ließen es in die dafür vorgesehene Aussparung gleiten.

»Das wär's. Wunderbar! Ganz herzlichen Dank, David.« Gerry trat hinter das Pult und nahm eine Handvoll Leitungen. »Jetzt muß ich nur noch all diese verdammten Kabel in die richtigen Buchsen stecken.«

David holte sein Bier, lehnte sich an den Rahmen des Beobachtungsfensters und sah zu, wie Gerry verschiedene Stecker in die zugehörigen Buchsen schob. »Sie produzieren also Musik aller Art?«

»Ja, das kann man wohl so sagen. Weil ich das Glück hab, schon eine ganze Weile im Geschäft zu sein, kommen verschiedene Gruppen zu mir, für die ich was machen soll. Deswegen bin ich überhaupt hier raus nach Leesport gezogen.« Er lächelte David munter zu. »Wenn ich mal 'n bißchen Eigenwerbung machen darf, man kennt mich in der Branche als den Rattenfänger, weil ich alle Gruppen von den Studios in New York hier raus locke.«

»Scheint ja ein günstiger Standort zu sein. Wo waren Sie davor?«

»Ich hatte was in Greenwich Village, aber das wurde mir zu teuer. Deswegen hab ich vor etwa einem Jahr das hier gekauft. Zuerst hatte ich Sorge, es könnte sich als Klotz am Bein erweisen, denn ich hab erst hinterher gemerkt, daß keine Versicherung bereit war, mich mit all diesem Zeug in einem hölzernen Gebäude zu versichern. Deswegen mußte ich um den ganzen Kram Ziegelwände einziehen, und so kommt es, daß der Raum so viel kleiner ist als der andere. Zusammen mit der Schalldämmung hat mich das ein Vermögen gekostet, das kann ich Ihnen sagen.«

»Sieht doch aber so aus, als ob die Gruppen ganz gern den weiten Weg hier heraus auf sich nehmen?«

»Na ja, ein bißchen riskant war das schon, aber es scheint ihnen zu gefallen! Sie quartieren sich in Privatpensionen in Leesport ein, und weil wir meistens abends oder nachts arbeiten, verbringen sie den Tag am Strand, und die sportlicheren spielen im Country Club Tennis oder Golf.« Er sah David an und zog die Augenbrauen hoch. »Eigentlich ist das ganz lustig. Die haben da eine strenge Kleiderordnung, und Sie können sich vorstellen, in was für einem Aufzug die Jungs da erscheinen.«

David lachte leise. »Und, kommen sie damit durch?«

»Ich war selbst noch nie dabei. Es ist wohl besser, wenn nicht bekannt wird, wer daran schuld ist, daß die da aufkreuzen. Meistens ist aber jemand da, der schon mal was von den Gruppen gehört hat, oder zumindest ihre Kinder haben von denen gehört, und dann wird auch schon mal eine Ausnahme gemacht. Vermutlich sorgen die dafür, daß die Leute möglichst schnell auf den Golf- oder Tennisplatz abziehen, bevor die alten Knacker kommen und sich beschweren können.« Gerry hantierte mit den Kabeln und wiegte den Kopf, als überlege er im stillen, wohin die mußten. »Könnten Sie mal einen Augenblick eines von denen halten?«

David nahm das Kabel, während Gerry hinter dem Mischpult in die Hocke ging und die verwirrende Fülle von Buchsen an den verschiedenen Anschlüssen studierte.

»Das heißt, die meisten Gruppen, mit denen Sie arbeiten, sind ziemlich bekannt?«

»Eigentlich schon. Die Jungs hier sind im Augenblick in der Rock- und Folkmusikszene besonders beliebt. Die Gruppe heißt Dublin Up. Schon mal von denen gehört?«

»Nein, kann ich nicht behaupten. Allerdings muß ich zugeben, daß ich meine musikalische Laufbahn schon vor einer ganzen Weile beendet habe.«

Gerry sah zu ihm auf. »Sie haben selbst gespielt?«

David machte eine unverbindliche Kopfbewegung. »Na ja, 'n bißchen. Ich war als Student in einer Gruppe, hab aber seitdem nicht mehr viel gemacht.«

»Was für ein Instrument?«

»Lead-Gitarre.«

»Oh, gut, Mann!« sagte Gerry, tauschte zwei Kabel aus und richtete sich wieder auf. Er betätigte einige Schalter am Pult, so daß in den beiden riesigen Lautsprechern hinter David die Rückkopplung pfiff. Rasch drehte Gerry zwei Knöpfe, und aus dem Lärm wurde ein lautes Summen. Er wies zum Aufnahmeraum nebenan.

»Die Gibson da ist jetzt angeschlossen. Wollen Sie mal probieren?«

David sah durch das Fenster zu der leuchtend blauen Gitarre in der Mitte des Raumes. »Macht es Ihnen was aus?«

»Überhaupt nicht. Ich bin in einer Minute da.«

David legte das Kabel auf das Mischpult und ging hinüber. Er nahm die Gitarre von ihrem Ständer und hängte sie sich um. Als er das zwischen den Saiten steckende Plektron herauszog, dröhnte es aus den Lautsprechern. Er spielte einige Akkorde, um die Stimmung zu prüfen, und probierte dann einige Läufe, um sich mit dem Instrument vertraut zu machen. In dem Augenblick kam Gerry durch die Tür.

»Bert Jansch, was?«

David grinste. »Na, wenn Sie das gemerkt haben, kann es ja so schlecht nicht gewesen sein.«

»Schlecht? Ich sag Ihnen ganz ehrlich, es gibt heutzutage manchen Lead-Gitarristen, der das auch nicht besser könnte!« Er nahm eine halbakustische *Ovation* von einem der Ständer und setzte sich auf einen Stuhl. »Sie sind mir schon ein toller Gärtner. Erst Tennis, dann Gitarre. Was können Sie noch?«

David schüttelte den Kopf. »Das ist ungefähr alles. Sie sind zufällig an ein und demselben Tag Zeuge der Gesamtheit meiner Talente geworden.«

»Gott sei Dank!« rief Gerry, zupfte an den Saiten seiner Gitarre und stellte einige Knöpfe nach. »Das reicht auch. Noch mehr, und ich käme mir ganz klein vor.« Er spielte drei rasche Akkorde. »Also los, David, vorwärts, der Abend ist noch jung, legen wir los.«

KAPITEL 23

Duncan Caple überquerte den so gut wie leeren Firmenparkplatz und suchte an seinem Bund den Schlüssel für die Eingangstür heraus. Es war Montag morgen, sieben Uhr, und der Verwaltungsbau der Destillerie Glendurnich lag völlig verlassen da. In der Brennerei allerdings, wo man ohne Unterbrechung das Wochenende gearbeitet hatte, herrschte Hochbetrieb. Er öffnete die Tür und ging rasch in sein Büro.

Er stellte den Aktenkoffer auf den Schreibtisch. Während er sich das Jackett auszog und über die Sessellehne hängte, drückte er eine der Kurzwahlnummern. Er wartete, daß der Ruf durchging, ließ die Schlösser seines Aktenkoffers aufschnappen und nahm einen dicken Ordner mit maschinengeschriebenen Blättern heraus. Er setzte sich und begann, darin zu blättern, während er im Lautsprecher des Telefons das Klingeln hörte.

Nach dem zehnten Mal fluchte er leise und wollte einhängen, als jemand abnahm.

»Hallo?«

Rasch nahm Caple den Hörer auf. »John? Ich bin's, Duncan.«

»Grüß dich, Duncan! Du hast mich im letzten Augenblick erwischt. Ich war schon auf dem Weg zum Auto. Wie kommst du voran? Ich wollte dich heute auch anrufen, weiß aber nie genau, wann das geht.«

»Das ist mir klar. Es tut mir selber leid, daß ich mich nicht früher gemeldet habe, aber ich wollte unbedingt erst die Unterlagen in Händen haben.«

»Heißt das, du hast sie?«

»Ja, und es sieht gut aus, wenn ich mich mal ein bißchen selbst loben darf. Giles hat die Sache phantastisch unters Volk gebracht, und Keith hat die Zahlen erstklassig hingekriegt. Es sieht alles sehr überzeugend aus, wenn auch ein bißchen einfach gestrickt. Andererseits muß man die Dinge so ausdrücken, daß alle Arbeiter in der Brennerei verstehen können, worum es geht. Nachdem ich das jetzt von A bis Z gelesen habe, würde ich sagen, daß wir verdammt gute Aussichten haben, die Sache durchzuziehen.«

»Respekt, Duncan! Bekomme ich eine Kopie davon?«

»Ja, gleich heute schick ich dir eine mit Kurier.«

»Ausgezeichnet! Und wann können wir den nächsten Schritt wagen?«

»Mal sehen. Den wievielten haben wir heute?« Er zog den Tischkalender zu sich und blätterte zum nächsten Monat um. »Ja, also, der fünfzehnte Juni ... Ich würde sagen, damit nichts schiefgeht, brauche ich bestimmt einen Monat. Ich möchte ganz sichergehen, daß die Sache klappt, und das liegt ja wohl auch in deinem Interesse. Daher will ich nicht mehr Druck ausüben, als unbedingt nötig ... Was hältst du von Freitag, dem siebzehnten Juli?«

»Eher geht's nicht?«

»Ehrlich gesagt glaube ich, wenn wir uns so lange gedulden, haben wir die besten Aussichten, die Angelegenheit ohne Zwischenfälle über die Bühne zu bringen.«

»Und du bist sicher, daß es keine Zwischenfälle gibt?«

»John, ich bin jetzt seit einem Jahr hier und weiß, wie der Laden läuft. Die Familie Inchelvie ist stolz darauf, ihre Firma durch gute, teilweise geradezu extrem günstige Beziehungen zwischen Geschäftsleitung und Arbeiterschaft hochgebracht zu haben. Auch wenn die Belegschaft nur einunddreißig Prozent der Anteile besitzt, zieht die Familie bestimmt mit, wenn die Leute unsere Vorstellungen entschlossen unterstützen. Dafür kann ich mich verbürgen. Sobald du diese Unterlagen hier gesehen hast, wirst du merken, daß die darin formulierten Bedingungen für die Familie sehr verlockend sind.«

»Gut. Von Corstorphine hast du wohl nichts gehört?«

»Nicht das geringste. Soweit ich mitbekommen habe, ist er irgendwo in Amerika untergetaucht. Höchstwahrscheinlich gibt er sich da seinem Kummer hin. Ich glaube nicht, daß wir von der Seite viel Ärger zu erwarten haben.«

»In Ordnung, du weißt ja Bescheid. Ich notiere mir also Freitag, den siebzehnten Juli, in meinem Terminkalender. Jetzt möchte ich dich nur noch um eins bitten, Duncan.«

»Ja?«

»Ich muß unbedingt im Verlauf des nächsten Monats deutlich regelmäßiger Kontakt mit dir haben, deswegen möchte ich, daß zwischen den Firmen Kirkpatrick und Glendurnich alle Kommunikationsleitungen offen sind. Damit meine ich Telefon, Fax und E-Mail. Niemand kann erwarten, daß ich mich ausschließlich über diese zufälligen Anrufe auf dem laufenden halte, von denen man nie weiß, wann sie kommen und ob sie mich erreichen.«

»Kann ich verstehen.«

»Wie du weißt, sind andere Wege nicht gangbar, solange diese Zimtzicke in eurer Telefonzentrale sitzt.«

Bedächtig nickte Caple. »Ja.«

»Du mußt die Frau loswerden. Das ist wichtig. Du brauchst Zeit, um die Sache in Gang zu setzen, und wir können es uns nicht leisten, daß etwas durchsickert, bevor die Sache spruchreif ist. Wie heißt der alte Drachen überhaupt?«

»Margaret.«

»Gut. Wie schwierig wäre es, diese Margaret aus dem Verkehr zu ziehen?«

»Da möchte ich mich nicht festlegen. Zwar ist sie schon weit über das Rentenalter hinaus, hat aber nicht nur eine starke Hausmacht, sondern auch beim alten Inchelvie einen dicken Stein im Brett.«

»Uns bleibt keine Wahl, Duncan. Ihn kannst du vermutlich einfach einen Monat damit bei Laune halten, daß du ihn möglichst regelmäßig über alle Vorgänge in der Firma informierst. Besuch ihn notfalls und füttere ihn so gründlich damit, wie die Geschäfte laufen, daß er keinen Grund sieht, in der Firma auch nur anzurufen, geschweige denn, sich da zu zeigen. In Ordnung? Und dieser Margaret leg einfach ein ordentliches Sümmchen auf ihre Rente drauf. Wenn es nicht anders geht, erzählst du überall herum, daß sie eine beträchtliche Abfindung bekommen hat. Nur schieb es auf keinen Fall zu lange hinaus, okay?«

»Wird gemacht, John.«

»Ich warte also jetzt auf die Papiere. Sag den Jungs, daß sie glänzende Arbeit geleistet haben.«

Caple legte auf und sah aus dem Fenster. Einen Augenblick lang saß er da und rieb sich nachdenklich die Wange, während er überlegte, wie er das Kündigungsschreiben für Margaret formulieren sollte. Dann rückte er mit einem schiefen Lächeln näher an seinen Schreibtisch und begann den Text abzufassen.

KAPITEL
24

Keuchend stürmte Benji in die Küche, warf seinen Tennisschläger auf den Tisch und wartete triumphierend auf David, der gerade durch die Glastür hereinkam.

»Erster!«

»Ja, aber du hattest auch einen Vorsprung.«

»Und du bist schneller als ich.«

»Nicht viel. Ich glaube, es wäre fairer, du würdest *mir* einen Vorsprung lassen.«

»Na schön.« Benji ging zum Kühlschrank und nahm zwei Dosen Cola heraus.

»Hier, fang.«

Er warf die Dose David so schlampig zu, daß sie diesem trotz eines Hechtsprungs entglitt, hart auf die Tischkante schlug, zu Boden fiel und ihren Inhalt in alle Richtungen verspritzte. Jasmine, die gerade einen Auflauf aus dem Herd holen wollte, mußte mitansehen, wie die klebrige Flüssigkeit über ihren auf Hochglanz polierten Küchenfußboden lief.

»Mensch, Benji, was zum Teufel treibst du da schon wieder?« Sie stellte die Auflaufform mit Nachdruck auf die Anrichte, nahm ein Wischtuch aus dem Spülbecken und ging zum Tisch. »Räum deinen Schläger weg, und zwar an seinen Platz. Los, jetzt gleich!«

Von Jasmines ungewohnter Reaktion verstört, sah Benji vorsichtig zu David hin, der ihm mit einer Kopfbewegung bedeutete, Jasmine zu gehorchen. David bückte sich, hob die Dose auf und trug sie, indem er einen Finger auf das Loch hielt, zum Spülbecken, um den Rest auszuschütten.

»Tut mir leid. Es war mehr meine Schuld als seine.«

»Na ja, Sie hätten sie fangen sollen!« tadelte ihn Jasmine, während sie auf dem Boden kniete und wischte.

David verzog das Gesicht, von Jasmines schlechter Laune ebenso überrascht wie Benji von ihrem Ausbruch. Er ging neben ihr in die Hocke. »Lassen Sie, ich mach das schon.«

Sie wich ihm aus.

»Nein, das kann ich ohne weiteres selbst.«

Er stand auf und sah zu, wie sie wütend wischte.

»Jasmine?«

»Was gibt's jetzt schon wieder?«

»Stimmt was nicht?«

Sie hörte einen Augenblick auf zu wischen und fuhr dann um so entschlossener fort. »Mit *mir* ist alles in Ordnung.«

Erneut hielt sie inne, schniefte laut und fuhr sich mit dem Handrücken über die Augen. David hockte sich wieder neben sie und legte ihr die Hand auf die Schulter. »Irgend etwas stimmt doch nicht. Was ist passiert?«

Sie sah ihn mit Tränen in den Augen an. »Eigentlich nichts. Ich hab zufällig am Samstag was mitbekommen, während draußen Tennis gespielt wurde, und … vielleicht könnten Sie mir einen Rat geben. – Aber nicht jetzt.« Sie wandte sich wieder ihrer Aufgabe zu.

David sah, daß Benji wieder in die Küche gekommen war. »Tut mir leid«, sagte Benji leise. »Ich hab das nicht mit Absicht gemacht.«

Jasmine lachte, während sie eins der Tischbeine abwischte. »Das weiß ich doch, und ich wollte dich auch nicht anbrüllen. Ich hab heut einfach schlechte Laune. Wie David schon gesagt hat, es ist ebenso seine Schuld wie deine.«

Der Junge lief zu ihr, sprang ihr auf den Rücken und drückte ihr einen Kuß nach dem anderen auf das Haar. Jasmine mußte aufpassen, um nicht von ihm zu Boden gedrückt zu werden. »Schon gut, Benji! Du kannst jetzt aufhören! Ich nehme deine Entschuldigung an.«

»Wunderbar!« sagte er und ließ sich von Jasmines Rücken gleiten. »Können wir jetzt, David?«

»Gleich. Geh schon mal und üb ein bißchen. Ich möchte nur schnell mit Jasmine was besprechen.«

»Wird gemacht.« Er drehte sich um und lief nach oben.

Jasmine erhob sich und sah sich prüfend den Fußboden an, ob sie auch alle Cola-Spuren beseitigt hatte. »Was habt ihr beiden nun schon wieder ausgeheckt?«

»Ach, sein Lied. In der Schule hat man ihm heute gesagt, er soll es bis morgen fertig haben. Der Tag des Ruhms ist gekommen! Morgen früh um Viertel vor neun ist es soweit.«

Mit einem Lächeln ging Jasmine zum Spülbecken hinüber und begann, das Tuch auszuwringen.

»So, und wozu wollen Sie meinen Rat hören?«

Jasmine schüttelte den Kopf. »Das hat Zeit.« Sie legte das Tuch über den Wasserhahn und sah ihn an. »Wir haben bestimmt noch Gelegenheit, darüber zu sprechen, wenn Benji nicht in der Nähe ist. Er soll keinesfalls was davon mitkriegen.« Sie nahm den Auflauf von der Anrichte, stellte ihn in den Herd und drehte einige Knöpfe. »Außerdem glaube ich, daß Sie Wichtigeres zu tun haben, als mir zuzuhören.«

Achselzuckend ging David nach oben in Benjis Zimmer. Der saß auf seinem Bett, spielte die Ukulele und hatte das Blatt mit dem Text seines Liedes auf den Knien.

»Das ist doch Weiberkram!« Er schleuderte das Instrument beiseite, zerknüllte das Blatt, warf es auf den Boden und ließ sich schmollend auf das Bett zurückplumpsen.

David bückte sich und hob die Papierkugel auf. »Es ist *kein* Weiberkram!« sagte er und strich das Papier sorgfältig glatt. »Ich finde das Lied großartig. Was gefällt dir denn nicht daran?«

»Es geht um *Liebe*«, sagte Benji leise.

»Na und? Darum geht es in allen guten Liedern. Worüber würdest du denn lieber schreiben? Über Tennis?«

Benji sah ihn beleidigt an. »Sei nicht doof. Wer würde sich ein Lied über Tennis anhören?«

»Genau. Der Text ist erstklassig – und außerdem ein bißchen anders als die anderen. In der ersten Zeile hast du einen wirklich guten Rhythmus – ›Ich liebe dich, du aber brichst mir das Herz, brichst mir das Herz entzwei‹ – ich finde das toll. Es reißt einen richtig mit.«

»Aber die lachen mich doch alle aus, wenn es über die Lautsprecheranlage in der Schule kommt.«

»Warum? Du kennst die Melodie, du kannst sie ziemlich gut spielen und singst einwandfrei. Warum sollte man dich auslachen?«

»Weil die anderen bestimmt denken, daß ich ein Waschlappen bin, wenn ich über *Liebe* singe.«

David setzte sich auf Benjis Bett und lehnte sich mit verschränkten Armen gegen die Wand. »Schön, wieviel ist es dir wert?«

»Wieviel ist was wert?«

»Nehmen wir mal an, ich bin dein Plattenproduzent und sage: ›Schön, Superstar Benji, ich geb dir zehn Dollar, wenn sie dich auslachen, und zwanzig, wenn sie es nicht tun‹ – kommen wir da ins Geschäft?«

Benji sah ihn an und runzelte die Stirn. »Das ist kein gutes Geschäft für dich, du zahlst in beiden Fällen drauf.«

»Vielleicht bin ich mir ja sicher, daß sie dich nicht auslachen. Ich muß dir dann zwar zwanzig Dollar zahlen, aber dafür habe ich auch einen Erfolgstitel eingekauft, sonst würde ich dir das Angebot gar nicht erst machen.«

Benji schwieg eine Weile. »Findest du es wirklich so gut?«

David nickte. »Ja, unbedingt.«

»Toll!« Benjis Blick richtete sich in weite Ferne, während er sich in Gedanken schon in seinem bevorstehenden Ruhm sonnte.

»Sind wir uns also einig?«

»Absolut!« Er sprang vom Bett, nahm die Ukulele und spielte die ersten Akkorde des Liedes. »Und was machen wir jetzt?«

»Ein Aufnahmegerät auftreiben.«

Nach kurzem Nachdenken warf Benji die Ukulele zurück auf das Bett und stürmte zum Schrank. Er riß die Türen auf und wühlte darin herum, wobei aus dessen Tiefen längst vergessenes Spielzeug auftauchte. Schließlich hielt er einen alten Kinder-Kassettenrekorder mit Plastikgehäuse in der Hand. »Wie wär's damit?«

David nahm das Gerät, warf einen prüfenden Blick darauf und schleuderte es auf das Bett.

Benji ließ die Schultern hängen. »Taugt wohl nichts, was?« sagte er enttäuscht.

»Leider nein. Wer einen Hit landen will, muß die Profis ranlassen.«

Benji schluckte. »Was willst du damit sagen?« fragte er leise.

»Komm, ich zeig's dir.«

Zwanzig Minuten später stand Benji mit David in Gerrys Aufnahmestudio. Die Ukulele hielt er hinter dem Rücken versteckt, während er mit offenem Mund den ohrenbetäubenden Klängen der vier Musiker lauschte. David spürte, wie Benji ihn hinten am Hemd zupfte. Er bückte sich zu ihm herab, damit er ihn bei der lauten Musik überhaupt hören konnte.

»Ich glaub, das sind die Dublin Up. Die sind unheimlich bekannt.«

David nickte ihm mit einem Zwinkern zu, und Benji riß den Mund noch weiter auf.

Hinter der Trennscheibe sah Gerry von seinem Mischpult auf und entdeckte die beiden. Er stand auf, kam durch die Doppeltür, betätigte einen Schalter an der Wand, und schlagartig hörte man keins der Instrumente mehr.

»Hör mal, was soll der Schei-«

Mahnend sagte Gerry zu dem langhaarigen Geigenspieler: »Sachte, Leute, hier ist ein Minderjähriger.« Er ging auf die beiden Besucher zu und fragte Benji, der sich hinter Davids Rücken zu verstecken versuchte: »Wie ich höre, hast du ein Lied, das du aufnehmen willst?«

Statt einer Antwort sah Benji ängstlich David an und schüttelte den Kopf.

Gerry zwinkerte David verstohlen zu. »Wir haben wohl ein bißchen Lampenfieber, was? Keine Sorge, das geht allen so.« Er drehte sich zu den Mitgliedern der Gruppe um, die inzwischen ihre Instrumente beiseite gelegt, es sich in Sesseln bequem gemacht und Zigaretten angezündet hatten. »Na, Patrick, wie ist es dir beim ersten Mal in einem Aufnahmestudio gegangen?«

»Ich hatte eine Schei-« Patrick verzog das Gesicht. »Ich meine, ich hatte schweinemäßig Angst.«

Mit einem Achselzucken sah Gerry wieder zu Benji. »Da hörst du's. Sogar der Leadsänger der Dublin Up hatte Angst. Sollte man das für möglich halten?« Eine Hand auf Benjis Schulter gelegt, führte er ihn ans Mikrophon vor dem Fenster und zog einen hohen Hocker heran. »So, jetzt schwing dich da rauf, und ich stell das Mikrophon für dich ein.«

Benji tat, wie ihm geheißen, versuchte aber nach wie vor, sein schäbiges Instrument vor den Mitgliedern der Gruppe zu verbergen. Einer von ihnen, ein schlaksiger junger Mann mit einem wilden Irokesenhaarschnitt und einem silbernen Ring in der gepiercten Augenbraue, merkte das und stieß einen anerkennenden Schrei aus. »He, du hast ja 'ne Ukulele!« Er ging hin und nahm sie ihm aus der Hand. »Tolle Dinger! Auf so einer hab ich spielen gelernt!« Er schlug einige Akkorde an. Als Benji merkte, daß er nur G, C und D7 spielte, fing er an zu lächeln.

»Die Griffe kenn ich auch«, sagte er stolz.

»In dem Fall weißt du über die Ukulele genausoviel wie ich.« Er lächelte und gab Benji das Instrument zurück. »Dann laß uns mal hören, was du kannst.«

Nachdem Gerry ihm riesige Kopfhörer aufgesetzt hatte, kehrte er, gefolgt von David, an sein Pult zurück. Er legte einige Schalter um und fragte: »Kannst du mich hören, Benji?«

Benji nickte.

»Schön, wenn du soweit bist, sing einfach 'ne Strophe, damit ich die Balance regeln kann.«

Als David sah, daß ihm der Junge einen angsterfüllten Blick zuwarf, beugte er sich über Gerrys Mikrofon und sagte: »Atme tief durch, Benji, und fang an. Es spielt keine Rolle, wenn du einen Fehler machst. Gerry kann das so oft aufnehmen, wie es sein muß.«

Mit einem tapferen Lächeln begann Benji zu spielen.

Er schaffte die erste Strophe fehlerlos, doch als er mit der zweiten begann, schlug er einen falschen Akkord an und zuckte verlegen zusammen. Gerry schaltete sein Mikrophon ein. »Keine Sorge, Benji, das klingt einwandfrei. Wir machen das noch mal, aber sieh mich diesmal an, weil ich mit der Hand den Takt schlage. Ich hatte das Gefühl, daß du am Ende ein bißchen schneller geworden bist.«

Benjis Stimme ertönte durch den Lautsprecher. »Damit bringst du mich nur durcheinander.«

Gerry lächelte. »Nein, bestimmt nicht. Achte nur aus dem Augenwinkel auf meine Hand. Fertig.«

»Ich fang noch mal von vorn an.«

Diesmal schaffte Benji das ganze Lied ohne einen einzigen Fehler. Am Schluß bedeutete Gerry allen, daß sie kein Geräusch machen sollten. Nach wenigen Sekunden betätigte er alle Schalter und hob die Daumen zum Zeichen, daß er fertig war. Durch das schalldichte Fenster sahen Gerry und David, daß die Mitglieder der Gruppe Beifall klatschten, sich um den zufrieden lächelnden Jungen versammelten und ihm beglückwünschend auf die Schulter klopften.

Dann gingen auch Gerry und David hinüber. »Gut gemacht, Benji!« sagte Gerry und gab ihm eine freundschaftliche Kopfnuß. »Mit nur zwei Aufnahmen! Es gibt nicht viele Berufssänger, die das schaffen – was meinst du, Patrick?«

Der lachte. »Ich hoffe, daß du damit niemand Bestimmten meinst.«

»Kann ich es gleich hören?« fragte Benji ganz aufgeregt.

»Na klar.« Gerry kehrte ans Pult zurück und schaltete die Aufnahme auf die riesigen Lautsprecher im Studio. Mit ungläubigem Gesicht hörte Benji zu, und am Schluß bedachten ihn alle Anwesenden erneut mit Beifall.

Gerry kam wieder zu ihnen. »Schön, Benji, du kannst es entweder so mitnehmen, wie es ist, ich kann aber auch noch dies und jenes dazumischen, falls es dir recht ist.«

Eine Weile schwieg Benji. »Was zum Beispiel?«

»Tja, wir könnten es mit Schlagzeug unterlegen und vielleicht auch mit einem E-Baß.«

Unsicher biß sich Benji auf die Lippe. Gerry lächelte ihn beruhigend an. »Es ist dein Lied. Du hast es geschrieben und gespielt. Ich bin nur der Tontechniker – ich kann es ein bißchen anreichern, wenn du das möchtest.«

»Es klingt dann aber doch nicht doof, oder?«

Gerry lachte. »In dem Fall müßte ich meinen Kram zusammenpacken und mir eine andere Arbeit suchen.«

Benji grinste und sprang von seinem Hocker herunter. »Okay! Machst du das gleich?«

»Nicht sofort«, sagte Gerry. Er wies mit dem Kopf auf die Gruppe. »Zuerst muß ich mich um die da kümmern. Aber falls David heute abend noch mal kommen kann, geb ich ihm das fertige Band mit, damit du es morgen früh hast. Bist du damit einverstanden?«

Benji nickte.

»Dann also abgemacht!« sagte Gerry und klopfte ihm auf die Schulter. »Du warst ziemlich gut, mein Junge. Du hast eine glänzende Zukunft vor dir.«

Vor dem Studio schien Benjis Erregung schlagartig nachzulassen. Er schlich mit hängenden Schultern zum Wagen. David sah ihn an. »Was ist denn?«

»David? Du glaubst aber doch nicht, daß ich blöd dastehen werde, oder?«

David schüttelte den Kopf. »Benji, ich versprech dir, daß du morgen um diese Zeit nicht nur ein Superstar in eurer Schule bist« – er stieg in den Wagen und ließ den Motor an –, »sondern außerdem um zwanzig Dollar reicher!«

Am nächsten Morgen kam David eine Viertelstunde früher als sonst, damit Benji auf jeden Fall genug Zeit hatte, das Band im Sekretariat abzugeben. Zweimal drückte er auf die Hupe, und dann noch einmal, weil immer noch nichts von Benji zu sehen war. Die Küchentür öffnete sich, doch es war nur Jasmine, die ihn ins Haus winkte.

David stieg aus und rannte zur Treppe, die er mit zwei Sätzen nahm. In der Küche erwartete ihn Jasmine mit munterer Miene und wies auf Benji, der bäuchlings auf einem der Sitzsäcke lag.

»Was ist los?« flüsterte David.

Stumm bildete Jasmine mit den Lippen das Wort »Lampenfieber«.

David ging zu dem Jungen hin. »Benji – bist du soweit?«

Der stöhnte und erhob sich langsam. »Ich komm mir vor wie jemand, der hingerichtet wird.«

David bemühte sich sehr, ein Lachen zu unterdrücken, doch als er hinter sich Jasmine loskichern hörte, konnte er auch nicht länger an sich halten. »Entschuldige, Benji, ich wollte nicht lachen.« Er legte dem Jungen die Hand auf die Schulter und schob ihn zur Tür. »Vorwärts, wir müssen los. Das wird bestimmt glänzend laufen.«

Als Benji an Jasmine vorbeikam, küßte sie ihn auf den Kopf. »Vorwärts, Maestro. Zeig ihnen, was du kannst.«

Er knurrte auf dem Weg zum Auto: »Die werden mir eher zeigen, was *sie* können.«

Jasmine nahm Benjis Ranzen von der Anrichte und gab ihn David. »Meinen Sie, daß das gutgeht?«

»Das hoffe ich sehr!« Er drückte die Daumen, sprang mit einem Satz die Treppe hinunter und eilte Benji nach, der schon im Wagen saß.

Obwohl es noch eine halbe Stunde bis Unterrichtsbeginn war, drängte sich schon eine Menge von Schülern vor dem Eingang. David hielt in einiger Entfernung, nahm das Band aus dem Handschuhfach und gab es Benji.

»Da ist es, fix und fertig. Hör mal, in der Hülle steckt ein Stück Papier. Sag auf jeden Fall den Leuten, denen du das Band gibst, daß sie erst vorlesen müssen, was da draufsteht, bevor sie das Lied spielen. In Ordnung?«

Wortlos nickte Benji und stieg langsam aus. Er ging zur Fahrertür hinüber, und David gab ihm seinen Schulranzen.

»Wartest du?«

»Ja, bis zehn vor neun.«

Benji holte tief Luft und ging zum Eingang. Gerade als er durch die Tür gehen wollte, kam ein Junge, der vor einem anderen davonrannte, auf ihn zugestürmt und stieß mit ihm zusammen, wobei ihm die Kassette aus der Hand fiel. Er sah sie in Zeitlupe durch die Luft fliegen, stürzte sich hinterher, um sie aufzufangen, aber es herrschte ein solches Gedränge, daß er sie nicht erwischen konnte. Er stieß einen unterdrückten Schrei aus, als er sie zu Boden fallen sah, doch kurz bevor sie auf der Stufe aufschlug, fing eine Hand sie auf.

Sean Dalaglio richtete sich auf und hielt sie ihm mit zufriedenem Grinsen hin.

Benji seufzte erleichtert. »Danke, Sean.«

»Ist das dein Lied?«

Benji schluckte. »Woher weißt du das?«

»Sie haben bereits durchgesagt, daß es heute dran ist. Hast du es geschrieben?«

Benji nickte.

»Ist es gut?«

Benji wußte nicht, was er darauf antworten sollte. Er sah sich um: Der Käfer war da, nicht aber David. Nach einer Weile sah er dann, daß David Dodie auf dem Gehweg Gassi führte.

»Nun?« fragte Sean.

»Ich ... weiß nicht.« Er schob sich an Sean vorbei und lief durch den Gang zum Büro, wo er anklopfte. Miss Trimble, die Sekretärin, öffnete.

»Hallo, Benji.«

Er hielt ihr das Band hin.

»Ah, das ist wohl dein Lied.« Sie sah auf die Uhr. »Du bist in fünf Minuten dran. Im Augenblick kommt gerade Chester Todds Gedicht »Möwe über der Great South Bay.« Anschließend bist du an der Reihe.«

Benji nickte und wandte sich schon zum Gehen, als ihm wieder einfiel, was David gesagt hatte.

»Miss Trimble«, sagte er, gerade als die Tür zuging. Sie öffnete sie einen Spaltbreit.

»Ja, Benji?«

»In der Hülle steckt ein Stück Papier. Was da draufsteht, soll vorher vorgelesen werden.«

Miss Trimble lächelte. »Wird gemacht. Heute mache ich die Ansage und werde den Text vorlesen. War's das?«

Er nickte, und Miss Trimble schloß die Tür hinter sich. Einen Augenblick sah er die Milchglasscheibe an, seufzte resigniert und machte sich auf den Weg zu seinem Spind. Gerade als er den Schlüssel im Schloß umdrehte, knackte es in den Lautsprechern, und Miss Trimbles Stimme ertönte. »Guten Morgen. Der erste Beitrag unseres Talentwettbewerbs kommt heute von Chester Todd. Es ist ein wunderschönes Gedicht mit dem Titel »Möwe über der Great South Bay«.

Dann knackte es, als das Bandgerät anlief, und Chester las:

»Die Möwe schwebt über der Bucht
Weil sie 'nen Fahnenmast sucht.
Sie kann es nicht länger verbeißen
Und muß ganz dringend mal scheißen.
Das aber geht nur, wenn sie nicht fliegt …«

Alle im Gang brachen in hysterisches Gelächter aus, und das Band verstummte unvermittelt. Jungen lehnten sich an die Spinde, ließen sich zu Boden gleiten und hielten sich den Bauch vor Lachen, Mädchen kicherten hinter vorgehaltener Hand. Dann hörte man erneut Miss Trimbles Stimme, die leicht zitterte.

»Das genügt, Chester Todd. Du meldest dich bitte sofort beim Schulleiter. Ich denke, wir gehen gleich zum nächsten Beitrag über. Dabei handelt es sich um ein Lied von Benji Newman mit dem Titel »Ich liebe dich so sehr.«

Sofort ertönte lautes Gejohle von den Jungen im Flur. Sie kamen auf ihn zugelaufen, drängten sich um ihn, stießen laute Pfiffe aus, schwenkten die Hüften und warfen ihm Kußhändchen zu.

Er hatte es gleich gewußt! Die Sache war ein völliger Fehlschlag. Warum hatte er nur auf David gehört? Er hätte sich nie darauf einlassen sollen. Er schlug seinen Spind zu, lief zu den Toiletten und stieß die Tür auf. Nein, auch da war ein Lautsprecher! Er rannte in eine leere Kabine, verriegelte die Tür, ließ sich auf den Sitz sinken und steckte sich die Finger in die Ohren. Trotzdem konnte er noch hören, daß Miss Trimble weitersprach. Was hatte sie nur zu sagen? Es hatte wohl was mit dem Zettel in der Hülle zu tun. Er riß Toilettenpapier von der Rolle und steckte es sich in die Ohren – und dazu noch die Finger, um ja nichts hören zu müssen.

Er spürte plötzlich, wie mächtige rhythmische Wellen seine Beine emporwanderten. Er sah, daß jemand heftig an der Tür der Kabine rüttelte »Hau ab!« brüllte er und nahm die Finger aus den Ohren.

Niemand war da. Die Schwingungen kamen nicht von einem seiner Mitschüler, sondern aus dem Lautsprecher hoch oben in einer Ecke der Toilette, der in flottem Rhythmus die

Einleitung zu einem einfach irren Lied herausdonnerte. Benji stand auf, und gerade, als er sich die Papierfetzen aus den Ohren pulte, begann der Text: »Ich liebe dich sehr, du aber brichst mir das Herz, brichst mir das Herz entzwei«. Er öffnete die Tür der Kabine, trat hinaus und blieb eine Weile stehen, um *seinem* Lied zuzuhören.

Es war herrlich! Es war richtig ... richtig wirklich! Man hörte Schlagzeug und einen tiefen, gewaltigen E-Baß und dann und wann etwas, das wie eine Trompete klang. Davon aber abgesehen, war alles von *ihm* – mit seiner Ukulele! Er mußte unbedingt David davon erzählen – er mußte sofort hinaus! Unsicher begann er, an einem Fingernagel zu kauen. Wie nur? Er würde wieder an all den Jungen vorbeimüssen. Er ging zur Toilettentür und riß sie nach kurzem Zögern weit auf. Als erstes sah er einen schwarzen Jungen aus der Klasse über ihm, der verträumt zum Rhythmus der Musik an der Tür vorbeitänzelte. Er spähte um die Ecke. Auf dem ganzen Gang tanzten Mitschüler zu seiner Musik. Er schlich sich vorsichtig Richtung Eingang, wobei er versuchte, sich so unauffällig wie möglich dicht an der Wand zu halten.

Sean Dalaglio sah ihn als erster.

»He, Benji!« schrie er und kam auf ihn zugelaufen. »Das ist ja ein tolles Lied! Wie hast du denn die Dublin Up dazu gekriegt, mit dir zu spielen? Das ist meine Lieblingsgruppe. Kannst du mir ihre Autogramme besorgen?«

Benji sah ihn mit weit aufgerissenen Augen an. »Meinst du, Dublin Up hat –« Er schluckte. »Ich muß weg, Sean.«

Er rannte los, auf den Ausgang zu. Als er sich durch die Menge der tanzenden Schüler drängte, riefen ihm zahllose Stimmen zu: »Tolles Lied, Benji« und: »Damit gewinnst du *garantiert*!«

Er lief hinaus und sah, daß David mit fröhlichem Grinsen an den Käfer gelehnt stand. Zwischen den Fingern hielt er einen Zwanzig-Dollar-Schein.

Benji stürmte auf ihn zu, aber David gebot ihm stehenzubleiben, während er gleichzeitig den Geldschein in die Brusttasche seines Hemdes steckte. Benji blieb stehen und sah ihn verwirrt an. David zeigte mit der Hand auf das Schulgebäude.

Benji drehte sich enttäuscht um. Dabei merkte er, daß sich haufenweise Schüler auf der breiten Treppe vor dem Haupteingang versammelt hatten. Ganz vorn stand Sean Dalaglio. Benji lächelte David selig zu und eilte dann zur Schule zurück, um sich durch die Reihen seiner ihm Glück wünschenden Schulkameraden zu kämpfen.

KAPITEL
25

Während sich das Taxi quälend langsam durch den fast stillstehenden Verkehr auf der Park Avenue quälte, sah Jennifer auf ihre Uhr. Schon fünf vor sieben, und bis zum Restaurant waren es noch zwölf Querstraßen. Unmöglich würde sie es in den nächsten fünf Minuten schaffen. Während sie sich auf dem schmuddeligen Kunststoffbezug des Sitzes zur Seite beugte, um am Fahrer vorbeizuspähen, merkte sie, daß ihr die Bluse am Leib klebte, so feucht war die Luft. Offensichtlich lief die Klimaanlage nicht. Als sie sah, daß der Stau bis zur Grand Central reichte, klopfte sie an die Trennscheibe. Ohne sich umzudrehen, griff der Fahrer nach hinten und öffnete sie.

»Sie wollen?« fragte er in einem Akzent, der Jennifer sofort an seiner Fähigkeit zweifeln ließ, das Empire State Building zu finden, ganz zu schweigen vom Restaurant Ocean Floor.

»Können Sie nicht zur Lexington Avenue oder zur Third Avenue rüberfahren und es da versuchen? Hier ist das doch sinnlos.«

Der Fahrer lächelte und nickte zustimmend, gleichzeitig hob er die Hände und ließ sie kräftig auf das Lenkrad niedersausen.

»Sinnlos«, bestätigte er, ohne sich zu rühren.

Unverwandt starrte Jennifer seinen Hinterkopf an und wartete darauf, daß er einen Versuch unternehmen würde, nach rechts auszuscheren. Er aber schien darauf zu bauen, daß es weiterging, wobei er im Takt der leise an ihr Ohr dringenden Klänge eines Sängers aus dem Mittleren Osten, die aus seinem Autoradio kamen, den Kopf hin und her wiegte.

Nach einer Weile drehte er sich erneut um und grinste noch breiter als beim ersten Mal. »Sinnlos, sinnlos!« sagte er und nickte mit noch größerem Nachdruck als zuvor.

Sie sah sich um – vielleicht gab es ja in der Nähe irgendein freies Taxi. Aber nein, alle hatten die ›Fackel‹ abgeschaltet. Ohnehin würde sie wahrscheinlich nur vom Regen in die Traufe kommen. Sie strich sich das Haar aus der Stirn, spürte, wie feucht es war, holte dann ihr Mobiltelefon aus der Handtasche und wählte Alex' Nummer. Es war besetzt. Sie schaltete das Handy ab und warf es in die Tasche zurück. Wieder beugte sie sich zur Trennscheibe vor.

»Könnten Sie nicht zumindest die Klimaanlage einschalten?« fragte sie verärgert.

Inzwischen war es sieben. Vermutlich war Alex bereits im Restaurant. Er verspätete sich nie. Das wußte sie und hatte deshalb das Büro rechtzeitig verlassen, um vor ihm dort zu sein. Jetzt aber saß sie schon volle fünfundzwanzig Minuten in diesem Taxi. Sie kurbelte das Fenster herunter, doch da der Luftstrom, der ihr ins Gesicht fuhr, so heiß war wie aus einem Fön und ihr Unbehagen nur steigerte, schloß sie es wieder, lehnte sich zurück und wartete.

Seit dem Tennisnachmittag hatte sie Alex nicht mehr gesehen. Er hatte auf dem Anrufbeantworter in ihrer New Yorker Wohnung eine Nachricht hinterlassen und ihr mitgeteilt, daß er nun doch nach Dallas habe fliegen müssen. »Es ist unvermeidlich«, hatte er gesagt. Als ob das was Neues wäre! Bei Alex war immer alles unvermeidlich. Allerdings spielte es keine große Rolle. Sie hatte jede freie Minute am Konzept für die Tarvey-Ausschreibung gearbeitet – sie hätten also ohnehin nicht viel voneinander gesehen. Sie schüttelte den Kopf. Der verdammte Auftrag. Das bisherige Ergebnis ihrer Bemühungen stimmte sie nicht sonderlich hoffnungsfroh – sie würden den Werbeetat wohl nicht bekommen. Möglicherweise hatte Russ recht gehabt, vielleicht war die Sache für ihre Firma tatsächlich eine Nummer zu groß.

Ohne ersichtlichen Grund kam der Verkehr mit einem Mal wieder ins Rollen, und der Fahrer drehte sich mit entspanntem Grinsen zu ihr um, offensichtlich in der Annahme, zwischen ihnen bestehe jetzt, nachdem sie einige Worte gewechselt und einander nicht verstanden hatten, eine Beziehung.

»Es fahren weiter!« Er nickte befriedigt, und langsam setzte sich der Wagen in Bewegung.

Endlich angekommen, sah Jennifer, daß es fast zwanzig nach sieben war. Sie entlohnte ihr Sprachgenie und lief ins Restaurant.

Da das Lokal kaum besetzt war, begrüßten sie gleich drei Kellner mit weißen Schürzen, offensichtlich dankbar für jeden Gast. Dann aber entdeckte sie Alex, der an einem Ecktisch saß und lachend etwas in sein Handy sagte. Sie bahnte sich einen Weg durch ihr Begrüßungskomitee und ließ die Kellner mit enttäuschten Mienen zurück.

Als Alex sie kommen sah, beendete er rasch sein Gespräch und steckte das Telefon ein.

»Tut mir leid, daß ich mich verspätet habe, Schatz«, sagte sie und hängte ihre Handtasche über die Stuhllehne. »Der Verkehr war entsetzlich.«

Alex stand auf und gab ihr ein Küßchen auf die Wange.

»Du sahst ziemlich glücklich aus, als du gerade telefoniert hast«, sagte sie und setzte sich. »Darf ich daraus schließen, daß in Dallas alles gutgegangen ist?«

»Eigentlich nicht. Das war ein privater Anruf, ich habe mit ehm –«, er zögerte kurz, »mit John gesprochen.« Er nahm die Speisekarte und tat so, als studiere er sie gründlich. »Da ich nicht wußte, wann du kommen würdest, habe ich für dich Muscheln und Schwertfisch bestellt. Ich hoffe, daß das in Ordnung ist.«

»Mir recht.« Sie griff nach ihrer Serviette, doch ein Kellner kam ihr zuvor. Er nahm sie rasch, breitete sie aus und legte sie ihr auf den Schoß.

»Gut Appetit!« sagte er und lächelte ihr freundlich zu.

Jennifer wartete, bis er weg war. »Kann in dieser Stadt eigentlich niemand mehr richtig Englisch?«

»Was?« fragte Alex.

»Ach, nichts«, sagte sie und schüttelte den Kopf. Sie stützte das Kinn auf. »In Dallas ist es also nicht besonders gut gegangen?«

»Nein, eigentlich nicht.« Er schenkte ein. »Langfristig kriegen wir das bestimmt hin, aber die Firma, mit der wir da zu tun haben, scheint sich ihrer Sache nicht ganz sicher zu sein, was das neue System betrifft. Wir müssen uns einfach ihr Vertrauen verdienen.«

Jennifer nickte bedächtig; sie wußte, was das zu bedeuten hatte. »Das heißt, du mußt denen im Augenblick ständig Händchen halten.«

Alex stieß einen gedehnten Seufzer aus. »Ja, leider. Ich muß gleich wieder hin, sobald ich in San Francisco fertig bin.« Er sah sich um. Wahrscheinlich wartete er darauf, daß jemand mit dem Essen kam. Dann sah er auf die Uhr. »Hoffentlich beeilen die sich. Ich habe nicht viel Zeit. Wie geht es eigentlich mit eurem neuen Auftrag?«

Jennifer lehnte sich zurück. »Noch haben wir ihn nicht, Alex. Im Augenblick feile ich noch an der Kampagne, aber der Haken an der Sache ist, daß es sich dabei für mich um völliges Neuland handelt. Ich bin alles andere als sicher, ob ich mit meiner Arbeit richtig liege, aber …«

Sie verstummte, weil sie merkte, daß er ihr nicht zuhörte. Er sah wieder auf die Uhr und blickte über die Schulter, um zu sehen, ob das bestellte Essen unterwegs war. Gerade in dem Augenblick kam ein Kellner durch die Pendeltür von der Küche auf ihren Tisch zu.

»Muscheln?«

Jennifer nickte, und der Kellner stellte die dampfend heiße Schüssel vor sie hin.

»Ich hole Ihnen gleich eine Fingerschale, Madam – und hier für den Herrn der Salat aus Meeresfrüchten.«

»Danke.« Alex sah den Kellner an. »Könnten Sie dafür sorgen, daß der nächste Gang so schnell wie möglich kommt? Ich muß ein Flugzeug erreichen.«

Lächelnd verbeugte sich der Kellner, machte auf dem Absatz kehrt und eilte zurück in die Küche.

»Sieht gut aus«, sagte Alex und nahm Messer und Gabel zur Hand. Er sah zu Jennifer hin, die ihn reglos anstarrte und keine Anstalten traf, mit dem Essen anzufangen. »Was ist los? Hättest du lieber was anderes?«

Sie schüttelte langsam den Kopf. »Alex, wie lange sind wir jetzt verheiratet?«

Er fragte mit vollem Mund: »Wap?«

Ohne ihm zu antworten, begann sie zu essen. Die Frage sollte sich erst einmal in sein Bewußtsein vorarbeiten.

»Worauf willst du hinaus?« fragte er.

»Wir sind jetzt seit dreizehn Jahren verheiratet«, sagte sie gelassen, »falls du das vergessen hast. Ich würde wetten, daß jeder, der uns beobachtet, glauben würde, wir wären einander kaum je im Leben begegnet. Wir sind wie völlig Fremde! Worüber haben wir bisher gesprochen? Deine geschäftlichen Angelegenheiten und meine.« Sie beugte sich über den Tisch zu ihm. »Wir haben ein gemeinsames Leben, Alex. Immerhin dreizehn Jahre, verdammt noch mal!«

Alex ließ Messer und Gabel klirrend auf den Teller fallen und verdrehte die Augen. »Ich bitte dich, Jennifer«, sagte er. »Mach mir hier keine Szene. Was sollen die Leute denken.«

»Ich mach-dir-keine-Szene!« zischte sie ihm mit zusammengebissenen Zähnen zu. Sie wartete eine Weile, um sich zu fassen. »Es ist nur so, daß jedesmal, wenn wir zusammen sind, die Kluft zwischen uns größer wird. Es sieht ganz so aus, als hätten wir überhaupt nichts mehr gemeinsam – oder doch? Was ist da schiefgelaufen? Wir hatten – nein, das stimmt nicht, wir *haben* ein wirklich gutes gemeinsames Leben, Alex. Du bist mein bester Freund. Du bist mein Geliebter, auch wenn man das in letzter Zeit nicht glauben sollte, und du bist außerdem zufällig mein Mann und der Vater meines Kindes. Augenblicklich aber sieht das alles eher aus wie… wie eine Geschäftsbeziehung.«

Alex aß weiter. »Immerhin war es deine Entscheidung, wieder arbeiten zu gehen. Ich habe das nicht von dir verlangt.«

»Alex, ich versuche nicht, hier irgendwelche Schuld zuzuweisen. Ich möchte einfach, daß wir…« Sie verstummte, als der Kellner eine Fingerschale vor sie hinstellte.

»Kommt der nächste Gang bald?« fragte ihn Alex.

»Ja, Sir.« Als er gegangen war, fuhr Jennifer fort: »Ich möchte, daß wir einfach mehr Zeit miteinander verbringen, und wenn es nur am Wochenende wäre.«

»Du könntest deine Stelle aufgeben. Du brauchst nicht zu arbeiten. Ich habe durchaus Erfolg.«

»Woran mißt man den?« fragte Jennifer lauter, als es ihre Absicht gewesen war. Alex sah sich im Restaurant um, ob jemand hersah. »An der Zahl der Nullen auf dem Gehaltsscheck am

Monatsende? Oder daran, wieviel Spaß du mit deinem Kind hast, und daran, wie sehr du an seiner Erziehung beteiligt bist? Zählt das auch etwas? Im Augenblick sieht es ganz so aus, als ob Jasmine und David am meisten mit Benji zusammen wären, vor allem David, der –«

Alex nahm die Serviette vom Schoß, schleuderte sie auf den Tisch und schlug mit beiden Händen kräftig auf die Tischplatte.

»Willst du etwa meinen Beitrag zu Benjis Erziehung mit dem vergleichen, was dieser... hergelaufene Tagedieb tut, der nichts ist und nichts hat? Dagegen muß ich mich nachdrücklich verwahren. Komm mir also nicht mit irgendwelchem Blödsinn über diesen Burschen. Gewiß, Jasmine tut eine ganze Menge für Benji, aber dafür wird sie schließlich auch bezahlt. Immerhin haben wir sie eingestellt, damit wir beide arbeiten können. Jetzt erklär mir doch mal, wieviel Zeit verbringst *du* mit Benji, du hundertprozentige Mutter? Was du mir vorhältst, gilt für uns beide. Das ist dir doch hoffentlich klar?«

Jennifer aß die letzten Muscheln, tauchte ihre Finger in die Schale, wischte sich die Hände an der Serviette ab und stieß einen langen ergebenen Seufzer aus.

»Sicher ... ich weiß ... du hast recht, es gilt für uns beide. Allerdings zerbreche ich mir ständig den Kopf deswegen. Tust du das auch?«

Alex antwortete nicht. Er wußte, daß alles, was er dazu sagen konnte, falsch aufgenommen würde. Sie schwiegen, und Jennifer mußte einsehen: Das vernünftige Gespräch, das sie hatte führen wollen, konnte jeden Augenblick in einen ausgewachsenen Streit umschlagen. Sie legte ihre Hand auf seine.

»Tut mir leid, Schatz. Ich wollte nicht, daß das so aus dem Gleis läuft. Es ist nur so ... na ja ... ich möchte, daß wir öfter zusammen sind – als Familie. Im Augenblick sieht die Sache für mich schrecklich hoffnungslos aus!«

Der Kellner kam und stellte den Hauptgang vor sie hin. Alex sah auf die Uhr. »Großer Gott, schon acht! Ich hab keine Zeit, das zu essen. Ich muß gehen, sonst verpaß ich mein Flugzeug noch.«

Jennifer nickte. »Ist klar«, sagte sie ruhig.

»Möchtest du allein weiteressen oder es lieber lassen?«

»Nein, ich glaube, ich habe genug gehabt. Ehrlich gesagt, bin ich mir gar nicht sicher, wie gut das Restaurant hier ist. Die Muscheln haben etwas sonderbar geschmeckt.«

Alex lächelte ihr zu und rief den Kellner zurück. »Ich bedaure, daß wir gehen müssen. Wir haben keine Zeit mehr.«

»Sie bestellen Essen!«

»Ist mir bekannt, aber wir haben keine Zeit mehr.«

»Aber Sie müssen zahlen für Essen.«

»Schon gut!« blaffte ihn Alex an. »Sie holen Rechnung!«

Der Kellner verzog das Gesicht und ging. Alex und Jennifer sahen einander einen Augenblick lang an, dann brachen sie in unterdrücktes Gelächter aus.

»Siehst du, was ich meine?« fragte Jennifer. »Es ist ansteckend.«

Er zahlte, nahm seinen Aktenkoffer, hielt dann aber einen Augenblick inne, bevor er aufstand, und sah Jennifer an. »Wir kriegen das wieder hin, meine Liebe. Das verspreche ich dir. Aber es kann eine Weile dauern, verstehst du das?«

Jennifer nickte. »Natürlich verstehe ich das.«

Er schob seinen Stuhl zurück. »Dann komm. Ich besorg uns zwei Taxis.«

Der Verkehr war inzwischen stark abgeflaut, und so fiel es nicht schwer, zwei freie Taxis zu finden. Alex wollte Jennifer auf die Wange küssen, sie aber drehte blitzschnell ihren Kopf, so daß seine Lippen ihren Mund trafen.

»Ich liebe dich, Alex«, flüsterte sie.

Er lächelte ihr zu. »Weiß ich doch. Ich ruf dich an, wenn ich zurück bin, ja?«

»Tu das, und guten Flug.«

Er nickte, ging zu seinem Taxi und stieg ein. Es fuhr an, bevor er die Tür richtig hatte schließen können, und Jennifer sah ihm nach, bis es die Ampel an der Park Avenue hinter sich hatte. *Ach Alex, du hättest es selber auch sagen können. Nicht einfach »weiß ich doch«.* Sie spürte, daß sie Kopfschmerzen bekam, und faßte sich an die Stirn. Vielleicht lag es an der hohen Luftfeuchtigkeit oder auch einfach an ihrem dummen Streit. Genau das war es – reine Dummheit, von ihr wie von ihm. Sie machte fest die Augen zu, um den Druck in ihrem Kopf zu vermindern. Dann begann sie trotz der Hitze plötzlich unwillkürlich zu frösteln.

»Kommen Sie?« rief ihr der Fahrer zu.

Jennifer legte sich die Arme um den Leib, ging zum Taxi und stieg hinten ein.

»Wohin?«

»Bitte in die Barrymore Street.«

»West Village?«

»Ja.«

Das Taxi fuhr an und überquerte die Ampel an der Park Avenue bei Gelb. Schon in der Fifth Avenue konnte Jennifer ihr Zittern nicht mehr beherrschen. Ihr Kopf fühlte sich an, als würde ihn jemand mit einem Vorschlaghammer bearbeiten. Sie klopfte an die Trennscheibe, und der Fahrer schob sie auf. »Ja?«

»Könnten Sie wohl die Klimaanlage herunterdrehen?«

»Zum Kuckuck, draußen ist es kochend heiß.«

»Ich weiß, aber ich fühle mich nicht besonders wohl.«

Achselzuckend drehte der Fahrer an einem Knopf am Armaturenbrett. Die Ampel sprang auf Grün, und er bog so schwungvoll in die Fifth Avenue ein, daß Jennifer auf ihrem Sitz zur Seite geschleudert wurde. Sie legte sich die Hand vor den Mund, weil sie spürte, daß ihr Galle aus dem Magen emporstieg. Es kam ihr vor, als würde sie ersticken. Sie schlug mit der Faust gegen die Trennscheibe.

»Bitte halten Sie sofort!«

Der Taxifahrer fuhr an den Straßenrand, und Jennifer stieß die Tür auf, bevor der Wagen stand. Sie beugte sich vor und übergab sich vor den Augen einiger Passanten in den Rinnstein. Diese flüchteten mit unverhohlenen Äußerungen des Ekels auf die andere Seite des Gehwegs. Jennifer schloß die Tür wieder und ließ sich in den Sitz fallen. Der Fahrer drehte sich langsam zu ihr um und sah sie von oben bis unten an. »Haben Sie was getrunken?«

Jennifer schüttelte schwach den Kopf.

»In dem Fall möchte ich Sie nämlich nicht in meinem Wagen haben.«

»Ich habe nicht getrunken. Ich muß wohl was gegessen haben, was mir nicht bekommen ist.«

»Kotzen Sie mir jedenfalls nicht den Wagen voll«, sagte er und trat mit Nachdruck auf das Gas, offensichtlich, um sie an ihrem Ziel abzusetzen, bevor sie eine Möglichkeit dazu hatte.

Noch vor der 43. Straße mußte Jennifer ihn zweimal bitten anzuhalten. Jeder Anfall war schlimmer als der vorige, und es kam ihr vor, als müsse ihr Kopf platzen. Sie mußte sich vornüberbeugen, um den unerträglichen Schmerz in ihrem Unterleib zu lindern. Sie fühlte sich elend – es konnten nur die ... Mit einem Mal spürte sie zunehmenden Druck in den Eingeweiden – nein, lieber Gott, bitte nicht auch das noch!

In gekrümmter Haltung beugte sie sich noch weiter vor und klopfte an die Scheibe. Kopfschüttelnd fuhr der Fahrer gleich wieder an den Straßenrand.

»Nein, nein, nicht anhalten. Ich möchte nur wissen, wo wir sind.«

»Gleich kommt die 42.«

»Könnten Sie bitte hier links abbiegen?«

»Links? Ich dachte, Sie wollen nach West Village?«

»Nein, bitte fahren Sie hier links. Ich möchte jetzt lieber nach Leesport.«

Der Fahrer drehte sich um. »Leesport? Etwa Leesport auf Long Island? So weit kann ich jetzt nicht rausfahren. Das ist meine beste Zeit!«

»Bitte. Sie müssen. Ich wohne da. Mir geht es nicht gut. Bitte. Ich zahle Ihnen auch das Doppelte. Bestimmt. Fahren Sie mich bitte hin.«

Sie ließ sich wieder auf den Sitz sinken. Einen Augenblick lang betrachtete der Fahrer bewegungslos im Rückspiegel das aschfahle Gesicht seines Fahrgastes, dann gab er Gas und bog nach links in die 42. Straße ein, Richtung Midtown Tunnel.

Jasmine stellte David eine dampfende Tasse Kaffee hin und setzte sich ihm gegenüber.

»Verstehen Sie jetzt, warum ich nichts sagen konnte, solange Benji in der Nähe war?« sagte sie ruhig.

David sah sie an und seufzte. »Natürlich. Nur gut, daß er heute bei Sean übernachtet.«

»Es tut ihm gut, überhaupt wieder mit seinem Freund zusammenzusein. Sie haben da wirklich ein richtiges kleines Wunder vollbracht.« Sie nahm einen Schluck aus ihrer Tasse. »Wie soll ich mich in dieser verfahrenen Angelegenheit nur verhalten?«

David schüttelte den Kopf. »Ich weiß nicht. Ich weiß es wirklich nicht. Ich denke, man sollte sich besser nicht in eine Sache einmischen, die einen im Grunde nichts angeht.«

»Na ja, *mich* geht das schon was an, denn ich möchte nicht, daß Benji leiden muß.«

»Das verstehe ich, aber… hm, Jennifer und Alex sind erwachsene Menschen und müssen selbst damit fertig werden. Haben Sie eine Ahnung, ob Jennifer irgend etwas vermutet?«

»Nein. Soweit ich weiß, glaubt sie wohl, daß alles mehr oder weniger in Ordnung ist. Allerdings rede ich über solche Dinge nie mit ihr.«

»Da haben Sie es, Jasmine. Sie reden mit ihr nicht über solche Dinge, weil das eigentlich nicht Ihre Aufgabe ist. Nein, das stimmt so auch wieder nicht.« Er schwieg. »Wahrscheinlich sind Sie die verläßlichste Freundin, die sie hat, aber das mit Alex ist nun mal ihre ganz eigene und persönliche Sache.« Er rückte mit seinem Stuhl ein Stück vom Tisch weg. »Ich weiß nicht. Vielleicht seh ich das ja falsch, aber ich würde mir von niemandem, ganz gleich, wie gut ich ihn kenne, in Angelegenheiten reinreden lassen, die nur mich was angehen und…« Er verstummte, weil ihm plötzlich aufgegangen war, was er da redete. Er spürte, wie er errötete, und warf rasch einen Blick zu Jasmine hinüber.

»Und was?« fragte sie ruhig.

David sah sie mit versteinerter Miene an und bemühte sich verzweifelt, eine Möglichkeit zu finden, das Gespräch von der Falle fortzusteuern, die da auf ihn lauerte. Genau in dem Augenblick klingelte es dreimal rasch hintereinander an der Haustür.

Jasmine runzelte die Stirn. »Wer will denn da in drei Teufels Namen um Viertel vor zehn noch was?« Sie stand auf und ging zur Tür. David blieb sitzen, sah ihr nach und war ziemlich erleichtert. Großer Gott, diesmal hätte er sich beinahe verplappert. Die Vergangenheit verwob sich in seinem Unbewußten mit der Gegenwart, und er war darauf völlig unvorbereitet.

»DAVID! KOMMEN SIE, SCHNELL!«

Wie von der Tarantel gestochen sprang David auf, und sein Stuhl fiel laut krachend um. Er lief in die Diele. Dort waren Jasmine und ein rotgesichtiger, ziemlich dicker Mann dabei, Jennifer vorsichtig auf die unterste Stufe zu setzen und ihren schlaffen Körper an das Treppengeländer zu lehnen. Sie war grau im Gesicht, Flecken von einer gelblichen Flüssigkeit ließen ihre Bluse an der Haut kleben, und ein ekelerregender Geruch lag in der Luft.

»Was ist passiert?« fragte David.

Der Fremde sagte, während er in Richtung Haustür ging: »Die Dame ist krank, Sir, und sie hat mein Taxi ganz schön eingesaut. Ich wollte sie gar nicht hierher fahren, aber sie hat gesagt, sie würde mir den doppelten Fahrpreis zahlen, und jetzt muß ich auch noch den Wagen vollständig putzen –«

»Schon gut«, unterbrach ihn David. »Erzählen Sie einfach eins nach dem anderen.« Er sah zu Jennifer hinüber, die mit abwesendem Blick am Geländer lehnte und die Arme um den Unterleib gekrallt hielt. Jasmine hatte sich besorgt neben sie gesetzt und ihr einen Arm um die Schulter gelegt.

»Sie ist vor 'nem Restaurant gegenüber dem Inter-Continental eingestiegen. Es ist ziemlich neu, ich weiß den Namen nicht. Zuerst hat sie gesagt, sie will nach West Village. Als ihr dann aber dreimal entsetzlich schlecht geworden ist, sollte ich sie hier rausbringen. Sie sagt, sie hat was gegessen, was ihr nicht bekommen ist.«

David sah Jasmine an. »Klingt ganz nach Lebensmittelvergiftung. Sie sollten sofort einen Arzt rufen, Jasmine.«

»Ich kann sie doch nicht allein hier sitzen lassen, David. Ich muß sie ins Bett bringen.«

»Ich muß nach New York zurück«, meldete sich der Taxifahrer, »und außerdem den ganzen Wagen putzen. Das kostet mich bestimmt die halbe Nacht.«

»Was bekommen Sie?« fragte David und holte seinen Geldbeutel heraus.

»Hundert Dollar, das sind aber nur die reinen Fahrtkosten. Wie schon gesagt, muß ich –«

Mit einem Stöhnen sank Jennifer vornüber. Ein Strom von Erbrochenem ergoß sich über ihren Rock und auf den Fußboden. Jasmine hatte Glück, nicht getroffen zu werden.

Jennifers Qual rief eine Erinnerung in David wach. Es kam ihm vor, als habe er diese Szene schon einmal gesehen, als sei in seinem Kopf schlagartig ein Fenster aufgestoßen worden, das bisher fest verschlossen gewesen war.

»Bei der Chemotherapie müssen Sie mit dem Schlimmsten rechnen«, hatte ihm Doktor Spiers gesagt. »Sie kann ziemlich unangenehme Nebenwirkungen haben. Rachel wird deprimiert und ängstlich sein, und es wird ihr schrecklich übel, aber Sie müssen ihr zur Seite stehen, David, mit aller Liebe, Zärtlichkeit und allem, was Sie an Verständnis aufbringen können.«

Das war ihm alles nur allzu vertraut, und er wußte genau, was er zu tun hatte. Es war, als werde in seinem Gehirn ein Schalter umgelegt, und er übernahm die Initiative, handelte, als hätte man bei ihm den Autopiloten eingeschaltet.

Er gab Jasmine seinen Geldbeutel. »Geben Sie ihm zweihundert, und holen Sie dann den Arzt, so schnell Sie können.«

Jasmine stand auf. »Aber was ist mit Jennifer? Ich muß sie ins Bett bringen.«

»Das mach ich schon.« Argwöhnisch sah sie ihn an.

»Keine Sorge.« Er legte ihr beruhigend die Hand auf den Arm. »Ich weiß, was ich tue.« Zu dem Taxifahrer sagte er: »Danke, daß Sie sie hergebracht haben. Wir wissen das wirklich zu würdigen.«

Knurrend hörte sich der Taxifahrer Davids Dank an und ging dann, von Jasmine gefolgt, zur Haustür. Nach wie vor lagen Besorgnis und Unsicherheit auf ihren Zügen. David machte einen Bogen um das Erbrochene auf dem Fußboden und hockte sich neben Jennifer.

»Hören Sie«, sagte er ganz ruhig. »Ich bringe Sie jetzt nach oben. Glauben Sie, daß Sie das schaffen können?«

Jennifer hob den Kopf, um ihn anzusehen, doch es war zu erkennen, daß sie kaum imstande war, sein Gesicht wahrzunehmen. Er faßte sie unter und stellte sie sanft auf die Füße. Ihre Beine schienen zu schwach zu sein, ihr Gewicht zu tragen, und sie sank ihm an die Brust. Er rümpfte die Nase wegen des Geruchs, der ihrer Kleidung entströmte. Dann schob er ihren schlaffen Körper ein wenig von sich fort und hob sie auf, eine Hand um ihren Rücken und die andere unter die Knie gelegt. So trug er sie nach oben.

Dort angekommen, merkte er, daß er nicht wußte, wohin er sie bringen mußte, und er rief zu Jasmine hinab: »Wo ist Jennifers Zimmer?«

»Nach rechts, dann die zweite Tür links. Sind Sie sicher, daß Sie es schaffen?«

»Ja.« Er ging den Flur entlang, stieß die Tür auf, schaltete mit dem Ellbogen das Licht ein, trug sie zum Bett und legte sie darauf.

»Nicht hinlegen«, sagte Jennifer kläglich und versuchte, sich wieder aufzusetzen, »dann wird mir nur wieder schlecht.«

David half ihr, sich zu setzen. Der beißende Geruch des Erbrochenen ließ ihn würgen.

»Versuchen Sie einen Augenblick, so sitzen zu bleiben. Ich laß Ihnen Wasser in die Wanne laufen, und dann müssen Sie diese Kleider loswerden.« Er sah zu einer Tür hinüber. »Geht es da zum Bad?«

Jennifer nickte schwach. Ihr war viel zu elend, als daß sie hätte aufbegehren können.

Nachdem er die Hähne aufgedreht hatte, nahm er ein Badelaken und kehrte ins Schlafzimmer zurück. Dort saß Jennifer hilflos, die Arme eng vor der Brust verschränkt. David hockte sich vor sie hin.

»Sie müssen mir vertrauen. Ich verspreche Ihnen, daß ich Sie lediglich in die Badewanne bringe. Anschließend kann sich Jasmine um Sie kümmern, aber ich glaube nicht, daß sie Sie allein tragen könnte.«

Die Wärme in Davids Stimme war zuviel für Jennifer. Sie brach in Tränen aus. Dann beugte sie sich langsam vor, bis ihr Gesicht auf seiner Schulter lag.

»Das ist so… erniedrigend«, stieß sie schluchzend hervor.

»Aber nein, Jennifer«, sagte David. Er legte ihr eine Hand unter das Kinn, so daß sie ihn ansehen mußte. »Sie brauchen sich keine Sorgen zu machen.«

»Das ist es nicht«, sagte Jennifer, entzog ihm ihr Gesicht und sah in ihren Schoß. »Ich meine einfach meinen Zustand.«

David hockte sich so neben sie, daß er ihr ins Gesicht sehen konnte. »Ich versichere Ihnen, das ist mir völlig egal. Ich habe viel Schlimmeres gesehen als alles, was Sie mir bieten können.« Er schwieg. »Es macht mir nichts aus, Jennifer, solange es Ihnen nichts ausmacht.«

Schniefend nickte sie.

»So, dann sollten wir Ihnen das jetzt ausziehen.«

Sie nahm die Hände weg, und gelassen knöpfte ihr David die Bluse auf. Er zog sie über ihre Schultern herunter und ließ sie zu Boden fallen, dann hakte er ihr den Rock auf, öffnete den Reißverschluß und hob sie so weit auf, daß er den Rock mitsamt Unterrock über ihre Beine abstreifen konnte.

In dem Augenblick hörte er Jasmine, die schon von der Treppe aus das Wort an ihn richtete.

»Ich hab den Arzt gerufen. Gott sei Dank wohnt er gleich um die Ecke. Er müßte jeden Augenb-« Sie kam herein und sah, wie Jennifer in der Unterwäsche auf dem Bett saß, während David vor ihr stand. »David! Was tun Sie da? Sie dürfen doch nicht …«

»Jasmine«, sagte er beherrscht und ruhig. »Könnten Sie die Wasserhähne zudrehen? Bestimmt läuft die Wanne gleich über. Ich trage Jennifer rüber, und dann können Sie sich weiter um sie kümmern.«

Rasch sah sie zu Jennifer hin, die ihr gerade knapp zunicken konnte. So ging sie ins Bad, stellte das Wasser ab und rührte mit der Hand darin herum, um festzustellen, ob es die richtige Temperatur hatte. Dann richtete sie sich wieder auf und sah durch die Tür ins Nebenzimmer.

»So, jetzt lege ich Ihnen das Badelaken um und ziehe alles andere aus, ja?«

Nachdem er sie ausgezogen hatte, wickelte er das Badelaken fester um Jennifer, hob sie vom Bett auf und trug sie ins Bad.

Jasmine machte ihnen Platz. Sie wußte nicht, was sie zu der Szene sagen sollte, deren Zeugin sie gerade geworden war. Er war so fürsorglich und behutsam vorgegangen, daß sie sich zutiefst schämte, je angenommen zu haben, er könne ein anderes Motiv haben, als Jennifer und ihr zu helfen. Jede Bewegung erweckte den Eindruck, als hätte er sie viele Male eingeübt – angefangen bei dem Geschick, mit dem er Jennifers Gewicht mit geringer Mühe verlagert hatte, bis zu dem Augenblick, da er gekonnt das Handtuch um sie gelegt hatte.

»Das machst du nicht zum ersten Mal, mein Junge«, sagte sie leise zu sich, als sie zusah, wie er Jennifer vorsichtig mit den Füßen voran ins Wasser ließ. »Nein, das machst du bestimmt nicht zum ersten Mal.«

»Ist die Temperatur gut so?« fragte David.

Als Jennifer nickte, fragte er Jasmine, wobei er nach wie vor einen Arm um Jennifers Taille gelegt hatte: »Können Sie jetzt weitermachen?«

»Ich glaub schon«, sagte sie und übernahm Jennifer.

»So, ich geh nach unten und wisch das weg. Sagen Sie Bescheid, wenn Sie fertig sind, dann komme ich wieder und trage sie ins Bett.«

Jasmine nickte bedächtig und sah ihm nach. Dann streifte sie Jennifer das Badelaken ab und ließ sie sacht vollständig ins Wasser gleiten.

Eine Viertelstunde später, David kam gerade die Treppe herunter, nachdem er geholfen hatte, Jennifer ins Bett zu bringen, klingelte es an der Haustür. Er ging durch die Diele und öffnete. Ein ziemlich mitgenommen aussehender jüngerer Mann kam herein und stellte sich als Arzt vor. Vermutlich hatte man ihn an diesem Tag schon ziemlich stark in Anspruch genommen.

»Tut mir leid, daß ich nicht eher kommen konnte. Ich war gerade bei einem anderen Kranken, als der Anruf kam. Wo ist die Patientin?«

David wies nach oben. »Die Treppe rauf, zweite Tür links.«

Nach wenigen Stufen drehte sich der Arzt zu ihm um. »Hat sie sich seit Ihrem Anruf übergeben müssen?«

»Ja, mindestens einmal. Jasmine weiß es genau. Sie ist oben bei ihr.«

Der Arzt nickte. »Gut so. Alles muß raus.« Dann machte er sich auf den Weg nach oben.

David blieb in der Diele stehen, bis er gehört hatte, wie sich die Schlafzimmertür hinter dem Arzt geschlossen hatte. Dann ging er in die Küche und setzte den Wasserkessel auf. Er schüttelte den Kopf. Er brauchte etwas anderes als eine Tasse Kaffee. Am besten wäre ein ordentlicher Schluck Whisky. Er ging zum Kühlschrank, nahm eine Dose Bier heraus, hob den Stuhl auf, den er umgeworfen hatte, setzte sich an den Tisch und nahm einen tiefen Schluck.

Plötzlich brach eine Flut von Empfindungen über ihn herein. Nichts von dem, was er in den letzten Monaten getan hatte, hatte so lebendige Erinnerungen an Rachel hervorgerufen. Nein, das stimmte nicht. Sie war ständig da, doch bisher waren es die glücklichen, sorglosen Erinnerungen an seine Frau gewesen, nie die schlimmen. Jetzt aber kamen die zahllosen Gelegenheiten hoch, bei denen er sie getröstet hatte, ihr sacht über die kurzen Stoppeln gestreichelt hatte, die alles waren, was von ihrem glänzenden braunen Haar geblieben war, während sie sich, vor Schmerzen gekrümmt, über die Schüssel neben ihrem Bett beugte. Wenn sie fertig war, hatte er sie vorsichtig gebettet und ihr das Gesicht mit einem Waschlappen abgewischt. Dann hatte sie tastend seine Hand gesucht, er hatte sie genommen und ganz zart gehalten, um ihrer empfindlichen Haut nicht noch mehr Schmerzen zuzufügen. Sie hatte die Augen aufgeschlagen und ihn genau so angestrahlt wie vor vielen Jahren in Oxford, als sie einander begegnet waren. Nie hatten ihre Augen diesen Glanz verloren. Nie, bis zu dem Tag, als sie –

Er hörte, wie sich die Küchentür öffnete. Er rieb sich die Augen, räusperte sich, um den Kloß im Hals loszuwerden, und sah Jasmine an. Ihm zulächelnd ging sie zum Wasserkessel.

»Es hat gerade erst gekocht«, sagte er mit immer noch erstickter Stimme.

Jasmine nickte, nahm eine Tasse und gab etwas Pulverkaffee hinein.

»Wie geht es ihr?« fragte er.

»Sie wird bald wieder auf den Beinen sein. Der Arzt hat ihr ein Schlafmittel gegeben. Er sagt, daß sie das ganze Zeug von selbst loswerden muß. Wie lange es dauert, weiß er nicht. Er meint, daß es eine ganze Weile in Anspruch nehmen kann.«

Sie goß heißes Wasser in ihre Tasse, zog sich einen Stuhl heran und setzte sich neben ihn.

»Fehlt Ihnen was?«

David schüttelte den Kopf.

»Sie sehen aus, als hätten Sie ein Gespenst gesehen.«

»Nein, mir fehlt wirklich nichts.«

»Vermutlich kann ich jetzt nicht mit ihr über das sprechen, wovon wir geredet haben.«

David lehnte sich zurück und schüttelte den Kopf. »Nein, das glaube ich auch nicht.«

Einen Augenblick lang schwieg Jasmine und schob ihre Kaffeetasse in Kreisen auf dem Tisch herum. »Darf ich Sie was fragen?«

»Ja« sagte er und nahm sein Bier.

»Sind Sie zufällig Arzt, Krankenpfleger oder so was?«

David, der gerade die Dose an den Mund gesetzt hatte, sah sie über deren Rand hinweg an. »Wieso?«

»Sie haben genau gewußt, was Sie da oben taten. Sie hatten es auch vorher gesagt. Ich hab von Anfang bis Ende zugeschaut. Sie haben das schon früher gemacht – und zwar oft, würde ich sagen. Wie kommt das?«

David sah sie unverwandt an.

»Sind Sie verheiratet?«

Er sagte nichts.

»Sie wollten nämlich gerade was über sich und jemand anders sagen, als wir uns vorhin unterhalten haben, unmittelbar bevor Jennifer zurückgekommen ist. Hängt das eine mit dem anderen zusammen? Ist das der Grund dafür, daß Sie jetzt so mitgenommen aussehen?«

Er sah durch das Fenster in die Dunkelheit.

»Wollen Sie darüber reden?« fragte sie ruhig.

Er sah sie wieder an und begann dann mit schwacher Stimme. »Ja, ich war verheiratet. Genau gesagt, achtzehn Jahre lang. Bis

April.« Er holte tief Luft. »Rachel« – er hielt inne und fuhr sich mit dem Handrücken über die Augen – »hatte Eierstockkrebs. Man hat ihn zu spät entdeckt, und sie wurde sechs Monate lang behandelt. Ich habe sie die ganze Zeit gepflegt –, niemand sonst, daher meine Erfahrung auf dem Gebiet. Im April ist sie dann gestorben.« Er sah wieder hinaus. »Jetzt kennen Sie David Corstorphines ganze Geschichte.«

Jasmine hatte sich die Hand vor den Mund geschlagen. »Ach du großer Gott, das konnte ich nicht ahnen, David. Es tut mir schrecklich leid. Ich wollte nicht...«

Er schüttelte den Kopf. »Nein, Sie können nichts dafür. Irgendwann hätte ich es Ihnen erzählt, aber ich war noch nicht soweit. Ich hatte die Gespenster der Vergangenheit noch nicht vertrieben. Deswegen habe ich auch diese Arbeit angenommen – um Abstand von allem zu gewinnen. Ich wollte nicht daran denken müssen, und schon gar nicht darüber reden.«

»Und da komm ich und trete mitten ins Fettnäpfchen. Das ist mir wirklich unangenehm. Ich wollte Sie nicht dazu drängen, das zu erzählen.«

Er lächelte. »Wissen Sie, Jasmine, Sie haben mir mehr geholfen als jeder andere Mensch. Das ist die reine Wahrheit. Sie und Benji. Sie haben mich genommen, wie ich bin, ohne ein einziges Mal zu fragen, woher ich komme oder was ich früher getan habe. Sie hätten mir keinen größeren Gefallen tun können. Das ist mein voller Ernst. Das Zusammensein mit Benji hat mir klargemacht, wie sehr mir meine eigenen Kinder fehlen.«

Jasmine ließ die Hände auf den Tisch fallen. Mit offenem Mund saß sie da. »Sie haben Kinder?« fragte sie ungläubig.

David nickte. »Drei. Sophie, Charlie und Harriet.«

»Aber wo *sind* die?«

»In der Schule.«

»Das dachte ich mir, aber wer kümmert sich sonst um sie?«

»Sie sind in einem Internat.«

»In einem Internat? Sie meinen, sie *wohnen* in der Schule?«

David nickte.

»Wollen Sie damit sagen, daß ihre Mutter im April gestorben ist und Sie die armen Kinder ins Internat gesteckt haben?« rief Jasmine. Sie schüttelte den Kopf und stand auf.

»Ja, aber –«

»Das ist ja …«, sie suchte nach dem richtigen Wort, »… unverzeihlich! Wie konnten Sie das tun? Wie alt ist denn eigentlich das jüngste?«

»Neun.«

»*Erst neun*? Jünger als Benji! *Neun Jahre.*«

»Hören Sie, Jasmine, vielleicht fällt es Ihnen schwer, es zu verstehen, aber sie waren schon im Internat, bevor ihre Mutter krank wurde, und als es darum ging, ob sie in ihrer bisherigen Schule bleiben oder in eine andere gehen sollten, die näher bei ihrem Zuhause liegt, haben die Kinder selbst entschieden, daß sie wieder dorthin zurück wollten. Immerhin haben sie all ihre Freunde dort, sie sind glücklich und in bester Obhut. Zwar hätte ich sie gern in meiner Nähe gehabt, aber ich habe mich ihrem Wunsch gefügt. Mich darüber hinwegzusetzen wäre grausam und selbstsüchtig gewesen.«

Mit verschränkten Armen sah ihn Jasmine mißtrauisch an.

»Schon möglich, aber ich verstehe nicht, wie Sie sich … hier mit Benji amüsieren konnten, während Ihre eigenen Kinder … irgendwo in einem Internat eingesperrt sind.«

Diese Äußerung traf einen Nerv. David sprang auf und schlug mit der Faust auf den Tisch.

»Das stimmt nicht, Sie tun mir damit unrecht! Ich liebe meine Kinder mehr, als Sie sich vorstellen können! Ich bin ständig in Kontakt mit ihnen, seit ich hier bin, und sie mit mir. Es geht Sie zwar nichts an, aber ich fliege Anfang Juli nach Schottland zurück, und wir machen dann gemeinsam Ferien. Eigentlich wollte ich nur für einige Tage in Amerika bleiben, aber dann ist mir klargeworden, daß ich nicht zurück konnte, weil …«

Er ließ sich wieder auf seinen Stuhl sinken. Der Zorn hämmerte gegen die Abwehrmauern, die bislang seinen Kummer und seine Qual in Schranken gehalten hatten.

»… weil mir klargeworden ist, daß ich ohne meine Frau einfach nicht zurechtkomme.«

Er gab sich die größte Mühe, seine Gefühle zu beherrschen, rieb sich die Stirn und drückte so kräftig, daß ihn der Schmerz ablenkte. Er holte tief Luft. »Es tut mir leid, Jasmine, ich wollte Sie nicht anschreien.«

Er hatte nicht gehört, daß sie aufgestanden war. Plötzlich aber spürte er ihre Hand auf der Schulter.

»Nicht Sie müssen um Entschuldigung bitten, sondern ich. Ich bin zu blöd, um alles zu verstehen, was in Ihrem Leben geschieht. Mir steht kein Urteil zu über das, was Sie tun oder lassen. Sie kennen und verstehen Ihre Kinder sehr viel besser als ich, und ich *weiß*, daß Sie sie mehr lieben, als ich es mir vorstellen kann. Es tut mir leid. Ich hätte meinen großen Mund halten sollen.«

David richtete sich auf und atmete nochmals tief durch. »Nein, Ihre Reaktion ist ganz verständlich. Es klingt ziemlich hart, wenn man das so unvermittelt hört. Und dann noch die kulturellen Unterschiede zwischen unseren beiden Ländern. Was sagt Ihr Amerikaner noch über uns Briten? Daß wir die Tiere zu Hause behalten und die Kinder in den Zwinger sperren?« Er stieß ein kurzes Lachen aus. »Ich kann keine Entschuldigung dafür anführen, Jasmine, aber ich glaube, Sie kennen mich gut genug, um mir abzunehmen, daß es für die Kinder unter den gegebenen Umständen wirklich das beste war.«

Die seufzte und setzte sich dann wieder schwer auf ihren Stuhl. »Ja. Ein wahrer Jammer, daß wir sie nicht kennenlernen können. Wie alt sind sie eigentlich?«

»Sophie wird demnächst sechzehn, Charlie ist zwölf, und Harriet – wie alt die ist, wissen Sie ja.«

Jasmine nickte. »Charlie ist zwölf. Tja, schade, daß er und Benji nicht zusammenkommen können.«

»Ja, die kämen sicher prima miteinander aus. Beide sind ungeheuer begeisterungsfähig. Der Haken ist, daß Charlie auf Schritt und Tritt Katastrophen auslöst. Das war auch der Grund für meine Überreaktion, als ich gesehen habe, daß Benji am Boden des Schwimmbeckens lag. Ich habe da Charlie gesehen, verstehen Sie?«

»Großer Gott, da müssen Sie ja einen fürchterlichen Schreck bekommen haben.«

David grinste. »Das können Sie laut sagen.«

Sie lächelte. »Und wohin wollen Sie mit ihnen in den Ferien?«

»Das weiß ich noch nicht. Das werden wir sehen, wenn ich zurück bin.«

Mit leuchtenden Augen sagte Jasmine. »Ich hab's! Holen Sie sie doch einfach hierher!«

»Was?«

»Ja, hierher, nach Amerika, nach Leesport! Warum wollen Sie mit ihnen woanders hin? Hier kennen Sie sich aus. Jetzt haben Sie uns und alle anderen Bekannten hier. Hier haben die Kinder Sonne, das Meer, das Schwimmbad und den Tennisplatz. Ihnen selbst würde das doch sicher auch großen Spaß machen.«

Lächelnd schüttelte David den Kopf. »Nein, Jasmine, ich glaube, das geht nicht.«

»Warum nicht? Sagen Sie mir *einen* einzigen Grund.«

»Weil ...«

»Ich weiß, was Sie sagen wollen. Weil niemand Genaueres über Sie weiß, keiner Ihre Geschichte kennt und Sie Ihre Privatsphäre schützen wollen. Ist das der Grund?«

»Ehrlich gesagt, ja.«

»In dem Fall ist Ihr Argument wertlos. Ich weiß Bescheid. Was noch?«

David zuckte die Achseln und kratzte sich am Kopf. »Ich weiß nicht, Jasmine. Vielleicht wäre es besser, wenn ich einfach hier Schluß mache und drüben wieder von vorn anfange.«

»Wäre es nicht«, sagte sie in so scharfem Ton, daß David zusammenzuckte. Sie nahm einen Bleistift vom Tisch, der zufällig dort lag, und rollte ihn zwischen ihren Fingern hin und her. »Hören Sie, David. Ich will Ihnen was sagen. In diesem Haus hat es nie soviel Glück und Gelächter gegeben, wie seit Sie hier sind. Wir möchten Sie wirklich so lange hier behalten wie nur möglich. Und das gilt nicht nur für mich und Benji.«

»Was wollen Sie damit sagen?«

»Ich war bei Jennifer, nachdem der Doktor fort war. Ich hab ihr die Schlaftablette gegeben, aber sie wollte nicht liegenbleiben, sondern hat immer wieder versucht, sich aufzusetzen. Sie war schrecklich benommen, doch immer wieder hat sie gefragt: ›Wo ist er, wo ist er?‹ Ich habe ihr gesagt, daß ich es nicht wüßte, weil ich annahm, daß sie Alex meinte. Dann aber hat sie den Kopf geschüttelt und gesagt: ›Wo ist David?‹. Ich hab ihr gesagt, daß Sie unten sind, und da hat sie sich auf ihr Kopfkissen gelegt und ist mit einem fröhlichen Lächeln eingeschlafen – einfach so.« Sie ließ den Bleistift auf den Tisch fallen. »Die Tablette kann auf keinen Fall so schnell gewirkt haben.«

Schweigend saß David da und sah sie an.

»In zwei Punkten haben Sie recht, David. Erstens können wir unmöglich Jennifer über Alex die Augen öffnen. Das geht uns nichts an. Der andere Punkt ist, nun ja, ich *bin* ihre beste Freundin. Ich kenne sie wie eine jüngere Schwester. Großer Gott, ich *behandele* sie wie eine jüngere Schwester! Nie im Leben wüßte ich, wie ich mit der Sache mit Alex umgehen soll, falls das rauskommt, und sie kann das auch nicht, schon gar nicht jetzt, wo sie krank ist. Ob es Ihnen paßt oder nicht, Sie haben sich einen Platz in unseren Herzen erobert. Bei Ihnen fühlen wir uns sicher. Was uns betrifft, sind Sie – was hat Jennifer noch gesagt? – ja, sie sind Superman! Durch Sie geschehen in diesem Haus Dinge, die hier nie zuvor geschehen sind. Wenn Sie jetzt verschwinden und auch Alex sich aus dem Staub machen würde, ich glaube, das ganze Schiff würde mit Mann und Maus untergehen.«

David schüttelte den Kopf. »Ich kann nicht auf alle Zeiten hierbleiben, Jasmine.«

»Das erwarte ich auch gar nicht. Mir ist klar, daß wegen der Kinder und allem anderen Ihr Lebensmittelpunkt in Schottland ist, aber wenn Sie die herbringen würden, könnten Sie auf jeden Fall ein oder zwei Wochen länger bleiben, und bis dahin ist die Angelegenheit zwischen Jennifer und Alex unter Umständen schon geklärt.« Sie legte ihre Hand auf seine. »Bitte, David, denken Sie darüber nach, und überlegen Sie, wieviel Spaß Ihre Kinder an einem solchen Urlaub hätten.«

Er gab zu bedenken: »Mein Häuschen ist nicht besonders groß.«

Jasmine lächelte zufrieden; sie merkte, daß sich die Waage auf ihre Seite neigte. »Das spielt doch keine Rolle! Für Kinder ist es ein Abenteuer, einmal nicht in richtigen Betten zu schlafen; das macht ihnen Spaß. Außerdem könnten sie jederzeit hier wohnen. Es würde Jennifer gar nichts –«

»Nein!« unterbrach David sie.

»Und warum um Himmels willen nicht?«

»Weil ich nicht möchte, daß noch jemand meine Vergangenheit kennt, deshalb.«

»Warum denn nicht?«

»Das würde, nun ja, das würde alles ändern. Es würde bedeuten ... daß die Leute über mich Bescheid wissen ... und damit konnte ich schon in Schottland nicht fertig werden. Es ist mir recht, wenn ich nichts weiter bin als David-der-Gärtner. Ich möchte nicht, daß man mich als David-dessen-Frau-vorkurzem-gestorben-ist kennt. Verstehen Sie, was ich meine?«

Jasmine zog die Augenbrauen hoch.

»Ich weiß, daß es einen ziemlich unaufrichtigen und befremdlichen Eindruck macht, aber so ist es nun mal. Ich verspreche Ihnen, ich sage Jennifer Bescheid, wenn die Kinder kommen, und auch allen anderen, aber erst, wenn ich den Zeitpunkt für gekommen halte.« Er lächelte sie an. »Ohnehin wollte ich es Ihnen zuerst sagen. Nur sind Sie eher dahintergekommen, als ich es freiwillig gesagt hätte.«

Jasmine nickte. »Und wann können die Kinder kommen?«

»In etwa zwei Wochen.«

Die Begeisterung kehrte in Jasmines Augen zurück. »Ausgezeichnet! Ich könnte Ihnen helfen, ein paar Betten in Ihrem Haus aufzustellen. Ich kann es gar nicht erwarten, die Kinder kennenzulernen! Und überlegen Sie nur, wieviel Spaß wir mit Benji, Dodie und allen anderen haben werden.« Plötzlich richtete sie sich kerzengerade auf. »Dabei fällt mir ein – wo ist die überhaupt?«

David schlug sich an die Stirn, weil auch er nicht mehr an den Pudel gedacht hatte. Er sprang auf und sah sich in der Küche um, wobei er Dodie aufstörte, die außer Sichtweite auf einem der Sitzsäcke vor dem Fernseher gelegen hatte. Sie reckte den wolligen Kopf und gähnte laut.

»Immer ganz in der Nähe«, sagte er lachend. Er steckte die Hände in die Taschen und drückte den Rücken durch. Mit einem Mal war er entsetzlich müde. »Ich glaube, ich geh jetzt nach Hause, Jasmine.« Er legte ihr die Hand auf die Schulter. »Vielen Dank für das Gespräch und für den glänzenden Einfall – und auch für Ihre Freundschaft. Ich weiß das zu würdigen.«

Jasmine tätschelte seine Hand auf ihrer Schulter. »Ganz meinerseits, David.«

Er pfiff Dodie, und Jasmine sah ihm nach, wie er durch die Küche zur Hintertür ging. »Kommen Sie morgen wie immer?«

»Natürlich«, sagte David und trat mit einem flüchtigen Winken gemeinsam mit Dodie in die Wärme der Nacht hinaus.

KAPITEL 26

Da Benji bei Sean übernachten durfte, womit ihm zugleich sein glühender Wunsch erfüllt wurde, zu Fuß zur Schule zu gehen, mußte David am nächsten Morgen nicht ganz so früh aufbrechen wie sonst. So beschloß er, die verfügbare Zeit zu nutzen, um Vorbereitungen für den Besuch der Kinder zu treffen. Nachdem er die Fluggesellschaft in Glasgow angerufen und den Flug für sie gebucht hatte, kam ihm der Gedanke, er könne vielleicht ein wenig voreilig gehandelt haben, denn er hatte noch nicht mit den Kindern gesprochen. Also rief er im Internat an.

Mr. Hunter begrüßte sein Vorhaben und erklärte, eine Reise nach Amerika wäre für alle drei ein herrliches Erlebnis und eine wohlverdiente Belohnung, ganz besonders für Sophie, die in den vergangenen Monaten wirklich ernsthaft gearbeitet habe, so daß er sich über das Ergebnis ihrer Abschlußprüfung nicht die geringsten Sorge mache. David hörte, wie er die Sekretärin bat, die Kinder in sein Arbeitszimmer zu holen. Während sie sich aufmachte, erklärte ihm der Schulleiter begeistert, alles stehe zum besten, und es sei erfreulich, wie sich die drei hielten. Ebenso erfreulich aber sei auch die außerordentliche Art und Weise, in der ihnen ihre Freunde beistanden. Gerade, als er sich über Charlies jüngste Bemühungen auf dem Cricketplatz auslassen wollte, hörte David im Hintergrund die Stimmen seiner Kinder.

»So, Mr. Corstorphine, da sind sie. Ich schalte den Lautsprecher ein, damit alle drei Sie hören können.« Es klickte in der Leitung.

»Hallo, ihr drei.«

»Hallo, Papa!«

David lächelte, als er die vertraute Begeisterung in ihren Stimmen hörte.

»Na, wie sieht's bei euch aus?«

»Toll! Prima!« ertönte es von Charlie und Harriet wie aus einem Munde.

»Ist bei dir alles in Ordnung, Papa?« fragte Sophie. In ihrer Stimme schwang Besorgnis mit.

»Ja, mein Schatz. Es könnte gar nicht besser sein! Der Grund, warum ich anrufe, ist folgender: Ihr wißt ja, daß ich in meinen Briefen immer gesagt habe, wir würden gemeinsam in die Ferien fahren, wenn ich nach Hause komme?«

»Ja«, antworteten alle drei.

»Nun, jetzt habe ich mir überlegt, daß es doch eigentlich sehr schön wäre, wenn ihr alle hierher kämt.«

»Was, nach Amerika?« stieß Charlie atemlos hervor.

»Ja, nach Amerika.«

»Mann! Das ist ja *toll*. Gibt es da, wo du bist, Cowboys und so?«

David lachte. »Hier leider nicht, Charlie. Ich bin auf Long Island. Das liegt an der Ostküste, ganz in der Nähe von New York. Bestimmt zeigt eure Erdkundelehrerin euch das auf der Karte, wenn ihr sie darum bittet.« Er schwieg eine Weile. »Na, was haltet ihr von meinem Vorschlag?«

»Wärest du denn auch da, Papa?« fragte Sophie unsicher. »Ich meine, du würdest dann doch nicht die ganze Zeit arbeiten, oder?«

»Nein, überhaupt nicht. Das wären *unsere* Ferien. Ich sag euch, hier kann man unglaublich viel unternehmen: Schwimmen, Tennis, Windsurfen.«

»Ich hab meinen Badeanzug nicht hier«, meldete sich Harriet enttäuscht.

»Zerbrich dir darüber nicht den Kopf, Liebes! Ich muß sowieso noch mit eurer Oma telefonieren, da kann ich ihr gleich sagen, daß sie euch alles, was ihr braucht, in die Schule schicken soll. Na, seid ihr einverstanden?«

»Jaa!« hörte er Charlie und Harriet.

»Sophie? Und du?«

»Ja«, antwortete Sophie. Auch in ihrer Stimme lag jetzt eine Spur Vorfreude. »Das wäre sicher sehr schön.«

»In dem Fall kann ich euch ja sagen, daß ich den Flug für euch bereits gebucht habe. Ich werde Mr. Hunter bitten, daß er für einen Wagen sorgt, der euch zum Flughafen bringt, und am New Yorker Flughafen hole ich euch ab. Ist das nicht aufregend! Ich kann es gar nicht erwarten, euch alle wiederzusehen! Aber jetzt solltet ihr euch wohl besser mit dem beschäftigen, was noch ansteht, in Ordnung?«

»In Ordnung, Papa! Wir sehen uns in Amerika!«

Eine kurze Pause trat ein. Nachdem die Kinder weg waren, knackte es wieder in der Leitung, und Mr. Hunter meldete sich erneut. »Nun, eine bessere Aufnahme Ihres Vorschlags hätten Sie sich gar nicht wünschen können.«

»Bestimmt nicht! Allerdings ist mir Sophie irgendwie ein wenig unsicher vorgekommen.«

»Ihr geht es gut, Mr. Corstorphine, glauben Sie mir. Vielleicht hat ihr lediglich die Bestärkung durch Sie gefehlt, denn sie ist mit sehr zufriedenem Gesicht hier rausgegangen.«

»Gott sei Dank. Mr. Hunter, ich wäre Ihnen wirklich überaus dankbar, wenn Sie für einen Wagen zum Flughafen sorgen könnten. Ich habe einen Flug am ersten Juli gebucht... Wissen Sie was, am besten faxe ich Ihnen alle Angaben durch. Das dürfte am einfachsten sein.«

»Sehr schön. Ich werde dann alles veranlassen. Ich hoffe, daß Sie schöne Ferien miteinander verbringen, denn das ist wohl genau das, was Ihre Kinder brauchen.«

»Ja, das können wir *alle* brauchen. Noch einmal vielen Dank, Mr. Hunter.«

David drückte auf den Trennknopf und wählte ohne aufzulegen gleich die Nummer seiner Eltern. Seine Mutter meldete sich, und er hörte an ihrer Stimme, daß es ihr gutging, etwas, das in den vergangenen Monaten so sehr gefehlt hatte. Sie war von der Ferienreise nach Amerika ebenso begeistert wie die Kinder und sagte tatsächlich: »Ich freue mich wie ein Schneekönig.« Sie meinte, daß sich die Dinge im Augenblick zum Besseren zu wenden schienen. So habe sein Vater in den vergangenen zwei Wochen nicht ein einziges Mal in die Firma fahren müssen, weil Duncan ihn ständig zuverlässig über alles auf dem laufenden gehalten und sich ziemlich häufig sogar die Zeit genommen habe, nach Inchelvie House zu kommen, um ihm persönlich Bericht zu erstatten. Auf ihre Frage, wann er denn zurückkommen werde, erklärte er, das wolle er sich noch offenhalten, vermutlich aber mit den Kindern Anfang August. Er bat sie noch, die Reisepässe der Kinder aus seinem Haus zu holen und ihnen zusammen mit sommerlicher Kleidung in die Schule zu schicken. Zum Schluß sagte seine Mutter ihm noch im Scherz, seine Art zu sprechen klinge schon ein wenig amerikanisch.

Gelöst und froh fuhr er zur Barker Lane, nicht nur, weil er an das Wiedersehen mit den Kindern dachte und alles so erfreulich klang, was er von seiner Mutter gehört hatte, sondern auch, weil er erleichtert war, daß Jasmine jetzt sein Geheimnis kannte. Es war, als wäre eine große Last von ihm abgefallen – zumindest ihr gegenüber mußte er nicht mehr darauf achten, sich auf keinen Fall zu verplappern, ihr gegenüber brauchte er sich nicht mehr zu verstellen.

Als er in die Küche kam, sah er, daß sie gerade ein Frühstückstablett für Jennifer fertigmachte. »Es ist alles geregelt!« sagte er fast triumphierend und goß sich eine Tasse Kaffee ein. »Am ersten Juli kommen die Kinder.«

Jasmine umarmte ihn. »Ach, David, das ist ja wunderbar!« Dann begann sie sofort zu organisieren: »Sobald hier alles wieder seinen Gang geht, helfe ich Ihnen, Klappbetten und Schlafsäcke aufzutreiben. Ich weiß genau, daß wir irgendwo auf dem Dachboden so was haben.«

David lächelte über ihre Begeisterung. »Das wäre wirklich eine große Hilfe.« Er nahm einen Schluck Kaffee. »Und wie geht es der Patientin heute morgen?«

»Viel besser. Sie kann schon im Bett sitzen. Ich hab vorsichtshalber im Nebenzimmer geschlafen, für den Fall, daß sie mich brauchen würde. Einmal ist sie aufgestanden, aber sonst habe ich nichts gehört, und ich bin ziemlich sicher, daß sie durchgeschlafen hat. Vorhin hat sie gesagt, sie will vielleicht im Lauf des Vormittags aufstehen, aber ich finde, sie soll bleiben, wo sie ist. Ich hab ihr erklärt, wenn sie sich hier unten zeigt, hätte ich sie, ehe sie sich's versieht, die Treppe wieder raufgejagt.«

Sie lachte und gab ihm das Tablett, auf dem Tee, Toast und Orangenmarmelade standen. »Ich wollte das gerade raufbringen, aber sie will Sie sowieso sehen. Da können wir ja zwei Fliegen mit einer Klappe schlagen, finden Sie nicht auch – Herr Pfleger?«

Sie zwinkerte ihm zu, und er ging nach oben und schüttelte den Kopf über ihren Scherz.

Das Tablett auf einer Hand balancierend, klopfte er an die Zimmertür und hörte eine gemurmelte Antwort. Als er eintrat, sah er, daß Jennifer, die ein kurzärmeliges weißes Baumwollnachthemd trug, etwas unter die Bettdecke steckte und ihn schuldbewußt errötend ansah, wie ein ertapptes Kind.

Sie seufzte erleichtert. »Gott sei Dank, Sie sind es!« Sie holte eine Klarsichthülle unter der Bettdecke hervor. »Ich hatte schon gedacht, es wäre Jasmine. Sie hätte mir eine ordentliche Standpauke gehalten, wenn sie mich damit erwischt hätte.«

David lachte und trat mit dem Tablett neben das Bett. »Wo soll ich das hinstellen?«

»Augenblick«, sagte Jennifer, deren dunkles Haar von den bleichen Wangen abstach, und schlug das Laken zurück. »Ich will das nur rasch in die Aktentasche stecken.« Auf allen vieren krabbelte sie auf dem Doppelbett zu ihm hinüber und grinste spitzbübisch. »Ich bin in aller Herrgottsfrühe runtergeschlichen und hab mir das geholt. Verbotenerweise. Richtig ungezogen, was?«

David legte ihr das Tablett auf die Knie. »Und wie geht es Ihnen jetzt?«

»Ganz gut. Noch ein bißchen benommen, aber die Kopfschmerzen haben aufgehört, und zum Glück habe ich mich auch nicht mehr übergeben müssen.« Sie nahm eine Scheibe Toast und biß hinein.

»Das höre ich gern.« Er wandte sich zum Gehen. »Nun, ich mache mich dann besser an die Arbeit.«

»Aumbli'!« stieß Jennifer hervor, den Mund voll trockenem Toast. Sie schluckte. »Könnten Sie noch einen Augenblick bleiben? Ich würde gern mit Ihnen reden.«

Er blieb stehen und kratzte sich unentschlossen am Hinterkopf. »Ja, warum nicht?«

Sie klopfte auffordernd neben sich auf das Bett. David setzte sich, und Jennifer goß sich eine Tasse Tee ein. Sie sah einen Augenblick gedankenverloren auf das Tablett.

»David«, sagte sie schließlich. »Ich ehm...« Sie stieß ein kurzes, verlegenes Lachen aus. »Ich weiß gar nicht, was ich sagen will... das heißt... ich weiß es schon. Ich möchte sagen... was Sie gestern abend getan haben... gehört zum Warmherzigsten, was je ein Mensch für mich getan hat.« Sie sah ihn kurz an, wobei ein Lächeln auf ihre Züge trat, dann senkte sie den Blick wieder auf das Tablett. »Dafür möchte ich Ihnen danken.«

Sie holte tief Luft. »Ich weiß, daß ich der Sache damit nicht gerecht werde, aber –«

»Ich bitte Sie, es war doch nichts weiter«, fiel ihr David ins Wort. »Wir haben uns alle ziemliche Sorgen um Sie gemacht. Wahrscheinlich hat Jasmine recht. Sie sollten einfach einen oder zwei Tage lang ausspannen.«

Jennifer nickte. »Das werde ich auch tun.« Sie nahm einen Schluck Tee, stellte dann das Tablett beiseite und fuhr fort: »Jetzt weiß ich wieder, worüber ich mit Ihnen sprechen wollte. Benjis Lied. Jasmine hat gesagt, daß es ausgezeichnet ist.«

»Wieso wissen Sie schon davon?«

»Ich hab noch schnell in Benjis Zimmer vorbeigeschaut, als ich die Aktentasche geholt habe, aber er war nicht da. Also hab ich Jasmine gefragt. Sie hat mir gesagt, daß er bei Sean übernachtet, und mir die ganze Geschichte mit dem Lied erzählt. Wie haben Sie das nur geschafft?«

»Eigentlich habe ich gar nichts damit zu tun! Benji hat es geschrieben und gespielt, und Gerry hat es ein bißchen arrangiert. Dabei haben ihm diese verrückten Iren von Dublin Up geholfen. Ich habe mich eigentlich nur im Aufnahmestudio herumgedrückt und bin mir dabei ziemlich überflüssig vorgekommen.«

»Ach, Unsinn! Das ist genau wie beim Tennis. Diese schottische Bescheidenheit regt mich auf! Ich will Ihnen sagen, was Sie erreicht haben, obwohl Sie es verdammt noch mal selbst wissen. Es ist für Benji ungeheuer wichtig, daß er bei seinen Freunden wieder Ansehen genießt – und das haben Sie eingefädelt, stimmt doch?«

David verdrehte die Augen. »Hören Sie, Ihnen geht es nicht gut. Sie sollten sich da nicht so hineinsteigern –«

»Der Teufel soll Sie holen, Sie herablassendes Ungeheuer!« Mit einem Aufschrei riß sie ein Kissen hinter ihrem Rücken hervor und schlug es ihm um die Ohren. »Versuchen Sie nicht, das Thema zu wechseln! Los, Sie, SAGEN SIE ES!«

»Ich ergebe mich!« rief David und tat so, als müsse er sich gegen die kraftlosen Hiebe verteidigen, die jetzt auf ihn herabhagelten. »Ich gebe alles zu!«

»Dann ist es ja gut«, sagte Jennifer ruhig. Sie lehnte sich zurück, vor Anstrengung keuchend, das Kissen aber noch in Bereitschaft. »Das war doch nicht schwer, oder?« Sie richtete sich entschlossen auf. »Aber ich glaube, Sie brauchen sicherheitshalber noch einen.« Gerade als das Kissen David am Kopf traf, öffnete sich die Tür, und Jasmine kam herein.

»Was zum Teufel soll der Krach –? Was treibt ihr beide hier eigentlich?«

Während Jennifer rasch wieder unter die Decke schlüpfte, versetzte Jasmine David tadelnd eine Kopfnuß.

»Ist das eine Art?« schimpfte sie, Jennifer wie eine Glucke umsorgend. Sie zog ihr die Bettdecke bis zum Kinn und strich sie glatt. »Kaum lasse ich Sie eine Minute allein, schon übertreiben Sie es. Sie, David, wissen doch, wie elend ihr gestern war, da sollten Sie sie wirklich nicht auch noch bestärken.« Sie richtete sich auf und sah in die grinsenden Gesichter der beiden.

»Soll nicht wieder vorkommen, Frau Lehrerin«, sagte David mit Piepsstimme.

Jetzt war es mit Jennifers Beherrschung vorbei. Und auch Jasmine kostete es große Mühe, nicht in ihr Lachen einzustimmen, und sie konnte ein Schmunzeln nicht unterdrücken. Dann platzten alle drei vor Lachen heraus.

»Schon gut, aber jetzt ist Schluß!« sagte Jasmine und wischte sich eine Träne aus dem Augenwinkel. Sie legte David eine Hand auf die Schulter. »Und Sie – raus hier!« Sie schob ihn zur Tür hinaus. Dann kam sie wieder ins Zimmer und sah Jennifer tadelnd an.

»Und Sie ruhen sich jetzt aus, verstanden? Daß Sie mir auf keinen Fall aufstehen.«

David steckte den Kopf noch einmal zur Tür herein und zwinkerte der eingemummelten Gestalt im Bett zu. »Und auch unter der Bettdecke wird nicht wieder herumgewühlt!«

Wieder platzte Jennifer fast vor Lachen. Jasmine schob ihn in den Gang zurück und machte dann die Tür von außen zu. »Was hat das zu bedeuten?« wollte sie von ihm wissen.

»Eines Tages kommt alles ans Licht«, sagte er geheimnisvoll, legte ihr den Arm um die Schulter.

Jasmine schüttelte ihn ab und schlug ihm kräftig auf den Arm. »Ach, Sie! Ich weiß wirklich nicht, ob ich Sie noch leiden kann! Sie sind mir viel zu munter!«

KAPITEL 27

Nach lediglich drei Tagen des Umsorgtwerdens war Jennifer nach Jasmines Überzeugung soweit wiederhergestellt, daß sie aufstehen durfte. Kurz zuvor hatte Jasmine beim Bettenmachen, während Jennifer ein Bad nahm, die versteckte Aktenmappe gefunden. Sofort hatte Jasmine sie in der Küche in Sicherheit gebracht, obwohl Jennifer aufbegehrte, sie werde wie eine Zehnjährige behandelt.

Auch David entging Jasmines herrisches Gehabe nicht, was ihn insgeheim belustigte. Sie hatte ihm untersagt, Jennifer zu besuchen, wenn sie nicht dabei war – weniger, weil sie annahm, er sei schlecht für ihre Gesundung, wohl aber, weil er ihrer Meinung nach mit Jennifer unter einer Decke steckte und die Aktentasche ins Schlafzimmer geschmuggelt hatte.

Am Samstag aber wurden alle Verbote aufgehoben, und nicht nur gab die »Chefin« in der Küche Jennifer in einer feierlichen Zeremonie ihre Aktentasche zurück, sie erteilte ihr auch ausdrücklich die Erlaubnis, sich mit deren Inhalt zu beschäftigen. Allerdings hatte Jennifer so recht keine Lust, sich gleich wieder auf das Projekt zu stürzen, und verschob das auf Montag, den Tag, an dem sie ohnehin wieder ins Büro gehen würde. Diese Unlust hing teils mit ihrer Krankheit und der dadurch erzwungenen Pause zusammen, teils aber auch damit, daß Benji zu Hause war und sie sich das ganze Wochenende ihm widmen konnte. Sie ruderte mit ihm hinaus in die Bucht, sah vom Ufer aus seinen immer besser werdenden Versuchen im Windsurfen zu und hörte sich selbstverständlich immer wieder »das Lied« an. Jedesmal erklärte ihr Benji jeden einzelnen Ton, der von Gerry zusätzlich hineingemischt worden war.

Vor allem aber genoß sie Davids Anwesenheit. Anfänglich konnte sie sich das nicht einmal selbst erklären, doch als sie am Samstag nachmittag auf dem Tennisplatz oben auf der Schiedsrichterleiter saß und mit lauter Stimme das Spiel kommentierte – wobei sie immer wieder ihren Sohn bevorzugte und sich halb totlachte, als sich David wie McEnroe beschwerte, daß er benachteiligt wurde –, ging ihr auf: Genau das hatte sie mit Alex immer gewollt. So sah Familienleben aus, das Glück des Beisammenseins. Einen Augenblick lang wünschte sie, Alex könne dasein, doch dann begriff sie mit einem leichten Schuldgefühl, daß Alex' Gegenwart wohl eher dämpfend wirken würde. Zweifellos würde sich David in dem Fall als Störenfried sehen, und falls sie auf seinem Bleiben bestünde, könnte ihr das Alex leicht übelnehmen.

Mit Jasmines Einverständnis bereitete sie am Abend für den folgenden Tag ein Grillfest vor, mit dem sie vor allem Gerry Reilly für seine Unterstützung danken wollte. Da die Dublin Up, wie sich herausstellte, mit der Aufzeichnung ihres Albums noch nicht fertig waren, wurde die Einladung zu Benjis großer Freude auf die Gruppe mit ausgedehnt. Für ihn eine willkommene Gelegenheit, seinen Ruf in der Schule noch mehr zu festigen, und so lud er die Hälfte seiner Klassenkameraden mit ein.

Es war ein ausgesprochen gelungener Nachmittag. Zu dem Spaß, den Jennifer daran hatte, trug außerdem mit bei, daß sie endlich etwas entdeckt hatte, was David nicht im geringsten konnte. Seine Grillversuche endeten in einem kompletten Fiasko, und Benji und seine Schulkameraden verbrachten eine ganze Weile damit, verbrannte Hamburger wie Frisbees über das Wasser zu schleudern. So beharrlich weigerte sich David, seinen Posten am Grill zu räumen – »beim nächsten Mal krieg ich das hin«, sagte er immer wieder –, daß Jennifer, mit Grillspieß und Pfanne bewaffnet, ihn schließlich von dort vertreiben mußte. Nachdem Jasmine mit Jennifers Unterstützung die Sache in die Hand genommen hatte, geriet alles aufs beste. Nicht nur hielt Jennifer die Flammen mit dem Gartenschlauch im Zaum, sie wehrte auch Davids heimliche Versuche ab, sich erneut des Grills zu bemächtigen.

Man feierte bis in den frühen Abend hinein. Es gab erbitterte Doppel, man tobte im Schwimmbecken herum und spielte mit vollem Einsatz Fußball. Dabei tat das Alter wenig zur Sache: Erwachsene spielten in derselben Mannschaft wie Kinder, Kinder besiegten Erwachsene, und jede Mannschaft kämpfte mit gnadenlosem Ehrgeiz, wobei sich vor allem die Großen hervortaten. In den Pausen lagerten alle faul auf dem Rasen und den Liegestühlen am Pool.

Nur ein einziges Mal war Jennifer ein wenig beunruhigt. Eine von Benjis Klassenkameradinnen himmelte offensichtlich den Lead-Gitarristen der Dublin Up an, der in seinem Liegestuhl lag. Das Mädchen hatte sich auf seinen Schoß gesetzt und wollte wissen, warum seine Zigarette so sonderbar aussah und so merkwürdig roch. Glücklicherweise löschte der junge Mann die Zigarette zwischen Daumen und Zeigefinger und klemmte sie sich hinter das Ohr, bevor Jennifer als Gastgeberin einschreiten mußte. Um seine junge Verehrerin von weiteren mißliebigen Fragen abzuhalten, hob er sie hoch und warf sie mit Schwung in den Pool.

Als sich Benji an der Haustür überschwenglich von den letzten seiner Freunde verabschiedete und das letzte Auto über die Auffahrt entschwand, ging Jennifer langsam in den Garten zurück, um ein Hemd zu holen, das auf dem Rasen liegengeblieben war. Sie lief ans Ufer, stellte sich auf den hölzernen Landesteg, lauschte dem Zirpen der Grillen in der Abendstille und sah die letzten Strahlen der untergehenden Sonne auf den gekräuselten Wellen rosa schimmern.

Das ist das vollkommene Ende eines vollkommenen Tages, dachte sie. Nein, es war nicht nur dieser Tag. Seit Jahren hatte sie keine gelösteren und glücklicheren Momente erlebt als an diesem Wochenende, und eigentlich – sie verbot sich, in dieser Richtung weiterzudenken, weil sie nicht sicher war, ob sie sich das eingestehen konnte, ach was, warum nicht – waren es auch die *vertrautesten* gewesen. Mit einem Mal überlief es sie trotz des warmen Abends kalt. Mit geschlossenen Augen sog sie den berauschenden Duft der Kiefern ein, der sich mit dem des Salzwassers vermischte. Ohne auf die Mücken zu achten, die sich wie wild auf ihre Fußgelenke stürzten, lief sie barfuß über gewundene Wege und den Rasen zum Haus zurück – im Takt eines Liedes, dessen Refrain sich in ihrem Kopf festgesetzt hatte.

Welch vollkommener Tag
Wie schön, daß wir ihn gemeinsam erlebten
Ein vollkommener Tag
Ich komme nicht von dir los
Ich komme einfach nicht von dir los

Als David am nächsten Morgen eintraf, war Jennifer schon nach New York aufgebrochen – zögernd, wie Jasmine voll Freude bemerkt hatte. Während die neue Woche Jennifer mit Schwermut erfüllte, löste sie bei den anderen im Haus Newman begeisterte Geschäftigkeit aus, und David begann mit Jasmine Pläne für die bevorstehende Ankunft der Kinder zu schmieden.

Es ärgerte Benji sichtlich, daß die beiden heimlich miteinander tuschelten, und so beschloß David, ihn schon früh in den Plan einzuweihen. Als sie nach der Schule zu dritt um den Küchentisch saßen, erzählte David ihm die ganze Geschichte mit Rachel und den Kindern und dem geplanten Besuch.

Anfangs stand Benji dem Vorhaben mit gemischten Gefühlen gegenüber. Er konnte nicht glauben, daß David selbst Kinder hatte, ohne jemandem ein Sterbenswörtchen davon zu sagen, und es regte sich in ihm ein gewisser Groll bei der Vorstellung, daß sie nach Amerika kommen und David seine ganze Zeit mit ihnen statt mit ihm verbringen würde. Er verstand außerdem nicht, warum David seiner Mutter nicht sofort davon berichten wollte, denn er war *sicher*, daß sie die Neuigkeit von Davids Kindern verblüffen und erfreuen würde.

David erklärte ihm, daß er selbstverständlich Jennifer einzuweihen gedachte, aber den richtigen Moment abpassen wollte. Benji schien es zu bedrücken, daß er seine Mutter nicht selbst aufklären durfte, aber als Jasmine zufällig Charlies Alter erwähnte, hellten sich die Züge des Jungen schlagartig auf.

»Zwölf ist er?«
»Ja.«
»Das heißt, fast so alt wie ich?«
»Ein bißchen älter wohl.«
»Glaubst du, daß wir Freunde werden könnten, David?«
»Ganz sicher.«
»Toll! Wann kommt er?«
»Nächste Woche Donnerstag.«
»*Phan-ta-stisch*!!«

Damit war Benji für den Plan gewonnen. Von da an suchte er ebenso eifrig wie David und Jasmine auf dem Dachboden nach Schlafsäcken und hielt Ausschau nach den Klappbetten und dem Zelt. Jasmine hatte erklärt, David solle sicherheitshalber auch das Zelt mitnehmen, für den Fall, daß sich sein Häuschen für den Andrang als zu klein erwies.

Schon ziemlich bald merkte David, daß es nicht ausreichen würde, sich bei den Vorbereitungen ausschließlich auf Jasmine zu stützen, schon gar nicht, wenn Jennifer und Alex im Haus waren. Außerdem wollte er, daß sich seine Kinder in Leesport frei bewegen konnten, kommen und gehen, wie es ihnen beliebte. Wenn er einige seiner anderen Bekannten ins Vertrauen zog, hätten die Kinder jederzeit die Möglichkeit, bei ihnen vorbeizuschauen oder, falls nötig, Zuflucht bei ihnen zu suchen. Daher rief er sowohl Gerry Reilly an als auch Billy, den spaßigen jungen Mann von der Imbißstube. Nach Feierabend ging er zu Clive und Dotti. Während er Gerry und Billy die Situation lediglich in groben Zügen geschildert hatte, berichtete er Clive die ganze Geschichte. Der war so davon gerührt, daß er sich immer wieder die Augen mit einem großen Seidentaschentuch betupfte.

In der Nacht vor der Ankunft seiner Kinder hätte man glauben können, das Schuljahresende stünde David bevor. Immer wieder wurde er wach, sah auf den Wecker und überlegte, in wie vielen Stunden er würde aufstehen müssen, rechnete aus, wo die Kinder inzwischen wohl sein mochten. Als er um sechs Uhr das Gefühl hatte, daß er doch nicht wieder würde einschlafen können, sprang er aus dem Bett, duschte, zog sich rasch an und machte mit Dodie einen Spaziergang zum Bootshafen. Dort schlug er die Zeit tot, indem er sich auf einen Steg stellte und zusah, wie sich die Sonne östlich von Fire Island über dem Horizont erhob. Er wollte erst umkehren, wenn sie ganz über den fernen Sanddünen zu sehen war.

Nachdem er sein frugales Frühstück mit Dodie geteilt hatte, kontrollierte er ein letztes Mal seine Vorräte, ob er auch an alles gedacht hatte, was seine Kinder gern aßen, stellte mit einem letzten prüfenden Blick fest, daß alle Betten bereit und gemacht waren – zwei auf der Veranda und das andere in der Ecke des Wohnzimmers neben dem Schreibtisch. Dann schloß er das Haus ab und fuhr zur Tankstelle, um genug Benzin für den Weg zum Flughafen und zurück zu haben.

Als er kam, warteten Benji und Jasmine schon vor der Haustür. Sie hielten ein altes Bettlaken hoch, auf dem in großen schwarzen verschmierten Buchstaben zu lesen war: WILLKOMMEN SOPHIE, CHARLIE UND HARRIET!

»Wir hängen es vor deinem Haus auf, damit sie es sehen können, wenn sie kommen«, sagte Benji und warf einen bewundernden Blick auf sein Werk. »Wie findest du es?«

»Ein wirkliches Kunstwerk, Benji!« rief David und betrachtete das Transparent wie einen van Gogh. »Damit fangen für die drei die Ferien überhaupt erst richtig an.«

»So, Benji«, sagte Jasmine. »Jetzt wollen wir das aber wegtun, bevor es schmutzig wird.« Während sie das Transparent zusammenlegte, fragte sie David: »Eine Tasse Kaffee, bevor Sie fahren?«

»Nein, vielen Dank. Ich habe reichlich Zeit und kann am Flughafen eine Tasse trinken, falls ich zu früh da bin. Bei diesen Transatlantikflügen weiß man nie: Manchmal kommen sie eine ganze Stunde früher als vorgesehen.«

»Wann soll die Maschine denn landen? Nur damit ich weiß, wann ich bei Ihnen sein muß.«

»Um zehn nach zwölf. Aber die Kinder müssen ja auch noch durch die Paßkontrolle und ihr Gepäck holen. Ich kann mir nicht vorstellen, daß wir vor Viertel vor eins aus dem Flughafen heraus sind. Um diese Zeit dürfte auf der Schnellstraße nicht viel Verkehr sein – ich denke also, daß wir um Viertel vor drei hier sein werden.«

»Schön. Wir werden um halb drei dasein.« Sie machte eine Pause und lächelte ihm zu. »Sind Sie aufgeregt?«

Er nickte. »Und wie.«

»Dann lassen Sie sich jetzt nicht länger aufhalten! Bis später – und hoffentlich klappt alles. Ich hab richtig Lampenfieber!«

»Geht mir genauso«, sagte er lachend, während er zum Wagen ging.

Wie sich herausstellte, war es gut, daß er sich für die Fahrt zum Flughafen soviel Zeit genommen hatte. Ein Unfall auf der Schnellstraße hatte einen Stau verursacht, der sich bis zur Anschlußstelle in Malverne hinzog. Eine volle Stunde lang war er keinen Meter vorangekommen und hatte abwechselnd ungeduldig mit den Fingern auf das Lenkrad getrommelt und auf die Uhr gesehen, während sich Dodie ein Vergnügen daraus machte, unaufhörlich den bärtigen Fernfahrer anzuknurren, dessen Schwerlaster sich auf der Nebenspur zentimeterweise voranschob.

Bis er einen schattigen Parkplatz in der Nähe des Abfertigungsgebäudes gefunden hatte, war es knapp Viertel nach elf. Er kurbelte die Scheiben ein paar Zentimeter herunter und schloß das Verdeck. Dodie, die er im Wagen ließ, mochte sich am Lenkrad gütlich tun. Dann rannte er zum Flughafengebäude. Er drängte sich durch die Menge, die in Schlangen vor den Abfertigungsschaltern stand, sah auf die Anzeigetafel und merkte dabei, daß er sich im Stockwerk für Abflüge befand. Er sah sich um, ob irgendwo ein Schild war, das ihm zeigte, wie er zur Ankunftshalle kommen könnte, und fand es schließlich. So schnell es ging, arbeitete er sich durch das Gedränge und eilte eine Treppe hinauf, wobei er immer zwei Stufen auf einmal nahm.

Zwar herrschte in der Ankunftshalle weit weniger Betrieb als unten, doch wartete vor dem Gitter zur Zollabfertigung schon eine ganze Menschentraube auf die ersten ankommenden Passagiere. Als David klar wurde, daß die Kinder ja noch durch die Paßkontrolle und den Zoll mußten, ging er zu einer Kaffeebar, wo er eine Tasse schwarzen Kaffee und Gebäck bestellte. Er zog sich einen Barhocker heran, setzte sich und behielt die Türen im Auge, durch welche die Kinder kommen mußten.

Drei Tassen Kaffee und fünfundzwanzig Minuten später war es endlich soweit, und die ersten Willkommensrufe tönten durch die Kuppelhalle. Ein kleines Kind wurde unter der Absperrung hindurchgeschoben und ging ängstlich auf ein älteres Paar zu.

Dann kamen ununterbrochen Passagiere heraus. Manche wurden von Freunden und Verwandten abgeholt, während sich andere verloren umsahen und unsicher hierhin und dorthin schauten, wie Schafe, die dringend einen Hirtenhund brauchen.

Als erste kamen Charlie und Harriet durch die Tür, und zwar rückwärts. Während Charlie seinen Rucksack auf den Rücken wuchtete, rief er Sophie zu, sie solle sich beeilen. David glitt von seinem Barhocker herab und ging zur Absperrung. Es war ihm durchaus recht, einen gewissen Abstand zu halten, denn so konnte er in den wenigen Sekunden, in denen sie ihn noch nicht entdeckt hatten, genießen, was er monatelang entbehrt hatte. Die Kinder drehten sich um, blieben, mit einem Mal schüchtern, stehen und sahen suchend auf die erwartungsvoll lächelnden Gesichter um den Ausgang. Dann hatte Charlie seinen Vater in der Menge ausgemacht, tauchte mit einem laut gebrüllten »Papa!« unter der Absperrung durch, wobei sich sein Rucksack verhakte, und kam dann auf ihn zugelaufen. David fand seinen Sohn im Vergleich zu Benji sonderbar mager und schlaksig und mit seiner eng geschnittenen Jeans und dem Baumwollhemd unverkennbar britisch.

Charlie prallte mit voller Wucht gegen seinen Vater und schlang die Arme um ihn. »Papa! Im Flugzeug war es ganz toll. Ich durfte mit nach vorn und zusehen, wie der Pilot geflogen ist! Anfassen durfte ich aber nichts!«

»Da bin ich aber froh!« sagte David und lachte.

Er drückte den Jungen an sich und gab ihm einen Kuß. Charlie riß sich los und rannte zurück, um Harriet zu holen, die immer noch am selben Fleck stand. Fasziniert sah sie einem kleinen Mädchen zu, das kreischend auf dem Boden lag und wütend mit den Beinen gegen den Gepäckwagen ihrer Eltern trat, die sich ergebnislos bemühten, sie zu beruhigen.

»Harriet! Schnell! Dahinten ist Papa!«

Sie tauchte aus ihrer Traumwelt auf, und sehnsuchtsvolle Unruhe legte sich auf ihre Züge, während sie nach David Ausschau hielt. Als sie ihn erkannte, lief sie auf ihn zu. Er fing sie ab und spürte, wie sich ihre Arme und Beine um ihn schlangen, als wäre sie eine ungewöhnliche Tintenfischart.

»Hallo, meine Süße!« Er drückte sein Gesicht fest in ihre dichten braunen Locken und küßte sie auf den samtenen Nacken. »Wie geht's dir?«

Harriet hob den Kopf von seiner Schulter und sah ihn an. »Papa?«

»Ja?«

Sie drehte den Kopf zurück zur Tür. »Das kleine Mädchen dahinten ist *scheußlich* ungezogen.«

David lachte. »Das weiß ich. Ich hoffe, daß du dich im Flugzeug besser benommen hast.«

Sie grinste. »*Na klar doch!*« Dann jedoch runzelte sie die Stirn. »Aber ich hatte ziemlich Angst.«

»Warum?«

»Weil Charlie dauernd gesagt hat, die Maschine würde *auf jeden Fall* explodieren!«

David zog die Augenbrauen hoch und ging mit ihr zu der Tür, aus der die beiden gekommen waren. »Das sieht ihm ähnlich.«

Er blieb neben seinem Sohn stehen, der sich über die Absperrung gebeugt hatte und auf das verchromte Metall hauchte, damit es beschlug, um es dann mit der Hand wieder blank wischen zu können.

»Wo bleibt Sophie eigentlich, Charlie?«

»Sie kommt mit der Stewardeß. Wir durften keinen Schritt allein tun, weil die gesagt haben, wir wären zu jung. Das war richtig peinlich, die haben uns nämlich Namensschilder um den Hals gehängt. Nach der Landung hab ich meins und Harriets abgenommen.«

»Ich wollte meins aber behalten«, jammerte Harriet.

»Stimmt doch gar nicht! Du hast auch gesagt, das wäre blöd. Da ist sie. He, Sophie, Papa ist hier!«

David trat einen Schritt zur Seite, damit er sie sehen konnte. Als er sie erblickte, wie sie angeregt mit der Stewardeß plauderte, während beide gemeinsam den Gepäckwagen schoben, lächelte er, und ein Gefühl unbeschreiblichen Stolzes stieg in ihm auf. Sie hatte sich sichtlich verändert, war nicht nur in die Länge gewachsen – sondern auch sonst. Das lange kastanienbraune Haar hatte sie hinten am Kopf lose mit einer Spange zusammengefaßt, was die Konturen ihres Gesichts noch betonte. Großer Gott, erst einen Monat war es her, daß er sie zuletzt gesehen hatte, und dennoch war sie wie verwandelt: Statt der ein wenig unbeholfenen, gehemmten Halbwüchsigen war sie jetzt ein Mädchen, das auf der Schwelle zur jungen Frau stand. Ohne die Augen von seiner Ältesten zu nehmen, ließ David Harriet auf den Boden hinab. Aus dem Augenwinkel bekam er mit, wie ein junger Mann, der mit seinen Eltern auf jemanden wartete, interessiert zu Sophie hinsah.

Sie überließ den Gepäckwagen auf den letzten Metern der Stewardeß und eilte mit raschen Schritten auf ihren Vater zu, und als sie ihn mit blitzenden Augen ansah, kam es David einen kurzen, betäubenden Augenblick lang so vor, als hätte Rachel erneut Gestalt gewonnen.

»Hallo, Papa«, sagte sie ruhig.

Benommen schüttelte er bei dieser unglaublichen Erscheinung den Kopf, dann zog er sie eng an sich.

»Sophie! Du siehst hinreißend aus!« sagte er, hielt sie ein wenig von sich und küßte sie auf die Schläfe. »Es ist wunderbar, dich zu sehen! Ich kann dir gar nicht sagen, wie schön das ist!«

Neben sich hörte er ein lautes mißbilligendes Räuspern – Charlie, der unverwandt den Blick auf die Stewardeß gerichtet hielt.

»Hör doch auf, Papa, das ist ja richtig peinlich. Können wir nicht gehen?«

»Machen wir!« stimmte David zu und küßte Sophie noch einmal auf die Wange. »Besorgen wir uns einen Gaul und sehen zu, daß wir den Staub von Dodge City so schnell wie möglich von unseren Füßen schütteln.«

Er bedankte sich bei der Stewardeß und steuerte den Gepäckwagen zum Ausgang. Während seine beiden Töchter links und rechts neben ihm herliefen, stürmte Charlie voraus.

»Ist das jetzt Amerika, Papa?« fragte Harriet, die mit David Schritt zu halten versuchte.

»Ja, Süße, hier ist Amerika, die Heimat von Hot Dogs, Hamburgern und ehm … was anderes, das mit *H* anfängt, fällt mir jetzt nicht ein.«

»Und Hitze!« meinte Sophie, als sie aus der Kühle des klimatisierten Gebäudes in die sengende Mittagssonne hinaustraten.

»Ja«, lachte David. »Hitze! Davon gibt es hier eine ganze Menge, das kann ich euch sagen.«

Über die Straße hinweg gingen sie zum Parkplatz, wo der Käfer stand. David hatte ihn in seinen Briefen bereits ausführlich beschrieben, und so erkannten Charlie und Harriet ihn sofort und rannten darauf zu. Doch dann wichen sie zurück, denn plötzlich sprang Dodie wie wild an der Fensterscheibe hoch und kläffte sie wütend an.

»Ist das Dodie?« fragte Charlie mit unsicherem Lachen.

»Ja.«

»Irgendwie paßt sie zu dem Auto.«

»Wieso?«

»Weil beide ziemlich mitgenommen aussehen.«

»Laß sie das um Gottes willen nicht hören! Dodie ist ausgesprochen empfindlich, was ihr Aussehen betrifft! Wie ich ihr mal vorgeschlagen habe, sich das Fell liften zu lassen, hat sie eine ganze Woche lang nicht mehr mit mir geredet.«

»Wirklich?« stieß Harriet hervor und staunte Dodie mit offenem Mund an.

»Natürlich nicht, Dummkopf!« gab Charlie zurück. »Er macht nur Spaß.«

David schloß die Tür auf und schob Dodie auf den Rücksitz. Dann öffnete er den Kofferraum.

»Können wir mit offenem Verdeck fahren, Papa?« fragte Charlie, griff nach einem Koffer und zerrte ihn nach vorn.

»Na ja, ich glaube, das werden wir müssen, weil wir sonst gar nicht genug Platz für euren ganzen Kram haben.«

»Prima.«

David quetschte Harriets Rucksack in die letzte Lücke des Kofferraums und schloß vorsichtig den Deckel. Dann klappte er das Verdeck auf.

»Mann!« sagte Sophie und rümpfte die Nase. »Wie das stinkt! Nur gut, daß ich Dodie nicht auf den Schoß nehmen muß.«

David gab mit einem Grinsen zu: »Ja, sie hat da gewisse Probleme. Ich sollte ihr schon Knoblauchpillen geben, aber vermutlich ist sie gegen die sowieso immun!«

»Ich nehm sie!« sagte Charlie, faßte ins Auto und fuhr Dodie durch das wollige Fell. Dann sah er seine ältere Schwester an und fügte hinzu: »Aber nur, wenn ich vorn sitzen darf.«

Die anderen waren einverstanden, und nachdem das restliche Gepäck hinter der Lehne des Rücksitzes verstaut war, brachen sie in Richtung Leesport auf.

Als sie von der Schnellstraße abbogen, nahm der Verkehr merklich ab, und während sie gemütlich das letzte Stück zurücklegten, nutzte David die günstige Gelegenheit, ihnen das Dodie-Lied beizubringen. Nach zweimaligem Hören konnten es Charlie und Harriet auswendig, sangen begeistert mit und schaukelten im Takt der Musik hin und her. Sophie allerdings schien nicht so recht bei der Sache zu sein. Während David zusammen mit den beiden Jüngsten sang, zeigte ihm ein unauffälliger Blick in den Rückspiegel, daß Sophie abwesend auf die vorübergleitende Landschaft blickte.

Punkt halb drei waren sie schließlich auf der Hauptstraße von Leesport. Da David annahm, daß Jasmine und Benji mit ihrem Willkommenstransparent noch nicht soweit seien, hielt er vor den Helfenden Händen und drückte zweimal auf die Hupe. Durch das Schaufenster sah er, wie Clive und Dotti von ihren Schreibtischen aufsahen und den Wagen erkannten.

»Warum halten wir hier?« fragte Charlie.

»Ich möchte euch zwei Freunden vorstellen.« Im selben Augenblick flog die Tür des Ladens auf, und Clive kam über den Gehweg, hinter ihm Dotti.

»Na so was!« sagte er und betrachtete die ungläubig dreinblickenden Kinder. »Die sind einfach hinreißend! Und wie gut sie aussehen!« Er lächelte und gab dann einem nach dem anderen die Hand. »Ich heiße Clive. Und du bist? Sophie – hallo, Sophie, Charlie und – Harriet. Ich kann euch gar nicht sagen, wie fabelhaft ich es finde, euch kennenzulernen! Das hier ist übrigens Dotti.« Mit diesen Worten drehte er sich um und legte einen Arm um seine Mitarbeiterin, die sich mit schüchternem Lächeln die Brille auf der Nase zurechtrückte. Seufzend bedachte er die Kinder mit einem bewundernden Blick. »Und wohin wollt ihr jetzt? Sicher gleich an den Strand.«

David sah seine Kinder an, die Clive unverwandt anstarrten, so sehr nahm dessen überquellende Begeisterung sie gefangen.

»Wir fahren zuerst zum Haus und packen aus, aber danach würde uns eine Abkühlung vermutlich guttun.«

»Wunderbar! Wenn ihr irgendwann Lust habt, bei uns vorbeizuschauen, jederzeit. Dotti hat schon ein paar Flaschen kalt gestellt.«

Die Kinder lächelten und murmelten Dankeschön, dann ließ David den Motor an.

»Wir sollten uns auf den Weg machen, Clive. Wir sind mit Jasmine und Benji am Haus verabredet und wollen sie nicht warten lassen.«

»Na klar!« sagte Clive. »Denkt aber dran, ihr könnt kommen, wann ihr wollt!«

Das Willkommenstransparent lugte schon über die Hecke, als David in die Shore Street einbog. Kaum hielt er vor dem Haus, als er Benjis Stimme aufgeregt aus dem Garten hörte: »Jasmine, sie sind da!«

Das Tor wurde aufgerissen, und Benji kam herausgerannt. Er blieb mit verlegenem Lächeln in einer gewissen Entfernung stehen und trat von einem Bein auf das andere, während ihn die Neuankömmlinge aufmerksam musterten. David stieg aus.

»So! Und jetzt stell ich euch vor!« Er zeigte nacheinander auf jedes seiner Kinder. »Sophie, Charlie, Harriet – das ist Benji.«

Unsicher beäugten sie einander, und David beobachtete die Szene mit leiser Belustigung.

»So, jetzt räumt alles aus und tragt es ins Haus. Wo ist eigentlich Jasmine, Benji?«

»Hier!« ertönte eine Stimme hinter der Hecke. Einen Hammer in der Hand, kam Jasmine durch das Tor und wischte sich den Schweiß von der Stirn. »Meine Güte, beinahe hätten Sie uns überrascht, bevor wir fertig waren!« Sie lächelte. »Hallo ihr drei, ich heiße Jasmine. So, Benji, ich hab gehört, daß du ihnen vorgestellt worden bist, dann kannst du sie mir ja jetzt vorstellen.«

Benji tat's, ohne sich einmal zu irren, und Jasmine schüttelte jedem von ihnen die Hand.

»Auf!« sagte David, der das Gepäck ausgeladen und auf den Gehweg gestellt hatte. »Jeder schnappt sich was.«

In einer improvisierten Kraftprobe nahmen Charlie und Benji die beiden größten Koffer und schleppten sie in den Garten.

»He, Sophie! Harriet! Kommt mal schnell her!« rief Charlie. »Kommt und seht euch *das* an!«

Die beiden Mädchen nahmen ihre Rucksäcke und kamen angetrabt. Staunend sah sich Charlie im Garten um.

»Ist das nicht toll? Seht nur, wir sind gleich am Strand! Und dann das Schild da am Haus! Benji hat gesagt, daß er es allein gemacht hat!«

Sophie lächelte ihm zu. »Ich finde es prima, Benji. Das hast du wirklich schön gemacht!«

Benji wurde ganz rot vor Verlegenheit.

»Find ich auch!« sagte Charlie und nahm ihn am Arm. »Komm, wir wollen uns genauer umsehen!« Die beiden Jungen rannten zum Bootssteg hinab, als David mit den letzten Gepäckstücken in den Garten kam.

»Hört mal, ihr beiden! Wo wollt ihr hin?«

»Uns 'n bißchen umsehen, Papa!«

»Noch nicht. Erst bringen wir das Gepäck ins Haus, und dann zeig ich euch, wo ihr schlaft.«

»Au jaaa!« stieß Charlie erregt hervor und lief dann mit Benji zum Haus.

Es zeigte sich, daß Jasmine nicht nur das Transparent aufgehängt, sondern sich auch im Haus nützlich gemacht hatte. Unter anderem hatte sie die Sofakissen aufgeschüttelt und das Geschirr eingeräumt, das David zum Trocknen auf das Abtropfbrett gestellt hatte. Harriet und Charlie waren begeistert davon, auf der windgeschützten Veranda schlafen zu dürfen, warfen sich gleich probehalber auf ihre Betten, um festzustellen, welche Aussicht sie im Liegen hatten. Sophie hingegen zeigte sich kaum beeindruckt von dem, was ihr das Haus zu bieten hatte. Sie hatte ihren Koffer auf das Bett im Wohnzimmer gestellt und angefangen, ihn auszupacken.

»Ach was!« sagte David und klatschte in die Hände, um alle im Wohnzimmer zu versammeln. »Erst mal lassen wir das Auspacken sein. Was meinen Sie, Jasmine? Die Fähre nach Fire Island?«

Benji stieß einen Freudenschrei aus, in den Charlie und Harriet sogleich einstimmten, obwohl sie nicht die leiseste Ahnung hatten, was oder wo Fire Island war. Wenn aber Benji dafür war *und* man mit einer Fähre dahin fahren mußte, konnten sie wohl getrost zustimmen.

»Sieht ganz so aus, als hätten Sie damit ins Schwarze getroffen!« sagte Jasmine und lachte.

»Also, auf nach Fire Island! Holt euer Badezeug, und es geht los!«

Charlie und Benji stürmten gleich auf die Veranda und wühlten in Charlies Rucksack herum, während Jasmine Harriet bei der Suche nach ihrem Badeanzug half. David, der in seinen Alkoven ging, um seine Badehose aus der Kommode zu holen, sah, daß Sophie ihr Badezeug noch nicht ausgepackt hatte.

»Kannst du deinen Badeanzug nicht finden, mein Schatz?«

Sophie sah ihn an und lächelte bemüht. »Wenn es dir nichts ausmacht, Papa, möchte ich lieber hierbleiben.«

»Ach, komm doch mit«, sagte David enttäuscht. »Es macht bestimmt Spaß. Es ist ein herrlicher Strand und –«

»Papa, ich möchte aber nicht!« Sie nahm eine Bluse aus dem Koffer und warf sie auf ihr Bett. »Macht es dir denn wirklich *so viel* aus?«

Einen Augenblick sah David sie an und war verblüfft von der Schärfe in ihrer Stimme. Gerade wollte er antworten, als er eine Hand auf seinem Arm spürte – hinter ihm standen Jasmine und die anderen Kinder. Jasmine bedeutete ihm mit einer Kopfbewegung, er möge ihr nach draußen folgen.

»Kommt mit raus«, sagte er zu den Kindern.

Sobald alle draußen waren, eilten Benji, Charlie und Harriet vor Begeisterung jauchzend zum Bootssteg.

»Wollen Sie einen Augenblick hierbleiben?« fragte Jasmine ruhig.

»Ich denke, ja. Würde es Ihnen etwas ausmachen, sie zu beschäftigen?«

»Nicht im geringsten! Wissen Sie was, ich nehm sie mit zum Haus, da können sie sich im Schwimmbad austoben, und Sie beide kommen später nach. Was halten Sie davon?«

»Das wäre großartig, Jasmine.«

Sie gingen gemeinsam zum Bootssteg, wo Harriet zusah, wie Benji und Charlie um die Wette flache Kiesel über das Wasser hüpfen ließen.

»So, eine kleine Programmänderung! Ihr kommt jetzt mit zu Benjis Haus, da könnt ihr nach Herzenslust im Schwimmbad herumtollen.«

Die beiden Jungen waren sofort Feuer und Flamme, rannten die Stufen hinauf und zum Gartentor. Harriets Rückweg hingegen war etwas mühseliger. Sie drückte bei jeder Stufe ihre Hände auf die Knie, um sie besser ersteigen zu können.

Oben angekommen, blieb sie neben ihrem Vater stehen. »Kommt ihr nicht, du und Sophie?«

»Nicht sofort, mein Liebes. Geht ihr nur mit Jasmine vor; ich komme dann sehr bald mit Sophie nach. Einverstanden?«

Harriet nickte und schob ohne die geringste Schüchternheit ihre Hand in die Jasmines.

»So ist es recht, Harriet!« sagte Jasmine und zwinkerte David zu. »Dann wollen wir mal zusehen, daß wir die Jungs einholen und uns ordentlich amüsieren!« Gemeinsam marschierten sie zum Gartentor, und David bekam noch mit, wie sich zwischen den beiden ein eifriges Gespräch entspann.

David ging wieder ins Haus. Sophie packte immer noch ihren Koffer aus. Er nahm den Wasserkessel von der Anrichte und füllte ihn.

»Ich mach mir eine Tasse Tee. Möchtest du auch eine?«

Ohne sich umzuwenden, schüttelte Sophie den Kopf.

»Nein?«

Sie drehte sich zu ihm um und sagte mit einem leichten Lächeln: »Nein, danke.«

David lehnte sich gegen den Spülstein und verschränkte die Arme. »Als ich mit Mr. Hunter gesprochen habe, hat er mir gesagt, du hättest bei der Abschlußprüfung wirklich gut abgeschnitten. Es ist also alles gutgegangen?«

»Nehm ich an.«

Erstaunt von dieser leichthin gemachten Äußerung ging er zu seiner Tochter und legte ihr eine Hand auf die Schulter. »Geht es dir nicht gut, Sophie?«

Sie sah ihn an. »Eigentlich schon«, sagte sie ruhig. »Ich hab nur schreckliche Bauchschmerzen.«

»Ach, du Arme! Hättest du doch einen Ton gesagt! Meinst du, daß dir etwas nicht bekommen ist, was du im Flugzeug gegessen hast?«

Sie zog die Augenbrauen hoch über seine Begriffsstutzigkeit. »Nein, Papa, nicht solche Bauchschmerzen! Es ist, na ja, du weißt schon – meine Periode.«

Einen Augenblick schwieg David, während ihm langsam dämmerte, was sie da gesagt hatte.

»Oh, natürlich. Entschuldige, Sophie, das hätte ich auch gleich wissen können. Kein Wunder, daß du dich nicht wohl fühlst. Hast du alles, was du brauchst?«

Ohne ihr Auspacken zu unterbrechen, sagte sie: »Ja, danke.« Während sie sorgfältig eine Hose in die Schublade legte, fuhr sie fort: »Es ist nur so, ach … laß es gut sein.«

»Nein, nein, Sophie – bitte.«

»Es ist nur so, daß ich mir bei all dem noch nicht ganz sicher bin, und manchmal hab ich einfach Angst, und es fällt mir schwer, alles mitzumachen – Schwimmen und solche Sachen.«

Sie sah ihren Vater an und biß sich kräftig auf die Lippe. Dann lachte sie kläglich. »Vermutlich gehört das nicht zu den

Dingen, über die ein junges Mädchen mit seinem Vater spricht. Es ist nur so, daß Mama nicht mehr da ...«

Weiter kam sie nicht. Die Nachwirkungen des langen Fluges hatten ihre eiserne Entschlossenheit aufgeweicht, sich nichts anmerken zu lassen, und ihre Verletzlichkeit kam an die Oberfläche.

»Ach, Papa, Mama fehlt mir *so* sehr.«

Sie umschlang ihn. Er spürte das Zucken ihres Körpers, als sich der Kummer, den sie so lange für sich behalten hatte, unter Schluchzen Bahn brach. Eine Weile hielt er sie schweigend an sich gedrückt, küßte sie immer wieder aufs Haar und spürte, wie ihre Tränen langsam sein Hemd benetzten.

»Das weiß ich, mein Kind, das weiß ich«, sagte er schließlich. Auch in seine Augen traten Tränen, während er sie sanft festhielt. »Mir doch auch – so sehr, daß es schmerzt. Ich glaube nicht, daß der Schmerz je aufhören wird. Keine Sekunde des Tages vergeht, in der ich nicht an sie denke.« Er schob sie sacht von sich, legte ihr eine Hand unter das Kinn und hob ihr Gesicht zu sich. »Aber jetzt bin ich für dich da, mein Kind, für euch alle. In Schottland war das anders, doch inzwischen hat sich die Situation geändert, und sie wird sich weiter ändern – zum Besseren, das verspreche ich dir. Mama kommt nie wieder, wie sehnlich wir uns das auch wünschen und wie sehr wir darum beten. Jetzt ist das wichtigste, daß wir eine Familie sind, daß wir einander haben. Bestimmt würde sich Mama wünschen, daß wir uns dem Leben stellen und wieder glückliche Zeiten erleben, lachen und Späße machen, wie wir das früher getan haben.« Er sah sich im Zimmer um. »Weißt du, sie ist in diesem Augenblick hier. Da bin ich ganz sicher. Sie ist in diesem Zimmer und sagt zu uns: ›So ist es gut! Nur zu, tut es für mich mit! Laßt euch von mir aufmuntern! Lacht, freut euch und seid glücklich, denn wenn ihr traurig und niedergeschlagen seid, ähnelt ihr mir so gar nicht, und was ich euch hinterlassen möchte, ist meine Fröhlichkeit, meine Freude am Leben und – an der Schönheit‹.«

Sophie lächelte traurig.

»Glaubst du wirklich, daß sie das sagt?« fragte sie leise.

David lächelte. »Jedenfalls so was in der Art, und wahrscheinlich mit ein bißchen mehr Nachdruck.«

Sophie lachte leise, aber da sie sofort wieder schluchzen mußte, riß David ein großes Blatt von der Rolle mit Haushaltspapier und gab es ihr. »Hier, ›schnief dich mal ordentlich aus‹, wie Effie sagen würde!«

Wieder lachte Sophie, dann holte sie tief Luft, schneuzte sich kräftig und wischte sich die Tränen ab.

»Alles in Ordnung?« fragte David, legte ihr den Arm um die Schulter und drückte sie kurz.

Sophie nickte, gab ihm das zusammengeknüllte Stück Papier, und er warf es in den Abfalleimer.

»Hör mal, neulich habe ich überlegt, daß wir deinen Geburtstag hier feiern könnten, wenn ich ihn zu Hause schon verpaßt habe.« Er zwinkerte ihr zu. »Der ist ziemlich wichtig, süße sechzehn und so weiter, und muß in einem festlichen Rahmen begangen werden.«

Sophie seufzte. »Ach du, ich weiß nicht.«

»Warum nicht? Das wäre doch schön! Wir würden hier im Haus feiern, und Jasmine und Benji dazu einladen –«

»Papa, das ist wirklich sehr lieb von dir, aber ich fühl mich für so eine Geburtstagsfeier ein bißchen zu alt.« Sie ging zurück zum Bett, um weiter auszupacken. »Was würden wir da tun? Topfschlagen, oder was?«

David nickte langsam. »Ja, ich weiß, was du meinst. Was für eine Feier würdest du dir denn vorstellen? Was in Richtung … Disco?«

»Schon eher«, sagte Sophie und zuckte gleichgültig die Achseln.

»Na schön. Wie wäre es, wenn wir uns hier treffen – ganz zwanglos und ohne allen Kinderkram und ein paar von meinen neuen Freunden dazu einladen? Später in Schottland feiern wir dann richtig, entweder in The Beeches oder auf Inchelvie, je nachdem, wieviel Freunde du einladen willst. Das soll das Ereignis des Jahres werden – ach was – des Jahrhunderts! Was hältst du davon?«

Sophies Augen leuchteten begeistert auf. »Meinst du wirklich, das geht?«

»Selbstverständlich!«

»Und ich darf ganz viele Freundinnen und Freunde aus der Schule einladen?«

»Na klar – und sie dürfen so lange bleiben, wie sie wollen.«

Sophie schlang ihre Arme um seinen Hals. »Ach, Papa, das wäre wirklich ganz *toll*!« Sie reckte sich ein wenig und küßte ihn auf die Wange. »Und wann?«

»Ich denke, am besten planen wir das, wenn wir wieder zu Hause sind – aber ich verspreche dir, daß wir es auf jeden Fall tun!« Er zog sie an sich und küßte sie auf den Nacken. »Jetzt aber müssen wir erst mal einen Tag für unsere Vorfeier hier finden.« Er löste sich aus ihrer Umarmung. »Das Wochenende geht es nicht, denn der vierte Juli ist der amerikanische Nationalfeiertag, da feiern sowieso alle. Was hältst du von nächstem Dienstag? Da bleibt uns noch genug Zeit zur Vorbereitung.«

»In Ordnung – aber an was für eine Feier denkst du?«

»Was würdest du zu einem Grillfest sagen? Ich grille grauenhaft schlecht, aber du und Jasmine könntet mir ja dabei helfen. Anschließend nehmen wir die Fähre nach Fire Island, legen uns für den Rest des Nachmittags an den Strand und lassen den lieben Gott einen guten Mann sein. Am besten wäre es vermutlich, wenn du die Einkäufe und das alles zusammen mit Jasmine organisierst und ich die Einladungen übernehme. Was meinst du dazu?«

»Klingt gut. – Aber Papa, ich fände es schön, wenn es ein Fest für uns *alle* wäre. Stell also meinen sechzehnten Geburtstag nicht groß raus, denn viele in meinem Alter werden ja bestimmt nicht dasein, oder?«

Er nickte. »Okay, hab ich verstanden. Sind wir uns also einig?«

Sophie lächelte. »Sind wir.«

Sie spuckte sich in die Hand und hielt sie ihm hin. Einen Augenblick war er verdutzt, da er unwillkürlich daran denken mußte, daß er und Rachel ihre Übereinkünfte so besiegelt hatten. Langsam hob er die Hand, spuckte darauf und legte sie auf Sophies.

»So, und wie wäre es, wenn wir jetzt zu den anderen gehen? Mit dem Auspacken machen wir weiter, wenn wir zurückkommen.«

Arm in Arm gingen sie zur Tür. Als David sie öffnete, blieb Sophie stehen und sah über die Schulter.

»Meinst du, Mama kommt mit?« fragte sie leise.

Er lächelte ihr zu und sah in den leeren Raum.

»Ja, sie ist immer bei uns.«

KAPITEL
28

Jennifer drehte den Rückspiegel ihres BMW zur Seite, um nicht vom grellen Licht der untergehenden Sonne geblendet zu werden, und schaltete dann das Radio ein, um den Verkehrsfunk zu hören. Sie wollte wissen, ob es sinnvoll war, auf dem Long Island Express Way zu bleiben oder auf den Grand Central Parkway auszuweichen und von dort aus die südliche Route nach Leesport zu nehmen.

Nach der zunehmenden Verkehrsdichte in Queens zu urteilen, war die eine Lösung wahrscheinlich ebenso gut oder schlecht wie die andere. Ohnehin war es ein ziemlich törichter Einfall, Manhattan am Vorabend des vierten Juli, wenn alle New Yorker mit Kind und Kegel unterwegs waren, zu verlassen. Doch blieb ihr so recht keine Wahl, denn Sam Culpepper hatte ausdrücklich gesagt, sie müsse am Samstag im Büro sein, damit sie den Entwurf für Tarvey's Gin noch einmal gemeinsam durchgehen konnten, bevor er mit Kurier nach London geschickt wurde. Ursprünglich hatte sie gleich darauf nach Leesport fahren wollen, doch als ihr Russ mitgeteilt hatte, sie müsse unbedingt am Montag morgen bei einer Besprechung mit neuen Kunden dabeisein, fand sie es vernünftiger, das ganze Wochenende in der Wohnung in West Village zu verbringen, um nicht auch noch in den Stoßverkehr vom Wochenanfang zu kommen.

Da sie aber den Gedanken nicht ertragen konnte, Benji das ganze Feiertags-Wochenende nicht zu sehen, hatte sie sich spontan entschlossen, doch nach Leesport hinauszufahren, um wenigstens ein paar Stunden mit ihm verbringen zu können, bevor sie früh am nächsten Morgen wieder nach New York fuhr.

Während sie im Stau stand, warf sie einen Blick auf die umfangreiche Mappe mit dem maschinengeschriebenen Entwurf, die neben ihr auf dem Beifahrersitz lag. Sie nahm sie und blätterte sie mit dem Daumen von Anfang bis Ende durch, als wäre sie imstande, sie so schnell zu lesen und auf Fehler durchzugehen. Dann warf sie sie kopfschüttelnd auf den Beifahrersitz zurück und gab leicht Gas, um den Wagen einige Meter vorankriechen zu lassen.

Würden sie doch nur den Auftrag bekommen! Offensichtlich war Sam sehr daran gelegen, doch sie konnte eine gewisse Besorgnis nicht unterdrücken. Natürlich hatten die Tage in der vorigen Woche, an denen sie komplett ausgefallen war, nicht geholfen. Außerdem war sie dabei vollständig aus dem Tritt gekommen und hatte daher in den letzten vier Tagen bis weit in die Nacht hinein arbeiten müssen, um den Entwurf fertigzustellen. Nun ja, ganz fertig war er noch nicht. Nach wie vor fehlten einige statistische Angaben, die sie unbedingt unterbringen wollte. Da sie alles erforderliche Material dabei hatte, brauchte sie es lediglich auf ihrem Laptop zu Hause einzufügen – drucken konnte sie es dann am folgenden Tag im Büro.

Sie ließ das Lenkrad los, verschränkte die Hände hinter dem Nacken und streckte den verspannten Rücken.

Letztlich hatten sich die versäumten Tage gelohnt, auch wenn der Anlaß ausgesprochen unangenehm gewesen war und sie soviel hatte nacharbeiten müssen. Erst das ungestörte Zusammensein mit Benji hatte ihr gezeigt, wie sehr er sich verändert hatte, nicht nur in seinem Verhalten, sondern auch in seinem Äußeren. Sie hatte an den Vormittagen, an denen er sich vor der Schule zu ihr aufs Bett gesetzt und sie ihn an sich gedrückt hatte, nicht mehr die Wabbeligkeit seines rundlichen kleinen Jungenkörpers gespürt, sondern eher den vielversprechenden Ansatz eines Heranwachsenden.

Ihr allerdings gebührte kein Anteil an dieser Veränderung, sondern ausschließlich David. Er hatte ihrem Sohn neues Selbstvertrauen und eine nahezu mit Händen greifbare Energie und Begeisterung eingeflößt. David. Wieder sagte sie den Namen und spürte, wie eine unerwartete Erregung sie dabei überlief. Sie schüttelte den Kopf und lächelte. Nein, *die* Art Gefühl war das nicht. Vielleicht aber auch doch? Sie verstand es selbst nicht recht. In seiner Gegenwart fühlte sie sich entspannt und glücklich und empfand eine tiefe innere Ruhe, ohne daß er irgend etwas Besonderes zu tun brauchte. Vermutlich war gerade das das Besondere an ihm. Nichts an David war aufgesetzt; sie wußte genau, woran sie mit ihm war. Er war gütig, spontan, lustig und absolut verläßlich und – nur zu, Jennifer, gesteh es ruhig ein – ungemein anziehend und zweifellos einer der Hauptgründe dafür, daß sie jetzt diese lachhafte Fahrt nach Leesport überhaupt unternahm.

Der Fahrer hinter ihr hupte so laut, daß sie in ihrem Sitz hochfuhr, womit er sie in die Gegenwart zurückholte. Rasch drängten sich Autos von anderen Fahrspuren in die Lücke von etwa dreißig Metern, die sich vor ihr aufgetan hatte – vermutlich gaben sich die Fahrer der Hoffnung hin, so schneller voranzukommen. Jennifer sah das Schild zum Grand Central Parkway. Sie schaltete den Blinker ein, lächelte dem Mann neben ihr zu, deutete auf die Ausfahrt und hatte es mit ihrem Charme binnen einer Minute geschafft, drei Spuren zu überqueren. Jetzt konnte sie die überfüllte Schnellstraße verlassen und mit gleichmäßigen fünfzig Kilometern pro Stunde in Richtung Süden heimwärts fahren.

Als sie vor ihrem Haus hielt, war es kurz vor neun. Sie nahm ihre Unterlagen und den Laptop aus dem Wagen, stieg aus und eilte zur Haustür.

»Hallo!« rief sie beim Eintreten. Sie ging gleich in ihr Arbeitszimmer und lud alles auf dem Schreibtisch ab. Als sie in die Diele zurückkehrte, stieß sie auf Jasmine, die gerade aus der Küche kam.

»Hallo, Jasmine«, sagte sie munter.

»Hallo! Ich hatte gedacht, Sie bleiben in New York.«

»Stimmt. Eigentlich sollte ich auch nicht hier sein, aber ich habe es einfach nicht ausgehalten, Benji das ganze Wochenende nicht zu sehen. Wir waren am vierten Juli noch nie getrennt. Ist er in der Nähe?«

»Er ist noch bei David, müßte aber jeden Augenblick nach Hause kommen.«

»Und wie geht und steht es hier?«

»Könnte nicht besser sein! Wie geht es *Ihnen*?«

Jennifer lächelte. »Ich bin noch ein bißchen schwach auf den Beinen, aber wenn ich diese Sache hinter mir habe, kann ich mir bestimmt etwas Ruhe gönnen.«

Jasmine nickte. »Wollen Sie was essen?«

»Hhmm, das wäre wunderbar. Einfach ein Sandwich oder so was. Ich muß noch etwas fertigmachen, wenn Sie es also ins Arbeitszimmer bringen könnten …«

»Ein Sandwich, die Dame – kommt sofort.«

Jennifer ging ins Arbeitszimmer und breitete ihre Unterlagen aus. Gerade hatte sie ihren Laptop angeworfen, als Jasmine hereinkam, ein Tablett mit Schinkensandwiches und einem Glas Bier in der Hand. »Bitte«, sagte sie und stellte es auf einem Tischchen neben dem Schreibtisch ab.

Im selben Augenblick ging die Haustür, und man hörte Benjis Stimme, die aufgeregt rief: »Mama!«

»Hier, mein Schatz.«

Er platzte zur Tür herein, stürmte auf seine Mutter zu und schlang die Arme um sie.

»Hallo, Benji! Wo hast du so lange gesteckt?«

»Wir waren den *ganzen* Nachmittag am Strand auf Fire Island. Wir haben gerade noch die letzte Fähre erwischt. Dann waren wir in Leesport, um zuzusehen, wie das Feuerwerk für morgen abend vorbereitet wird. Ein paar haben sie schon losgelassen, um zu sehen, ob alles funktioniert. Hast du das nicht gehört? David hat jedenfalls gesagt, daß wir –«

Er hielt inne, als er hörte, daß sich die Tür zum Arbeitszimmer öffnete. David kam herein, Benji löste sich von seiner Mutter und rannte zu ihm hinüber. »David, darf ich es Mama jetzt sagen?«

David zerzauste ihm die Haare. »Würde es dir was ausmachen, wenn ich es selbst tue, Benji?«

Benji war enttäuscht, doch bevor er weiter aufbegehren konnte, legte ihm Jasmine einen Arm um die Schulter. »Komm, mein Junge. Ich glaube, wir lassen jetzt deine Mama und David besser miteinander reden. Meinst du nicht auch?«

»Von mir aus! Aber nur, wenn du es ihr sagst!« Von Jasmine gefolgt, lief er aus dem Zimmer.

Jennifer sah ihnen nach und drehte sich dann lächelnd zu David um. »Hallo.«

»Hallo.« Er steckte die Hände in die Taschen und ging zum Schreibtisch. »Tut mir leid, daß ich Benji nicht früher zurückgebracht habe. Ich wußte nicht, daß Sie nach Hause kommen würden.«

Sie lehnte sich in ihrem Stuhl zurück. »Das hatte ich eigentlich auch nicht vor. Wir müssen unser Konzept morgen einreichen, aber ich wollte unbedingt den Jungen sehen und habe mich daher entschlossen, über Nacht heimzukommen.« Sie seufzte. »Besonders lang wird die Nacht nicht sein. Ich muß morgen früh gegen halb sechs wieder fahren.«

David nickte. »Und wie fühlen Sie sich?«

»Bestens! Allerdings habe ich wahrscheinlich schon wieder alle Kräfte verbraucht, die ich in der vergangenen Woche geschöpft habe. Ich mußte jeden Tag bis spät nachts an den verdammten Projekt arbeiten, um die verlorene Zeit hereinzuholen.«

»Und wie kommen Sie voran?«

Jennifer sah auf den Bildschirm. »Ich weiß nicht so recht. Schwierig ist, daß mir jede Vergleichsmöglichkeit fehlt. Ich hoffe natürlich, daß der Auftraggeber unser Konzept für die Kampagne billigt, denn Sam verläßt sich schon ziemlich darauf, daß wir den Fisch an Land ziehen. Das würde unserer Firma gewaltigen Auftrieb geben.«

»Wer ist der Auftraggeber?«

»Ach, irgendein Gin-Hersteller in England. Die Firma heißt Tarvey und sitzt in London. Haben Sie je von denen gehört?«

»Ich kenne die Leute ziemlich gut.« Er ließ eine Pause eintreten. »Ehm, ich meine natürlich die Marke.«

»Na Gott sei Dank!« lachte Jennifer. »Zumindest haben *Sie* davon gehört.« Sie griff nach dem Marktforschungsbericht. »Der Name Tarvey wird in dieser Studie nicht einmal erwähnt, aber zumindest gibt sie mir eine Vorstellung davon, was für Verkaufszahlen wir anstreben müßten, und ich kann Ihnen sagen, das ist ganz schön eindrucksvoll.«

Seufzend warf sie den Bericht zurück auf den Schreibtisch. »Viel mehr kann ich jetzt nicht machen. Wenn wir den Etat nicht bekommen, kann ich es nicht ändern, aber ich hoffe um

Sams willen, daß unsere Aussichten nicht gerade gleich Null sind.« Sie lächelte ihn an. »Wollen Sie ein Bier?«

»Nein, machen Sie sich keine Umstände. Ich möchte Sie nicht stören.«

»Das tun Sie auch nicht«, sagte sie und stand auf. »Ich hole Ihnen eins. Außerdem wüßte ich ohnehin gern, worum es bei dem großen Geheimnis geht.«

Während ihre Schritte auf dem Gang verhallten, nahm David die Marktanalyse von Morgan-Graz zur Hand. Wie lange war es her, daß er sich mit diesen Dingen beschäftigt hatte! Früher waren solche Berichte für ihn eine ebenso regelmäßige Lektüre gewesen wie die Tageszeitung. Er schüttelte den Kopf und blätterte den Bericht durch. Plötzlich stutzte er, denn der vertraute Name Glendurnich war ihm in die Augen gefallen. Es ging bei der Aufstellung um die weltweiten Verkaufszahlen für die führenden zehn Marken von schottischem Single-Malt-Whisky. Während er sie überflog, legte sich seine Stirn in Falten.

Da konnte etwas nicht stimmen. Glendurnich stand auf Platz vier, genau wie im vorigen Jahr. Er ließ den Blick ans Ende der Seite wandern, um zu sehen, welchen Zeitraum der Bericht abdeckte. Es war die Juniausgabe. Schön, es handelte sich um die Zahlen für den Verkauf auf der ganzen Welt und nicht nur für die in Amerika, aber da die Vereinigten Staaten ihr größter Abnehmer waren, hätte sich der Absatz dort auch in den Verkaufszahlen spiegeln müssen. Er kratzte sich am Kopf und überlegte, ob es eine andere Erklärung geben konnte. Vielleicht waren die Verkaufszahlen bei Glendurnich schon mal besser gewesen und während seiner Abwesenheit *tatsächlich* eingebrochen – in dem Fall hätte Caple in der Tat Grund zur Besorgnis gehabt. Aber genau das wußte er nicht.

Er grübelte über das Rätsel nach und blätterte rasch die übrigen Seiten der Veröffentlichung durch. Gerade wollte er sie zuklappen, als ihm auf der hinteren Umschlagseite ein weiterer Name ins Auge fiel, den er kannte. Schon beim Lesen überlief ihn ein Schauder. Deakin Distribution. Unwillkürlich kam ihm die Erinnerung an jenen grauenvollen Tag in Manhattan, an dem alles seinen Untergang zu beschleunigen schien. Schon beim bloßen Gedanken daran wurde er nervös, dann sah er genauer hin. Es war nur ein kurzer Artikel rechts unten in der Rubrik »Management und Personalien«.

> *Kirkpatrick Holdings Plc.*, das drittgrößte Unternehmen der Getränkebranche in Großbritannien, teilt mit, daß es die Vertriebsfirma *Deakin Distribution Inc.* mit Sitz in New York erworben hat.
>
> John Davenport, der Vorstandsvorsitzende von Kirkpatrick, erklärte, daß er die Entscheidung gutheiße, denn die Firma Deakin sei erfahrungsgemäß imstande, mit ihrer zupackenden und stets dem Neuen aufgeschlossenen Verkaufspolitik, die sich über Jahre hinweg bewährt hat, dafür zu sorgen, daß die immer umfangreicher werdende Markenpalette des Konzerns auf dem Markt in angemessener Weise präsentiert wird.

David grunzte leise spöttisch vor sich hin und überlegte, ob man bei Deakin Distribution wußte, worauf man sich da eingelassen hatte. Zupacken, das war Kirkpatrick seit jeher das liebste, zumal an der Spitze des Konzerns John Davenport stand, von dem bekannt war, daß er seinem Unternehmen nie genug Firmen einverleiben konnte. David biß sich fest auf die Lippe, als ihm plötzlich der Gedanke kam, daß Deakin jetzt, weil er bei der Besprechung versagt hatte, ohne weiteres die amerikanische Vertriebsfirma für Glendurnich sein konnte. Er schloß er die Augen und versuchte, sich zu überlegen, welche möglichen Auswirkungen das auf Glendurnich haben konnte. Nein, es dürfte der elterlichen Firma kaum schaden – jedenfalls einstweilen nicht. Er wußte, daß Kirkpatrick mit Sicherheit keinen Malt-Whisky-Erzeuger in seinem Portefeuille hatte, so daß es nicht zu Interessenkonflikten kommen würde. Trotzdem gefiel ihm die Vorstellung nicht, daß Glendurnich übervorteilt werden könnte.

Gerade als er sich vornahm, der Sache auf den Grund zu gehen, wenn er erst mal wieder in Schottland war, hörte er, wie Jennifer zurückkam. Er schloß die Broschüre und legte sie auf den Tisch zurück.

»Tut mir leid, daß es so lange gedauert hat«, sagte sie und reichte ihm ein Glas Bier. »Ob Sie es glauben oder nicht, da war doch tatsächlich eine Kosmetikvertreterin an der Tür. Nicht nur ist es schon halb zehn, es ist obendrein der Vorabend des verdammten Nationalfeiertags.«

David nahm einen kräftigen Schluck, während sich Jennifer wieder an ihren Schreibtisch setzte. »Und wann rechnen Sie mit der Entscheidung von Tarvey?«

»Am Dienstag. Ist das nicht ein Witz? Es ist mir ein Rätsel, wie die in der kurzen Zeit all die Vorschläge gründlich durchgehen wollen. Aber sie haben es jedenfalls vor.«

David sah auf die Uhr. Seine Gedanken waren noch immer bei dem Marktbericht. Außerdem fielen ihm die Kinder ein. Er leerte sein Glas und stellte es auf den Tisch. »Ich muß jetzt aber gehen.«

Jennifer sah ihn überrascht an. »Augenblick noch – Sie hatten mir doch etwas sagen wollen?«

David kratzte sich am Kopf. »Werden Sie kommenden Donnerstag wieder hier sein?«

»Ja, so wie's aussieht. Ich hatte gehofft, daß Alex kommen würde, aber er hat gestern angerufen und gesagt, daß er die nächsten beiden Wochen in Dallas bleiben muß.«

David nickte. »Würde es Ihnen was ausmachen, wenn wir die Sache bis dahin aufschieben? Sie ist ziemlich wichtig, und ich würde sie gern in Ruhe erklären.«

Jennifer zuckte mit den Schultern.

»Na schön. Dann werde ich eben mit angehaltenem Atem auf die Enthüllung warten.«

David lächelte ihr zu und ging zur Tür. Dort drehte er sich noch einmal um. »Und alles Gute für den Etat. Wenn man bedenkt, wieviel Arbeit Sie da reingesteckt haben, müßten Sie ihn auf jeden Fall kriegen.«

»Danke. – Sie könnten das wohl nicht irgendwie deichseln?«

David sah sie fragend an. »Wie bitte?«

»Lassen Sie es gut sein. Es war nur ein Scherz. Ich hatte nur gehofft, Sie wären imstande, auch hier Ihre Zauberkraft wirken zu lassen!«

Sie winkte ihm zu und wandte sich dann wieder ihrer Arbeit zu.

Eine unnatürliche Stille lag über dem kleinen Häuschen in der Shore Street, und David wußte, daß da irgend etwas nicht stimmte. Als er die Haustür aufmachte und die Kinder auf dem Fußboden um ein Monopoly-Brett herum sitzen sah, stieß er einen Seufzer der Erleichterung aus.

»Ein Bild der Eintracht«, sagte er und lachte.

Charlie sagte mürrisch: »Na ja, 'nen Fernseher gibt's hier nicht, und es ist uns zu langweilig geworden, auf dich zu warten. Wo hast du gesteckt? Wir dachten, du würdest bloß fünf Minuten wegbleiben.«

»Wollte ich eigentlich auch. Aber Benjis Mutt-«

»He, Harriet!« meckerte Charlie. »Das kannst du nicht machen! Du bist im Gefängnis!«

»Hör auf, Charlie!« sagte Sophie scharf. »Das hat sie nicht gewußt!« Sie schob Harriets Figur ein Feld zurück. »Du mußt warten, bis du wieder an der Reihe bist, Harry!«

»So ein Mist!« schimpfte Harriet, als sie merkte, daß man ihr auf die Schliche gekommen war. Sie legte sich rücklings auf den Boden und strampelte mit den nackten Beinen in der Luft, wobei der Sand umherflog, der sich auf Fire Island an ihren Füßen angesammelt hatte. Sie drehte den Kopf zur Seite und sah zu ihrem Vater hinauf. »Papa, möchtest du mitspielen? Du kannst das Schiff sein.«

»Jetzt nicht, Harry.« Er sah liebevoll seine Kinder an, die schon nach zwei Tagen am Strand die erste gesunde Bräune hatten. Er setzte Harriet sacht den Fuß auf den Bauch, was sie laut quieken ließ. »Ich muß nur rasch telefonieren, ja?«

Er schob sich an Sophies Bett vorbei zum Schreibtisch und holte sein Adreßbüchlein aus dem Aktenkoffer. Dann setzte er sich auf die Bettkante und ging die Liste der Nummern durch, bis er Gladwin Vintners gefunden hatte. Er war sich sicher, daß er William Lawrences private Telefonnummer hatte. Ja, da war sie schon.

Er nahm den Hörer ab und wählte. Dabei drehte er sich so, daß er das Spiel der Finanzhaie beobachten konnte, während er wartete, daß jemand abnahm.

»Hal-lo?« meldete sich eine Männerstimme.

»Will, ich bin's, David Corstorphine.«

»David, du alter Halunke! Was zum Teufel ist so dringend, daß du um zwei Uhr nachts anrufen mußt?«

David sah auf die Uhr und schlug sich an die Stirn. »O Mann, Will! Bitte entschuldige! Ich bin in Amerika und hab überhaupt nicht an die Zeitverschiebung gedacht. Es tut mir wirklich leid! Weißt du was, ich ruf dich morgen früh wieder an.«

Will lachte. »Ist schon in Ordnung. Wir waren bei einer Abendeinladung, die sich entsetzlich in die Länge gezogen hat und sind noch gar nicht lange wieder zu Hause. Wie steht's bei dir? Bist du geschäftlich drüben?«

»Mehr oder weniger. Meinst du wirklich, daß wir jetzt reden können? Ich kann dich wirklich –«

»Ach was, leg schon los! Ich hab mich ja noch nicht mal ausgezogen. Was kann ich also zu dieser nachtschlafenden Zeit für dich tun?«

»Vielleicht kommt dir die Frage unter den Umständen albern vor, aber ich wüßte gern, ob du nach wie vor bei Glentochry für den Export zuständig bist.«

»Bin ich.«

»Schön. Du hast nicht irgendwie auch was mit Tarvey's Gin zu tun?«

»Doch, merkwürdigerweise schon, wenn auch eher aus Zufall. Die Firma Gladwin hat kürzlich einen neuen Marketingausschuß für das Produkt eingesetzt, mit besonderer Zielrichtung auf die Vereinigten Staaten, und ich gehöre zum Ausschuß, vermutlich weil ich den amerikanischen Markt ziemlich gut kenne. Warum fragst du?«

»Na ja, ich hab gerüchteweise gehört, daß Tarvey hier eine neue Werbeagentur sucht.«

»Wieso weißt du davon? Das hab ja sogar ich erst diese Woche erfahren!«

»Rein zufällig, bei einer Verkaufsbesprechung.«

»Stimmt, du hast recht. Man scheint es bei Gladwin entsetzlich eilig zu haben, Tarvey in den amerikanischen Markt zu drücken, und deshalb suchen sie so schnell wie möglich eine neue Agentur. Ich darf nächste Woche Montag und Dienstag von morgens bis abends fünf verdammte Vorschläge durchackern.« Er schwieg eine Weile. »Wieso interessierst du dich für Tarvey?«

»Tu ich nicht, Hand aufs Herz. Es ist nur so ... Ach was, ich erzähl's dir. Ich weiß von einer Agentur, die ein Konzept vorlegt, und, daß die Leute nach allgemeiner Ansicht als die Agentur der Zukunft gelten.«

»Wie heißt der Laden?«

»Culpepper Rowan.«

»Ja, den Namen hab ich schon mal gehört. Bist du an denen irgendwie beteiligt?«

»Nicht im geringsten! Ich kenne nur ein paar von den Direktoren ziemlich gut. Soweit ich weiß, ist die Agentur ausgesprochen erfolgreich, braucht aber einen wichtigen internationalen Auftraggeber, um in die Spitzengruppe aufzusteigen. Ich denke, falls die den Etat bekommen, würden sie alle Hebel in Bewegung setzen, um Tarvey für Gladwin so rasch wie möglich auf dem amerikanischen Markt durchzusetzen.«

Am anderen Ende der Leitung herrschte kurzes Schweigen. »Ich kann dir nichts versprechen, David.«

»Das versteht sich von selbst. Es wäre nur schön, wenn du dir deren Exposé ein bißchen gründlicher ansehen könntest.«

Will lachte. »Geht in Ordnung, du penetranter Kerl. Wird gemacht!«

»Vielen Dank, Will.«

»Übrigens, David, wo wir gerade von Gerüchten reden, kann es sein, daß jemand gerade versucht, Glendurnich in Schwierigkeiten zu bringen?«

David runzelte die Stirn. »Was meinst du damit?«

»Wenn du fragen mußt, ist an der Sache wohl nichts dran. Es ist nur so, als ich vor ein paar Tagen mit Fraser Campbell von Dunmorran Malt zu Mittag gegessen habe, hat der mir gesagt, daß Leute von einem der großen Konzerne in seiner Firma rumgeschnüffelt haben.«

»Mann, das hat mir noch gefehlt! Wer steckt dahinter?«

»Kirkpatrick.«

David spürte, wie sein Mund trocken wurde. »Hast du Kirkpatrick gesagt?« fragte er ruhig.

»Ja. Man munkelt, daß die scharf darauf sind, eine Malt-Whisky-Destillerie aufzukaufen. Aber wenn du noch nichts davon gehört hast, ist das wohl mehr Rauch als Feuer.«

Stumm sah David auf Carries Gemälde über dem Schreibtisch. Er hörte, wie Will am anderen Ende der Leitung gähnte.

»Hör mal, ich bin ziemlich kaputt. Willst du noch irgendwas von mir wissen, oder kann ich jetzt schlafen gehen?«

David schüttelte den Kopf, um sich von seinem Gedanken zu befreien. »Nein – entschuldige, Will. Das ist alles, und nimm es mir bitte nicht übel, daß ich zu einer so unmöglichen Zeit angerufen hab.«

»Macht nichts. Und ich werde an Culpepper Rowan denken.«

Nachdem David aufgelegt hatte, ließ er sich schwer auf das Bett fallen und fuhr sich mit den Fingern durch die Haare. War es wirklich möglich, daß Kirkpatrick es auf Glendurnich abgesehen hatte? Davon hätte er doch bestimmt über seinen Vater oder Caple etwas erfahren.

»Ist etwas nicht in Ordnung, Papa?« fragte Sophie leise.

Er merkte jetzt erst, daß ihn seine drei Kinder beunruhigt ansahen.

»Du bist ganz weiß im Gesicht«, sagte sie.

Er richtete sich auf und lächelte. »Nein, es ist alles in Ordnung.« Er klatschte in die Hände. »So! Und jetzt, Charlie und Harriet, ab in die Heia!«

Ohne auf das einstimmige Protestgeschrei einzugehen, trug er seine Jüngste auf die Veranda, legte sie auf ihr Bett und kitzelte sie am Bauch. Lustvoll kreischend stieß sie mit den Beinen nach ihm, um sich vor der väterlichen Folter zu schützen.

»Papa?«

»Ja?«

»Spielst du morgen Monopoly mit mir?«

»Klar.«

»Krieg ich dann wieder die rote Spielfigur?«

»Natürlich, aber jetzt wird geschlafen!«

Er beugte sich über sie, küßte sie auf die Stirn und tätschelte Charlie, als er ins Haus zurückkehrte, im Vorübergehen den Kopf. Danach schob er Sophies Bett in die Mitte des Zimmers, um am Schreibtisch Platz zu haben, nahm einen Bogen Papier und setzte sich hin, um die zusammenhanglosen Einzelheiten, die ihm durch den Kopf schwirrten, zu einem Ganzen zusammenzufügen.

Er hatte nichts, worauf er sich stützen konnte. Alles gründete sich ausschließlich auf Annahmen und Vermutungen. Die einzige greifbare Tatsache, mit der sich alle möglichen Zusammenhänge verknüpfen ließen, war Caples nachdrückliche Empfehlung, die Firma Deakin in den Vereinigten Staaten für den Vertrieb von Glendurnich-Whisky einzusetzen, sowie die Übernahme der Firma Deakin durch den Kirkpatrick-Konzern. Und Caples Wunsch ging auf den Rückgang der Umsätze in den Vereinigten Staaten zurück. David hatte keinerlei konkrete Angaben zur Hand, aus denen hervorging, ob es sich tatsächlich so verhielt.

Er schloß die Augen und kratzte sich hingebungsvoll am Hinterkopf. Wahrscheinlich geheimniste er da zuviel hinein. Weil du Idiot dein Gehirn in den letzten acht Monaten nicht regelmäßig benutzt hast, sagte er sich, siehst du Gespenster. Es war ohnehin undenkbar, daß Kirkpatrick der Firma Glendurnich etwas anhaben konnte. Schließlich handelte es sich um eine Personengesellschaft, deren Anteile sein Vater und er besaßen. Und, Augenblick mal, ja, ein Teil davon befand sich in den Händen von Mitarbeitern, denen sein Vater eine Beteiligung angeboten hatte. Aber viel dürfte das nicht sein. Nein, zweifellos war Glendurnich gegen eine feindliche Übernahme gefeit.

Doch wie konnte er feststellen, ob die Sache womöglich innerhalb des Unternehmens zur Debatte gestellt worden war? Wen zum Teufel konnte er danach fragen? Auf keinen Fall Caple – sofern es *doch* eine Verbindung zwischen Glendurnich und Kirkpatrick gab, lief die mit Sicherheit über ihn. Seinen Vater aber konnte er ebensowenig fragen, denn es gab keinen Anlaß, ihn unnötig mit etwas zu beunruhigen, was sich höchstwahrscheinlich als reine Spekulation erweisen würde.

Margaret! Auf sie konnte er mit Sicherheit zählen. Andererseits eignete sie sich wegen ihrer überschwenglichen Art nicht unbedingt für diese Art von Detektivaufgabe. Doch bestimmt konnte er über sie ein Fax in die richtigen Hände gelangen lassen – aber wessen? Er schnalzte nervös mit den Fingern. Wie hatte der junge Mann noch geheißen, den sein Vater nach der Besprechung ins Sitzungszimmer gerufen hatte? Er schlug sich an den Kopf und versuchte, sich an den Namen zu erinnern. Wie war der Name noch, zum Kuckuck? Los, sein Großvater hatte in der Brennerei gearbeitet. Mc, McIrgendwas, Mc- McLachlan! Ja, das war es! Archie McLachlan!

»Papa?«

Sophie stand im Schlafanzug neben ihm.

»Ja, mein Kind?«

»Brauchst du noch lang? Ich bin ziemlich kaputt und würde gern schlafen gehen.«

Er sah auf ihr Bett, das mitten im Zimmer stand.

»Ach je, tut mir leid! Nur noch fünf Minuten. Ich muß noch schnell ein Fax ans Büro schicken, danach bring ich dein Bett in Ordnung. Würde es dir was ausmachen, dich auf meins zu legen, bis ich fertig bin? Falls Dodie da draufliegt, schmeiß sie einfach runter.«

Achselzuckend drehte sich Sophie um und ging durch den Vorhang in Davids Schlafnische. Sofort hörte man Dodie knurren, worauf ein dumpfer Schlag folgte: Offensichtlich war sie vom Bett auf den Fußboden befördert worden. David begann zu schreiben.

Fax an: *Archie McLachlan* (ÜBER MARGARET)
Glendurnich Distilleries Ltd

Von: *David Corstorphine*

Lieber Archie,
Es wäre mir lieb, wenn Sie sich für mich ein wenig umhören könnten. Ich habe soeben von einem Londoner Freund erfahren, daß ein Unternehmen namens Kirkpatrick Holdings Plc. darauf aus ist, eine Malt-Whisky-Destillerie zu erwerben. Vermutlich gibt es keinen Grund, sich wegen Glendurnich Sorgen zu machen, aber könnten Sie vielleicht trotzdem unauffällig mit einigen Ihrer Kollegen sprechen, die unter Umständen etwas in dieser Richtung gehört haben?

Ich wäre Ihnen sehr dankbar, wenn Sie das vertraulich behandeln würden und auf keinen Fall *irgend jemanden von der Unternehmensleitung auf diese Sache ansprechen. Sollten Sie etwas in Erfahrung bringen, faxen Sie es bitte umgehend an die Absendernummer. Sofern ich nichts von Ihnen höre, gehe ich davon aus, daß alles zum besten steht.*

Mit herzlichen Grüßen

David Corstorphine

Er sandte das Fax ab und schob danach Sophies Bett an Ort und Stelle.

»Sophie?«

»Ja?« ertönte ihre schläfrige Stimme hinter dem Vorhang.

»Dein Bett ist jetzt frei.«

KAPITEL 29

Seit sie bei Glendurnich Distilleries angefangen hatte, war Doreen McWhirter jeden Morgen um Punkt halb neun ins Büro gekommen, obwohl sie wie alle anderen Angestellten erst um neun Uhr mit der Arbeit beginnen mußte. Doch um auf jeden Fall alle Fäden in der Hand zu haben, was sich ihrer Auffassung nach in ihrer neuen Position als Empfangsdame empfahl, fand sie es wichtig, so zeitig anwesend zu sein, daß sie die Führungskräfte schon bei deren Ankunft begrüßen konnte. Außerdem konnte sie so den Kollegen, wenn diese kurz vor Arbeitsbeginn unlustig eintrafen, ihren Eifer und ihr Verantwortungsbewußtsein demonstrieren.

Deswegen war sie an jenem Montag morgen zugleich überrascht und ein wenig gekränkt, als sie sah, daß sie nicht die erste war. Die Tür des Haupteingangs war bereits offen. Mit raschen Schritten ging sie zur Telefonzentrale und sah auf das Schaltpult.

Mr. Caple war im Haus, denn die rote Kontrolleuchte, die zu seinem Telefon gehörte, brannte. Mit kokettem Lächeln nahm Doreen ihre Handtasche und ging zum Waschraum für die weibliche Belegschaft. Dort holte sie Puderdose und Lippenstift heraus, setzte die geschwungene Brille ab und machte sich daran, ihr Make-up dezent aufzufrischen.

Sie mochte Mr. Caple. Er war ihr schon beim Vorstellungsgespräch sympathisch gewesen. Endlich einmal ein ordentlicher junger Mann, der klare Vorstellungen davon hatte, wie etwas getan werden mußte, und sie war sicher, daß sie eingestellt worden war, weil er in ihr ähnliche Qualitäten erkannt hatte.

Sie ließ die Puderdose zuschnappen. Nachdem sie ihr kurz geschnittenes, von einzelnen grauen Fäden durchzogenes Haar ein wenig aufgelockert hatte, kehrte sie zum Empfang zurück und setzte sich auf ihren Platz. Dann klatschte sie einmal in die Hände, womit sie sich selbst das Zeichen gab, mit der Arbeit zu beginnen.

Wie jeden Morgen ging sie als erstes zur Tür, um die Zeitungen aufzusammeln, die dort am Boden lagen, und drapierte sie nach Größe sortiert auf den Couchtisch zwischen den beiden Ledersofas.

Nachdem sie sich vergewissert hatte, daß die Zeitungen auch ordentlich dalagen, ging sie ans Faxgerät, um nachzusehen, ob über das Wochenende Mitteilungen eingegangen waren. Sie überflog das eine Fax, das sie fand, kurz im Gehen. Anfangs verstand sie den Zusammenhang nicht so recht, nachdem sie es aber noch einmal gelesen hatte, verzog sie mißbilligend ihren Mund.

Ein Blick auf das Schaltpult zeigte ihr, daß Mr. Caple nicht mehr sprach. So durchquerte sie raschen Schritts den Empfangsbereich, ging die Treppe hinauf und eilte durch den Gang zu seinem Büro. Dort klopfte sie und neigte erwartungsvoll den Kopf.

»Ja?« kam seine Stimme.

Sie öffnete die Tür und steckte ihren Kopf ins Zimmer.

»Ach, Doreen! Wie geht's Ihnen heute? Kommen Sie doch herein.«

Sie lächelte bei diesen munteren Worten und trat ein. »Sie müssen ja heute mit den Hühnern aufgestanden sein, Mr. Caple«, sagte sie schelmisch und merkte, wie sie dabei errötete.

»Ich habe zu tun, Doreen! Da darf man nicht trödeln!«

»Auf keinen Fall«, antwortete sie und lachte fröhlich. »Da bin ich ganz Ihrer Meinung.«

»Und was kann ich für Sie tun?«

Sie trat an seinen Schreibtisch, das Fax an sich gedrückt. »Hoffentlich halten Sie es für richtig, daß ich Ihnen dieses Fax hier zeige. Es ist am Wochenende gekommen. Offen gesagt denke ich nicht, daß sich sein Inhalt mit den Interessen der Firma deckt.«

An die Stelle des Lächelns auf Caples Zügen trat ein fragendes Stirnrunzeln, und er griff nach dem Fax. »Dann sollte ich es mir wohl einmal ansehen.«

Doreen gab es ihm und wartete besorgt auf seine Reaktion. Caple spürte, wie sich beim Lesen sein Magen zusammenkrampfte, und er mußte sich ziemlich zusammennehmen, um nicht laut zu fluchen. Er warf Doreen ein gezwungenes Lächeln zu und las das Blatt noch einmal durch.

»Gut!« sagte er schließlich und warf das Blatt auf seinen Schreibtisch. »Es war goldrichtig, mir das zu bringen.«

»Ich finde, das grenzt an kriminelles Verhalten, Mr. Caple!« sagte sie in scharfem Ton, erfreut, weil er ihr rechtgab. Sie hatte das Gefühl, sich jetzt ungehemmt zu dem Thema äußern zu dürfen. »Da versucht doch tatsächlich dieser –« sie beugte sich vor und drehte das Fax zu sich herum, damit sie den Namen lesen konnte – »dieser Mr. Corstorphine über die Köpfe der Geschäftsleitung hinweg zu handeln. Wer ist er eigentlich, daß er glaubt –«

»Ich sage Ihnen, was wir tun werden«, schnitt Caple ihr das Wort ab und sah sie an. »Bis ich der Sache ein wenig auf den Grund gegangen bin, sollten wir das hier auf jeden Fall für uns behalten. Kein Wort zu irgend jemandem darüber, vor allem nicht zu diesem« – er sah auf das Fax – »diesem Archie McLachlan.« Er sah sie fragend an. »Ich kenne den Mann wohl nicht zufällig, oder?«

»Momentan arbeitet er im Vertrieb. Soweit ich weiß, ist er kein Festangestellter, sondern lediglich Praktikant.«

»Aha«, sagte Caple und nickte bedächtig. »Wie gesagt, Doreen, das bleibt unter uns. Würden Sie mir inzwischen einen Gefallen tun?«

»Gewiß.«

»Könnten Sie feststellen, wann sein Vertrag ausläuft?«

»Selbstverständlich.« Doreen lächelte Caple wissend zu. »Ein sehr geschickter Schachzug, wenn Sie mir erlauben, das zu sagen.«

»Lassen wir es dabei bewenden, und vielen Dank, daß Sie mich auf die Sache aufmerksam gemacht haben. Es könnte wirklich von unschätzbarem Wert sein.«

»Das hoffe ich sehr«, antwortete sie selbstgefällig und verließ das Büro.

Caple wartete, bis er ihre Schritte auf der Treppe hörte, dann sprang er auf, so daß sein Sessel nach hinten rollte. Er hielt ihn fest, bevor er gegen die Wand prallte.

»*Verdammt*!« fluchte er leise.

Er nahm das Fax und lief unruhig im Zimmer auf und ab, während er es erneut durchlas.

»*Himmel, Arsch und Wolkenbruch*!«

Er zerknüllte das Blatt, ging ans Fenster und sah mit leerem Blick hinaus, dorthin, wo die hohen Kiefern hinter dem Parkplatz aufragten.

Wie zum Teufel mochte David hinter die Sache mit Kirkpatrick gekommen sein? Niemand wußte doch davon! Und wie lange schon hielt er insgeheim Kontakt mit diesem Kerl Archie? Womöglich waren schon früher, als noch die alte Margaret am Empfang saß, Faxe ausgetauscht worden, ohne daß er etwas davon wußte. Verdammt, er hatte diesen David unterschätzt, hatte angenommen, er würde sich sehr viel länger aus dem Geschäft heraushalten. Er trat wieder an seinen Schreibtisch und strich das Papier glatt. Er setzte sich und las es noch einmal durch.

Genaues wußte er aber wohl nicht, oder? »Vermutlich gibt es keinen Grund, sich wegen Glendurnich Sorgen zu machen« stand da. Auf der anderen Seite mußte er aber Verdacht geschöpft haben, wenn er diesen McLachlan ausdrücklich gebeten hatte, dafür zu sorgen, daß die Unternehmensleitung nichts von dieser Korrespondenz erfuhr.

Er wählte eine Nummer. Die näselnde Stimme einer Telefonistin meldete sich. »Guten Morgen, hier Kirkpatrick Holdings!«

»Ich würde gern mit Mr. Davenport sprechen.«

»Wer ist bitte am Apparat?«

»Duncan Caple, Glendurnich.«

Es knackte in der Leitung, und nach zehn Sekunden elektronischer Mozartklänge meldete sich John Davenport. »Hallo, Duncan. Wie geht's?«

»Leider überhaupt nicht gut, John. Es gibt Ärger. Meine Empfangsdame hat mir gerade ein Fax gebracht, das am Wochenende gekommen ist.«

»Und?«

»Es ist von David Corstorphine aus den Vereinigten Staaten.«

»Ja?«

Caple las ihm das Fax langsam und deutlich vor. Anschließend lehnte er sich zurück und wartete. In der Leitung hörte man John Davenports schweres Atmen.

»Mist! Hattest du nicht gesagt, daß er außer Gefecht ist?«

»Das hatte ich angenommen! Andererseits gibt es aber auch keine klaren Hinweise darauf, daß er das Spiel durchschaut hat.«

»Na ja, ich finde, das Fax spricht eine hinreichend deutliche Sprache.«

»Nicht unbedingt. Zum einen stützt er sich offenbar auf bloße Vermutungen. Ich bin überzeugt, daß er nur gerüchteweise und rein zufällig von eurer Absicht erfahren hat, einen Malt-Whisky-Hersteller aufzukaufen. Vermutlich will er einfach auskundschaften, was es damit auf sich hat – weiter nichts. Zum anderen bin ich ziemlich sicher, daß er noch nicht wieder ganz Herr seiner Sinne ist. Ganz bewußt erkundige ich mich jedesmal bei seinem Vater nach ihm und bekomme immer wieder zur Antwort, daß er sich bis jetzt nicht imstande sieht, nach Schottland zurückzukehren.«

»Schön. Aber warum will er dann die Geschäftsleitung deiner Ansicht nach aus der Sache heraushalten? Immerhin hätte er dich doch direkt anfaxen können.«

»Keine Ahnung. Meine erste Vermutung war, daß er sich wieder mit Deakin in Verbindung gesetzt hat, aber das hätten wir von Charles Deakin bestimmt sofort erfahren. Wie ich das sehe, hält David die ganze Sache für so *unwahrscheinlich*, daß er nicht riskieren will, noch einmal als Volltrottel dazustehen, wie damals in New York.«

John Davenport seufzte. »Na ja, wir wollen das Positive sehen. Zum Glück hat er ein Fax und keinen Brief geschickt, und wir haben es Gott sei Dank abgefangen.«

Caple begann auf der Schreibunterlage herumzukritzeln.

»Und was willst du tun? Wie geplant weitermachen oder, na ja, noch mal über die Sache nachdenken?«

»Kommt überhaupt nicht in Frage! Du hast selbst gesagt, daß sich das Fax von A bis Z auf bloße Annahmen stützt! Kirkpatrick ist auf Glendurnich angewiesen, Duncan, und ich denke nicht daran, ein ganzes Jahr Vorbereitung in letzter Sekunde mir nichts, dir nichts in den Wind zu schreiben! Vergiß nicht, daß dir eine halbe Million Pfund winkt, wenn unser Vorhaben gelingt. Auf die willst du ja wohl nicht verzichten, oder? Nein, nein, wir ziehen die Sache durch, aber wir müssen den Zeitrahmen straffen. Wir können es nicht riskieren, noch zwei Wochen zu warten.«

»Heißt das, du willst noch diese Woche losschlagen?«

»Es wird nicht anders gehen, Duncan. Was glaubst du – schaffst du das?«

»In Ordnung«, sagte er entschlossen. »Wir ziehen das Ganze um eine Woche vor. Am Freitag nachmittag rufe ich alle Mitarbeiter kurz vor Feierabend auf dem Parkplatz zusammen und unterbreite ihnen den Vorschlag. Dann haben sie das Wochenende, um darüber nachzudenken. Am Samstag nachmittag gehe ich zu Inchelvie und setze ihn von unserem Angebot in Kenntnis.«

»Gut, aber du solltest wirklich allmählich damit anfangen, ihn ordentlich unter Druck zu setzen. Du *mußt* ihn überzeugen, daß es für Glendurnich keine andere Möglichkeit gibt zu überleben, und gib ihm vor allem zu verstehen, daß wir im wohlverstandenen Interesse seiner Familie und der Firma handeln. Mein Vorschlag wäre, daß du deinen Trumpf mit den einunddreißig Prozent Belegschaftsanteilen ausspielst, sobald du am Montag morgen die Entscheidung der Mitarbeiter erfahren hast. Vielleicht schaffst du es sogar, daß er danach auch einige seiner Anteile abtritt. Ich würde mich wohler fühlen, wenn wir möglichst dicht an fünfzig Prozent dran wären, bevor die Sache an die Öffentlichkeit gelangt.«

»Keine Sorge. Ich denke, wir haben ziemlich genau geplant, wie wir das durchziehen wollen.«

»Hoffentlich. Ich muß dich daran erinnern, daß wir, was Glendurnich betrifft, ziemlich hart am Wind segeln. Zwar verstoßen wir gegen keine bestehenden Gesetze, trotzdem könnte man unser Handeln als ›zu weitgehenden Eingriff in firmeninterne Angelegenheiten‹ auslegen.«

»Das ist mir klar, John.«

»Schön! Und was willst du wegen Corstorphines Fax unternehmen?«

»Zuerst war mir der Gedanke gekommen, ihm ein Fax direkt aus dem Computer zu schicken – ohne Unterschrift oder was sonst Rückschlüsse auf den Absender zuließe. Aber das dürfte zu gefährlich sein, denn das wäre *tatsächlich* gesetzwidrig. Nein, ich glaube, wir lassen die Dinge einfach so weiterlaufen. Immerhin erwartet er ja keine Antwort.«

»Stimmt. Und was ist mit diesem McLachlan?«

»Keine Sorge, den mache ich unschädlich.«

»In Ordnung. Sieh nur zu, daß du ordentlich Rückendeckung hast. Ich weiß ziemlich genau, worauf du dich da einläßt, schließlich habe ich mein Leben lang nichts anderes getan als du jetzt! Halte mich ab sofort täglich auf dem laufenden – und falls du meinen Rat brauchst, kannst du gern auch zwischendurch anrufen.«

»Wird gemacht.«

»Dann viel Glück. Und immer das Ziel im Auge behalten, mein Junge!«

Sein Gesprächspartner legte auf, bevor Caple Zeit hatte zu antworten. Er zerriß das Fax langsam in winzige Schnipsel, die er in den Papierkorb segeln ließ. Dann drückte er auf den Knopf seiner Gegensprechanlage. »Doreen?«

»Ja, Mr. Caple?«

»Was haben Sie wegen McLachlan herausgefunden?«

»Sein Vertrag läuft Ende nächsten Monats aus.«

»Gut. Ich fürchte, uns bleibt keine Wahl, als ihn vorzeitig aufzulösen. Würden Sie ihn bitte gleich zu mir schicken?«

»Gern, Mr. Caple.«

»Doreen?«

»Ja?«

»Noch mal vielen Dank, daß Sie mitgedacht haben. Ich bin sicher, daß sich das Fax für die Zukunft des Unternehmens außerordentlich schädlich hätte auswirken können.«

»Genau das hatte ich vermutet. Ich werde mich gleich mit dem jungen McLachlan in Verbindung setzen.«

KAPITEL
30

Bei Culpepper Rowan herrschte am Dienstag morgen angespannte Erwartung. Man konnte glauben, in einer Anwaltskanzlei zu sein, in der alle auf die Mitteilung über die Gewährung oder Ablehnung eines Hinrichtungsaufschubs warteten. Kaum jemand lachte oder plauderte, die Mitglieder der Firmenspitze blieben in ihren Büros, und statt sich wie gewohnt munter zu begrüßen oder einander freundschaftlich zu necken, lief man auf den Gängen schweigend aneinander vorbei oder tauschte höchstens ein flüchtiges nervöses Lächeln.

Sam Culpepper hatte an jenem Vormittag lediglich eine interne E-Mail geschickt, in der er jeden ausdrücklich anwies, daß er als erster informiert werden wollte, falls sich die Firma Tarvey meldete. Infolgedessen ließ Jennifer jedesmal, wenn das Telefon klingelte, alles stehen und liegen und starrte wie gebannt auf das Display. Dabei biß sie unruhig auf einem Fingernagel herum, bis das Klingeln wieder aufhörte. Anschließend versuchte sie sich mit einem ergebenen Seufzer wieder auf ein Exposé für Russ' neuen Kunden zu konzentrieren.

Auch am Mittag hatte sie noch nichts von Sam gehört. Da ihr klar war, daß es in London inzwischen fünf Uhr nachmittags war, machte sie sich mit dem Gedanken vertraut, daß man in irgendeiner anderen Agentur bereits den Auftrag von Tarvey feierte. Sie ging noch einmal auch die unbedeutendsten Einzelheiten ihres Konzepts durch, das sie auswendig kannte wie ihre persönlichsten Daten. Je mehr sie darüber nachdachte, desto mehr neue Gedanken kamen ihr in den Sinn, und die Punkte, die sie verworfen hatte und von denen sie jetzt wünschte, sie mit aufgenommen zu haben. Sie wurde immer niedergeschlagener.

Um ein Uhr schien das Telefon überhaupt nicht klingeln zu wollen. Erledigt, dachte sie: Der Fall ist erledigt. Wir haben den Auftrag *endgültig* nicht bekommen. Sie rieb sich das Gesicht mit beiden Händen. Was für eine Vergeudung von Energie! *Großer Gott*, warum hatte Sam je geglaubt, sie könnten sich gegen all die großen Namen durchsetzen? Das war doch wie der – wie der Kampf Davids gegen Goliath! Sie mußte lachen, weil sie sich *ihren* David vorstellte, der nur mit Gartenhacke und Tennisschläger bewaffnet, einem Riesen gegenüberstand. Wie sie ihn kannte, würde er ihn sogar besiegen!

Sie stand auf, ging zum Fenster und sah hinaus. Zwei Fensterputzer standen in ihrem vom Dach des gegenüberliegenden Bürogebäudes hoch über der Fifth Avenue herabhängenden schwankenden Aufzug und unterhielten sich in aller Seelenruhe miteinander.

Plötzlich flog die Tür ihres Büros auf und schlug gegen das dahinterstehende Bücherregal, so daß Jennifer erschrocken herumfuhr. Niemand kam herein, aber sie hörte gedämpfte Stimmen auf dem Gang.

»Wer ist da?« fragte sie.

»Los, Russ, mach schon!« flüsterte eine Stimme.

»Es geht nicht! Er klemmt!«

»Dann schüttel sie doch!«

»Was zum Teufel ist da los?« Jennifer ging zur Tür. Dann hörte sie einen lauten Knall, ein Champagnerkorken prallte von der Zimmerdecke ab und traf sie so empfindlich am Zeh, daß sie zurücksprang.

»Was *zum Teufel* ist da …«

Sams fast kahler Kopf erschien neben der Tür.

»Wer ist ein Genie?« fragte er mit einem so dummen Grinsen, daß es aussah, als versuche er sich an ein falsches Gebiß in Übergröße zu gewöhnen. »Wer hat für uns den Tarvey-Auftrag hereingeholt?«

Jennifer spürte, wie ihr Unterkiefer buchstäblich herunterfiel.

»*Was*? Aber wie? Wann? Das Telefon hat doch über eine Stunde nicht geklingelt.«

Sam kam herein und schwenkte ein Fax. »Kann schon sein. Aber wer hat gesagt, daß sie anrufen würden?«

Jennifer schlug die Hände über dem Kopf zusammen. »Ach, du liebes bißchen! Heißt das, wir *haben* ihn?« Sie konnte kaum glauben, was Sam sagte.

»Nein!« stieß Sam hervor und fuchtelte mit dem Fax in der Luft herum. »*Sie* haben ihn, Jennifer! *Sie* haben ihn für uns hereingeholt.«

Sie taumelte zurück und setzte sich auf ihren Schreibtisch. »Wir haben den Auftrag?« fragte sie leise.

Sam wurde ungeduldig. »Wie oft muß ich es noch sagen? Ja, wir haben ihn, wir – haben – den – Auftrag von Tarvey.«

Verständnislos sah Jennifer an Sam vorbei. »Wir haben den Auftrag von Tarvey«, sagte sie wie in Hypnose.

Wieder setzte Sam sein dummes Grinsen auf und nickte wie verrückt. Russ drückte Jennifer ein Glas Champagner in die Hand und gab ihr einen Kuß auf die Wange. »Was für eine wunderbare Frau Sie doch sind, Jennifer Newman«, sagte er augenzwinkernd.

Als sie endlich die Tragweite der Mitteilung begriff, fing auch sie an zu grinsen. Sie stellte das Glas neben sich, schlang Sam die Arme um den Hals und begann wie wild auf und ab zu hüpfen. »Wir haben ihn, Sam! Wir *haben* ihn!«

»Ich *weiß*! Ich *weiß*!« sagte er und versuchte, im gleichen Rhythmus mitzuhüpfen.

Jennifer schob ihn von sich weg. »Lassen Sie es mich sehen!« Sie riß ihm das Fax aus der Hand und las es Wort für Wort laut vor.

7. Juli

FAX AN:	*Culpepper Rowan*
ZU HÄNDEN VON:	*Sam Culpepper, Geschäftsführer*
VON:	*Adrian Thompson, Geschäftsführer der Firma Tarvey's Gin Ltd.*
BETR.:	*Werbekampagne für Tarvey's Gin in den Vereinigten Staaten*

Aufgeregt lächelte Jennifer ihren beiden Kollegen zu, bevor sie weiterlas.

Sehr geehrter Mr. Culpepper,
Nach gründlicher Prüfung der uns vorliegenden Angebote für die oben genannte Werbekampagne dürfen wir Ihnen mitteilen, daß unser Auswahlausschuß einstimmig beschlossen hat, Ihnen den Etat zu übertragen.

Unsere Entscheidung basiert sowohl auf Ihrem ausgezeichneten Exposé wie auch auf der Empfehlung durch den Teilhaber eines Unternehmens der Getränkebranche gegenüber einem Mitglied unseres Ausschusses, derzufolge Ihre Firma in der Lage ist, unverzüglich eine Werbekampagne für Tarvey's Gin in Angriff zu nehmen. Letzteres ist in unseren Augen unabdingbar, da es unser Bestreben ist, im Verlauf des kommenden Jahres einen beträchtlichen Anteil des amerikanischen Marktes für uns zu gewinnen.

Ich habe mir erlaubt, bereits für den kommenden Montag für unseren Marketingdirektor und mich selbst einen Flug nach New York zu buchen, wo wir um 14 Uhr Ortszeit eintreffen werden. Ich wäre Ihnen dankbar für eine Bestätigung, daß Sie den Auftrag annehmen und bereit sind, am Montag, 13. Juli, um 15.30 ein Gespräch mit uns zu führen.

Mit einem aufrichtigen Glückwunsch für eine exzellent geplante Kampagne und den besten Wünschen für deren Erfolg,

Ihr
Adrian Thompson
Geschäftsführender Direktor, Tarvey's Gin Ltd.

Bei den letzten Worten wurde Jennifers Stimme leise, und sie sah mit ungläubiger Miene auf.

»Wir haben ihn, Sam, wir haben ihn, es darf nicht wahr sein!«

»Auf Tarvey's Gin!« sagte Sam und lachte. »Er möge lange fließen!«

Nachdem sie einander zugeprostet hatten, füllte Russ Jennifers Glas von neuem. »Und?« fragte er und sah sie dabei aus dem Augenwinkel an.

»Wer ist Ihr geheimer Kontaktmann?«

Jennifer überflog das Fax noch mal. »Ich habe nicht die geringste Ahnung. Ich – ich wollte Sie das auch fragen.«

Sam zupfte Russ am Arm, er wollte sein Glas ebenfalls aufgefüllt haben. »Ach, wer will das so genau wissen! Wer auch immer es ist, möge Gott in diesem Moment seinen Blick auf ihn lenken und ihn auf die Stirn küssen!«

Lachend hoben sie die Gläser.

Der Champagner und der vollständige Stimmungsumschwung aus tiefster Niedergeschlagenheit zu höchster Euphorie blieben nicht ohne Wirkung auf Jennifer, und sie ließ sich schwer auf ihren Stuhl fallen.

»Großer Gott, ich bin einfach *fix und fertig*! Den ganzen Tag hab ich hier gesessen und an nichts anderes gedacht als an das Exposé! Nicht eine Sekunde lang hätte ich geglaubt ...«

Ihre Stimme versagte. Als sie nach draußen sah, waren die beiden Fensterputzer gegenüber immer noch an derselben Stelle wie vorher und redeten miteinander. Jennifer kam sich vor wie in einer Zeitverwerfung – als hätte jemand auf einem Videogerät die Pausentaste gedrückt. Da draußen war alles wie zuvor, während sich hier im Büro in den letzten drei Minuten so vieles geändert hatte. Die Zukunft hatte eine neue Richtung bekommen, und das galt nicht nur für sie selbst, sondern auch für Sam, Russ und alle anderen!

Sie sah ihre Kollegen an und merkte, daß auf deren Zügen statt des Jubels jetzt fragende Besorgnis lag. Sam trat an ihren Schreibtisch. »Hören Sie, Jennifer«, sagte er ruhig. »Ich werde das Fax beantworten und alles bestätigen. Und wissen Sie, was ich von Ihnen erwarte? Ich möchte, daß Sie sofort hier verschwinden, und ich will Sie erst nächsten Montag morgen hier wiedersehen. Schließlich kommen die Leute erst in einer Woche.«

Jennifer sah ihn an. »Aber was ist mit den Vorarbeiten für die Kampagne?«

»Es gibt nichts zu tun, solange die nicht hier sind! Sie haben schon alles erledigt! Wir gehen einfach das Exposé noch mal Punkt für Punkt durch. Wie gesagt – verschwinden Sie, fahren Sie raus nach Leesport, entspannen sich zu Hause und genießen den Rest der Woche mit Benji. Das haben Sie sich weiß Gott verdient!«

Sie schloß die Augen. Die Vorstellung, fast eine ganze Woche nicht ins Büro zu müssen, erfüllte sie plötzlich mit einem sagenhaften Glücksgefühl. Sie öffnete die Augen und sah die beiden Männer an, die sich auf ihrem Tisch aufgestützt hatten, nicht unähnlich zwei Gottesanbeterinnen, die ihre nächste Mahlzeit beäugten.

»Meinen Sie, das geht, Sam?«

»Selbstverständlich!« Er lächelte. »Erholen Sie sich, und bereiten Sie sich auf die Sitzung am nächsten Montag vor.«

Von jenem Augenblick an stand alles, was Jennifer tat, in vollständigem Gegensatz zu der hektischen Art, in der sie sonst ihr Leben führte. Sie war mit einem Taxi in die Barrymore Street gefahren, hatte eine volle Stunde lang einen Koffer gepackt, wofür sie normalerweise zehn Minuten gebraucht hätte, und tat auf dem Rückweg nach Leesport etwas ganz Ungewöhnliches: Sie hielt bei einem Restaurant an der Straße, um eine Tasse Kaffee zu trinken. Sie hatte einfach keine Eile mehr. Der größte Teil der Woche lang vor ihr, und sie war entschlossen, jeden Augenblick zu genießen.

Um halb vier war sie zu Hause, holte den Koffer aus dem Kofferraum und ging zur Haustür. Als sie sie aufdrücken wollte, zeigte sich, daß sie verschlossen war. Anfänglich war sie verwirrt, aber vermutlich waren Benji und Jasmine ja auf Fire Island. Doch wo immer sie auch sein mochten, es gab keinen Grund zur Sorge, denn zweifellos war David bei ihnen.

Sie trat ein und blieb einen Augenblick horchend in der Diele stehen, ohne besonderen Anlaß. Sie genoß einfach Frieden und Stille des leeren Hauses. Dann trug sie ihren Koffer nach oben, ging ins Badezimmer und ließ Wasser in die Wanne laufen. Ein entspannendes Bad war jetzt genau das Richtige. Wie gebannt sah sie dem aus den Hähnen laufenden Wasser zu, und immer wieder kehrten ihre Gedanken voller Hochgefühl zu ihrem Erfolg zurück.

Das gluckernde Geräusch, mit dem das Wasser durch den Überlauf floß, riß sie aus ihrer Träumerei. Sie drehte die Hähne zu und wählte die Nummer von Alex' Mobiltelefon. Während sie darauf wartete, daß er sich meldete, schlüpfte sie aus den Schuhen, knöpfte sich die Bluse auf und lauschte auf die Geräusche in der Leitung. Dann ertönte die abgehackte weibliche Stimme der automatischen Ansage.

»Der Teilnehmer unter der von Ihnen gewählten Nummer meldet sich nicht. Bitte versuchen Sie es später noch ein-«

Jennifer legte auf und stieg langsam in das dampfend heiße Wasser.

Sie gab sich dem Genuß länger als beabsichtigt hin und stand eineinhalb Stunden später in einem einfachen Baumwollrock, das nasse Haar zu einem strähnigen Pferdeschwanz zusammengebunden, in der nach wie vor verlassenen Küche. Es war kurz vor halb sieben. Es hatte keinen Sinn, im Haus herumzusitzen und auf die anderen zu warten. Sofern sie auf Fire Island waren, würden sie bald mit der Fähre zurückkommen. Warum also ihnen nicht entgegengehen und sie überraschen!

Zuerst wollte sie den knappen Kilometer bis zum Bootshafen gehen, doch dann fiel ihr ein, daß sie weder wußte, wo sie waren, noch auf welchem Weg sie heimkommen würden – sie wollte aber *unbedingt* David von ihrem Triumph berichten.

So nahm sie die Autoschlüssel vom Tisch und verließ das Haus. Sie sprang in den BMW, setzte scharf zurück und fuhr in einer Staubwolke davon.

Am Bootshafen war niemand. Offensichtlich war sie vor ihnen eingetroffen, denn weder dort noch sonstwo auf der Shore Street war etwas von ihnen zu sehen. Sie parkte, stieg aus und hielt über die Bucht hinweg Ausschau nach der Fähre. Nachdem sich ihre Augen an den grellen Glast gewöhnt hatten, erspähte sie etwa eine halbe Seemeile vom Ufer das kleine Schiff, das sich auf den Bootshafen zubewegte.

Auf dem Weg hinunter zum Wasser entdeckte sie zufällig Davids orangefarbenen Käfer, der ein Stück weiter hinter dem Memorial Garden am Straßenrand stand. Lächelnd schüttelte sie den Kopf. Sie hatte bisher nicht gewußt, wo er wohnte. Vielleicht konnte sie rasch zu seinem Haus laufen und verstohlen einen Blick hineinwerfen. Sie sah zur Fähre hinüber und überlegte, daß es mindestens noch zehn Minuten dauern würde, bis sie einlief. Daher machte sie sich in die andere Richtung auf.

Schon am Memorial Garden hörte sie Musik und Gelächter. Zuerst vermutete sie, es komme aus dem kleinen Park, doch als sie daran vorbeiging, sah sie lediglich einen alten Mann, der mit einem ebenfalls alten Hund an der Leine langsam des Weges zog. Nein, es kam eindeutig aus dem Häuschen, das weiter hinten an der Straße stand.

Sie verlangsamte ihr Tempo, als sie sich dem Gartentor näherte. Sie hielt sich dicht an der Hecke und versuchte, in den Garten zu spähen, konnte aber nichts sehen. Alles, was sich da abspielte, schien weiter drüben stattzufinden. Plötzlich kam ein Ball geflogen und landete neben ihr in einer Lücke in der Hecke. Jemand kam gelaufen, um ihn zu holen, und sie trat einen Schritt zurück und drückte sich wieder gegen die Hecke.

»Schön, Benji«, hörte sie Gerry Reillys Stimme, die etwas weniger munter klang als sonst. »Ihr Jungs habt gewonnen. Ich denke, wir hören jetzt auf.« Nach einer kurzen Pause fuhr er leise fort: »Oh, was hab ich jetzt gesagt? Wer zum Teufel hat denn mit der Polonaise angefangen?«

Vorsichtig trat Jennifer zum Gartentor. Was ging da vor sich? Was trieb Gerry hier? Leise hakte sie das Tor auf und ging in den Garten.

Die Musik kam aus den weit offen stehenden Verandatüren des Häuschens. Eine Polonaise bewegte sich auf eine Treppe im vorderen Teil des Gartens zu. Angeführt wurde sie von einem breitschultrigen Mann in mittleren Jahren, der die Fülle seines grauen Haars zurückgekämmt hatte und das grellste und bunteste Hemd trug, das Jennifer je gesehen hatte. Ein Mann ähnlichen Alters hielt sich an seiner Taille fest, während Jasmine hinter ihm die Beine zur Seite schleuderte und lachend den Kopf in den Nacken warf. Als der Anfang der Menschenschlange die Treppe herabtanzte, zuckte ihr Ende plötzlich und Benji, der der letzte war, wurde beiseite geschleudert. Mit einem Schrei, in dem sich Jubel und Ärger mischten, wälzte er sich im Gras. Rasch rappelte er sich wieder auf und wollte sich gerade wieder hinten anschließen, als er seine Mutter entdeckte, die nur ein paar Meter von ihm entfernt stand. Er rannte auf sie zu.

»Hallo, Mama! He, David, Mama ist da!«

Jennifer fragte verständnislos: »Was tut ihr hier, Benji?«

»Wir feiern Sophies Geburtstag, Mama! Sie ist sechzehn geworden!«

Die Schlange löste sich auf, und Jasmine kam quietschvergnügt auf Jennifer zu. Als sie aber deren ausgesprochen verwirrtes Gesicht sah, wurde sie langsamer, bis sie schließlich stehenblieb. David trat aus der Mitte der inzwischen verstummten Menge und kratzte sich nervös am Hinterkopf.

»Sie haben es ihr wohl nicht gesagt?« rief Jasmine.

David schüttelte den Kopf. »Noch nicht. Das wollte ich am Donnerstag nachholen.«

Jasmine stemmte die Fäuste in die Hüften. »Ach, *David*!«

Jennifer schüttelte zornig den Kopf. »Was wird hier gespielt? Wer *ist* diese Sophie überhaupt?«

David ging zu ihr hin. »Hören Sie, ich wollte es Ihnen erklä–«

»Sie ist Davids Tochter!« krähte Benji ganz aufgeregt. »Davids älteste Tochter!« Er sah sich nach Sophie um, doch war sie im Augenblick nirgends zu erblicken. Er nahm die Hand seiner Mutter und zog sie an David und Jasmine vorbei zu den anderen. »Und das ist Charlie!« Er holte seinen neuen Freund aus der Menge heraus und dann Harriet. »Und das ist Harriet! Alle drei sind Davids Kinder, Mama, ist das nicht toll?«

»Ist das deine Mama, Benji?« zerschnitt Harriets Stimmchen die allgemeine Betretenheit wie eine Rasierklinge.

»Ja«, sagte er stolz.

Wortlos stand Jennifer da und sah von einem zum anderen. Ihr kam es mit einem Mal vor, als müsse ihr Kopf unter dem Druck der zahllosen Empfindungen platzen, die alle gleichzeitig auf sie einstürmten. David, ihr guter Freund David war *verheiratet*? Und er hatte Kinder – ohne ihr etwas davon zu *sagen*? Jeder Hinz und Kunz in Leesport schien das zu wissen, *ihr* aber hatte er nichts gesagt?

»Hören Sie, das ist ausschließlich meine Schuld …«, setzte David an, aber Jennifer bedeutete ihm zu schweigen. Ihre Unterlippe zitterte.

In dem Moment ging die Tür auf, und ein hochgewachsenes junges Mädchen trat heraus, einen Limonadenkrug in der Hand, in dem das Eis klirrte. Sie blieb stehen, als sie merkte, daß alle zu ihr hersahen.

»Was ist los?« fragte sie ruhig. »Warum ist auf einmal alles so still?«

Jennifer sah auf ihre Füße. Vermutlich war das besagte Sophie. Sie schüttelte den Kopf. Ihr wurde plötzlich bewußt, daß es ihr gleichgültig war, wer diese Leute waren. Sie hatte sich so wunderbar gefühlt, so … *glücklich* – und jetzt? Sie sah David an und spürte, wie ihr heiße Tränen in die Augen stiegen.

»Feiert ruhig weiter. Ich will nur …« Sie drehte sich um und eilte hinaus.

»*Jennifer*!« rief ihr David nach, aber sie war schon fort.

»Ach du großer Gott, David!« rief Jasmine.

»Es tut mir leid, Jasmine, ich wußte nicht …«

»Nein, offensichtlich nicht. Ist Ihnen nicht klar, daß es jetzt so aussieht, als hätten sich Benji und ich an einem heimtückischen Plan beteiligt, die Sache vor ihr geheimzuhalten?«

»Doch. Es tut mir wirklich leid, aber ich verspreche Ihnen, daß ich alles erklären werde.«

Jasmine schüttelte langsam den Kopf. »Dafür ist es wohl ein bißchen spät.«

David fluchte leise vor sich hin. Zu den anderen sagte er: »Entschuldigt mich bitte, aber können wir die Sache einen Augenblick unterbrechen? Clive, es wäre vielleicht gut, wenn Sie und Peter mit Jasmine und den Kindern zur Barker Lane zurückkehren.«

Clive nickte. »Natürlich.«

»Was zum Kuckuck geht hier vor sich, Papa?« fragte Sophie.

»Nichts, Sophie«, sagte er und ging zu ihr. »Es ist ein dummes Mißverständnis, an dem ich schuld bin.« Er küßte sie auf die Stirn. »Aber später feiern wir weiter, das verspreche ich dir.«

Er machte sich auf den Weg zum Tor, da umklammerte eine Hand seinen Ellbogen. Es war Benji. »David«, sagte dieser mit besorgtem Gesicht. »Ich glaub, Mama weint.«

David zerzauste ihm die Haare. »Ich weiß, mein Junge, aber ich regle das. Okay?«

Ohne ihn anzusehen, ließ ihn Benji los. David stieß das Tor auf und rannte so schnell er konnte die Shore Street entlang. Er war schon zwanzig Meter an dem BMW vorbeigelaufen, als ihm aufging, daß das Jennifers Wagen war. Er kehrte um und sah Jennifer im Wagen sitzen. Sie hielt das Lenkrad umklammert und starrte vor sich hin. Er öffnete die Tür. »Hören Sie, Jennifer, ich –«

»Ich will nichts hören«, fiel sie ihm ins Wort. Sie sah ihn an. Er spürte, wie tief gekränkt sie sich fühlte.

Sie ließ den Motor an und fuhr ein Stück weiter zum Bootshafen. David lief dem Wagen nach, öffnete die Tür und stellte sich so hin, daß sie ihm nicht im Rückwärtsgang davonfahren konnte.

»Bitte, Jennifer. Geben Sie mir doch Gelegenheit zu erklären.«

»Nein! Würden Sie mir jetzt bitte aus dem Weg gehen?« sagte sie, erkennbar bemüht, ihre Stimme zu beherrschen.

David rührte sich nicht. »Erst, wenn Sie mich das alles erklären lassen.«

Als sie merkte, daß er nicht vom Fleck weichen würde, sprang sie aus dem Wagen.

»Lassen Sie mich *bitte* zufrieden!« sagte sie und eilte mit großen Schritten Richtung Bootshafen.

David lief ihr nach und packte sie am Arm. Sie schüttelte ihn wutentbrannt ab.

»Fassen Sie mich *nie* wieder an, verstanden?« Sie versuchte sich zu beruhigen. »Ich hatte gedacht, ich könnte Ihnen vertrauen! Ich hatte Sie für meinen – *Freund* gehalten!« Sie ging weiter. »Es sieht ganz so aus, als ob *jeder* davon gewußt hätte, sogar mein eigener Sohn – nur ich nicht! Was glauben Sie, was ich dabei *empfinde*?« Sie schluchzte vor Zorn und Empörung.

»Ich wollte es Ihnen am Donnerstag sagen! Ich hatte nicht gewußt, daß Sie vorher zurückkommen.«

Sie verschränkte die Arme und nickte. »Ach ja, Donnerstag. Das wäre Ihnen gerade recht gewesen, was? Halten wir alles schön geheim, bis nach der Feier, dann brauchen wir die langweilige alte Jennifer nicht einzuladen.«

»Na hören Sie, das ist doch kindisch!« blaffte David sie an, der die Geduld verlor. »So war es nun wirklich nicht!« Dann mäßigte er seinen Ton. »Hören Sie, das mit der Feier tut mir leid. Sophie ist vorigen Monat sechzehn geworden, und ich wollte das so bald wie möglich feiern. Dahinter steckt weder ein Vorwand noch eine böse Absicht.«

Jennifer schüttelte den Kopf über diese leidenschaftliche Erklärung. Der mürrische Mann, der an Davids erstem Morgen am Bootshafen Dienst getan hatte und wieder vor dem Fernseher saß, stand auf und beugte sich aus dem Fenster seines Wächterhäuschens.

»He, Sie! Ist das Ihr Wagen da hinten? Der darf da nicht stehen, der blockiert die Einfahrt.«

David funkelte ihn an. »Zieh Leine!«

Zuerst stutzte der Mann, dann aber wurde er wütend. »He, was glauben Sie eigentlich, mit wem Sie reden, Sie verdammter Brite? Hochnäsiger Mistkerl, kommen Sie mir bloß nicht –«

»Sie haben gehört, was er gesagt hat!« mischte sich Jennifer ein. »*Zieh Leine*!«

Sie ging weiter. David sah, wie sich der Mann, dem es offensichtlich die Sprache verschlagen hatte, daß eine *Amerikanerin* so mit ihm redete, wieder auf seinen Stuhl vor die Mattscheibe sinken ließ.

Als Jennifer zu dem schmalen Steg hinüberging, der zu den Booten führte, überholte David sie und stellte sich ihr in den Weg. Sie sah ihn zornfunkelnd an.

»Warum haben Sie es mir nicht gesagt! Ich kann nicht glauben, daß Sie es mir nicht gesagt haben! Es hätte mir nichts ausgemacht, David! Ich komme mir so – ausgeschlossen vor! Es macht mir nichts aus, daß Sie eine … Frau und Kinder haben. Aber warum haben Sie geglaubt, daß Sie mir das nicht sagen können?«

»Ich habe keine Frau.«

»Von mir aus, dann nicht!« rief sie und versuchte, sich an ihm vorbeizudrängen. »Und wie erklären Sie dann die drei Kinder da hinten? Oder wollen Sie mir irgendeine Geschichte auftischen, wie Sie durch Schottland gezogen sind und überall uneheliche Kinder gezeugt haben?«

»Seien Sie nicht albern! Natürlich nicht!«

»Und *wo zum Teufel ist dann Ihre Frau*?«

»SIE IST TOT!«

Er sagte die drei Wörter mit solchem Nachdruck und so tiefem Schmerz, daß sie in der Luft hängenzubleiben schienen. Sie besänftigten Jennifers Zorn augenblicklich. Das geschah so unvermittelt und stand in so krassem Gegensatz zu dem, was sie angenommen hatte, daß sie unwillkürlich die wütende Entgegnung herunterschluckte, die ihr schon auf der Zunge lag.

In dem Augenblick kamen zwei Segler den schmalen Steg entlang, die ans Ufer wollten, und Jennifer und David traten schweigend beiseite. Sie sah ihnen nach, dankbar für die Unterbrechung, in der sie ihre Gedanken sammeln konnte. Mit dem Anflug eines Lächelns wandte sie sich David zu, doch als sie den Ausdruck der Verlassenheit auf seinen Zügen sah, senkte sie den Kopf und schloß die Augen, zerknirscht über ihre Ichsucht, die verhindert hatte, daß er ihr die Situation früher erklären konnte.

»Wann war das?« fragte sie schließlich mit unsicherer Stimme.

Eine Weile schwieg David, dann antwortete er: »Im April.«

»In diesem Jahr?«

David sah sie aus dem Augenwinkel an und nickte.

Mit einem erschütterten Seufzer sagte sie: »Ach, David, warum haben Sie –«

»Hören Sie!« unterbrach er sie. »Ich wollte es Ihnen ausführlich erklären. Glauben Sie mir, es war nie meine Absicht, daß Sie es auf diese Weise erfahren. Jasmine hat es zufällig herausbekommen, es war wohl meine Schuld, und ich habe sie gebeten, nichts zu sagen, weil …« Er unterbrach sich und ließ den Blick über die Bucht hinweg nach Fire Island wandern. »… weil ich noch nicht soweit war, darüber zu sprechen. Das ist auch der Grund, warum ich hier bin – ich wollte zu mir selbst finden und nicht immer daran denken und mir anhören müssen, wie die Leute darüber reden.« Während er so über die Bucht hinweg sah, spürte er plötzlich ihre Hand auf seiner.

»Und Sie glauben, daß Sie – jetzt – mit mir – darüber reden können?« fragte Jennifer leise.

David schwieg eine Weile und nickte dann langsam.

»Dann kommen Sie«, sagte sie und zog ihn an der Hand zurück aufs feste Land. »Wir wollen uns eine etwas einsamere Stelle als das hier suchen.«

Zwei Stunden später war alles ausgesprochen, und als es nichts mehr zu sagen gab, saßen sie schweigend nebeneinander auf dem kleinen Anleger vor dem Häuschen. Ihre bloßen Füße berührten sacht die Wasseroberfläche. Von jenseits der Bucht legte sich die Dunkelheit des warmen Abends allmählich um sie. So einfühlsam und verständnisvoll waren die Fragen gewesen, die Jennifer ihm während seines Berichts gestellt hatte, daß sie jetzt zweifellos Rachel und die Kinder besser kannte als irgend jemand sonst außerhalb des engsten Familienkreises. In diesem Augenblick empfand er größeren inneren Frieden als je seit Rachels Tod.

Die Stille war so allumfassend, daß David merkte, wie sich Jennifers Atem veränderte, als sie leise vor sich hin lachte. Er sah sie an und fragte: »Was gibt es?«

Sie schüttelte den Kopf, lehnte sich, auf ihren Händen sitzend, zurück, streckte die Beine von sich und sah zu, wie das Wasser von ihren Füßen tropfte. »Nichts. Ich mußte nur gerade an *meinen* sechzehnten Geburtstag denken.«

»Großer Gott, ich kann mich an meinen überhaupt nicht erinnern! Bei Ihnen war das sicher ein ganz großes Ereignis.«

»Das kann man wohl sagen!« Jennifer sah zu den Sternen empor. »Ich war in einem Internat in Richmond, Virginia, und meine Mutter hat mich am Morgen meines Geburtstags abgeholt und gesagt, sie hätte eine Überraschung für mich. Dann sind wir nach New York geflogen und haben eingekauft ...« Sie stieß ein kurzes Lachen aus. »... und immer noch mehr eingekauft. Am Abend durfte ich dann zum ersten Mal in ein Broadway-Theater.« Sie schwieg und zog die Knie unter ihr Kinn. »Es gab *Jesus Christ Superstar*. Ich habe es nie vergessen.«

David lächelte und sah auf das schwarze Wasser hinaus. »Ja, das kann ich mir vorstellen.« Er seufzte. »Das fürchte ich wohl am meisten für meine Kinder. Sie werden so was nie erleben. Solche Tage werden ihnen fehlen.«

Sie legte ihre Hand auf seine. »David?«

»Ja?«

»Erlauben Sie, daß ich Sophie mit nach New York nehme?«

»Was?«

»Darf ich Sophie am kommenden Wochenende mit nach New York nehmen? Ich würde gern mit ihr einkaufen gehen und vielleicht anschließend in ein Theater am Broadway.«

»Würden Sie das wirklich tun?«

Jennifer beugte sich zu ihm. Sie lächelte so, wie sie gelächelt hatte, als er Benji am Tag der Tennisgesellschaft gelobt hatte.

»Ich habe keine Tochter und habe das auch keine Sekunde bereut – außer in einem Punkt, nämlich daß ich ihr nie einen solchen Tag würde schenken können, wie ihn mir meine Mutter zum sechzehnten Geburtstag geschenkt hat. Sie haben sich Benji gegenüber so phantastisch verhalten, David, da wäre mir nichts lieber, als Sophie mitnehmen zu können.«

»Ich halte das für einen glänzenden Einfall. Fragen wir sie. Bestimmt wird sie aus allen Wolken fallen.«

»Gut. Wir fahren Samstag morgen in die Stadt und kaufen ein, bis wir nicht mehr können; dann gehen wir in die Wohnung in West Village, denn die haben wir für uns allein, weil Alex noch fort sein wird. Anschließend werden wir uns ein Stück ansehen. Was würde ihr wohl gefallen? Ich weiß! *Crazy for You*, das läuft im Shubert!« Wieder strahlte sie vor Begeisterung.

David lachte. »Das ist *genau* das richtige für Sophie!« Er sprang auf, nahm Jennifers Hand und zog sie hoch. Dann gingen sie langsam den Bootssteg entlang und über die schmale Treppe zum Garten hinauf. Oben angekommen, drehte sie sich zu ihm um, während er die letzten beiden Stufen hochkam.

»Ach, übrigens, das wollte ich Ihnen noch sagen. Wir haben den Auftrag.«

»Tatsächlich! Herzlichen Glückwunsch! Sie haben ihn sich redlich verdient!« Er wollte ihr gratulieren, aber sie verschränkte die Arme und sah ihn prüfend an.

»Was ist?«

»David, darf ich Ihnen eine Frage stellen, und werden Sie mir die aufrichtig beantworten?«

»Na, ich weiß ja noch gar nicht, worum es dabei geht.«

»Schön. Sie haben gesagt, daß Sie Ihre Arbeit aufgegeben haben, weil Sie sich um Rachel kümmern wollten.«

»Ja.«

»Gut. Jetzt wüßte ich gern – was tun Sie? Ich meine, was ist Ihr Beruf?«

»Warum wollen Sie das wissen?«

Sie ging lässig auf das Häuschen zu. »Na ja, wie es aussieht, hat unsere Agentur den Auftrag unter anderem bekommen, weil ein unglaublich wohlmeinender Mensch, der offensichtlich über beste Beziehungen zu der Firma verfügt, ein gutes Wort für uns eingelegt hat.« Sie sah ihm in die Augen. »Aber weder Sam, Russ noch ich haben den blassesten Schimmer, wer dieser Wohltäter sein könnte,«

»Ach so«, sagte er leise und sah auf seine Füße, damit sie nicht merkte, daß er lächelte.

»Sie sind nicht zufällig in der Getränkebranche tätig?«

Er nickte unverbindlich. »Na ja, gewissermaßen.«

»Was heißt ›gewissermaßen‹? Entweder ist man drin oder nicht.«

»Na schön, ich habe mit der Whiskybranche zu tun.«

»Und haben Sie zufällig im Verlauf der letzten Woche mit jemandem gesprochen, der für Gladwin Vintners arbeitet?«

David steckte die Hände in die Hosentaschen und vermied es, Jennifer anzusehen. »Tja, irgendwie schon – aber eigentlich war der Anruf privat.«

Jennifer blieb stehen. »Sie haben es schon wieder geschafft, nicht wahr? Ich hatte das nur als Scherz gemeint, aber Sie haben es fertiggebracht, auch das zu deichseln!« Sie stieß ein ungläubiges Lachen aus. »Aber David Corstorphine sind Sie?«

»Ja, warum?«

»Nicht zufällig Clark Kent, der Superman, oder was in der Art?«

»Gott behüte, nein, Sie stehen hier vor einem einfachen Sterblichen.«

Jennifer zuckte die Achseln. »Möglich.« Sie reckte sich und küßte ihn sacht auf beide Wangen. »Aber auf jeden Fall sind Sie ein ganz besonderer Sterblicher.«

Sie drehte sich um und ging zur Veranda. »Kommen Sie, ich habe noch gar nicht gefeiert! Wir wollen gemeinsam darauf trinken! Gütiger Himmel, nach diesem Nachmittag kann ich dringend was brauchen.«

David schlug sich an die Stirn, als er ihr zum Haus folgte. »Das dürfte ausgesprochen schwierig werden! Ich habe nämlich mit Sicherheit nichts im Hause. Viel hatte ich sowieso nie, und ich glaube, Gerry hat sich das letzte Bier geholt. Wissen Sie was, ich gehe sofort los und besorge eine Flasche Wein.«

»Ach, machen Sie sich keine Mühe«, sagte sie enttäuscht, als sie ins Wohnzimmer trat.

»Das ist keine Mühe!« sagte er und schnappte sich die Autoschlüssel. »In fünf Minuten bin ich wieder da. Machen Sie es sich inzwischen bequem. Das Haus ist so klein, daß Sie von da, wo Sie gerade stehen, alles in Reichweite haben.«

Es dauerte allerdings eine gute Viertelstunde, bis er zurückkehrte. Nachdem der Ladenbesitzer, der alte Victor, eine Flasche Champagner aus dem Kühlregal genommen hatte, verwickelte er David in ein langes Gespräch über die unterschiedlichen Champagnerqualitäten, die aus Frankreich importiert wurden. Als es David schließlich gelang, sich loszueisen, hielt Victor seinen Vortrag einem Kunden, der lediglich einen Sechserpack Bier holen wollte.

Da David befürchtete, daß Jennifer es sich anders überlegen könnte und nach Hause gehen wollte, beeilte er sich. Als er durch die Verandatür trat, saß sie mit Dodie auf den Knien in einem der Sessel.

»Tut mir leid«, sagte er und machte sich gleich daran, den Draht um den Korken zu lösen. »Ich wurde aufgehalten.«

»Macht nichts! Dodie hat mir Gesellschaft geleistet. Außerdem habe ich Jasmine angerufen, weil ich nicht wußte, wie lange Sie wegbleiben würden, und ich mir Sorgen wegen der Kinder gemacht habe. Das scheint ganz gut gewesen zu sein, denn sie war wegen heute nachmittag fürchterlich aufgewühlt. Ich habe sie beruhigt und sie gebeten, die Kinder zu fragen, ob es ihnen etwas ausmachen würde, heute bei mir im Haus zu übernachten. Es scheint ihnen recht zu sein. Haben Sie was dagegen?«

»Nein, das ist wunderbar – vorausgesetzt, es macht Ihnen nichts aus.«

»Absolut nicht! Sie können bleiben, so lange sie wollen! Betrachten Sie das bitte als offene Einl-«

Sie hörte auf zu reden, als sie merkte, daß David, der gerade den Korken aus der Flasche drehen wollte, mitten in der Bewegung erstarrte. Er schien auf die Musik zu hören, die Jennifer aufgelegt hatte, und sah unverwandt auf den Plattenstapel, den sie aus dem Regal genommen hatte und der jetzt auf dem Tisch lag. Sie sah ihn an.

»Oh, Entschuldigung! Ich hoffe, es macht Ihnen nichts aus. Ich hatte Lust, eine Platte aufzulegen, aber sie kamen mir alle so, na ja, entweder so trübselig vor oder …«, sie lachte, »… ein bißchen zu erotisch, und ich möchte Sie schließlich nicht auf falsche Gedanken bringen! Deswegen dachte ich, ein bißchen *Martha Reeves & The Vandellas* könnte nicht schaden.«

Sie verstummte allmählich, als sie sah, daß alle Farbe aus Davids Gesicht gewichen war.

»Was ist los?«

»Würden Sie bitte eine andere Platte auflegen?« sagte er leise.

»Warum?«

»Würden Sie bitte einfach eine andere –«

Es war zu spät. Das Lied endete, und die Nadel knisterte unaufhaltsam durch die Leerrille auf das nächste Stück zu. Jennifer sah, wie David die Augen schloß und sein Gesicht sich anspannte, als erwarte er, daß von irgendwo ein tödlicher Streich auf ihn herabfiel.

Die leise Gitarreneinleitung von *The Tracks of My Tears* klang durch den Raum. David wandte sich ab und senkte den Kopf. Vergessen hing die Champagnerflasche in der einen Hand, während er sich mit der anderen auf die Rückenlehne des Sessels stützte. Jennifer sah zu den Lautsprechern, sie hatte begriffen. Sie ging zu ihm, nahm ihm die Flasche ab und legte ihm eine Hand auf die Schulter.

»Ist es das Lied?«

David nickte langsam.

»War es Ihr Lied, Ihres und Rachels?«

Er nickte erneut.

Sie faßte ihn am Arm, drehte ihn langsam zu sich, sah ihm ins Gesicht und merkte, daß er weinte.

»Oh, David«, sagte sie leise. »Das wußte ich nicht. Kommen Sie.«

Sie zog ihn an sich, und als er seinen Kopf an ihre Schulter lehnte, überlief ihn mit einem Mal ein erschütternder Schauer. Dann strömten seine Tränen, während sie ihn an sich drückte.

»So take a good look at my face, can't you see the smi-ile, it's out of place«.

Sie schob ihn von sich, legte ihm sacht eine Hand an die Wange, drehte sein Gesicht zu sich und sah ihm in die Augen.

»Ich glaube, Sie sind der tapferste Mann, den ich kenne. Sie sind hergekommen und haben es geschafft, all diese Gespenster aus eigener Kraft zu vertreiben. Obendrein haben Sie Benji, Jasmine *und* mir immer wieder geholfen. Jetzt bin ich an der Reihe, Ihnen zu helfen. Das ist das letzte Gespenst, David, und ich werde Sie auf dem Weg begleiten.«

Als das Lied zu Ende war, ging Jennifer zum Plattenspieler und setzte die Nadel irgendwo in die Nähe des Liedanfangs. Sie schloß David erneut in die Arme und spürte, wie er sich langsam im Takt der Musik zu bewegen begann.

»Since you left me, you see me with another girl, seemin' like I'm havin' fun.«

Er drängte sich dicht an sie, spürte die Wärme ihres Körpers, roch den angenehmen Duft, der von ihrem weichen Hals aufstieg. Als ihn ihre Lippen unter dem Ohr liebkosten, schloß er die Augen. Dann tasteten sich die Lippen über seine Wange und küßten ihn schließlich auf den Mundwinkel. Er spürte den sanften Druck auf seinen Lippen, die sich öffneten und es zum ersten Mal seit einer Ewigkeit zuließen, daß er genoß, wonach er sich gesehnt, was ihm gefehlt hatte, seit er Rachel verloren hatte.

Ihr Name. Rachel. Rachel fehlte ihm.

Er löste sich von Jennifer und stand da, den Blick zu Boden gerichtet.

»Es – es tut mir leid, Jennifer. Ich kann nicht! Ich kann das nicht so bald nach ...«

Sie ging zum Plattenspieler und setzte die Nadel von neuem auf. Diesmal traf sie den Anfang ganz genau. Wieder nahm sie sanft seine beiden Hände.

»People say I'm the life of a party, 'cos I have a drink or two.«

»David, ich verspreche Ihnen, daß nichts geschehen wird. Darauf achte ich. Wir tanzen einfach nur. Sonst nichts – aber wir müssen dies eine, sehr schöne und ganz besondere Gespenst vertreiben.«

Sie zog ihn erneut an sich, und diesmal brauchten sich ihre Lippen den Weg zu seinem Mund nicht zu suchen. Er war da, wartete auf sie, war bereit für sie, und gemeinsam begannen sie sich in der Enge des winzigen Wohnzimmers zu bewegen, als wären sie eins.

Und immer noch sang Smokey ...

KAPITEL
31

Jasmine wußte während der nächsten Tage nicht, wie ihr geschah. Plötzlich herrschte im Haus, das sonst ein Ort der heiteren Ruhe war, Lärm und Chaos. Der Weg aus der Diele durch den Gang in die Küche ähnelte der Rennstrecke von Indianapolis, und so manches Mal mußte sie rasch beiseite springen, wenn ein Trupp kreischender Kinder durch die Küche stob wie ungebärdige Welpen. Obwohl sie meist draußen beim Schwimmen oder auf dem Tennisplatz waren, schien eines von ihnen immer an ihrer Seite zu sein – sei es, daß sie wissen wollten, wo etwas hingekommen war, wo sich jemand gerade aufhielt oder wann es zum nächsten Mal etwas zu essen gab.

Doch eigentlich genoß sie das eher, als daß es ihr etwas ausgemacht hätte. Das hing nicht nur damit zusammen, daß sie gern viele Kinder um sich hatte, sondern auch damit, daß sie unendlich erleichtert war, sich nicht mehr an Heimlichkeiten beteiligen zu müssen. Jennifer war jetzt eingeweiht und nahm begeistert an diesem neuen, unruhigen Leben teil, in dessen Genuß Jasmine bereits eine Weile vorher gekommen war, wenn auch mit schlechtem Gewissen.

Auch fand sie Jennifer deutlich verändert. Eine Aura der Gelassenheit schien sie zu umgeben, die sie nie zuvor an ihr wahrgenommen hatte. Statt der gehetzten Geschäftsfrau, deren Förmlichkeit nur selten Zwanglosigkeit zugelassen hatte, sah Jasmine jetzt eine gutgelaunte und entspannte Jennifer, der es vollständig zu genügen schien, ihre ungeteilte Aufmerksamkeit den Bedürfnissen des größer gewordenen Haushalts zu widmen. Doch so glücklich diese unerklärliche Wandlung Jasmine machte, so besorgt war sie darüber, wie sich Alex' Treiben auf diese neue und verletzlichere Jennifer auswirken würde, sofern sie je dahinterkam.

Eine weitere Veränderung bestand darin, daß Harriet Jasmine auf Schritt und Tritt begleitete, ohne daß sie sie dazu ermuntert oder den anderen Kindern gegenüber bevorzugt hätte. Wie ein Schatten folgte sie ihr und fragte, ob sie beim Kochen oder Kuchenbacken helfen könne – meist gerade dann, wenn sich Jasmine bemühte, eine weitere gewaltige Mahlzeit für den Trupp zuzubereiten. Nach längerem Überlegen kam sie zu dem Ergebnis, daß wohl ihre Hautfarbe der Hauptgrund für die Anhänglichkeit der Kleinen war, denn was auch immer sie gemeinsam taten, stets sah Harriet sie mit vor Staunen weit aufgerissenen Augen an und betrachtete ohne die geringste Scheu jede Pore in Jasmines Gesicht.

Auch David blieb nicht verschont. So war es völlig unmöglich, weiter im Garten zu arbeiten. Das lag keineswegs an seinem mangelnden Willen, sondern hing damit zusammen, daß ihm, kaum daß er mit Hacke und Spaten in der Hand erschien, lautstark im Chor »*Laaangweiler*!« entgegenschallte – meist von Jennifer persönlich angeführt. So blieb ihm gar nichts anderes übrig, als sein Werkzeug in den Schuppen zurückzutragen, dessen Türen er schweren Herzens verschloß, im Bewußtsein, daß es vermutlich das letzte Mal war.

Andererseits gab es keinen Vorwand mehr, sich etwas anderem als seinen Kindern sowie Jennifer, Benji und Jasmine zu widmen, zumal ihm im Lauf der Woche aufging, daß er seine Zeit in keiner lieberen Gesellschaft hätte verbringen wollen. Sie fuhren nach Fire Island, unternahmen Ausflüge mit dem offenen Käfer nach Leesport, besuchten das gewaltige Multiplex-Kino in Sayville und kehrten anschließend wieder in die Barker Lane zurück, wo bis spät in den Abend Tennis gespielt und um die Wette geschwommen wurde.

Nach der ersten Nacht in Jennifers Haus fanden die Kinder, daß es ihnen ein weit größeres Maß an Bequemlichkeit und Annehmlichkeiten zu bieten hatte als das Häuschen in der Shore Street, und beschlossen daher einstimmig, dort zu bleiben. Anfangs hatte Sophie ein schlechtes Gewissen, weil jetzt der Vater allabendlich allein in das Häuschen zurückkehren mußte, und sie versuchte, Jennifer zu beschwatzen, sie möge ihn auffordern, seine Nächte ebenfalls in der Barker Lane zu verbringen. Diese aber verstand Davids unausgesprochenen Wunsch, abends Zuflucht im eigenen Haus zu suchen. Da ihr klar war, daß er nach wie vor von Zeit zu Zeit allein sein mußte, gab sie sich mit seiner eher lahmen Ausrede zufrieden, Dodie fühle sich in ihrer vertrauten Umgebung wohler, und außerdem erwarte er mehr oder weniger ein Fax aus seinem Büro in Schottland.

Indem er auf diese Weise Distanz hielt, konnte er gleichsam von außen beobachten, wie sich seine Kinder ohne die geringsten Übergangsschwierigkeiten in die Lebensweise der neuen Umgebung einfügten. Charlie und Benji waren unzertrennlich geworden und machten sich von den anderen unabhängig; sie verbrachten die meiste Zeit auf dem Tennisplatz oder beim Windsurfen in der Bucht, wobei abwechselnd einer im Ruderboot saß und den anderen ermutigte, während dieser auf dem wackligen Brett über das seichte Wasser hoppelte. Harriet hingegen schien nichts Schöneres zu kennen, als sich möglichst in Jasmines Nähe aufzuhalten, und so rannte sie auch immer als erste ins Haus zurück, um sie zu suchen, wenn sie mit den anderen, und sei es noch so kurz, fort gewesen war.

Doch was David am meisten freute, war die Beziehung, die sich zwischen Sophie und Jennifer entwickelte. Anfangs hatte er befürchtet, Sophie werde sich kühl und abweisend zeigen, weil sie ja möglicherweise in Jennifer nicht nur den Störenfried sah, der ihr die Geburtstagsfeier verdorben hatte. Doch er merkte, daß er nicht mit Jennifers Einfühlungsgabe gerechnet hatte, die das sehr wohl verstand und gleich nach der Rückkehr aus Davids Häuschen zu Sophie ins Zimmer gegangen war, wo sie bis weit nach Mitternacht auf dem Bett gesessen und mit ihr gesprochen hatte. Dabei waren auch gleich Pläne für das bevorstehende Wochenende in der Stadt geschmiedet worden.

Als er zum ersten Mal sah, wie vertraut diese Frau, die nicht zu seiner Familie gehörte, mit einem seiner Kinder umging, merkte er, daß er insgeheim eine Beziehung zwischen ihr und Rachel herstellte. Statt diesen Gedanken zu verbannen, bereitete es ihm nicht die geringsten Schwierigkeiten, ihn hinzunehmen, mehr noch, er vermochte sich sogar einzugestehen, daß Jennifer inzwischen in seinem eigenen Leben eine durchaus wichtige Rolle spielte.

Da es am Dienstag nicht zu der versprochenen Fortsetzung von Sophies Geburtstagsfeier gekommen war, beschloß David, am Vorabend von Jennifers und Sophies Aufbruch nach New York alle zum Abendessen ins Restaurant nach Leesport einzuladen, auch die ursprünglichen Geburtstagsgäste. Damit sie nicht dreizehn bei Tisch waren, womit sie nur das Schicksal herausgefordert hätten, lud er auch ›Imbiß-Billy‹ ein, wie ihn die Kinder nannten, denn ihm war aufgefallen, daß Billy bei ihren zahllosen Besuchen in der Imbißstube angefangen hatte, seine neckenden Bemerkungen an Sophie zu richten, die daraufhin errötet war und verräterisch glänzende Augen bekommen hatte.

Von Anfang an erwies sich die Gesellschaft als ziemlich ausgelassene Angelegenheit, bei der weder Alter noch sonst etwas eine Rolle spielten. Gerry hatte zwei Gitarren mitgebracht, von denen er nach dem Essen eine David gab, was dessen Kinder ziemlich verlegen machte. Jeder, der etwas vorzutragen wünschte, sollte aufstehen und sich produzieren.

Natürlich stellte sich Benji der Herausforderung als erster. Er stimmte sein Lied an und unterbrach sich immer wieder, um entschuldigend darauf hinzuweisen, um wieviel besser es mit den Dublin Up geklungen habe. Dann zerrte Billy trotz ihres lautstarken Protests Sophie vom Tisch hoch, um mit ihr im Duett »You're the One That I Want« zu singen. Anfangs sah es so aus, als hätten sie alle Aussichten, damit den Preis für den besten Beitrag zu gewinnen, doch dann ahmte Billy bei seiner Tanzeinlage John Travolta ein wenig zu wirklichkeitsgetreu nach, und die Sache endete schlagartig damit, daß Sophie peinlich berührt mit einem: »Das ist ja wiiiderlich!« aus dem Lokal stürmte.

Danach sangen David und Gerry ein munteres Liedchen. Da der Text nicht ganz stubenrein war, trug ihnen das strenge, mißbilligende Blicke von Jasmine ein.

Die Schlußnummer – auf persönlichen Wunsch Davids – war natürlich die Krönung des Ganzen. Unter lauten Anfeuerungsrufen aus dem Publikum erhoben sich Clive und Peter ein wenig verlegen und begannen, nachdem sie im Flüsterton miteinander beratschlagt hatten, mit einer gesanglich wie auch tänzerisch gelungenen Darbietung von »All I Want Is a Room Somewhere«.

Am nächsten Morgen kam David um halb neun in die Barker Lane, um darauf zu achten, daß Sophie alles mitnahm, was sie für die Reise brauchte. Allerdings merkte er bald, daß er den beiden Ausflüglerinnen, die bereits alles geklärt zu haben schienen, eher im Weg war. Sophie sollte lediglich einpacken, was sie zum Übernachten brauchte, da, laut Jennifer, der Hauptgrund ihrer Fahrt schließlich das Einkaufen sei! Das war David ein wenig peinlich, und als es ihm gelungen war, Jennifer unter vier Augen zu sprechen, schnitt er stotternd das Thema Geld an. Sie legte ihm einfach den Zeigefinger auf den Mund und begann ihrerseits aufzuzählen, wieviel er für den Garten und Benji ausgegeben hatte. Auch wenn David es danach für das beste hielt, die Sache nicht noch einmal anzusprechen, erleichterte er sein Gewissen dadurch, daß er hundert Dollar in Sophies Handtasche steckte.

Um Punkt neun saßen die beiden jungen Damen (wie Jasmine sie nannte) tatendurstig im BMW. Sophie winkte aufgeregt David, Jasmine und den drei sehr müde wirkenden Gesichtern zu, die aus einem der Schlafzimmerfenster sahen, bevor sie sich umdrehte und auf die Ausfahrt wies. Es konnte also losgehen, und mit einem letzten Winken fuhr Jennifer an.

Genau zwei Stunden später waren sie in West Village. Nachdem sie den Wagen abgestellt und das Gepäck in die Wohnung gebracht hatten, gingen sie zu Fuß zur Spring Street. Sophie verbrachte den Rest des Vormittags in einem verwirrten Trancezustand, während Jennifer mit ihr von Geschäft zu Geschäft zog. Dort waren all die berühmten Namen wie Agnès B., Replay und Guess vertreten, über die sie so oft mit ihren Schulfreundinnen gesprochen hatte, und sie gingen in jedes der Geschäfte und kauften etwas für sie, und nur für sie.

Dann nahmen sie ein Taxi zur Madison Avenue, wo sie in einem Restaurant verspätet zu Mittag aßen. Anschließend bestellte Jennifer Kaffee für sie beide und brachte, zum ersten Mal in entspannter Atmosphäre mit Sophie allein, das Gespräch auf Rachel. Anfangs war Sophie von fast ängstlicher Zurückhaltung, begann sich aber schon bald dieser Frau, die sie im Lauf der vergangenen Woche schätzen gelernt hatte, vollständig anzuvertrauen.

Sie konnten ihre Einkäufe im Restaurant lassen, und so fuhren sie im Taxi zum Central Park. Dort setzten sie ihr Gespräch fort, während sie untergehakt um den See wanderten, um sich nur dann voneinander zu lösen, wenn ein eifriger Jogger oder ein Rollerblade-Fahrer vorbei wollte. Je mehr sie miteinander redeten, desto mehr schloß Jennifer das junge Mädchen ins Herz und bewunderte sie – sie hatte in ihrem Leben noch keinen solchen schweren Verlust und solchen Sturm der Gefühle erlebt.

Als Jennifer beim Verlassen des Parks merkte, daß nicht genug Zeit blieb, vor Beginn der Vorstellung in die Wohnung zurückzukehren, nahmen sie ein Taxi zum Broadway und hielten unterwegs an, um ihre Einkäufe einzusammeln. Im White Lion, einem gemütlichen Lokal, tranken sie eine Cola und aßen Chips und verglichen die Hereinkommenden backfischhaft kichernd mit Berühmtheiten.

Den Weg zum Shubert-Theater legten sie zu Fuß zurück und waren zehn Minuten vor Beginn der Vorstellung dort. Nachdem sie ihre Einkäufe an der Garderobe abgegeben und sich mit Süßigkeiten und Programmen eingedeckt hatten, betraten sie den Saal und nahmen gerade in dem Augenblick auf ihren schwellenden Samtpolstern Platz, als die Ouvertüre begann.

Crazy for You war das Zauberhafteste, was Sophie je gesehen hatte. Sie gab sich Mühe, sich soviel wie möglich von der Handlung zu merken, saß während der ganzen Vorstellung wie gebannt da und nahm aufmerksam jedes Lied in sich auf, dessen Melodie sie anschließend leise vor sich hin summte. Der Mann in der Reihe vor ihr schien größer zu sein als alle anderen im Saal, doch das störte sie nicht sonderlich: Sie lehnte sich zur Seite, damit sie an ihm vorbeisehen konnte, und spürte dabei wie selbstverständlich Jennifers angenehme Nähe.

Nach der Vorstellung beschlossen sie, kein Taxi zu nehmen, sondern trotz der drückenden Luft des späten Abends Richtung West Village zu laufen. Ihre Einkaufstüten schwangen munter hin und her, während sie gemeinsam in bunter Reihenfolge Lieder aus dem Stück sangen.

An der Einundzwanzigsten Straße schmerzten ihre Hände so sehr vom Tragen der Tüten, daß sie der Verlockung nachgaben und in ein Taxi stiegen, das sie wenige Minuten später in der Barrymore Street absetzte. Jennifer ließ alles auf den Fußboden in der Diele fallen, ging ins Wohnzimmer und setzte sich mit einem tiefen Seufzer der Erschöpfung in einen Sessel.

»Und was machen wir jetzt?« fragte sie mit einem Blick auf ihre Begleiterin.

Sophie zuckte die Achseln. »Ich weiß nicht. Ist es nicht ein bißchen spät, noch was zu unternehmen?«

Jennifer sah auf die Uhr. »Oh, zehn vor zwölf! Ich hatte keine Ahnung, daß es schon so spät ist! Vielleicht hast du recht. Willst du schlafen gehen?«

Sophie rümpfte die Nase »Eigentlich nicht. Aber ich hab ziemlichen Hunger.«

Jennifer schlug auf die Sessellehnen und sprang auf. »Ich auch! Worauf hast du Lust? Magst du Pizza?«

»O ja!«

»Wunderbar! Ich auch! Weißt du was, ich bestelle jetzt die beste Peperoni-Pizza überhaupt, und während wir auf sie warten, ziehen wir uns schon mal zum Schlafen um und suchen uns ein schönes Video aus. Dann legen wir uns aufs Sofa und schlagen uns den Bauch mit Pizza voll! Was hältst du davon?«

Sophie grinste zufrieden. »Könnte nicht besser sein.«

Fünf Minuten später kam Jennifer barfuß im Schlafanzug ins Wohnzimmer und hüpfte neben Sophie auf das Sofa. Das Video lief bereits, unheimliche Musik begleitete den Vorspann.

Mit entsetztem Gesicht drehte sich Jennifer zu Sophie um. »Was um Himmels willen ist das?«

Sophie lächelte. »Der Schrecken von Amityville.«

Jennifers Unterkiefer fiel herunter. »Wollen wir uns wirklich diesen Horror antun? Gibt es nichts, das ein bißchen weniger gruselig ist?«

Sophie lachte. »Es ist doch nur ein Film! Außerdem finde ich, daß wir für einen Abend genug zuckersüßes, harmloses Zeug gesehen haben. Da wird es doch Zeit für ein bißchen Nervenkitzel!«

Jennifer schüttelte den Kopf. »Du böses Mädchen!« Sie drückte Sophies Hand. »Na schön, wenn du entschlossen bist, mich damit zu quälen, halte ich mich an dir fest. Ich *verabscheue* Horrorfilme.«

Sophie stieß ein gewollt boshaftes Lachen aus, legte sich Jennifers Arm um die Schulter und drängte sich an sie. Sie lächelte zufrieden und sagte: »So ist es gut.«

Sie hörten ein Geräusch an der Eingangstür. Es klang eher wie ein leises Kratzen als wie ein Klopfen.

»Die Pizza!« rief Jennifer und sprang auf. »Wer zuletzt an der Tür ist, muß die Schachtel essen!«

Beide rannten los, und Sophie, die in letzter Zeit reichlich Gelegenheit gehabt hatte, ihre jüngeren Geschwister auszutricksen, tauchte unter Jennifers Arm durch und kam als erste zur Tür. Sie riß sie so ungestüm auf, daß die Schlüssel am Ring gegen das Metall der Klinke schlugen. Im Gang stand ein eng umschlungenes Pärchen. So tief waren Mann und Frau in ihre Umarmung versunken, daß es einen Moment dauerte, bis sie merkten, daß sich die Tür geöffnet hatte.

Und keiner von beiden sah nach Pizzabote aus. Jennifer stand reglos mit dem Ausdruck tiefsten Entsetzens auf dem aschfahlen Gesicht da. Nur ihr Mund zuckte, als wolle sie Worte bilden. Dann sagte sie kaum hörbar mit einer Stimme, in der sich unerträglicher Schmerz mit Ungläubigkeit mischte: »Du, Alex? Das ist doch nicht möglich!«

KAPITEL 32

Den ganzen Samstag hatten Benji und Charlie immer wieder gemurrt, weil sie nicht mit nach New York hatten fahren dürfen. Damit sie auf andere Gedanken kamen, aber auch, um ein wenig Abwechslung in ihre Unternehmungen zu bringen, wurde vereinbart, daß sie am Sonntag zu Sean Dalaglio durften. Da Jasmine Harriet zu einem Besuch bei ihrer in der Nähe wohnenden Mutter mitnehmen wollte, konnte David zum ersten Mal seit mehr als zwei Wochen über seine Zeit frei verfügen.

Nachdem er sich den Luxus geleistet hatte, bis neun Uhr im Bett zu bleiben, ging er mit Dodie kurz hinunter zum Bootshafen, bevor er sich daran machte, im Häuschen aufzuräumen und die Feldbetten und Schlafsäcke beiseite zu schaffen. Er hatte alles hinausgebracht, um es ins Auto zu laden, als ihm auffiel, daß es im Wagen schlimmer aussah als zu der Zeit, da er ihn von Carrie übernommen hatte. Kein Wunder, schließlich hatte er eineinhalb Wochen lang Kinder darin herumgefahren. Also ging er daran, mit dem Staubsauger die Polster und unzugänglichen Winkel von deren Spuren zu befreien. Außer zahllosen Einwickelpapieren und Resten von Süßigkeiten holte er dabei eimerweise Sand heraus.

Als die Glocken des Kirchleins an der Champner Street die Gläubigen zur Elf-Uhr-Messe riefen, ging er, eine Dose Pepsi in der Hand, zum Bootssteg hinunter. Er streifte sich die Segeltuchschuhe von den Füßen und ließ die Beine vom Steg baumeln, während er zusah, wie ein Windsurfer etwa dreihundert Meter vom Ufer entfernt quer über die Bucht segelte.

Dieser Ort war einfach vollkommen. Er lächelte, als er daran dachte, wie oft und bei wie vielen verschiedenen Gelegenheiten er sich das in den vergangenen sechs Wochen schon gesagt hatte. Und doch stimmte es. Nicht einen Augenblick lang hatte der Ort den heilenden Zauber eingebüßt, den er dort am ersten Morgen empfunden hatte, als er zum Bootshafen gegangen war und auf die Bucht hinausgesehen hatte. Inzwischen wirkte dieser besondere Zauber nicht nur auf ihn, sondern auch auf seine Kinder. Das aber lag nicht ausschließlich an diesem Ort, sondern auch an den Menschen, die hier lebten. Alle hatten einen Anteil daran, daß er neuen Lebensmut gewonnen und seine Kinder die Möglichkeit bekommen hatten, sich wieder an das Leben in einer Familie zu gewöhnen. All das würde ihnen wie ihm nach der Rückkehr nach Schottland das Leben merklich erleichtern.

Schottland. Er mußte an das Unternehmen denken und fragte sich zum hundertsten Mal, ob er nicht Archie hätte bitten sollen, ihm auf jeden Fall eine Antwort zurückzufaxen. So wie die Dinge standen, blieb der nagende Zweifel, ob nicht etwas Schlimmes geschah, von dem er nichts ahnte. Doch sicherlich hätte sich Archie dann mit ihm in Verbindung gesetzt.

Gerade als er die letzten Tropfen aus der Dose trank, fuhr er zusammen. Hatte er nicht eine Tür schlagen hören? »Ist da jemand?« rief er.

Nachdem keine Antwort kam, sprang er auf und rannte zum Haus hinauf. Die Seitentür war angelehnt.

»Ist da jemand?« rief er wieder. Er hörte leichte Schritte im Inneren, dann kam Dodie auf die Veranda, gefolgt von Sophie.

David sah sie entgeistert an. Mit ihr hatte er nicht gerechnet.

»Nanu?« sagte er verwirrt. »Was tust *du* hier? Ich dachte, ihr würdet erst heute abend zurückkommen.«

Ohne ein Wort stürzte sich Sophie in seine Arme.

»Ist was passiert, mein Kind?«

Sie sah ihn betrübt an und nickte.

»Was? Sag es mir.«

Sophie holte ein paarmal tief Luft, dann stieß sie schließlich hervor: »Es war so entsetzlich, Papa! Nach dem Theater sind wir in Jennifers Wohnung gegangen, wo wir uns ein Video angesehen und auf den Pizzaboten gewartet haben. Dann hab ich die Tür aufgemacht, und auf dem Gang haben zwei miteinander geknutscht.« Sie drängte sich noch mehr an ihren Vater. »Es war Jennifers *Mann*, Papa, mit einer anderen Frau.«

David stand mit geschlossenen Augen da und wünschte, er brauchte den letzten Satz nicht zu hören, wußte er doch, was seine Tochter sagen würde. Er hielt sie fest.

»Wann seid ihr zurückgekommen?« fragte er leise.

»Heute nacht, gegen drei Uhr morgens. Wir haben einfach alles zusammengepackt und sind nach Hause gefahren. Die arme Jennifer. Sie war den ganzen Heimweg vollkommen durcheinander.«

Er küßte sie aufs Haar. »Habt ihr Jasmine gesehen?«

»Nein, wir haben uns bemüht, niemanden aufzuwecken. Ich glaube nicht, daß Jennifer jemand sehen wollte. Als ich vor einer guten Stunde aufgestanden und nach unten gegangen bin, war niemand im Haus. Jasmine hatte wohl das Auto gesehen, denn auf dem Küchentisch lag ein Zettel, auf dem stand, wo heute alle sind. Daher war mir klar, daß du hier sein mußtest. Ich bin dann in den Wintergarten gegangen, und da saß Jennifer auf dem Sofa. Wahrscheinlich sitzt sie immer noch da.« Erneut sah sie ihren Vater an. »Ich hab sie gefragt, ob ich dich holen soll, und sie hat genickt, aber nichts gesagt. Erst wollte ich anrufen, aber dann hab ich gedacht, es wäre besser, wenn ich es dir selber sag. Also hab ich Benjis Fahrrad genommen und bin gekommen.«

David legte ihr den Arm um die Schulter. »Wir lassen das Rad erst mal hier und fahren mit dem Auto hin, okay?«

»Papa, ich glaube, es ist besser, wenn du allein hinfährst. Ehrlich gesagt, möchte ich da jetzt nicht hin.«

»Schön. Willst du dann hierbleiben und dich um Dodie kümmern?«

Sophie nickte.

David küßte sie auf die Stirn. »Ich komm zurück, sobald ich kann. Und mach dir keine Sorgen. Ich spreche mit Jennifer und seh zu, ob ich ihr helfen kann, die Sache irgendwie in Ordnung zu bringen.«

»Sie ist ein so wunderbarer Mensch, und es ist einfach schrecklich, sie so traurig zu sehen.«

»Kann ich mir denken. Wir wollen mal schauen, was sich machen läßt, ja?«

Schon als David auf das Haus zufuhr, sah er durch die Scheibe des Wintergartens Jennifer, die reglos und völlig zusammengesunken auf dem Sofa saß. Er stieg aus und ging, ohne den Blick von ihr zu nehmen, zu den Glastüren. Ihre Blicke nahmen ihn nicht wahr. Er trat ein und setzte sich leise vor ihr auf den niedrigen Couchtisch. Ihre leeren Augen waren gerötet von Schlafmangel, und Tränenspuren zogen sich über ihre Wangen. David beugte sich vor und streichelte ihr die Hand.

»Jennifer? Fehlt Ihnen etwas?«

Ohne ihn anzusehen, schniefte sie. »Eine ziemlich dämliche Frage für Superman. Sieht es so aus, als ob mir nichts fehlen würde?«

David sah betreten auf seine Hände und schnippte die Daumennägel gegeneinander. Sie hatte recht. Das war ziemlich dämlich.

»Alex hat seit drei Monaten eine Affäre mit einer verdammten Kollegin«, sagte sie mit erstickter Stimme.

»Ja.«

»Was heißt ›ja‹? Haben Sie etwa davon gewußt?«

David rieb sich die Stirn. »Na ja, eigentlich schon. Jasmine hatte den Verdacht, daß was nicht in Ordnung war. Sie hat am Tag der Tenniseinladung zufällig ein Telefongespräch mitgehört. Aber sie wußte nichts Genaues, und nachdem sie es mir erzählt hatte, fand ich, daß wir uns da nicht einmischen durften.«

Jennifer nickte. »Nein, vermutlich nicht. Ich hätte es selbst merken müssen.«

Als sie das sagte, legte sie das Gesicht auf die hochgezogenen Knie und brach wieder in Tränen aus. David stand auf, zwängte sich zwischen ihren Rücken und die Sofalehne, zog sie an sich und wiegte sie sacht, als tröste er ein verzweifeltes Kind.

»Was hab ich nur falsch gemacht, David? Ist es meine Schuld? Was hab ich *falsch* gemacht?«

»Sie dürfen sich nicht die Schuld daran geben, die liegt ausschließlich bei Alex. Sie haben nichts falsch gemacht.«

»Aber warum hat er das getan? Wieso hatte er das *nötig*?«

»Das weiß ich nicht. Vielleicht liegt es einfach daran, daß manche Leute den Blick für das verlieren, was sie haben. Alex ist wahrscheinlich völlig blind geworden.«

»Ich habe immer geglaubt, wir kämen gut miteinander aus, David. Schön, die Dinge liefen nicht gerade ideal, wegen seiner und meiner Arbeit und dergleichen, aber ich war wirklich überzeugt, daß alles in Ordnung war! Auch mit Benji. Ich hatte den Eindruck, daß alles zum besten stand …« Ihre Stimme wurde schriller, während sie mit den Tränen kämpfte. »… und jetzt rede ich schon in der Vergangenheit von all dem!«

David löste sich vom Sofa und setzte sich wieder auf den Couchtisch. Er nahm ihre Hände und sah ihr ins Gesicht. »Genau das ist es, Jennifer! Sie dürfen nicht in der Vergangenheit darüber reden! Sie *haben* das noch alles! Hören Sie … ach was! … Ich kann das nicht richtig erklären, aber … sehen Sie, ich … ich habe es nicht mehr, Jennifer. Ich *muß* in der Vergangenheit reden, und ich kann Ihnen sagen, ich würde alles darum geben, wenn es nicht so wäre. Als Rachel gestorben ist, bin ich verschlossen und bitter geworden, und auch sehr selbstsüchtig. Zwar schmerzt mich alles noch immer sehr, aber inzwischen ist mir nicht nur klargeworden, daß ich den Kindern gegenüber Pflichten habe, ich habe auch gemerkt, welchen Halt sie mir geben. Sie, Jennifer, haben nach wie vor Benji *und* Alex. Außerdem hat Benji seinen Vater – und er braucht ihn. Er liebt ihn. Das dürfen Sie nie vergessen – er ist sein *Vater*! Er hat sich wie ein Vollidiot benommen, aber es ist der Mühe wert, alles daran zu setzen, daß die Sache wieder ins Lot kommt. Sie müssen etwas unternehmen, Jennifer. Ihr und Benjis Glück hängt davon ab. Bitte versuchen Sie es – versuchen Sie es auch um meinetwillen. Ich könnte es nicht ertragen, wenn diese Familie, *Ihre* Familie, die für mich … so wichtig geworden ist, das gleiche Schicksal erleidet wie meine, ohne daß das nötig wäre.«

Traurig drehte sich Jennifer beiseite und schüttelte den Kopf. »Aber wie? Wo soll ich anfangen, David? Ich hatte ja nicht einmal geahnt, daß etwas nicht stimmte! Wie könnte ich da wissen, wo ich anfangen soll?«

»Das weiß ich nicht. Ich weiß es wirklich nicht. Großer Gott, auf dem Gebiet sind wir Männer manchmal richtige Trottel. Auf jeden Fall müssen wir, Sie und ich, uns etwas ausdenken. Haben Sie heute nacht nichts zu ihm gesagt?«

Jennifer schüttelte nach wie vor den Kopf. »Nein, kein Wort. Ich war zu wütend.« Sie stieß ein kurzes Lachen hervor. »Ich hab ihm sogar die Tür vor der Nase zugeschlagen, was wirklich idiotisch war, denn er hat schließlich die Schlüssel zur Wohnung. Als er dann aufgeschlossen hat und reingekommen ist, hatte er für seine … für diese Frau ein Taxi bestellt, und Sophie und ich waren schon mehr oder weniger am Gehen.«

»Warum ist er dann überhaupt zurückgekommen?«

Jennifer stieß einen tiefen Seufzer aus. »Er hat gesagt, weil er mit mir reden wollte.«

»Aber das haben Sie nicht getan?«

»Natürlich nicht! Er hat mich hintergangen, und ich … ich …«

Ihre Unterlippe begann zu zittern.

»Weiter! Und was?«

Sie stieß ihre Antwort hervor. »Und ich hatte Angst, daß er sagen würde, er will sich scheiden lassen.«

David drückte ihre Hände. »Und – hat er das getan?«

»Nein, nur daß es ihm leid täte und er reden wollte.«

»Aha – und dann?«

»Dann sind Sophie und ich gegangen.«

»Und das war alles?«

»Nein.« Sie ließ eine Pause eintreten. »Als ich gerade ins Auto steigen wollte, kam er angelaufen und hat gesagt, er wollte heute nachmittag hierherkommen, damit wir miteinander reden können.«

»Werden Sie das tun, Jennifer? Werden Sie mit ihm reden? Sie müssen es versuchen, bitte! Reden Sie einfach über das, was wichtig ist – in Ihrem und seinem Leben – und sorgen Sie dafür, daß auch er versteht, daß es wichtig ist.«

»Aber warum zum Teufel glauben Sie, daß ich das überhaupt will?«

»Weil Sie mir noch nichts, worum ich Sie bisher gebeten habe, abgeschlagen haben.«

Jennifer sah ihn schweigend an und biß sich auf die Lippe. Dann nickte sie ihm mit dem Anflug eines Lächelns zu. »Ja, Sie haben recht. Das habe ich nicht.«

Er streichelte ihr sanft die Wange. Sie hielt seine Hand fest und drückte ihr Gesicht dagegen. Er spürte, wie eine Träne an seinem Finger entlanglief.

»Wieso sind Sie nur ein so besonderer Mann, David?«

»Der bin ich nicht. Das brauchen Sie gar nicht zu glauben.«

»Doch.« Sie schwieg und sah ihm tief in die Augen. »Ich frage mich, warum nicht *ich* Sie vor all den Jahren in Oxford kennenlernen konnte.« Lächelnd zog sie seine Hand zu ihrem Mund, küßte sie und legte sie sich dann wieder an die Wange. »Falsche Zeit, falscher Ort, und ein Ozean dazwischen.«

Sie beugte sich vor und küßte ihn sacht auf die Wange. Dann umarmte sie ihn und legte ihren Kopf auf seine Schulter.

»Aber wir haben eine Brücke gefunden, nicht wahr, mein bester Freund?« flüsterte sie ihm ins Ohr. »Nach all diesen Jahren haben wir eine Brücke gefunden.«

David nahm ihr Gesicht in seine Hände und wischte ihr mit den Daumen die Tränen weg. »Ja, das haben wir. Und deswegen werde ich Sie nie vergessen.«

Sie saßen da, ineinander versunken. Dann zerriß das Läuten des Telefons die Stille. Langsam ließ Jennifer David los, stand mit einem Lächeln auf, ging ins Arbeitszimmer und nahm ab. David hörte, was sie sagte.

»Hallo? ... ja, hallo, meine Liebe ... ja, mir geht es gut ... wo bist du? ... ja, er ist hier ... möchtest du mit ihm sprechen? ... In Ordnung, sofort.« Sie legte die Hand über die Sprechmuschel. »Das ist Sophie. Ich habe den Eindruck, etwas stimmt nicht. Ihre Stimme klingt ein bißchen zittrig.«

David eilte ins Arbeitszimmer und nahm Jennifer den Hörer aus der Hand. »Sophie?«

»Papa, ich hab das Telefon klingeln hören, als ich mit Dodie draußen im Garten war. Ich wollte rangehen, aber es hat gleich wieder aufgehört, und jetzt ist da ein Fax.«

David hörte den besorgten Ton in ihrer Stimme. »Schon gut, mein Kind. Das hat nichts weiter zu bedeuten. Wahrscheinlich ist es von Archie in der Firma.«

»Nein, Papa, ist es nicht!« Nach kurzem Schweigen fragte sie: »Papa, ist ein Schlaganfall was Schlimmes?«

»Ein Schlaganfall? Unter Umständen schon. Warum fragst du?«

Am anderen Ende der Leitung sagte Sophie mit versagender Stimme: »Weil Opa gerade einen hatte.«

KAPITEL 33

David saß allein am Bootssteg unterhalb des Häuschens und sah über die Bucht, die zerknitterten Blätter fest in der Hand. Er glättete das Papier und las zum dritten Mal die krakelige Handschrift seiner Mutter.

David, mein lieber Sohn,
Es fällt mir schrecklich schwer, das zu schreiben, aber leider muß ich Dir diese entsetzliche Mitteilung machen. Deinen Vater hat heute unmittelbar vor Mittag der Schlag getroffen, und ich sitze jetzt im Raigmore-Krankenhaus in Inverness an seinem Bett. Der Arzt ist gerade gegangen. Er behauptet, sein Zustand sei ziemlich stabil, aber ich sehe selbst, daß sein liebes, altes Gesicht ganz blaß ist. Außerdem hat man ihn an unheimlich viele Schläuche angeschlossen. Immerhin schläft er jetzt ziemlich friedlich, und so nutze ich diese stillen Augenblicke, Dir zu schreiben. Bestimmt wird es ein langer Brief, denn ich glaube, es ist vor allem wichtig, daß Du in allen Einzelheiten verstehst, was dem vorausgegangen ist.

Er schien so gesund, und es gab nicht das geringste Anzeichen für diese Katastrophe. Gestern am Spätnachmittag war Duncan Caple bei uns. Ich hatte angenommen, er wollte Deinen Vater einfach über die Geschäfte auf dem laufenden halten, doch als ich nach seinem Weggang in den Salon ging, war George vollkommen aus dem Häuschen.

Es sieht so aus, als hätte Caple uns gegenüber nicht mit offenen Karten gespielt. Dein Vater hat mir die Sache erklärt, aber bei den Sorgen, die ich mir um ihn gemacht habe, kann es sein, daß ich nicht alles verstanden habe.

Jedenfalls ist anscheinend eine Firma namens Kirkpatrick darauf aus, Glendurnich aufzukaufen, denn sie hat ein diesbezügliches Angebot gemacht. Ich weiß nicht, wann Caple das ein-

gefädelt hat, aber es muß schon ziemlich lange so gegangen sein. Er hatte bereits am Freitag mit den Arbeitern darüber gesprochen, denn soweit ich verstanden habe, besitzen diese einunddreißig Prozent der Anteile am Unternehmen. Er hat dann Deinen Vater gewaltig unter Druck zu setzen versucht, um zu erreichen, daß dieser seine eigenen Anteile so rasch wie möglich verkauft. Das wäre, wie Caple gesagt hat, für die Firma und für die Familie das beste.

Ich habe Deinem Vater geraten, sich sofort mit Dir in Verbindung zu setzen, aber er wollte lieber bis heute warten, weil er vorhatte, erst in die Firma zu gehen und sich im Gespräch mit den Mitarbeitern ein vollständiges Bild der Lage zu machen. Erst anschließend wollte er Dir ein Fax schicken.

Was heute geschehen ist, werde ich Dir Wort für Wort berichten. Dein Vater hat mich im Lauf des Vormittags schrecklich aufgeregt angerufen. Er ist um neun Uhr aus dem Haus gegangen (eigentlich war er mit der Bibellesung in der Kirche an der Reihe, aber Roger Spiers hat sich bereit erklärt, für ihn einzuspringen) und ist in die Firma gefahren, wo er mit Deinem früheren Feldwebel Dougie Masson gesprochen hat. Dougie wußte zwar nicht besonders viel über die Einzelheiten von Kirkpatricks Plan, war aber der Ansicht, daß das von ziemlich langer Hand vorbereitet gewesen sein muß. Er hat auch gesagt, daß die anderen Arbeiter am Freitag ziemlich begeistert auf Caples Vorschlag reagiert hatten, weil sie bei der Sache recht gut verdienen würden. Sicher kannst Du Dir denken, daß Dougie zu uns hält; er hat gesagt, er wolle mit der Sache nichts zu tun haben.

Am meisten hat Deinen Vater geschmerzt, als er von Dougie erfuhr, daß zwei Mitarbeitern unter, wie er sagte, verdächtigen Umständen gekündigt worden ist. Ich glaube, da hat Dein Vater erst richtig begriffen, wie ungeheuerlich Caple ihn hintergangen hat. Es handelt sich um Margaret und den jungen Archie McLachlan, von dem Dein Vater gesagt hatte, er habe ihn gebeten, mit Dir Kontakt zu halten. Als er mir das gesagt hatte, hat er erklärt, er würde gleich nach Hause kommen, um Dir ein Fax zu schicken – das war das letzte Mal, daß ich mit ihm geredet habe.

Den Rest der Geschichte habe ich von dem Polizisten erfahren, der mich benachrichtigt hat. Offenkundig hatte Dein Vater irgendwo auf der Straße nach Grantown angehalten, um einen jungen Hirten mit seiner Herde über die Straße zu lassen. Als dieser das Gatter hinter seinen Tieren geschlossen hatte, hat er ihm dankend zugewinkt, dann aber gesehen, daß der Wagen nicht anfuhr. Darauf ist er hingegangen und hat Deinen Vater über dem Lenkrad zusammengesunken gefunden. Gott sei Dank hatte er seine fünf Sinne beisammen und hat, als er das Autotelefon entdeckte, sofort die Polizei und den Notarzt verständigt. Der Polizist hat gesagt, es wäre ziemliches Glück gewesen, daß in einer so abgelegenen Gegend der Ruf überhaupt durchgegangen ist.

Jetzt also sitze ich hier am Bett im Krankenhaus. Jane Spiers hat mich freundlicherweise hierhergefahren, und hier will ich bleiben. Leider haben die Ärzte gesagt, daß die Aussichten nicht besonders gut stehen, und deswegen mußt Du wirklich versuchen, so rasch wie möglich zu kommen – nicht nur, um Deinen Vater zu sehen, sondern auch, um diesen abscheulichen Machenschaften in der Firma Einhalt zu gebieten. Ich bete, daß Du die nötigen Mitstreiter findest und uns von diesem unverschämten Duncan Caple und all seinen Spießgesellen befreien kannst.

Während ich all das noch einmal durchlese, kommt mir der Gedanke, Du könntest Dich an diesen Ereignissen schuldig fühlen. Das darfst Du auf keinen Fall, mein Junge. Dein Vater hat richtig gehandelt, als er Dir die Möglichkeit gegeben hat, wieder zu Dir selbst zu finden. Wärest Du hiergeblieben, hättest Du ohnehin weiter im Park gearbeitet und auch nicht gewußt, was in der Firma vor sich ging, und wärest mit Deinen persönlichen Problemen keinen Schritt weitergekommen. Was passiert ist, wäre so oder so passiert. Wie gesagt, das ist offensichtlich von langer Hand vorbereitet worden. Aber ich weiß, daß es Dir inzwischen bessergeht, und ich weiß auch, daß Du zurückkommen wirst, um zu kämpfen – für Deinen Vater.

Ich muß jetzt nach unten zur Pforte und die Leute bitten, das für mich durchzufaxen.

Dir und den Kindern alles Liebe,

Mama

David zerknüllte die Blätter und schlug sich mit der Faust an die Stirn.

Ja, Mama, aber was du nicht wußtest, ist, daß ich einen Hinweis auf diese verfluchten Machenschaften hatte und vor über einer Woche das Fax an Archie geschickt habe!

Großer Gott, das war die Lösung! Margaret und Archie waren nicht mehr in der Firma, und so war das Fax zweifellos schnurstracks auf Caples Schreibtisch gelandet. Der verdammte Schweinehund wußte genau, was er tat! Er wußte es *genau*!

»Ist es schlimm, David?«

Er drehte sich um und sah, daß nicht nur Sophie, sondern auch Jennifer, die ihn zu seiner moralischen Unterstützung begleitet hatte, auf den Stufen saßen.

»Leider ja. Wir müssen sofort nach Hause.«

Sophie stieß einen Entsetzensschrei aus, woraufhin ihr Jennifer einen Arm um die Schulter legte und sie an sich zog. David stieg die Stufen hinauf, gab seiner Tochter einen tröstenden Kuß auf die Wange, dann eilte er über den Rasen ins Haus. Er holte sein Adreßbüchlein heraus und wählte die Nummer der Fluggesellschaft in Glasgow. Für den Abendflug waren vier Plätze in der Business Class frei. Er buchte sie, und gerade als er den Hörer auflegte, kamen Jennifer und Sophie herein.

»Jennifer, könnten Sie etwas für mich tun?«

»Selbstverständlich.«

»Würden Sie Sophie mit nach Hause nehmen, dafür sorgen, daß alles zusammengepackt wird, und auch die anderen so bald wie möglich zurückholen?«

»Natürlich. Noch etwas?«

David überlegte einen Augenblick und versuchte, einen klaren Gedanken zu fassen. »Ja. Vielleicht könnten Sie meinen Freund hier in Leesport anrufen. Ich gebe Ihnen seine Nummer. Er heißt Richard Eggar. Erklären Sie ihm bitte, daß ich nach Hause geflogen bin, und bitten Sie ihn, heute abend Dodie und das Auto bei Ihnen zu Hause abzuholen. Könnten Sie außerdem die Firma Star Limos hier in Leesport anrufen, damit die einen Wagen zu Ihrem Haus schickt, sagen wir um …«

Er rechnete rasch von der Abflugzeit zurück. »O nein, wir müssen schon in einer Stunde los.«

»In Ordnung.«

Sie faßte ihn am Arm. »Geht es Ihnen nicht gut?«

Er lächelte. »Blöde Frage.«

»Stimmt. Tut mir leid.«

Sie küßte ihn auf die Wange, hakte sich dann bei Sophie ein, und die beiden machten sich auf den Weg.

David wählte die Nummer von Inchelvie. Nach mehrmaligem Klingeln meldete sich schließlich eine schwache, zittrige Stimme und sagte leise: »Ja? Hier Inchelvie.«

»Effie, ich bin's, David.«

»Ach, Mr. David, haben Sie schon die schreckliche Nachricht gehört?«

»Ja, Effie. Ich komme heute nacht mit den Kindern zurück.«

»Ach, Gott sei Dank! Es ist so entsetzlich, Mr. David. Ihr armer Vater!«

»Es tut mir so leid, daß ich nicht da war.«

»Ja, aber jetzt kommen Sie ja bald, Mr. David. Das ist das Wichtigste.«

»Hören Sie, Effie, ich brauche Ihre Hilfe. Können Sie wohl etwas für mich tun?«

»Sicher. Brauche ich Papier und Bleistift?«

»Das wäre nicht schlecht.«

»Bitte warten Sie einen Moment, ich bin gleich wieder da.«

Er wartete, bis sie sich wieder meldete.

»Ich bin soweit, Mr. David.«

»Schön. Ich werde langsam sprechen, aber wenn Sie nicht mitkommen, sagen Sie es einfach. Erstens nehmen Sie bitte aus der obersten Schublade im Schreibtisch meines Vaters ein schwarzes Buch heraus, auf dem »Telefonnummern Glendurnich« steht. Darin finden Sie die Privatanschlüsse aller Mitarbeiter in der Firma. Haben Sie das?«

»Ja, Mr. David.«

»Schön, suchen Sie da bitte die Nummern von Dougie Masson und Archie McLachlan heraus.«

»Dougie … Masson … und Archie … McLachlan. Das habe ich.«

»Gut. Unsere Maschine landet morgen früh um zehn nach sieben in Glasgow. Rufen Sie zuerst Dougie Masson an, und sagen Sie ihm diese Uhrzeit. Er soll in Gillespies Garage in Grantown zwei Wagen auf meine Rechnung mieten. Haben Sie das?«

»Herrje, soviel zu schreiben!«

David sah vor seinem geistigen Auge die kleine Haushälterin eifrig in ihrer geschwungenen Schrift Buchstaben zu Papier bringen.

»Tut mir leid, Effie, aber außer Ihnen kann das niemand machen.«

»Ist schon gut. Ich habe jetzt alles.«

»Als nächstes soll Dougie bei Archie anrufen. Die beiden können selbst entscheiden, wie sie die Wagen holen wollen, jedenfalls sollen sie uns morgen in Glasgow abholen.«

»Ist das alles, Mr. David?«

»Ja. Glauben Sie, Sie haben alles?«

Die Haushälterin wiederholte noch einmal, was zu erledigen war.

»Gut. Eins noch. Ich werde Archie bitten, daß er die Kinder auf kürzestem Wege nach Inchelvie bringt. Sie werden gegen Mittag dort sein. Sie werden doch da sein?«

»Ja, selbstverständlich.«

»Ganz herzlichen Dank, Effie. Dann bis morgen im Lauf des Tages.«

»Sehr wohl, Mr. David.«

Tief seufzend legte er auf und machte sich dann daran, in dem Häuschen, das ihm inzwischen so viel bedeutete, seine Siebensachen zu packen.

Als er in die Barker Lane kam, stand der Wagen, der sie zum Flughafen bringen sollte, schon vor dem Haus. Dankbar sah er, daß Dan sie fahren würde. Die Kinder wuselten durcheinander; die Ereignisse schienen sie ein wenig verstört zu haben. Als er den Schlag des Volkswagens öffnete, sprang Dodie heraus, um Benji und Charlie zu begrüßen, die auf sie zugestürmt kamen.

»Mußt du wirklich weg, David?« fragte Benji betrübt.

»Leider ja, Benji. Los, ihr beide könnt Dan helfen, meine Sachen einzuladen.«

Als sich die beiden Jungen daran machten, seinen Koffer vom Rücksitz herunterzuzerren, ging David zum Haus. Gerade in dem Augenblick traten Jasmine und Jennifer heraus.

»Haben Sie Richard auftreiben können?«

»Ja«, sagte Jennifer und gab ihm einen Kinderrucksack. »Alles in Ordnung.«

David nickte betrübt. »Schön. Dann können wir ja gleich abfahren.«

»Benji und ich kommen mit«, sagte Jennifer leise.

Er sah sie verwirrt an. »Wollen Sie das wirklich?«

»Ja.«

David nickte. Er hob Dodie vom Boden auf, ging zu Jasmine und gab sie ihr. »Jasmine, könnten Sie sich bis heute abend um Dodie kümmern?«

»Klar doch.« Sie seufzte tief. »Das mit Ihrem Vater tut mir sehr leid. Ich werde von ganzem Herzen für ihn beten. Ich bin auch wirklich traurig, daß Sie jetzt alle fortgehen.«

David legte die Arme um ihre massigen Schultern und drückte sie fest an sich.

»Auf Wiedersehen, liebe Freundin, und vielen Dank für alles, was Sie getan haben – für mich und meine Kinder.«

»Das ist nicht der Rede wert.«

»Doch, das ist es. Es hat mir mehr bedeutet, als Sie sich vorstellen können. Ich habe das Gefühl, daß ich Ihnen fast mein Leben verdanke.« Er merkte, wie ihm die Stimme zu versagen begann, und er räusperte sich. »Und achten Sie auf Jennifer! Sie weiß über Alex Bescheid.«

Jasmine nickte. »Hmm, das hat sie mir gesagt.«

»Die Dinge werden wieder ins Lot kommen. Bestimmt.«

Jasmine grinste. »Natürlich – wenn Sie dabei die Hand im Spiel haben.«

David ging zum Wagen. »So, alles einsteigen.«

Die Kinder kletterten hinein. Benji und Charlie stießen beim Anblick des Fernsehers und des Getränke-Kühlschranks einen Jubelschrei aus. Gerade als David Jennifer einsteigen lassen wollte, knirschte der Kies auf der Einfahrt, und ein dunkelblauer Mercedes kam auf das Haus zugeschossen. Jennifer stöhnte auf, als der Wagen neben ihnen anhielt.

Alex öffnete die Tür und stieg aus, nahm die Sonnenbrille ab und ließ sie in die Brusttasche seines Hemdes gleiten. Benji stieß einen Freudenschrei aus, schob sich an Jennifer vorüber, rannte zu seinem Vater hin und schlang ihm die Arme um die Taille.

»Hallo, Papa! Wir wußten ja gar nicht, daß du heute kommst! Oder, Mama?«

Lächelnd schüttelte Jennifer den Kopf. Alex küßte flüchtig seinen Sohn. »Wohin fahrt ihr?« Er richtete die Frage ausschließlich an Jennifer.

»Zum Flughafen. David muß nach Schottland zurück.«

»Und du fährst mit?« In seiner Stimme lag eine Spur Unsicherheit.

»Ja, um mich zu verabschieden.« Sie sah David an und lächelte. »David, ich glaube nicht, daß Sie schon meinem Mann Alex vorgestellt worden sind, oder?«

David trat zu Alex hinüber und streckte ihm die Hand hin. »Guten Tag.«

Alex nahm langsam die ihm angebotene Hand und schüttelte sie kurz. »Hallo.«

»Ich kann Ihnen gar nicht sagen, wie gern ich hier gearbeitet habe. Es ist wunderbar. Bestimmt sind Sie richtig stolz auf das Anwesen.«

Alex sah erst ihn an und dann Jennifer.

»Wahrscheinlich sogar auf alles, was Sie haben. Ich kann mit Bestimmtheit sagen, daß ich noch nie für eine so großartige Familie gearbeitet habe. Also herzlichen Dank.«

Mit abwesendem Lächeln quittierte Alex das Kompliment und fragte dann Jennifer:

»Und wann kommst du zurück?«

»Im Lauf des Abends.«

Alex nickte. »Gut. Bis dann.«

Sie stieg ein, Benji folgte ihr und rief seinem Vater laut auf Wiedersehen zu. David sah erst zu Alex, dann zu Jasmine und warf ihr eine letzte Kußhand zu, bevor auch er einstieg.

Unterwegs wurde wenig gesprochen, in erster Linie, weil Charlie und Benji die meiste Zeit versuchten, den Fernseher in Gang zu bringen. Die Empfangsqualität aber schwankte so sehr, daß sie ihre Ohren an den Lautsprecher pressen mußten, um überhaupt etwas zu hören. Wer auch immer zu reden versuchte, wurde niedergezischt. Zwar fragte Jennifer nach weiteren Einzelheiten über die Ereignisse in Schottland, doch gab David ihr statt einer Erklärung einfach das ziemlich zerknitterte Fax seiner Mutter, damit sie es selbst las.

Sie erreichten den Flughafen genau zwei Stunden vor Abflug. Dan parkte unmittelbar vor dem Abfertigungsgebäude und besorgte einen Gepäckwagen. Dann verabschiedete er sich eilig, weil es, wie er mit seinem Bronx-Akzent »Mr. Costawfin« erklärte, besser war, wenn er beim Wagen bliebe, für den Fall, daß ihn jemand abzuschleppen versuchte.

Glücklicherweise wartete vor dem Schalter keine allzu lange Schlange, und nachdem sie das Gepäck aufgegeben hatten, machten sie sich durch die riesige Halle auf den Weg zum Abflugbereich. Benji und Charlie fanden dabei sogar noch genug Zeit, sich in einer Automatenkabine gemeinsam fotografieren zu lassen.

Sophie verabschiedete sich als erste von Jennifer und wollte sie gar nicht mehr loslassen. Immer wieder bedankte sie sich für den Ausflug nach Manhattan. Dann gab Harriet ihr einen Kuß und zerrte aus den Tiefen ihres Rucksacks eine zusammengeknüllte Zeichnung heraus, die sie auf dem Weg zum Flughafen darin entdeckt hatte, mit der Bitte, sie Jasmine zu geben. Charlies Abschied war förmlicher: Nach einem kräftigen Händedruck, mit dem er Jennifer fast den Arm ausgekugelt hätte, drehte er sich um und kicherte gemeinsam mit Benji haltlos über ein Foto, auf dem sie beide die Zunge herausstreckten.

»Dann bleibe nur noch ich«, sagte David.

»Ja, nur noch Sie.« Mit verschränkten Armen sah sie sich in der Halle um, ohne den Blick auf etwas Bestimmtes zu richten. »Es tut mir so leid, daß Sie aus diesem traurigen Anlaß zurück müssen, David. Ich hoffe wirklich, daß es Ihrem Vater bald wieder bessergeht.«

David nickte und lächelte. »Werden Sie schreiben oder anrufen?« fragte sie. »Einfach um den Kontakt nicht abreißen zu lassen.«

Er sah auf seine Füße. »Ich weiß nicht. Vielleicht wäre es das beste, eine Weile nichts in der Richtung zu tun, jedenfalls, bis die Sache mit Alex geregelt ist. Vielleicht könnten Sie beide im nächsten Sommer mit Benji zu Besuch …«

Er zögerte, als er Jennifers flehenden Blick sah.

»Na ja, ich rufe an«, sagte sie, »um zu erfahren, ob Sie alle heil angekommen sind. Dagegen ist ja wohl nichts einzuwenden, oder?«

David nickte. »Absolut nicht.«

Sie holte tief Luft und schüttelte den Kopf. »Ich bin ganz durcheinander! Was zum Teufel *passiert* hier eigentlich? Alles in meinem Leben scheint in den letzten vierundzwanzig Stunden verquergegangen zu sein.« Plötzlich stiegen ihr Tränen in die Augen, sie umarmte David und hielt ihn ganz fest.

»David, ich kann mich nicht damit abfinden, daß ich Sie nie wiedersehen soll«, flüsterte sie ihm ins Ohr. »Ich will nicht glauben, daß Sie nie wieder hier sein werden, weder in meinem Leben noch in meinem Garten.«

»Als was denn? Als Gartenzwerg?«

Jennifer lachte, und er spürte, wie ihm ihre Tränen den Nacken hinunterliefen.

»Ja, Superzwerg.« Ihre Stimme erstickte. »Super-, Superzwerg! Oh, David, ich weiß nicht, wie wir alle ohne Sie zurechtkommen sollen.«

Er schob sie sanft von sich. »Das wird sich schon einrenken.« Er küßte sie auf beide Wangen. »Bestimmt.«

Lächelnd trat er einen Schritt zurück und mahnte dann seine Kinder: »Wir müssen uns auf die Socken machen.«

Bei diesen Worten begriff Benji erst, daß die Ereignisse auch ihn betrafen. Er rannte zu David und hielt ihn am Arm fest, ohne ein Wort zu sagen. David hob Benjis Kopf und sah ihn an.

»Ich möchte dich in zehn Jahren entweder als Lead-Gitarristen der berühmtesten Gruppe der Welt sehen oder wie du auf dem Centre Court in Wimbledon Tennis spielst. Andernfalls muß ich annehmen, daß all mein fachmännischer Unterricht für die Katz war. Einverstanden?«

Benji nickte.

»Braver Junge. Und wer weiß – vielleicht kannst du ja irgendwann mal die Ferien zusammen mit Charlie verbringen.«

Ganz aufgeregt sah Benji zu Charlie hinüber, der ihn mit einem verschwörerischen Grinsen bedachte. David schob ihn mit einem freundlichen Klaps auf das Hinterteil zu Jennifer. »Und jetzt kümmere dich um deine Mutter und sag ihr, daß sie nicht soviel arbeiten soll!«

Er sah Jennifer an und zwinkerte ihr zu, dann nahm er Harriet an der Hand und ging mit den Kindern durch die automatischen Türen. Erst im letzten Augenblick drehte er sich um und erhaschte noch einmal einen flüchtigen Blick auf die zwei, die ihm mehr als jeder andere geholfen hatten, wieder zu leben.

KAPITEL
34

»Och, es regnet, Papa«, sagte Charlie niedergeschlagen, das Gesicht ans Fenster gedrückt, als die Maschine beim Landeanflug auf Glasgow die Wolkendecke durchbrach.

David hörte auf zu schreiben und beugte sich vor, um an seinem Sohn vorbei aus dem Fenster zu sehen. »Ja, aber vielleicht nicht zu Hause. Weiter im Norden sieht es ziemlich klar aus.«

»In Leesport hat es nie geregnet.«

Lächelnd fuhr er seinem Sohn durch die Haare und klappte dann seinen Schreibblock zu. Er hatte die Lösung. Während des ganzen Fluges hatte er daran geknobelt, aber jetzt hatte er sie. Jedes Mosaiksteinchen war an Ort und Stelle, jedes einzelne Ereignis, das nach außen hin mit nichts anderem in Verbindung zu stehen schien, machte Sinn, wie der zeitliche Ablauf – von dem Augenblick, da Caple verlangt hatte, er müsse nach Amerika fliegen, bis zum heutigen Tag.

Zweifellos handelte es sich um ein abgekartetes Spiel. Bei diesem in allen Details ausgeklügelten Plan war seine eigene Unfähigkeit, mit seiner persönlichen Situation fertig zu werden, ebenso einkalkuliert gewesen wie das Alter seines Vaters. Auch wenn man im Rückblick unter Umständen sagen konnte, daß er und sein Vater der Sache durch Selbstgefälligkeit oder Unfähigkeit Vorschub geleistet hatten, war Caples und Kirkpatricks Handlungsweise schlicht und einfach verabscheuungswürdig. Doch er wußte nur allzu gut, daß derlei in der Industrie gang und gäbe war: Man operierte am Rand der Legalität und kümmerte sich nicht um die Konsequenzen oder um den Preis, den andere Menschen dafür zu zahlen hatten. So wie sein Vater, der jetzt in bedenklichem Zustand im Krankenhaus lag.

Rumpelnd setzte die Maschine auf der Rollbahn auf, und der Lärm der Triebwerke verstärkte sich, als der Pilot die Schubumkehr einschaltete. Harriet, die am Gang neben David saß, faßte nach seiner Hand. Er hielt sie fest. Unwillkürlich mußte er lächeln, als ihm einfiel, daß er das auf dem Hinflug nach Amerika mit dem kleinen Mädchen aus Glasgow genauso gemacht hatte. Großer Gott, wie lange war das her? Jetzt aber kehrte er zurück. Beim Gedanken an die bevorstehende Kraftprobe mit Caple biß er die Zähne zusammen. Ja, jetzt war er wahrhaft *zurück*, in jedem Sinn des Wortes!

Dougie und Archie erwarteten sie in der Ankunftshalle. Dougie trug ganz gegen seine sonstigen Gepflogenheiten einen dunklen Anzug, der alle Muskeln seines untersetzten Körpers zu betonen schien. Zusammen mit seiner ernsten Miene wirkte er damit wie ein vierschrötiger russischer Leibwächter. David grinste, als ihm einfiel, daß er wahrscheinlich genau das brauchen würde.

»Hallo, Dougie«, sagte er und streckte ihm die Hand entgegen.

»Hallo, Mr. David.« Er schüttelte ihm kräftig die Hand. »Hatten Sie einen guten Flug?«

»Ja, danke. Alles bestens.« Dann begrüßte er Archie. »Hallo, Archie.«

Verlegen lächelnd nickte der junge Mann. »Dougie und ich haben gerade gesagt, wie leid uns das mit Ihrem Vater tut, Sir.«

»Ja, Archie. Es ist sehr traurig.«

»Es ist mehr als das«, mischte sich Dougie grimmig ein. »Ich weiß genau, wie es dazu gekommen ist. Es ist ein verdammtes Verbrechen.« Er legte sich einen Finger auf die Lippen, weil er gerade vor den Kindern geflucht hatte. »Entschuldigung, Sir.«

David schüttelte lächelnd den Kopf. »Nein, Sie haben recht.« Er nahm Charlie den Gepäckwagen ab. »Jetzt also auf! Wir wollen sehen, daß wir die Dinge klären können.«

Sie verließen das Abfertigungsgebäude und gingen über die regennasse Straße zum Parkplatz. Kurz bevor sie die Autos erreichten, gab David Archie seine Anweisung.

»Ich möchte, daß Sie die Kinder auf kürzestem Wege nach Inchelvie bringen. Sprechen Sie unbedingt mit Effie, der Haushälterin, bevor Sie wegfahren.«

»In Ordnung, Sir.«

»Anschließend fahren Sie sofort zur Firma. Ich möchte, daß Sie bei unserer Unterredung mit Mr. Caple dabei sind. Sie dürfen den Wagen *keinesfalls* auf dem Parkplatz vor dem Büro abstellen. Verstanden? Niemand soll Sie sehen, sonst könnte die Überraschung dahin sein. Fahren Sie zur Laderampe hinter dem Faßlager, und stellen Sie den Wagen in der Ecke gleich neben den leeren Fässern ab.«

Der junge Mann nickte.

»Gut. Wir fahren jetzt gemeinsam bis Aviemore. Da trennen sich unsere Wege, denn Dougie und ich fahren zuerst ins Krankenhaus nach Inverness zu meinem Vater. Also ...« David sah auf seine Uhr. »... es ist jetzt Viertel vor acht. Wir müßten gegen halb zwölf in Inverness sein, vorausgesetzt, auf der A 9 patrouilliert keine von diesen verfluchten zivilen Streifen. Ich denke, daß wir gegen halb zwei in der Firma sein können, sehen Sie also zu, daß Sie dann auf jeden Fall auch da sind, und halten Sie Ausschau nach uns. Ist alles klar?«

»Ja, Sir.«

»Gut, dann also los.«

Er drehte sich zu Sophie, Charlie und Harriet um, die stumm neben ihm gestanden hatten, und gab jedem einen Kuß.

»So, und ihr fahrt mit Archie. Heute abend sehe ich euch dann zu Hause.«

»Sagst du Opa, daß er bald wieder gesund werden soll, Papa?« trug ihm Charlie mit feierlicher Stimme auf. »Er hat nämlich versprochen, daß er mir in diesen Ferien zeigt, wie man Lachse angelt.«

»Tue ich«, gab David so munter zurück, wie er konnte.

Archie öffnete die hintere Tür, und Charlie und Harriet stiegen ein. Nach kurzem Zögern zog Sophie ihren Vater am Arm ein wenig beiseite, so daß niemand hören konnte, was sie sagte.

»Papa, glaubst du, wir könnten morgen nach The Beeches umziehen? Ich denke, wir sollten wieder im eigenen Haus wohnen.«

David umarmte sie, lächelte und drückte sie lange an sich.

»Da hast du ganz recht, Liebes. Wir alle müssen zurück in unser eigenes Haus – dorthin, wo Mama ist.«

Er küßte sie auf die Stirn, ging zum Wagen und hielt ihr die Beifahrertür auf. »Fahren Sie vorsichtig, Archie«, sagte er mit einem Blick in den Wagen. »Sie haben eine besonders wertvolle Ladung an Bord.«

Die Fahrt nach Inverness dauerte ein wenig länger als angenommen, obwohl das Wetter, wie er es vorausgesagt hatte, besser wurde, je weiter sie nach Norden kamen. Die Straßen waren voller Lastwagen, denen jeweils eine PKW-Schlange folgte, so daß ein Überholen fast unmöglich war. Zwar bewies Dougie großes Geschick darin, kilometerweit auf der Gegenfahrbahn zu fahren, um an diesen Hindernissen vorbeizukommen, Archie aber, der Davids Mahnung beherzigte, fuhr so vorsichtig und zurückhaltend, daß Dougie zweimal in einer Haltebucht warten mußte, bis er aufgeschlossen hatte. Dabei mußte er in ohnmächtiger Wut mitansehen, daß ein kurz zuvor überholter Lastwagen mit seinem Gefolge langsam vorüberschlich.

Hinter Aviemore ließ der Verkehr nach, und als Archie mit den Kindern auf die Straße nach Inchelvie abgebogen war, trat Dougie das Gaspedal voll durch, bis er schließlich kurz vor Mittag mit quietschenden Reifen vor dem Raigmore-Krankenhaus zum Stehen kam.

David bat ihn, auf dem Parkplatz zu warten, ging hinein und meldete sich an der Pforte an. Eine ältere Dame, deren freundliches Lächeln den Eindruck erweckte, als sei ihr Beruf für sie eher Berufung, hob den Kopf von ihrem Stenoblock.

»*Guten* Morgen! Kann ich Ihnen helfen?«

»Ja. Könnten Sie mir bitte sagen, wo ich Lord Inchelvie finde?«

David sah zu, wie sie den Namen seines Vaters auf ihrem Block notierte. »Und darf ich fragen, wer Sie sind, Sir?«

»Ja. Ich bin Mr. Corstorphine, sein Sohn.«

»Ah, ja«, sagte sie und stand auf. »Einen kleinen Augenblick, bis ich jemanden gefunden habe, der mich hier vertreten kann. Ich bringe Sie dann zu ihm.«

Sie ging in den dahinterliegenden Raum. Durch das Fenster sah David, wie sie mit einer Kollegin sprach, die Tee trank. Die Frau warf durch die Scheibe einen Blick auf ihn und kam dann mit der anderen heraus.

»Mr. Corstorphine«, sagte die Dame. »Folgen Sie mir bitte. Ich bringe Sie zu Ihrem Vater.«

Mit dem Aufzug fuhren sie in den sechsten Stock. David ging mit ihr über den Gang, auf dem kein Stäubchen zu sehen war. Als eine alte Dame in einem rosa Nachthemd aus dünnem Flanell mit ihrem Tropf auf Rädern vorüberkam und unzusammenhängende Wörter vor sich hin murmelte, machten sie ihr Platz. Am Ende des Ganges betraten sie eine neue Station, und Davids Führerin blieb vor einer Tür neben dem Stationszimmer stehen.

»Lord Inchelvie liegt hier, Sir. Ich nehme an, daß auch seine Frau bei ihm ist.«

David dankte ihr und sah ihr nach, bis sie um die Ecke verschwunden war. Gerade als er die Hand auf die Klinke legte, öffnete sich die Tür, und Roger Spiers trat heraus. Als er David sah, legte er einen Finger auf die Lippen und schloß leise die Tür hinter sich.

»David!« sagte der alte Arzt. »Wie schön, Sie zu sehen! Gut, daß Sie so schnell gekommen sind.«

David schüttelte ihm die Hand. »Wie geht es ihm, Roger?«

Doktor Spiers wiegte den Kopf. »Leider nicht besonders gut. Zwar hat er mit Sicherheit keine Schmerzen, und sein Zustand ist recht stabil, aber ...«, er lächelte ihm freundlich zu, »... wie bei allen Schlachtrössern seiner Generation, mich eingeschlossen, läßt die Kraft der Pumpe allmählich nach, und es wird immer schwerer, sie am Stehenbleiben zu hindern.« Er sah zur Tür hin. »Ihre Mutter ist bei ihm. Sie ist einfach großartig. Seit man ihn hergebracht hat, ist sie keinen Augenblick von seiner Seite gewichen. Sie wird mehr als froh sein, daß Sie da sind, mein Junge.« Er drückte ihm ermutigend den Arm und machte sich dann langsamen Schritts davon.

Der Fußboden des kleinen Zimmers war mit Lichtflecken gesprenkelt, die durch Ritzen in der geschlossenen Jalousie hereinkamen. Im Halbdunkel des Zimmers, in dem der Bildschirm der Überwachungsgeräte glomm, fiel ein schmaler Lichtstrahl auf die Wange seines reglos und mit geschlossenen Augen daliegenden Vaters, so daß sein sonst rötlich schimmerndes Gesicht noch bleicher wirkte. Schläuche liefen zu

Kunststoffflaschen, die oberhalb des Bettes befestigt waren. Seine Mund stand offen, und die wenigen Geräusche, die er von sich gab, gingen im beständigen Piepen der Geräte unter, die seine Herz- und Kreislauffunktion überwachten.

Alicia, die strickend neben ihm gesessen hatte, stand jetzt auf und drückte ihm vorsichtig den Unterkiefer hoch. Dann strich sie ihm mit der Hand über die Stirn, schob eine Haarsträhne beiseite, die ihm über das Gesicht gefallen war, und bedachte ihn mit einem Lächeln, das er nicht einmal sehen würde. Als sie sich wieder hinsetzen wollte, sah sie überrascht David an der Tür.

»Mein lieber Junge, wie schön!« sagte sie flüsternd, ließ das Strickzeug auf den Stuhl fallen und kam ihm entgegen. Schon beim Eintreten war David die Erschöpfung und die Sorge auf den Zügen seiner Mutter aufgefallen. Er nahm sie in die Arme und drückte sie fest an sich.

»Laß mich dich ansehen«, sagte sie, nach wie vor im Flüsterton, und schob ihn von sich, ohne ihn jedoch loszulassen. »Wie gut du aussiehst. Du bist ja richtig braungebrannt!«

Mit einem Lächeln sah David zu seinem Vater hin. »Es tut mir wahnsinnig leid, daß ich nicht hier war, Mama. Wirklich.«

»Es ist nicht *deine* Schuld, daß das geschehen ist, und du darfst dir auf keinen Fall Vorwürfe machen. Das ist mein Ernst. Genau deshalb habe ich das auch in meinem Brief hervorgehoben. Der Arzt hat gesagt, es hätte jederzeit passieren können.« Sie küßte ihn auf die Wange. »Hauptsache, du bist hier.«

David sagte nichts weiter, schien es ihm doch weder der richtige Zeitpunkt noch der richtige Ort zu sein, ihr mitzuteilen, daß er inzwischen hinter die Machenschaften in der Destillerie gekommen war. So trat er ans Bett und nahm sanft die Hand seines Vaters, wobei er darauf achtete, den Infusionsschläuchen an dessen Handgelenk nicht zu nahe zu kommen.

»Ich habe gerade draußen auf dem Gang mit Roger Spiers gesprochen. Er sagt, daß es nicht besonders gut um ihn steht.«

Seine Mutter ging auf die andere Seite des Bettes und sah ihren Mann an. »Das stimmt leider. Sein Zustand hat sich über Nacht deutlich verschlechtert. Man hat mir freundlicherweise das Zimmer nebenan zur Verfügung gestellt, und gegen zwei

Uhr nachts haben sie mich gerufen, weil sie sich große Sorgen um ihn machten.« Sie seufzte. »Aber jetzt scheint er sich etwas erholt zu haben.«

Er betrachtete sie, wie sie ihren Mann anschaute, und erkannte auf ihren Zügen den Ausdruck hingebungsvoller Liebe. »Dein Vater war immer eine Kämpfernatur, David. Er ist sehr stark, und ich vermute, daß er durchgehalten hat, bis ... du nach Hause gekommen bist.«

Wortlos nickend beugte sich David über seinen Vater und strich ihm über das Gesicht. Dabei merkte er, daß er einen Kloß im Hals hatte und Tränen ihm in die Augen stiegen. »So, Papa, jetzt bin ich wieder da. Ich hoffe, du kannst mich hören, und ich verspreche dir, daß alles wieder in Ordnung kommt.«

Er beugte sich vor, um ihn auf die faltige Stirn zu küssen. Als seine Lippen spürten, wie kühl die Haut des Vaters war, zuckte er zusammen. Er richtete sich auf und sagte zu seiner Mutter: »Ich fahre gleich von hier aus zur Firma. Ich möchte, daß die Sache noch heute geklärt und erledigt wird. Später komme ich noch mal, aber vorher sehe ich noch rasch in Inchelvie nach den Kindern. Soll ich dir etwas aus dem Haus mitbringen?«

Sie sagte mit einem Lächeln: »Nein, ich habe hier alles, was ich brauche.«

David umarmte seine Mutter und küßte sie. Noch einmal sah er seinen Vater an, kehrte dann, einem Impuls folgend, zu dessen Bett zurück und küßte den tapferen alten Mann erneut. »Wir schaffen das, ganz sicher«, sagte er, ohne damit jemanden Bestimmten anzusprechen, aber in der Hoffnung, mit diesen Worten seinen Eltern Trost spenden zu können. Er ging hinaus und schloß die Tür leise hinter sich.

Schweigend fuhren er und Dougie über die A 9 zurück. Während sich Dougie bemühte, ihr Ziel möglichst schnell zu erreichen, nutzte David die Zeit, seine Notizen noch einmal durchzusehen. Ihm lag daran, alle Fakten so gut wie möglich parat zu haben. Als sie hinter der Spey-Brücke scharf nach links in die Straße einbogen, die zur Destillerie Glendurnich führte, sah er auf die Uhr. Es war halb zwei. Er holte tief Luft. Jetzt kam es darauf an. Die Kraftprobe stand bevor.

Sie fuhren den Hang ein Stück hinunter und kamen oberhalb des Faßlagers zum Stehen. Archie war bereits dort, er hatte sein Auto hinten zwischen zwei Faßreihen abgestellt. Dougie betätigte die Lichthupe, Archie tat es ihm gleich, kam sofort um die Lagerhalle herumgefahren und folgte ihnen zum Firmenparkplatz.

Kaum hatte Dougie angehalten, als David schon aus dem Wagen sprang und sich nach Caples BMW umsah. Er war da. David sah Dougie und Archie an.

»So, Archie. Hat Ihnen Dougie erklärt, worum es hier geht?«

»Ja, Sir«, gab Archie ruhig zurück.

»Gut. Ich möchte Ihnen sagen, daß Sie in Glendurnich eingestellt werden, sobald hier wieder alles im Lot ist. Ich vermute, daß Sie noch keine neue Stellung haben.«

»Nein«, rief Archie. In seinen Augen leuchtete Begeisterung.

»Das wäre also erledigt. Ich möchte, daß Sie beide im Besprechungsraum anwesend sind, einfach für den Fall, daß etwas aus dem Ruder läuft, ja?«

Sie nickten knapp. David merkte, daß beide sehr viel eleganter gekleidet waren als er, denn er hatte sich seit Leesport noch nicht umgezogen. Zum Teufel damit! dachte er mit einem schiefen Lächeln. Es war ohnehin besser, für eine solche Aufgabe nicht zu gut gekleidet zu sein. Blut ließ sich aus Jeansstoff zweifellos viel besser herauswaschen.

»Dann also vorwärts.«

Während sie den Parkplatz überquerten, drehte sich David um und sah, daß ihm Dougie und Archie nebeneinander folgten. Er lächelte. Ganz wie im Western. Jeder hatte die Schießhand frei für den Showdown.

Sie betraten das Gebäude durch verschiedene Türen und platzten im selben Augenblick in den Eingangsbereich, so daß die Frau am Empfang überrascht zurückfuhr. David stützte sich mit beiden Händen auf die Theke. Die Frau, die über das ungehörige Verhalten der drei mißbilligend das Gesicht verzog, hatte ihren Stuhl zurückgeschoben, um Abstand von der bedrohlichen Gestalt zu gewinnen, die da vor ihr stand.

»Entschuldigen Sie, aber was glauben Sie eigentlich, wer Sie –«

»Halten Sie die Luft an und hören Sie zu«, schnauzte sie David an. »Finden Sie heraus, wo Duncan Caple ist, und sagen Sie ihm, daß ich ihn sowie die Direktoren für Marketing und Finanzwesen *umgehend* im Besprechungsraum erwarte.«

Die Frau sah ihn an, ihr rechtes Auge zuckte vor Angst und Empörung.

»Lassen Sie diese Späße! Ich –«

»Außerdem rufen Sie Margaret an und sagen ihr, sie soll auf schnellstem Weg herkommen. Sobald Sie das erledigt haben, räumen Sie diesen Platz. Haben Sie verstanden?« Er drehte sich um und ging, von Dougie und Archie gefolgt, zum Besprechungsraum.

»He, so geht das nicht!« rief Doreen ihm mit vor Wut bebender Stimme nach. »Ich habe ja nicht die leiseste Ahnung, wer Sie sind!«

David zwinkerte Archie zu. Während David und Dougie ihren Weg fortsetzten, ging Archie zum Empfang zurück. Genußvoll beugte er sich vor, so daß sein Gesicht nur einen halben Meter von Doreen entfernt war. Er genoß diesen Augenblick des Triumphs sichtlich, und er ahmte jede Bewegung seines Chefs nach.

»Sie haben soeben mit Mr. David Corstorphine gesprochen, Sohn von Lord Inchelvie und Hauptanteilseigner der Firma Glendurnich Distilleries Limited. Ich an Ihrer Stelle würde keine Sekunde warten, um Mr. Caple, Mr. Barker und Mr. Archibald zusammenzutrommeln und ihnen zu sagen, daß sie sich auf schnellstem Weg im Besprechungsraum einfinden sollen. Anschließend rufen Sie Margaret an. Ihre Nummer finden Sie in der Telefonliste der Firma Glendurnich – wahrscheinlich ganz oben.«

Doreen sah ihn an. Ihre ganze frühere Wichtigtuerei war von ihr abgefallen. Sie hatte nur noch Angst.

»Und was soll ich ihr sagen?« fragte sie mit dünner, zitternder Stimme.

»Sagen Sie ihr einfach, daß Mr. David wieder da ist – und zwar für immer!«

Archie ließ sich auf seinem Weg zum Besprechungsraum Zeit, weil er unbedingt hören wollte, was Doreen Mr. Caple am Telefon zu sagen hatte. Mit versagender Stimme machte sie ihm die Mitteilung und wiederholte sie dann gleich noch einmal. Mit nahezu sadistischer Schadenfreude stellte sich Archie vor, welches Entsetzen diese Nachricht bei Duncan Caple ausgelöst haben dürfte. Er warf die geballte Faust in die Luft und stieß dann durch zusammengebissene Zähne ein lautloses Jaaaa aus, bevor er in den Besprechungsraum trat.

Als Duncan Caple zwei Minuten später in Begleitung von Giles Barker und Keith Archibald eintraf, stand David mit hinter dem Rücken verschränkten Händen am Fenster und sah hinaus.

»David!« rief Caple und ging auf ihn zu. »Wie schön, Sie wieder hierzuhaben. Ich bedaure zutiefst, daß Ihr Herr Va –«

David wies auf den Konferenztisch. »Setzen Sie sich, Sie alle.«

Caple blieb unvermittelt stehen und hob mit einem falschen Lächeln die Hände. »Wie Sie wünschen. Und wie war es in Ameri-«

»*Setzen* Sie sich, Duncan!« stieß David hervor und sah wieder aus dem Fenster.

Der Geschäftsführer zog sich achselzuckend einen Sessel heran und nahm Platz. Die beiden anderen Direktoren waren sichtlich bleich. Lässig verschränkte Caple die Arme, dann sah er, daß Dougie und Archie an der Wand lehnten.

»Wen haben wir denn hier?« fragte Caple mit einem Blick über die Schulter. »Schwere Jungs? Sollen die mich etwa zusammenschlagen, David?«

David sah ihn an. »Nein, Duncan. Die haben eher die Aufgabe, mich daran zu hindern, daß ich Sie zu Brei schlage.«

Caple hieb laut mit der Hand auf den Tisch. »Na, *hören* Sie! Wir könnten das doch etwas zivilisierter handhaben, finden Sie nicht auch? Ich kann das ohne weiteres erklären –«

David gebot ihm zu schweigen. »Nein ... lassen Sie. Wir wollen doch mal sehen, ob *ich* erklären kann, was hier vorgegangen ist. Sie bleiben einfach sitzen und hören zur Abwechslung zu. Falls ich mich aber irren sollte, können Sie mich gern berichtigen.«

Er ging langsam um den Tisch, ohne dabei die drei aus den Augen zu lassen, die ihrerseits wie gebannt darauf warteten, daß er anfing. David atmete tief durch, um seine Erregung zu beherrschen, und fragte sich beim Anblick von Caples schmaler Adlernase, wie sie wohl eingedellt aussehen würde. Dann beugte er sich über den Tisch.

»Wieviel hat man Ihnen dafür geboten, Duncan?«

Zum ersten Mal verschwand Caples Lächeln. »Ich glaube nicht, daß das –«

»Das muß schon ein ziemlicher Haufen Geld gewesen sein, der Sie zu einem solchen Schurkenstück veranlassen konnte.«

Er sah Caple mit solchem Haß an, daß dieser begann, unruhig die Hände zwischen den Knien zu reiben. David ging zum Fenster hinüber.

»Ich kenne den Zeitrahmen dieser Geschichte nicht, aber das ist jetzt auch nicht besonders wichtig. Wohl aber weiß ich, daß Sie meinen Vater und mich ... *übervorteilt* haben, mit dem Ergebnis, daß er jetzt dem Tode nahe im Krankenhaus liegt.« Erneut sah er Duncan an. »Ich möchte von Anfang an eines klarstellen – das betrifft Sie alle –: Was auch immer meinem Vater geschehen ist oder geschehen *wird*, Sie haben das zu verantworten, und es wird Ihr Gewissen lebenslänglich belasten. Im Augenblick mag Ihnen das wenig bedeuten, denn ich nehme an, daß Sie viel zu ignorant sind, um das zu verstehen ... aber, Gott im Himmel, ich sage Ihnen, irgendwann wird Ihnen das aufgehen!«

Schweigend sah David sie an, wie sie da nebeneinandersaßen und darauf warteten, daß er fortfuhr. Keith Archibald war so nervös, daß er an einem Fingernagel herumbiß. Dougie bestärkte David mit einem Nicken.

»Schön!« sagte er und sah wieder zum Fenster hinaus. »Mal sehen, wie genau ich Ihren Plan durchschaut habe.« Er schwieg einen Moment. »Im Mai haben Sie mich gegen meinen Willen und den meines Vaters unter dem Vorwand ins Büro zurückgeholt, unsere Verkaufszahlen in den Vereinigten Staaten seien eingebrochen. Punkt eins: Das stimmte nicht, aber Sie wußten sehr wohl, daß Robert McLeod der einzige sein würde, der das nachprüfen konnte. Ihn aber haben Sie aus dem Unternehmen hinausbugsiert und an seine Stelle –?«

Er sah auf die beiden Direktoren und wies nacheinander mit dem Finger auf sie. Keith Archibald hob langsam die Hand.

»Richtig … Sie hat er an seine Stelle gesetzt. Gut. Und dann, Duncan, haben Sie beschlossen, für die Vereinigten Staaten einen neuen Vertriebspartner einzusetzen. Dazu ausersehen war Deakin Distribution, ein Unternehmen, an dessen Spitze Mr. Charles Deakin steht, der seine Firma, wie das Leben so spielt, gerade an einen britischen Konzern verkauft hatte, nämlich an die Kirk-pat-rick Hol-dings Pub-lic Li-mi-ted Com-pa-ny. Dann … haben Sie mich dorthin geschickt, und weil Sie Deakin bereits vollständig über meinen … persönlichen Verlust und meine Verfassung informiert hatten, konnte er sich das für seine Ziele zunutze machen und beispielsweise aus heiterem Himmel hervorheben, wie wichtig es wäre, auf dem amerikanischen Markt gemeinsam mit meiner Frau aufzutreten.«

Er schüttelte den Kopf, da er erst jetzt das ganze Ausmaß von Caples Niedertracht vor Augen hatte.

»Und es hat alles nach Wunsch geklappt! Ich habe die Räume von Deakin in schlimmem Zustand verlassen.« Er holte tief Luft, bevor er fortfuhr.

»Damit war ich aus dem Weg geräumt. Deakin hat Sie angerufen und Ihnen bestätigt, daß alles nach Plan verlaufen sei. Dann haben Sie sich mit meinem Vater in Verbindung gesetzt und ihm mitgeteilt, daß Sie einen neuen Leiter für das Marketing brauchten, weil ich nicht imstande sei, meine Aufgabe zu erfüllen.« Er wies auf Giles Barker. »Und Sie hat man dann hier eingeschleust – vermutlich aus der Firma Kirkpatrick.«

Den drei Männern war inzwischen ausgesprochen unbehaglich zumute.

»Daß Sie nichts dazu sagen, zeigt mir, daß ich bisher im großen und ganzen richtig liege.«

Caple schüttelte den Kopf, stieß ungeduldig die Luft aus und verschränkte die Hände hinter dem Kopf.

»Jetzt stand Ihnen nur noch mein Vater im Weg. Ihn aber haben Sie auf ziemlich einfache Weise ausmanövriert, indem

Sie ihm eingeredet haben, seine Anwesenheit im Betrieb sei nicht erforderlich, weil Sie zu ihm nach Hause kommen und ihn über alles auf dem laufenden halten würden.« Er sah den Geschäftsführer an und begann, auf und ab zu gehen. »Wirklich aufmerksam von Ihnen, Duncan.« Nach einer Pause fuhr er fort: »Jedenfalls hörte jetzt in der Firma alles auf Ihr Kommando.« Er hob einen Finger. »Ach ja, aber was war mit der Telefonzentrale? Da saß Margaret. Wie konnte man es einrichten, daß Kirkpatrick die Möglichkeit hatte, Sie jederzeit anzurufen, ohne daß sie mißtrauisch wurde? Ganz einfach! Man mußte sie loswerden! Also wurde ihr gekündigt.«

Er schwieg eine Weile, während er sich an den nächsten Punkt zu erinnern versuchte.

»So, und jetzt zur Übernahme. Wie sind Sie nur auf den Gedanken gekommen, ein Unternehmen erwerben zu können, das sich im Besitz einer Familie befindet? Tja, die Mitarbeiter-Anteile. Sie sind dahintergekommen, daß sich einunddreißig Prozent des Kapitals in den Händen unserer Mitarbeiter befinden. Zwar genügte das nicht, um das Unternehmen zu kaufen, wohl aber, um die Daumenschrauben anzuziehen, sobald der Zeitpunkt gekommen schien...«, David drehte sich um und ließ beide Hände auf den Tisch niedersausen, »... sich an meinen Vater heranzumachen!«

Er schnaubte vor Wut.

»Und was wollten Sie ihm sagen? ›Hör mal, alter Junge, du wirst auch nicht jünger, dein Sohn hat alles Interesse an der Firma verloren und will nichts mehr damit zu tun haben, nachdem er kürzlich in den Staaten einen Nervenzusammenbruch hatte. Du siehst am besten zu, daß du dein Geld aus dem Unternehmen herausziehst – die Arbeiter besitzen sowieso schon einunddreißig Prozent der Anteile und freuen sich schon darauf, bei dem Geschäft ein bißchen zu verdienen. Bestimmt findest du auch, daß ihnen das nach so vielen Jahren treuer Dienste zusteht. Also, warum tust du nicht das einzig Richtige, *alter Junge*!‹«

Wütend spie David den drei Männern, die vor ihm saßen, diese Worte entgegen. Dann wandte er sich ab und rieb sich die Stirn. Er hatte die Augen fest geschlossen.

»Aber dann bin ich dummerweise hinter die Sache mit Kirkpatrick gekommen. Anschließend habe ich zwei und zwei zusammengezählt, obwohl ich kaum Beweise hatte. Also habe ich über Margaret ein Fax an Archie geschickt, aber weil sie nicht mehr da war, hat Ihnen natürlich Ihr... Geschöpf da draußen« – er wies mit dem Daumen über die Schulter zur Tür – »das Fax voll Diensteifer auf den Tisch gelegt. Damit war nicht nur Archies Schicksal in der Firma besiegelt, sondern Sie merkten auch, daß Ihre Pläne mir nicht ganz unbekannt waren.«

Er sah Caple an. »Was ich aber nicht kapiere, ist, wieso Sie weitergemacht haben. Mir ist das schlichtweg unbegreiflich – es sei denn, daß Sie John Davenport wahnsinnig unter Druck gesetzt hat.«

Caple sagte nichts, und David schüttelte den Kopf. »Großer Gott, ich liege ja wohl ziemlich gut auf Kurs, was? Also haben Sie weitergemacht. Am Freitag haben Sie die Mitarbeiter informiert und am Samstag nachmittag angefangen, meinen Vater unter Druck zu setzen... und was *dabei* herausgekommen ist, wissen wir alle nur zu gut.«

Da wurde es still.

»Und was soll jetzt Ihrer Ansicht nach geschehen?« fragte David. »Erklären Sie mir das, Duncan?«

Caple schob sich in seinem Sessel vor und hielt sich die aneinandergepreßten Hände ans Kinn. »Wir könnten das Projekt weiterverfolgen. Es wäre nach wie vor sehr lukrativ für Ihre Familie. Wenn Sie nur einen Augenblick lang überlegen –«

David fuhr entsetzt herum.

»*Was* sagen Sie da? Das ist ja wirklich unglaublich. Sie haben ja ein *verdammt* dickes Fell, Duncan. Nein, jetzt ist Schluß. Nicht nur besitze ich vierunddreißigeinhalb Prozent der Glendurnich-Anteile, sondern stehe unter den gegenwärtigen Umständen auch als Stellvertreter der vierunddreißigeinhalb Prozent meines Vaters hier! Das macht neunundsechzig Prozent, für den Fall, daß die Fähigkeit zum Kopfrechnen bei Ihnen nicht so hoch entwickelt ist wie Ihre Hinterlist. Für Sie gibt es *jetzt* keine Möglichkeit mehr, die Sache durchzuziehen! Nein, Sie haben meine Frage ganz und gar falsch verstanden.

Was ich eigentlich wissen möchte, ist: Was wollen Sie drei jetzt machen?«

Caple schwieg. Er rieb sich das Kinn und sah zu den beiden Direktoren hin, die ihn ansahen.

»Ich weiß nicht«, sagte er schließlich. »Was sollen wir Ihrer Meinung nach tun?«

David setzte sich ihnen gegenüber und sah einen nach dem anderen durchdringend an.

»Was mich betrifft, gibt es für Sie nur eine Möglichkeit, und die heißt, von hier zu verschwinden und nie wieder einen Fuß in die Firma Glendurnich zu setzen. Ich will Ihnen aber auch gleich sagen, was ich tun werde, falls Sie sich anders entscheiden sollten. In dem Fall werde ich gleich morgen früh den Schottland-Korrespondenten der *Financial Times* sowie die Wirtschaftsredakteure beim *Scotsman* und *Herald* anrufen und ihnen eine Pressemitteilung zukommen lassen, die in allen Einzelheiten schildert, was in diesem Unternehmen vorgefallen ist. Sicher werden Sie mir zustimmen, wenn ich behaupte, die Geschichte hinreichend gut zu kennen. Wenn die veröffentlicht wird, bezweifle ich, daß in diesem Land einer von Ihnen dreien je wieder den Fuß auf den Boden kriegt.«

Er lehnte sich zurück. »Ich glaube, daß John Davenport Sie fallenlassen wird. Bestimmt wird er sich schleunigst um Schadensbegrenzung bemühen und dafür sorgen, daß sich die Firma Kirkpatrick soweit wie möglich von dem distanziert, was Sie hier bei uns getrieben haben. Ich fürchte, ausbaden müßten Sie das ganz allein.«

Dougie sah auf seine Füße und nickte bedächtig, während Giles Barker und Keith Archibald aufstanden und schweigend den Raum verließen. David richtete den Blick auf Caple, der ihn verächtlich musterte, als sei er entschlossen, die Frage der Beherrschung des Unternehmens zu seinen Gunsten zu entscheiden. Im selben Augenblick klopfte es an der Tür.

»Herein!« rief David.

Margaret steckte den Kopf herein, und er sah sofort, daß sie Tränen in den Augen hatte. »Ja, Margaret?« fragte er besorgt.

»Mr. David, es tut mir so leid«, sagte sie mit erstickter Stimme. »Ihre Mutter hat soeben angerufen. Ihr Vater ist vor einer Viertelstunde gestorben.«

David sah erst sie an und dann Caple.

»*Verdammter Sauhund*!«

Er wußte nicht mehr, was er tat, und stürmte um den Tisch herum, daß Caple keine Zeit mehr hatte aufzustehen. Caple duckte sich und schützte mit den Händen seinen Kopf vor dem Hieb, der unausweichlich kommen mußte. Mit aller Wucht ließ David die Faust auf ihn niedersausen, doch gerade, als er das befriedigende Knirschen seiner Knöchel auf Caples Nasenbein fast schon zu hören glaubte, hielt ihn Dougies Hand wie ein Schraubstock zurück.

»Nein, David!«

David erkannte undeutlich Dougies Gesicht.

»Es würde nichts nützen, mein Junge. Es würde einfach nichts nützen!«

David wandte sich ab, legte die Hände vors Gesicht und stieß einen gequälten Schrei aus.

»Nein, Vater! Nein, nein, nein!«

Er hob den Blick zum Gemälde über dem Kamin und sah, er wußte selbst nicht wie lange, in das gütige, freundliche Gesicht seines Vaters, dessen Augen auf ihm ruhten, dessen Lächeln ihn umfing, und allmählich verstand er, daß seine Mutter recht gehabt hatte. Der alte Mann hatte den Zeitpunkt selbst gewählt. Er hatte getan, was in seinen Kräften stand, und lange genug ausgeharrt, um zu erleben, daß sein Sohn zurückkam, um das Steuer zu übernehmen.

Er sah sich um. Er war allein. Es war vorüber. Es konnte keinen Zweifel daran geben, daß sich die Firma Glendurnich nach wie vor in den Händen der Familie Inchelvie befand.

KAPITEL 35

George, der vierte Lord von Inchelvie, wurde neben seiner Schwiegertochter beigesetzt. Nur die schwermütige Weise, die ein Dudelsackbläser aus dem Ersten Bataillon des Schottischen Hochlandregiments spielte und deren Klänge von den Hügeln widerhallten, durchbrach die vollständige Stille. Von Dalnachoil drang kein Laut herüber, nicht ein einziges Auto fuhr, denn alle Dorfbewohner und alle Mitarbeiter der Destillerie Glendurnich waren da, und der kleine Kirchhof quoll von Menschen förmlich über.

Als der Geistliche den Schlußsegen gesprochen hatte, ließ David, der am Fuß des Grabes stand, sein Ende des Seils hineinfallen und gab damit den anderen Sargträgern das Zeichen, es ihm nachzutun. Er verneigte sich tief und nahm seinen Platz an der Seite seiner Mutter ein, deren Hand er tröstend drückte. Jetzt trat auch Sophie vor, mit Charlie und Harriet an der Hand, so daß alle Mitglieder des Hauses Inchelvie nebeneinander am Grab standen. Nachdem sich alle ein letztes Mal vor dem Toten verneigt hatten, gingen sie zwischen den Grabsteinen hindurch auf den Weg zurück, der zum Ausgang führte.

Dann aber blieb David stehen und sah seine Mutter an. »Am besten machen wir es jetzt«, sagte er ruhig. »Es ist viel besser, als wenn wir bis zu Hause damit warten.«

Sie sah sich zu der versammelten Menge um und nickte. »Ja, wahrscheinlich hast du recht. Aber was ist mit den Dorfbewohnern? Stört es dich nicht, wenn die zuhören?«

David schüttelte den Kopf. »Die haben genausoviel Anspruch darauf, zu hören, was ich zu sagen habe, wie jeder andere.« Er lächelte seiner Mutter zu. »Auf jeden Fall liefert es ihnen Gesprächsstoff.«

Er ging zum Grab zurück. Alle sahen auf ihn. »Ich bitte um einen Augenblick Gehör!« rief er, so laut er konnte.

Die Totengräber, die sich gerade anschickten, das Grab zuzuschaufeln, steckten ihre Spaten wieder in den Erdhaufen und lehnten sich an die Kirchhofsmauer. David wartete, bis sich das erwartungsvolle Tuscheln völlig gelegt hatte, dann begann er.

»Eigentlich hatte ich, was ich jetzt sagen will, nach dem Gottesdienst auf Inchelvie sagen wollen, und so hoffe ich, niemand hält es für unangebracht, daß ich hier rede, noch dazu in dieser Situation. Doch halten meine Mutter und ich es für wichtig, das auszusprechen, was auszusprechen ist, bevor der Vorhang endgültig über dem Leben meines Vaters fällt. Wir beide sind sicher, daß er billigen würde, was ich zu sagen habe.«

Er räusperte sich. »Ich weiß, daß viele der hier Versammelten nicht in der Firma Glendurnich arbeiten. Zwar richte ich das Wort speziell an meine Mitarbeiter, doch jeder hier sollte die Tragweite dessen verstehen, worum es geht, und begreifen, wie wichtig es für die Zukunft unseres Gemeinwesens ist.«

Er hielt inne, und ein Windstoß fuhr raschelnd durch die Kronen der Bäume.

»Sie sollen wissen, daß ich mich überaus glücklich schätze, hier in Schottland leben zu dürfen, denn viele Menschen in anderen Teilen unseres Landes beneiden uns um unsere Lebensweise – heutzutage heißt das wohl ›Lebensqualität‹. Doch wie wir alle wissen, ist nicht alles so, wie es scheint. Wir leben am Rand der Ereignisse in der übrigen Welt, zumal hier im Norden, doch trägt diese Abgeschiedenheit auch dazu bei, das Zusammengehörigkeitsgefühl in unseren Reihen zu festigen. Jeder kümmert sich um den anderen, achtet den anderen, und dafür könnte es keinen besseren Beweis geben als Ihre Anwesenheit hier und heute. Ihnen allen danke ich aus tiefstem Herzen, nicht nur weil Sie damit meiner Familie Ihre Verbundenheit zeigen, sondern auch, weil Sie in den vergangenen Monaten mir persönlich viel Verständnis und Mitgefühl entgegengebracht haben.

Allerdings kann sich die Abgeschiedenheit auch im gegenteiligen Sinn auswirken und, statt die Menschen zusammenzuführen, einen Keil zwischen sie treiben, hängt doch gegenwärtig alles nur allzu sehr davon ab, ob Arbeitsplätze zur Verfügung stehen oder nicht. Wir tun mit allen uns verfügbaren Mitteln, was in unseren Kräften steht, denn sonst bliebe den Menschen hier keine Wahl, als in die Städte zu ziehen, wo es mehr Arbeitsplätze gibt. Genau das aber untergräbt die Gemeinschaft. Daher ist es von entscheidender Bedeutung, daß wir im eigenen Interesse bewahren, was an Arbeitsplätzen zur Verfügung steht – da macht Glendurnich keine Ausnahme.«

David schwieg einen Moment und steckte die Hände in die Jackettaschen.

»Am vorigen Freitag wurde den Mitarbeitern unseres Unternehmens im Rahmen einer Betriebsversammlung die Absicht eines Londoner Konzerns namens Kirkpatrick Holdings Public Limited Company unterbreitet, die Firma Glendurnich aufzukaufen. Diese Betriebsversammlung war nötig, weil die Belegschaft als Ergebnis eines von meinem Vater vor fünfundzwanzig Jahren ins Leben gerufenen Beteiligungsprojekts insgesamt einunddreißig Prozent der Anteile an der Firma besitzt. Mir ist klar, daß der Gedanke, bei einem solchen Verkauf zusätzlich etwas zu verdienen, vielen von Ihnen ausgesprochen verlockend erscheint, aber ich möchte Ihnen klarmachen, daß sich ein solcher Gewinn als sehr kurzlebig herausstellen könnte.

Das Unternehmen Glendurnich ist hier oben nahezu einzigartig. Es ist in jeder Beziehung unabhängig und hat zur Zeit einen bedeutenden Anteil am Weltmarkt für Malt-Whisky. Da wir seit über hundert Jahren Whisky erzeugen, wissen wir, daß die Branche Zyklen unterworfen ist. Das bedeutet, auf fette Jahre folgen magere. Und glauben Sie mir: Ich habe gesehen, was in solchen mageren Jahren mit einer kleinen Whisky-Destillerie geschieht, die ein Großkonzern aufgekauft hat. Sie wird lediglich eine von vielen Zahlen in deren Bilanz. Muß diese Zahl einmal in roten Ziffern geschrieben werden, wird eine solche Destillerie geschlossen, denn für den Konzernriesen, in dessen Besitz sie sich befindet, ist sie von durchaus untergeordneter Bedeutung. Möglicherweise erfolgt die Schließung nicht für immer – unter Umständen dauert sie nur ein oder zwei Jahre, vorausgesetzt, die Nachfrage nimmt wieder zu –, aber erst einmal wird ein solches Unternehmen auf jeden Fall geschlossen, und alle Mitarbeiter verlieren ihre Anstellung.

Bisher mußte in Glendurnich niemand aus solchen Gründen entlassen werden, und indem ich das Angebot des Kirkpatrick-Konzerns zurückweise, sorge ich dafür, daß das auch bestimmt nie geschieht. Der Grund für diese Ablehnung aber ist weder Selbstsucht noch das vorrangige Interesse der Familie Inchelvie – sie liegt im Interesse von Ihnen allen, denn die Mitarbeiter von Glendurnich sind für uns wie eine große Familie. Ihr Wohlergehen ist mir ebenso wichtig« – er drehte sich um und zeigte auf seine Mutter und die drei Kinder – »wie das meiner eigenen Angehörigen, und daher könnte ich es mir nie verzeihen, wenn ich in, sagen wir, fünf oder zehn Jahren mitansehen müßte, daß die Destillerie geschlossen wird und Ihre Arbeitsplätze verlorengingen.«

Wieder schwieg er und sah sich unter den Anwesenden um, als wolle er an ihren Mienen ablesen, ob er genug gesagt hatte, um sie zu überzeugen.

»Im Augenblick sage ich nichts weiter, und ich werde Sie auch nicht jetzt gleich um Ihre Meinung bitten, denn dazu ist hier weder der richtige Ort, noch ist es der richtige Zeitpunkt. Doch setze ich für diejenigen unter Ihnen, die weiter über diese Angelegenheit reden möchten, in der Firma einen Ausschuß ein. Da ich es für recht und billig halte, daß dieser die gesamte Belegschaft repräsentiert, werden zu seinen Mitgliedern außer mir als Mitglied der Firmenleitung Dougie Masson und Archie McLachlan als Vertreter der Brennereiarbeiter und der Büroangestellten gehören.«

David senkte kurz den Blick und sah dann wieder in die Menge.

»Das ist alles. Jetzt möchte ich Ihnen noch sagen, daß Sie alle eingeladen sind, nach Inchelvie zu kommen, wo wir gemeinsam bei einigen Gläsern Glendurnich Malt das Andenken eines bedeutenden Mannes in angemessener Weise ehren können. Ich glaube, Sie werden verstehen, warum ich mich entschlossen habe, hier zu Ihnen zu sprechen, denn mit Bezug auf die von mir angesprochenen Dinge hätte mein Vater sicherlich dasselbe getan.«

Er sah, daß in der Trauergemeinde hier und da zustimmend genickt wurde. David gab den Totengräbern ein kurzes Zeichen, woraufhin diese begannen, Erde ins Grab zu schaufeln.

Er ging zu seiner Mutter und legte den Arm um sie. »Tut mir leid, Mama, das war ein bißchen lang. Vielleicht hätte ich es doch nicht hier tun sollen.«

Sie lächelte ihm zu. »Mein Junge, du warst phantastisch, und der Zeitpunkt war genau richtig gewählt. Du hast alles gesagt, was zu sagen war. Nur dein Vater hätte es mit ebensoviel Gefühl ausdrücken können.«

Sie sah auf das Grab, neben dem der Erdhaufen rasch kleiner wurde. »Da drüben liegen zwei Menschen, David, die wirklich stolz auf das wären, was du gerade getan hast.«

David lächelte, nahm dann ihre Hand, und sie gingen gemeinsam zum Tor, wo die Kinder schon auf sie warteten.

Kurz vor sechs Uhr abends half David den letzten Arbeitern, die unsicheren Schritts in den gemieteten Bus stiegen, und sah ihm nach, wie er schwerfällig durch die Allee davonfuhr. Er wollte schon ins Haus zurück, ging dann aber nach kurzem Zögern zum Tor, das in den vorderen Teil des Parks führte. Er machte es auf, um zum ersten Mal seit seiner Rückkehr einen Blick auf den neuen Rosengarten zu werfen, der in voller Blüte stand. Trotz der widrigen Bedingungen, unter denen er die Büsche gepflanzt hatte, war jeder von ihnen angewachsen. David lächelte. Widrige Bedingungen. Das stimmte weiß Gott – nicht nur, was das Wetter betraf, sondern auch die sonstigen Umstände. Er ging den grasbewachsenen Weg zwischen den Staudenrabatten entlang und bückte sich hin und wieder, um eine welke Blüte abzupflücken. Alles war geworden, wie er es sich vorgestellt hatte. All sein Schweiß, den er zum Andenken an Rachel vergossen hatte, war der Mühe wert gewesen. Es war das vollkommene Denkmal für sie, denn darin spiegelte sich ihre reine, unverfälschte Schönheit wider.

Tief grub er mit den Fingern in die Erde und packte die Wurzeln eines Löwenzahns. Er spürte eine klebrige Kälte auf der

Haut. Wie sehr unterschied sie sich doch von der Wärme des leichten Sandbodens, an den er sich in Leesport gewöhnt hatte! Er warf die Pflanze ins Gras und knetete dann ein wenig Erde zu einer winzigen Kugel. So unterschiedlich die beiden Gärten waren, so verbanden sie doch zwei einander sehr ähnliche Frauen. Auch wenn die eine sein Leben nur kurz gestreift hatte, das von der anderen jahrzehntelang geprägt worden war, wußte er, daß er keine von beiden je würde vergessen können.

KAPITEL
36

Der vom Wind gepeitschte Regen prasselte gegen die Fenster der Büros von Culpepper Rowan, so daß das Wasser in schrägen Streifen über die getönten Scheiben lief, bevor es sich seitlich in vor dem Wind geschützten Spalten sammelte. Mit verschränkten Armen stand Jennifer am Fenster und drückte die Stirn an das kalte Glas, während sie mit leerem Blick in die geschäftige Fifth Avenue hinabsah. Es war erst drei Uhr nachmittags, doch dunkle, rasch dahinfliegende Wolken bedeckten den Himmel, so daß die Autos bereits mit Licht fuhren. Alles sah entsetzlich bedrückend aus. Gott sei Dank waren es nur noch zwei Wochen bis Anfang Mai, dann würde sich hoffentlich alles in Sonnenschein und Wärme verwandeln. Der Sommer stand bevor.

Doch lediglich das Wetter würde sich ändern, nicht ihr Leben. Seit November, als Alex ausgezogen war, sah es darin aus, als wäre ständig Winter – kalt, farblos, trübe. Eigentlich war es auch schon davor so gewesen, denn der Versuch, mit ihm ins reine zu kommen, hatte sie mehr Kraft gekostet als jetzt das Leben ohne ihn.

Sie ging zurück an ihren Schreibtisch, setzte sich vor ihren Laptop und las die Seite noch einmal durch, die sie geschrieben hatte. Sie verhöhnte sich selbst. DIE eine Seite! Mehr hatte sie nicht zustande gebracht. Sie sollte den verdammten Entwurf bis zum Abend fertig haben, doch ihr fiel nichts ein – jedes Quentchen ihrer schöpferischen Energie hatte sie verlassen. Es kam ihr vor, als schwimme ihr Gehirn in Sirup.

Sie speicherte, fuhr den Rechner herunter, schloß sacht den Deckel und lehnte sich in ihrem Sessel zurück. Sie konnte sich einfach nicht mehr konzentrieren. Und es wurde immer schlimmer.

Sie stand auf. Als sie erneut ans Fenster trat, klopfte es an ihre Tür, und Sam kam herein. »Hallo!« sagte er und rieb sich die Hände. »Ich wollte nur wissen, wie Sie mit dem Exposé zurechtkommen.«

Jennifer sah ihn an, dann wandte sie sich wieder zum Fenster.

»Nicht besonders gut, was?« fragte er kläglich.

Ohne ihn anzusehen, schüttelte sie den Kopf.

»Was halten Sie davon, wenn ich Russ bitte, daß er sich das mal ansieht? Wir sollten versuchen, den Leuten spätestens heute abend was durchzufaxen.« Er ging an ihren Schreibtisch und griff zum Hörer. »Ja, Russ, ich bin es, Sam. Könnten Sie mal kurz in Jennifers Büro kommen? Danke.«

Er legte auf und lehnte sich, die Hände in den Taschen, neben Jennifer ans Fenster.

»Ihnen geht es wohl nicht besonders gut, was?«

»Tut mir leid, Sam. Ich weiß, daß ich im letzten halben Jahr nicht besonders viel gebracht habe.«

Er faßte sie am Arm. »Lassen Sie es gut sein. Das haben Sie schon mal gesagt. Sie schlagen sich tapfer. Ihr Leben ist in letzter Zeit ziemlich schwierig, aber das wird sich auch wieder geben. Bestimmt werden Sie sich bald wieder fangen.«

Jennifer schwieg eine Weile und sah zum Fenster hinaus. »Das glaube ich nicht. Ich bin ausgebrannt. Ich habe Ihnen nichts mehr zu bieten. Ich habe schon überlegt, ob es nicht besser wäre, meine Sachen zu packen und aus der Firma auszuscheiden. Sie können es sich nicht leisten, mich hier mit durchzufüttern. Ohnehin finde ich, daß es für mich an der Zeit ist, zu entscheiden, was für mich wichtig und was nicht so wichtig ist.«

»Was wollen Sie damit andeuten?«

»Ich möchte mehr Zeit mit Benji und Jasmine zu Hause verbringen. Ich habe das Gefühl, daß ich da momentan am dringendsten gebraucht werde.«

Zischend stieß Sam die Luft durch die Zähne. »Ja, das kann ich verstehen, aber eigentlich wäre es mir nicht recht, wenn

Sie gingen.« Er schwieg eine Weile und rieb die Schuhe aneinander. »Sie haben wohl, ehm, nichts mehr von Alex gehört?«

»Nein. Jedenfalls nicht persönlich. Vor zwei Tagen ist ein Brief von einem Anwalt in Dallas gekommen, der mir mitteilt, daß er ihn im Scheidungsprozeß vertritt.«

Sam schnaubte geringschätzig und schüttelte den Kopf. »Großer Gott! Was für ein Mistkerl er doch ist!«

Jennifer lächelte betrübt. »Das war er nicht immer, Sam«, sagte sie ruhig.

»Ich weiß. Tut mir leid. Ich hätte das nicht sagen sollen.«

Im selben Augenblick flog die Tür auf, und Russ kam lachend herein. Vermutlich hatte jemand auf dem Gang etwas Spaßiges gesagt. »Ja, Sam, was kann ich für –«

Sam legte einen Finger an die Lippen. Er sagte: »Hören Sie, Jennifer, ich kann verstehen, warum Sie die Agentur verlassen wollen, aber könnten Sie sich nicht mit dem Gedanken anfreunden, die Stellung noch eine Weile zu halten?«

Jennifer sah ihn an. »Wozu?«

Auf Sams Gesicht trat unvermittelt ein zufriedenes Lächeln. »Weil – ich habe gerade von Gladwin Vintners einen Anruf bekommen. Die scheinen *so* beeindruckt von der Art zu sein, wie wir den Tarvey-Auftrag erledigt haben, daß wir auch die Vermarktung von Glentochry Blend Whisky und Walischka Wodka in Amerika übernehmen sollen.«

Russ brach in lauten Jubel aus und schlug in Sams ausgestreckte Rechte ein.

»Der Teufel soll Sie holen, Sam, alter Halunke! Sie hatten recht! Sie hatten hundertprozentig recht.«

»Ich hab ich Ihnen ja gleich gesagt, daß wir es schaffen können! Ich wußte, daß es nur eine Frage der Zeit war!« Er sah Jennifer an. »Deswegen möchte ich, daß Sie nicht gleich gehen. Die Leute legen ausdrücklich Wert darauf, daß Sie die Sache in die Hand nehmen.«

Jennifer lächelte und schüttelte den Kopf. »Das ist sehr lieb von Ihnen, Sam, und ich freue mich wirklich, daß Sie den Auftrag bekommen haben. Aber ich habe einfach keinen Biß mehr, und ich will nicht schuld daran sein, daß Sie den Auftrag verlieren. Außerdem werde ich es mir, glaube ich, nicht anders überlegen. Bestimmt können Sie beide die Sache genauso gut allein erledigen.«

Sam machte seiner Enttäuschung mit einem Stöhnen Luft, dann schwieg er einen Augenblick.

»Na schön. Was halten Sie von folgendem: Gladwin Vintners wünscht, daß wir an einer Besprechung in London teilnehmen, bei welcher der Zeitrahmen abgesteckt werden soll. Wir brauchen kein fertiges Exposé mitzubringen, sondern sollen lediglich dabeisein. Es wäre mir wirklich lieb, wenn Sie mitkommen würden, Jennifer, und Sie können gern Benji mitnehmen. Ach was, bringen Sie Jasmine auch mit! Wir fliegen *alle* hin! Wir logieren im Ritz – das haben wir uns ja wohl verdient –, und *nach* dieser Sitzung können Sie entscheiden, ob Sie uns verlassen wollen oder nicht. Könnten Sie sich dazu durchringen?«

Sie sah Sam belustigt an.

»Entschuldigung, Sam, ich habe mir nur gerade vorgestellt, wie sich Jasmine im Ritz bedienen läßt.«

»Und warum zum Teufel nicht?« fragte er. »Sie hat ebensoviel durchgemacht wie ihr anderen. Jennifer, *bitte*, tun Sie's für mich.«

Jennifer dachte über den Vorschlag nach. »Ich müßte Benji in der Schule beurlauben lassen.«

»Na los doch!« rief Sam und rieb sich die Hände, als er merkte, daß er nicht auf Granit biß. »Es wäre für uns alle wunderbar. Wie schon gesagt, im Anschluß an die Sitzung können Sie überlegen, was Sie machen wollen – so oder so.«

»In Ordnung.«

Sam triumphierte.

»Aber so hopplahopp geht das nicht«, fuhr Jennifer fort. »Ich müßte erst mit Benji und Jasmine darüber reden *und* mit Benjis Schulleiter.«

»Das ist kein Problem. Wir brauchen erst Anfang nächster Woche zu fliegen. Ihnen bleiben also noch drei Tage bis zum Wochenende.« Er sah sie aufmerksam an. »Heißt das, Sie sind endgültig einverstanden?«

Jennifer lächelte ihm zu. »Ja.«

»Herrlich! Ich regle das gleich mit Gladwin und reserviere die Plätze im Flugzeug *und* die Zimmer im Ritz.« Im Vorbeigehen griff er nach Russ' Arm. »Russ, könnten Sie mir den Gefallen tun, sich eine Kopie von der Sache zu besorgen, an der Jennifer arbeitet, und dem Kunden heute abend irgendwas schicken? Es muß nichts Großartiges sein. Ein paar Tage können wir die ruhig noch zappeln lassen.«

Russ nickte. »Wird gemacht.«

»Gut.« Er zwinkerte Jennifer zu. »Also: London, wir kommen!« Er machte einen kleinen Luftsprung und verließ das Büro.

Jennifer ging wieder zu ihrem Schreibtisch und schaltete ihren Rechner ein. »Tut mir leid, Sie damit zu belasten, Russ. Ich komme einfach nicht in Schwung.«

Er schüttelte den Kopf. »Lassen Sie sich darüber keine grauen Haare wachsen. Ich stoppele schon was für Sie zusammen. Vergessen Sie nicht, auch ich habe geniale Momente!«

Jennifer kopierte die Datei und gab Russ die Diskette. Er nahm sie und klopfte sich damit lässig auf die Fingerspitzen.

»Wie macht sich eigentlich Benji, jetzt, wo – ehm – Alex nicht da ist?«

Jennifer seufzte. »Nicht besonders gut. Es hat ihn sehr mitgenommen. Ehrlich gesagt ist er völlig verändert, seit ... nun ja ...«

»Seit David fort ist?«

Jennifer war erstaunt, lächelte dann aber. »Das nenne ich einfühlsam, Russ! Ja. Seit David fort ist. Er hat ihn richtig verehrt.«

»Haben Sie je von ihm gehört?«

Jennifer fuhr den Rechner herunter.

»Nein. Er hat nur gleich nach ihrer Rückkehr nach Schottland angerufen, um zu sagen, daß sie gut angekommen sind. Sein Vater ist am selben Tag gestorben, und seitdem hab ich nichts mehr von ihm gehört. Benji hat einen Haufen Postkarten und ein paar Briefe von Davids Sohn Charlie bekommen.«

Russ klopfte weiter mit der Diskette gegen seine Fingerspitzen. »Hören Sie – vielleicht sollte ich das nicht sagen, aber – na ja – Benji hat ihn ja wohl nicht als einziger besonders gut leiden können, oder?«

Jennifer spürte, wie sie errötete, und schüttelte langsam den Kopf.

»Himmel, Russ, Ihnen schaut ja der Neue Mann aus allen Knopflöchern! Noch vor einem Jahr hätte ich glatt hundert Dollar darauf gewettet, daß Sie so was garantiert nicht merken würden!« Sie trat ans Fenster. »Aber Sie haben recht. Ich glaube, er ist der eindruckvollste Mann, dem ich in meinem Leben je begegnet bin.«

Sie schwiegen einen Moment.

»Ja. Er war schon was Besonderes.«

Jennifer sah sich zu ihm um. »Wieso sagen Sie das? Sie sind ihm doch nur einmal begegnet?«

»Das hat aber genügt. Erinnern Sie sich noch an das Tennismatch?«

Jennifer nickte.

»Eine Woche später hab ich mir ein Demonstrationsspiel in Flushing Meadows angesehen. Es war reine Unterhaltung – eine Mischung aus gutem Tennis und Spaß. Jedenfalls hat man im zweiten Satz deutlich gemerkt, daß der bessere der beiden Spieler auf ein ausgeglichenes Ergebnis aus war, damit noch ein dritter Satz gespielt werden konnte – und das hat er hingekriegt, indem er seinen Aufschlag und seine Grundlinienschläge ganz knapp daneben setzte. Schön, er hat es mit Absicht gemacht – aber man konnte es kaum merken, und ich bin sicher, daß die meisten Zuschauer es gar nicht mitbekommen haben. *Ich* schon, denn haargenau so hatte es David am Wochenende davor mit mir gemacht.«

Er trat zu Jennifer ans Fenster und begann, mit der Schnur der Jalousie zu spielen. »Großer Gott, ich kann Ihnen sagen, damit hat er meinem Stolz einen ganz schönen Schlag versetzt. Dann hab ich mir gedacht: Und was ist mit David? Ihm schien es nichts auszumachen, ob er gewann oder verlor. Dann ist mir aufgegangen, daß er sich deshalb ohne Hemmungen gedemütigt hatte, weil es ihn gar nicht berührt hat, und damit war er mir überlegen. Obendrein hat er es mir zu verstehen gegeben, ohne daß er mich dazu erst noch blamieren mußte.«

Er ließ die Schnur los und sah Jennifer an, die lächelte. Sie reckte sich auf die Zehenspitzen und küßte ihn auf die Wange.

»Auf die eine oder andere Weise hat er niemanden kalt gelassen, Russ. Ich weiß, daß das wie ein Klischee aus einem Comic klingt, *Superhero* oder so was, aber manchmal frage ich mich schon, warum er von all den Millionen Haustüren hier in den Vereinigten Staaten ausgerechnet an meine geklopft hat.« Sie zog den Stecker ihres Laptops aus der Dose, wickelte die Leitung auf und ging wieder an ihren Schreibtisch. »Überlegen Sie doch nur – ohne ihn würden wir jetzt nicht diese Reise nach London planen.«

Russ sah ihr zu, wie sie den Laptop in ihre Aktentasche legte. »Und warum fahren Sie nicht nach Schottland?«

»Was?«

»Na ja, Sie könnten doch hinfahren und ihn besuchen.« Er ging zu ihrem Schreibtisch und sah ihr ins Gesicht. »Tun Sie es einfach! Falls Sie einen Vorwand brauchen, sagen Sie, daß Benji ihn sehen möchte. Lassen Sie ihn jedenfalls nicht einfach sausen!«

Sie schwieg eine Weile, dann lächelte sie und schüttelte den Kopf. »Nein, Russ, das kann ich nicht. Ich weiß ja nicht einmal, wie sein Leben aussieht. Immerhin wäre alles völlig anders. Es war einfach eine sehr glückliche und unvergeßliche kurze Zeit.«

»Ja, möglich. Wahrscheinlich bin ich einfach zu impulsiv. Aber falls Sie es sich doch anders überlegen sollten, fahren Sie hin, und ich vertrete Sie in London – ich bin ja auch noch da. Abgemacht?«

Jennifer schloß die Aktentasche und nickte. »Abgemacht, Russ – aber ich überlege es mir bestimmt nicht anders.«

Er ging zur Tür und sagte: »Ich weiß nicht. In Großbritannien gibt es auch eine ganze Reihe Haustüren. Vielleicht führt das Schicksal Sie vor seine.« Er lächelte und hob die Diskette. »Aber ich sollte mich jetzt besser damit beschäftigen.«

»Russ?«

Er blieb stehen, die Hand auf der Klinke.
»Danke.«
Er winkte ab und ging.
Jennifer wählte die Nummer ihres Hauses in Leesport.
»Jasmine? Hallo, ich bin's, Jennifer. Hören Sie, wahrscheinlich kommt das jetzt etwas überraschend, aber wir müssen Ihnen bis nächste Woche einen Reisepaß besorgen.«

KAPITEL

37

Der baumlange Portier des Hotels Ritz kniff in der grellen Morgensonne die Augen zusammen und umschwänzelte leichtfüßig wie ein Turniertänzer die füllige Frauengestalt, die sich aus dem soeben vorgefahrenen Taxi zu zwängen versuchte. Er wußte nicht recht, wie er ihr am besten behilflich sein konnte, ohne sie allzu offensichtlich zu kränken. Er huschte auf die andere Seite und hielt ihre Hand fest, die blind nach Halt tastete. Als sich Jasmine schließlich aus dem Wagen herausgewunden hatte, drehte sie sich mit strahlendem Lächeln zu ihm um und stieß einen Seufzer der Erleichterung aus.

»Herzlichen Dank, Sir. In diese Taxis kommt man wirklich viel leichter rein als raus.«

»Ja, sie haben gelegentlich ihre Tücken, Madam«, antwortete der Portier mit diplomatischem Lächeln und legte flüchtig zwei Finger an den Rand seines Zylinders. Dann eilte er um das Taxi herum, um den anderen vier Insassen die Tür aufzuhalten.

Als sie die Stufen hinaufgingen und durch die Drehtür in die Hotelhalle traten, hörte Jennifer, wie Jasmine, die mit offenem Mund das luxuriöse Innere der Empfangshalle bestaunte, bewundernd ausrief: »Das nenn ich Stil!«

Jennifer lachte. »Lassen Sie sich bloß keine Flausen in den Kopf setzen, was wir mit dem Haus in Leesport anstellen könnten.« Sie öffnete ihre Handtasche und nahm die Pässe heraus. »Könnten Sie bitte auf Benji achten, einfach für den Fall, daß er wieder zu einer seiner Erkundungstouren aufbricht?« Dann trat sie an den Empfang, wo sich Sam und Russ bereits eintrugen.

»Würden Sie das bitte ausfüllen, Mr. Culpepper«, sagte die hübsche junge Empfangsdame munter, als sie Sam den Meldezettel hinschob. »Das hier ist für Mr. Hogan ... und das für Mrs. Newman und den jungen Herrn ... und gehört nicht auch eine Miss Washington zu Ihrer Gesellschaft?«

»Das erledige ich«, sagte Jennifer mit einem Lächeln. »Sie kümmert sich gerade um meinen Sohn.«

»Sehr wohl, Madam.«

Nachdem alle Formulare ausgefüllt waren, geleitete die Empfangsdame die Gruppe durch die Hotelhalle und übergab an den Chefportier.

»So«, sagte dieser und nahm mehrere Schlüssel aus den Fächern hinter sich. »Sie sind alle im vierten Stock untergebracht. Ich werde jemanden bitten, Sie nach oben zu begleiten, Ihr Gepäck wird Ihnen gleich anschließend gebracht.«

Er rief einen Pagen und gab ihm die Schlüssel. Der Junge führte sie zum Aufzug neben der Treppe. Jennifer hielt Ausschau nach Jasmine und Benji und erspähte sie schließlich durch die Glastüren, wie sie langsam durch den mit einem rosa Teppich belegten Gang auf sie zukamen, wobei sie alles und jeden unverhohlen anstarrten. Sie öffnete einen der Türflügel.

»Kommt, wir beziehen unsere Zimmer.« Da Sam merkte, daß nicht alle in den Aufzug passen würden, zog er Russ am Arm heraus.

»Wir gehen zu Fuß, Jennifer. Das wird uns guttun.« Er fügte hinzu: »Hören Sie, ich habe mir im Flugzeug überlegt, daß es vielleicht nicht schlecht wäre, für die morgige Sitzung ein paar Ideen in der Hinterhand zu haben. Daher werden Russ und ich die Köpfe zusammenstecken. Sie aber sollen den Tag für sich haben – sehen Sie sich mit Benji und Jasmine London an, oder tun Sie, wozu Sie Lust haben. Wir treffen uns dann hier unten um, sagen wir, halb sieben zu einem Drink, einverstanden?«

»Brauchen Sie mich bestimmt nicht, Sam?«

Er schüttelte den Kopf und lächelte. »Nein. Amüsieren Sie sich ruhig miteinander. Wenn Sie was brauchen, rufen Sie einfach mich oder Russ an. Zimmer 410 oder 416.«

»In Ordnung. Danke, Sam.« Sie schob sich neben Jasmine in den Aufzug.

»Jetzt?« fragte Benji, dessen Finger vor dem Knopf mit der Vier darauf verharrte, den Pagen.

»Jetzt«, sagte der mit kurzem Nicken, und Benji drückte hingebungsvoll den Knopf.

Nur eine halbe Stunde Ruhe war Jennifer gegönnt, denn immer wieder fragte Benji sie, ob sie nicht hinausgehen könnten. Nachdem sie Jasmine aus ihrem Zimmer geholt hatte, spazierten sie am Piccadilly entlang in Richtung Green Park. Gegenüber dem U-Bahnhof stiegen sie in einen offenen Doppeldeckerbus und setzten sich nach oben, da Benji trotz des kräftigen, kühlen Windes darauf bestand. Jennifer und Jasmine hüllten sich fest in ihre Mäntel, während Benji von einer Seite des fast leeren Busses zur anderen rannte, um sich keine der Sehenswürdigkeiten entgehen zu lassen, die der Reiseführer mit seiner einschmeichelnden Stimme ansagte: Hyde Park Corner, Buckingham Palast, die Paradestraße The Mall, das Regierungsviertel Whitehall und das Parlament. Als es danach am Nordufer der Themse zum Tower ging, merkte Jennifer, daß Jasmine, die sich tapfer bemühte, den Eindruck zu erwecken, als genieße sie das Ganze, so aussah, als werde sie demnächst wegen Unterkühlung zusammenbrechen. Also stiegen sie aus und suchten Zuflucht in der Wärme der U-Bahn. Mit der Circle Line fuhren sie zur Baker Street und verbrachten den Rest des Vormittags und den frühen Nachmittag mit einem ausgiebigen Besuch in Madame Tussauds Wachsfigurenkabinett, wo sich Benji mit möglichst vielen der nachgebildeten Berühmtheiten fotografieren ließ.

Mit schmerzenden Füßen und völlig ermattet kamen sie wieder ins Ritz zurück und gingen auf ihre Zimmer, um neue Kräfte zu sammeln. Benji allerdings, der unbedingt weitere Abenteuer erleben wollte, begehrte laut dagegen auf.

»Das wird ganz schön langweilig!« knurrte er und warf sich auf sein Bett.

»Du brauchst ja nicht zu schlafen«, sagte Jennifer, nahm ihr Waschzeug aus dem noch unausgepackten Koffer und ging ins Bad. »Schalt den Fernseher ein. Aber wenn du dich nicht ein bißchen ausruhst, machst du heute abend schlapp.«

»Ganz bestimmt nicht!« sagte er, sprang vom Bett auf und holte die Fernbedienung. »Ich bin nicht müde.«

Er schaltete von einem Programm zum nächsten und sah immer nur gerade so lange zu, bis er eine Vorstellung davon hatte, was es gab: einen alten Kriegsfilm in Schwarzweiß, eine australische Seifenoper, eine Kochvorführung und irgendeine Nachrichtensendung, die gerade angefangen hatte. Sie hieß »Westminster heute«.

»Es gibt nichts Interessantes!« rief er seiner Mutter zu.

»Ach hör schon auf, Benji!« rief Jennifer zurück, als sie sich das Gesicht mit Wasser besprengte. »Immerhin hattest du einen recht ereignisreichen Vormittag. Schau dir halt das an, was es gibt.«

Murrend warf Benji die Fernbedienung auf sein Bett. Er stellte seinen Kopf auf das Kissen, warf die Beine hoch und brachte einen erstklassigen Kopfstand mit den Füßen an der Wand zustande. Dabei verrutschte er das Bild eines galoppierenden Rennpferdes. Eine gepflegte englische Frauenstimme ließ sich vom Fernseher vernehmen: »*Guten Tag und willkommen bei ›Westminster heute‹. Wir beginnen unsere Sendung mit einer Direktübertragung aus dem Oberhaus, wo seit zwei Tagen eine besonders hitzige Debatte über einen Gesetzesantrag der Regierung zur Frage der Unternehmensstruktur stattfindet. Gegenwärtig werden die rund hundertzwanzig Zusatzanträge behandelt.*«

»Das ist ja stinklangweilig!« sagte Benji, während er sich auf das Bett fallen ließ und dann noch mal einen Kopfstand probierte. »Mama?«

»Ja?«

»Was ist das Oberhaus?«

Jennifer kam aus dem Badezimmer, rieb sich mit einem Handtuch das Gesicht und sah zum Fernseher hin.

»Man kann es ungefähr mit unserem Senat vergleichen. Du weißt ja, daß wir einen Kongreß haben, der aus Repräsentantenhaus und Senat besteht. Das Repräsentantenhaus ist wie das Unterhaus, und der Senat in etwa wie das Oberhaus, die zweite Kammer des englischen Parlaments. Wir sind heute morgen mit dem Bus da vorbeigefahren, weißt du noch?«

Sie lächelte, wie er so auf dem Kopf dastand, und kehrte ins Badezimmer zurück.

»Das ist aber ziemlich öder Kram fürs Fernsehen. Wer soll sich das denn ansehen?«

Immer noch im Kopfstand sah Benji, wie die Kamera auf einen Mann mit einer langen weißen Perücke zufuhr, der auf einem riesigen roten Sofa saß.

»Wir kommen zu Antrag vierundzwanzig. Das Wort hat Lord Inchelvie.«

»Loood Inchelvie«, ahmte Benji mit weit geöffnetem Mund die Sprecherin nach. »Looood Inchelvie.«

»Eure Lordschaft haben möglicherweise die Absicht, einen auf Seite einundfünfzig, Zeile sieben, angesprochenen Gesichtspunkt zu erwägen. Dort heißt es, daß bei Unternehmenszusammenschlüssen, bei denen vorausgesetzt wird, daß das Kapital des jeweiligen Unternehmens …«

Benji ließ sich krachend auf das Bett fallen und starrte die Decke an. Er konzentrierte sich auf die Stimme, die aus dem Fernseher drang.

»Dabei hat man allerdings einen Punkt übersehen. Es ist ohne weiteres möglich, die Führungsstruktur eines Unternehmens auch in einem kurzen Zeitraum so zu manipulieren, daß die Zuständigkeiten nicht mehr klar ersichtlich sind. In einem solchen Fall aber …«

Benji sprang auf und lief zum Fernseher. Das war nicht die Stimme dieses Lord Inche – wie auch immer er heißen mochte! Das war Davids Stimme! Er legte das Gesicht an den Bildschirm und versuchte zu erkennen, welche der vielen Gestalten im Bild da sprach.

»… beispielsweise ist es möglich, daß die Angehörigen einer bestimmten Familie das Recht haben, den Gang der Geschäfte zu bestimmen, ohne daß ihnen unbedingt klar sein muß, welche Mitglieder der Firmenleitung …«

Jetzt fuhr die Kamera auf den Sprecher zu und zeigte ihn in Großaufnahme. Er war es! Es war David! Benji begann auf und ab zu hüpfen und mit den Händen in der Luft herumzufuchteln. Vor Aufregung brachte er keinen Laut heraus.

»MAMA!« stieß er schließlich hervor.

Jennifer kam aus dem Bad gerannt, ein weißes Frotteestirnband hielt ihr Haar und schützte es vor der weißen Creme, die ihr Gesicht bedeckte. »Was ist los?« fragte sie erschreckt.

Benji sah sie verblüfft an und wies auf den Fernseher. »Da ist David, Mama! Sieh nur, David! Er ist im Fernsehen! Er ist im Oberhaus! Schau!« Er lief zu ihr, nahm ihre Hand, die von Creme ganz glatt war, und zog sie vor den Fernseher.

»Das ist doch David, oder nicht? Er ist zwar verkleidet, aber es ist David!«

Jennifer sah auf die hochgewachsene Gestalt im Nadelstreifenanzug, die inmitten der mit rotem Leder gepolsterten Sitze stand. Ihr Herz setzte kurz aus, als sie die vertraute Stimme hörte, und Benji sah, daß ein frohes Lächeln auf ihre Züge trat.

»Ja, das ist David«, sagte sie völlig perplex.

»Komm, Mama!« drängte Benji und zog sie zur Tür. »Komm schon.«

»Wo willst du hin?« fragte sie und lachte.

»Zum Oberhaus! Komm, wir waren heute morgen doch da! Es ist gleich da hinten.«

Jennifer entzog Benji die Hand. »Benji«, sagte sie kopfschüttelnd, »das ist bestimmt eine Aufzeichnung. Jetzt ist er nicht dort.«

»Doch!« krähte Benji. »Die haben gesagt, daß es eine Direktübertragung ist! Das heißt, die sind *jetzt* da.«

Jennifer sah wieder auf den Bildschirm. »Eine Direktübertragung, sagst du?«

»Ja!!! Komm schon, Mama, bevor er aufhört! Wir müssen unbedingt hin!«

Während Jennifer auf den Bildschirm starrte, holte die Kamera Davids Gesicht nahe heran. Er saß jetzt, und sie sah, wie sich bei einer munteren Zurückweisung eines der Lords auf der gegenüberliegenden Seite des Raums ein fröhliches Lächeln auf seine Züge legte. Wie gut sie das kannte! Wie gut sie dieses Gesicht kannte!

»In Ordnung!« Sie eilte ins Badezimmer, um ein Handtuch zu holen, kam dann zurück und rieb sich die Creme aus dem Gesicht. »Geh zum Empfang runter und sag, die sollen ein Taxi bestellen. Ich bin in einer Minute da, ich muß nur noch Jasmine und Sam Bescheid sagen.«

Benji rannte hinaus, und sie hörte, wie er über den Gang stürmte und immer wieder »Das Oberhaus!« brüllte. Sie nahm den Hörer ab und wählte Jasmines Nummer. Eine verschlafene Stimme meldete sich.

»Hallo, hier Jasmine.«

Jennifer lächelte. Ob sie sich immer so meldete?

»Jasmine, Benji und ich gehen noch einmal aus.«

»Wohin?«

»Das verrate ich erst, wenn wir zurück sind. Aber ich vermute, daß es für Sie eine große Überraschung sein wird!«

»Schon gut«, sagte Jasmine. »Ich schlaf weiter und warte, bis ich von Ihnen höre.«

»Bis dann.« Jennifer legte auf und wählte Sams Nummer. Russ meldete sich.

»Russ? Hier Jennifer.«

»Hallo! Sie klingen ja so aufgeregt. Wo brennt's?«

»David, Russ! Er ist im Fernsehen – im Oberhaus. Es ist eine Direktübertragung.«

Am anderen Ende der Leitung war eine Weile lang nichts zu hören.

»Russ? Sind Sie noch da?«

»Ja, Entschuldigung. David ist hier in London?«

»Ja!«

»Sehen Sie, was hab ich Ihnen gesagt? Sieht ganz so aus, als hätten Sie an die richtige Tür geklopft! Nichts wie los, Jennifer! Lassen Sie sich nicht aufhalten! Sam und ich schaffen das auch allein. Großer Gott, was sage ich da? Vergessen Sie uns einfach, Jennifer. Nur zu!«

»Werden Sie es Sam erklären?«

»Er hat es schon gehört. Er sitzt da und nickt, und wenn er noch mal nickt, fällt ihm der Kopf runter!«

Jennifer lachte. Sie spürte, wie ihr Tränen des Hochgefühls in die Augen traten. »Schon gut! Schon gut! Ich gehe!«

»Viel Glück, meine Teure«, sagte er leise.

»Danke, Russ.«

Sie legte auf und eilte zur Tür. Dann kehrte sie um, holte ihre Handtasche und sah rasch noch einmal zum Fernseher. David war wieder aufgestanden, um das Wort zu ergreifen. Sie warf ihm eine Kußhand zu und lief aus dem Zimmer.

Benji saß bereits im Taxi und wartete ungeduldig auf seine Mutter. Sie rannte die Stufen herab und sprang in den Wagen. Sie kam nicht einmal dazu, das Fahrtziel zu nennen, denn er fuhr sofort an.

»Ich hab's ihm schon gesagt, Mama! Er sagt, er weiß, wo es ist!«

»Das will ich hoffen!« sagte Jennifer und lachte. Sie öffnete ihre Handtasche, nahm das Schminktäschchen heraus und drückte sich fest in eine Ecke, damit ihre Hand nicht noch mehr zitterte, als es ohnehin der Fall war.

Bis sie White Hall erreicht hatten, war sie mit ihrem behelfsmäßigen Make-up fertig. Unterwegs hatte Benji sie aufgeregt gefragt, wieso David Corstorphine mit einem Mal Lord Inch- wie auch immer heiße, aber ihre Erklärung nicht verstanden. Das Taxi hielt in der Nähe eines großen Reiterdenkmals vor dem Parlament, und der Fahrer schob die Trennscheibe auf.

»Sie wollen zum Oberhaus?«

»Ja«, antwortete Jennifer und entnahm ihrer Tasche einen Zehn-Pfund-Schein.

»Die Schlange da«, sagte er und wies auf eine Stelle des Gehwegs, die mit Seilen abgesperrt war. »Viele warten da nicht. Bestimmt kommen Sie mit dem nächsten Schub rein.«

»Danke«, sagte Jennifer und gab ihm den Schein. Er suchte nach Wechselgeld, aber Jennifer und Benji waren bereits ausgestiegen.

»Behalten Sie es!« rief sie lächelnd. »Es ist die Sache wert!«

»Das will ich hoffen!« rief er ihr nach.

Gerade, als sie sich in die Schlange stellten, kam ein uniformierter Parlamentsdiener, hängte das weiße Seil aus und bat die Wartenden, ihm zu folgen. Sie betraten eine riesige Halle mit steinernem Fußboden und gingen hinter den anderen her, die sich gemessenen Schritts zwischen den Standbildern früherer Politiker bewegten. Am Fuß einer Treppe drehte sich der Parlamentsdiener um und teilte ihnen mit kummervoller Miene mit, sie müßten in der mittleren Wandelhalle warten, bis die letzten Besucher der vorigen Gruppe die Zuschauergalerie verlassen hätten. Benji, der sich davon nicht abschrecken ließ, ging nach vorn und stellte sich vor den Mann: »Entschuldigen Sie bitte, aber meine Mama und ich kennen einen im Oberhaus und wollen ihn besuchen.«

Während die anderen Besucher belustigt murmelten, beugte sich der Parlamentsdiener langsam vor und sagte: »Ich fürchte, junger Mann, du wirst selbst dann warten müssen, wenn du mit einem der Peers bekannt bist.«

Untröstlich drehte sich Benji um und ging zu seiner Mutter zurück. Dann schlenderte er zu einem der Standbilder hinüber, lehnte sich an den Sockel und versuchte festzustellen, ob sich auf der Treppe irgend etwas tat.

Fünf Minuten später kamen vereinzelt Menschen herunter, und schließlich ein ganzer Strom. Ungeduldig seufzte Benji, als er begriff, daß es noch eine Weile dauern würde, bis man sie nach oben ließ. Er versuchte, die Inschrift auf dem Sockel des Standbildes zu lesen, an den er sich gelehnt hatte.

»BENJI?«

Die Stimme hallte durch die Wandelhalle, und alle, einschließlich des Parlamentsdieners, sahen dorthin, woher der Ruf gekommen war. Am oberen Ende der Treppe stand Charlie, hielt sich am Geländer fest und bildete so das reine Hindernis für die, die hinter ihm kamen.

Benjis Gesicht strahlte, als er sah, wie auch Sophie und Harriet neben ihrem Bruder am Geländer erschienen.

»CHARLIE! SOPHIE! HARRIET!« stieß er gellend hervor und lief auf die Treppe zu, während Sophie und Charlie sich ohne Umstände durch die Menge ihm entgegendrängten.

Sie trafen sich am Fuß der Treppe und sahen einander ungläubig mit freudig erregtem Lächeln an.

»Was treibst du denn hier?« fragte Charlie verblüfft.

»Mama und ich haben euren Papa im Fernsehen gesehen. Wir wollen ihn besuchen!«

»Jennifer ist auch hier?« fragte Sophie und sah sich suchend um, bis sie sie in der Schlange erkannte. Jennifer winkte ihr zu und lächelte. Im Laufschritt eilte Sophie hinüber und warf sich ihr in die Arme.

»Was tut denn *ihr* alle hier?« wollte Benji wissen. »Ich dachte, ihr seid in Schottland in eurer Schule?«

»Sind wir auch, aber Oma hat uns für zwei Tage beurlauben lassen und ist mit uns hierhergefahren, weil sie meinte, wir würden gern dabeisein, wenn Papa im Oberhaus redet.«

Dann sah Benji eine hochgewachsene alte Dame, die mit Harriet an der Hand die Treppe herabkam. Charlie eilte ihnen einige Stufen entgegen.

»Oma, das ist Benji, mein Freund aus Amerika. Er ist hier – in London.«

Lächelnd trat die alte Dame auf Benji zu und hielt ihm die Hand hin. »Das sehe ich, mein Junge. Hallo, Benji. Schön, dich kennenzulernen.«

Benji schüttelte ihr die Hand, und als er sich umdrehte, sah er, daß seine Mutter und Sophie inzwischen hinter ihm standen.

»Oma«, sagte Sophie ganz aufgeregt. »Das ist Jennifer.«

Alicia lächelte Jennifer herzlich an, ging auf sie zu und küßte sie auf beide Wangen. »Ich freue mich sehr, Sie kennenzulernen, meine Liebe. Ich habe von Sophie und von David so vieles über Sie gehört.« Dann schüttelte sie erstaunt den Kopf. »Ich kann es gar nicht glauben, daß Sie hier sind! Was für ein Zufall.«

Benji zupfte seine Mutter an der Hand. »Darf ich jetzt mit Charlie nach oben gehen und David zusehen? Er weiß, wie man da hinkommt.«

Jennifer sah ihn an. »Gleich, Schatz. Es kommen noch immer Leute die Treppe herunter.«

Alicia sah sich um. »Mal sehen, ob ich da nicht etwas arrangieren kann.«

Sie ging zu dem Parlamentsdiener an der Spitze der Schlange und sprach leise auf ihn ein. Dieser nickte und begleitete Alicia dorthin, wo ihre Enkel und Benji mit seiner Mutter warteten.

»Dieser sehr freundliche Herr wird euch beide auf die Besuchergalerie bringen. Aber denk dran, Charlie, ihr müßt ganz still sein.«

»Wird gemacht, Oma!« rief Charlie und begann zusammen mit Benji die Stufen hinaufzurennen, wobei sie sich an den Herunterkommenden vorbeidrängten. Der schon etwas ältere Parlamentsdiener folgte ihnen, so rasch er konnte.

Da die bisherigen Gäste die Zuschauergalerie verlassen hatten und die neuen noch nicht da waren, lag diese vollständig leer da, und man hörte nichts als einzelne leise Stimmen, die aus dem Sitzungsraum nach oben drangen. Der Parlamentsdiener führte die beiden Jungen in die erste Reihe und blieb neben ihnen stehen, als Charlie seinem Freund den Platz seines Vater zeigte. Benji reckte den Hals im verzweifelten Versuch, Davids Aufmerksamkeit auf sich zu lenken, dann fragte er Charlie leise: »Können wir ihn nicht rufen?«

»Nein, das ist verboten«, flüsterte ihm Charlie mit großem Nachdruck ins Ohr. »Oma sagt, man darf nicht mal winken.«

»Wie können wir ihn dann auf uns aufmerksam machen?«

»Gar nicht. Wir müssen warten, bis er hersieht.«

Benji spähte nach unten und sah sich einen Lord nach dem anderen an. »Es sieht aus, als ob er da der Jüngste wäre.«

Charlie hielt sich die Hand vor den Mund, um nicht herauszukichern. »Oma sagt, manche von denen sitzen schon so lange da, daß zwischen ihrem Kopf und der Rückenlehne Spinnweben gewachsen sind.«

Auch Benji hielt sich die Hand vor den Mund, aber nicht schnell genug, denn er lachte unwillkürlich kurz auf. Schuldbewußt drehte er sich zu dem Parlamentsdiener um, der mahnend einen Finger an die Lippen legte.

David schien nicht im entferntesten daran zu denken, einmal nach oben zu sehen. Benji wackelte mit dem Kopf hin und her im Versuch, seine Aufmerksamkeit zu erregen, aber es nützte nichts. David wußte eben nicht, daß sie da oben waren. So ging das nicht weiter. Benji stand auf.

»DAVID!«

Charlie packte ihn und tauchte unter die Brüstung der Galerie, so peinlich war ihm die Sache. Aller Augen sahen nach oben, und man hörte lautstarke Äußerungen der Mißbilligung. Der Parlamentsdiener gab Benji einen kräftigen Klaps auf den Rücken und wies auf die Tür. Doch es war zu spät. Benjis Ruf hatte den gewünschten Erfolg: David zuckte auf seinem Platz zusammen und hob rechtzeitig den Blick zur Galerie, um den strahlenden Jungen zu sehen, der ihm zuwinkte, während man ihn hinausgeleitete. Großer Gott, das war doch Benji! Was zum Teufel trieb der hier …? Plötzlich tauchte auch Charlies Gesicht über der Brüstung auf, und als auch er aufstand, um zu gehen, winkte er seinem Vater zu. Ungläubig schüttelte David den Kopf und sah sich dann unter seinen Mit-Peers um. Aller Augen lagen auf ihm. Er gab dem Mann unmittelbar vor ihm seine Papiere, stand auf und ging, so rasch er es für schicklich hielt, zur Tür.

Sobald er den Gang erreicht hatte, eilte er durch die Wandelhalle des Oberhauses und erreichte die mittlere Wandelhalle, gerade als Benji und Charlie am Fuß der Treppe ankamen.

Benji entdeckte ihn sofort. »DAVID!« schrie er, rannte zu ihm und umschlang seine Taille.

David hielt den Jungen fest an sich gedrückt und küßte ihn aufs Haar. »Benji«, sagte er und lachte. »*Was zum Teufel* treibst du hier?«

Benji ließ ihn los, als Charlie dazustieß.

»Wir haben dich im Fernsehen gesehen. Wir sind im Ritz, und da hab ich den Fernseher eingeschaltet und dich gesehen. Ich hab deinen Namen aber nicht erkannt. Du hast dir einen anderen zugelegt!«

»Ja, das stimmt. Wer ist ›wir‹, Benji?«

»Mama, Jasmine und ich.«

»Ihr seid alle hier in London?«

»Ja. Jasmine ist noch im Hotel, aber Mama ist irgendwo hier.« Suchend sah er sich in der von Menschen erfüllten Wandelhalle um.

»Da hinten sind sie!« rief Charlie, dann lief er mit Benji zum Eingang, wo Jennifer, Sophie und Alicia standen und sich unterhielten.

Langsam ging David hinüber, den Blick unverrückt auf Jennifer gerichtet. Als die beiden Jungen die Gruppe erreichten, drehte sich Jennifer um und sah ihn kommen. Sie strahlte.

Er blieb vor ihr stehen und steckte die Hände in seine Jacketttaschen.

»Hallo.«

Jennifer schlenkerte verlegen ihre Handtasche hin und her. »Hallo«, sagte sie leise.

Während sie einander schweigend ansahen, legte Alicia den Arm um Sophie und zwinkerte ihr verschwörerisch zu. Dann folgten die beiden den Jungen und Harriet, die bereits in den Sonnenschein des Nachmittags hinausgerannt waren.

»Und wie sieht's bei Ihnen aus?« fragte David.

Jennifer zuckte die Achseln. »So so.«

»Hat sich das wieder eingerenkt, mit Ihnen und ...?«

Sie schüttelte den Kopf. »Nein, es ist vorbei. Ich habe mir Mühe gegeben, aber er hat uns im November verlassen.«

»So ein verdammter Idiot«, murmelte er und blickte auf seine Schuhe, um sich seine Erleichterung nicht anmerken zu lassen. Dann sah er sie an und lachte.

»Und für wie lange sind Sie hier?«

»Ich weiß es nicht.«

David erwiderte den Gruß eines Vorüberkommenden. »Sie könnten sich nicht entschließen, ehm, nach Schottland zu kommen? Ich meine, ihr alle?«

Jennifer dachte kurz darüber nach und nickte dann bedächtig. »Warum eigentlich nicht? Wir haben nichts Besonderes geplant.«

Sie sahen sich immer noch an, ohne sich zu rühren. Jennifer holte tief Luft. »Und Sie haben also den Beruf gewechselt? Vom Gärtner zum Lord.«

David nickte und zog die Augenbrauen hoch.

»Mann!« Sie lachte ein wenig angesichts der unwahrscheinlichen Situation. »Das ist ja wirklich wie im Kino!« Sie verzog das Gesicht. »Ich bin noch nie zuvor einem Lord begegnet. Was muß ich tun? Knicksen?«

Er schüttelte den Kopf, legte ihr die Arme um die Taille und zog sie an sich. »Ich glaube nicht, daß es zu dieser Frage irgendwelche schriftlich niedergelegten Anweisungen gibt. Daher nehme ich an, daß wir uns mit einem langen und leidenschaftlichen Kuß begnügen können.«

Der ältere Parlamentsdiener, der langsam die Treppe herunterkam, blieb stehen und sah sich in der mittleren Wandelhalle um. Vermutlich wunderte er sich, daß es mit einem Mal so still war.

DANKSAGUNG

Auch wenn es immer im Bereich des Möglichen lag, daß dies Buch geschrieben wurde – unvermeidlich war es nie. Dafür, daß es soweit gekommen ist, schulde ich meiner Frau Kirsty tiefsten Dank. Sie war immer zur Stelle, um ein Kapitel, eine Seite, einen Satz oder ein Wort zu lesen. Das gleiche gilt für Ros, die ihrem Sohn immer wieder Mut gemacht und häufiger über eine literarische Klippe geholfen hat, als er hier eingestehen mag. Zu danken habe ich auch Matthew Gloag, Bill Lumsden und Tony Tucker für ihr unerschöpfliches Wissen über die Whisky-Branche; Miranda Lindsay und Charlie Pank, zwei ehemaligen Oxford-Studenten, zwischen denen das eine oder andere Jahrzehnt liegt; David Nichol, der mir bei verfassungsrechtlichen Fragen geholfen hat; Alexander Dundee für alle Auskünfte über das Oberhaus; und schließlich Tom, meinem ausgezeichneten Lektor, der mich zehn Jahre lang bestärkt hat zu schreiben und alles gegeben hat, als es soweit war.